洪子诚

学术作品精选

图书在版编目(CIP)数据

洪子诚学术作品精选/洪子诚著. —北京：北京大学出版社，2020.10
ISBN 978-7-301-31624-5

Ⅰ.①洪… Ⅱ.①洪… Ⅲ.①中国文学—当代文学—文学史研究—文集 Ⅳ.①I209.7-53

中国版本图书馆 CIP 数据核字(2020)第 177523 号

书　　　名	洪子诚学术作品精选 HONGZICHENG XUESHU ZUOPIN JINGXUAN
著作责任者	洪子诚　著
责 任 编 辑	张雅秋
标 准 书 号	ISBN 978-7-301-31624-5
出 版 发 行	北京大学出版社
地　　　址	北京市海淀区成府路 205 号　100871
网　　　址	http://www.pup.cn　　新浪微博：@北京大学出版社
电 子 信 箱	pkuwsz@163.com
电　　　话	邮购部 010-62752015　发行部 010-62750672 编辑部 010-62757065
印 刷 者	涿州市星河印刷有限公司
经 销 者	新华书店 965 毫米×1300 毫米　16 开本　28.5 印张　398 千字 2020 年 10 月第 1 版　2020 年 10 月第 1 次印刷
定　　　价	98.00 元

未经许可，不得以任何方式复制或抄袭本书之部分或全部内容。
版权所有，侵权必究
举报电话：010-62752024　电子信箱：fd@pup.pku.edu.cn
图书如有印装质量问题，请与出版部联系，电话：010-62756370

目 录

编者序 …………………………………………… 贺桂梅（1）

第一辑　文学史:问题与方法

关于50—70年代的中国文学 …………………………（3）
"当代文学"的概念……………………………………（31）
文学史的断裂与承续 …………………………………（51）
当代文学的"一体化" …………………………………（84）
左翼文学与"现代派" …………………………………（97）
中国当代的"文学经典"问题 …………………………（117）
革命样板戏:内部的困境 ……………………………（129）
相关性问题:当代文学与俄苏文学 …………………（147）
"组织部"里的当代文学问题 …………………………（167）
文学史中的柳青和赵树理（1949—1970）……………（180）

第二辑　阅读和阅读史

"怀疑"的智慧和文体——"我的阅读史"之契诃夫 …（209）
"幸存者"的证言——"我的阅读史"之《鼠疫》………（229）
一部小说的延伸阅读——"我的阅读史"之《日瓦戈医生》……（244）
批评的尊严——"我的阅读史"之丸山昇 ……………（265）
《爸爸爸》:丙崽生长记 ………………………………（278）
《绿化树》:前辈,强悍然而孱弱 ……………………（295）
《见证》:真伪之间和之外 ……………………………（308）

《〈玛琳娜·茨维塔耶娃诗集〉序》:当代诗中的茨维塔耶娃
　　及其他 ………………………………………………………（325）
《司汤达的教训》:在19世纪"做一个被1935年的人阅读的
　　作家" …………………………………………………………（345）
与音乐相遇 ………………………………………………………（358）
亲近音乐的方式:《CD流浪记》…………………………………（368）
与《臭虫》有关——马雅可夫斯基,以及田汉、孟京辉 ………（375）
可爱的燕子,或蝙蝠
　　——50年前西方左翼关于现实主义边界的争论 ………（393）
纪念他们的步履——致敬北京大学中文系五位先生 …………（411）

第三辑　材料与注释

1962年大连会议(存目,原文见《材料与注释》,北京大学出版社,
　　2016年)
1957年中国作协党组扩大会议(存目,原文出处同上)
张光年谈周扬(存目,原文出处同上)

编者序

贺桂梅

本书是从洪子诚先生的十余部学术著作及其他发表的文章中精选出的 27 篇组成(最后三篇仅有存目),力求以简约浓缩的方式较为全面地呈现洪先生中国当代文学史研究的精华部分。洪先生主要从事中国当代文学及中国新诗的教学与研究工作,其学术研究涉及的领域十分广泛,包括中国当代文学史教材、文学史的学术著作、作家精神史研究、当代诗歌史研究及各种选本、文学经典与阅读史研究、文学史料研究等。本书仅以三个专辑的形式,突出他最有代表性和突破性的研究成果,凸显他为当代文学研究提供的重要议题、思路、方法和范畴,也尝试呈现他在不同研究阶段以不同的方式对相关议题作出的思考推进。

一

洪先生的学术研究与中国当代文学这个学科的建构发展密切相关。中国当代文学作为一个独立学科方向的确立,始于 70 年代后期,但作为一个研究领域和对象,则可说与中国当代文学始终是同步推进的。洪先生既是北京大学中文系当代文学教研室的最早筹建者和主持人之一,也是中国当代文学学科化和学术研究传统确立的核心人物。他在当代中国不同时期完成的研究著作,都代表了那一时期当代文学研究的最高水平。大致可以将其研究实践划分为四个时期:

第一个时期是50—70年代。50年代中期还在北大求学的时候,洪先生就参与了第一本中国新诗史《新诗发展概况》的集体写作,这也是他在1993年初版、2010年修订完成的《中国当代新诗史》(与刘登翰合著)的雏形。关于这本书的写作过程及其后续影响,2007年,由洪先生策划、组织,联合当年的写作者一起回顾反思,促成了《回顾一次写作——〈新诗发展概况〉的前前后后》①一书的出版。这是独特的年代造就的特殊的学术起点。写作者们尽管都承认当年写作的"幼稚"和"粗暴",但也认为正是这次集体写作构成了他们后来从事学术研究工作的开端。在这个时期,洪先生还曾是北大学生诗歌写作中的活跃分子,1961年留校任教之后,主要参与北大中文系文学写作的教学工作,也曾发表文学批评文章,并参与过学术批判运动。这个时段接受的文学教育、形成的文学趣味与历史当事人的经验及其自我反思,对洪先生后来的学术研究产生了深刻影响。他学术研究和思考最深入并持续推进的主要研究对象,正是50—70年代这个时段的当代文学。这也从一个侧面显示出研究者与其历史经验之间的复杂关系。

第二个时段是80年代。从1977年参与当代文学教研室的筹建和教学工作开始,到1991年《作家的姿态与自我意识》②的出版。在这个时期,他的最初学术成果是《当代文学概观》③的写作。这部教材由当代文学教研室的五位老师集体写作,洪先生负责其中的短篇小说与诗歌部分。这部曾在80—90年代当代文学学科化和教学研究中产生过很大影响的当代文学史教材,虽然大致延续了50—60年代之交形成的文学史体例,但叙述内容则极大地突显了新时期以后的文学创作,并在评价尺度上明显地偏向"文学性"的思考和筛选原则。这多少

---

① 洪子诚、谢冕、孙绍振、刘登翰、孙玉石、殷晋培:《回顾一次写作——〈新诗发展概况〉的前前后后》,北京大学出版社,2007年。
② 洪子诚:《作家的姿态与自我意识》,陕西人民教育出版社,1991年初版;1998年修订再版,更名为《作家姿态与自我意识》。
③ 张钟、洪子诚、佘树森、赵祖谟、汪景寿:《当代文学概观》,北京大学出版社,1980年初版;1986年修订重版,更名为《当代中国文学概观》。

也代表了洪先生在那一时期的基本文学态度。他对新时期文学保持着与许多同行一样的关注热情,但也没有放弃对50—70年代文学的历史研究,而希望用同样的"文学性"尺度来评价两个看似断裂的历史时期。洪先生第一本独立完成的学术著作,是1986年出版的《当代中国文学的艺术问题》。"艺术问题"的凸显,表明他并不简单地将前30年的文学视为"政治"的产物,也没有将新时期的文学标准绝对化,而力求在反思文学评价标准的基础上,深入当代中国的历史情境中展开学术研究,既对前30年的文学史做出重新评价,也对正在展开的新时期文学做出历史化的反思。在这个意义上,他在新时期刚刚结束的1991年出版的《作家的姿态与自我意识》这本书,代表的是他对80年代文学所作的历史化研究工作。这本书对作家"独立精神传统"的强调,无疑带有较为浓郁的新时期印记,但无论对思想内涵还是文学叙事形式的探讨,都是在一种历史化的分析视野中展开的,从而对新时期文学的"感伤气息"、"文化英雄"姿态、"寻根"思潮和"创新"意识等做了深入剖析。这也是学术界最早对新时期文学有深度的反思之作。可以说,《当代中国文学的艺术问题》与《作家的姿态与自我意识》这两本书,构成了洪先生在那一时期针对当代文学两个历史时段一视同仁的评价态度,并由此确立起他作为一个文学史研究者的主体位置。

第三个时段是1990—2002年。这是洪先生学术研究的成熟期,也是他成果倍出的创作高峰期。《中国当代文学史》[①]的完成和出版,是他这个时期的集大成之作。虽然名为"当代文学史",但这并不仅仅是一部为教学而编写的教材,而是综合了教材与学术著作两者的性质。它首先完全打破了1950—1980年代现当代文学史教材的叙述体例,形成了一种将文学体制、作家作品、文学现象与评价体制等统一在一起的新体例。基本思路采取的是"概念清理"的方法,即继续采纳了

---

① 洪子诚:《中国当代文学史》,北京大学出版社,1999年初版,2007年修订再版。

50—60年代形成的一些叙述概念(比如"当代文学""题材""真实"等),但不是把这些概念作为叙述的出发点,而是把概念、范畴的形成过程同样作为文学史叙述的构成部分。将文学体制的形成、文学规范的塑造和作家评价、经典化过程都纳入文学史叙述,因而呈现出一种动态展开的文学史图景,并形成了当代文学"一体化"构建及其崩解这样一条连贯的历史叙述线索。这就将当代文学作家作品的描述史,转变为当代文学规范的生成、建构、冲突及其自我瓦解的反思性探讨,文学史写作因此具有了"史述"的实质性涵义。因而在1999年的研讨会上,钱理群先生如此评价道:这部著作的出版,标志着"'当代文学'终于有'史'了"①。这部文学史事实上也成为当代文学界在国内、国际影响最大的史著之一,分别有英文版(2007)、中文繁体版(2008)、日文版(2013)、俄文版(2016)等印行。在《中国当代文学史》之前完成的《中国当代文学概说》②,可以视为《中国当代文学史》的学术版,对文学现象和体制形成的分析和概括也更为凝练。1998年完成的《1956:百花时代》是一部断代史著作,对50年代中期当代文学规范的内部错动和变化做了深入剖析。而在《中国当代文学史》之后完成的《问题与方法——中国当代文学史研究讲稿》(2002年),则是对当代文学史研究和他写作过程中蕴涵的问题,以及可以进一步展开研究的学术议题,做了理论化的反思和探讨。

洪先生2002年从北京大学中文系退休之后,他的学术研究并未停顿,相反进入了另一个学术创作的黄金时期。从2002年前后开始,他有较长一段时间主要从事中国新诗的研究、教学、学术组织和选本的编选工作,出版了多方面的成果,包括《中国当代新诗史》的修订再版以及与之相关的《回顾一次写作——〈新诗发展概况〉的前前后后》,著有《学习对诗说话》(2010),主编《在北大课堂读诗》(2010),

---

① 钱理群:《读洪子诚〈当代文学史〉后》,《文学评论》2000年第1期。
② 洪子诚:《中国当代文学概说》,香港青文书屋,1997年;广西教育出版社,2000年。

并有《朦胧诗新编》(与程光炜合作)、《第三代诗新编》(与程光炜合作)、《中国新诗总系·60年代卷》(与谢冕合作)、《时间与旗(百年新诗选)(与奚密等合编)》等多个诗歌选本出版,同时也主持《新诗评论》(与谢冕、孙玉石联合主编)、"新诗研究丛书"和"汉园新批评文丛"等。这与他参与北大中文系于2004年成立的中国新诗研究所的组织工作密切相关,也是他本人在学术领域和研究兴趣上转移到诗歌的具体表现。

但最能代表洪先生这个时期学术成果的,是2011年出版的《我的阅读史》(2017年第二版)、2016年出版的《材料与注释》、2017年出版的《读作品记》。这三本新著从不同方面拓展了当代文学研究新的领域,并提出了值得重视和进一步展开的研究方向。这既是他前几个阶段当代文学史研究的综合与提升,也是他不断地探索如何把握当代史的多层面向而构建的新的研究路径。《我的阅读史》"以侧重个人的方式、角度"来重新进入当代史(及当代文学史),《材料与注释》"尽可能让材料本身说话",《读作品记》围绕具体文学作品,"侧重延伸、拓展到对当代一些思想、文学问题的讨论",这三部新作探讨的对象还是50—70年代的当代文学,但方法、思路和研究议题上有全新开拓。

本书编选的内容主要侧重在洪先生第三、第四阶段的学术成果。这是洪先生最为成熟并在学界最有影响的成果,也因为这部分最能代表他的学术风格和研究个性,并在中国当代文学研究上有进一步推进和拓展的可能性。在研究对象和内容的选择上,本书将问题讨论的主要焦点聚集于50—70年代的当代文学。在这个意义上,这本《洪子诚学术作品精选》更准确的书名应该是"洪子诚50—70年代当代文学研究学术作品精选"(当然也包括部分溢出这个时间段的篇目)。这不仅关乎一个特定时期文学史的研究,也关乎洪先生对"当代文学"这个核心范畴的基本理解方式。

二

本书第一辑选入的 10 篇文章,总题为"文学史:问题与方法"。"文学史"在这里包含着基本研究方法和思路的理解,而研究对象则是"当代文学"这一有着特定时段和内涵界定的历史范畴。在洪先生的研究中,"当代文学"主要指 50—70 年代的中国文学。他认为这是一个需要独立出来加以研究的文学时段,无论在时期特点、组织方式还是文学形态上都形成了独特的规范性内涵。本辑编选的 10 篇文章,力图呈现他从不同侧面对这一"当代文学"加以界定、描述、探讨的最具代表性的观点和研究思路。

最早的一篇是 1996 年发表的《关于 50—70 年代的中国文学》。这篇文章主要讨论这个时段的文学规范如何生成、规范建构者的分歧和冲突以及这一规范确立过程的历史变化,是一种宏观性的历史勾勒与分析。可以说,这是洪先生第一次就 1950—1970 年代文学提出他富于学术创见的文学史描述。1998 年发表的《"当代文学"的概念》,则对"当代文学"这一概念如何"构造"出来,其内容在当时如何描述和界定,做了一种谱系学式的概念清理。这也是洪先生首次明确以"当代文学"这个范畴取代一般性的"1950—1970 年代中国文学",强调要采取"概念清理的方法",即通过对概念的生成、演变过程的清理而呈现文学史实践的内在历史逻辑。将 50—70 年代中国文学视为一个独立的文学史时段,并非洪子诚先生首创。1987 年出版、由朱寨主编的《中国当代文学思潮史》,就提出了这样的看法。洪先生沿用这个概念,既是为"当代文学"这个学科确立合法性,更重要的是将这个文学时段从一般性的"现代文学""新文学"与内涵宽泛的"当代的文学"中独立出来。这种"当代文学"不是一般性的"当前的文学",也不是"新文学"(或"现代文学")的延伸,而形成了与此前的"左翼文学""新文学"既延续又断裂的复杂关系。因此,本辑选入的第三篇《文学史的断裂与承续》(节选自《问题与方法——中国当代文学史研究讲稿》的一章),主要探讨这种当代文学与现代文学发生的"断裂"在哪里,它如何构建、生成自身,在这个确立自身合法性的过程中面临的压力和寻求的参照系。这事实上也是将当代文学放在整个20世纪中国文学和世界、古典文学的参照系中,考察一种新形态的文学如何确立自己的主体性。

接下来的《当代文学的"一体化"》一文,则主要以"一体化"这个基本范畴,而对当代文学的总体特征加以描述。"一体化"也是《中国当代文学史》叙述上编的50—70年代文学,及其向下编的80—90年代文学转型的一个纲领性概念。本篇文章对其具体内涵做了更明确的界定,强调"一体化"包含三个层面的理解,即首先指"文学的演化过程,或一种文学时期特征的生成方式",而非一种静态特征的归纳;其次指"这一时期的文学生产、组织方式"所形成的"一个高度组织化的文学世界",涵盖了文学机构、媒介、写作、出版、传播、阅读、评价等各个环节;其三,指的是这一时期的"文学形态",即文学作品的题材、主体、风格与艺术方法上的"趋同化"。"一体化"这个范畴在凸显50—70年代文学的重要特征的同时,也需要在文学史叙述与研究方法上的创新,和对所研究的文学史对象所做的价值判断之间做一些区分。就研究方法而言,侧重文学规范的生成过程及其内在演化,无疑构造出了一种动态展开的全新文学史图景,并通过纳入文学体制的考察,将有关文学对象(作家、作品、现象等)的研究真正转向对文学实践的整体性过程的研究。这种文学的"谱系学""社会学"考察极大地拓展了当代文学史研究的视野和边界。但从对研究对象的价值判断层面而言,"一体化"这一范畴无疑更多地被洪先生用来描述50—70年代文学,同时也潜在地将80年代的文学视为一种"多样化""多元化"的文学时期,具体表现是文学体制的探讨在《中国当代文学史》的下编中稍有减弱。基于这样的考虑,洪先生2007年在《中国当代文学史》的修订版中对下编,特别是70—80年代的文学转型过程做了较大幅度的修改。

不过总体而言,关于"一体化"作为研究方法与价值判断之间的区分,洪先生特别强调的是,这个概念不是一种外在的附加的评价,而是文学史实践呈现出来的整体趋向,同时也不意味着掩盖或否定"当代文学"时期存在着多种冲突性文学力量及复杂的演化关系。相反应该说,探讨并反思这种"一体化"为何、如何生成的内在思想诉求,特别是其"纯粹化"(过度追求"纯洁性""简化")的思维取向,构成了洪先生的一个基本问题意识。同时,在这个"一体化"的趋向和格局中,存在着哪些互相冲突的文学力量与因素,那些对这一趋向和格局构成悲剧性挑战的文学实践,文学规范在构建自身时借助的思想资源、经典序列以及主导性规范的内在变异过程等,成为洪先生相关研究的重点。第一辑后六篇文章的选择,也力图呈现他这方面思考的具体思路。《左翼文学与"现代派"》是对50—70年代文学规范建构过程中遭受到激烈排斥的"现代派"思想资源的考察,《中国当代的"文学经典"问题》侧重对文学经典的筛选、制作和构建的探讨,《革命样板戏:内部的困境》探讨"文革"时期文艺激进派在构造更"纯粹"的当代文学实践时面临的文本内外的矛盾,《相关性问题:当代文学与俄苏文学》则以俄苏文学为参照,返观当代文学在如何理解"世界""现实"和"纯洁性"问题上的异与同,《"组织部"里的当代文学问题》从对一部重要作品的讨论提出普遍性的当代文学问题,《文学史中的柳青和赵树理(1949—1970)》则从两个重要作家在当代的遭遇和文学史位置的变动,讨论当代文学规范的不同内涵。这六篇文章分别拓展出了多种新视角和新思路,从不同的侧面和方向推进并深化了关于当代文学的研究与探讨。

三

第一辑选入的都是严谨规范的学术论文(包含部分讲课稿),是洪先生在对大量文学史料进行梳理、分析和概括的基础上,提炼出的带有宏观描述与判断性质的史论文章。这种"史论"因为有坚实的史料和严谨的分析作为基础,所以显出某种"客观"的样貌,而常常让阅读者意识不到其具有的"叙事"性质。事实上,无论怎样贴近历史对象的学术研究,都包含着研究者的主体能动性在其中。史料掌握是否全面和丰富、材料的筛选与判断、从多种材料中辨析和提炼出观点的能力,特别是研究者将这些组织为观点表达时的基本叙述方式等,都显示出学术研究工作并不像其表面那样具有"客观性",而更应被视为研究者能动性的体现。不过,学术研究的严谨、缜密、"公共性"要求本身,则希望尽量地隐藏和抹去研究者的主观性,而呈现"历史的本来面貌"。固然,"本来面貌"是不可能完全靠近的,但不断地趋近于这个"本来面貌",却是学术工作的基本要求。洪先生的文学史研究,正是以其史料掌握的全面丰富,对历史研究对象的深刻理解,文字表述的严谨和客观,而确立起他的学术风格和研究地位,可以说真正做到了"无一字无出处"。但学术研究(特别是文学研究),离开丰富的充沛的个人性体认和理解,显然无法真正进行。关键在于,在规范的学术论文写作中,这种以叙事性表现出来的"个人性",也必须要"通过材料来说话",从而掩盖或压抑了某些无法纳入"公共性"学术论断中的个人性体认。

正是从这样的角度,第二辑"阅读和阅读史"选入的 14 篇文章,力图呈现出的是与第一辑看似风格迥异的思路与方法。这些文章主要出自洪先生的《我的阅读史》与《读作品记》两部著作,对"阅读"问题的凸显和自觉,开启了一种完全不同于文学史研究的进入历史并思考历史、提出问题的方式。在《我的阅读史》一书中,洪先生这样写道:"以前,不管是上课,还是确定研究课题,注重的是对象的性质、价值。这回,或许可以将重点略略转移到写作者自身的问题上来,更多地从自己的感受、经验上来选择题材和方法。"①从研究"对象"向"写作者"的转移,表面上看起来是凸显了个人的主观性甚至随意性,但因为这里的个人是有着充分历史自觉和自我反思能力的写作者,所以个人与历史之间并不构成二元对立的关系,而是从一个全新的角度呈现出了历史建构过程的细致肌理和文学研究者的阐释接受层面。

"阅读"可以说是每个文学研究者学术工作的起点,并塑造了研究者(写作者)的基本文学素养与文学趣味。但有关文学阅读的学术性研究却并不多见。人们往往将关注的重点集中于研究对象身上,而常常忽略对研究者自身的讨论。在第二辑选入的诸多文章中,洪先生都毫不避讳地写到了他个人在不同时期对文学经典的阅读体验。比如他在60年代初期为何热衷于阅读契诃夫、80年代初期读到加缪的《鼠疫》的感受,特别是在1958、1986、1987、1994、1998、2002年这六个时间节点上如何理解和体认帕斯捷尔纳克的《日瓦戈医生》。这种个人性阅读经验的直接表达,在文学经典的阐释与接受研究史上,无疑提供了极为鲜活的感性材料,并为人们了解一个时期文学阅读的情感结构和经典谱系提供了直观的例证。但与此同时,洪先生在讲述他个人的("我的")阅读经验时,是具有充分的"历史"意识的。这既是他在不同时期、不同情境中对同一部作品(同一个作家)展开的、有差异性的阅读经验所形成的历史("阅读史"),也是对他作为阅读者的个人经验的有限性和历史性的充分自觉与反思:他从不将自己的阅读感受视为独一无二的天才性体认,而总是自觉地将个人放在时代的历史语境中进行"自我对象化"的审视。由此而形成的一种行文表述上的有趣症候,正如他在《"怀疑"的智慧和文体》一文中那样,对自己阅读经验的表达常常在"我"和"你"之间转换。这既是一种自我经验的描述,也是一种对自我经验的对象化反思。因而,以"一个人"的方式呈现出来的阅读史,实则也是一个"时代"的阅读史。这种对研究者个

---

① 洪子诚:《我的阅读史》,第4页,北京大学出版社,2017年。

人性阅读经验的挖掘,显示出的是有关文学经典的一般性阐释研究所无法容纳的普通读者、"非专业性"的历史内涵。

当然,在第二辑选入的文章中,并不都是侧重凸显洪先生"个人性"的阅读史经验,除了前四篇凸显了"我的"两字之外,后面的四篇主要讨论的实则是"关于文学研究的研究"这一意义上的专业性阅读经验,分析某部文学作品在不同时期被不同的阐释者接受的历史性内涵。某种意义上,对文学作品的评价、研究工作本身也是一种"阅读",属于"接受研究"这个领域。但人们对于文学的接受研究往往形成了某些定型化的理解,比较侧重于社会学式的数据统计分析,而对经典作家作品的评价史、阐释史和接受史的讨论并不那么深入。可以说,第二辑的多篇文章都可以纳入到这个领域的讨论中来。如果说前四篇"我的阅读史"是以洪先生的个人阅读经验为线索展开分析的话,那么后几篇则更侧重于重要作品的阐释和接受,同时关注作品的文本本身为一个时期的阐释提供的历史依据(比如《爸爸爸》的修订内容、《绿化树》的文本结构、茨维塔耶娃的诗歌翻译等)。从"阅读"这个角度,把有关经典作家作品的讨论,从一种固定的审美(专业)评价标准和框架中解放出来,而放置在一种"阅读史"的脉络中,呈现出不同时期、不同情境中评价、阐释、接受的变异性,这事实上延续了洪先生在相关文学史研究中对"文学体制"的关注,并通过将讨论焦点集中于作家作品身上,而提出了一种新的研究思路甚或领域。同时也以文学经典为轴心,勾画出了另一种文学史图景。

第二辑以经典作家作品为对象展开的阅读史分析,与第一辑严谨、周密的文学史研究文章相比,显然更具可读性。这不仅因为个人经验的带入增加了历史描述的细部体认和情感色彩,同时也因为聚焦于经典的讨论,实则提供了一种更具普遍性(或不那么专业化)的写作方式与接受方式。从接受者这个侧面而言,作为"阅读者"的洪先生,因而与一般文学爱好者、普通读者对经典的体认,具有了更多可以分享的共鸣经验。从研究者这个侧面而言,这种聚焦于经典的阅读经验讨论,实则也是对其文学素养和趣味所作的一种知识谱系学意义上的自我清理。这里"阅读"的对象是宽泛的,除了作家与文学作品,也包括文学论文和理论,还包括音乐(这纯属洪先生的个人爱好)和人(特别是《纪念他们的步履》一文谈到了北大中文系的5位先生)。洪先生曾写到,"阅读史"谈及的本来应该是"感触最深、最影响人生道路的那些书籍",但这本书"其实不全是"。① 所谓"不全是",从行文可以看出,有些篇目比如契诃夫小说、《鼠疫》《日瓦戈医生》、丸山昇、茨维塔耶娃、音乐家和乐曲,更多地属于与个人趣味密切相关的"爱好式阅读"序列,而有关《爸爸爸》《绿化树》《见证》《司汤达的教训》《臭虫》及现实主义理论的讨论,则相对地属于与专业研究相关的"研究式阅读"序列。不过,即便是后者的选择,也肯定与洪先生作为研究者在个人趣味上有亲近关系。因此,从所讨论的对象上,可以大致窥见洪先生的阅读趣味和审美偏向。在关于《鼠疫》的讨论中,洪先生曾提及伯林区分的"法国传统"与"俄国传统",而他自己可能更多地是属于"俄国传统"。这里收入的14篇文章中,有6篇讨论的是俄苏作家作品(关于《见证》与肖斯塔科维奇的讨论,则与洪先生的音乐爱好有关),加缪的《鼠疫》也不属于典型的"法国传统",而与更注重思想性的"俄国传统"相关。

对俄苏文学的阅读,可以说与洪先生个人的文学素养与阅读趣味密切相关,但这种个人审美偏向实则是深植于50—70年代的中苏关系史和文学史中的。这个时期俄苏文学与中国当代文学的密切关系,洪先生在第一辑中的《相关性问题:当代文学与俄苏文学》以及《文学史的断裂与承续》中都有学术性讨论。特别是,在有关"阅读史"的讨论中,洪先生基于个人的阅读经验和中国作家评论家的阐释接受,实更提出了"中国当代文学中的世界文学"这一全新的议题。因此,"当代的契诃夫图像"、6次阅读《日瓦戈医生》(或相关文本)、"当代诗中

---

① 洪子诚:《我的阅读史》,第5页,北京大学出版社,2017年。

的茨维塔耶娃"、爱伦堡关于司汤达的论述、马雅可夫斯基的戏剧《臭虫》在中国的阐释和影响、西方左翼关于现实主义的争论与中国的关系,并不是一般性的"影响研究",而是洪先生提出的一种新思路即"相关性研究"。与基于"平行比较的'相似'"不同,"相关性"这一范畴"增加了某些直接关联的成分,但这种关联又不一定能落实到寻找'有迹可循'的依据",由此出发可以形成的一种研究方法就是,"意识形态、社会制度在某一时期'近似'的国家,在处理若干重要的文学问题上,有着怎样的相似或不尽相同的方式,有着怎样的思想情感逻辑"①。第二辑关于俄苏作家作品的阅读史讨论,也可以视为这种相关性研究的具体实践。如果说这种相关性研究,是基于不同国族与区域的历史经验,那么对当代文学同一作品的不同实践、情境的阅读,则可以视为另一种基于不同时间、时代经验的相关性问题探讨。

四

第三辑中收入的三篇文章都出自《材料与注释》一书。因本书篇幅限制,未收录原文,仅保留篇名,但这些文章代表的是洪先生拓展的另一新的研究思路和方法,因此值得略加详细说明。如《材料与注释》这一书名所示,这里关注的对象是 50—70 年代当代文学的"材料"。材料一贯被视为学术研究的依据和基础,但洪先生第一次让材料本身成为文学史研究的"主角"。不过这并不是一般意义上的"史料"的汇集和整理,也不是一本"史料选",而是一种探索材料、文学史叙述、研究者的位置这三者关系的全新的研究方式。洪先生对此有明确的说明:这是在"尝试以材料编排为主要方式的文学史叙述的可能性",具体方法是"尽可能让材料本身说话,围绕某一时间、问题,提取不同人,和同一个人在不同时间、情境下的叙述,让它们形成参照、对话的关

---

① 洪子诚:《相关性问题:当代文学与俄苏文学》,《中国现代文学研究丛刊》2016年第 2 期。

系,以展现'历史'的多面性和复杂性"①。如果说第一辑是围绕"当代文学"这一研究对象而形成的文学史论述,第二辑是围绕研究者的阅读经验而展开的相关性问题研究,那么第三辑则是围绕"材料"展开的一种新的文学史写作的探索。

研究者对材料的处理,正如研究者对阅读经验的处理,常常是充分组织化、充满叙事性的。研究者将材料视为其组织观点和展开历史叙述时的"依据",呈现在读者面前的是研究者"编织"过了的材料,因而更关注由此得出的观点和结论。而对材料的组织过程,那些不符合研究者观点和结论的不同材料(或同一材料的另外部分),特别是围绕同一事件或对象的不同人、在不同时间与情境下的矛盾性叙述,则无法在文学史研究中呈现出来。洪先生是当代文学界最早关注史料建设的研究者,他编选的《中国当代文学史料选(1948—1975)》②、《二十世纪中国小说理论史料(第五卷)》,以及为配合《中国当代文学史》的教学而编选的《中国当代文学史料选》(上下卷)等,都是现当代文学研究界引用率很高的史料选本。但他从来都不是在一般收集整理的意义上重视"史料学"问题,而强调的是在尽可能全面地掌握原始史料的基础上,重视呈现材料本身的复杂内涵、强调研究者对材料的甄别能力,以及研究者经由材料而形成文学史叙述的限度的反思。《材料与注释》可以说代表了他对这一问题的最新思考。

洪先生对材料的注释与编排,实则是尝试构建一种"自反性"的文学史叙述。正如一般电影拍摄从来都是隐藏摄像机镜头,而先锋电影则主动"暴露"摄像机镜头的存在,洪先生"隐藏"起了他自己而"暴露"出材料的在场,他自己从一个历史叙述者,降低为一个材料的说明者和编排者。当代文学史上的重要会议或事件、人物的历史轮廓与面貌,是由不同人在不同时间、情境下留下的叙述材料的编排,以及洪先

---

① 洪子诚:《材料与注释》,第2页,北京大学出版社,2016年。
② 洪子诚、谢冕主编:《中国当代文学史料选(1948—1975)》,北京大学出版社,1995年。

生的注释说明而呈现的。这些材料之间构成了明显的互证或互否的复杂关系,但历史"原貌"的丰富性却得到了前所未有的清晰呈现。这里依然是以研究对象为中心,但历史对象的面貌不是通过研究者的叙述,而是通过尽可能丰富且复杂的材料共同呈现出来的。特别是,这些文章启用了一批特殊的材料,即"文革"期间翻印流传的"认罪书"、交代与检讨材料。这些材料一般不被视为文学史研究的合法材料。洪先生一方面强调这些材料有其历史限制,另一方面也通过对材料所叙述的内容与其他材料的参照,证实着这些材料关于历史叙述的某种可信度。三篇文章论及的是在 50—70 年代文学史上产生过重要影响的会议和人物,一般的文学史叙述已经形成的定论,实则建立在事件当时与 70—80 年代转型后公开发表的文件或史料的基础上。这两个时段有着内在的自洽性,因而叙述者会有意无意地回避与其历史意识不相吻合的经验。在这意义上,正是"文革"时期作为受批判者所作的历史材料,可以与其构成直接参照,从而显现出那些被遮蔽的历史面貌。同时,在编排材料时,洪先生找到了尽可能多的叙述者,他们在不同时间、情境下的叙述,事实上也最大限度地呈现出了历史的"原貌"。

可以说,在这样的文学史叙述中,研究者的主体位置不再是"讲故事",而是通过材料的编排、以"搬演"的方式呈现出事件的基本轮廓和不同侧面,不同材料提供的"众声喧哗"也不再被统一到一个声部的叙事中。这看似是洪先生作为文学史研究者的"后撤",实则为其作为研究主体寻找到了一种更为从容自如而又具有极大包容性的叙述位置。首先是他从诸多材料中整理出的事件的基本轮廓,其次是对关于事件不同环节的各种材料的编排,最后是作为说明者对事件的介绍和评价,这三个层面的结合,使他居于历史事件观察的制高点。一般的历史当事人,往往只能从某一位置看到历史事件的某一侧面,研究者唯有获取多个位置多个视点的当事人材料,才有可能超越历史限制而获得某种"全局性"的眼光与视角。洪先生在这里提供的,是一种既看到全局又超越于任何局限性位置(或立场)的观察历史的方式。这是一种关于历史的"复眼式"文学史叙述方式,它最终统一于洪先生作为研究者的史识、胸襟、视野和历史意识。因此也可以说,这是洪先生当代文学史研究多年思考累积的一种举重若轻的集成式展示。

五

概而言之,本书力图从"当代文学"(研究对象)、"阅读(史)"(研究者)、材料(研究文本)这三个方面的成果,展示洪子诚先生当代文学研究的主要精华部分。文章的选择也偏重于其中提出的新思路、新观点和新方法。希望这本书有利于初学者把握洪先生当代文学研究方面的主要贡献,也可以给当代文学研究(以及一般意义上的文学研究)的专业研究者开拓视野,提供进一步思考的空间。

这本书的编选得到洪先生的热情支持。不过,文章的筛选和编排更多地代表的是编者的理解,因此做此编选说明,供读者参考。

第一辑

文学史：问题与方法

关于50—70年代的中国文学

在讨论20世纪中国文学问题的时候,50—70年代常被作为一个相对独立的文学时期看待。① 不过,对这个时期的文学的性质、特征的描述,在不同的研究者那里有时会出现很大的差异。一种颇有代表性的看法是,这30年的中国文学使"五四"开启的新文学进程发生"逆转","五四"文学传统发生了"断裂",只是到了"新时期文学",这一传统才得以接续。②

这是个需要深入讨论的问题。这种说法有一定的道理,不过从另一方面看,这种"逆转"和"断裂"并不存在。这30年的文学,从总体性质上看,仍属新文学的范畴。它是发生于20世纪初的推动中国文学"现代化"运动的产物,是以现代白话文取代文言文作为运载工具,来表达20世纪中国人在社会变革进程中的矛盾、焦虑和希冀的文学。50—70年代的文学,是"五四"诞生和孕育的充满浪漫情怀的知识者所作出的选择,它与"五四"新文学的精神,应该说具有一种深层的延续性。

当然,这样说并非想模糊这一时期文学的确具有的特殊性。但这种特殊性不是表现为文学精神、形态上的对立和变异,而是表现为新

---

① 朱寨主编的《中国当代文学思潮史》将1949—1978年的中国文学命名为"当代文学",认为"它在中国新文学史和新文学思潮史上,都具有相对独立的阶段性和独立研究的意义"(人民文学出版社,1987年,第3页)。笔者在拙著《当代中国文学的艺术问题》(北京大学出版社,1986年)中也持相同观点。

② 黄子平、陈平原、钱理群的《论"二十世纪中国文学"》在讨论20世纪中国文学的总主题、现代美感特征等时,暗含着将50—70年代文学当作"异质"性的例外来对待的理解。如关于文学的"悲凉"的美感特征的举例,从鲁迅的小说、曹禺的剧作等,便跳至"新时期文学"的《人到中年》等,唯一的例外是老舍的《茶馆》。

文学一开始就存在的"选择"的结果和"选择"的方式。中国新文学主流作家,为一种至善、至美的社会和文学形态的目标所诱惑、驱使,在紧张冲突的寻求中,确信已到达"目的地"。他们参与创造了这样的文学局面:一个在思想和艺术上高度集中、高度组织化的文学世界。这个文学世界中的"文学事实"——作家的身份,文学在社会政治格局中的位置,写作的性质和方式,出版流通的状况,读者的阅读心理,批评的性质,题材、主题、风格的特征——都实现了统一的"规范"。

在这里,我试图从新文学发展的背景上,来说明这种"当代文学"①规范的状况、性质、变化,以及其历史依据。

当代文学的"传统"

尽管有的人提醒我们要"走出五四的阴影",但直到现在,五四仍被描绘为令人神往的时期。从文学上说,它往往被作为文学异彩纷呈的"多元"局面的例证:对世界(其实主要是西方)近现代各种哲学、文学思潮、流派的广泛介绍,众多的文学社团的成立,各具特色的文学流派的出现,以及一批诗人、作家横溢才华的展示……这种确实存在的现象,有时会引导我们对这个时期的"文学精神"产生误解。其实,"多元""共生"的"文学生态",并非是当时的许多作家所乐于接受的理想境界。对于"传统",对于"封建复古派"的批判斗争不必说,在对待各种文学思潮、观念和文学流派的态度上,许多人也并非持一种承认共生的宽容态度。对五四文化革命的"统一战线"的构成和"分化"的评述,虽说是后来出现的一种阐释,却明白无误地标示了从一开始就对"共生"状态的怀疑、破坏的趋向。对五四的许多作家而言,新文学不是意味着包容多种可能性的开放格局,而是意味着对多种可能性中偏离或悖逆理想形态的部分的挤压、剥夺,最终达到对最具价值的

---

① 本文仿照朱寨主编的《中国当代文学思潮史》称为"当代文学"。

文学形态的确立。① 也就是说,五四时期并非文学百花园的实现,而是走向"一体化"的起点:不仅推动了新文学此后频繁、激烈的冲突,而且也确立了破坏、选择的尺度。正是在这一意义上,50—70年代的"当代文学"并不是五四新文学的背离和变异,而是它的发展的合乎逻辑的结果。

从五四开始的文学"一体化"的进程,到了40年代后期,已经达到这样一种局面:如郭沫若所描述的,构成新文学主要矛盾一方的"代表软弱的自由资产阶级的所谓为艺术而艺术的路线",其文学理论"已经完全破产",作品也"已经丧失了群众",而"代表无产阶级和其他革命人民的为人民而艺术的路线",则已取得绝对的主导权。② 在当时,沈从文、朱光潜、萧乾等"自由资产阶级"作家,已被"斥"为"反动文艺"的代表③而失去他们的发言权。就这样,"左翼文学"在40年代与50年代之交的社会政治转折中,成为中国大陆唯一的文学,文学"一体化"目标得以实现。

"是经过了如此长期的苦痛,而又如此欢乐的诞生"④——这指的是1949年新中国的成立,但文学也应包括在内。不过,"纯粹"和"完美"既然是带有先验性质的目标,这一自"五四"便开始的新文学的不断区分、排斥、选择的过程,必定不会终止。事实是,"左翼文学"(或"革命文学")从一开始,便不是个在观念上和实践上一致的统一体。从20年代末"革命文学"的争论,到40年代对"论主观"的批判,都已是人所共知的事实:"左翼"内部争夺"正统"和"纯粹"的名分与地位的冲突的激烈程度,并不比与"自由资产阶级"的矛盾稍为逊色。随着

---

① 韩毓海在《新文学的本体与形式》中说:"他们的用意都不在于建立一种多元有机的文化秩序,而在于'冲破'一切有机的结构而走向一种文化的统一。"第40页,辽宁教育出版社,1993年。
② 见郭沫若在全国第一次文代会上的"总报告",《中华全国文学艺术工作者代表大会纪念文集》,第38—39页,新华书店,1950年。
③ 郭沫若:《斥反动文艺》,《大众文艺丛刊》(香港),1948年第1辑。
④ 何其芳:《我们最伟大的节日》,《人民文学》1949年第1期。

中国革命取得胜利、"左翼文学"成为唯一合法的文学事实这一状态的到来,冲突便更呈紧张。核心问题则是为即将展开的"当代文学"建立怎样的文学规范。围绕这一问题,左翼文学的领导者和权威作家在40年代和50年代前期,主要关注两个方面的工作:一是对30年代以来,尤其是40年代的左翼文学理论和实践进行总结、检讨,在不同主张、路线之间判定正误和优劣。① 二是关于"当代文学"的"传统"的争论,这既是各自主张的文学规范的依据,同时也为规范的合法性、权威性提出说明。在这一方面,他们都无法回避20世纪的两个历史时间(或事件),这就是已被"寓言化"了的"五四",和正在被"寓言化"的延安文艺整风(《在延安文艺座谈会上的讲话》,下文简称《讲话》)。在40年代与50年代之交,文学界对于"五四"和《讲话》所作的评述,都不是单纯的学术研究,而大体上是围绕这一现实问题所作的历史阐释。

左翼文学界的主要人物,无论是周扬、邵荃麟、林默涵,还是胡风、冯雪峰,都无一例外地把新文学看作"五四"新文化运动的产物,把即将展开的"当代文学"看作新文学的延伸和发展。与此同时,他们也都或积极或有些不情愿地肯定延安文艺整风和《讲话》在新文学历史上的重要性。将"五四"文学革命与《讲话》并举和联系在一起的这种态度,体现在当时两套大型文学丛书"新文学选集"(开明书店版)和"中国人民文艺丛书"(新华书店版)②的编辑和出版中。它们以1942年为界,分别向"当代文学"提供了有缺陷的成就("五四"新文学)和超越缺陷的榜样(根据地和解放区文学)的文学"资源"。

---

① 抗日战争结束之后到1949年,系统阐述、总结革命文艺运动的理论和实践的文章、著作主要有:冯雪峰《论民主革命的文艺运动》(1946)、胡风《论现实主义的路》(1948)、邵荃麟《对于当前文艺运动的意见——检讨·批判·和今后的方向》(1948),以及茅盾、周扬在第一次文代会上的报告《在反动派压迫下斗争和发展的革命文艺》《新的人民的文艺》。

② 赵树理是唯一同时进入这两套丛书的作家。将他列入"新文学选集",显然与编辑所言收1942年以前就有重要作品问世的作者这一方针不符。这反映了当时一种矛盾的态度:既想将解放区文艺作为榜样加以标举,又对其思想艺术水准缺乏充足的信心。

左翼文学界虽然有这样的一致态度,但在具体阐释、评价上,他们之间的分歧十分明显。对于周扬来说,他在当时已确立了毛泽东文艺思想的权威阐释者和坚决贯彻者的形象。在一篇题为《坚决贯彻毛泽东文艺路线》的讲演中,他认为《讲话》"把新文艺推进到了一个新的历史阶段",比起"中国近代文学史的第一次文学革命"的五四来,《讲话》是"第二次更伟大、更深刻的文学革命",因而"成了新中国文艺运动的战斗的共同纲领"。① 从这一立场出发,当周扬等回望"五四"时,他们觉得最为紧要的是确定这"第一次文学革命"的"性质"和"领导权"的问题,而这是为论证"《讲话》及其在文艺上所引起的变革,是'五四'文学革命在新的历史条件下的继续和发展"②所必需。这里,周扬既强调《讲话》与"五四"新文学运动的联系("继续"),又强调它们之间的区别("发展")。就前者而言,通过指认"五四"文学运动的性质和领导权来达到(无产阶级思想领导,和"一开始就是向着社会主义现实主义发展")③;就后者而言,则通过指出"五四"文学运动的缺失(没能解决文学"与工农群众结合"这一"根本关键"问题),来确定它们之间的"等级"关系("更伟大、更深刻"),从而使《讲话》及其在文学上产生的变革,成为当代文学直接的、更具"真理性"的"传统"。

在这一问题上,胡风、冯雪峰的看法有许多不同。他们虽也申明重视《讲话》在新文学历史上的意义,但并不把它看作带有根本性质的转折。在他们看来,中国新文学传统,早在"五四"时期,经由鲁迅为代表的作家的实践就已确定了。他们倒是忧虑过分宣扬、推行解放区文艺运动经验所产生的后果。胡风在《意见书》中指出,他 1948 年进入解放区以后的感觉是,"解放区以前和以外的文艺实际上是完全给否定了,五四文学是小资产阶级,不采用民间形式是小资产阶级",

---

① 《光明日报》1951 年 5 月 17 日。另见《周扬文集》(第 2 卷),第 50—51 页,人民文学出版社,1985 年。这一观点在《在中国共产党第一次全国宣传工作会议上的报告》等文章中一再重申,见《周扬文集》(第 2 卷),第 66 页。
② 周扬:《发扬"五四"文学革命的战斗传统》,《人民文学》1954 年 5 月号。
③ 同上。

"五四传统和鲁迅实际上是被否定了"。① 就第一次文代会和以后几年的情况而言,说"完全给否定"恐怕不很符合实际,但"五四"文学与《讲话》影响下的"新的人民文艺"的等级关系,是明白无误的。因而,一批"五四"和 30 年代著名作家在 50 年代初,纷纷检讨过去创作的失误:"贸然以所谓'正义感'当做自己思想的支柱","是非常幼稚,非常荒谬"的(曹禺);"过分强调了悲观怀疑、颓废的倾向"(茅盾);"只表达了小资产阶级知识青年的一些稀薄的、廉价的哀愁"(冯至);"我几乎不敢看自己在解放前所发表过的作品"(老舍)……

以"保卫五四文学革命传统"作为文学理想和实践的中心问题的胡风、冯雪峰,对"五四"的历史阐释与周扬等不同。《论民族形式》(1940)中的"以市民为盟主的中国人民大众底五四文学革命运动,正是市民社会突起了以后的、累积了几百年的、世界进步文艺传统底一个新拓的支流"②的提法,冯雪峰在《论民主革命的文艺运动》(1946)中的"五四"新文艺运动"所根据和直接受影响的",是 19 世纪批判现实主义和反抗的浪漫主义,"'五四'是这近代资本主义的文学的一个最后的遥远的支流"的论断,在 50 年代都被作为歪曲、篡改"五四"文学革命性质和领导思想而受到反复批判。③ 从逻辑上推断,他们既不强调"五四"新文学就是在无产阶级思想领导下、向着社会主义现实主义方向前进,又不突出《讲话》是"五四"传统的"最正确"的继承、发

---

① 胡风:《关于解放以来的文艺实践情况的报告》(即《意见书》),《新文学史料》1988 年第 4 期,第 7 页。
② 《胡风评论集》(中),第 234 页,人民文学出版社,1984 年。1954 年,在《关于解放以来的文艺实践情况的报告》中,胡风针对这一论述说:"今天看来,对于'五四'当时的领导思想的提法是错误的,是违反了毛主席的分析和结论的。"见《新文学史料》1988 年第 4 期。
③ 冯雪峰在《鲁迅和俄罗斯文学的关系及鲁迅创作的独立特色》一文中也说:"中国'五四'后的新文学,如果从近代资产阶级民主革命的世界文学范畴上说,那当然可以说是 18、19 世纪那以所谓批判的现实主义和否定的浪漫主义为其主流的世界资产阶级民主文学之一个最后的遥远的支流。"见《论文集》(第一卷),第 124—125 页,人民文学出版社,1952 年。在他 1952 年撰写的长文《中国文学从古典现实主义到无产阶级现实主义发展的一个轮廓》中,这一观点有了改变。

扬,并解决了"五四"没能解决的"根本性"问题,那么,这自然可以理解为"正是以'五四'文艺传统来对抗毛主席讲话的精神的"。①

通常我们会把"当代文学"的"渊源""追溯到1919年五四新文学运动的兴起",而它的"直接源头""则是1942年的延安文艺座谈会"。② 其实,在用"渊源"和"直接源头"把二者加以联结的描述下面,掩盖着左翼文学领袖和权威作家在这一问题上的裂痕和冲突的历史。

文学规范的争持

对当代文学的"传统"所作的不同选择和阐释,是出于现实的需要,而中心问题是文学路线、文学规范的确立。

通过第一、第二次文代会的召开,通过对电影《武训传》、对萧也牧的小说等的批判,通过50年代文艺界的整风学习,也通过对符合这一规范的创作的标举,在50年代初的几年中,对当代文学所作的"规范",已有了清晰的轮廓和细致的细节:不仅明确规定了文学的社会政治功能,而且规定了理想的创作方法;不仅规定了"写什么"(题材、主题),而且规定了"怎么写"(方法、形式、风格)。

但是,在1957年以前,这一统一的文学规范,也受到有力的,然而是悲剧性的挑战。其中重要的有两次:一是1954年胡风等以《意见书》的方式所作的冲击,二是1956年至1957年间的"百花时代"秦兆阳等在理论和创作上的质疑。胡风在《意见书》中,曾把林默涵、何其芳对他的批评的主要观点③概括为放在"读者和作家头上"的"五把'理论'刀子",认为当时文艺界的问题是"宗派主义统治,和作为这个

---

① 王瑶:《关于现代文学史上几个重要问题的理解——评雪峰〈论民主革命的文艺运动〉及其它》,《文艺报》1958年第1号。
② 朱寨主编:《中国当代文学思潮史》,第3页。
③ 林默涵的《胡风的反马克思主义的文艺思想》、何其芳的《现实主义的路,还是反现实主义的路》,分别载《文艺报》1953年第2号和第3号。

统治武器的主观公式主义(庸俗机械论)的理论统治"。这大致勾勒了分歧的要点,可以作为冲突的线索来把握。而争论、冲突的中心问题,则是文学与政治这一困扰着20世纪大部分时间的中国文学的基本问题。

文学与政治的密切关系,是近百年中国文学的重要特征,在某些阶段甚至处于无法剥离的胶着状态。这都已是人们经常说到的。事实是,连那些"文艺自由""为艺术而艺术"的主张,也不同程度地折射着政治性的内容。胡风、冯雪峰、秦兆阳等,当然更绝对不是文学独立、艺术自足的艺术至上论者。在坚持文学是一种战斗的"武器",在抨击那些艺术超然于阶级政治之上的论者上,他们同样是坚定而毫不含糊的。① 但是,对于文学的政治目的、要求的性质,以及如何实现这一目的、要求的途径(方式)上,他们与周扬等有着不同的理解。虽然胡风等并不认为文学应该独立于政治,但他们同样也不认为文学应该等同于政治,或被政治所湮没、取代。他们担心的是文学作为一种特殊的"意识形态",会失去其质的规定性,最终是失去了文学,也失去了文学作为一种"武器"的社会政治功能。从抗日战争开始,他们对左翼文学在创作上存在的"主观公式主义""概念化""标语口号倾向""将社会科学的概念或政治的概念加以演绎"的"反现实主义",对于理论批评上的"教条主义""庸俗机械论",便一再提醒、批评。② 这正是根源于这种忧虑。在50年代,他们看到创作和理论上的上述倾向有增无减。他们认为,问题的症结在于文艺界的领导者"对待这个领域本身的任何"问题,"一切都简简单单依仗政治"的缘故;"完全否定了'没有个性就没有共性'这个唯物论的基本原则,完全忽视了文艺底专门特点,完全忽视了文艺实践是一种劳动,这种劳动有它的基本

---

① 胡风和冯雪峰都激烈地批评朱光潜等的主张,见胡风《关于抽骨留皮的文学论》,《胡风评论集》(中),第302页;冯雪峰《"高洁"与"低劣"》,《论文集》(第一卷),第81页。
② 见冯雪峰《论民主革命的文艺运动》《论艺术力及其他》《关于创作和批评》,胡风《民族革命战争与文艺》《置身在为民主的斗争里面》《论现实主义的路》等。

条件和特殊规律"。①

出于解决左翼文学长期存在的痼疾的动机,胡风、冯雪峰想从理论上来协调文学与政治之间的紧张关系,解开文学的政治性和艺术性关系这一几乎无法解开的"结"。他们对于将政治性和艺术性分开谈论、分别规定批评上的政治标准与艺术标准的做法表示异议,而试图将它们加以"整合",以保护文学应有的"特质"。1946年,冯雪峰在《题外的话》中就坚持认为,不应从艺术的价值和艺术的体现之外去看作品的政治意义和社会政治价值。在《论民主革命的文艺运动》中,他也表达了相似的观点:"政治决定文艺的原则,是现实和人民的实践决定文艺实践的原则。这原则,在文艺的实践上,即实践政治的任务上,又须变为文艺决定政治的原则。"文学上的政治倾向问题,文学作品中的政治性,必须放在文学本身的基点上,作为文学的构成的因素来对待。这一观点,在1950年阿垅那篇受到批评的文章《论倾向性》②中,用了这样一个比喻来表述:"可以把文学比拟为一个蛋,而政治,是像蛋黄那样包含在里面的。"其后,胡风和秦兆阳在质疑"社会主义现实主义"这一口号时③,也都沿着这一相同的思路,即不应在"艺术"之外强加另外的要求和限制:"在科学的意义上说,犹如没有'无论怎样的'或'各种不同的'反映论一样,不能有'无论怎样的'或'各种不同的'现实主义。""现实主义"的规律,在他们心目中也就是文学的规律,那是一贯的、恒定的,有了"追求生活的真实和艺术的真实"这一"根本性质的前提"就已足够,这就是冯雪峰所说的,"必须借艺术的方法、的机能、的力量所带来的"来考察政治价值和艺术价值等问题。

在50年代,由于更加强调政治对文学的决定和文学对政治的配

---

① 胡风:《意见书》,《新文学史料》1988年第4期。
② 《文艺学习》(天津)1950年创刊号。
③ 见胡风《意见书》,以及何直(秦兆阳)《现实主义——广阔的道路》,《人民文学》1956年第9期。

合,也由于在这一规范下出现所谓"粉饰生活"的创作倾向,文学的"真实性"这一经常被作为协调文学与政治关系的命题,被更为显要地提出来,并构成1956—1957年文学思潮的核心理论问题。阿垅的《论倾向性》、冯雪峰的《关于创作和批评》、胡风的《意见书》、秦兆阳的《现实主义——广阔的道路》、周勃的《现实主义在社会主义时代的发展》、陈涌的《为文学艺术的现实主义而斗争的鲁迅》、刘绍棠的《我对当前文艺问题的一些浅见》,都把重视"真实性"作为使文学摆脱困境的有效法宝。针对"艺术的真实性""在过去长久的革命文学的历史里""往往是被忽视的"这一情况,他们都用无可辩驳的语气作出类似于这样的宣告:"真实是艺术的生命,没有真实,便没有艺术的生命,艺术的政治价值和社会价值,都是不能离开艺术的真实而存在的。"① 将"真实性"作为文学中心(或根本)问题来提出的做法,在60年代初李何林那里得到再现。这一次他是从批评的角度提出问题。他声称:"不存在思想性和艺术性不相一致的作品",因为"思想性的高低决定于作品'反映生活的真实与否',而'反映生活真实与否'也就是它的艺术性的高低"。②

在这里,"真实性"被作为统一、"整合"文学的政治性与艺术性的对立关系,消解其矛盾的支点,成为衡量文学的政治倾向性和艺术性的统一标尺。在"真实性"的维护者那里,现实主义文学的这一叙事成规,被看作是对文学的普遍性特质的概括:以真实反映生活作为根本性特征的现实主义传统,"经过长期的文学上的连续的、相互的影响和经验的积累","已经成为美学上的具有客观规律性的一种传统";③也正如胡风所说的,"作为一个范畴,现实主义就是文艺上的唯物主义认识论(方法论)","真实性"的要求也就是文学的"客观规律"的要求。

---

① 陈涌:《为文学艺术的现实主义而斗争的鲁迅》,《人民文学》1956年第10期。
② 《十年来文学理论批评上的一个小问题》,《河北日报》1960年1月8日;《文艺报》1960年第1期加批判性的"编者按"后转载。
③ 冯雪峰:《中国文学从古典现实主义到无产阶级现实主义发展的一个轮廓》,《文艺报》1952年第14、15、17、19、20号。

就这样,在50年代,对文学的真实性的强调被作为试图将文学从政治的过度干预、控制中摆脱的策略。对这一"策略"的表达,同样也以一种"真理性"表述的方式来进行。

秦兆阳、陈涌等都充分地论述了文学的"真实性"的重要,论述了"真实地反映现实的问题","应该成为文学艺术创作的第一个和基本的"问题。不过,他们都多少忽略或回避了"真实性"的内涵,忽略和回避了对如何才能达到"真实地反映现实"进行解说。实际上,他们所理解的"真实"并不完全一致。对秦兆阳等来说,他可能认为这指的是对客观生活的尊重,按照生活的本来样子来"反映"生活。而对胡风等来说,则认为是主客体的拥抱、肉搏,主体对客体突入中感觉、情绪的真实("文艺不能不是肉身的东西")。"真实论"者在阐述中留下的空隙,也便是1957年下半年之后反右派斗争对他们展开反击时的论题:真实地反映生活并不错,但是,要的是什么样的"真实"?怎样才能达到"真实"?问题的前半,涉及衡量标准,以及有关现象与本质、细节与规律的区分;问题的后半,则又回到"真实论"者竭力想加以"掩埋"的世界观与创作方法的关系这一陈旧的话题上来。

批判者提出的这种驳诘并非没有道理。生活的"真实本质"既然不能自动呈现,创作又是一种"书写"行为,"真实"便是人的陈述和揭示,自然与创作主体的思想、心理、艺术能力等有关。不过,这也并不使"真实论"的批评者站到更有利的位置上。既然是否真实反映生活有赖(决定)于作家的思想立场、世界观的状况,那么,也就不可能确立一种"客观的""不依人的主观意志转移"的对"真实"的判断的尺度。因而,作家写作时就必然遇到"很难有信心地自以为已经能够正确地解决"的难题:"我所感觉到的是怎样的?应该是怎样的?实际是怎样的?"①有关某一作品是否真实反映现实的争论,因为无法确证而在当代文学过程中演变为因人因时而异的无休止的争吵。

---

① 茅盾:《夜读偶记》,《文艺报》1958年第10号。

启蒙思想者的悲哀

实际上,"真实""真实性"在当代文学论争中,从来不是一个纯粹的理论问题。在这上面引发的争论,反映着左翼文学内部不同派别之间在文学理想、文学规范上积累已久的歧见。对他们来说,"真实性"是有特定含义的概念。在"真实论"的批判者看来,真实地反映生活,就是要充分地表现现实中的"光明面",肯定、歌颂工农群众及其英雄人物,并对生活、对未来表现出一种乐观主义的态度。而对于秦兆阳等来说,"真实性"显然是他们反对"粉饰生活""无冲突论"的代称。"写真实"就是要表现生活的复杂性,"大胆干预生活",不回避现实生活中的阴暗面,揭露一切病态的、落后的现象。这就是发表刘宾雁的特写时,秦兆阳在《编者的话》中所说的:"我们期待这样尖锐提出问题的、批评性和讽刺性的特写已经很久了","我们应该像侦察兵一样,勇敢地去探索现实生活里面的问题"。① 这也是黄秋耘在他的一系列短论中所呼唤的:"作为一个有着正直良心和清明理智的艺术家,是不应该在现实生活面前,在人民的疾苦面前心安理得地闭上眼睛保持缄默的。"②

50年代文学规范的这些主要挑战者的理论主张和实践,所描绘出的是文学上的"启蒙主义者"的精神风貌。他们在文学思想和精神气质上,更多承接19世纪西方尤其是俄罗斯现实主义文学的"批判生活"的传统。他们耽爱沉郁、忧伤的美学风格,他们几乎无例外地将鲁迅作为自己的精神领袖,奉为思想和行动的楷模。他们当然是从自己的立场上去理解、亲近鲁迅的,从鲁迅身上得到的"启示"是:"缺少对人民命运的深切关心,缺少对生活的高度热情,缺少'己饥己溺,民胞物与'的人道主义精神,缺少'死守真理,以拒庸愚'的大勇主义精神,

---

① 秦兆阳:《编者的话》,《人民文学》1956年第4期。
② 黄秋耘:《不要在人民的疾苦面前闭上眼睛》,《人民文学》1956年第9期。

就没有崇高的人格,也没有真正的艺术。"①在对中国历史和现状的认识上,他们更多地看到在前进过程中的沉重历史负累,而这主要表现为存在于民众生活和精神上的"创伤":一方面是韧性的生命力和战斗力,另一方面则是麻木、愚昧,奴性的卑贱和苟安。因而,一个革命作家,负有如冯雪峰讲过的"实际地媒介革命的新的思想和文化传统于大众"的责任,对大众讲出"真理"的责任。他们在被要求投身大众、转变思想感情和立足点的"苦难的历程"中,怀恋着"个人主义""个性主义"的立场,企图尽可能维护他们所珍惜的思想自由和个体的独立性,并在此基础上设计了他们理想的人性建设的前景。可以这样说,在50—70年代的30年间,不同时期处在与确立权威性的"文学规范"对立地位的文学力量,最主要体现为一批作家维护、修复其作为思想"启蒙者"和文学现实主义者的身份、精神地位和艺术品格所作的努力。这里面的两个要点是:文学上的批判精神的合理性,与对个体价值、个体精神自由的信仰。这也构成了1956—1957年以"写真实"和"干预生活"为口号的创作的两大主题,一方面,是对于新社会肌体尚潜隐或已显露的疾患和危机的揭发;另一方面,是"觉醒"的、追求精神自由和个性发展的个人与"大众"及其代表力量之间的摩擦、对抗,以及"个体"的孤立无援的处境,揭示"启蒙者"在现代社会中的悲剧性命运。王蒙的《组织部新来的青年人》,讲述知识者与大众、个体与群体之间的冲突的故事。从故事模式、叙事方式到主题类型,都不难找到与丁玲的《在医院中》的相似点,它是《在医院中》的"当代"续篇,只不过林震比起陆萍所面对的是更为"体制化"的力量,而作家在强加给他们乐观的结局时,《组织部新来的青年人》则显得更缺乏信心。② 这种相似,提示了问题的延续性,提示了中国现代文学的许多历史问题也是现实问题。因而,将发生在15年前的延安的那

---

① 黄秋耘:《启示》,见《苕花集》,第2页,新文艺出版社,1957年。
② 60年代初又有一些批判性作品,如《陶渊明写"挽歌"》《广陵散》《杜子美还家》等历史题材小说,《海瑞罢官》《李慧娘》等戏剧,邓拓等的杂文随笔。

批"毒草"(《野百合花》《三八节有感》)等拿出来,在《文艺报》上进行"再批判",便是顺理成章的了。

在 50 年代,围绕"文学规范"所出现的争持和冲突,既然是左翼文学历史上不同文学主张、理论派别的矛盾的继续,那么,伴随着一方取得的胜利,对历史加以"清算"也必然提上日程。1957 年下半年对丁玲、冯雪峰等所展开的声势浩大的斗争,1958 年初以周扬的名义发表的总结性长文《文艺战线上的一场大辩论》①,都是以现实问题为契机来"清算"历史旧案的例证。在座谈周扬文章的会议上②,邵荃麟、林默涵、袁水拍等也明白无误地说明这一意图:周扬文章不仅分析、总结了反右派斗争,而且分析了这场斗争的历史的、阶级的根源,"对长期以来我国左翼文艺运动中的分歧和争论,也提供了一个澄清和总结的基础"。"长期以来",通过冲突、排斥以选择最具价值的文学形态的过程,似乎有了完满的结果,终于理清了这样一条线索:从 20 年代到 50 年代,存在一条由"混进"革命队伍的"资产阶级分子"组成的"资产阶级的文艺路线",包括"托派分子"王独清,"第三种人",胡风和冯雪峰,延安时期的王实味、丁玲、艾青、萧军,以及 50 年代的秦兆阳、钟惦棐等。在清理斗争的"脉络"的基础上,进一步分析这条异端的文艺路线的思想、阶级根源,并开展了一场对"资产阶级个人主义"的批判。周扬在这篇文章中,作出了这样的著名论断:"个人主义,在社会主义社会,是万恶之源。"他把丁玲、冯雪峰之所以"堕落"为右派分子,归结为在思想根源上对于"个人主义包袱"的坚持。

在当时被当作"癌症"③看待的"个人主义"的名目下,容纳进了政治、哲学、伦理道德等不同范畴的认为需要批判的东西,如"自私自利,唯利是图";如"要名,要利,要权","想夺,想偷,想抢";如"培植自己

---

① 周扬:《文艺战线上的一场大辩论》,《文艺报》1958 年第 5 号,文章由张光年、刘白羽、林默涵等执笔。
② 座谈会的发言载《文艺报》1958 年第 6 号,标题为《为文学艺术大跃进扫清道路》。
③ 张光年 1957 年发表了《个人主义和癌》《再谈个人主义和癌》等文章,见《文艺辩论集》,作家出版社,1958 年。

的小圈子",企图实现"称霸文坛的野心";如精神上的空虚、寂寞、悲观;如"人格独立""个性解放"的要求和顾望;如"个人奋斗"的人生道路,等等。这些批判,看起来像是为着个人道德的纯洁所作的努力,又像是为着制定个体与社会关系的规约。当然,也是一场想全面而彻底地摧毁强调个性、个体尊严与价值的人文思潮的运动。将道德上的利己主义与人文思潮的个人主义完全混同,这大概会加强批判上的感情憎恶,也更容易置个人主义于被审判的境地。不过,在根本目的上,批判所要达到的,不仅是利己主义思想行为,最主要的是破坏、挤压个人的思想、精神"独立性",艺术创造的"自主性",取消人的生活和精神上的"个人空间",用"公共空间"来取代"个人空间"。这种批判,对大多数接受"五四"启蒙思想传统的作家来说,显然是令人惊惶不安的。这等于抢夺了他们的"财富",也剥夺了他们思考和运用知识的"特权"。这些投身革命运动的左翼作家,投身阶级和集体是否就意味着他们所理想化的"精神自由"和思想"自主性"的丧失?他们大概也会如罗曼·罗兰那样,去探索"个人主义"在无产阶级的"集体的沃土"中重新获得生命的可能。不过,这将是他们永久却无法实现的渴求。启蒙思想者为着认识和拥抱这个时代,追求着更充实的灵魂和更高的理想,高扬着"用他的内心的生命去肉搏"的愿望,并对于"更有思想能力的人"的知识分子"能够借对于历史的概括与透视而转移自己的地位加入民众的路线"的确信,以及他们"接近与深入历史的真理"①的责任的自觉承担。这一切,在对"个人主义"的批判中,都受到谴责和嘲笑。胡风、冯雪峰、丁玲、秦兆阳等自认为带有崇高、悲壮色彩的质疑和挑战,在被相当程度地"丑角化"处理之后,被宣布为非法。

周扬观点的"后退"

在经过毛泽东审阅修改的《文艺战线上的一场大辩论》中,毛泽东

---

① 冯雪峰:《有进无退》,第120—121页,上海国际文化服务社,1945年。

加上了这样一段文字:"在我国,1957年才在全国范围内举行一次最彻底的思想战线上和政治战线上的社会主义大革命,给资产阶级反动思想以致命的打击,解放文学艺术界及其后备军的生产力,解除旧社会给他们带上的脚镣手铐,免除反动空气的威胁,替无产阶级文学艺术开辟了一条广泛发展的道路。在这以前,这个历史任务是没有完成的。这个开辟道路的工作今后还要做,旧基地的清除不是一年工夫可以全部完成的。但是基本的道路算是开辟了,几十路、几百路纵队的无产阶级文学艺术战士可以在这条路上纵横驰骋了。文学艺术也要建军,也要练兵。一支完全新型的无产阶级文艺大军正在建成,它跟无产阶级知识分子大军的建成只能是同时的,其生产收获也大体上只能是同时的。这个道理只有不懂历史唯物主义的人才会认为不正确。"①

对于这次"最彻底"的"社会主义大革命"的认识,对于当时文艺界形势的估计,周扬等应该也持有毛泽东这样的看法。但是,对待另一些问题,也可能会有不同。对于周扬等来说,这场斗争的最主要意义是在理清历史的原来纠缠不清的"疑团",是对左翼文学运动中冲突着的各种文学主张、理论派别的性质和功过作出结论,它解决的是"选择"的问题。而在毛泽东看来,这是"旧基地的清除"、为"无产阶级文学艺术""开辟道路"的工作。这种估计上的差异,在当时并未显露出来,到1967年后开始的又一场"最彻底"的"大革命"中才充分暴露。

1958年,在发动经济上的"大跃进"的同时,也掀起了文艺的"大跃进"。这一年,毛泽东指示要搜集民歌,他认为失败的新诗的出路一是民歌,二是古典,要在这个基础上产生新诗。由此,全国出现了遍及城乡的"新民歌运动"。他提出以"革命现实主义和革命浪漫主义相结合"的创作方法,来取代从苏联移植的"社会主义现实主义",将浪漫主义加以强调、突出。他号召工人农民破除各种"迷信",也破除对文艺的神秘性的迷信,而大胆进入文学创作和批评领域。他提出无产

---

① 周扬:《文艺战线上的一场大辩论》,《文艺报》1958年第5号,文章由张光年、刘白羽、林默涵等执笔。

阶级要"抓到真理,就藐视古董","厚今薄古"。所有这些观点、措施,都有着"战略"性构思的性质。

我们无法清楚了解当时文学界的主持者对这一切的全部真实看法。不过在这一年里和稍长一点的时间里,周扬、郭沫若、邵荃麟以及茅盾等,都表现出积极响应与推动的态度。对于"两结合"创作方法所展开的讨论,对于新诗发展道路的讨论,《红旗歌谣》的编辑出版,"开一代诗风"的命题的提出,《文学工作大跃进32条(草案)》的制订,对"歌颂大跃进,回忆革命史"的创作题材、主题的肯定等等,都说明了这一点。为了支持、证明毛泽东的"随着经济建设高潮的到来,不可避免的将要出现一个文化建设的高潮"的论断,《文艺报》发表文章,认为马克思关于艺术生产与物质生产发展的不平衡"规律"在社会主义时代已经过时了,已经被艺术生产适应于物质生产的新现象所代替①——在"质疑"马克思的"经典性"论断中,为"共产主义文学"在中国的必然繁荣、丰收的前景提供理论上的支持。

不过从1958年下半年,特别是1959年开始,我们就能从一些迹象中觉察到周扬等的忧虑和不安。这些情况,有时存在于个别的作家身上,但也体现了文学界领导层的看法和心态。在新诗发展道路的讨论中,何其芳、卞之琳等从对民歌形式局限性的提出上,来质疑新诗必须以民歌和古典作为基础的观点。当有的读者在当时的政治和文化思潮的引领下,从抽象的理论命题出发来否定《青春之歌》和《锻炼锻炼》等作品时,茅盾、何其芳、马铁丁、王西彦等站出来为它们辩护,王西彦还声称要"充当一名保卫《锻炼锻炼》的战士"②。当有人以藐视

---

① 周来祥:《马克思关于艺术生产与物质生产发展的不平衡规律是否适用于社会主义文学》,《文艺报》1959年第2号。《文艺报》第4号发表张怀瑾的《马克思关于艺术生产与物质生产发展不平衡规律是"过时了"吗?》的质疑文章,但也只是说应该用"发展"来代替"过时"。

② 见茅盾《怎样评价〈青春之歌〉?》,《中国青年》1959年第4期;何其芳《〈青春之歌〉不可否定》,《中国青年》1959年第5期;马铁丁《论〈青春之歌〉及其论争》,《文艺报》1959年第9号;王西彦《〈锻炼锻炼〉和反映人民内部矛盾》,《文艺报》1959年第10号。

古董的姿态,"漠视"托尔斯泰,声称"托尔斯泰没得用"的时候,当时的《文艺报》主编张光年反问道:"谁说'托尔斯泰没得用'?"并肯定地说:"不但我国古代的优秀遗产不容否定,而且外国古代的优秀遗产也不容否定;不但对自己民族的伟大先辈不容漠视,对别的民族的伟大先辈也不容漠视。"针对那种要"发动群众自己来写"才能反映我们的时代的说法,张光年以一种"诡辩"式的反驳,来拒绝精神产品主要创造权的"让渡":将文学创作的任务,"一古脑儿推给从事于紧张的生产劳动的工农兵群众","这不是要文艺为工农兵服务,而是要工农兵为文艺服务"。① 对于"大跃进"的文艺运动,茅盾也开始提出问题:"革命浪漫主义精神固然很充分,革命现实主义,也就是对现实的科学分析,还嫌不足。"②

在一般的情况下,我们对中国左翼文学内部的矛盾冲突,常作出胡风、冯雪峰与周扬各代表不同"路线"的这种区分。从总体的情况而言,这是有根据的。不过,并不是在任何情况下,在所有问题上,都可以使用这种简单的处理方法。一方面,他们之间的观点也有许多相似、重合之处;另一方面,在不同时间,由于情势的变易,自身的主张向着不同方向偏斜的现象,也很常见。而他们中的一些人,兼具文学家与文学官员、文学政策制定者和施行者的双重角色,也会造成思想行动上的复杂性。胡风、冯雪峰、秦兆阳以至周扬,当他们在不同历史时间里被置于受批判的位置上时,总会受到在道德层面上的诸如"表里不一,言行不一","不老实","阴一面,阳一面"的指控。③ 这种道德裁决虽说不见得妥当,但他们理论主张等的摇摆和变化,却并非都属

---

① 张光年:《谁说"托尔斯泰没得用"?》,《文艺报》1959年第4号。
② 茅盾:《创作问题漫谈》,《文艺报》1959年第5号。
③ 以群指出,陈涌曾经批判胡风,可是到了1956年他却已经成为"胡风文艺观点的化装宣传员了"。《谈陈涌的"真实"论》,《文艺报》1958年11号。张光年指出秦兆阳1955年也批判胡风,"事隔一年半","他的看法变了","今天说东,明天说西;正面一套,反面一套"。《应当老实些》,见张光年《文艺辩论集》,第141页。姚文元批判周扬文章题目就是《评反革命两面派周扬》(《红旗》1967年第1期)。

虚构。

　　从大多数情况来看,周扬更重视、强调文学的政治目的、政治功利,强调创作过程中作家思想、世界观的决定性作用,也表现了一种有的研究者所说的对于"理论彻底性"的迷醉。但是,在某些时候,他的"指针"也会向另一侧面移动,特别是当不是处于派别论争、冲突,而是他主持着文学界而梦想出现一种繁盛的局面的时候。周扬担任"鲁艺"早期领导工作时,显然是实行看重读书、提高艺术技巧和创作上扩大题材范围这一后来被批评为"关门提高"的方针。延安文艺整风之前他在《解放日报》上发表的《文学与生活漫谈》,批评了那种认为有生活就有文学的观点,强调的是文化积累和学习技巧,提出写作要"深历了'语言的痛苦'"这一左翼文学家很少触及的命题。对于创作过程,他运用了主体"突入"客体,主客体"融合""格斗"等胡风式的用语,并推崇王国维所说的那种"意境两忘、物我一体"的创作境界。这些,都多少离开了他坚持的"反映论"和文学的"党性"原则。不过,在文艺整风之后,他的思想立场迅速转变,检讨"鲁艺"办学方针,撰文严厉批评王实味,积极强调并推动文艺对政治的配合,编纂《马克思主义与文艺》,以确立毛泽东文艺主张在马克思主义文艺理论体系中的地位。在五六十年代,周扬以毛泽东文艺思想的权威阐释者和贯彻者的面貌出现,他发表了《坚决贯彻毛泽东文艺路线》的文章,主持了对左翼文艺运动中的"异端"派别的批判,文学的政治目的、政治功效,始终是他所不愿或不敢稍有松懈的。但是,他也为当代文学的普遍公式化、概念化现象所困扰。[①] 他对毛泽东发动的一些批判运动,显然缺乏思想准备,在50年代中期,也曾在一定限度内首肯、支持文学革新力量的主张。在亲历了"大跃进"的文艺运动,看到这一激进的文学思

---

① 1952年5月26日为《人民日报》撰写的《毛泽东同志〈在延安文艺座谈会上的讲话〉发表十周年》的社论中,1953年9月24日在第二次文代会的报告《为创造更多的优秀的文学艺术作品而奋斗》中,特别是1956年2月在中国作协第二次扩大理事会上的报告《建设社会主义文学的任务》中,周扬都用许多篇幅谈到公式化、概念化的问题。

潮对文学产生的损害之后,他也开始在矛盾之中来调整自己的观点。在 1960 年第三次文代会上他依然表现了激烈的革命姿态,但同时和之后,则和邵荃麟等一起,主持、推动了一系列的活动,以从 50 年代后期的路线上"退却"。这包括召开多次的调整、纠正文艺工作"左倾"的会议①,发表题为《题材问题》的《文艺报》专论②,写作纪念《讲话》20 周年的《人民日报》社论《为最广大的人民群众服务》③,制定最后由中央宣传部发布的《关于当前文学艺术工作若干问题的意见》的文件。

在这段时间里,50 年代胡风、秦兆阳等提出的若干基本问题又再次提出。但这一回不是反对的派别从理论上以论辩、冲突的方式,而是文学界领导者从政策上以调整、反思的方式出现。周扬在 1961 年 6 月召开的文艺工作座谈会上,讲了这样一段话:"不注意文学特点,庸俗社会学就出来了。胡风对我们作了很恶毒的攻击,他是反革命。但是,经常记得他攻击我们什么,对我们也有好处。他有两句话是我不能忘记的。一句:'20 年的机械论统治'。如果算到现在,就是 30 年了。他所攻击的'机械论'就是马克思主义。我们是马克思主义领导文艺,而不是'统治'。然而,我们也可以认真考虑一下,在我们这里有没有教条主义……胡风还有一句:反胡风以后中国文坛就要进入中世纪。我们当然不是中世纪。但是,如果我们搞成大大小小的'红衣大主教'、'修女'、'修士',思想僵化,言必称马列主义,言必称毛泽东思想,也是够叫人恼火的就是了。我一直记着胡风的这两句话。"④

在与胡风划清楚界限的前提下,来重提胡风对"主流"文论和文学政策批评的核心问题,并在一定程度上肯定这种批评,这毕竟显示了周扬的胆量和气度。这段话,也揭示了问题的两个重要方面。一方

---

① 主要有 1961 年 6 月在北京召开的文艺工作座谈会,1962 年在广州召开的全国话剧、歌剧、儿童剧创作座谈会,1962 年 8 月在大连召开的农村题材短篇小说创作座谈会等。
② 《文艺报》1961 年第 3 号,张光年撰写。
③ 《人民日报》1962 年 5 月 23 日,社论为周扬执笔撰写。
④

面,是在文学与政治的关系中维护文学的"特质"。他所做的也是胡风、秦兆阳当年试图阻挡"政治"对文学的湮没,并有限度地承认作家在题材、人物、风格、方法上的"自主性"和多样选择。用"最广大的人民群众"来替换"工农兵"这一概念,目的是模糊其阶级性的规定。另一方面,则是重新审度1958年以后成为文学思潮和创作方法中心的"浪漫主义",提出"现实主义深化"和重视体现复杂现实矛盾的"中间状态"人物的创造,来重提"真实性"。在对文学应有助于培养有复杂思想、丰富知识和独立思考的个性的提倡下,来"复活"在1958年被置于死地的"个人主义"。

周扬毕竟还是个文学家,有他的文学理想,有他所钟爱的俄国文学和俄国革命民主主义批评家。他受过"五四"新文学的精神的浸染,自觉对中国新文学的未来负有责任。人类历史上的精神财富,已经化入他的血液,对他来说已不可割断。西欧文艺复兴、启蒙主义和19世纪现实主义,以及歌德、莎士比亚、托尔斯泰等巨匠是他经常仰慕的"高峰",也是他梦想"超越"的"高峰"。文学究竟能为革命、政治做些什么?在政治的"神圣祭坛"上,文学又究竟应该"供献"出多少?这是他紧张思虑的问题,也构成他内心矛盾的重要内容。他在这些关系上的不坚定的摇摆,尤其是60年代初的"后退",埋下了后来悲剧命运的种子。不过,真正的悲剧意味在于,他当时并未能以一种超越的精神态度,来反思长期陷于其中的这些"艺术难题"。精神态度上的"超越",在他经历了"炼狱"的考验折磨之后的晚年,才出现了这种可能性。

激进的文学思潮

20世纪的中国文学,是否存在左翼的激进文学思潮(或派别)?回答应该是肯定的。但是,在很长的时间里,它的表现是分散的、局部的、缺乏理论与实践的体系性的;它存在的同时,也存在着制约它、抗衡它的力量。另外,这一思潮也并不总表现为有固定的代表人物的这种形态。

到了 50 年代后期,情况发生了一些变化。尤其是 1963 年以后的十多年里,激进的文学思潮(或派别)成了控制全局的、唯一合法化的力量。

这里需要关注当时的社会政治和文化的背景。一是毛泽东文学思想发生的某种变化。1958 年,毛泽东提出了"两结合"的口号。一般来说,人们都把它看成是与"社会主义现实主义"同属于一个体系,或称它为后者的"发展"。提出者本人对这一"创作方法"并未作出任何进一步的阐释,但最明显的特征是,不管是文字表述上,还是精神实质上,"浪漫主义"都被置于显著的甚或可以说是主导性的位置上。这一点,应该说是毛泽东的文学观点的合乎逻辑的发展。

有些研究者指出,《讲话》中强调作家深入生活,在生活中观察、分析、体验一切人、一切阶级,这是对文学真实反映生活的重视。他们还通过对《讲话》不同版本的比较,来论证毛泽东把文艺创作的性质大体上理解为工匠对材料的加工;①因而,生活材料本身是至关重要的。这种说法有一定道理,或者说是毛泽东文艺观的一个方面。但另一方面则是对"写实"的超越,对"浪漫主义"的重视,即《讲话》中所说的"文艺作品中反映出来的生活却可以而且应该比普通的实际生活更高,更强烈,更有集中性,更典型,更理想,因此就更带普遍性"。既然文学负有"帮助群众推动历史的前进"的使命,革命政治是文学的"终极性质"的目的,那么,仅仅反映生活又能给生活增加些什么?真实与理想、文学性与政治性、文学"规律"与政治目的、现实主义与浪漫主义等关系,本来就是左翼文学家一辈子都要处理的难题,毛泽东当然也不例外。在《讲话》里,我们至少在表面上看到保持着一种平衡关系。到了"两结合"的提出,文学目的性、浪漫主义、文学的主观性因

---

① 1948 年东北书店版的《毛泽东选集》中的《讲话》,使用了"自然形态的文学艺术","加工形态的文学艺术","从此时此地的人民生活中的文学艺术加工成观念形态上的文学艺术作品","加工过程即创作过程","把原料与生产、把研究过程和创作过程统一起来","没有原料或半制品,你就无从加工"等概念和说法。

素,就成为主导的、决定性的因素了。这加强了从政治意图和激情出发来"加工"生活材料的更大可能性。另外,在60年代,毛泽东在思想文化上对资产阶级的批判,发表的对文学艺术的两个批示,以及他关于开展"文化大革命"的理论阐述,都为文学激进思潮提供了理论上的支持和依据。

这一思潮在60年代,形成一个政治—文学派别。通过开展全面的文化批判运动(哲学、史学、经济学、文学艺术等),通过精心制作样板性作品,来逐步确立激进的、命名为"无产阶级文艺"的文学规范体系。这一派别在60—70年代的理论和实践,表现出这样的一些特征。

首先是政治的直接"美学化"。周扬和胡风之间虽然存在理论分歧,但他们在文学内部诸因素关系的理解上却是一致的。这就是思想(政治性)——真实性(现实性)——艺术性的结构。他们的分歧,是在肯定这一基本格局之下产生的。而对于激进派来说,则表现了拆卸这一格局,从中清除"真实性"的趋向,而使这一结构简化为政治——艺术的直接关系。这是为着将政治目标、意图,更直接地转化为艺术作品。当然,"真实"的概念,在60—70年代也一直在使用:既用来褒奖合乎规范的作品,也用来批判"歪曲现实"的创作。但"真实""真实性"的含义已经不同。文学的真实性对周扬等来说,是在作家的感觉怎样、应该怎样和实际怎样之间的协调和平衡,而现在,"真实"已被等同于"应该怎样"——一种主观性的认定;在文艺实践中,其结果是政治与文学的界限再难以划分。小说《刘志丹》、京剧《海瑞罢官》,既是文学文本,也被当作政治文本;而江青等在70年代主持的小说、电影、戏剧的创作,本身便是政治行动。因而,后来的批判者既憎恶又不屑地称它们为"阴谋文艺"。这种政治和文学的难以剥离的情形,对激进派来说并非一种失误,而是自觉追求:打破日常生活与文艺的界限。

其实,这种追求一直广泛地存在于20世纪的文艺实验中,并不仅限于无产阶级文艺范畴。在创作上,强调文学写作对观念、经验、情感的直接提升(借助形象化或象征等手段),而排除沉思、淘洗和转化的过程,以创造更富于教诲、宣谕色彩的文学;在阅读、接受上,努力破坏传统的习惯(在阅读和欣赏中与日常生活暂时脱离,退后一步与"艺术"对话),而是将文艺"欣赏"拉回到日常生活中来。苏联二三十年代的"理性电影"和马雅可夫斯基的罗斯塔之窗的"广告诗",中国战争年代的街头活报剧、诗传单都表现了这种趋向。不过,中国文学激进派显然已扩大了范围,不把它们只作为适合特定历史时间和特定文艺样式来理解。50年代后期,姚文元曾发表一组谈美学的文章①,主张美学应"来一番马克思主义的大革新","面向生活","首先研究什么是生活中的美与丑的问题",研究诸如环境布置、生活趣味、衣着打扮、节日游行以至挑选爱人的问题。王子野在与他"商榷"的文章中批评这种观点是"落后于车尔尼雪夫斯基",说"忘了前人的理论遗产总是不好的"。② 也许姚文元确实有对前人的研究成果知之不多的情况,但也许是想对"遗产"进行"革新"。这种思路,与他们后来的文艺实践,倒是一脉相承的。

其次,文学激进派的理论和实践的另一重要特征,是对文化遗产所表现的"决裂"和彻底批判的姿态。实际上,当时开展的"文化大革命",便在"破四旧"(旧思想、旧文化、旧风俗、旧习惯)的名义下,广泛攻击中外文化遗产。在《林彪同志委托江青同志召开的部队文艺工作座谈会纪要》(以下简称《纪要》)中,明确提出:"只有无产阶级的社会主义革命,才是最后消灭一切剥削阶级的革命,因此,决不能把任何一个资产阶级革命家的思想,当成我们无产阶级思想运动、文艺运动的指导思想。"被其列入要破除迷信的名单中的,有"中外古典文学",有"十月革命后出现的一批比较优秀的苏联革命文艺作品",有"30年代文艺"(即30年代中国左翼文艺)。后来,一篇批判周扬"吹捧资产阶

---

① 《照相馆里出美学——建议美学界来一场马克思主义的革命》,《文汇报》1958年5月3日。另外,在1961—1963年间,姚文元还在《文汇报》《学术月刊》《上海文学》《新建设》等报刊上,发表了七篇谈美学的文章。

② 见《和姚文元同志商榷美学上的几个问题》,《文艺报》1961年第5号。

级'文艺复兴''启蒙运动''批判现实主义'的反动理论",并阐述激进派关于文学遗产问题观点的权威性文章,认为"古的和洋的艺术,就其思想内容来说,是古代和外国的剥削阶级的政治愿望和思想感情的表现,是必须彻底批判和与之彻底决裂的东西,至于其中少数作品的艺术形式的某些方面,也是需要用毛泽东思想为武器来进行批判和改造,才能推陈出新,使它为创造无产阶级文艺服务"[①]。文章还说,"资产阶级在思想文化上向无产阶级进攻的方式",一是用"现代派文艺",另一是"利用所谓古典文艺"。20 世纪 30 年代,卢卡契在与布莱希特的论争中,表示了捍卫现实主义传统而批评、反对"现代主义"的态度。这种态度,也基本上为中国左翼文学家(胡风、周扬、茅盾等)所接纳。与斯大林—日丹诺夫时代的文艺方针相似,现代主义在当代中国也是被当作颓废、没落、色情、荒诞的同义词。但到了激进派这里,则一切古典文化都在被"彻底批判"之列。周扬在 60 年代初说,"批判地继承","批判"是副词,"继承"是动词,不能以副词为主,应以动词为主,指出"社会主义文化艺术""不是在空地上发展出来的"。这是两种对立的态度。为建立"真正的"无产阶级文艺的冲动所支配,以纯粹的无产阶级思想、感情这一虚拟标尺去度量既往的文化产品,激进派发现,不仅应该与"古的和洋的"剥削阶级的文艺决裂,苏联革命文艺、中国 30 年代左翼文艺和 50 年代以后的"社会主义文学"也远远不够纯粹。因此,发动了对肖洛霍夫的批判,对斯坦尼斯拉夫斯基的批判,也曾酝酿对高尔基的批判。基于这种阶级意识和精神的纯粹性标尺的审度,遂有了"从《国际歌》到革命样板戏,这中间一百多年是一个空白"和"过去的十年,可以说是无产阶级文艺的创业期"的论断。[②] 60 年代后期,一个流传很广、反映了江青等的观点的名为《60 部小说毒在哪里?》的小册子中,列入了包括《保卫延安》《三里湾》《山

---

① 上海革命大批判写作小组:《鼓吹资产阶级文艺就是复辟资本主义》,《红旗》1970 年第 4 期。

② 前一句出自张春桥,后一句见初澜《京剧革命十年》,《红旗》1974 年第 7 期。

乡巨变》《红日》《青春之歌》《苦斗》等"十七年"间几乎全部的有影响的小说。这是一种类似于苏联"无产阶级文化派"的主张:"无产阶级的精神发展的基础首先是在精神上同过去决裂",无产阶级必须在清理好地基之后,建造"真正自己的房子"。

最后,文学激进派提出了"重新组织文艺队伍"的问题,也就是毛泽东在1958年提出的要"建军",要"练兵"。虽然在《纪要》中并不全盘否定专业作家、批评家的地位和作用,但从工农兵中建立真正的无产阶级文艺队伍,与"把文艺批评的武器交给广大工农兵群众去掌握",却是一个"战略性"的措施。于是,在"文革"期间,标以工农兵创作小组的写作组织如雨后春笋般涌现,集体创作成为最被提倡的写作方式。为了达到"工农兵""占领文艺阵地"的目的,与1958年一样,破除文艺的"神秘性""特殊性"是十分必要的。对于直觉、艺术天赋、灵感、感悟等非理性的成分在理论上加以批判,加以最大限度地缩减,使写作、阅读、观赏都成为一种有"理"可循的"透明化"行为,成为可以分解、按部就班进行操作的过程。这方面的理论努力,是对强调文艺"特质"、强调文艺创作有特殊的思维方式的理论的批评。在50年代,关于文艺特征,关于形象思维,就有过许多争论。这在当时就不被看作纯粹的学术问题。到了60年代,则更不是。郑季翘在他的批判"形象思维"的文章中,将经过他描述的"形象思维"称为"直觉主义因而也是神秘主义的体系"。"直觉"导致"神秘",而"神秘"阻碍了工农兵对文艺创作批评的掌握,阻碍了政治美学化的这种转化,也显然违反了无产阶级文艺的清晰和透明的美感规范。他由此提出了一种创作的思维过程公式:"表象(事物的直接映象)——概念(思想)——表象(新创造的形象),也就是个别(众多的)——一般——典型。"[①]这既不是需要特别肯定推广(在"文革"期间)、也不是需要特别否定消灭(在"文革"结束后)的"公式",它描述的不过是一种创作路线(或

---

① 郑季翘:《文艺领域里必须坚持马克思主义的认识论——对形象思维的批判》,《红旗》1966年第5期。

方式)。依循这一"公式"创造的"产品"的思想、艺术价值,并非与这一"公式"本身有必然的关系,但这个"公式"却是引向一种更具教谕性和寓言性的创作通道。它也许可以产生有一定观赏性和"艺术魅力"的作品(如"样板戏"中的《红色娘子军》《沙家浜》等),也可以产生写满政治文件、毛主席语录的论证式的文本(如《虹南作战史》)。当然,类似《虹南作战史》的写作,也不见得完全是因为缺乏基本的艺术训练。想破坏固定的(资产阶级的?)文学修辞和审美惯例的意图,也是可以考虑的因素。这其实也可以看作70年代的"实验小说"。

在表达、修辞方式上,或者说文学风格上,体现文学激进思潮的创作,表现了一种从"写实"向"象征"转移的趋向。在1958年,以及后来对开展"文化大革命"所作的动机的说明中,我们都可以感知到一种对人类的"理想社会"的富于浪漫色彩的构想。对于这一主观构想的社会形态的表现,对其中的人与人的关系,以及构成这一社会性质的新人("无产阶级英雄人物")的思想情感状态和行为方式的描绘,最合适的表现方式,是一种象征性的(伴随着激情的)"虚构"。"革命"所激发的"幻想",产生的观念和激情,需要靠"不是明确的概念或系统的学说,而是意象、象征、习惯、仪式和神话"来维持,把日常生活中并不存在或无法解决的矛盾,在象征方式中解决。"文化大革命"期间产生的文艺"范本"(即合乎激进派的文学规范的作品),无不具有鲜明的"象征"特征,不仅是"样板戏",而且是《金光大道》等小说和大量诗歌创作。对过去的文学文本的改写(重写),也表现出一种削弱"写实"性而加强"象征"性,加强"理想"色彩的倾向。《白毛女》从歌剧到芭蕾舞剧,《红色娘子军》从电影到芭蕾舞剧,从小说《林海雪原》到京剧《智取威虎山》,从50年代的《骑马挂枪走天下》(张永枚)到70年代的《骑马挂枪走天下》,从50年代的电影《南征北战》到70年代的电影《南征北战》,都可以看到"写实"倾向朝"象征"倾向变易的状况。

"无产阶级"文学激进派在十多年间所进行的实验,尽管他们自己宣称"取得了伟大胜利"①,但其实是不断陷入困境。它所遇到的难题、矛盾,一点也不比过去的左翼文化运动所遇到的少,至少是同样多。对文化遗产和遗产继承者(知识分子、专业人员)的批判,使他们创造更多的样板经典的宏图受到严重打击。对"精英文化"的敌视,却并未促使他们转而创作更具娱乐性、消遣性的"大众文化"(虽然芭蕾舞剧《红色娘子军》等有许多提高观赏娱乐性的成分),因为这会带来对政治性、政治目的的削弱。这是一个"中世纪式"的悖论:政治、宗教教谕需要借助文艺来"形象地""感情地"表现,但"审美"也会转而对政治和宗教产生"消解""破坏"的作用。另外,在"样板戏"等作品中,也许能看到人类追求精神净化的崇高冲动,一种将人从物质欲望的禁锢中解脱出来的渴望。这种反对物质主义的道德理想,是开展革命运动的主导意识形态。但与此同时,在这种宗教色彩的信仰和禁欲式的道德规范中,在忍受(自觉地)施加的折磨(通过外来力量)和自虐式的自我完善(通过内心冲突)中,也能看到激进派本来所要"彻底否定"的思想观念、感情模式。著名的"三突出"对于激进的文学思潮来说,既是一种结构方法、人物安排的规则(类似于卢卡契所说的小说中人物的等级),也是社会政治等级在文艺形式上的体现。这种等级,是与生俱来的,无法由自己选择的,因而也就可以表述为"封建主义"的。因而,从激进派所领导及受其思潮影响的文艺创作中,我们似乎窥见了类似于20世纪人文思潮中对人类抵抗物质主义、寻找精神出路的努力,也能发现人类精神遗产中残酷和落后的沉积物。他们的"实验",既无法离开现实,也无法割断历史。

原载《文学评论》1996 年第 2 期

---

① 初澜:《京剧革命十年》,《红旗》1974 年第 7 期。

"当代文学"的概念

这里所要讨论的,主要不是被我们称为"当代文学"的性质或特征的问题,而是想看看"当代文学"这个概念是如何被"构造"出来和如何被描述的。由于参与这种构造、描述的,不仅是文学史家对一种存在的"文学事实"的归纳,所以,这里涉及的,也不会只限于(甚至主要不是)文学史学科的范围。

在谈到20世纪的中国文学时,我们首先会遇到"新文学""现代文学""当代文学"等概念。这些概念及分期方法,在80年代中期以来受到许多的质疑和批评。另一些以"整体地"把握这个世纪中国文学的概念(或视角),如"20世纪中国文学""晚清以来的中国文学""近百年中国文学"等,被陆续提出,并且好像被越来越多的人所接受。许多以这些概念、提法命名的文学史、作品选、研究丛书,已经或将要问世。这似乎在表明一种信息:"新文学""现代文学""当代文学"等概念,以及其标示的分期方法,将会很快成为历史的陈迹。虽然也有的学者觉得,它们也还有存在的理由和价值。① 为着"展开更大历史段的文学史研究",从一种新的文学史理念出发,建构新的体系,更换概念,改变分期方法,这些都很必要。但是,对于原来的概念、分期方法

---

① 在"20世纪中国文学史"将要大量出现的时候,最早提出这一概念的学者之一近日参与编写的文学史著作,却仍沿用"现代文学"的名称。他们认为,"尽管这些年学术界不断有打破近、现、当代文学的界限,开展更大历史时段的文学史研究……的建议,并且已经出现了不少成果","但由于本书的教科书性质",以及现有的学术研究格局,"以'三十年'为一个历史叙述段落,仍有其存在的理由和价值"。见钱理群、温儒敏、吴福辉《中国现代文学三十年》"前言",北京大学出版社,1998年。

等加以审察,分析它们出现和被使用的状况和方式,从中揭示这一切所蕴涵的文学史理念和"意识形态"背景,也是一项并非不重要的工作。

80年代中期,北京和上海的学者分别提出"20世纪中国文学"和"新文学的整体观"的学术思路,其中便已或明或暗地包含了对"现代文学"与"当代文学"学科划分的批评。随后,陈思和在他的论著中,又进一步将中国20世纪文学史的研究,历时地区分为"中国新文学史研究""中国现代文学史研究"和"20世纪中国文学史研究"三个阶段。① 陈对"现代文学"与"当代文学"是"人为的划分"的提示,对"现代文学"概念的"意识形态"含义的指明,以及在观察这一问题时注重历史过程的视角,都富有启发性。这可以作为我们讨论问题的起点。当然,如果吹毛求疵而略作补充的话,尚可以指出,第一,所说的第二个阶段,准确的似应是"现代文学史与当代文学史"研究阶段。也就是说,"现代文学"是对应着"当代文学"概念的,它们的出现既在同一时间,其含义也只是在对应、相互限定的关系上才能确立。② 第二,文学史的概念和分期方法,都包含着政治、历史、社会、教育、文学等因素的复杂影响和制约——因而,也可以说都有着"意识形态"的含义;从某种意义上说也就都有"人为"的性质,而不独"现代文学"为然。问题只在于这种"意识形态""人为性"的具体含义的分别。第三,这种"人为的划分",对于"现代文学"与"当代文学"来说,不仅是文学史家"事后"(对已逝的"历史")的描述,而且更是文学运动的发起者、推动者对所要争取的文学前景的"预设",对某种文学路线的实施。就后者而言,这里提供了观察文学史研究和文学运动开展之间复杂关系的实例。

---

① 陈思和:《关于编写中国20世纪文学史的几个问题》,见《陈思和自选集》,第22—26页,广西师范大学出版社,1997年。这篇文章曾以《一本文学史的构想》为题,编入陈国球编的《中国文学史的省思》香港三联书店1993年版。

② 王宏志说:"众所周知,'现代文学'一词,其实是相对于'当代文学'而言。"《历史的偶然》,第47页,香港:牛津大学出版社,1997年。虽说是"众所周知",但还未见到对这个问题的论述较充分的文字。

这样,对"当代文学"概念的辨析,便有了讨论的基点。这就是,从概念的相互关系上、从文学史研究与文学运动开展的关联上来清理其生成过程。讨论的是概念在特定时间和地域的生成和演变,以及这种生成、演变所反映的文学规范性质。另外的角度,譬如从"语义"上,从概念的"本质"上,来讨论"当代文学"的含义及相应的分期方法的真伪、正误,也许不是没有意义,但不是这篇文章的目的。

"新文学"与"现代文学"

在讨论"当代文学"的生成时,我们无法离开对"新文学"与"现代文学"概念的考察。正如前引的陈思和文章中指出的,"新文学"概念(或作为文学史学科的"新文学史研究")与"现代文学"("现代文学史研究")之间的使用,呈现为相衔接的两个阶段。同时又可以进一步指出,"新文学"概念(或"新文学史研究")被"现代文学"(或"现代文学史研究")取代的过程,也就是"当代文学"概念(或"当代文学史研究")生成的过程。甚至可以说,这种"新文学"与"现代文学"概念的更替,正是为"当代文学"提供生成的条件和存在的空间。

大致在 50 年代中期以前,有关"五四"以来新文学的文学史论著和作品选,大多使用"新文学"这一名称。在这期间,"现代文学"概念很少见到,个别以"现代文学"命名的著作,也主要作为"现时代"的时间概念使用。[①] 如《中国新文学的源流》(周作人,1932),《中国新文学运动史》(王哲甫,1933)《中国新文学运动述评》(王丰园,1935),《新文学概要》(吴文祺,1936),《中国新文学大系》(赵家璧主编,1935—1936)等。同样使用"新文学"名称的朱自清的《中国新文学研究纲要》和周扬的《新文学运动史讲义提纲》,虽然晚至 1982 年和

---

① 如任访秋的《中国现代文学史》上卷,河南前锋报社,1944 年。这里的"现代"是"现时代"的意思。其他如《现代中国文学作家》(钱杏邨)、《现代中国女作家》(黄英)、《现代十六家小品》(阿英)等的"现代",也都是这样的意思。

1986年才正式发表①,但都产生于二三十年代,是作者在学校里授课的讲稿。使用"新文学"概念的这种情况,一直持续到50年代。除了丁易的《中国现代文学史略》(1955)外,王瑶的《中国新文学史稿》(上卷,1951;下卷,1953),蔡仪的《中国新文学史讲话》(1952),张毕来的《新文学史纲》(1955),刘绶松的《中国新文学史初稿》(上下卷,1956),这些出版于50年代前半期的文学史著作,也都使用了"新文学史"一词。

但是,从50年代后期开始,"新文学"的概念迅速被"现代文学"所取代,以"现代文学史"命名的著作纷纷出现。② 与此同时,一批冠以"当代文学史"或"新中国文学"名称的评述1949年后大陆文学的著作,也应运而生。50年代中后期发生的这种概念更替,粗看起来会觉得突然③,实际上它的演变逻辑并非无迹可寻。这种更替,是文学运动发展的结果。当时的文学界赋予这两个概念不同的含义。当文学界用"现代文学"来取代"新文学"时,事实上是在建立一种文学史"时期"的划分方式,是在为当时所要确立的文学规范体系,通过对文学史的"重写"来提出依据。

在二三十年代,因为在时间上和心理上与发生的事情有较近的距

---

① 《中国新文学研究纲要》原稿本保留下来的有三种,80年代初经赵园整理后,发表于《文艺论丛》第14辑,上海文艺出版社,1982年。周扬的《新文学运动史讲义提纲》是1939—1940年在鲁艺的讲课提纲,正式发表于《文学评论》(北京)1986年第1、2期。

② 如孙中田、何善周、思基、张芬、张泗洋的《中国现代文学史》(上卷,吉林人民出版社,1957年),复旦大学中文系现代文学组学生集体编著的《中国现代文学史》(上册,上海文艺出版社,1959年),吉林大学中文系中国现代文学史教材编写组的《中国现代文学史》(第1册,吉林人民出版社,1959年),复旦大学中文系1957级文学组学生的《中国现代文艺思想斗争史》(上海文艺出版社,1960年),中国人民大学语言文学系文学史教研室现代文学组的《中国现代文学史》(上下册,中国人民大学出版社,1961年)等。但台湾、香港等地区此时概念的使用却不相同。

③ 这种突然更替的现象会让人不解。贾植芳埋怨说:"不知从何时起,'新文学'这个概念渐渐地为人弃置不用了,取而代之的是'现代文学'。……这样,就使我们这门学科不知不觉地陷入一种形与体的自相矛盾之中。"《中国现代文学词典·序》,《中国现代文学词典》,上海辞书出版社,1990年。

离,因此,对于"五四"文学革命及这一"革命"的成果的陈述,尤其在事实的限定和材料的处理上,不同的作家和学者之间,有较多的共通性。他们大体上把"新文学"看作是对"旧"文学(或"传统"文学)取得革命性变革的文学现象。尽管如此,对"新文学"的陈述和阐释,一开始就存在许多不同,且预示着立论和阐释方向上后来的严重分裂。在上面已经提到的新文学史论著中,以及《五十年来中国之文学》(胡适)、《现代中国文学之浪漫的趋势》(梁实秋)、《现代中国文学作家》(钱杏邨)、《论民主革命的文学运动》(冯雪峰)、《论现实主义的路》(胡风)等著作中,我们既可以看到一些共同点,也能看到许多的分歧;看到不同的立足点,不同的取材方式,不同的评价体系。这种历史叙述的不同,与叙述者的身份、知识背景、个人的历史处境有直接或间接的关联,为他们所信奉的历史观和文学观所制约,当然,也表达了不同集团、派别对于社会政治、经济、文化的现实评价和未来设计。在梁实秋那里,可以看到他对白璧德等的"新人文主义"理念的应用,看到对"新文学"的"浪漫"倾向的批评和对文学的节制、纪律的提倡。在钱杏邨的论著中,可以看到他的"新时代的眼光"的激进尺度,如何把鲁迅、郁达夫、叶圣陶、徐志摩、茅盾等归入落伍或抓不住时代而开始"反动"的行列。在朱自清那里,历史的复杂存在被尊重(依目前的一种说法,就是承认"现代性"的复杂性和矛盾性),在文学进步的理想中,作家的各种主张和创造被相当宽容地包容,尽管他并非缺乏自身的思想艺术态度……对"新文学"的各种历史叙述方式,在三四十年代,如果可以区分为几种主要类型的话,那可能是:侧重于"自由主义"思想和文学"自律"的立场的叙述;强调文学的启蒙功用和文化批判立场的叙述;以阶级分析和文学与经济、政治的决定性关联为依据的叙述,等等。

  1940年1月,毛泽东发表了《新民主主义论》,连同在此前后的《中国革命和中国共产党》等论著,对中国社会现状作了系统的分析。《新民主主义论》的论述,对中国左翼文化界产生了巨大影响,文学史研究也不例外。毛泽东在这里提出了观察文化问题的方法论,确立了讨论问题的基本前提。这就是,在物质与精神,存在与意识,政治、经济革命与文化革命之间的关系上,强调前者对于后者的"决定"作用。他指出:"一定形态的政治和经济是首先决定那一定形态的文化的;然后,那一定形态的文化又才给予影响和作用于一定形态的政治和经济。"①这为左翼文学界开展的文学运动,以及与这一运动紧密相连的对文学的历史叙述(文学史研究),确立了应予遵循的原则。从文学史叙述的方面,这一原则可以称为多层的"文学等级"划分。毛泽东认为,现阶段的中国社会形态是"半殖民地半封建"的,因而,中国革命的性质是反帝反封建的民主革命。但是,他又认为,在进入20世纪之后,由于资本主义已发展到"帝国主义"阶段,并且发生了俄国十月革命,在这种情况下,中国的资产阶级民主革命已属于世界无产阶级革命的组成部分,领导权已掌握在无产阶级及其政党手中,它已不属"旧"民主主义革命范畴,而是"新"民主主义革命。这一革命,将导向社会主义革命的目标。这一论述,在文化的分析上,必然地推导出这样的结论:第一,与现阶段中国社会存在着不同的经济成分和阶级政治力量相对应,"文化"也不是一个"整体",而有各种文化形态,需要从分析其阶级性质来加以区分,并确定不同文化形态的等级地位。"帝国主义文化"和"半封建文化"是反动的,"应该被打倒的东西";反映新的经济基础和先进阶级的意识的,则是"新文化"。第二,"新文化"也不是一个无须作进一步分析的"整体",它同样也由各种不同的因素构成,它们组成"统一战线"。各种因素、力量在这个"统一战线"中的地位不是对等的,有主导与非主导、团结和被团结、斗争和被斗争的结构性区分。无产阶级文化、"社会主义的因素"是"起决定作用的因素",资产阶级、小资产阶级的文化,则属于通过斗争、团结而予以争取、改造的因素。第三,在毛泽东看来,中国社会与人类社会历史的演化,都要经历从封建社会到社会主义社会发展的过程。因而,现阶段

---

① 《新民主主义论》,《毛泽东选集》(一卷本),第657页,人民出版社,1964年。

的"新民主主义革命"当然不是革命的终点,在完结革命的第一阶段之后,"再使之发展到第二阶段",以建立"自有人类历史以来,最完全最进步最革命最合理"的社会制度。因而"新民主主义文化"是一种"过渡"性质的文化,必然要发展为更高一级的社会主义和共产主义文化。文学发展阶段的问题,伴随对社会发展阶段的确认而被确认。

这是以"不断革命"的方式建立"新文化"的主张。在20世纪,这种激进的文化主张虽然早已存在,并在20年代末的"革命文学"倡导、论争中进一步意识形态化。但是,40年代初的这一论述却有其重要意义。这不仅指这一理论的建构是通过对中国社会的特殊性的分析来达到,因而更具说服力。更重要的还有,与既往的激进的文化主张不同的是,它与现实的政治实践联系在一起,并在政治运动中不断推动其"体制化"的实现(激进文化主张作为众多的文化观念中的一种是一回事,这种主张在政治权力的保证下成为体制化的规范力量,又是另一回事)。在文学史的概念问题上,这一论述引发的结果,是赋予"新文学"(后来便用"现代文学"来取代)以新的含义,而作为比"新民主主义性质"的"新文学"更高阶段的文学(它后来被称为"当代文学"),也已在这一论述中被设定。50年代中后期,"现代文学"对于"新文学"概念的取代,正是在文学史叙述上,从两个方面来落实《新民主主义论》的论述。一是"新文学"构成的等级划分。正如周扬等组织、由唐弢主编的《中国现代文学史》的"绪论"中所说的,中国现代文学是"无产阶级领导的人民大众的反帝反封建的新民主主义的文学","它具有新民主主义的统一战线的性质":它包含着多种阶级成分——无产阶级、资产阶级、小资产阶级,以及"残余的封建文学"和"法西斯文学"[①];这时使用的"现代文学"概念,是在划分多种文学成分的基础上确定主流,达到对"新文学"概念的"减缩"和"窄化"。二是文学"进化"的阶段论,不像"新文学"在时间范围上的不很确定(如

---

① 唐弢主编:《中国现代文学史》,"绪论",人民文学出版社,1979年。

王瑶的《中国新文学史稿》虽然作为"附录",还是写入了"新中国成立以来的文艺运动"一章①),而明确"现代文学"是指"五四"文学革命到1949年的这一时间。至于1949年革命性质发生变化之后的文学,需要有另外的概念来指称,因为文学的性质也已经不同。这从文学时期的划分上,从"学科"分界上,"厚今薄古"地确立了"新民主主义性质"的"现代文学"与"社会主义性质"的"当代文学"的阶梯(等级)序列。

"当代文学"的生成

一般都会认为,出版于50年代初的王瑶的《中国新文学史稿》,是第一部"力图以毛泽东的《新民主主义论》、《在延安文艺座谈会上的讲话》为指导"的新文学史。② 当然,严格说来,周扬在延安鲁艺的讲稿《新文学运动史讲义提纲》,才是最早以《新民主主义论》作为新文学史论述基准的尝试。但《新文学运动史讲义提纲》迟至80年代才正式发表,在很长时间里并未对文学史研究产生直接影响。至于王瑶的《中国新文学史稿》(连同刘绶松、蔡仪、张毕来等50年代的著作),虽然仍使用"新文学"的概念,但正如有的学者指出的,已经属于"现代文学史研究"的范畴。③ 不过,《中国新文学史稿》虽然"力图"贯彻《新民主主义论》的"指导思想",但也还不是那么"彻底"。尤其是在具体作家作品的选取与品评上,显然与"指导思想"存在许多矛盾。因而,它多次受到批评。④

但是,《新民主主义论》的文化问题论述,不仅制约了对文学历史的叙述,更重要的是决定了文学路线的方向和展开方式。也就是说,

---

① 1982年上海文艺出版社的修订重版本删去了这一附录。
② 黄修己:《中国新文学史编纂史》,第133页,北京大学出版社,1995年。
③ 陈思和:《关于编写中国20世纪文学史的几个问题》,《陈思和自选集》,第24页。
④ 参见《〈中国新文学史稿〉(上册)座谈会记录》,《文艺报》1952年第20期。

对"当代文学"的生成,需要从文学运动开展的过程和方式上去考察。基于这一理解,这里使用了"预设"和"选择"这两个词。"预设"的含义,类乎有学者提出的,中国现代文学的那种"逆向性"特征。即从一种文学形态的理想出发,展开创造这种文学的实践。不过,"逆向性"其实是相当普遍的现象,尤其是20世纪中外那些先锋性的文学实验,都是以理论设计"先行"的方式进行,并非中国的"诗界革命""小说革命"、"五四"文学革命、二三十年代的革命文学、40年代的延安文学才是这样。不同的地方可能是,有些先锋性的文学运动的推动者,他们关注的是这种实验自身;而中国现代激进的文学实验者,则把他们的"预设"看作必须导向全局性的,而伴随着强烈的对"异端"的排斥。这样,"预设"就不仅仅是一种"新"的文学形态的构造,而且是这种文学形态在整个文学格局中支配性地位的确立。

对"当代文学"生成过程的考察,应该从40年代后期开始。40年代初的延安文艺整风和延安文学实验,可以看作"当代文学"的"直接渊源":它被左翼文学的主流派看作"继'五四'之后的第二次更伟大、更深刻的文学革命"①,并认为是"规定了新中国的文艺的方向"。② 抗日战争结束以后,在"新中国"——一个独立的民族国家,以及"中国的工业化和农业近代化"将要出现被预告和被感知的情势下,把这一文艺方向推向全国,成为全局性的文学构成,是40年代后期左翼文学界关切的主题。当然,在战后的日益政治化、冲突日益激烈的文坛上,随着政治变动而产生的各种文学力量重组的前景,是许多作家都感觉到的。不同思想倾向和创作追求的作家和作家群,为着自身的主张的实现,与其他的派别构成紧张的关系。但是,有资格和能力为文学的"全局"建立规范,左右文学界的路向,对文学实施有效的选择的,只有左翼文学力量。这种支配性的地位的取得,一方面靠左翼文学的威

---

① 周扬:《坚决贯彻毛泽东文艺路线》,《文艺报》第4卷第5期,1951年6月25日。
② 周扬:《新的人民的文艺》,《中华全国文学艺术工作者代表大会文集》,新华书店,1950年。

望和广泛影响,它对于民族意识和情绪的较有成效的表达;另一方面,又是因了正在迅速取得胜利的政治力量的保证。1948年,朱光潜攻击左翼文学界"以为文艺走某一方向便合他们的主张或利益,于是硬要它朝那个方向走,尽箝制和奸污之能事"①。这种说法,自然是出于与左翼文学在政治、文学观念上的巨大分歧,但更在表达对"硬要它朝那个方向走"的文学一体化的不满。这种不满,从心理上说,是意识到"政府的裁判"外的"另一种一尊独占"②的力量的强大和难以抗衡。

左翼文学界在推动"当代文学"生成上所作的选择,首先是对40年代作家作品和文学派别进行类型的划分。类型分析的尺度,是对文学观念、作家作品的性质进行阶级分析。这种方法在20年代后期,就为"革命文学"的倡导者所实行;他们将苏俄和日本无产阶级文学运动中确立的这种理论和策略,应用在对当时文坛状况的分析中。这种尺度,直接从左翼作家把文学看作阶级意识形态的文学观念中导出,来自于他们对文学与阶级斗争、政治斗争关系的理解。但是,也与现代中国文学与现实政治的特殊联系的状况相关。因而,在40年代后期,这一尺度的实施,便完全以毛泽东关于中国现代社会及其文化形态的分析为依据。当然,将作家和文学作品,作家的观念、情感和文化态度的表达,清楚地按阶级属性加以区分并非易事——因为难以提出可以确定把握的方法。创作本身的复杂性,政治观点与创作之间关系的复杂性,使类型边界的确定变得困难,在阐释上也就留下很大的随意性空间。不过,这可能也是左翼的类型分析者所希望的。最后,能成为重要依据的,将是作家现阶段的政治立场,即对中国革命和左翼文学运动的态度。

左翼文学对40年代的文学现象(创作和理论主张)的分析,是在文学界(这在当时开始称为"文学阵营")划分敌我。处在激烈的政治

---

① 《自由主义与文艺》,《周论》第2卷第4期,1948年8月6日出版。
② 沈从文:《新废邮存底·十七》,《沈从文文集》第12卷,第51页,花城出版社,1984年。

情势下的40年代作家,被划分为"革命作家""进步作家"(或"中间作家")和"反动作家"几类。① "革命作家"的含义和所指对象,一般说不应产生歧义。但这也不好一概而论。如胡风及其追随者,坚信对于革命一贯的忠诚,但在40年代后期,这种身份已不被左翼主流派别所认可。在50年代,则先被归入小资产阶级类型,后又列入"反革命"行列。丁玲、冯雪峰等的类属,也有相类的情形。"中间作家"(或"广泛的中间阶层作家""民主主义作家""进步作家"等)则指虽然赞同新文学的反帝反封建的方向,对革命抱同情和靠拢态度,但"世界观"还是小资产阶级的,在文艺观念上与革命大众文艺存有歧见的作家。这被当作教育和团结的对象。左翼文学界认为他们必须改造自己的文艺观和写作方式,才有可能参与"当代文学"的创作。至于列入"反动作家"名下的,有主张"唯生主义文艺"和"文艺再革命"的徐中年,标榜"文艺的复兴"的顾一樵,与国民党官方有直接关系的潘公展、张道藩等。主张"为艺术而艺术"的沈从文、朱光潜以及萧乾等作家,在40年代后期,也被列入"反动"的行列。这应该与沈、朱、萧等人当时在国共两党斗争中暧昧的政治态度,以及他们对左翼文学的激烈批评有直接关系。这种划分敌我的分析方法,在后来有了进一步发展。50年代末,在"资产阶级道路"和"混到左翼文艺队伍"中的反革命的名目下,列入了"胡适一派""陈西滢一派""新月派""第三种人""托派分子王独清",延安的王实味、李又然、萧军、丁玲,国统区的冯雪峰和胡风一派,新中国成立后的陈涌、钟惦棐、秦兆阳等。到了"文革"期间,则有了更为纯粹化的划分——这些因为不属于"当代文学"生成的讨论范围,这里姑且置之不论。

  类型划分的另一方面,是针对文学思想和创作现象。"属于革命文艺的敌对方面"的文艺,包括"封建性的"和"买办性的"两种类型,

---

① 见郭沫若《斥反动文艺》(《大众文艺丛刊》第1辑,1948年3月)、邵荃麟《对于当前文艺运动的意见——检讨·批判·和今后的方向》(《大众文艺丛刊》第1辑,1948年3月)等文。

它们是"地主大资产阶级的帮凶和帮闲文艺"。萧乾的创作被归入"标准买办型"的范围,沈从文的创作则是"黄色"的。而"色情、神怪、武侠、侦探"等,则是"迎合低级趣味"的"封建类型"文艺。除了这些"要无情地加以打击和揭露"的对象外,左翼文学的分析,更着重揭露40年代进步、革命的文艺运动所表现的右倾、衰弱的状况。这种状况,在1948年邵荃麟执笔的总结性文章①中,主要归纳为两个方面:一是"表现于那种浅薄的人道主义和旁观者底微温的怜悯与感叹态度"。持这种态度的作家认为,他们应该埋头在自己的创作上,"在文艺中去安身立命,用较冷静的头脑,去观察、分析这社会";他们并"在接受文艺遗产的名义下……渐渐走向对旧世纪意识的降伏"。其结果是在创作上表现为对"超阶级的人性,以至所谓'圣洁的爱'与'永恒的爱'的追求",和方法上"走向于繁琐的和过分强调技巧的倾向"。这是"政治逆流中知识分子软弱心境的一种反映",是"旧现实主义""自然主义"对作家的征服。右倾和衰弱的另一状况,"则表现了所谓追求主观精神的倾向"。这种对"内在生命力与人格力量"的追求,"自然而然地流向于强调自我,拒绝集体,否定思维的意义,宣布思想体系的灭亡,抹煞文艺的党派性与阶级性,反对艺术的直接政治效果"。可以看到,这种类型分析的结果,是提出一份需要批评、削弱、纠正的对象的清单。由于尺度的严格,被压抑的范围相当广泛。这种区分,在建立的创作倾向、文学流派的系列中,不仅将左翼文学置于最高的等级(这是包括胡风等在内的左翼文学各派别都赞成的),而且在左翼文学中,将"解放区文学"置之优于国统区左翼文学的地位(这却是胡风等所不愿承认的)。"市民文学"和涵盖面广泛的"通俗小说"等,虽说有些犹疑(对不同批评家而言),也放在"市民阶级与殖民地性的堕落文化"之中。另一方面,40年代特殊语境中发育的创造力,文学发展的多种可能性,许多都在严格筛选中疏漏不取。在40年代,

---

① 邵荃麟:《对于当前文艺运动的意见》,《大众文艺丛刊》第1辑,1948年3月。

战争分割的不同生活空间,生活经历与体验的多样性,使作家获得"进入"艺术创造的多种方式。战争既把生活推向危急的境况,但也生成许多"空隙",使冷静的观察、分析有了可能;超越对于时事问题的干预性质的反应,在深层上来思考社会人生的悖论情境。知识者在民族危机和社会矛盾的重压下,理智与情感、灵与肉、知与行、抗争与逃遁等的紧张心理冲突,在获得自我审察的情况下得到较充分表现。在日常生活情境中展开的叙事,平衡了对于重大事件与主题的过度沉迷。而对外来影响和本土资源的更为自觉的综合,也获得可观的成效。这些,体现在冯至、沈从文、师陀、路翎、钱锺书、张爱玲、巴金、曹禺、穆旦、郑敏等这一时期的创作中。这一切,都被作为资产阶级和小资产阶级的个人主义的表现,当作需要予以清除、纠正的现象,而拒之于"当代文学"构成之外。

对"当代文学"的描述

进入 50 年代,那些被作为"反动"或"错误"的文学类型和创作倾向大体上已受到清理,"新的人民的文学艺术已在基本上代替了旧的、腐朽的、落后的封建阶级和资产阶级的文学艺术"[①](当然,按照激进的文学主张,文学的"纯粹化"运动不会有终点,50—70 年代的批判运动所进行的不间断的"选择",说明了这一点)。也就是说,以解放区文学为代表的左翼文学,已成为"当代文学"的构成的最主要来源。不过,在一开始,文学界的领导者在宣称已出现新的文学形态,已进入新的文学时期上,持较为慎重的态度。这是因为,"社会主义工业化和社会主义改造"刚刚开始,经济基础的变化并未完全实现,在这种情况下,说文学的性质已发生改变,显然有悖于《新民主主义论》的经典论述。因此,在 1952 年周扬说,"目前中国文学,就整个说来,还不完全是社会

---

① 周扬:《为创造更多的优秀的文学艺术作品而奋斗》,《周扬文集》第 2 卷,第 235 页,人民文学出版社,1985 年。

主义的文学",但"已经开始走上了社会主义现实主义的道路"。①

到 50 年代中期,"当代文学"的构造进入一个重要的时期。首先,1956 年在所有制的"社会主义改造"上取得的胜利,和对中国已"进入"社会主义的宣告,使周扬有理由正式提出"社会主义文化"和"社会主义文学"的说法。② 其次,反胡风和反右派运动的开展,把胡风、丁玲、冯雪峰等有影响的左翼作家及相关派别划入敌对营垒,加强了周扬等的左翼文学主流派别的地位。再次是,由于有了十年的时间,在文学界领导者看来,已有了可以拿出来陈列的成绩。因此,以"建国以来"这一短语作为独立文学时期的标示的意向,有了明确认定的有利时机。1959 年,邵荃麟在《文学十年历程》中指出,"这年轻的社会主义文学是继承过去三十年革命民主主义文学而发展过来的",又说"社会主义文学在前一阶段的末期"(指"革命民主主义文学"的阶段末期,即 40 年代后期——引者)已经孕育成熟了,当革命进入"社会主义阶段",就以"生气勃勃的姿态,显示出强大的生命力量"。③ 1960 年召开的第三次文代会上,周扬题为《我国社会主义文学艺术的道路》的报告,在正式文件上确定了 1949 年以来"当代文学"的社会主义性质。这样,"革命民主主义文学"和"社会主义文学"这一性质上的区别,便成为两个文学时期划分的主要依据。与此同时,周扬等急迫地组织现代文学史编写,以使他们在反右派运动中对文学的"两条

---

① 周扬:《社会主义现实主义——中国文学前进的道路》,《周扬文集》第 2 卷,第 186—191 页。
② 周扬在中共八大会上的发言《让文学艺术在建设社会主义伟大事业中发挥巨大的作用》,《人民日报》1956 年 9 月 26 日。
③ 邵荃麟:《文学十年历程》,收入《文艺报》编辑部编《文学十年》,第 33 页,作家出版社,1960 年。

道路斗争"的叙述"正典"化。① 而一批由研究机构和大学编写的"当代文学史"的教材和论著,也纷纷出版。② "当代文学"作为一个独立的文学时期,在当时已经不容置疑。

"当代文学"的特征、性质,是在它的生成过程中描述、构造的。1949年周扬在第一次文代会上的报告,虽说是讲解放区文学成绩的,却为"当代文学"的描述建立了特殊的话语方式,并在以后得到补充和完善。对当代的"新的人民文艺"(社会主义文艺)的性质的叙述,通常这样开始:新中国文学(当代文学)继承了"五四"文学革命,尤其是延安文学的传统,而在中国进入新的历史阶段之后,文学也进入新的历史时期,写下了"崭新的一页",文学变化为社会主义的性质。在说明当代文学的崭新特征时,列举的方面主要有:从内容上说,社会主义革命和社会主义建设成为主要表现对象,工农兵群众成为创作中的主人公;在艺术形式和风格上,则是民族化和大众化的追求,肯定生活、歌颂生活的豪迈、乐观的风格成为主导的风格;作家队伍构成的变化,工人阶级作家成为骨干;文学与人民群众建立了从未有过的密切联系,并在现实中发挥重要作用,等等。这种由周扬等创立的叙述模式,由最初之一的当代文学史(中国科学院文学研究所的《十年来的新中国文学》,1963)所采用,习习相因,在三十多年后仍为最新成果

---

① 邵荃麟在座谈周扬的《文艺战线上的一场大辩论》的发言中说,"我们现在出现的一些现代中国文学史","对两条道路斗争的情势的描写,还是不够清楚。没有明确地把左翼阵营中的思想斗争,看做是两条道路斗争";"周扬同志的文章在这方面把脉络弄清楚了,对写文学史有很大的帮助……特别希望写文学史的同志研究一下"。在60年代初由周扬主持的高校文科教材编写工作中,"中国现代文学史"是被重点关注的项目。

② 华中师范学院中国语言文学系编写的《中国当代文学史稿》,北京大学中文系1955级学生和部分青年教师编写的《中国现代文学史当代文学部分纲要》,山东大学中文系部分教师和学生编写的《中国当代文学史1949—1959》,都完成于50年代末。华中师院和山东大学的两部,在60年代初正式出版。中国科学院文学研究所的《十年来的新中国文学》,也在50年代末开始编写,由作家出版社于1963年出版。

的当代文学史所继续。①

"当代文学"所确立的文学评价体系,是从意识形态和政治观念上来估断文学作品的等级。由此得出的结论是,当代的"社会主义文学"不仅是封建、资产阶级文学难以比拟的,而且也比"新民主主义性质"的文学胜出一筹,它是"前所未有的一种新型的文学"。因而,不要说张恨水、冯玉奇,就是巴金、冰心,在当代的新文学面前,也是落伍了的。② 而赵树理的《传家宝》的艺术价值尽管赶不上曹禺的《雷雨》,但是,"它在社会主义思想的指导下对于现实生活发展的有力的理解,却要比《雷雨》更为正确一些"③。这是那些写"民主主义性质"文学作品的作家(巴金、曹禺、老舍、冯至、何其芳、张天翼……)为什么在"社会主义文学"面前"自惭形秽"、纷纷检讨的原因。因而,当批评家写出《从阿Q到福贵》④《从阿Q到梁生宝》⑤这样的论文题目时,不仅是在通过形象的对比来论述"中国社会的变化"和文学形象的多样性,而且是在指明文学性质的演化等级和作家作品的思想境界等级。当代文学由于获得社会主义性质而"前所未有",使它不论在什么样的情况下也不能被质疑。50年代,冯雪峰、秦兆阳、刘绍棠、刘宾雁、吴祖光、钟惦棐等曾认为,新中国成立后的文学(或电影)不如过去,"新文学"的后15年(指1942年以后)不如前20年,苏联和中国近期的文学出现了"倒退"——他们的立论方式显然犯了大错。即使看到"当代文学"存在某些缺陷,正确的叙述方法应该是:"社会主义文学还是比较年青的文学",怎么能拿衡量"有两千多年历史的封建时代的文学和

---

① 中国社会科学院文学研究所、少数民族文学研究所:《中华文学通史·当代文学编》,华艺出版社,1997年。
② 参见丁玲:《跨到新的时代来——谈知识分子的旧兴趣与工农兵文艺》,《文艺报》第2卷第11期(1950年8月25日出版)。
③ 蒋孔阳:《关于社会主义现实主义》,《文艺月报》1957年第4期。
④ 默涵:《从阿Q到福贵》,《小说》(香港)第1卷第5期(1948)。
⑤ 姚文元:《从阿Q到梁生宝》,《上海文学》1961年第1期。

有四五百年历史的欧洲资产阶级时代的文学"的尺度来要求这种文学呢?① 或者应该是,问题的症结要从作家自身,即思想改造和深入生活不够上去寻找。对"当代文学"的这种叙述,在社会生活和文学的历史关联上,强调的是它的"断裂性"。另一些作家和批评家,当他们强调的是某一方面的连续性("想从社会主义文学的内容特点上将新旧两个时代的文学划分出一条绝对的界线来,是有困难的"②)时,他们就必定地要被看作是异端。

在"当代文学"特征的描述上,"题材"总是被充分地突出。上面提到的周扬第一次文代会的报告,在讲到"真正新的人民的文艺"时,举出的首先是"新的主题、新的人物、新的语言、形式"。"主题"在这里,也就是后来通常说的"题材"的意思。在对"中国人民文艺丛书"的177篇(部)作品的主题加以统计之后,他分别列出写抗日战争、人民军队、农村土地斗争、工业农业生产各有多少篇,说通过这些作品,"可以看出中国人民解放斗争的大略轮廓与各个侧面",可以看到"民族的、阶级的斗争与劳动生产成为了作品中压倒一切的主题"。"题材"的紧要价值,是由于"当代文学"直接参与了对于"革命历史"的建构,也被作为现实秩序的合法性和真理性的证明。因此,"写什么"就是一个原则的问题。此后,对"当代文学"的叙述,题材问题总是会被放在首要位置。第二次文代会(1953),中国作协第二次理事扩大会议(1956),"建国十周年"(1959),第三次文代会(1960),这些场合在对文学创作成绩加以检阅时,都按照这种方式进行。

题材的这一方式的区分,成为当代文学史普遍采用的类型概括方式。从50年代起,就产生了当代特有的题材意识。现实题材优于历史题材,"革命历史题材"优于一般历史题材,写重大斗争生活优于写日常生活;这为题材划定了重大与不重大的分别——它既成为评定作

---

① 周扬:《文艺战线上的一场大辩论》,《人民日报》1958年2月28日。
② 何直(秦兆阳):《现实主义——广阔的道路》,《人民文学》1956年第9期。

品价值的重要尺度,也规范了作家的言说范围。最具"当代性"的是,出现了"农业题材"(或"农村题材")、"工业题材"和"革命历史题材"(或"革命斗争历史题材",或"反映新民主主义革命时期的斗争历史")等特定概念。"农业题材"已经不是新文学中的乡土小说或乡村小说;"工业题材"许多虽写到城市,也与都市小说、市民小说毫不相干。这些题材概念所内含的,是对于"社会中的主要矛盾和主要斗争"的表现的要求,而拒绝涉及"次要的"社会生活现象(日常生活,儿女情、家务事)。不接触政治问题,"提出都市市民日常生活中的一两点小小的矛盾而构成故事",这是要受到批评的倾向。① 那些称为"主要矛盾和主要斗争"而被提倡的,是变动的、"常新"的事情,是人的变革欲求和冲动的体现,也是政治观念意识的载体。而农村、都市的日常生活,"次要的"、琐细的生活情景和日常行为,在习俗、人情、普通人的伦理状况中,有着更多的历史连续性。但是"当代文学"对这种"连续性"始终抱警惕的态度,不容许它的过多侵入而损害自身的"社会主义"的性质。

概念的分裂

"当代文学"概念的内涵,在它产生的过程中,就一直有着不同的理解。但在文学"一体化"时期,另外的理解不可能获得合法的地位。不过,在"文革"中,文学的激进力量显然并不强调 1949 年作为重要的文学分期的界限。在他们看来,"十七年"是"文艺黑线专政",无产阶级文艺的"新纪元"是从"京剧革命"才开始的。江青他们还来不及布置"真正的无产阶级文学史"(或"新纪元文学史")的编写,但在有关的文章中,已明确提出了他们的文学史(文艺史)观。② 他们很可能把

---

① 茅盾:《在反动派压迫下斗争和发展的革命文艺》,《中华全国文学艺术工作者代表大会纪念文集》。
② 初澜:《京剧革命十年》,《红旗》1974 年第 7 期。

"京剧革命"发生的1965年,作为文学分期的界限,把1965年以后的文学称为"当代文学"(当然,更大的可能是另换一个名称)。他们会使用同一评价体系,但更强调"纯粹",对文学现象会实施更多的筛选与压抑,会运用更强调"断裂"的激进尺度。事实上他们已在这样做。

"文革"后,人们用以判断社会和文学的标准也遂四分五裂。因此,尽管"现代文学""当代文学"的概念还在使用,使用者赋予的含义、相互的距离却越来越远。这种变化也有一些共同点,就是在文学史理念和评价体系更新的情况下,重新构造文学史的序列,特别是显露过去被压抑、被遮蔽的那些部分。40年代后期那些在"当代文学"生成过程中被疏漏和清除的文学现象、作家作品(张爱玲、钱锺书、路翎、师陀的小说,冯至、穆旦等的诗,胡风等的理论……)被挖掘出来,放置在"主流"位置上。"现代文学"与"当代文学"的等级也颠倒了过来;"现代文学"不再是"当代文学"的学科规范、评价标准,成为统领20世纪文学的线索(这为"20世纪中国文学"和"重写文学史"的命题所包含)。"现代文学"概念的含义,也发生了"颠倒"性的变化。在写于60年代的《中国现代文学史》(唐弢主编)中,"现代文学"是对文学现象作阶级性的"多层等级"划分、排除后所建立的文学秩序。而在80年代,"现代文学"在一些人那里,成了单纯的"时间概念",或者成为包罗万象的口袋;除新文学之外,"尚有以鸳鸯蝴蝶派为主要特征的旧派文学,有言情、侦探、武侠之类的旧通俗文学,有新旧派人士所作的格律诗词,还有少数民族地区流传的口头文学,台湾香港地区的文学以及海外华人创作的文学",还应该装入作为"五四新文学逆流的三民主义、民族主义文学,沦陷时期的汉奸文学,'四人帮'横行时期的阴谋文学等等"①。当然,一种更为普遍的看法是,"现代文学"既是一个时间概念,也是个揭示这一时间文学的"现代"性质的概念,"即是'用现代文学语言与文学形式,表达现代中国人的思想、感情、心理

---

① 参见贾植芳为《中国现代文学词典》所作的序言,《中国现代文学词典》,上海辞书出版社,1990年。

的文学'"①。——这实际上是"回到"二三十年代朱自清、郑振铎等的那种理解。

"当代文学"概念的演化和理解的分裂,大体也呈现这样的状态。除了强大的批评、怀疑的意见外,在一些人那里,也只被看作单纯的、不得已使用的时间概念。试图赋予严格的学科含义的,则寻找新的解释。有的论者将"当代文学"的时间界限,确立于1949年到1978年间,认为这段时间"在中国新文学史和新文学思潮史上,都具有相对独立的阶段性"②。另外的一种权宜性的解释是,把50年代以后的文学称为"当代文学",其内涵和依据在于,这是一个"'左翼文学'的'工农兵文学'形态",在50年代"建立起绝对支配地位",到80年代"这一地位受到挑战而削弱的文学时期"③。

原载《文学评论》1998年第6期

---

① 钱理群、温儒敏、吴福辉:《中国现代文学三十年·前言》,《中国现代文学三十年》北京大学出版社,1998年。
② 朱寨主编:《中国当代文学思潮史》,第3页。
③ 洪子诚:《中国当代文学概说》,香港:青文书屋,1997年。

文学史的断裂与承续

断裂:作为一种现象

在文学史研究上,文学分期是一个基础的,同时也是一个重要的问题。文学史分期,在很大程度上,是对历史过程中断裂和承续的关系的理解。推广来说,断裂和变革应该说是一种现代现象。不管是在中国还是在西方都是这么一种情况。但是对中国近一百多年的历史来说,断裂、变革的现象和思潮特别激烈,而且特别频繁。我们常说的"20世纪中国文学"——对了,对"20世纪中国文学"这个提法,有一些研究者提出了质疑;韩毓海老师就不止一次地说,"世纪"是一个西方的概念,是基督教的一种纪年方式,用它来描述、概括中国文学历史并不合适。他的这个看法,大概体现了美国学者柯文的"在中国发现历史"的观念和方法,也就是不是"西方中心观",而是"中国中心观",从中国"内部"来考察中国的历史进程。所以他认为需要对这个(或这类)概念进行重新思考。但是这个问题我在这里肯定谈不清楚,也缺乏准备,现在先不去管它。我们还是"20世纪中国文学"吧。

在这一个世纪中,"断裂"的现象特别多,而且在一个时期内,也特别受到注意。在1990年出版的《作家的姿态与自我意识》这本小书的第四章"超越渴望"中,我曾经谈到,在80年代的时候,"突破""变革""超越"这么一些词,是使用频率非常高的一组词。这表现了当时文学界对于变革的非常强烈的愿望和期待。在与历史的关联上,"变革"是强调一种"切断",而不是强调"承续",不是强调历史的连续性。变革、突破、创新,80年代活跃着这样的普遍性意识。我们系当代文学专业的研究生和老师都很熟悉,并且有的时候还引用的黄子平的一句名言:"创新的狗追得我们连撒尿的工夫都没有。"这大概是他读研究生的时候说的。这种心理、情绪,实际上也是"后发展国家",或者我们所说的"发展中国家"的一种普遍性的心态。其实不光是80年代,在20世纪,在"当代",都一直存在着,我们对这些也很容易理解,容易产生共鸣,引发我们的想象。这种现象和心态,像50年代的"多快好省"的总路线,1956年的"跑步进入社会主义",1958年的"大跃进","超英赶美","一天等于二十年",这样一些口号的提出,都根源于这样一种心态。毛主席的词《昆仑》,对这种观念、意识、情绪,表现得特别强烈,特别集中:"横空出世,莽昆仑,阅尽人间春色。……一万年太久,只争朝夕,要扫除一切害人虫,全无敌。"毛主席的词,包括这一首,在"文革"当中经常被引用。有的战斗队、战斗兵团,就叫"横空出世",叫"只争朝夕",或者"全无敌"。如果有一个兵团叫"独立寒秋",那很可能这个"兵团"全部成员只有一个人,所以他"独立寒秋"(笑)。

实际上在这一百多年里头,断裂和变革可以说是历史的中心主题。主张改良的、保守的思潮在这一百多年中也存在,但是在很长的时间里,在中国并没有成为主要的潮流,没有取得一种支配性的地位。大家学习当代文学史,应该记得"当代"文艺界第一次批判运动,是批判电影《武训传》。对这部电影,政治思想和政治路线上,主要是批判它的"改良主义",批判改良主义的反人民的性质,文学上批判的是它的"反现实主义"。周扬的总结性质的文章,就是这样的标题:《反人民、反历史的思想和反现实主义的艺术》(《人民日报》1951年8月8日)。因为"新中国"是革命、是武装斗争的成果;如果强调改良主义的合理性和正当性,当然,就等于质疑了革命的合理性和正当性。因此,对《武训传》引发的问题,在这样的逻辑线索中,肯定是具有严重的性质。我说的"逻辑线索",也就是一个前提,在这个前提下,《武训传》的问题是严重的。这个前提,一是否认对"历史"不同阐释的合法性,另一是否认文学写作的"修辞"性质和作家的"虚构"的权利。如果放弃这个前提,所谓"严重性质"也就不存在了。

现在情况发生了很大的变化。在90年代,保守主义的、改良的思潮在中国,似乎已经占据了思想文化界的中心位置。现在"时髦"的、有感染力的思想并不是革命的、剧烈变革的思想,而是保守主义的、改良的思想。刘再复、李泽厚曾经讨论过这个话题,说这就是"告别现代,回归古典,重新探求和确立人的价值"。他们认为,所谓回到古典,不是否定现代社会而回到古代社会,而是在文化取向上回复理性,回复人文关怀,回复文艺复兴时期和启蒙时期的一些古典的价值观念和古老命题,重新探求和确立人的价值和人的尊严。看来,这是90年代中国学者的另一次"人文精神讨论",只不过是发生于海外,参加的人也少得多。

90年代的人文精神探求问题,有它深刻的历史背景。这一点,刘再复也曾讲到。主要是两个方面。一个是近百年的政治,近百年的革命所产生的后果。另外一个是商品化,市场、金钱、广告与技术对人所产生的"异化"。更直接的原因,可能跟90年代以后苏联解体、东欧剧变,社会主义、共产主义运动出现的问题有直接的关联。当然,他们生活在"西方",又更直接感受到"机器世界"的技术统治对人的压抑。而对中国的人文精神提倡者来说,面对的是90年代初市场经济推进所产生的震撼。对刘再复他们的书,包括《放逐诸神》等,评价当然很分歧,赞成的批评的都有。以前我也读过李泽厚、刘再复的许多书和文章,但是都是分开地看。这次为了备课,就把一些重要的著作放到一起对比地看。这种对比,主要是"历时的",这就能看到他们各人的不同时间论述的异同。看过以后,有些想法。"革命"的意识形态既然已经不能成为精神支点,"寻找"也好,"重建"也好,就会提出来。但是,在他们的著作中,也会看到这十多年出现的一些变化。

刘再复、李泽厚的相关著作,把19世纪末从谭嗣同开始的近代"激进主义"思潮的反省和批判作为主题。它主要提出来的观点是"要改良,不要革命"。他们说的"革命"这个词稍微要作点解释。在"序言"中他们作了限制,明确地讲到他们所指的"革命",不是指一切的变革行为或变革主张;他们所反对的"革命"是指以暴力的方式来推翻一种制度或政权的行为,不管是来自"左"的革命,还是来自"右"的革命。另外,他们所反省的"革命"不包括反对侵略的所谓"民族革命"。我想,这里指的大概是抗日战争之类的事件——民族危亡时刻对日本帝国主义的反抗。他们的历史观,在这个对话录中表现得很清楚:赞成英国式的"改良",不赞成法国式的"革命"。不赞成像丹东、罗伯斯庇尔的雅各宾派的革命,就是像法国大革命中的"激进派"。李泽厚回顾了20世纪初,康有为、梁启超在辛亥革命前夕和孙中山的"革命派"关于"革命"与"改良"的争论,康有为提出"君主立宪",提出"托古改制"或"虚君共和",实际上都是一种英国式的改良。李泽厚说,康有为提出的这种主张现在看起来很有道理。他认为我们过去对康、梁批判太多,这个"案"现在应该"翻过来"。刘再复也认为,康、梁很有远见,比孙中山更了解中国。而且李泽厚说,革命是一种能量的"消耗",改良则是一种能量的"积累"。他们在这本书中猛烈地批评"革命拜物教"。

我们做文学研究的人,对革命史、政治思想史缺乏了解,对社会改革方案和政治实践,所知也不多(其实也不能说不了解,从中学开始,这些问题就广泛分布在我们的各种课程中,我主要说的是缺乏深入的研究、思考),所以很难对他们这种观点作出判断,也就是难以判断这种主张和思潮的根据与合理性。这里主要谈的是一些观点变化的激烈。我们知道,李泽厚在"文革"结束的时候,曾经产生过很大的影响,有一度曾被看成是类乎知识青年的精神领袖人物。刘再复也说他深受李泽厚的学说的影响,并且评价说,"百年来的中国思想界,如果没有康有为、梁启超、胡适、鲁迅,20世纪下半叶如果没有李泽厚,整个中国现代思想史就是另一种状况"。1979年出版的《中国近代思想史论》,第一版就印了3万多册,到80年代中期就印到4万多册,而且后来继续再版,在当时是一本影响很大的学术著作。当时李泽厚高举"五四"的"启蒙"旗帜,高举"民主""科学"的旗帜来批判当代的"封建主义"——他认为当代,特别是"文革"的历史,是一种类似封建"复辟"的历史行为,所以重新提出"启蒙"的历史任务。

我这里引用一段李泽厚书中的话,这段话是现在评述80年代的思潮和文化状况时经常被引用的一段。这段话可以代表李泽厚当时的思想,甚至是那个时期的"时代精神",一种浪漫主义的、启蒙主义的文化精神氛围。他说:"打倒'四人帮'后,中国进入一个苏醒的新时期:农业小生产基础和立于其上的种种观念体系、上层建筑终将消逝,四个现代化必将实现。人民民主的旗帜要在千年封建古国的上空中真正飘扬。因之,如何在深刻理解多年来沉重的经验教训的基础上,来重新看待、研究中国近代思想史上的一些问题,总结出它的科学规律,指出思想发展的客观趋向以有助于人们去主动创造历史,这在今天,比任何时候,将更是大有意义的事情。"①这段话表达了李泽厚历史乐观主义的情绪,同时也表现了当时思想文化界重新祭起"启蒙"旗帜以批判封建主义的潮流。

在《中国近代思想史论》这本书里头,他对康有为、梁启超的改良主义进行了非常激烈的抨击。在很多段落中,包括文章的整体中,都反映了这个立场。他说,改良派康有为、梁启超和整个改良派思潮,"一开始便带着它极其狭隘的阶级性格",他们是中国近代最先反映资产阶级意图,具有一定进步性质的早期自由主义。但是后来,随着帝国主义侵略的加剧,救亡运动的高涨,阶级斗争的尖锐化,他们"必然要借助同封建君主派的勾结,来竭力压制革命,为封建君主制度辩护"。李泽厚说,"革命民主派与自由主义改良派的分歧和斗争,几乎

---

① 李泽厚:《中国近代思想史论》,第488页,人民出版社,1979年。

是近代各国资产阶级民主革命中一条普遍发展规律"(第85页)。而在当时,李泽厚是站在支持、肯定革命民主派的历史功绩一边的。在这本书的"康有为思想研究"这一部分里面,他论述了"托古改制"的失败,论述了康有为"由改良倒退至反动,由资产阶级改良派变而成封建主义辩护士",也论述"革命"到来的必然和必要。那么我们现在看到,到了90年代,李泽厚在这一方面,已经,如果不说"彻底"但也是基本上改变了他的立场。这种改变,是相当普遍的。他转而来阐述改良派的主张的合理性、正当性,对激进的革命民主派的理论、策略和行为进行反省和批判。之所以在这里作这样的对比,并不是说一个人的主张、学术观点不可以改变,而主要是要说明思潮变迁的激烈。这种观念、情感趋向的变化、断裂的现象,在20世纪的中国是十分常见的。我们自己也是这样:想想十几二十年前的情绪、看法,再看看今天,有时我们自己都觉得吃惊。不过,我要补充一点的是,不能说李泽厚的历史观和80年代初的完全不同,事实上有很重要的连续线索;他80年代的思想史论著就存在内在矛盾。

如果不从政治或社会变革的角度,而从文学的角度来看,激进的、要求激烈变革的情绪,和在文学史上产生的效应,也是十分明显的。在20世纪的中国文学历史上,也留下了一串大大小小的断裂现象和时间。而且,"先锋"和"落伍"的位置转换速度之快,也令人瞠目。1932年,刘半农在《初期白话诗稿》的"序"中的一段话,常常被用来说明这种变化的急遽。刘半农这个人物,我们知道在新文化运动中很激进,是当时有名的"猛士"。他的话是,"我们这班当初努力于文艺革新的人,一挤挤成了三代以上的古人"。这句话,旷新年在他最近的著作《1928:革命文学》的开头也引用了,他是为了说明"革命文学"的提倡对于"五四"所产生的自觉"断裂"。旷新年对于中国近代以来的"革命"的观点,显然和李泽厚他们不同。"革命是现代性的最高表现形式,也是后发展国家发展现代化的重要方式"①——这是他的基本论点。"革命文学"的问题,后面可能还要讲到。总之,在30年代初,只有十多年的工夫,在激进的"革命文学"的浪潮中,"文学革命"的弄潮儿转而成为落伍者。鲁迅在这一浪潮中也受到攻击,被激进者看成"封建余孽"。

这种现象一直延续下来。在提倡"社会主义文学"的五六十年代,巴金、茅盾、曹禺、老舍等三四十年代的创作的"缺陷",在一种更"前进"的艺术目标下被揭发,而像《红旗谱》《红岩》《创业史》等,被看成是代表社会主义文学方向的创作。到了"文革"时期,这些又变成了在"文艺黑线"中产生的"毒草",这时,"样板戏"才是"真正的"无产阶级文艺。"朦胧诗"刚出现的时候,被许多人看作"古怪诗",拒绝接纳。但是,在1983年前后它刚刚站住脚跟的时候,也就是说,在论争中,它的价值,它的文学史地位被比较广泛承认的时候,它也已经被"挤"到"落伍"的位置上。记得大概是1983年或1984年,我参加过中国社会科学院文学所的一次座谈会。对文坛信息,我总是很闭塞,外界的情况很多都不大了解。参加会的有新诗研究者、诗评家,还有一些"朦胧诗"的诗人,比如顾城等。当时,会上就有关于"朦胧诗"已经"过时"的意见,并且转达了更年轻的诗人的"打倒北岛"的说法。我确实吃了一惊。觉得好不容易刚刚跟上"朦胧诗"的步伐,这个东西就过时,就"落后"了。这可怎么办?以后,我又听到关于诗的问题的各种提法。当时,作为一种激进的诗歌观念的体现,出现了"现代诗"的概念,这个概念,包含了一种价值认定。在80年代到90年代,陆续听到这样一些说法。有一种说法是,中国的现代诗是从"九叶"诗人才开始的。另一种说法是,1985年之后才有"真正的"现代诗。另一种同样"激进"的观点是,"真正的"好诗是表现"生命体验"的诗,这种诗,从90年代才开始。"真正的无产阶级文艺""真正的现代诗""真

---

① 旷新年:《1928:革命文学》,第12页,山东教育出版社,1998年。

正的好诗",80年代以后才有"真正的当代文学",这些提法表达的文学理想虽然截然不同,但是文学的进化论观点,和激进的思想逻辑,却没有什么差别。

我们对作家所作的文学史处理方式,也是这样。80年代以来对作家的处理方式,类型的划分,包括划分"代"的处理方式,实际上也是渴望变革,渴望创新,一种要不断地处于"先锋"位置的情绪的反映。"朦胧诗"之后有"新生代","新生代"这个概念可能跟"第三代"之间有一些交叉;"新生代"之后又有"晚生代";"晚生代"之后又有"60年代作家";最近又有"70年代作家"。当然再过不久又有"80年代作家","80年代"之后可能又有"世纪末作家",或者像现在教育部评定的"跨世纪学术带头人"一样,有"跨世纪作家"。这种"代"的划分,先不谈有没有道理或者有没有必要,实际上也是强调一种"断裂",强调以"代"发生的变异作为群体标志。这一点,和五六十年代稍有不同。那时候,这种对"时间"的强调还没有达到这样绝对的地步。有一种说法,"70年代作家"是没有"历史"、没有"历史记忆"的一代,他们的作品只有"现在时",也自觉拒绝"历史"。不知道是不是这样。不过,从另一方面想,他们中的一些人,可能是承续了现代中国的一项重要"历史记忆",这就是对"断裂"的信仰。

去年(1998),朱文、韩东他们组织了一份名叫"断裂"的问卷,成为文坛的一个热点。11月在重庆开的"当代文学研究会"年会上,也谈到这个问题。大会发言时,有的做文学批评工作的先生对这份答卷非常激动地反对,说对他们,"我一个都不宽恕",表现了激烈的态度。这得到许多人的赞同。也有的态度就不是那么鲜明。从整个答卷的设计看,当然目的是明确的。不过,被提问的人的意见,也不完全相同。这个答卷所表述的一些情绪,里头可能也有一些合理成分。它采取一种激烈的方式来质疑当前的文学体制和文坛格局。我们的文学体制,文坛的格局,难道没有需要审察的地方吗?一个人的观点有时和他的处境有很大关系。1958年不是有一首"新民歌"吗?里面有两句是"什么藤结什么瓜,什么阶级说什么话"。有时我问自己,你在大学里有一个稳定职位,还是个"名牌"大学,而且是"教授"。有的人会说,你凭什么?比你棒得多的人,为什么处境反而不如你?作家、诗人也这样。凭什么你比我出名?地位比我高?出书那么容易?还被写进文学史?我一点也不比你写得差!是的,有很多的不合理。这里面涉及体制的问题、权力的问题。当然,我也不同意答卷里面的很多讲法,包括批评家和作家的关系、作家和文学传统之间的关系。因为也骂到大学的中文系,我这四十多年来就在中文系教书。我们是常人,被人骂不会假装说很愉快。但答卷里的说法真真假假,所以也不必太认真。有的批评家说,以前辛辛苦苦扶持你,现在你反而"忘恩负义"。其实不要从这方面去想。在批评家和作家的关系问题上,需要反省的不是报恩之类的问题,而是批评家的独立性的问题。批评家要摆脱这种"依附"的"寄生"的地位,要紧的是有自己独立的意见要表达,有自己的立场和精神追求。至少应该有这样的信念,他的批评文字和作家的创作一样,都是精神探索的不同构成。所以,批评家无须过多考虑对作家应持什么态度,是谄媚,还是反面的"骂杀"。他和作家之间是平等的,他也有自己的事情要做,他和作家的关系,也无所谓恩怨的问题。

当代文学面临的压力

对文学史研究来说,我们怎样观察"断裂"这种现象,如何提出问题呢?"断裂"当然是一种存在着的历史事实。不管"五四"文学革命是不是"现代文学"的起点,"文学革命"出现的现象,诞生的"新文学",跟过去的文学相比,不是很鲜明地构成了一种对比吗?五四文学和30年代文学之间,也出现明显的裂痕;虽然对这一"断裂"的性质、估计,研究者之间看法很不同。前面提到的旷新年的书,是非常强调"五四"和30年代的裂痕的,他从思想意识的方面论述这种"断裂"的性质:"李初梨、冯乃超、彭康、朱镜我等留日的青年知识分子运用崭新的马克思主义的社会科学理论对于'五四'资产阶级的现代性进行了全面的合理化批判,揭露了'五四'个人主义、自由、民主等概念的意识形态性质,摧毁了资产阶级的意识形态和阶级意识的蒙昧状态……"①抗日战争开始,在文学史上也常常被看作一种"断裂"。40—50年代之间,更是这样:因此被以"现代文学"和"当代文学"的不同命名加以分隔。"十七年"与"文革",在一个时间里,无论激进的左派,还是它的对立面看来,也都认为是不可混淆的两个不同时期。还有就是"文革"与"新时期"之间的关系,也通常认为是这样一种状况。所以,"文革"后的文学,被称为"文学的复兴"。从上面所作的描述中,也许可以看到,被我们所指认的"文学断裂",既是指一种存在的现象,同时,指的又是一种普遍存在的心理、情绪,或者是一种姿态。在有的时候,"断裂"与其说呈现在"文本事实"中,不如说带有更多的文本外姿态成分。从这个角度看,"断裂"也是一种文学实践、文学运动的展开方式。我觉得对这个问题,可以从以上的三个方面看,虽然它们不可能清楚区分开来。

为什么会产生这种情况呢?有一个大家可能认可的理由是,文学界存在着强烈的落后意识。变革的要求,是对现实情境的强烈不满,并且希望能在很短时间里取得"突破"。文学的理想、目标,有的时候可以说成是空无依傍的,超越已有的一切的,事实上都是在与"既有的"所作的参照、对比中做出的。80年代初,许多人对"当代文学"的"贫困"的感觉,首先来自"现代文学"的参照。由于八九十年代大陆文学取得的进展,这方面的压力有所缓和。不过,在我们心理上,西方文学,包括俄苏文学对中国"当代文学"所构成的对比性压力,并没有削弱。当然,对当代文学状况的估计因人而异,有时还相差很大。我听到一些老师、批评家说过他们对于中国现当代文学"落后"的尖锐

---

① 旷新年:《1928:革命文学》,第10页。

评价。我在前面的课上讲到王晓明先生在《二十世纪中国文学史论·序》中表达的这种感觉。他说:"从80年代中期开始,至少在现代文学研究界,另一种更为严厉的判断逐渐生长起来:在1949年以前的30年间,虽然出现了若干优秀的作家,也有一些作品流传到今天,但从整体来看,这30年间的文学成就其实是不能令人满意的。甚至还有人坦率地说,中国现代文学的最重要的价值,恐怕就是充当思想史研究的材料。"①在这里,他讲到这种判断产生的根据:"随着人们对20世纪世界文学的了解日渐广泛,那种觉得中国现代文学相形见绌的看法也日渐扩散。"他并且认为鲁迅"以世界文学的标准衡量","还不能算是伟大的作家"。② 王晓明说,原来大家对"新时期"抱有很大希望,以为能出现文学的"黄金时代";现在,"一个真心热爱文学的读者",似乎有理由对整个20世纪的中国文学"表示失望了"。他在这篇"序"的最后,激情地叙述他再一次读《卡拉马佐夫兄弟》之后受到的强烈震撼和幸福感,并盼望中国文学的研究和教学,能尽早建立在诗意的阐发、建立在"文学的价值"上。可以看到,在《卡拉马佐夫兄弟》等为范本的"世界文学"的标准,也就是"诗意"的、"文学价值"的尺度的度量之下,中国这个世纪的文学便显出了它的苍白和幼稚。

有一个时期,我也有和王晓明相似的看法,虽然没有这么激烈。归根结底,我们长期以来总有不能释然的一种情绪。这种情绪也不是现在才有的。30年代文坛就有人提出,我们为什么没有托尔斯泰?当时提出这个问题,有特殊的背景,大抵是针对左翼文学的。不过,就是在左翼的革命文学占有绝对支配地位的时期,左翼文学已经在坚持它独立的文学观和评价体系,这个问题也没有消失。这是颇为奇怪的一件事。在五六十年代,或者是在"文革"期间,像周扬、江青、姚文元等,在他们的文章或者讲话中,都认为"社会主义文学",或者"真正的

---

① 王晓明:《二十世纪中国文学史论·序》,《二十世纪中国文学史论》(第1卷)东方出版中心,1997年。

② 王晓明:《二十世纪中国文学史论·序》,《二十世纪中国文学史论》(第1卷)。

无产阶级文学"是人类历史上最"先进"的文学。不管在思想内容上,还是艺术形式上,都是过去和现在的"封建主义文学"和"资产阶级的文学"所不可比拟的。但是实际上,在心理上,在潜在意识上,无论是周扬,还是更激进的文艺家,他们都难以彻底摆脱这种"落后"感,很难摆脱他们要超越的这种巨大压力。

举一个例子,大家可以看一看在1958年发表的《文艺战线上的一场大辩论》。① 这篇文章署周扬的名字,参加执笔的有林默涵、张光年、刘白羽等人,是对文艺界"反右派"运动的总结。因为"右派分子"说新中国成立后的文学不行,这篇文章反驳了这种说法。在证明"社会主义文学"的价值的时候,文章所展现的论述逻辑,在当时是很"典范"的,被大家普遍使用。首先它强调"社会主义文学"是"历史上前所未有的一种新型的文学",这种文学"和最先进的阶级、最先进的思想、最先进的社会制度相联系","过去任何时代的文学都不能和它相比",这包括人物形象、主题、乐观主义的历史态度等。但是,紧接着就会说,"社会主义文学还是比较年轻的文学,苏联文学从高尔基1907年发表《母亲》算起,到现在不过50年出头一点",而"我国文学明确地自觉地走上为工农兵,为社会主义服务的道路是在延安文艺座谈会以后开始的,到现在才有15年多一点"——"怎么能拿衡量几百年、几千年中所产生的东西的尺度来要求几十年中所产生的东西呢?"可以看到,在这里,"进攻"很快就转到"防守",转为辩护。这种论述逻辑,自信、勇气和犹豫、胆怯混合在一起;想抛开"旧时代文学"的衡量标尺,又没有办法抛开。我想,这可能是像周扬、何其芳、茅盾他们,都受过"封建主义",特别是"资产阶级"文学的熏陶、浸染的缘故,"鬼魂附体",想摆脱也摆脱不了——当然,很多时候其实是不愿摆脱。瞿秋白《多余的话》的结尾,讲到可以一读的,不是他在苏区实验的大众文艺那样的作品,而是《阿Q正传》《安娜·卡列尼娜》《红楼梦》。周

---

① 周扬:《文艺战线上的一场大辩论》,《人民日报》1952年2月28日;同年转载于《文艺报》第5期。

扬1958年在北大演讲,题目是"文艺与政治",办公楼礼堂坐得满满的。我做了详细的笔记,后来找不到了。《周扬文集》不知道为什么没有收进这个报告。周扬在最后,讲到会很快出现无产阶级文艺高峰的时候,神采飞扬,说我们会出现我们的但丁,我们的莎士比亚,我们的托尔斯泰……周扬做报告很有感染力,是个演说家。这番话也体现了那种论述逻辑:所要超越的对象却成了目标。这就叫"悖论"。包括"文革"期间,像江青的《纪要》,他们组织的文章,都反复地讲过要破除"对中外文学的迷信",破除对"三十年代文学"的迷信。这都说明了这种"迷信"是现实中存在的压力。江青在指导"样板戏"制作的时候,就对《网》《鸽子号》这样的美国电影赞不绝口。不过,比起周扬、茅盾、何其芳他们来,江青读的"中外文学"作品显然太少,艺术鉴赏力也大有问题。她迷恋的是"好莱坞式"的东西。她神采飞扬地推崇的不是但丁、莎士比亚,而是《飘》这样的小说和电影。

一直到现在为止,这种对比、参照所产生的巨大压力,还是能够容易感受到。这种观察中国现当代文学的视角,很难摆脱。虽然说在今天,在近代史研究上,在近代文学研究上,"在中国发现历史"的思路和方法越来越被重视,学者们发现了"被压抑的现代性",质疑了西方的冲击开启了中国文学现代化的这种"陈见",指出在晚清,就存在着"文学传统内生生不息的创造力"[①],但那好像也解决不了多大问题。

批评界说的"诺贝尔文学奖情结",也是对这种压力的反应。今年(1999)《北京文学》第4期发表了刘再复四万多字的关于诺贝尔文学奖的长篇文章,也是讨论这个问题的。对于中国作家到现在还没有得到这个奖项,通常会产生两种想法:一种是很急迫,很想得到,总想着哪一年哪个中国作家会获得这项"殊荣",证明中国文学的成就,可以和"外国文学"(主要是"西方文学")平起平坐了。因此,就发生了一百多位作家联名推荐艾青的事件。另外一种情绪就是,你那个诺贝尔

---

① 参见王德威:《被压抑的现代性:没有晚清,何来五四?》,《学人》第10辑,第219—237页,江苏文艺出版社,1996年。

文学奖有什么了不起,一点都说明不了什么;许多大作家如托尔斯泰、鲁迅就没有被评上,说明它是不公正的,是西方意识形态的产物。刘再复文章的用意,我从字里行间看出,他就是为了回应这两个问题。他首先说,诺贝尔文学奖虽然有缺点,但基本上还是公正的,以维护诺贝尔奖的权威。接着,刘再复谈到为什么我们得不到这个奖,那是因为中国文学还是有不足的地方,同时他又开出一个名单,说我们现在的作家中有得奖可能和潜力的人。刘再复在美国的科罗拉多大学,研究、翻译中国现当代文学的葛浩文先生也在这所大学,他们之间很熟悉。他列出的有潜力的作家,可能也是葛浩文的看法。这些作家,大概是莫言、李锐、余华这几位。这个名单我不知道记错了没有。刘再复可能是要告诉我们:不要着急,我们还是有希望的(学生笑)①。这篇文章谈论问题的方式,也体现了这种跟西方文学对比而产生的落后感。当然,我觉得刘再复的这篇文章写得不错,很平易,很有逻辑上的说服力,也有很多事实。

  对于现当代文学来说,中国的古典文学自然也是一种参照物。但是,在20世纪较多时间里,它没有成为像西方文学那样的非常重要的参照物。不过,诗好像是例外。中国古典诗歌对新诗构成的巨大压力,是显而易见的。30年代梁宗岱先生说过,大致意思是,中国辉煌的古典诗歌既可以是新诗的灯塔,也可以是新诗的礁石。大家可以看看郑敏先生发表在《文学评论》1993年第3期上的文章(《世纪末的回顾:汉语语言变革与中国新诗创作》),她从中国古典诗歌跟中国新诗之间的关系,特别从语言变革的方面,来质疑中国新诗道路,质疑现代白话作为诗的媒介。她的主要观点是,中国新诗因为用白话作为媒介,否定、舍弃了古典语言和古典文学传统,结果是现代汉诗至今未能

---

① 2000年10月12日,终于传来了高行健获得诺贝尔文学奖的消息。这一决定,在华人圈引发了不同看法,甚至对立的争论。对于一个作家而言,由于目前绝大多数中国读者仍未读到他的《灵山》《一个人的圣经》等作品,便难以作出判断。但是,对于那种"终于有中国人(或华人)获奖"的兴奋,另一种反应则是,高行健是法国人,与中国无关。

出现"世界级"的诗人。她的这个看法,在国外汉学界中,也有相似的主张。如哈佛大学的著名学者宇文所安(也就是欧文,我们更熟悉欧文这个名字),还有澳大利亚国立大学的威廉·兼乐,他们都批评20世纪的汉语没有写出伟大的诗,没有可以传世的诗篇。郑敏先生是著名诗人,她90年代的诗还是写得很好。她又是研究美国文学的,对现代西方文论也很熟悉。她的意见,得到大家的重视。有赞同的,也有不同意,同她商榷的。咱们系的老师臧力——他可能觉得"力"有"暴力"倾向的嫌疑,改成"棣"了——有一篇文章,叫《现代性和新诗的评价》,虽然没有直接提郑敏的文章,实际上是对她这篇文章和类似看法的回应。文章开头提问题的方式就可以看到这种针对性:"为什么我们总能在对新诗进行总体评价的时候感觉到古典诗歌及其审美传统的徘徊的阴影?或者说,用范式意义上的古典诗歌来衡量新诗,其学理依据在哪里?或者,从语言的同一性出发试图弥合古典诗歌与新诗的断裂(或称差异)的可能性究竟是""一种切实的建议,还是一种似梦的幻想?"这篇文章的核心观点是,新诗对现代性的追求这一现象本身"已自足地构成一种新的诗歌传统的历史",因此,新诗的"评判标准是其自身的历史提供的"。① 新诗评价问题,已经争论了近百年,这个问题需要专门研究,但是研究起来也很难讲清楚。不过,臧棣的说法倒是挺有意思。我们是不是可以"推广"这种说法?比如说,中国现当代文学对现代性的追求,已经构成了自足的传统,因此,它的评价问题,评判的标准,也是"由其自身的历史提供的"?这样,也许能减轻"当代文学"的巨大压力?这个争论,关系到我们关心的普遍性和特殊性的难题。郑敏先生他们更相信人类有共同的审美标准;在对文学、诗作评价的时候,所持的标尺不可能是两样的。而臧棣,还有现在在北大访问的学者奚密(美国加州大学戴维斯校区教授,我听过她在北大的演讲),他们强调的是"特殊性"。他们可能更倾向于,中国古

---

① 唐晓渡主编:《现代汉诗年鉴·1998》,第281—290页,中国文联出版社,1999年。

典诗歌有它自身的"传统",它的评价尺度,不能简单应用在新诗评价上。如果就一般的事情,我倾向于在承认特殊性、个别性的基础上,不放弃对普遍性和共同性的寻求。说到新诗,却会更拥护奚密、臧棣的意见。这是要不得的"双重标准"。理由只有一条:那么多的诗人和新诗爱好者,近百年来付出那么多的心血,至今仍有那么多的人着迷,轻易贬损它,说它"失误",觉得实在是于心不忍。

为问题寻找参照

在参照中发现问题,和为了问题而寻找参照,这两种思维方式实际上很难明白区分。总的说来,在80年代,文学界最热门的是西方的现代文学,而近些年,俄苏文学又重新成为一个重要的参照对象。这个问题也是一个值得研究的文学现象。这跟90年代之后,文化思想界反思中国作家、知识分子精神、人格的弱点或缺陷的意图有关系。这种对比的基本思路是,在相近的社会状况,相近的社会政治体制之下,苏联为什么还能出现那么多有价值的精神成果?原因是什么?强调俄苏文学对我国当代文学具有重要参照价值的人,他们可能会觉得,在俄国和苏联的一部分文学作品和思想著作里头,表现了对独立的精神和文学传统的持续探索的热情,而这是中国"当代文学"所缺乏的。

大家都知道,20世纪,中国文学界对俄苏文学一直都很关注,有大量的翻译介绍。但是,不同时期,为了不同的目的,因为不同的价值取向,关注的重点和阐释的方向,会出现很大的不同。90年代以来,特别是近几年,对俄国的文学、哲学、思想史等方面的著作,介绍得最多的是被称为俄国"白银时代"的作家作品。这当然和五六十年代比有很大的变化。这里,我先引述刘小枫先生的一个评述,来展开对这个问题的讨论。《这一代人的怕和爱》这本书有比较大的影响,在座的同学,相信许多都读过。里面有一章谈到巴乌斯托夫斯基的《金蔷薇》这本书。这本书应该是翻译、出版在50年代后期。我记得,大概1956年或者1957年的《人民文学》杂志的"创作谈"栏目,曾经选登了部分章节。从刘小枫文章里得知,巴乌斯托夫斯基在临终前作了全面修订,修订本的中译本也已经出版。但是修订本我还没有读到。50年代这本书出版时,我正上大学,我们班的一些同学,特别是喜欢现当代文学、爱写些东西的,都读过,是当时很受欢迎的一本书。当然,多数读者,是把它看作创作谈一类的书来读的,事实上,正如刘小枫指出的那样,它的内容和意义,不限于"创作经验"的范围。记得里面有一篇写安徒生的,叫《夜行的驿车》,写安徒生的一次旅行。在一个夜晚,他与几位女士同坐在一辆马车上。因为安徒生的相貌比较丑,不是很好看,大概像我一样(学生笑),但他心里有很多的爱。这种爱是深厚、阔大的,但现实中不能得到,不能表达,当然,也可能得不到回应。就在这个旅行的、周围漆黑一团,谁也看不清谁的夜晚,爱得到一个想象的时机。当时读的时候,感到一种温暖,同时也体验了一种苦涩。我们从这里可以了解安徒生在诸如《海的女儿》等作品中所表达的情感。

刘小枫谈到这本书对"他"(在文章中常转化为"这一代人"这个有很大的涵盖面的词)所产生的震撼。他说,"我们的心灵不再为保尔的遭遇而流泪,而是为维罗纳晚祷的钟声而流泪。这是两种截然不同的理想"。也许是比较迟钝,在50年代当时,亲近保尔和亲近"维罗纳晚祷的钟声",并没有在我的心中构成对立的冲突。但对于历史、理想等的观点这样的问题,这里不去讨论。下面要讨论的是我们如何描述具体历史情境的问题。因为这个和我们课的内容相关。刘小枫写道:"在那个只能把辛酸和苦涩奉献给寒夜的时代,竟然有人想到把这本薄薄的小册子译介给没有习惯向苦难下跪的民族,至今让我百思不得其解。"[①]在另外一处地方又讲道:"'五四'以来,中国文人对俄国文化

---

① 刘小枫:《这一代人的怕和爱》,第19—20页,三联书店,1996年。

的译介占比重相当大,似乎,对俄罗斯文化了解最多。实际恰好相反。中国文人对俄罗斯文化根本谈不上了解。他们得知的大都是与俄罗斯文化精神相悖的东西,是产生于19世纪下半叶的虚无主义思潮的惑人货。"①他使用了"根本""相悖"这样一些绝对化的词语。从这样一些叙述和判断,可以引发一些有意思的话题。比如,我们应该如何叙述"当代"的历史?如何叙述20世纪中国进行的翻译和"文化传输"的活动?这里只是提出一些问题,引起同学的思考;因为对这些问题,我缺乏系统研究。不过,读了这几段话以后,我很感慨。这让我很相信刘小枫的一句话:"前理解从哪里得来?从遭遇中得来。"他所说的"这一代人",指的是"知青"一代。其实,不仅是不同"代"的人,就是同为"这一代人"中有不同遭遇的,对"历史"的了解和描述,都会有那么多的差异。刘小枫用这样的话来描述50年代和60年代,究竟是不是合适,是不是过于简单?那是单一的"只能把辛酸和苦涩奉献给寒夜"的时代吗?《金蔷薇》的翻译出版,在当时是一个非常意外的、"百思不得其解"的事情吗?能这样来描述当年的翻译出版情况吗?这都是疑问。看来,50—60年代距离今天不过三四十年光景,但是对它的叙述,已经出现了很大的分裂。

还有一点,是对这一百年来,中国文化界对俄罗斯文化译介的估计。在历史哲学、思想信仰方面,刘小枫是批判"历史理性主义",而推重、信仰"永恒神性"和人的精神的宗教品质的。他认为,这种神学传统,是"真正的俄罗斯文化精神"。最近北京三联书店出版了别尔嘉耶夫的《俄罗斯思想》。别尔嘉耶夫是"十月革命"以后被驱逐出境的,属于俄国的"流亡知识分子",《俄罗斯思想》是他在巴黎写的一本著作。他对于"俄国革命"的批判,主要不是从政治上,而是从人的精神生活的合理性,从"宗教哲学"上。《日瓦格医生》其实也是这个传统。别尔嘉耶夫讲到他对俄国文化、思想精神的理解。这种理解,跟

---

① 刘小枫:《这一代人的怕和爱》,第24页。

刘小枫对俄国文化精神的看法相近;或者说,刘小枫更多地从别尔嘉耶夫等人那里,来了解俄国的文化精神。《俄罗斯思想》的开头,引用了19世纪俄国诗人丘特切夫的话:"用理性不能了解俄罗斯,……在俄罗斯,只有信仰是可能的。"然后别尔嘉耶夫说,"为了理解俄罗斯,需要运用神学的信仰、希望和爱的美德"①。在书的结尾,他总结性地强调:"俄罗斯民族——就其类型和就其精神结构而言是一个信仰宗教的民族。……俄罗斯的无神论、虚无主义、唯物主义都带有宗教色彩。出身于平民和劳动阶层的俄罗斯人甚至在他们脱离了东正教的时候也在继续寻找上帝和上帝的真理、探索生命的意义。"这是别尔嘉耶夫对"俄罗斯精神"的 种概括。他说,"俄罗斯人把爱看得比公正更高"。② 这种描述,跟刘小枫的描述很相近。别尔嘉耶夫的这本书原来在苏联被列为禁书,苏联解体之后,有几家杂志把这本书翻译、刊载,也引起了苏联学术界、思想界对这个问题的辩论。

即使基于这样的理解,我觉得也不能说"五四"以来中国文化界对俄国文化的译介,是一些"惑人货",是和"真正的"俄罗斯精神相悖的东西。一方面,这可能把事情过分简单化了。也许如别尔嘉耶夫所说的,19世纪的俄罗斯,是一个"尖锐地分裂的世纪",是"内在的解放和紧张的精神追求和社会追求"同时存在的世纪。另外,对于产生于19世纪后期的"虚无主义思潮"——这大概指的是过去被称为"革命民主主义"的思想成果和社会实践——在评价上也是值得讨论的。20世纪以来,中国文化界对俄国文化的译介当然存在许多问题,但是也取得了重要成果。对五六十年代,现在有的研究者,包括一些学生,觉得那是个什么都读不到的时期,西方文学、俄国文学都是被封锁的。实际上不是这样。50年代到60年代初这个时期,是对西方(主要是西方古典文学,尤其是19世纪以前的文学,包括俄国的)的翻译很多,对

---

① 别尔嘉耶夫著:《俄罗斯思想》,雷永生、邱守娟译,第1页,生活·读书·新知三联书店,1995年。
② 同上书,第245—246页。

一些重要作家的译介相当齐全的时期。上面的那种印象不知道是怎么产生的。包括刘小枫在他的文章中提到的许多作品,当时都有出版和发表。比如契诃夫的《带阁楼的房子》,契诃夫的大部分小说和戏剧,甚至他的一些书信和对他的回忆录。蒲宁、叶赛宁的作品,当时评价自然不高,但有许多我们都读过,有的是单独出版,有的是在刊物上发表,包括普里什文的散文,勃洛克的一些诗。普里什文写俄罗斯的风景,大自然,沼泽,森林,夜晚和日出,都曾经让我们着迷。更不要说普希金的著作。《欧根·奥涅金》翻译得比较晚一些,40 年代才翻译的。但是很早的时候,《上尉的女儿》《驿站长》这样一些散文式的小说,20 世纪初就已经有译本了。查良铮(穆旦)先生在当代的重要功绩,就是翻译了普希金等的许多作品。在当代,当然更不用说托尔斯泰、陀思妥耶夫斯基、果戈理、赫尔岑、屠格涅夫,包括俄国革命民主主义者别林斯基、车尔尼雪夫斯基那样的著作,包括音乐、绘画——如现在又提出来的 19 世纪末期列维坦的风景画,音乐像格林卡、莫索尔斯基、柴可夫斯基、夏克里亚宾、普罗科菲耶夫等,在 50 年代都有许多介绍。上高中的时候,在南方的那个县城里,我就听过中国唱片公司出版的普罗科菲耶夫的《罗密欧与朱丽叶》组曲,好像还有夏克里亚宾的钢琴奏鸣曲。当然,那都是 78 转的唱片,摇摇把的唱机。在北大上学的头两年,哲学楼的 101 教室,几乎每个星期六晚上都有学生社团组织的唱片欣赏,包括西方的和俄国的古典音乐……在我的印象里,那个时代并不只有《钢铁是怎样炼成的》《日日夜夜》《收获》《茹尔宾一家》《青年近卫军》这样的作品。并不只有哈恰图良的《大刀进行曲》,当然,这也是一首名曲。所以,历史的情境不能这样简单地描述。就是艾特玛托夫的一些作品,在六七十年代也已经读到。

但是,在过去对俄罗斯文化的介绍中,确实存在这样一种情况,就是它的另一个侧面、另一个线索,在过去是受到压抑、受到限制。这不仅在中国是这样,在苏联也是这样。我看过一个材料,1953 年斯大林去世后苏联的"解冻"时期,陀思妥耶夫斯基的作品获得出版,莫斯科人排长队争购。相比之下,那时中国购买、借阅这个作家的著作,倒不是困难的事情。确实,在八九十年代以前,我们没有出版过某些俄国哲学、基督教神学的著作,比如索洛维约夫的,比如我们现在出版的别尔嘉耶夫、舍斯托夫的著作。在文学方面,特别是20世纪苏联的所谓非主流的文学,被压制查禁的那条文学线索,也没有获得正面的译介。50年代我知道阿赫玛托娃,并不是读了她的作品,而是读了日丹诺夫批判她的报告,说她是个"荡妇"。80年代读到她的诗,无论如何也不能将这些诗和这个词联系起来。文学的被压制的线索,还有帕斯捷尔纳克、茨维塔耶娃、阿斯塔菲耶夫、曼德尔斯塔姆、布尔加科夫、索尔仁尼琴等。俄国的形式主义文论,特别是巴赫金,在这些年的中国文学界,受到特别重视。音乐也是这样。在"新时期"以后,我听到了拉赫玛尼诺夫的交响曲、钢琴协奏曲,听到他的《钟声》《晚祷》这样的宗教题材音乐,听到肖斯塔科维奇的后期交响曲。这些在五六十年代确实是被封锁的,可能还包括斯特拉文斯基的《火鸟》《春之祭》这样的作品。记得"文革"刚结束,有一部电影,名字我忘记了①,里面配乐的主要旋律,就是拉赫玛尼诺夫的《第二钢琴协奏曲》。那时我才开始听他的音乐。北大经济系有一位老教授,是个乐迷,那时还没有CD,他有四五百盒古典音乐原声带和许多唱片,当时觉得他是那样富有。他第一次给我转录乐曲,就是拉赫玛尼诺夫的《第二钢琴协奏曲》和《第二交响曲》。记得交响曲是美国圣路易斯交响乐团的。那时真是受到感动,忧郁、哀伤和高贵、辉煌的结合,真是奇妙极了,是纯粹俄罗斯式的。不是那种狭窄的忧郁,哀伤也不过分,有一种神性的宽阔。这是文字无法表达的。许多同学都看过电影《钢琴师》,里面的钢琴师演奏的就是拉氏的《第三钢琴协奏曲》。他的音乐,从当时的具体情境说,好像能特别呼应走出"文革"之后的心理和情绪。其实,像茨维塔耶娃这样的诗人,在"文革"中已经引起白洋淀诗人的注意,成为他们诗歌

---

① 后来问了戴锦华,她说应该是滕文骥导演的《苏醒》,西安电影制片厂出品。

革新的重要资源,在多多等写在那个时期的诗中,留下了不难辨识的痕迹。

1956年爱伦堡出版了《解冻》这个中篇。这个中篇当时中国也没有翻译出版。《文艺报》在一篇谈到苏联文学现状的文章里,把它译作《融雪天》。"解冻"这个词后来成为一个特定政治、文学时期的指称,也成为打破禁锢,出现"转折"的同义语。"解冻"在当时也意味着对另一类作品的开禁,就像中国"新时期"的"重放的鲜花"的说法那样。这个对被禁锢、被压抑的方面的发掘,进入当代的文化视野,毫无疑问非常重要,它有可能改变,或者说影响我们文化创造的性质和路向。但是,它和过去的翻译介绍的东西,并不是处于对立的关系中,更不能完全取代。实际上,比如说帕斯捷尔纳克的《日瓦戈医生》,在文学传统和精神渊源上,跟契诃夫有非常紧密的联系。帕斯捷尔纳克对生活的看法,对文学的看法,在小说写作上具体的处理方式,甚至叙述方式,都跟契诃夫有很明显的联系。帕斯捷尔纳克在《日瓦戈医生》中,通过主人公之口,来讲他对俄国文学的看法。日瓦戈说,他最推崇的俄国作家是普希金和契诃夫,而并不很喜欢托尔斯泰和陀思妥耶夫斯基。这个问题将来我可能还会涉及。因为契诃夫是以平易的方式来处理日常生活,他不在他的作品中抽象地讨论生与死的问题,"末日"的问题,"时代出路"的问题。而托尔斯泰、陀思妥耶夫斯基都在他们的作品中议论这些问题,把它们作为很重要的主题。这是帕斯捷尔纳克的一个很重要的观点。这个观点,包括他对俄国作家的评价,和他当时对"革命"所作的反思有关系。

即使谈到19世纪后半叶俄国革命民主主义者的理论、实践,恐怕也不能简单加以否定。当然,我这样说,也带有一种个人的色彩,一种具体的生活体验的成分。在50年代,我们读过不少被叫作"革命民主主义者"的文章、著作,包括别林斯基、杜勃罗留波夫、赫尔岑、车尔尼雪夫斯基等的作品。确实,我们上学时,上"文学概论"课,常常是"斯基"和"夫"绕不过来。"杜勃罗留波夫评论奥斯特洛夫斯基的《奥勃洛莫夫》……"——这话念起来很像是一个绕口令。我们读过《黑暗王国中的一线光明》,读过别林斯基对俄国文学的年度评述(我怀疑我们现在的年度评述的做法,跟这个"传统"有关),也读过别林斯基给果戈理的信。这些文章、著作,有我们当时觉得很有气势、才华横溢的东西。在50年代我们也曾经"年轻"过,对这些文章中表达的对不公正的社会的憎恶,对一个人道的社会的向往的激情,常常兴奋不已。这种感动,我现在也不特别后悔。也许他们有关文学的观念,关于俄国出路的设计,现在有许多值得检讨的地方,但好像也难以简单地把它们轻易抹去。

  我在这里的这种谈论问题的方式,应该说是有缺点的。对这些问题的讨论,不能依据当时的一些记忆。按道理应该重新去看,重新阅读有关材料,和这些年的研究成果,才能作出一种比较有根据的评价。但我没有这样做。一个是精力的问题,时间的问题;另外一个是,有时也不想去重读。因为有很多这样的经验,有些记忆中的很好的东西,后来再去看,再去重新体验,会觉得很失望,然后就产生"当初你为什么会那样"的自责。结果变成心里头好的记忆都没有了,都清理空了。这样生活会变得很困难。过分清醒,这对一个人其实是很大的损失。包括在书里的,在与人交往中,在大自然中所体验的东西。所以,有时不愿意再去看那些曾经留给我很好记忆的作品,比如说《带阁楼的房子》,就不愿再去读它。

  这是我们谈的外国文学和俄国文学的压力。因为到了90年代,有一个时期,文化界的热门话题是顾准,还有陈寅恪,甚至还有辜鸿铭。和80年代不同的是,"文化英雄"也换了一批。另一个不同是,这些人物之间竟是这样的不同,有这样相异的价值取向。这和80年代一定程度的一致性确实不一样。对这些问题的谈论,总会联系知识分子,特别是当代中国知识分子的性格、精神的弱点问题。弱点是从什么地方发现的,用什么作为参照来挖掘的?一个是顾准这样的人物,另外就是拿过去被压抑的俄国、苏联的文学、作家作为参照物。这里提出的一个问题是,为什么在相似的社会环境里头,俄国会出现一些后来还让读者喜爱,或者说价值很高的著作,在这些著作中有那么多的对人的生存处境和精神处境探索的东西?而中国为什么不能?这种提出问题的方式,应该是有它的合理性的,但是只是作这样的比附的话,是不是也有一些简单化的弊病?这是值得我们研究的一个问题。

"进化"的文学观

另外,文学界对"断裂"的重视和强调,还和对于文学的"进化""进步"的信仰有关。因为意识到了"落后",就更增加了这种追求不断"进步"的迫切性。这种意识,现在也还是普遍存在的。比如对20世纪以来的文学的命名,我们就可以看到这种强烈的"进化"观念。"五四"文学革命的成果我们命名为"新文学",但是文学革命产生的"新文学"到1928年就变得"落伍",所以又有"革命文学"的提倡。到了40—50年代之交的时候,郭沫若、周扬提出的另一个文学命名,叫"新的人民的文艺"。50年代,"社会主义文学"的概念开始出现,1958年就有"共产主义文艺"的提法,表现了更高的级别。到了"文革"的时候,江青等人又提出来"真正的无产阶级文艺",也就是说过去的是"冒牌"的,或者"不纯粹"的。"文革"结束后是"新时期文学";1985年则有人提出这一年才有"真正的"当代文学——这是命名中表现的"进化"的观点。这种进化的观点强调文学的"时代性"、变动的性质;因为时代的变化,和观念的进步,文学的道路也一定呈现不断进步的、向上攀升、阶梯性的发展路向。我觉得这也是一个问题。现在是"世纪末",大家都在展望21世纪的中国文学,也是对文学有一个新的期望。所以文学界经常也跟政治等领域一样,提出"新世纪""新时期""新阶段"等等这样一些概念。我的书《作家的姿态与自我意识》就是"新世纪文丛"中的一本。这个文丛出版在1990年,它的

"总序"把80年代文学称作"我国社会主义文学的'新世纪'",并预期90年代"新世纪"文学之花能"生长得更旺盛,开放得更加火红、鲜艳"。一般来说,在这个问题上我比较不那么"浪漫"。因此,在1998年这套书再版的时候,我在自己的那一本里,补写了个"后记",主要是为了说明对这个"新世纪"的看法。因为我在这本书中谈到:80年代的文学是个"过渡期"。"过渡期"也是一个大家使用很多的概念。"过渡期"的说法,也是在预设了一个成熟的、更好的时期的出现。我在"后记"中说,如果是现在写这本书,我不会再使用"过渡期"这样的一些说法,因为不知道要"过渡"到什么地方去,而且,确实不知道将来的文学是否就比现在,或者过去好。这个说法,有点模仿鲁迅的《过客》,那个过客也不知道前面是什么地方。我们当然可以谈中国文学21世纪的路向,谈我们的理想,我们的想象,没有理想总归是不好的。但是很多变化会出人意料。肯定会有好作家,好作品,优秀的作品,甚至可能有杰作,但是"大繁荣""新世纪"之类的说法,总觉得是一种套语。马克思在他的《政治经济学批判》里头,还有一个物质生产跟艺术、精神生产之间不平衡的观点,他显然并不完全信赖"发展"和"时间",不一定认为物质生产的发展,社会的现代化程度,就一定能够产生和这种程度相适应的、更"高"的艺术,为什么我们反而陷入这种对"时间"和"进化"的固执迷信之中?这种对文学"进步"的信仰,对"共产主义文艺"的预期,导致在"大跃进"时期,文学理论界曾经有过质疑、"颠覆"马克思论点的尝试。1959年《文艺报》第2期发表了周来祥的一篇文章:《马克思关于艺术生产与物质生产发展的不平衡规律是否适用于社会主义文学》。说马克思所论述的艺术生产和物质生产不平衡的现象,是专指剥削阶级居于统治地位的"旧社会"而言的,在社会主义制度下,已被艺术生产适应于物质生产的新现象所代替。文章作者依据的,是毛泽东的那句有名的断语,"随着经济建设的高潮的到来,不可避免地将要出现一个文化建设的高潮"。《文艺报》发表这篇文章时还加了编者按,要大家参加讨论,说对这个问题的进一步探讨,"定能鼓起我们的勇气来利用新社会的一切优越条件,争取旷古未有的文学艺术大繁荣"。但是,这个讨论,这个对马克思的论点的质疑,后来并没有继续下去,草草收场。大概周扬他们的观点和当时最激进的一派还有一些区别,另外,可能在对马列主义经典作家的态度这个问题上,也有些犹豫。虽然关于文学艺术"旷古未有"的"大繁荣"的预期,后来是落空了,但这丝毫也没有破坏我们这种会有大繁荣的信心。在这种情况下,在文学运动的展开上,在文学史的叙述上,就会急切划分各个时期,并赋予时期之间的"断裂"以"超越"的意义。

对"转折"的研究

"断裂""转折",既是一种文学现象,也是文学史叙述。因此,接下来我要谈的对"转折"的研究,会涉及文学现象,也会涉及以往对这种现象的叙述。为了方便,我叫它作"转折的研究"。这个研究,可能会由这里提出文学史一些重要问题的"线头"。那么,我们该从什么地方下手呢?

过去的文学史编写,在处理这些"转折"的事件,或者时期的时候,通常的方式是不去作具体分析,不作深入描述,而采用判断的、结论性的方式来处理。这种文学史的撰述方式,会导致对这种转变、断裂的具体情况,没有办法弄清楚,不清楚不同的两个文学时期之间的具体联系。在学科的设置上,则产生了"古代"和"现代","现代"和"当代"之间的截然断开这样一种清晰界限。这种处理方式有它的文化政治含义,或者说是一种策略,是"断裂"的实施者和确立者的一种文学史叙述方法。比如说,我们看当代文学史,到现在为止,任何一本当代文学史,打开第一页,都会看到一种"宣告",一种断语,就是中华人民共和国的成立和第一次文代会的召开,宣告了中国"当代文学"的"开端","社会主义文学时期"的开端。这是文学史叙述上的一种断裂性的处理。这种叙述方式,这种处理的潜在的意思,是为了落实这种转折或者断裂的"必然性",是"自然"发生的,是一种不可抗拒的历史规律。在这种确定的判断之后发生的一切,文学力量、派别之间的关系、冲突,文学各种因素起伏消长的事实,推动这种"转折"实现的活动、谋划,就完全被掩盖了。对"五四"以来的"新文学史"的处理,大体上也采用这个方式。"转折""断裂"的具体事实和过程,很少纳入我们的研究视野,好像已经不成问题了。

现在有些学者已经注意到这个问题。最近中国社会科学院文学研究所现代文学室①的刘纳先生,出版了一本著作叫《嬗变》(中国社会科学出版社1998年版)。《嬗变》这本书的副标题是"辛亥革命时期至五四时期的文学"。作者的研究截取的时间,是20世纪初到"五四"前后。她把这个时间,不仅看作"过渡",而且当作一个文学时期来对待。而且,从研究的思路上看,又有意识地质疑"五四"新文学的倡导者,文学革命的实行者(如胡适等)对这个时期文学的否定叙述,而细致考察当时文学的具体相貌,也包括文学革命的发动和展开的情形。她实际上是认为这个时期的文学存在多种因素,多种可能性,可以有多种选择。退一步说,是认为这种历史的"必然"可能有不同的呈现方式,不同的路向。总之,这种研究思路,对我们有一定的启发意义。

当代文学史研究,我们过去也相当忽略"转折期"的研究。比如"文革"和"新时期"之间的状况,就研究得不多,总觉得是很清楚、很自然的事情。特别是40—50年代之交的状况,从所谓的"现代文学"到"当代文学"的这个转变,究竟是怎么转变的,更是没有认真思考过。这个研究,涉及回答"当代文学"是怎样"发生"的这个问题。韩毓海老师写过一篇文章,叫《中国当代文学的发生与现代性的问题》,刊登在《上海文学》上面,得过这个刊物的奖,但什么奖我忘了。文章收进《从"红玫瑰"到"红旗"》这本书里。这是我读到的谈"当代文

---

① 在这门课快结束时,发现吉林大学中文系为申报中国现当代文学的博士点,已把刘纳请到那里去工作。

学"发生的文章中最好的一篇,或者谨慎说,"之一"吧,因为我读的文章可能不全。韩毓海在书中表达的立场也值得我们重视。他说,"只有具体、细致地了解'秩序'如何生成、确立和转化,知识分子才能有所作为,批判和介入都不是依凭那种酒神式的激情和流于一种姿态"。① 他的这本书,和别的书一起,共 10 本,冠以"生于 60 年代学人文丛"的名字,也是一套丛书吧。每本书的前面,都有"我们这一代人"的题目,作者各自表达他们对"文化立场""知识传统""代际差异"等的观点。在文学界、电影界,"代"经常是作家、诗人、导演分类的一种方法,现在,对学术研究者也要引入这种代际的类型分析的手段吗?"代"也可以成为学术的时期特征、学术个性的尺度吗?如果说"代"是必要的,是一种不容忽视的事实的话,一定要提出这种分析的基点,那么,要紧的可能是由此反省各自的生活经历和知识传统的局限,而不是像小说、诗的创作那样,把"代际差异"作为先进和落伍的界限。自然,代际分析,是出生越晚越有优势。我是出生在 30 年代末,假如也编一套丛书,叫"生于 30 年代学人文丛",大家一定会觉得精神有点不正常。

对四五十年代的文学"转折",我虽然觉得很重要,也做过一些研究,但是不很深入、具体。如果要认真研究的话,还应该读大量的材料,包括当时的报纸杂志,特别是抗战之后出版的杂志,还有报纸的副刊,当时出版的作品,文坛状况,开展的活动,等等。但是,因为身体一直不好,力不从心,不能胜任。看到咱们系的许多老师,像研究现当代文学的曹文轩、陈平原、戴锦华、钱理群等老师,精力那么充沛,做的事情那么多,成果那么多,真是羡慕!当然,他们的成绩,最主要的是有丰厚的积累、准备,但精力旺盛,也很重要。所以对 40—50 年代这个重要时期的研究,希望有些同学来做。我也希望已经毕业、现在在香港岭南大学任教的陈顺馨做相关的题目,出的题目叫"香港与 40—50

---

① 韩毓海:《从"红玫瑰"到"红旗"》,第 9 页,上海远东出版社,1998 年。

年代的文化转折"。因为香港在这样的转折期中处在重要的位置。抗战期间和战后,许多文学界人士,包括左翼作家,来往于香港和内地。左翼文学界对"当代文学"的发生所开展的工作,有许多在香港进行。当然不仅限于左翼作家。后来,一些在国外的作家通过香港进入内地,进入"解放了的中国",也有一些作家在新中国成立之后通过香港到了境外。另外,50年代之后,香港特殊的社会文化环境,也为文学的"生产"提供另一种和台湾,和大陆不同的机遇。这些都值得研究。研究的起码条件就要掌握资料。香港中文大学的郑树森、黄继持、卢玮銮教授,做了很多工作,已经出版了好几本资料性的书①。

对"断裂"的讨论,在研究方法上,首先应该对目前的现、当代文学的时期划分作一些调整。我很同意许多研究者这样的说法——当然我也有这样的想法——就是,研究"当代文学"不能从1949年开始。这不只是指知识背景,或者只是问题的溯源。大家都明白,谈"当代文学"自然要对延安文学,对左翼文学的情况有深入了解。我这里说的,是一种"实体性"的研究。至少应该从1945年,就是抗战结束开始。"当代文学"的生成或发生,在时间上,应该是40年代下半期到50年代这样一段时间。对"当代文学"历史的叙述,应该从40年代后期开始,包括文艺上的一些论争,文艺创作的情况,文艺界各种力量的对比、组合、调整、冲突等。钱理群老师开设过40年代文学的专题课,也打算写"40年代文学史",我一直等着他的书出来。但是他好像不想做下去了,只做了一个小说方面的,而且是一部分的小说,就停了,这是很可惜的事情。当然,他可能有更重要的事要做。我们知道30年代是新文学的一个很重要的时期,出现了很多著名的、有影响的作家,而且30年代也是左翼文化建立了自己理论体系和创作成果的时期,对后来的文学产生了很重要的影响。但是,40年代的重要性,很

---

① 包括1927年到1941年的香港新文学作品选、新文学资料选,1945年到1949年的香港本地和南来文人作品选,1945年到1949年的香港文学资料选,共五册,由香港天地图书有限公司出版于1998—1999年。

长时间没有被认识。它的重要,可能不是像 30 年代那样的。这是酝酿、存在着多种文学路向、趋势的时期。这个时期的文学值得重视,是因为有着多样的可能性和展开的方式。当然,后来确立了一种路向,选择了一种方式。为什么作出这样的选择?这就是我们要研究的问题——所以对当代文学,在研究的时间上,我们至少要往前推到抗日战争结束这样一个阶段。

第二个要提出的问题是,40—50 年代文学的"转折""断裂"的含义是什么?我在《中国当代文学史》和《"当代文学"的概念》中都谈到对这个问题的理解。以前的文学史都认为,"当代文学"是一种"新"的文学,一种新"质"的文学的出现。这当然有道理。文学史在评述这个问题的时候,不只是说"当代文学"相对于"自由主义"的文学有不同的"质",而且相对于四五十年代的革命文学,也是这样。不过,"转折"和"断裂",在我的理解中,不仅仅是表现为一种"新"的文学观念和文学形态的出现。当然也包含这样的因素,但是并不完全是这样。这个"转折"和"断裂"还表现为,40 年代不同的文学成分、文学力量之间的关系的重组,位置、关系的变动和重构的过程。即从文学"场域"的内部结构的分析上来把握这个问题。这种理解起初是受到韦勒克在《文学理论》《批评的诸种概念》这些著作中关于"文学分期"的说法的影响①,也包括韦斯坦因在文学分期问题上的讨论②。韦勒克认为,我们对一个文学时期的划分,主要是根据对这个时期产生的文学"规范"的理解。如果我们说这个时期是一个"独立"的时期,那可能会认为它有一种有迹可循的文学规范存在。他说,这种"规范"的产生、变化、衰落,都是有迹可循的,可以看到它的变化的状况。而且,一个时期的"规范",在另一个文学时期之中,并不是完全消失,完全更

---

① 韦勒克、沃伦:《文学理论》,刘象愚、邢培明、陈圣生、李哲明译,第 306—308 页,生活·读书·新知三联书店,1984 年。韦勒克《批评的诸种概念》中的《文学理论、文学批评、文学史》和《文学史上的进化的概念》等篇,丁泓、余徵译,四川文艺出版社,1988 年。

② 乌尔利希·韦斯坦因:《比较文学与文学理论》第 4 章"时代、时期、代和运动",刘象愚译,辽宁人民出版社,1987 年。

改,出现一种全新的"规范",而是其中各种因素、力量的交错,关系的变更。在四五十年代文学史研究中,对文学的多种成分、多种因素的存在,我们是承认的,但是对它们之间的关系和产生的后果的研究注意得不够。就是说,"转折"并不是指现代文学和当代文学之间出现两个完全不同的时期,这种"转折"在很大的程度上,应该看成是文学的构成成分重组的过程,发生了格局上的变化。当然,在这种重组的过程中,必然会出现新的因素,或者带有新质的文学形态。

"转折"研究的第三个问题,是要把"文学史叙述"包括在我们的研究范围之内。这个前面好像已经谈到过。也就是说,一方面,当时的历史事实是怎么样的,包括创作、文学论争等的情况。另一方面,还要注意到,当事者、批评家、文学史家在当时对"历史"作了怎么样的叙述。这个方面的内容,有不同的文学派别的理论家、文学史家对40年代,包括新文学以来的历史所作的评述、总结,也包括在"当代文学"生成过程中对这种文学所作的文学史性质的叙述。这种历史叙述,严格上说,不是"事后"的总结,和我们现在描述五六十年代的文学是不太相同的,尽管我们的叙述,也包含着复杂的"文化政治"含义,也一定程度上参与了对那一阶段文学"历史"的建构。但还是有差别。那是当事人的一种设计。实际上,对他们来说,历史事实与对历史的叙述这两者在当时密不可分;因为这种叙述也参与了历史的构成,推动了这种"转折"的实现。我们过去的研究,不太注意这方面的材料,有时是把这些材料,把这些叙述,只当作我们需要修正、需要推翻的判断来看待,而没有看到这些叙述,本身就是研究对象的内在构成的部分。这里说的文学史叙述,具体指的是什么呢?一个是抗日战争结束之后,左翼文学家和我们所称的"自由主义"文学家对"五四"以来的新文学,对抗战时期文学,和对40年代后期的文学所作的评述。这方面的材料很多。在1945年到40年代末,有许多这方面的文章,包括诗歌、文学运动以及小说等发表。萧乾、朱光潜、李长之、郭沫若、茅盾、胡风、冯雪峰、邵荃麟等,都有类似文字发表。他们是为了现实文学问题来叙述"历史"的,援引"历史"来为文学的现实方向、展开方式提供依据。这也包括第一次文代会上的总结报告,当然,也包括王瑶等先生在50年代初撰写的文学史。这些实际上都参与了对当时的"转折"的推动和实现。所以在材料上,在观察的对象上,可能应该有所扩大和调整。

当然,我们现在讨论文学分期,实际上也都关系两个方面,一个是文学的"事实",一个是对这些"事实"的叙述。其实,许多的"事实",都是"叙述"上的事实。这就是为什么研究要重视"事实",也要重视"叙述"的原因。比如说,前一段文学界讨论得比较多的,关于"新时期"与"后新时期"的问题。现在文学界已经不像五六十年代那会儿,控制文学界的力量对历史的叙述,具有不容置疑的权威性。这样,一些学者提出、论证"后新时期"的存在,另一些则极力反对,认为"后新时期"是心造的幻影,是构造出来的。主张这种分期的,是张颐武、陈晓明等先生。谢冕和张颐武老师的著作《大转型——后新时期文化研究》(黑龙江教育出版社1996年版),就是持这种观点。这部书论述的中心,是说明80年代到90年代,整个文学、文化的状况发生了"转折"性质的变化和断裂。《大转型》这本书,不知道什么原因,谢老师和张老师都没有送给我,我问谢老师要,他也没有给我。但是我还是读了其中的大部分。现在手头没有这本书,不好作确切的引述。但是也有一些人不赞成这种分析,像南方的一些作家、学者,我读过李庆西的一篇文章,就很激烈地批评这种关于"后新时期"的描述。这种对"事实"的不同描述和所作的不同判断,应该说是正常的。既然我们承认可以有多种文学史叙述,当然就意味着一定会有不同的文学史分期。在我看来,陈晓明、张颐武他们更多看到八九十年代之间的"断裂"。或者说,他们在文化立场上,更认可这种"断裂",更认可"大众文化"逐渐占据"主流"位置的现状。而反对者更重视这两个十年之间的连续性,更重视80年代所表现出来的"人文精神""启蒙精神",强调它们在90年代的文化创造中的地位,而表现了对90年代文化状况的忧虑和不安。从对这个个案的分析中,我们可以具体看到在文学史分期问题上,作家、文学史家、批评家不同的文化立场,他们不同的文学、社会理想的表达。有一天,如果我们考察这一时期的文学、文化现象,研究、撰写文学史(文化史),那么,除了当时的创作、作家状态等事实外,这种不同的"叙述",也必须进入我们的视野,关注这种"叙述"是怎样参与建构文学的时期特征的。

节选自《问题与方法:中国当代文学史研究讲稿》,
北京大学出版社,2010年

当代文学的"一体化"

一

近些年来,在谈到50—70年代中国文学的总体特征的时候,一些研究者常使用"一元化"或"一体化"这样的概括。我在一些文章和文学史论著中,也运用过这样的描述方式。这种概括,应该说是能成立的。不过,在使用这一概括时,应该赋予它以较为确定的内涵。所谓当代文学的"一体化",在我的理解中,首先,它指的是文学的演化过程,或一种文学时期特征的生成方式。在20世纪的中国文学过程中,各种文学主张、流派、力量在冲突、渗透、消长的复杂关系中,"左翼文学"(或"革命文学")到了50年代,成为中国在大陆地区唯一的文学事实。也就是说,"中国的'左翼文学'('革命文学'),经由40年代解放区文学的'改造',它的文学形态和文学规范……在50—70年代,凭借其影响力,也凭借政治的力量的'体制化',成为唯一可以合法存在的形态和规范"①。其次,"一体化"指的是这一时期文学的生产方式、组织方式。这包括文学机构,文学团体,文学报刊,文学写作、出版、传播、阅读,文学的评价等环节的性质和特征。显然,这一时期,存在一个高度组织化的文学世界。对文学生产的各个环节加以统一的规范、管理,是国家这一时期思想文化治理的自觉制度,并产生了可观

---

① 洪子诚:《中国当代文学史·前言》,《中国当代文学史》,第4页,北京大学出版社,1999年。

的成效。最后,"一体化"所指称的再一方面是这一时期的文学形态。这涉及作品的题材、主题、艺术风格、文学各文类在艺术方法上的趋同化的倾向。在这一含义上,"一体化"与文学历史曾有过的"多样化",和我们所理想的"多元共生"的文学格局,构成正相对立的状态。

"一体化"的概括虽说是能成立的,能较准确揭示这一时期文学格局的特征,但对这一词语的使用,并不意味着"一劳永逸";也就是说,这一判断的出现,不是表示对这一时期文学研究的结束。事实上,对50—70年代文学的研究,还有许多事情要做,在某些方面,甚至还未真正展开。正像"主流意识形态""国家权力话语""国家叙事文本"等目前广泛使用的概念一样,它们对这个时期的文学现象和文学文本的描述,在一些情况下是相当有效的,但在另一些情况下,效果又是有限的。特别是当它们正在演化为现成的套语时,对于这些词语的过度信赖,正在成为对现象缺乏更具体、更深入把握的征象。在文学史研究上,一种恰当的概括性描述的作出,总是基于研究者对具体现象的比较全面、深入的了解,是研究取得进展的表现。一旦这种描述被人们广泛接受和使用,又会反转来阻碍对文学状况和这种状况的生成过程的复杂性作进一步探究。这是值得我们警惕的一点。更为重要的还有,对于"一体化"这一描述和判断的合理性和有效性,这一描述的理论依据和确立的视角,也要有清醒的态度;即既看到这一描述对现象所显示的穿透力,同时也意识到它存在的限度,它对另外一些现象和问题可能造成的"遮蔽",而不把这一方法和视角,无限制地延伸和扩张。

因此,这篇文章与其说是要继续阐发对"一体化"的理解,不如说是对过去所作的概括(尤其是我自己的研究),加以清理和检讨,看看原先的理解和应用存在哪些问题。

二

首先要指出的是,当我们用"一体化"来说明50—70年代的文学时,"一体化"有时会被看作是一种固定、静态的现象。在过去写作的一些当代文学史(当然也包括我参加编写的《当代中国文学概观》)中,也总会给读者提供静态的历史情境。翻开这些文学史的第一页,通常就会以确定的语句指出,1949年中华人民共和国的成立或第一次文代会的召开,宣告了"当代文学"的开端,中国新文学进入一个新的时期。这种叙述方式,一方面强调以1949年作为分界线的两个文学时期之间的"断裂",即一种新质的文学的诞生。另一方面,又强调这种转折的必然,它的正当和合乎规律。这个文学世界("当代文学")的自然而然的"诞生",与其出现的正当性,在这种叙述中互为因果。然而事实上,"当代文学"的发生,这一文学时期的展开,它的"一体化"格局的形成,却是一个持续的,充满复杂斗争的过程。在这一过程中,三四十年代存在的各种文学派别、力量之间,既互相渗透,又激烈冲突,构成了紧张的关系。这种关系,在40—70年代的文学思潮和文学运动上,构成了"主流"与"非主流"、规范和挑战规范、控制和反控制的情景。在这期间,文学自由空间的扩展和紧缩,文学力量位置的调整和转移,呈现了起伏不定的轨迹。

"当代文学"的发生,即建立一种与新的政治、经济制度相适应的、统一的文学形态的努力,应该说从40年代就已开始,特别是抗日战争结束之后。当时,文学界存在多种文学形态,多种文学追求。在"中国的文艺往哪里走"的问题上,则主要(就它们所产生的影响力而言)有两种对立的主张。一种为被称为"自由主义作家"的人们所提出。他们希望在"战后"能结束"五四"以来文艺界论争与冲突不断的状况,培育一个潜心于写作、容纳多种文学样态的文坛:"今日已不是《现代》战《语丝》,《创造》对《新月》的时候了。中国文学革命了28年,世界张手向我们要现货,要够得上世界水准的伟作",而提出作家"把方向转到积极上,把笔放到作品上","使文坛由一片战场而变为花圃;在那里,平民化的向日葵与贵族化的芝兰可以并肩而立"①。这是希望能在文学界确立一种价值、意义多元的状态。"自由主义作家"的这种理想,固然根源于他们的政治信仰和社会理念,根源于他们的文学主张,不过,这也是他们对于自己的写作具有充分信心,而坚信在比较、竞争中能占据有利地位的心态的表现。② 拿出"世界水准"的"现货",主要是针对左翼作家所提出的挑战。对于中国文学前景的另一种设计,则由左翼作家作出。他们承认存在着不同形态的文学,它们各自体现了不同的价值观和审美态度。但是,左翼文学认为,在"意义结构"上出现的这种分裂状态,归根结底是由阶级、阶级集团的利益造成的。在现代社会,社会结构中各阶级之间,不应该是、事实上也不可能是平等、并行不悖的。在40年代中后期左翼文学主要领导者的文章③和左翼文学力量所开展的文学运动中,都非常坚定地表达了这样的观点:体现无产阶级阶级利益的革命文学应该占据绝对的支配地位。他们的理论阐述,其基本点就是为这种体现阶级性、党派性价值观的文学,从经济结构和阶级关系的方面,提供客观性、正当性的证明,并在历史过程的实践中来解决这一地位的问题。他们运用了"进步""反动""落后"等修辞方式,来划分当时存在的不同作家、不同文学派别的类型及其等级,即区分团结、争取、打击的对象,通过制度化的舆论、组织等方式,进行实现"一体化"目标的选择。因此,"当代文学"的发生,即文学"一体化"的实现,是在文学领域中通过有组织的

---

① 萧乾为1946年5月5日上海《大公报》撰写的社评:《中国文艺往哪里走?》
② 沈从文在1957年4月30日给张兆和的信中,谈到上海作家的"鸣放",说一些作家纷纷埋怨,"好像凡是写不出做不好都由于上头束缚限制过紧,不然会有许多好花开放"。沈从文说,"我不大明白问题,可觉得有些人提法不很公平。因为廿年前能写,也并不是说好就好的。如今有些人说是为行政羁绊不能从事写作,其实听他辞去一切,照过去廿年前情况来写三年五载,还是不会真正有什么好作品的。"见《从文家书》,第272页,上海远东出版社,1996年。
③ 如周扬《〈马克思主义与文艺〉序言》,胡风《置身在为民主的斗争里面》,荃麟《对于当前文艺运动的意见》,周扬《新的人民的文艺》,茅盾《在反动派压迫下斗争和发展的革命文艺》等。

手段干预"历史"的过程。

第一次文代会召开和新的政府建立之后,左翼文学(革命文学)可以说已建立了它在中国文学中的绝对支配地位。但是,这种干预、选择、冲突的过程并没有终结。重要的原因之一是,在当代的文化激进力量那里,"一体化"总是一个不可能有终点的目标。它的实现与维护,与对想象中的一种纯粹文学形态的追求相关。而在不同的历史阶段,"纯粹"的标准和具体形态,也会不断调整、更易。在40年代,歌剧《白毛女》,李季的叙事诗,赵树理的小说,被看作新的文学形态的典范。但是,到了50年代中后期,在中国左翼文学的格局中,它们的典范性已明显削弱。贺敬之等的诗,《红旗谱》《创业史》等小说,成为这一时期更能体现新的文学目标的创作。不过,到了60年代中期,这些作品中存在的"裂痕",它们的"不纯性",在新的目标下又开始被揭发。这正如有的论者所言:"革命每前进一步,斗争目标都发生变化,关于'未来'的景观也随之移易,根据'未来'对历史的整理和叙写必也面临调整。"①因此,为着"一体化"而对文学派别、文学文本加以划分的工作,也就不会休止。从40年代的"革命文艺阵营"和"反动文艺阵营",到50年代的"社会主义文艺路线"和"反社会主义文艺路线",到60年代的"无产阶级文艺路线"和"资产阶级文艺黑线"等等,其冲突的尖锐、紧张不见减弱,反更呈激烈的趋势。

"历史地"干预以解决多样的文学主张和文学形态的存在,维护"一元"的状态,需要解决几个方面问题。如前面说到的,首先是确立这种文学形态的典范文本,即标举能示范性地展示其特征的"经典"。在当代,把某些作家、作品或流派,确定为"方向""榜样""样板"的活动,都与此有关。但是,这个问题的困难和复杂在于,大量的文学遗产,现代不同样态创作的存在,与所要确立的当代"经典"所构成的对照,有可能显现当代"经典"在思想艺术上的脆弱的方面,成为它的

---

① 黄子平:《革命·历史·小说》,第28页,香港:牛津大学出版社,1996年。

"威胁"。这给"一体化"的推动者提出了悖论式的难题:如果这种被宣称为最进步、最美好、最富于魅力的文学,不从"遗产"中接受精神和艺术的经验,它的生命力将受到削弱;但是,如果它与可疑的、需要与之"划清界限"的文学关系暧昧,那又将导致对其存在基础的损害,最终可能使"一体化"崩溃。需要解决的另一问题,是作家(甚至也包括读者)的精神意向、审美心理方面。从50年代初开始,接连不断的思想改造运动,学习"社会主义现实主义"的运动,对"深入生活""深入工农兵"的提倡……都为着这一目标。这方面确实收到显见的成效,在某些时期,作家和读者在文学观念和审美意向上的"一致性",给人印象深刻。不过,这种成效也有可疑的方面,以至于在60年代中期,毛泽东在他的著名批示中说,"各种艺术形式","问题不少,人数很多,社会主义改造在许多部门中,至今收效甚微";"社会经济基础已经改变了,为这个基础服务的上层建筑之一的艺术部门,至今还是大问题"。这里表达的,既是严正的不满,又是无奈和悲哀。

其实在当代,对"一体化"的文学格局的构造和维护,从较长的历史过程看来,最主要也最有成效的保证并非来自对作家和读者的思想净化运动,而是来自文学生产体制的建立。这一体制,是完整、严密而有成效的。在这个方面,我们的研究显然做得很不够。这里涉及作家的身份和社会地位的确定,文学的生产方式,流通、传播方式的体系和管理方式,以及文学评价机制的结构和运作等等。生产方式和文学制度发生的重大变化,是四五十年代文学"断裂""转折"的重要征象。

"当代"文学生产的新的体制的确立,主要体现为下列的几个方面。

一、作家组织、团体的性质和组织方式。在当代,作家协会是唯一的作家组织机构。这一机构,在性质和功能上,可以看作是"泛政党"组织与专业行会组织的结合。它既保护作家的权益,更重要的是实施对文学生产的控制、管理,同时也一定程度上表现了专业"行会"的垄断性能。但既往知识者专业组织所具有的某种独立性,已大为削弱。

潜在的"行业垄断"性质却有一定存留。"泛政党"与"行会"的这种双重性质的若干表现是,在五六十年代,被作家协会除名,便意味着失去公开发表作品的权利;出现了"专业作家""业余作家""文学青年""文学爱好者"等身份概念,来确立资格,规定在文学体制中的地位和等级,规范进入这一领域的程序。

二、作家的生存方式,包括其经济收入、社会地位、角色认同等。社会地位和角色认同问题,既是作家的自我意识,也是社会所赋予,即"制度"的规定。知识分子、作家的身份变化,来源于50年代之后,政府与社会的关系的重新调整发生的变化。政府的资源和权力出现前所未有的扩张,对越来越多的社会成员,按照计划经济的模式进行整合。社会最主要的人力资源,都归属到公职人员的编制,从而实现对社会(自然也包括文学界)的全面控制。① 在这种"整合"中,作家、教师等,都以"干部"的身份被纳入这一"体制"中,过去的所谓"自由职业"性质的身份,事实上已不存在。

三、文学杂志和出版社。40年代后期,原有的文学杂志陆续停刊,如著名的《文学杂志》(朱光潜)、《文艺复兴》(郑振铎、李健吾),以及《文讯》《野草》《文艺春秋》等。即使是解放区的文学刊物,也大体如此。个别杂志,如茅盾等主持的《小说》,延续到1952年初,可能是例外。中国近现代发展起来的,具有独立性质,带有流派、同人色彩的文学杂志,失去存在的基础。文学报刊都明确了其"机关"报刊的性质。在此期间,曾有过创办具有流派或同人色彩的刊物的尝试,但大抵都以悲剧告终。如胡风等50年代初曾有的设想,丁玲、冯雪峰等在1957年创办同人刊物的谋划,同一时间江苏青年作家"探求者"杂志的夭折,四川《星星》诗刊探索的失败,等等。中央的《文艺报》《人民文学》等报刊,地方的各省市的文学刊物,在大多数时间中,严格执行统一的规范,保持声音的基本一致,从而有效地保证文学"一体化"的实施。

---

① 以上分析,参见杨晓民、周翼虎《中国单位制度》,第77—79页,中国经济出版社,1999年。

上海、北京等地著名的文学出版机构,进入 50 年代,或合并,或撤销,或改变出版性质。中华书局、商务印书馆 1954 年迁北京,成为仅限于古籍和汉译人文社科著作的专业出版社。上海的海燕书店、群益出版社、新群出版社、棠棣出版社、晨光出版公司等,合并为新文艺出版社。著名的开明书店,与青年出版社合并为中国青年出版社,如此等等。正像有的研究者所指出的,"1949 年以前的旧中国,国家机构对于知识治理制度难以乃至根本无法实现一体化的建构",而"1949 年以后,情形发生了根本性的变化"。① 从出版和流通等物质资源的环节而言,私营出版社和书店,逐步被取消,并建立了从中央到地方的统一报刊书籍的出版和流通的体系。在五六十年代,北京的人民文学出版社、作家出版社(一个时期是人民文学出版社的"副牌")、中国青年出版社和上海的新文艺出版社(后来的上海文艺出版社)等,是这一时期文学书籍出版的几家"权威"机构。

　　四、文学评价机制。在这期间,专业性的评价,和非专业性的、实用的政治干预,互相交错,且很难区分。一些著名作家又是文学官员。这种身份的暧昧,加重了评价上的复杂性。专家(作家、文学批评家)对创作和文学问题的意见,在这一时期自然仍是重要的。但是,最终起决定性作用的,往往并非专家。特别是涉及"重大"问题,或在评价上出现严重分歧的情况下,最终的决策往往不是文学界所能做出。有的政治权力拥有者也不觉得应受自身角色的限制。而专业人员的评价所体现的"真理性"程度,也取决于他们在这一文学体制中的地位。对许多文学作品的高低正误的判定(如电影《武训传》《创业》,小说《组织部新来的青年人》《刘志丹》《李自成》,戏剧《海瑞罢官》等等),都反映了当代文学评价的这一"程序"。自然,在问题并非涉及重大政治和文学路线的时候,留给专业人员的阐释空间相对较大。短篇《百合花》在当时获得的地位,以及对其主题确立的阐释路向(歌颂军民

---

　　① 参见邓正来:《市民社会与国家知识治理制度的重构》,《开放时代》2000 年 3 月号。

关系),与茅盾当时的评论有直接关系。

当代建立的文学体制对于"一体化"的文学形态,起到有效的保证作用。当然,其间也会有许多缝隙。例如,当代的文学报刊,虽说已不具有相对独立的"舆论空间"的性质,但在某一特定时间,某些报刊,也曾有过恢复这一性质的努力。最突出的例子是,1956—1957 年间,北京的《文艺报》《人民文学》《光明日报》,上海的《文汇报》所表现的倾向。另外,在这一体制中,有着丰厚的威望、权力基础的个人(如毛泽东、周扬等)虽然具有巨大影响力,但是,他们之间对文学、政治、知识分子等问题的优先次序的考虑并不总是一致,加上对文学界"资源"所能控制、调动的程度的不同,这一体制也不自始至终表现为充分的"板结"。这是我们需要细致识别的地方。

三

从对各种复杂情况的考虑出发,在承认 50—70 年代这一文学时期"一体化"的总体状况之下,对其中的变化和差异的研究,在今天已为一些研究者所重视。在一个特殊的文学环境中,文学样态的变迁,以及对作家、知识者精神现象和心性结构的状况的深入把握,都只有通过对统一性下差异的分辨才能获得。近些年来,有的学者在研究这一时期文学时提出的"潜在写作""多层性"①,以及"主流文学""非主流文学"等概念,都是这方面的努力的体现。

"一体化"文学格局中的"多层"状况,来源于这样的事实,这就是,文化、文学领域的分层现象,在"当代"也并未全部消失。多种的文化成分各自的具体处境、存在方式和它们之间的关系,在这期间自然发生了变化,但这并非是某些文化成分的消失、湮灭,即使它们受到极大的削弱和"压抑"。即使是在"当代"占据支配地位的中国左翼文

---

① 这些概念提出的依据及其内涵,可参见陈思和主编的《中国当代文学史教程》,"前言",第 11—14 页,复旦大学出版社,1999 年。

学,其内在构成也存在多种成分。不同的文学力量,它们各异的文学主张和审美趋向的矛盾冲突,说明了这种"一体性"的限度。尽管这种冲突并没有改变这一时期文学的基本面貌,但也起到牵制的作用。举例来说,赵树理的小说创作及其在"当代"起伏不定的接受史,就反映了多种文化因素在这一时期的复杂关系。他曾受到极高的评价,但在五六十年代一些期间受到某种程度的"忽视"(相对于他被当作新文艺的"方向",和现代"语言艺术大师"①之一的地位而言),到60年代初提倡"现实主义深化"时,又受到重视,地位上升。这些情况,既反映了革命文学内部不同作家和不同派别对"现实主义"的不同理解,他们文学理想的不同侧重点,也反映在文学现代性诉求上,即西方现代技巧与民族民间传统在当代存在的融合、摩擦方面。在小说的文体和艺术方法上,更多继承民族民间传统的"宣讲"的、讲故事的线索,与更多接受西方现实主义小说艺术成规的线索,也构成复杂的关系。

当代文学的决策者的立场、观点虽有其内在逻辑,但也不是没有变化。这种前后并不总是一致的情况,也是多层性现象存在的原因。而激进的文学力量推动"一体化"过程的实验的、不确定的性质,以及他们在这一过程中遇到的难题(特别是,动用哪些人力、艺术资源来创建他们所理想的新型文学),都会在预期和结果、理论和实践之间出现裂痕,不会都那么一律和清晰。一个明显的事实是,"文革"期间文化激进力量在理论上,在公开姿态上,对文化遗产虽然表示了激烈的决裂态度,但在"样板戏"的创作中,所动用的人力资源、艺术资源,却与这些主张并不完全一致:参加创作的编剧,导演,演员,音乐唱腔,舞台美术设计人员,都是全国该领域训练有素(受"旧艺术"所浸染)的"权威",而京剧等传统艺术形式所积累的成熟经验,也使"样板"的创造不致"空无依傍"。

这种"多层"现象,大体上表现为两种情况。一是不同文学形态的

---

① 周扬在1956年,把赵树理和郭沫若、茅盾、巴金、老舍、曹禺并列,称为"语言艺术大师"。见周扬在中国作家协会第二次理事扩大会议上的报告。

对立、冲突。它们在某一历史情境下，构成"主流"与"非主流"（"逆流"），"显在"与"潜隐"的关系。一些在不同时期受到批判、非难或忽视的作品和文论，以及一些秘密、"地下"（如"文革"期间）的写作，属于这类情况。另一种表现形式，则是同一文本内部的文化构成的多层性。最近一段期间，对一些文本所作的重读，显示了对这种"多层性"在阐释上的兴趣。如《白毛女》的演化，如赵树理小说的民间文化成分，如《林海雪原》《三家巷》等与现代通俗小说的关系等。在"当代"，现代形态的"通俗小说"（侠义、言情、侦探等）失去了存在和发展的空间。但"通俗小说"的文体因素和艺术成规，却在《林海雪原》《三家巷》等小说中，与"现实主义"小说的成规，发生怪异的"结合"。在某些"样板戏"中，也存在文化来源的复杂性的现象。政治观念阐释的基本框架之中，对传统和民间文艺的有限度借重，以及对传奇性、观赏性的追求，使正统叙述之外也存在另外的话语系统。当然，"文革"初期的"地下"诗歌（如在90年代始负盛名的食指的创作），在变革的趋向中，也承继、保留着当代"主流诗歌"的思想艺术因素。

对多层性的重视和"发掘"，自然会改变、调整我们当初对这一时期文学面貌的想象，但是，我们也要警惕新的叙述离"事实"越来越远的可能。这种叙述如果使读者得出这样的印象：这一时期的文学存在着丰富的、与正统的叙述话语不同或对立的文本，存在着活跃的精神探求的活动，并形成一股强大的潮流，那可能与真实情况相去甚远。90年代当代文学史研究中，一项重要成果是对"非主流"文学线索的细心发现和"构造"，以改造我们曾有的那种粗糙的想象。对这一成果应给予积极评价。不过，又必须有这样的思想准备，甚至是坚定的意识，这就是，即使我们有再多的"发掘"和钩沉，不会，也不应该模糊"一体化"的总体面貌。

在这里，有一些"技术性"的问题需要慎重处理。在构造这一"非主流"线索的工作中，究竟可以把哪些作品、哪些出版物包括在内？可能遇到的难题是这样两种情况。一种是"文革"中在不同范围内"秘密"流传的作品,如"手抄本"小说《第二次握手》《波动》《公开的情书》《晚霞消失的时候》,以及食指、多多、芒克、北岛、舒婷、顾城等早期的诗。它们在当时采取一种特殊的传播方式,正式在刊物上发表,或以书籍形式出版,一般都迟至"文革"结束以后。这些作品,在手抄流传过程中,作者和传抄者的改动不可避免,也很正常。而"文革"后公开发表时,作者也可能(有的则肯定)作过不同程度的重要修改。今天把这些作品归入"文革"期间的"手抄本"小说或"地下诗歌"的范围来评述时,我们实际上根据的是它们正式发表时的文本。另一种情况是,在50—70年代的一些作品,它们的思想艺术,在当时的文学规范下,可能会被目为"有问题"而没有公开发表(有的作家当时就失去了发表作品的权利)。还有一些作家,当时写了并不当作文学作品、也不准备发表的文字(如日记、来往书信、读书笔记等)。上述文字,在"文革"结束后,由他们本人或其亲属、友好在报刊上披露,或编集成书。

　　这两种情况,都是写作时间和发表时间不一致的现象。这种现象,在文学史上普遍存在;它们不见得都值得特别关注。但上述的写作与发表分属两个不同文学时期的现象,却有着重要的性质。因为这一工作的"预期目标",是要在一个思想、情感、风格、方法都单一、贫乏的时期,发现多种声音,建立主流外的"另类"文学存在。那么,时期的混淆将会损害这一工作的根据。既然如此,便会引出这样的问题:我们是否可以根据公开发表时篇末注明(或作者自己以及他人声言)的时间,来确定作品的写作年代(即使这一写作时间的确定能令人信服)?进一步的问题是,在从写作到发表的并不短暂的时间中,作品是否经过修饰、改写,特别是在公开发表之前——此时已是另一文学时期?如果这种改动是重大的,还能否把它的写作时间确定在篇末标示的时间上?还有的是,如果写出的作品在当时未被阅读,只由作家等保存,在没有发生任何影响的情况下,能否可以称为那一时期的"文学事实"?这些,都是令人困惑的难题。

四

　　在有关当代文学"一体化"问题的思考上,要提出的另一问题是,这种有关"一体化"的描述的视角和理论依据的限度。我们是在对一种文学多元化,一种"多元共生"的文学生态环境的想象中,来指认、揭示这种"一体化"的问题的。然而,"多元共生"毕竟是一种想象,压抑的机制不论什么时候都会存在。在市场、利润逐渐成为社会杠杆的今天,这种压抑以确立"主流"的冲突不会消失,它会采取另外的方式,当然,"主流"的选择也会发生很大改变。另外,这种视角和理论依据的限度,还在于它主要检讨的,是"左翼文学"(革命文学)的缺陷和失误。然而,把这种文学形态定为一尊,从而压抑其他的文学形态是一回事,这一形态本身的成败功过,又是另一回事;至少不是完全同一的问题。说起来,"左翼文学"在当代的"异化",不应因此而导致对这一文学形态的完全抹杀。它是否提供值得重视的思想艺术经验?这个问题需要另外加以讨论。

　　　　　　　　原载《中国现代文学研究丛刊》2000 年第 3 期

左翼文学与"现代派"

一 "左翼文学"的概念

进入"当代"(这里特指50—70年代)之后,左翼文学或革命文学,成为唯一合法存在的文学。这就必须先讨论中国的"革命文学"或"左翼文学"这样的概念,究竟指的是什么。这个问题看起来好像是不言自明的,事实上要讲清楚并不容易。跟这些概念相关的,还有"无产阶级文学""工农兵文学""新的人民文学""社会主义文学"等。通常,我们在使用"左翼文学""革命文学"这些概念时,有时内涵并不很清晰,指涉的对象、范围也不总是很清楚。通常有一种比较笼统的用法,这种用法,按照政治倾向和与政治紧密关联的文学观念的分野,区分20世纪中国文学,来指认其中的一种文学潮流、文学派别。在这种情况下,"革命文学""左翼文学"等概念可以相互替代,它指的是从20年代末的革命文学运动,到左联文学运动和作家创作,到50年代以后的"社会主义文学"等。但是,这些概念又是在特定的情境中产生的,它们有着不同的内涵,因而其中一些概念又不能任意互相取代。比如,一般来说,"左翼文学"是和左联,和30年代的左翼文学运动有关;"工农兵文学"则更多地联系着40年代根据地、解放区文学的主张和实践;而"社会主义文学"却是产生于50年代中期的概念。这样,在使用这些概念的时候,我们要分清不同的情况,并给予相应的说明。

不过,讨论这些概念,还应注意它们自身存在的"含混性"。像

"左翼文学""革命文学"这样的概念,内涵和对象有的时候可能比较清楚,特别是在这种文学主张提出,或不同文学派别论争的时候,它所张扬的文学观念,包括对这种文学的形态以及它的功能等的"设计",会阐述得比较清楚,也会出现一些实践这种"设计"的作品。但并不是所有的时候都是这样,特别是联系到具体的作家、作品的时候,情况要更复杂。这种"复杂",表现在这样几个方面:第一,通常归入"革命文学"(或"左翼文学")阵营的作家之间,在观念和创作上会有许多差别。第二,"革命文学"阵营之外的作家和革命作家之间,他们的观点和创作,有的时候也不是那么泾渭分明;革命作家和别的派别的作家的关系,很多时候也错综复杂。第三,某些革命作家的主张和创作,也处在不断变化的过程中。第四,"革命文学"阵营本身在不同的历史阶段,也出现各种演化的现象。另外,文学主张、观念和创作之间出现的差别,更是显而易见的。

提起这个话题,会联想起有关 20 世纪文学社团、流派、思潮研究的方法论问题。既要重视它们的区分,所谓"质的规定性",又要看到这些团体、流派、思潮也有"聚合",界限也有不很清晰的地方。吴福辉先生有一篇文章讨论了"自由主义文学"概念。他说,"中国自由主义文学"这个概念即使"聊备一格","比如可以在一个特定的文学时期里用它来区别各种思想和文学混合的流派",但是不应该作为"文学史主体级的标准"来运用。他抱怨说,现在的情况恰好有这样的趋势,"不是单独地应用'新月诗歌'、'京派小说'、'九叶诗派'这些概念,而是把语丝社、学衡派、现代评论派、新月派、第三种人、自由人、京派、新感觉派、海派、西南联大作家等这样一个个群落归入庞大的体系,梳理出系统的几十年的自由主义文学发展脉络"①。在文学史研究上,吴福辉的批评是很有道理的。当然,换一个角度看,"自由主义文学"这个概念从 80 年代以来在使用上的"扩大化",又是一种重要

---

① 吴福辉:《中国自由主义文学的评价问题》,《中国现代文学论集——研究方法与评价》,第 71 页,香港中文大学中国语言及文学系,1999 年。

现象,值得我们研究。这种"扩大化",或者说企图以"左翼文学""民主主义文学""自由主义文学"等来描述中国现代文学的做法,事实上并非 90 年代才出现,而是出现在 40 年代后期,这是当时左翼文学界使用的类型分析方法。这种主要立足于思想政治视角的分析方法,是为了当时的现实需要。现在有些学者只不过沿袭了这种方法,而对这种方法和这些概念本身缺乏反省。这样的情况提醒我们,概念的传播、接受、使用,是一个不断变异的过程。我们应该把这种变异,以及接受的情况,纳入考察的视野。在讨论"当代文学"的发生,讨论它在确立过程中对文学资源的选择和改造这样的问题时,可以引入概念变迁的视角,作为进入论题的通道。

40 年代后期是这样一个时期,它关系到左翼文学如何确立其在文艺界的绝对支配地位。这个紧要的关节点,也正是推动"当代文学"生成的基本动机。要达到这样的目标,首要一点是要界定自身。但在 40 年代,左翼文学或革命文学自身的对象、范畴并不是很确定、清晰。除了创作和理论等的复杂情况以外,还和抗战时期文学界的情形有关。邵荃麟 1948 年在香港的《大众文艺丛刊》上撰文总结 40 年代的文学情况时,说"这 10 年我们的文艺运动是处在一种右倾状态中";造成这种"右倾状态"的原因,则是由于"忽略了对于两条路线斗争的坚持",具体表现为"缺乏一个以工农意识为领导的强旺思想主流,缺乏这种思想的组织力量",在文艺思想上存在着"混乱状况"[①]。邵荃麟这里讲的,并不是所有的文艺运动,而是"革命文艺运动"。茅盾 1949 年在第一次全国文代会作报告,总结"十年来国统区革命文艺运动",也说到这一点。在指出成绩之后,他着重列举了"缺点"和"有害的倾向",并认为"这种种有害的倾向正是进步文艺的敌人有意散播到我们的阵

---

① 邵荃麟:《对于当前文艺运动的意见——检讨·批判·和今后的方向》,《大众文艺丛刊》第 1 辑,香港,1948 年。

营中来的"①。因此,就要对这种"混乱",这种"有害的倾向"的侵入进行清理。"清理",就是一种"纯洁化",也是对概念的重新界定。所以,在40年代后半期,文学思想、文学派别的划分,和因为这种划分而出现的冲突,越来越加剧。左翼文学的主流力量提出了更严格的标准,来纠正上述的右倾现象。这种工作包括:一是指认哪些被看作右倾的文学实践,包括创作及文学观念;另外就是确认哪些文学传统能够成为左翼文学的构成成分,也就是资源的问题。重新界定"概念"的"纯洁化"过程,就是"当代文学"的生成过程。当然,"当代文学"的生成,还有一个重要的问题要解决,这就是"组织""体制"的建立及其职能的确定。

资源的问题指的是,在众多的文学传统和思潮中,40年代的左翼文学力量究竟打算选择、吸收什么,改造、发展什么,又排斥哪些东西。它所面对的,从大的类别看,大概有这样几类对象:一个是中国古典文学,一个是西方文学,另一则是民间文化以及大众文化。当然也有一个如何对待"五四"以来新文学内部不同派别的问题。它要处理的事情不少,也相当复杂。这里有主次、轻重的区分。对西方文学,特别是西方现代文学,和对"五四"以来新文学的处理,最为紧迫。这里着重讨论的是左翼文学对现代派的态度。

二 《夜读偶记》和卢卡契

茅盾的《夜读偶记》这篇长文,是了解中国左翼文化对西方现代派的基本观点和态度的一份重要材料。这篇文章的主旨,是论述"社会主义现实主义"创作方法和文学的先进性。因此,它是在文学史的框架中,通过比较来完成这种论证的。在茅盾看来,社会主义现实主义

---

① 茅盾:《在反动派压迫下斗争和发展的革命文艺》,见《中华全国文学艺术工作者代表大会纪念文集》,新华书店,1950年。

文学的先进,不仅表现在文学"进化"的历史过程上,而且也体现在共时性的方面。就后者说,比较的对象是"批判现实主义"(或旧现实主义),特别是20世纪的"现代派"文学。他主要指出,现代派(他提到过去曾使用"新浪漫主义"这一概念)的思想基础是非理性,艺术上是抽象的形式主义,是一种"颓废"的艺术。在这篇文章中,茅盾没有明确说明这种批判的理论来源,但肯定不完全是他个人的创造。他对"现代派"特征的归纳,包括他批判的展开方式,和匈牙利美学家卢卡契有相近的地方。当然,我们尚难以找到直接的证据证明他的理论就一定来自卢卡契。

作为西方马克思主义的重要美学家,由于卢卡契的文学主张和政治实践带有某种复杂性,所以当代中国的左翼文学界对他的态度也相当暧昧。有些理论家、批评家在谈论批判现实主义和社会主义现实主义的分别,谈论世界观和创作方法的矛盾,谈论现实主义小说的典型问题,以及谈论对"现代派"文学的批判等这样一些重要的问题时,一定程度会受到卢卡契观点的影响,尽管这种影响常是间接的。但是他们的文章很少,或几乎没有出现卢卡契的名字。总的来说,在50—60年代,卢卡契在中国是个受批判的对象。50年代,在中国和其他社会主义国家展开的社会主义现实主义问题论争中,中国理论家往往把他当作这种创作方法的反对者、否定者。以群写在1957年的一篇文章,说这种创作方法诞生以来,就"不断地受到苏联国外的阶级敌人和国内的阶级异己分子的攻击",以群首先举到的,就是卢卡契,说他1939—1940年侨居苏联期间,就对"社会主义现实主义""进行了种种的歪曲和诬蔑"①。实际上,这种概括并不准确,卢卡契的特殊性只是表现在强调社会主义现实主义和19世纪现实主义的联系和延续上。卢卡契在中国成为反动人物的另外原因,是1956年匈牙利十月事件中,他担任了纳吉政府的文化部长。纳吉政府在当时的苏联和中国,

---

① 以群:《苏联文学为思想的纯洁性而斗争》,《文艺报》1957年第33期。

被认为是"反革命"政府,是"资产阶级复辟"(现在好像又不全这么看了)。卢卡契当时还写了一篇题为《近代文化中进步和反动的斗争》的文章,被看作是他的"修正主义"思想的证据①。这篇文章的中译本收入《卢卡契文学论文集》第1册②里,同时还收入他同样写在1956年的另一篇重要文章《关于文学中的远景问题》。在这个时期,他对社会主义现实主义的看法有了变化,有所质疑,但也很难说就是"否定"。

卢卡契这个有争议的人物,在西方研究马克思主义文学批评的学者那里,看法也不一致。比如佛克马、易布思(或译为蚁布思)合著的《二十世纪文学理论》③这本书,曾谈到"正统"的马克思主义者和"新"马克思主义者之间的区别。佛克马认为区别两者的界限在于:无条件地依据马克思、恩格斯、列宁的言论,同时服从共产党在文化与科学方面的领导,这种人叫正统的马克思主义者;而"新"马克思主义者则虽然信仰马克思、恩格斯的理论,但并不是用教条的方式去解说他们的理论,或者不承认共产党在文化和科学方面的绝对、至高无上的地位。根据这样一个标准,佛克马认为阿多诺、本雅明、戈德曼、利恩哈特、詹姆逊等人是"新马克思主义者","但卢卡契却不是"④。这里的区别,在于是把马克思主义的准则当作绝对真理来接受,还是仅看作一种"灵感来源"。

对于卢卡契的"定位",也有和这种看法不同的,如《西方马克思主义探讨》⑤一书中的观点。这本介绍、评述西方马克思主义的小册子,写于1977年,中译本出版在1981年。书的作者佩里·安德森跟佛克马的处理方式不一样,他把卢卡契直接放到西方马克思主义这个

---

① 草狄编写:《十月事件前后的匈牙利作家动态》,《文艺报》1957年第25期。
② 《卢卡契文学论文集》(第1册),中国社会科学出版社,1980年。
③ 佛克马、易布思:《二十世纪文学理论》第4章"马克思主义文学理论",林书武、陈圣生、施燕、王筱芸译,生活·读书·新知三联书店,1988年。
④ 《二十世纪文学理论》,第122—123页。
⑤ 佩里·安德森:《西方马克思主义探讨》,高铦、文贯中、魏章玲译,高铦校,人民出版社,1981年。

"阵营"中。在谈到传统马克思主义和西方马克思主义的区别时,要显得细致一些、深入一些。安德森的书,分析了西方马克思主义产生的历史年代,以及它的地区分布。传统的马克思主义者,他们的出生地以及活动区域,都集中在苏联、东欧一带,但是西方马克思主义者的出生地和活动区域,愈来愈集中到了欧洲的西部。安德森接着分析了西方马克思主义"形态结构"上的几个特点。一个是"与政治实践相脱离"①。第一次世界大战以前的"经典马克思主义者",像梅林、考茨基、列宁、卢森堡、托洛茨基、鲍威尔、布哈林,他们的理论跟政治实践密切结合,本人就是革命家,是政党的负责人,是革命运动的领导者、推动者。而西方马克思主义者则逐渐走入学院,脱离了政党和革命的实践。安德森说,西方马克思主义者前几个重要理论家,起初都是政党的主要领导人,都参与了革命实践。如卢卡契曾是匈牙利共产党的主要负责人,1928年当过总书记;葛兰西是意大利共产党的领导人;还有德国的科尔什,也是这样。但是,作为一种趋势,"西马"的理论家逐渐走入学院,与革命实践脱离,这是在历史压力下逐渐出现的。"历史压力"这个说法,在我看来,既指外部的压力,同时也指革命理论和实践本身出现的问题。安德森指出"形态结构"的第二个特点,是"形式的转移"。在理论中心上,由经济学、政治学转向哲学,像本雅明这些人都是哲学家;理论形态学院化,文风也变得艰涩②。还有一个特点是"主题的创新"。他们倾全力关注"上层建筑",而且他们研究的重点不是"上层建筑"中的法律、国家,而是"上层建筑"中跟"经济基础"离得最远的文化、艺术。西方马克思主义这种转移,在我看来带有"悲剧性"的意味,这和共产主义运动自身遇到的问题有关。安德森通过上述的标准把卢卡契归入"西方马克思主义"。不过,他也指出卢卡契是一个"过渡性"的人物。

另外马丁·杰的《法兰克福学派史》,也谈到这个问题。作者引述

---

① 佩里·安德森:《西方马克思主义探讨》,高铦、文贯中、魏章玲译,第41页。
② 同上书,第66页。

了G.斯坦纳的意见,认为马克思主义美学传统有两条分离的线索,一条是源自列宁的著作,并由苏联的日丹诺夫在第一次苏联作家代表大会上加以编纂,"认为只有展示了公开的政治党性的作品才有价值",说这"最终培育出乏味的斯大林的社会主义现实主义正统"。第二条线索"源自恩格斯的传统",更值得重视。恩格斯在评价艺术的时候,较少根据作家的政治意图,并认为作品的客观社会内容,可以与作家公开的意图相违背,可以超越作者的阶级出身。恩格斯的这些观点、论述,主要来自他1888年写给哈克奈斯的那封信。斯坦纳认为,卢卡契因为可以同时放在"两个阵营"的这个特点而代表了一种复杂的情况,他"企图沟通列宁主义者和恩格斯阵营之间的鸿沟",不过,"他一直没有真正从列宁主义的紧身衣中挣脱出来"①。重要的标志之一,是他对现代主义艺术,对"现代派"文学的排斥态度——这种对马克思主义文学"阵营"内部所作的分析,有一定的道理。50年代的苏联和中国,一些批评家在质疑社会主义现实主义的时候,往往会更多引用恩格斯的论述,会请出恩格斯来为自己撑腰。但是,把马克思主义文学内部截然划分为"两个阵营",把它们之间的差异描写成"鸿沟",这一点是不是妥当,是值得考虑的。

欧洲30年代曾经发生过关于表现主义的争论,这场争论后来常常被概括为卢卡契与布莱希特的争论。当时布莱希特写了一点小文章,他把他的观点写在日记里,这些日记等到50年代才发表。当时参加争论的主要人物是德国的另一位马克思主义者,叫布洛赫。在关于表现主义的笔战中,卢卡契表达了他对于"现代派"的基本观点。卢卡契认为,社会现实存在着"现象"和"本质"的不同部分,而"现象"和"本质"是可以统一起来的。另外,作家的主观体验和客观真实也可以统一起来。卢卡契的现实主义论建立在这样两个基本估计之上。所以,在他的现实主义论中有两个重要的概念,一个是"整体",一个是

---

① 马丁·杰:《法兰克福学派史》,单世联译,第199—200页,广东人民出版社,1996年。

"典型":作家通过典型环境中的典型人物的创造,来表现生活的"整体性",来揭示社会生活的本质,表现现实的发展趋向。而"表现主义"等艺术流派,卢卡契认为它所描写的现实是断裂的碎片。在1938年发表的《现实主义辩》①这篇文章中,他比较了乔伊斯这样的作家跟当时的现实主义者托马斯·曼之间的区别,认为这两个作家都表现了当时社会现实的间断性和破裂性,这是资本主义发展到帝国主义阶段的一种现实的和思想的状况;但是乔伊斯把这种状况等同于现实本身,而没有揭示这种破裂和间断图像的本质,以及产生这种情况的原因。这两个作家同样表达了忧虑,但是托马斯·曼通过对本质、原因的揭示,引导人们离开"忧虑",而卡夫卡或乔伊斯却是把人们引向忧虑,引向悲观。另外,卢卡契指出,在艺术形式上,表现主义崇尚抽象、寓言化、形式主义,作品的细节是可以互换的,而托马斯·曼的小说却不能这样,细节是具体、确定的,有固定的、不能随意更改的位置②。在茅盾的《夜读偶记》中,卢卡契的这些基本论述被从文学史角度上得到重申。

三 激烈拒绝的态度

对于范围广泛的、被称为"现代派"的文学思潮和作家作品,中国"当代文学"采取了严格的拒绝态度。这种拒绝主要不是通过公开批判的方式进行,而是借助信息的掩盖、封锁来实现,用一种不动声色的方式,把它们剥离出去。在50—70年代,几乎没有"客观地"出版什么西方20世纪"现代派"的作品,也很少有评论文章。我之所以用"客观"这个字眼,是因为在一些时候,以"供批判"的"内部发行"的方式,也出版过诸如《等待戈多》《麦田里的守望者》《在路上》这样的作品。

---

① 中译本见《卢卡契文学论文集》第2册,中国社会科学出版社,1980年。
② 参见佛克马、易布思:《二十世纪文学理论》,林书武、陈圣生、施燕、王筱芸译,第135页。

有时,文学报刊上也会出现和所谓"现代派"有关联的一些作家作品,但那是极偶然的情况,或者是有另外的因素在起作用。比如《译文》杂志1957年初曾刊发过波德莱尔的《恶之花》的选译,译者是诗人陈敬容,同时还刊发了法国作家阿拉贡肯定波德莱尔的文章。不过,这是在贯彻"双百方针"的时期。另外,50年代《人民文学》等刊物还发表过艾吕雅、聂鲁达等诗人的作品。对这些作家的肯定,是因为他们有进步倾向,倾向"社会主义阵营",有的还是共产党员的缘故。对于西方"现代派"采取这样态度的后果是,一般读者甚至当代的不少作家,都不大清楚有这样的思潮和作品存在。

那些具有"现代主义"倾向的中国作品,也不再刊印发行。冯至的《十四行集》在50年代后没有再版过,直到"文革"后的80年代初,才得以重新出版。李金发的诗,穆旦、郑敏等人的作品也不再印行。一些重要的文学史根本不提他们的名字。60年代初,作为大学文科教材的杨周翰先生撰写的《欧洲文学史》、朱光潜先生主编的《西方美学史》,基本上都只是写到19世纪末。对20世纪的西方文学,特别是"现代派"文学和20世纪西方非马克思主义文论,采取不予理睬、不予置评的处理方式。这种方式,有时比批判挞伐更有效①。比如冯至先生对他的《十四行诗》的处理方式。这个诗集50—70年代没有再版过,其中的诗也没有进入选本中。冯至50年代初期谈到这个问题时,说他曾写过一些"资产阶级形式主义"的东西,现在看起来是完全没有价值的,是他当时思想发生"问题"的表现,所以他不打算把这些作品印行。②"形式主义",就是茅盾在《夜读偶记》中对"现代派"艺术的批判性概括。记得1958年徐迟在一个诗歌座谈会的发言中,说他最近写诗的时候,笔下突然写出了这样的句子,"天空上飞来蓝色的音符",自己一看,这不是30年代接受的"现代派"的尾巴又露出来了

---

① "文革"结束后,西方现代文学,包括"现代派"文学开始大规模介绍,所引起的强烈、紧张的反应,包括肯定的和否定的,都是这种封锁、遮蔽的后果的表现。

② 见《冯至诗文选集》,人民文学出版社,1955年。

吗？他赶快从稿纸上划去……这是一种"社会心理",不是某一个人的。这种情形其实不难理解。一种被宣布,被"公认"为非法、反动、有毒素的事物,人们总会避开它,唯恐和它有粘连,发生纠葛。1957年"大鸣大放",由中国作协党组召开的座谈会上,诗人陈梦家说,不喜欢有人老把过去的招牌(指"新月派")挂在他的身上,说这招牌对他不大合适,当时他只不过是喜欢写诗,和"新月派"诗人接近而已。他抱怨说,何其芳等比他更接近"新月派","却因为他改造了思想,入了党而不再给他挂这块招牌,我虽然没有入党,也不能老挂着这块招牌"。饶孟侃也为陈开脱,说他确实不应该为"新月派"承担责任。① 这里面当然有个事实的辨析问题,也包括对事情理解的方法。不过,陈梦家的这番抱怨,是发生在"新月派"被看作"逆流""非法"的情境下。现在"新月派"已被看作中国新诗的重要流派,文学史家更多的是谈它的贡献,就不大会出现这种抱怨,出现设法和它搞清关系的举动了。

当然,有的时候,从"技术"的层面上,当代文学也会考虑接受一些非"写实"的表现因素。比如 60 年代初"戏剧观"问题的提出。1962年,上海人民艺术剧院的导演黄佐临发表了谈戏剧观的文章②。50年代以后,中国的话剧在创作上,主要是"易卜生模式",即"写实"的戏剧模式;在表演上,则受苏联的斯坦尼斯拉夫斯基演剧理论的影响最重大,被称为"斯坦尼模式"。黄佐临认为,我们不能只认定某一种戏剧观、演剧理论,也应该参考别的演剧理论、别的流派,达到创作、表演上的多样化。他认为现代演剧理论有三大流派:一种是斯坦尼斯拉夫斯基这样的,强调要在舞台上创造像现实生活那样的"真实"情境,演员的表演完全是投入的、体验"规定情景"的方式。黄佐临说,除了这个之外,还有布莱希特的演剧理论,强调"间离效果",要让观众明白

---

① 《作协在整风中广开言路》,《文艺报》1957 年第 11 期。
② 1962 年 3 月,黄佐临在广州召开的全国话剧、歌剧创作座谈会上提出了这个问题。而后,他的《漫谈"戏剧观"》发表在同年 4 月 25 日的《人民日报》上。

舞台上是在演戏，破除关于"真实"的幻觉。另外一种是梅兰芳的演剧理论，就是中国传统戏曲中的那种虚拟的、程序化的表演。黄佐临还在他执导的话剧《激流勇进》里，运用灯光、幻灯投影的方法，来表现剧中人物的心理活动——从这里可以看出，在60年代初期对于非写实的艺术流派在技术上出现了某种灵活性（这也包括当时音乐界对印象派作曲家德彪西等的有限度的肯定等）。但是，即使是"技术性"的，也很警惕。这种略微松动的情况，存在时间也很短暂。

了解左翼文艺史的人可能会提出来，左翼文化界对"现代派"并不是一律采取激烈对抗的、批判的态度。他们中的一些人、一些派别，对"现代派"也持肯定的态度，有很高的评价。这是事实。比如前面提到的布莱希特，还有法兰克福学派的一些理论家，都是这样。另外，人们还注意到这样的事实："现代派"一些派别的人物，后来在政治、文化问题上持"左"倾立场，有的还参加了左翼革命运动。像未来主义的马雅可夫斯基、超现实主义的艾吕雅等。50—70年代对这种现象的解释，是说他们转变了立场，世界观、政治倾向发生改变。但事情也许不是这么简单，究其实，左翼文学多多少少就带有"未来主义"的色彩。这些现象提醒我们，要对事情作具体的，而不是笼统、含混的考察。不过，从整体的情形看，20世纪左翼革命文学力量和"现代派"在历史观、艺术观上是不同的，甚至是"对立"的。这个理解，这种估计应该能够成立。

那么，布莱希特的情况是不是有些特别？他在文艺功能、文艺创作所应确立的思想立场等问题上的看法，和其他的马克思主义者比如说卢卡契，其实并没有根本性的不同。他很强调文艺思考生活、教育群众的作用，因此他特别重视戏剧。凡是重视文艺的社会效果，重视它和社会行动的关系的文艺家，都会重视戏剧这一门类。但是布莱希特又明确表示不同意卢卡契把19世纪的现实主义奉为圭臬。他有一部剧作叫《高加索灰阑记》，创作这个剧本的部分灵感，来自中国元代李行道写包公断案故事的杂剧《灰阑记》。《灰阑记》在19世纪三四十年代传入欧洲,1925 年布莱希特在柏林看到这个剧的演出,40 年代他写了《高加索灰阑记》。《灰阑记》的故事包含有一个原型,据说在民间故事中,类似的故事至少有一打以上。比如《圣经·列王纪》中记载的所罗门王断案,也是类似的故事。台湾学者张汉良有一篇文章,题目叫《从〈灰阑记〉到〈高加索灰阑记〉》①,在比较中来讨论布莱希特对这个故事的改造。布莱希特在情节上采取了"反设计"②。旧俄时期的总督夫人在革命时逃亡,抛弃的亲生幼儿由厨娘抚养。后来,总督夫人要认领有财产继承权的儿子,由此发生了孩子的归属问题。于是便在地上用白灰画一个圆圈,两个妇人都伸手来拉孩子。和元杂剧《灰阑记》相反的是,这回孩子不是判给亲生母亲(不事生产的腐败的统治阶级),而是判给女仆(劳动阶级)。因为不愿意看到孩子受伤的,恰恰不是亲生母亲而是那个女仆,是她在拉拽孩子的时候两次松手。从这里可以看到,以前的类似故事强调的是人性,强调血缘联系,而布莱希特强调的则是阶级。阶级论者有这样的信念,"血不一定浓于水,共同生存的方式反倒更重要",也就是阶级的共同性比血缘更重要。这是无产阶级的"革命文学"要表达的一个重要观念。这个观念对我们来说,一点都不陌生。"样板戏"《红灯记》讲的就是这样:李玉和、李奶奶、李铁梅并没有血缘关系,但在这个主要以阶级情谊建立的家庭里,它的成员的关系比血缘联结的关系更牢固,也更崇高。还有一点是,布莱希特对这个故事的兴趣,根源于他对于"选择"这种行为的重视。在他看来,戏剧的主要功用不是娱乐性,而是教导性:激发观众的行动、思考和选择。正因为这样,《高加索灰阑记》设计了"戏中戏"的情节结构。这里,两个妇人争夺孩子的问题,用来服务于现实中要解决的问题。剧的开头,写革命之后有两个农场争夺一块山谷,为此争论不休,上面派人来调解。在调解的时候,让大家都去看一出戏,

---

① 见张汉良:《比较文学理论与实践》,台北:台湾东大图书公司,1986 年。
② 《灰阑记》的这种"反设计"还有一个有趣的例子,就是香港作家西西写的《肥土镇灰阑记》。参见何福仁编:《香港文丛·西西卷》,香港:三联书店有限公司,1992 年。

就是这个《灰阑记》。这表现了布莱希特的戏剧观念——创造"间离"效果,让演员和观众都不要认为剧场中演出的是"真实"的生活。打破这种幻觉,实际上就是打破写实主义所要营造的幻觉。所以他提出来,戏剧并不是要引导观众去想象、投入戏中的生活,而是要观众保持一种清醒的态度,知道剧场中演出的是戏剧,而不是"真实"的生活。艺术不是创造一种"信以为真"的幻象。

布莱希特的这种戏剧观,看起来好像和朱光潜(还有克罗齐)主张的审美的距离有些相似,实际上很不相同。布莱希特是要让观众意识到舞台与生活的距离,不要把戏剧跟生活混同;而朱光潜强调的是把人的审美态度跟功利的、伦理的思维区分开来,把审美过程看作摆脱现实功利纠缠的"沉醉"。朱光潜所谓的"距离"来自对审美的沉醉,忘记对现实的思考和批判;布莱希特正相反,建立这种距离恰恰是为了加强对现实问题的思考和批判。法兰克福学派的理论家对这些观点很看重,认为布莱希特的"距离"或"间离"说,质疑了现实主义那种"忠实"描写社会历史的方法,同时也质疑了卢卡契认为"现代派"是"形式主义"的这种批判。阿多诺在谈到卢卡契和布莱希特的区别的时候,这样认为:卢卡契的那种认为文学能够真实揭示现实本质,真实反映现实的看法,是建立在一种错误的理解上,即认为主体与客体、社会与个人是能够统一的。阿多诺认为,在现代社会中,社会与个人、主体与客体之间的分裂与对立是不可克服的现象,人所把握、认识的现实只不过是一种"经验现实",这种"经验现实"在很大程度上为社会意识形态所"伪饰"。因为人是处在一个被"物化"("异化")的社会中,他没有办法跳出来审视这个社会,而只有带着被"异化"的自身,试图从"内部"来捣碎、揭露这种"异化"。正是基于这种理解,阿多诺等人认为,"现代派"的那种抽象、变形、破碎的"形式",并不是像卢卡契、茅盾所批判的"形式主义",而是用不调和的、矛盾的"形式"去否定现实的破碎和荒谬,包括对"传统"的艺术形式、语言的反叛。这也就是说,艺术形式本身就具有一种颠覆的力量。所以,法兰克福学派的理论家们很推崇"现代派"的作品,比如卡夫卡、乔伊斯的小说,贝克特的戏剧以及勋伯格的音乐等。

历史观、对"现实"的态度,这是中国左翼文学对"现代派"采取激烈否定立场的关键,根源正在这个地方。中国左翼文学强调文学应该,而且能够把握客观真实,表现现实生活的"本质",从而为历史的进程指出明确的方向。如果这一点受到怀疑,这个基点动摇了的话,也就动摇了这一文学派别的根基。李欧梵先生在《漫谈中国现代文学中的"颓废"》这篇文章里谈到这个问题。中国新文学,包括左翼文学的占统治地位的意识,是一种"理性主义"的,信奉历史进步的历史观,"在这种历史前进的泛道德情绪下,颓废也就变成了不道德的坏名词了"[①]。确实是这样,"颓废"是我们用来批判、挞伐包括"现代派"文学在内的那些不能指明方向、"悲观主义",情调上不明朗、不健康的文艺作品的一个常用词,或者说"关键词"。李欧梵说,"颓废"是一个西洋文学和艺术上的概念,英文是 decadence,在二三十年代的中国,曾经有人翻译成"颓加荡"[②],是音译,又是意译。在西洋文学、艺术中,这个词可能并不包含道德上的价值判断,但是在现代中国,也包括在苏联社会主义现实主义文学语境中,它确实是个包含有严重贬斥意味的"坏名词"。我想,这是因为不能容忍对于"时间进步"的信念的怀疑和反抗,也不能认可文艺表达"颓唐美感"的合法性。

在这个问题上,原捷克斯洛伐克的著名汉学家普实克的看法有些失误。他曾经把现代中国文学主流分析为"史诗"和"抒情诗"两个"准传统",并且论证它们和欧洲文学存在着"一致性"。比如在茅盾的叙事作品中可以找到和欧洲19世纪现实主义的联系,而"五四"时期抒情性作品表现的某种倾向,则和欧洲两次大战间产生的现代抒情风格极其相似——也就是和被称为"现代派"的文学艺术相似。对于

[①] 王晓明主编:《二十世纪中国文学史论》(第1卷),第64页,东方出版中心,1997年。

[②] 同上书,第59页。

后面这个看法,李欧梵表示了不同意见。他说:"从波德莱尔以来充斥于欧洲文学艺术的先锋派气质是由一系列完全不同的艺术前提决定的,所以,它在性质上同五四运动的文学气质大相径庭,尽管两种文学作品有不少形式上的相似之处。"① 李欧梵对这个问题的看法是有道理的。他在这里所说的"艺术前提",包含了历史观、艺术观等的综合因素。

四 "异化"问题

在现代派问题上的冲突,还牵涉对现代社会中人的"异化"问题的不同看法。"异化"的问题,其实恰恰是卢卡契提供给左翼文学和后来的法兰克福学派的重要遗产。从这里,也可以看出卢卡契的复杂性,他的"过渡"人物的身份。对"异化"问题的研究,卢卡契花了很多心血,法兰克福学派实际上是继续了卢卡契的研究。中国当代文学为什么"拒绝"现代派文学?其中一个很重要的原因,是不承认社会主义社会内部出现"异化"现象。80年代初,周扬和胡乔木之间,以及当时学术界,围绕人道主义和"异化"问题,曾经发生过激烈论争。1983年是马克思逝世100周年,3月7日,周扬在中共中央党校纪念马克思的学术报告会上,作了题为《关于马克思主义的几个问题的探讨》的报告。② 这次报告的目的是清算中国几十年的"左"倾政治思想路线的思想、哲学根源。里面最引起争议的,是马克思主义和人道主义的关系,以及社会主义社会中是否存在"异化"的问题。周扬当时认为,在社会主义制度下也存在"异化"现象。他谈到三种形式的"异化":经济领域的"异化"、政治领域的"异化"(权力"异化")和思想领域的

---

① 李欧梵:《普实克中国现代文学论文集·前言》,《普实克中国现代文学论文集》,李燕乔等译,第5页,湖南文艺出版社,1987年。
② 这个报告随后发表在1983年3月16日的《人民日报》上。报告撰写的经过,可参阅王元化的《为周扬起草文章始末》,《南方周末》1997年12月12日。

"异化"(个人崇拜等)。周扬的报告得到许多人的支持,也引起一些人的恼怒。对周扬的批评,最系统而又具有"权威"性质的,是胡乔木的《关于人道主义和异化问题》①。文章说周扬报告的错误是"带有根本性质的",是"离开社会主义的方向","诱发对社会主义的不信任情绪"。这些,在当时,都是很严重的指责。

周扬对于"异化"问题的关注,其实要早得多,60年代初他就开始思考这个问题了。但是当时他没有使用"异化"这个概念。这种思考,当然是带着那个时期的明显限度的。比如1961年6月在全国故事片创作会议上的讲话,就谈到这一点②。他提出,"社会主义的新人"不应该是头脑简单、感情简单、趣味简单的人。他举了一个例子:北京师范学院有个女生,一切都讲原则,按原则办事。她除了《红旗》《人民日报》《毛选》,其他课外书都不看;家里送点东西来,她分给大家吃,以为大家会像电影《上甘岭》中的那样互相谦让,结果是大家争着吃,使她大失所望;她父亲对她弟弟身体很关心,她批评父亲:"你给小孩什么影响?"……同学对她的评语是,她人很好,可惜不像是生活在人类社会里的人。周扬说,培养这样简单化的人,他很担心。他觉得革命所要创造的"社会主义新人",不应该是这个样子,这样简单和苍白。他举出这个例子,是要使大家看到,人事实上是被"物化"了,人所信仰的观念本身已经没有什么具体、生动的内容,而变成了一种抽象的东西,来压抑丰富的、变化的个性,压抑人与人之间的关系。所以,当时周扬说,相比起来,林黛玉还是很可爱的,她痛苦的时候就会哭。

"异化"问题,不仅是哲学、社会学、政治理论和实践的问题,而且和文学问题有关。这也是法兰克福学派着重研究的一个问题。他们

---

① 这是胡乔木1984年1月3日在中共中央党校的讲话,题为《关于人道主义和异化问题》,经修改后刊发在《红旗》(北京)1984年第2期。
② 参阅《在全国故事片创作会议上的讲话》,收入《周扬文集》(第3卷),人民文学出版社,1990年。

认为,在"异化"社会中,文学作品所承担的责任就是要揭露这种"异化"。而这种揭露,并不是采用萨特那样的"介入"的直接的批判方式。他们更倾向于肯定布莱希特的那种"形式主义"式的批判,认为所谓的"间离效果"本身就是对这种异化现象的批判。所以阿多诺认为,在现代社会,卡夫卡的作品揭示这种"异化"现象,比现实主义的作品要有力得多。同样,20世纪的先锋音乐也比传统的那些音乐,对我们现代人更有力量一些。法兰克福的一些主要人物,对现代派艺术采取一种支持的,几乎是无保留的肯定态度,这跟中国的左翼文学完全不同,也跟苏联的社会主义现实主义者完全不同。贝克特等的荒诞派戏剧,取消了传统戏剧的要素,没有情节冲突,没有发展过程,人物没有身份,场景是抽象的,细节是可以替换的。不像现实主义的作品,比如说托尔斯泰的作品,细节是不可替换的,构成一种特定的具体的情景。对于先锋派这种艺术,法兰克福学派认为是拒绝已经成为大众日常惯例的"媚俗"艺术传统,因为真正的艺术应该表达对这种"媚俗"的传统的拒绝。这就是法兰克福学派所说的"艺术的政治性"。"艺术的政治性"并不是在作品中表达政治观念,而是通过形式的创新来打破惯例,以发挥政治的潜能。在这里,阿多诺等表现了强烈的拒绝大众文化的精英立场。现代派艺术在法兰克福学派,在西方马克思主义那里,成为非常重要的文化资源和精神形式,而且成为他们反抗现实的最重要形式。

谈到中国当代的有类乎"现代派"特征的音乐、绘画、小说、诗歌等,许多情况我不太清楚,也没有研究。但是,总觉得好像在现代中国它们缺少根基。80年代前期,包括宗璞、王蒙、北岛的一些被称为"现代派"的作品,实际上跟西方的作品在艺术观念上有很大的不同。许多评论家都指出了这一点,不管是贬义上的"伪现代派",还是肯定意义上的"中国特色"的说法,都指出了这种不同。韩国学者白乐晴曾说,我们更需要像托尔斯泰这样的作家,而不是更需要卡夫卡,这是一种很有代表性的观念。① 在今天,白乐晴的这个说法很有意思。这种观念,产生于各不相同的历史情景,和对文艺的不同历史承担的理解。但是,西方现代派的艺术成果和文化遗产,为我们的文学也提供了重要的参照,应该说也是重要的"资源"。如果简单地拒绝这种"资源",对表现我们生存的这个社会,对表现生活在这个社会中的人的境况和体验,是不是带来很多的损害?

  这个问题,可以举一个例子来说明。米兰·昆德拉的《小说的艺术》②在谈到"卡夫卡现象"时,讲到发生在捷克的这样一件真实的事情。这个事实我觉得在中国也发生过,不用花很多力气就可以找到。有一个工程师到英国去出席学术会议,回来的时候看到报纸上刊登了一条消息,说他在国外发表了污蔑祖国的言论,并且已经叛逃。他简直不敢相信自己的眼睛。找到报社,报社承认事情发生差错,但认为责任不在他们那里,稿子是从内务部来的。内务部说,他们是从驻伦敦使馆的秘密部门收到报告的。内务部向他保证不会有什么事,让他放心。然而,他很快就发现他处在被严密监视的情况下:电话有人监听,外出有人跟踪。他时时刻刻提心吊胆,经常做噩梦,直到他冒着真正的危险逃出这个国家成为真正的移民。对这个故事,我们的直接反应是,它不就是卡夫卡《城堡》的那个"迷宫"故事吗?昆德拉说,"工程师面对着一个机构,它的特点是一个一眼望不尽的迷宫。他永远走不到它的无限长的走廊尽头,永远找不到那个做出宿命的判决的人",他和土地测量员 K 一样,他们都处在这样的世界中,"这个世界不过是一个巨大的迷宫式的机关,他们逃不出那里,永远不明白它"。③ 昆德拉分析了他所称的"卡夫卡现象"的几个方面。他把陀思妥耶夫斯基的《罪与罚》和《审判》作了比较:在《罪与罚》那里,拉斯科尔尼科夫承

---

  ① 白乐晴:《如何看待现代文学》,收入《全球化时代下的文学与人:分裂体制下韩国的视角》,金正浩、郑仁甲译,中国文学出版社,1998 年。
  ② 米兰·昆德拉:《小说的艺术》,孟湄译,生活·读书·三联书店,1992 年。
  ③ 同上书,第 98 页。

受不了他的罪恶的重压,为了使自己获得安宁,他自愿受到惩罚,这是"众所周知的错误寻找惩罚"的境况;而在《审判》中,逻辑正好相反,受罚者不知道惩罚的原因,惩罚的荒谬性难以忍受,使得被告为了获得安宁,总想给自己的痛苦找到一个说明,这是"惩罚寻找错误"。接着,昆德拉指出了卡夫卡小说中的"喜剧性"特征:在卡夫卡现象的世界里,"喜剧性不代表悲剧(悲喜剧)的对位","它把悲剧毁灭在它的萌芽状态,使受害者失去了他们所能希望的唯一的安慰:存在于悲剧的伟大(真正的或假设的)中的安慰"①。这种情况在我们的历史甚至现在的生活中,都不能说是非常少见、非常难以理解的。

然而,我们也还要反过来想一想,如果中国的左翼文学家也像卡夫卡那样去看世界,持这样的历史观和艺术观,那么,左翼文学还能够存在吗?

原载《现代中国》第 1 辑,湖北教育出版社 2001 年 6 月

---

① 米兰·昆德拉:《小说的艺术》,第 100—103 页。

中国当代的"文学经典"问题

这里所说的"当代",指的是20世纪的50—70年代,文章讨论的,是这个时期中国大陆文学经典的问题。这些问题,涉及文学作品等级价值的评定,评定所依据的标准,评定的制度和程序,以及和"经典"问题相连的文化冲突等。

近一百多年来,现代中国在社会政治、经济、思想文化等方面发生剧烈变革。这种变革的重要征象之一,就是大规模的"价值重估",出现"经典"(文学经典是重要构成)在不同时期的大规模重评的现象。有的研究者指出,在中国,现代经典讨论或许可以说是开始于1919年,而在1949年、1966年和1978年这些和政治路线的变化密切相关的年份里获得了新的动力。① 这一描述应该说是能够成立的。在这些年份中,1949年、1966年和1978年,在目前的文学史叙述中,常被称为"十七年"文学和"文革"文学:它们可以看作现代中国文学的一个重要时期。在这一时期里,中国左翼政治、文学派别试图建立一种以阶级属性为基本表征的新的文学形态;文学经典的重新审定,就是这种努力的重要组成部分。

讨论这个时期的文学经典重评,会涉及许多复杂的问题。这里将提出若干值得注意的线索。它们主要是:一、文学经典在当代社会生活中的位置,经典重评实施的机构、制度;二、当代文学经典重评的焦点;三、经典确立的标准("成规")和重评遇到的难题。

---

① 参见佛克马、E.蚁布思:《文学研究与文化参与》,俞国强译,第45—47页,北京大学出版社,1996年。

一

在现代社会里,尽管经典在各个时期的社会生活中有重要地位,但是,像50—70年代的中国大陆那样的情形,还是比较少见:在这一时期,文学经典在社会生活、政治伦理等方面的意义,对现存制度和意识形态维护或危害的作用,被强调到极端的高度。基于这样的理解,当代对经典审定十分重视,有时甚至达到紧张的程度。自然,现代社会已不可能出现那种审定、确立经典的专门机构,也不可能制定一份有关经典的确定的目录。在1949年以前,经典秩序的形成,分散在学术部门、出版、报刊和政府相关机构中进行。1949年之后,这一情况得到延续,但"分散"的状态受到控制,出现了事实上的统一的审定机构。这就是这一时期的政治、文学的权力中心。它对文学经典的审定,主要是确定不同文类、不同作家作品的价值等级,建构等级排列的基本秩序,并监督、维护这一秩序,使其不被侵犯,并在必要的时候,对具体作品性质的认定,以不同方式加以干预[①]。

文学经典的审定,以及监督、干预实施的制度保证,在50—70年代,同样借助各种机构(学校、文学研究机构、出版社、报刊等),通过不同方式进行。方式之一是,具有权威性质的文学理论体系的建立,其作用是为经典审定确立标准。在文学研究、文学批评和大学文科教学中,对一种规范的文学理论的重视程度,相信另外时间从未有过。自从1944年周扬在延安编辑出版《马克思主义与文艺》一书之后,《马恩列斯论文艺》《毛泽东论文艺》等,获得了文学批评和文学经典审定依据的至高地位。这一点是不必多言的。

---

① 毛泽东在50年代初干预了胡适、俞平伯等对《红楼梦》的阐释;50年代末,当时被树立为"诗与劳动人民结合"的诗人李季的艺术成就受到质疑时,冯牧等撰文加以制止。而当有的报刊(上海《新民晚报》)在"大跃进"中刊出《托尔斯泰没得用》的文章后,《文艺报》立刻作出反应,刊出主编张光年的《谁说托尔斯泰没得用?》的头条文章,以阻止全面颠覆经典的思潮的蔓延。

第二，文学书籍出版上的管理。这包括"可出版"部分的规划：重点和先后次序的确定①，也包括对"不可出版"的管理。图书市场上的利润因素也会被考虑在内，但这一切都在不得动摇这一秩序的前提下进行。如果将40年代和50年代作比较，在外国文学、中国古代和现代文学作品的出版方面，都可以看到明显的变化。如50年代被作为中国文学"范本"②的苏联现代作家作品，取得优先的地位，而西方20世纪的现代作家作品，则受到十分严格的控制、筛选。40年代已有译本的伍尔芙、劳伦斯、纪德、奥尼尔、里尔克、T.S.艾略特等的作品，50年代以后不再刊行。这是对可能会动摇经典秩序的"非经典"作品的"封锁"。有的"封锁"并非针对一个作家的全部作品；依据标准，某一作家的作品会被分别对待。以中国现代作家为例，曹禺的《原野》《蜕变》，老舍的《猫城记》《二马》，冯至的《十四行集》等，便不再印行。这种对某些敏感的"非经典"的"封锁"，是维护经典秩序的有效的方法。

第三，批评和阐释上的干预。这包括对经典确立标准的阐释，具体作家作品的评论，和对读者阅读习惯的直接"矫正"、引导。后者如丁玲对喜欢巴金、张恨水，而不喜欢解放区小说的读者的批评、劝导③，冯至关于如何看待欧洲表现人道主义和个人奋斗的古典作品的论述。④ 这种直接引导，也常以"读者讨论"的方式展开。50年代"关于高等学校文艺教学中的偏向问题"的讨论⑤，对巴金《灭亡》《家》等

---

① 在五六十年代，不同的出版社出版的作品的"经典"性程度是有区别的。如北京的人民文学出版社有较高级别，而作家出版社则主要出版未经"经典化"鉴别、还难以确定的作品。
② 周扬在《社会主义现实主义——中国文学前进的道路》中说，中国文学应"向先进的苏联文学学习"，"许多优秀苏联作家作品……是我们学习的最好范本"。见《人民日报》1953年1月11日。
③ 丁玲：《跨到新的时代来——谈知识分子的旧兴趣与工农兵文艺》，《文艺报》第2卷第11期，1950年8月25日。
④ 参见《略论欧洲资产阶级文学里的人道主义和个人主义》，《北京大学学报》（人文科学版）1958年第1期。
⑤ 1951年底在《文艺报》上进行。见《文艺报》第5卷第2期，1951年11月10日。

的讨论,对《红与黑》《约翰·克利斯朵夫》的讨论①,都是如此。60年代,毛泽东曾指示出版部门,在出版中外过去的名著时,要加强"前言"的撰写工作,这也是出于引导、规范读者理解阐释趋向这一目的。②

第四,丛书、选本、学校的文学教育和文学史编撰。这些也属文学经典确立的重要环节。也许可以这样说,一个时期文学经典的秩序,最终需要在文学教育和文学史撰写中加以体现和"固化",以实现其"合法性",并在教育过程中普及和推广。因此,在"当代"刚刚开始的时候,文学决策阶层的紧要工作之一,便是筹划、出版中国现代文学的丛书,编写、审定作为大学文科教材的新文学史大纲。1949年和1950年,"中国人民文艺丛书"(收解放区文艺代表作品一百多种)③和"新文学选集"(两辑共24种,收1942年前已写出成名作的24位作家作品)④相继面世。1950年,教育部召开全国高等教育会议,通过"高等学校文法两学院各系课程草案",其中"《中国新文学史》教学大纲"是重要一项。这一大纲,贯彻毛泽东《新民主主义论》的思想,这也是此时出版的《中国新文学史稿》(王瑶)的编写指导原则。1954年,臧克家主编了《中国新诗选》。"鲁郭茅巴老曹"的"大师"排列也在此时逐步完成。50年代末到60年代初,全国文科统编教材的编写工作,在周扬主持下全面展开。其中,文学理论和文学史占据重要地位。《中国文学史》(游国恩等主编)、《中国现代文学史》(唐弢主编)、《西方美学史》(朱光潜著)、《欧洲文学史》(杨周翰等主编)、《文学的基本原理》(以群主编),先后成为全国各高校采用的"统编教材"。上述文学

---

① 这些讨论,见1958—1959年的《中国青年》《读书》《文学知识》等刊物。
② "文革"前的60年代,人民文学出版社出版的"外国古典文学名著丛书",一般都有由译者或相关学者撰写的前言,讲解该作品产生的社会历史背景,主题思想,及它的"积极意义"和"时代局限"等,以引导、规范读者的接受方向。
③ 新华书店1949年开始陆续出版,开始署周扬、柯仲平、陈涌主编,后来改署"中国人民文艺丛书编辑委员会"。
④ 茅盾主编,开明书店,1950年。

史对作家作品的评价,不仅在观点上,而且在体例上(作家是否设专章、专节,是否在目录中出现,占有多大篇幅等)都有精心设计,从而为当时确立的文学经典"秩序"画出相当清晰的面貌。①

二

当代文学经典的重新审定,涉及的范围广泛。从时间上说,有古典作品和近、现代作品;从国别、地域而言,有中国和外国,以及外国的东西方等的区别。它们对于中国"当代文学"的重要性和处理上的紧迫性,不是同等的。比较而言,"五四"以来的中国新文学和西方文学(主要是欧美文学,尤其是欧美的现代文学),被置于较为紧迫的位置。这种紧迫性,根源于它们与中国现实政治,与当代中国人的世界观、价值观的确立,以及当代文学形态和格局的建构的关系的密切程度。很明显,鲁迅、胡适的经典地位问题,与王维、陶渊明、李煜、《长生殿》《琵琶记》②的问题,在当代的重要性并不是同等的。《红楼梦》《水浒传》等在当代的紧迫地位,在很大程度上不是出于这些作品本身,而是它们所牵连的中国现代政治、文学问题。有些作品的经典地位的判定,在一个时期里处于紧张状态,如毛泽东的诗词,如"文革"期间的"样板戏",因为这些经典成为现实政治的组成部分。某些西方古代和现代作品在重评中的紧迫性,也应从这方面来理解。西方文学可能对当代政治和文学权威地位构成的侵犯和损害,是文学权力阶层

---

① 在"文革"后组织编写的《中国大百科全书》的外国文学和中国文学卷中,"经典"的次序、等级,也体现在这种体例的严格设计中。如条目区分为大、中、小条,字数的限制,是否配以照片,照片的数量和内容等。

② 这些中国古典作家、作品的评价问题,50年代都曾在《光明日报》"文学遗产"专刊、《新建设》《文学评论》等报刊上进行过讨论。

(也是经典监督机构)所十分警惕的①。

虽说50—70年代可以看作当代文学的一个时期,其经典重评有着统一的特征,但是,在这一时期里,也呈现不断调整、变动的状态。在政治、文学形势发生变化、文学权力阶层认为需要调整知识前景和文学取向时,经典的标准和构成的空间及自由度,也会发生或加大或紧缩的张弛的运动。在1956—1957年的文学"百花时代",废名的小说,戴望舒、徐志摩的诗选,何其芳的《预言》,张恨水的《啼笑因缘》等得以出版。有的刊物发表了波德莱尔《恶之花》的选译。② 50年代,苏联的高尔基、马雅可夫斯基、法捷耶夫、肖洛霍夫等确立了他们的经典地位,但这一地位在"文革"激进思潮中,却受到削弱和颠覆。③

在当代这一时期,文学经典问题上出现的争论、冲突,主要是不同的文化力量在这一问题上的摩擦。由于左翼之外的文学派别、作家在当代已失去参与决定文学走向的资格,在经典问题上发生的文化冲突,大体上是在左翼内部展开。④ 最主要的冲突,表现在周扬、邵荃麟等与胡风、冯雪峰之间,也出现在后来周扬与江青等激进派别之间。胡风、冯雪峰对"五四",对中国新文学性质的理解,显然与毛泽东、周

---

① 1951年,《文艺报》编辑部指出,高等学校的文艺教学,存在相当普遍的严重脱离实际和教条主义倾向,表现为"只喜欢空谈《哈姆雷特》《奥勃洛莫夫》",而轻视"新的人民文艺","把西洋古典作品看作第一等的文艺,人民文艺是学习它之后产生的第二等的文艺",应开展对这类"欧美资产阶级意识"的批评。见《文艺报》第5卷第2期。冯至在反右派运动中说,大学里的不少右派分子,常"窃取"欧洲古典作家的作品和言论(列举的有莎士比亚、王尔德、拜伦、雪莱等)作为进攻的"武器";"值得注意的是,从中国古典文学、苏联文学,以及中国现代文学中窃取武器的,则非常稀少"。《从右派分子窃取的一种"武器"谈起》,《人民日报》1957年11月21日。

② 陈敬容译,《译文》1957年第7期。

③ 江青等主持制定的《林彪同志委托江青同志召开的部队文艺工作座谈会纪要》(1966)中,提出对苏联十月革命以后出现的"比较优秀"的"革命文艺作品",不能"盲目崇拜",认为肖洛霍夫是"修正主义文艺鼻祖",要开展对《静静的顿河》《一个人的遭遇》的批判。后来,报刊也发表了批判文章。

④ 有时候,原来不属左翼的作家、批评家也会发出一些抱怨,如1957年,若干研究英美文学的学者批评当代过分评价苏联文学,而对其他的西方文学的价值重视不够。但这些声音一般来说,对经典的重评并不具影响力。

扬等不同。将"五四"文学革命运动看作"市民社会突起了以后的、累积了几百年的、世界进步文艺传统底一个新拓的支流"①,自然会更重视如胡风所说的"19世纪批判现实主义和反抗的浪漫主义"的作家作品,也会更重视与这一流脉有渊源的新文学创作。在50年代中期关于"创作方法"的论争中,质疑社会主义现实主义的作家、理论家(胡风、秦兆阳等),在经典等级上,实质上是把19世纪的现实主义作品,看得比社会主义现实主义作品更高。② 不过,周扬等虽然撰写了《社会主义现实主义——中国文学前进的道路》一文,但是,当文学派别的冲突暂时得到解决的时候(1957年丁玲、冯雪峰成为"反党集团"之后),他们表达的文学理想,其实与胡风等的主张相当接近。西欧的文艺复兴、启蒙主义和批判现实主义被看作人类文艺史上的高峰,是他们所要创建的新文艺的蓝图。③ 因此,在"文革"中,这便遭到主张与一切"剥削阶级文艺""彻底决裂"的文艺激进派的批判,说"鼓吹资产阶级文艺就是复辟资本主义"。④ 对于中国古典文学经典,周扬等也愿意继续维护其地位,虽然当代提出的古代文化的评判标准常常威胁到这种地位。⑤ 他们通过组织一系列的针对陶渊明、王维、李煜、《琵琶记》、山水诗等的讨论,来寻找继续保持其地位的理由。

在文学经典的重评中,文本的阐释趋向是重要方面。经典秩序的变动,可以表现为某一过去不在经典序列的作品的进入,或原来享有很高地位的被从这一序列中剔除,也可能表现为某一作家的一组作品

---

① 胡风:《论民族形式问题》,《胡风评论集》(中),第234页,人民文学出版社,1984年。
② 参见胡风《关于解放以来的文艺实践情况的报告》,秦兆阳《现实主义——广阔的道路》等文。
③ 参见周扬《建设马克思主义的美学》(1958年11月22日在北京大学的讲课稿)、《在文艺工作座谈会上的讲话》(1961年6月16日)。
④ 上海革命大批判写作小组:《鼓吹资产阶级文艺就是复辟资本主义——驳周扬吹捧资产阶级"文艺复兴""启蒙运动""批判现实主义"的反动理论》,《红旗》1970年第4期。
⑤ 列宁的两种文化的论述,毛泽东有关以对待人民的态度来判断古代文化的进步、落后或反动的标准,显然不能用来支持王维、陶渊明、李煜、李清照诗的经典地位。

在次序、位置上的改变。但也可能是作品的经典地位并未受到怀疑，其构成经典的内在价值在阐释中却发生很大的转移和变易。在五六十年代主流批评中，《呐喊》显然比《彷徨》更具积极意义。① 当时《野草》被看作鲁迅还未完成转变时思想苦闷的产物，而 80 年代则因其揭示人的生存困境的深刻性，而被有的批评家誉为 20 世纪中国最伟大的作品之一。在当代这一时期，《复活》被认为是托尔斯泰最重要的作品，《战争与和平》《安娜·卡列尼娜》只能位居其后。这种排列，相信不为许多国家的文学评论界所认同。② 因为在当代，托尔斯泰最主要的价值是对"旧世界"的揭露和抗议，而《复活》显然最能体现这一评价。③ "五四"以来，像《红楼梦》这样的作品的经典地位在不同时期都相当稳固。但是，在 50 年代初和在"文革"时期的阐释中，对其面目的描述和价值认定所发生的变化，现在看来令人讶异。对鲁迅的阐释更是如此。

三

文学经典秩序的确立，自然不是某一普通读者，或某一文学研究者的事情。它是在复杂的文化系统中进行的。在审定、确立的过程中，经过持续不断的冲突、争辩、渗透、调和，逐步形成审定的标准和依据，构成一个时期的文学（文化）的成规。人们一般认为，当代这方面

---

① 在国外的汉学家中，也存在这样的评价的分歧。如夏志清在他的《中国现代小说史》中，对《彷徨》有较高评价，而捷克学者普实克则认为，比起《呐喊》来，《彷徨》的"战斗性和艺术独创性都稍显逊色"，"反映出某种衰退"。《普实克中国现代文学论文集》，李燕乔译，第 211—245 页，湖南文艺出版社，1987 年。

② 但韩国学者白乐晴指出，在 20 世纪六七十年代的韩国，《复活》也被文学界认为是托尔斯泰最重要的作品；他认为，这表现了"第三世界国家"在对待西方经典上的"自主姿态"。见《全球化时代下的文学与人：分裂体制下的韩国视角》，第 440 页，中国文学出版社，1998 年。

③ 1960 年，在北京纪念托尔斯泰逝世 50 周年大会上，茅盾所作报告的题目是：《激烈的抗议者，愤怒的揭发者，伟大的批判者》，《文艺报》1960 年第 21 期。

的标准,来自毛泽东的《讲话》和他各个时期的论述。不过,由于"当代文学"内部事实上存在多种文化构成,所以,标准、成规的性质并不是那么单一,更不是那么稳定。

在文学的情感、审美和认知、劝诫等功能的认识上,当代强调的是后者,并特别突出文学与社会政治之间的直接关系。因而,当代的经典秩序的确立标准,最为紧要的是作品所表达的历史观和政治立场。二战后冷战所形成的对立阵营和中国内部的政治现实,最为快速、直接地制约着经典秩序的状态。在对西方、俄苏,以及现代中国作家作品的选择上,首先体现的是这一尺度。以现代西方作家为例,曾是或曾接近达达主义、超现实主义的法国作家艾吕雅、阿拉贡,在50年代初的中国得到较为积极的评价,是因为他们当时都属于"和平、进步阵营",其创作加入了革命事业。① 把德莱塞、法斯特(在他宣布脱离美国共产党之前)、马尔兹,而不是福克纳、海明威看作20世纪美国最重要的作家,决定性因素也是作家的政治倾向。当然,将苏联文学中的另一线索,如阿斯塔菲耶夫、布尔加科夫、曼德尔斯塔姆、帕斯捷尔纳克、茨维塔耶娃等排除在俄苏文学经典之外,根据的也是这一原则;这也与当时苏联文学界的步调一致。不过,50年代的"社会主义阵营"在对待古典遗产上的包容性,给当时中国的文学经典秩序的确定,也带来影响。②

文学文本在揭示历史规律、展示历史发展前景上的典型性和深刻性,是当代经常起作用的经典衡量尺度。虽然卢卡契在当代中国的命运颇为尴尬③,但这一经典衡量尺度,却与他有关"整体性"和"典型

---

① 参见罗大冈:《艾吕雅诗抄·译者序》,《艾吕雅诗抄》,人民文学出版社,1954年。
② 最重要的例子是,当时"社会主义阵营"的组织"世界和平理事会"每年举行世界文化名人纪念,推动这些"世界文化名人"著作在中国的出版、宣传和评析。他们有拉伯雷、何塞·马蒂、契诃夫、亨利·菲尔丁、阿里斯托芬、果戈理、密茨凯维支、席勒、安徒生、孟德斯鸠、雨果、迦梨陀娑、陀思妥耶夫斯基、萧伯纳、关汉卿、杜甫、海涅、易卜生、布莱克、哥尔多尼、米尔顿、朗费罗、彭斯等。
③ 在五六十年代的中国,卢卡契常被认为是反对社会主义现实主义的理论家。他一度担任匈牙利纳吉政府的部长这一事实,加强了中国革命文学界对他的反感。

性"的理论有关。卢卡契的理论,既划出了现实主义与现代主义的界限,也廓清了批判现实主义和社会主义现实主义的区别。依照这一尺度,现代主义被认为是"抽象的形式主义的文艺",其思想基础是"非理性","把直觉,本能,意志,无意识的盲目力量,抬到首要的地位",拒绝"概括和典型化",只表现了现实的表面现象、碎片,无法达到对本质的把握。① 因此,现代派文艺在当代这一时期被坚决拒绝。在杨周翰等主编的《欧洲文学史》中,虽然有对托马斯·曼的成就和局限性的分析,却看不到有关同一时代的乔伊斯、普鲁斯特、卡夫卡、加缪、萨特等的评述。三四十年代认同西方现代主义的作家、学者,他们在当代如果要取得话语权,前提是与现代主义划清界限,这也是他们思想进步的证明。② 对于"本质""历史规律",当代认为主要为阶级斗争和重大事件所体现。因此,表现阶级斗争的"重大题材",在经典秩序序列中,理应占据首位。在这种尺度下,茅盾自然是比老舍更重要的作家。③ 而京派小说家和张爱玲等在 40 年代所倡导的日常生活的美学,也必然受到抵制。

在当代经典价值评定中,还可以指出另一些经常起作用的尺度,它们和上面谈到的构成问题的各个方面。比如,对经典的次序的判断,必须考虑作品对读者的世界观和行为模式的影响情况,教育作用的大小是一个重要因素。"政治化阅读"被强调和提倡。从这一点出发,与当代读者生活更贴近的作品获得较有利地位④,带有消遣、娱乐功能的通俗小说等文类受到排斥。出于相同的考虑,作品在表现上的明朗、清晰,也是一个重要条件;晦涩、难懂、含糊不清等不仅是风格层

---

① 参见茅盾《夜读偶记》,《文艺报》1958 年连载,百花文艺出版社,1959 年单行本。
② 徐迟对 1957 年穆旦诗作流露的现代派痕迹提出批评;冯至对他的《十四行集》作了自我批判;袁可嘉、王佐良在 60 年代初发表了批判 T.S.艾略特等的文章。
③ 普实克和夏志清都认为,老舍对"个人命运"更为关注,而茅盾则更关心"社会力量"的冲突,"个别人物的奇异命运只有在服务于表现社会问题的范围内才使他感兴趣"。但夏志清推重的是老舍,普实克推重的是茅盾。
④ 在 50 年代,《文艺学习》等刊物曾组织"表现与我们的生活离得较远的作品有什么意义"的讨论。在当代,现代题材具有更高的等级。

面的问题,而且是文本政治的问题。陌生化技巧、文本的"多重编码"所产生的含混性和多义性,总是让人产生疑惑和警惕。

当代文学经典的重新确立,在方法和尺度上,都留下若干难题。这些难题,困扰着新秩序的确立者。前面说到,对有可能危害到新秩序的"非经典"的"封锁"(不予出版,文学史不予评述),是维护新秩序的有效方法。但问题在于,"封锁"如果绝对化,也会导致政治和文学的决策层(及其研究机构)的"闭目塞听",使他们对新秩序的论述缺乏依据和说服力,也有可能使新型文学的创造粗陋化。作为一种弥补措施,对某些受"封锁"的"非经典",会作为参照的"信息",在"内部"出版发行,按照严格规定的阅读范围加以"分配"。这就是当代的所谓"内部出版物"。① 这种做法后来证明,它其实又培育了颠覆新秩序的知识和力量。②

在50—70年代,文学经典的另一难题是精英化与大众化的冲突。民族化、大众化是毛泽东制定的革命文化战略。周扬等的响应,使赵树理的小说、李季的诗、歌剧《白毛女》等在当代进入了革命经典的序列。但事实上,以西方经典为目标的"文艺复兴"理想,是周扬等人的主导意识,这导致了这方面冲突的持续不断。

最为重要的难题在于,周扬等当代文学的决策者,并不愿意如后来的激进派那样,对中外文学遗产采取断裂的态度,但他们又要建构"新的人民的文艺"("社会主义文学")的经典;而且后者还应该处于更高的级别位置上。于是这种新文艺经典,就不得不经常面临成熟的、并为广大读者所熟悉的经典遗产的巨大压力,因此新的经典的确

---

① 50—70年代以"内部发行"方式出版的书刊,种类繁多,涉及中外文学、政治、哲学、经济学等领域。在文学方面,除一部分古典作品(如《金瓶梅》《十日谈》、足本的"三言二拍")之外,主要是现代西方、俄苏作家作品,如茨维塔耶娃、爱伦堡、西蒙诺夫、叶甫图申科、阿克肖诺夫的诗、小说、散文,以及《恶心》《等待戈多》《在路上》《麦田里的守望者》等。

② "文革"中的"地下诗歌"的作者和"新时期"最早进行文学革新的思潮,都从五六十年代的"内部出版物"中受益。

立和稳固性总是成为问题。他们用以捍卫新经典的方法,积极方面是反复宣布经典确立的新成规(新的题材、新的人物,乐观主义等),防御的手段则诉诸时间的限制,把出现睥睨一切旧经典的辉煌,放置在谁也无法预测的未来。①

原载《中国比较文学》2003 年第 3 期

---

① 这是当代为新的经典辩护,并减轻文学遗产对新文艺的巨大压力的通常方法。周扬的《文艺战线的一场大辩论》,茅盾的《夜读偶记》,姚文元的《社会主义现实主义文学是无产阶级时代的新文学》,以及《林彪同志委托江青同志召开的部队文艺工作座谈会纪要》等,都从题材、人物、历史信心、乐观精神等方面,指出"社会主义文学""无产阶级文学"是过去的文学无法比拟的。同时又"防御"性地指出,"无产阶级文学"诞生的时间还很短,"怎么能拿衡量几百年、几千年中所产生的东西的尺度来要求几十年中所产生的东西呢?""社会主义文学一定能够不但在思想上而且在艺术结晶化的程度上很快地赶上并超过过去任何时代的文学"(周扬《文艺战线上的一场大辩论》)。

革命样板戏：内部的困境[①]

近十几二十年来，尤其是近十年来，关于样板戏的研究成果很多，有许多论文发表，不少大学学位论文以它为研究对象，已出版了若干部研究专著，在评价上也仍然有激烈争论。其实，正是不断的争论，才引发了持续的研究热潮。当然，由于时间、心理上的间隔，研究上"学术"的分量也有很大增强，不再只集中在政治意识形态对立的争议上。有多种角度的呈现，如文化史、文学史方面的，接受美学上的，戏曲艺术、音乐角度的，语言上的，性别上的，等等。近十多年来出版的专著很可观，如戴嘉枋的《样板戏的风风雨雨——样板戏、江青及内幕》（1995），祝克懿的《语言学视野中的"样板戏"》（2004），师永刚、张凡的《样板戏史记》（2009），惠雁冰的《"样板戏"研究》（2010），李松的《"样板戏"编年及史实》（2012）、《红舞台的政治美学》（2013），张丽军的《"样板戏"在乡土中国的接受美学研究》（2014）等。张炼红的《历练精魂——新中国戏曲改造论》（2013）虽然不是样板戏专论，但她将样板戏纳入"新中国戏改"的考察视野，有很深入精到的分析。至于其他有分量的论文，这里不再一一列举。我读到的论著其实也有限，肯定有重要的遗漏，特别是研究论文。对样板戏，在编写文学史的时候有一些了解，但谈不上专门研究。现在看我在1996年的论文《关于50—70年代的中国文学》，以及随后出版的《中国当代文学史》中

[①] 根据2013年、2014年在台湾交通大学社会与文化研究所、新竹"清华大学"中文系、"中央大学"中文系的讲座录音整理，有增删修改。刊发于《文艺争鸣》2015年第4期时，题目为《内部的困境——也谈样板戏》。

谈到的部分，觉得过于简略，深度也不够。但是我的观点没有大的变化。下面，只是就几个问题讲一些看法，特别是样板戏自身的内部问题方面，作为对我以前分析的补充。

"样板"这个词

先来看"样板""样板戏"这些概念。我们都说样板戏，但涵盖的方面可能不完全相同。这里先提出两个说法，一个是"内外"，一个是"前后"。"内外"指的是剧目（文本）的内和外。有的人说样板戏，基本上是指演出的某些剧目，或者是阅读的某些文本。但是在"文革"期间，样板戏是重要的政治文化事件。我们当然要关注这组剧目（文本）的意涵、结构、艺术形态，但它们制作、传播、评价的过程和方式，同样不能忽略。"前后"，则是指样板戏诞生以来，在这几十年间出现的种种情况。也就是说，样板戏其实不是稳定、凝固的东西，它仍在不断"生长"。"生长"不仅仅是认识、评价的变化，自身的结构、成分也不断经历衰亡和生长。当年，八个"样板戏"在1967年正式演出后，经过进一步修改，到1972年前后相继公布了新的演出本，基本面貌才固定下来。不过这个"固定"并不可靠：舞台上的《红灯记》《红色娘子军》，和搬上银幕的《红灯记》《红色娘子军》就不会一样，而70年代初演出的《红灯记》《红色娘子军》，与它们在21世纪的演出，肯定不能看作是同一个东西。

样板戏的"样板"，现在是习见的通用词，尤其是在房地产、住宅销售方面，"样板房""样板间"诸如此类。在现代汉语中，这个词什么时候出现的，最早用在哪个方面，我不大清楚。印象里，"典型""样板"和当代的政治、文化运作方式有值得思考的关联。最早知道这个词，是50年代读李国文的短篇《改选》，它发表在《人民文学》1957年第7期上，反右时受到严厉批判。这是一篇类乎契诃夫《小公务员之死》的短篇。工厂的工会换届选举，官僚主义作风严重的工会主席为了争取连任,想把工作报告做得精彩生动,便要委员提供"两化一版"的材料:"工作概况要条理化,成绩要数字化,特别需要的是生动的样版。"(当年写作"样版")小说的叙述者说,你"也许没有听过'样版'这个怪字眼吧?它是流行在工会干部口头的时髦名词,涵意和'典型'很相近,究竟典出何处?我请教过有四五十年工龄的老郝,他厌恶地纽起眉头:'谁知这屁字眼打哪儿来的!许是协和误吧?'"我当时不明白什么是"协和误"(这个俗语是否缘于1926年北京协和医院误切梁启超好肾的事件?),但从这里知道这是个新词,在政治工作中已开始流行,而小说作者对它持厌恶、嘲讽态度,所以称它是"怪字眼"和"屁字眼"。

一般认为,在公开报刊上正式使用"样板戏"概念,是1967年5月《人民日报》社论。不过,在1964年、1965年举办戏剧观摩汇演的时候,国家有些领导人的讲话、文章里就开始使用"样板"的说法。1966年江青主持召开的"部队文艺工作座谈会"在会后的《纪要》中讲到"创造真正的无产阶级文艺"的时候,这个词被写进正式文件中。《纪要》说,文化革命领导人要亲自抓,"搞出好的样板","有了这样的样板,有了这方面成功的经验,才有说服力,才能巩固地占领阵地,才能打掉反动派的棍子"。这可见"样板"的重要性。

李国文《改选》里说,"样板"的"涵意和'典型'很相近",确实,我们也容易将这个"怪字眼"和文学史上的"经典""正典"联系起来;前些年有所谓"红色经典"的说法,也是将样板戏涵括在内。我的《中国当代文学史》(修订版)第14章,谈当代文艺激进派的创作活动,标题就叫"重新构造'经典'"。"样板"和"经典"虽然意思相近,但是仔细比较起来,还是有许多不同,有重要的差异。不同有几个方面。第一,"样板"的产生过程和我们所说的文学经典的形成方式不大一样。通常讲的文艺"经典"的形成,是历史回溯性质的,是对已诞生的文本的文学史位置所做的排列,对它们价值的确认;位置排列和价值确认,通过不断的竞争来达到,是历史过程中读者(广义的,包括批评家、研究者和相关机构)的复杂反应的产物。同时,它的评定又难以封闭,是开放的、经常变动的。但是,"纪要"里说的"样板",很大程度是在剧目生产之前和生产中就预设,就自我确认、自我验证,而且带有封闭、不容置疑的性质。我们知道,"文革"期间,哪怕些微质疑样板戏的言论,也是严重的政治问题,甚至会被打成"反革命"。这是形成方式、过程的重要区别。

第二,"样板"有某种可以仿效、复制的含义;可复制,是"文革"激进文艺创造的"大众文化"的特征之一。这里说的"复制",有两层意思。一个是某个作品要大量传播,这也就需要大量复制,这样才能实现在大众中"普及",发挥它的政治能量。样板戏、样板式的绘画(《毛主席去安源》)、歌曲(大量"语录歌"、《大海航行靠舵手》等)、雕塑(《收租院》)等,都曾在全国范围内大量复制。"文革"期间,北大第一教学楼前面,就矗立着大幅的复制油画《毛主席去安源》。我70年代初在江西南昌县鲤鱼洲的五七干校,那里农村一个公社的"忆苦思甜教育展览馆",也陈列着粗劣复制的《收租院》雕塑。另一个意思是相近于"模式","样板"的"创作原则",甚至技法,可以,也应该为这一艺术门类,以至另外的艺术门类所依循。所以,"文革"期间,就有诗、小说、绘画、音乐都必须"学习样板戏",都需要遵循"三突出"创作原则的很奇怪的规定。这和我们通常理解的文艺经典在原创性、独创性上的强调,有很大的不同。

第三,经典基本上是一种精英主义的选择,经典化实际上就是一个精英化的过程,即使文本当初带有大众流行的性质。这里的精英化,既指文本(剧目)的性质、等级,也指接受、阅读的情况。经典的阅读、欣赏过程,常带有更多精英的、个人化的鉴赏的意味。经典的这种精英化过程,这种趋向,却正好是样板戏提倡者要反对、排除的。"样板"的目标,是加强文艺与大众(那时使用的概念是"工农兵")的广泛、紧密联系,动员大众的政治激情和政治参与。上面说的这些不同,根源于文艺激进派创造"真正的无产阶级文艺"的理念。所以,"样板"其实不能等同于"经典",这是这一文艺派别独特的包含有特定内涵的概念。

"文本"之外的样板戏

如果从文学艺术史、文化史的视角来看样板戏,那么就不应该只把样板戏孤立地看成一组剧目,一组作品。从这个角度看,样板戏是"文革"的重要组成部分,对它的分析难以脱离这样的大的政治文化背景。当然,由于时间的流逝,肯定也会出现将它们从特定政治文化语境中剥离的接受、阐释趋向;这是所有"文本"都会经历的历史过程,也可以说是命运。

说样板戏是政治文化事件,自然也指题材处理的方面。我们从一些细节就能看到这一点。比如说《红灯记》的修改。《红灯记》原来故事发生的地点是东北,写的是与东北抗日联军有关的故事。后来在修改中,地点就改成了华北。在原来的京剧和电影里面,送情报的人是中共北满机关的交通员,后来都改为没有特定所指的共产党交通员,去掉了"北满",东北抗联也改为八路军,地点从东北搬到了华北。之所以做这些改动,是因为刘少奇在大革命时期曾经短期担任过中共满洲的省委书记,而他当时已经作为头号"走资派"被打倒,所以名称、地点都必须根据政治形势改动。即使是几部样板戏的次序排列,也包含着政治含义。刚开始的时候,《红灯记》是排在第一位的,现在也是这样。但是有一段时间是《智取威虎山》排在第一位。这是因为《智取威虎山》的故事发生在国共内战时期的东北,当时东北正好是林彪担任司令员的"四野"的根据地。在"林彪事件"没有发生之前,他是"副统帅",所以《智取威虎山》排在第一位。等到"九·一三"事件发生之后,《智取威虎山》降到了第三位。从这些情况可以看出,样板戏的创作、宣传、演出,都是和当时的国家/政党政治紧密相关的。

但是,说是政治文化事件,主要还在于样板戏所设定的目标,和国家权力主导的运作方式,以及用某种方式保证它的"唯一性"这些方面。样板戏的开端是在1964年在北京举行的全国京剧现代戏观摩演出大会前后。左翼文艺历来重视大众喜闻乐见的艺术形式,如戏剧、电影、说唱艺术;这在 30 年代左翼文艺运动和苏区文艺工作中就有明显体现。在当代中国,国家政治力量对电影、戏剧的创作、演出的介入,从 50 年代开始就非常直接,其中全国性和地区性的戏剧观摩演出的举办,是措施之一。在 1964 年这次观摩演出大会中,后来被命名为样板戏的许多剧目已经出现,包括《红灯记》《智取威虎山》《奇袭白虎团》《芦荡火种》,而江青等也开始直接介入甚至完全控制。样板戏的设计者、推动者,主要是江青。不过其他的中央领导人,像担任国务院总理的周恩来,对很多剧目都提出过详细的意见(他还主持了"文革"前夕轰动一时的大型音乐舞蹈史诗《东方红》的排演工作),时任中央政治局候新委员的康生也有过类似的参与。我们都知道,毛泽东直接干预诸如《沙家浜》的修改。上海的张春桥,在《海港》的编剧和演出上也花了很大力气。从无产阶级文艺史上说,这是空前的。

从样板戏参与人员在政治仕途上的升降沉浮的遭遇,可以说明这并非单纯的文艺事件。举例来说,在《红灯记》中扮演铁路扳道工李玉和的钱浩梁("文革"期间改名"浩亮")是中国京剧院演员,因为演出成功,就当上剧团党委书记,成为中共九大的代表,1975 年还当了几个月的国家文化部副部长。而"文革"一结束,他就被投进监狱,后来被免予起诉并释放。另一位演员刘庆棠,在中央芭蕾舞剧《红色娘子军》中饰演党代表洪常青,资质、能力优秀。他 60 年代初曾是《天鹅湖》中的王子,也因为演出洪常青的成功,而成为剧团团长,1976 年经江青、张春桥提名,担任文化部副部长。据材料说,由于他作风霸道,参与迫害文艺界人士,"文革"结束后被判刑 17 年。另一个例子是上海音乐学院的于会泳,一位很有才华的作曲家,京剧《智取威虎山》的音乐、唱腔设计、主旋律和伴奏音乐等都由他负责,他还参加了其他样板戏的音乐设计。内行的评论认为,他最重要的功绩是把地方戏曲的旋律吸收到京剧中,当然他也借鉴了西洋音乐的元素。他还是最早归纳样板戏所谓"三突出"理论的人。因为这些功劳,中共十大的时候成为中央委员,1975年当上文化部部长。"文革"结束之后被隔离审查,国家新领导人(华国锋)在一次报告中点了他的名,几天之后他就自杀身亡了。演了一出戏就声名大噪,但顷刻间又陨落深渊,这样的遭遇都是因为政治风云突变。因此,作为运动和文化事件的样板戏,不仅是舞台上的故事,也是舞台下面、外面的故事。

谈样板戏,离不开江青这个人。"文革"期间,她被誉为"文化革命旗手",陈伯达、姚文元说她"一贯坚持和保卫毛主席的文艺革命路线","是打头阵的",是"文艺革命披荆斩棘的人","所领导和发动的京剧革命、其他表演艺术的革命,攻克了资产阶级、封建阶级反动文艺的最顽固的堡垒,创造了一批崭新的革命京剧、革命芭蕾舞剧、革命交响音乐,为文艺革命树立了光辉的样板"。① 当然,这些评价在"文革"后就完全坍塌、翻转,顷刻之间她成了"白骨精""蛇蝎女人""吕后武则天"②。许多人对江青的憎恶是有理由的,她的颐指气使,骄横跋扈,特别是她的言行,与"文革"中许多无辜落难者的命运悲剧有关。"文革"后一段时间,全盘否定样板戏成为主导潮流,但也有为样板戏辩护的人,他们当时要做的是,竭力把它与江青进行切割,说江青是"摘桃派",篡夺了广大文艺工作者的劳动成果,贪天之功以为己有。

这是没有疑问的:那些剧目在成为"样板"之前,演出就已经受到欢迎,有良好基础。更重要的是,京剧等传统艺术样式如何表现现代生活,从50年代初就已经被列入"戏改"的议程,并进行了长达十多年的实验,积累了许多经验。这些剧目在纳入"样板"规划之后,又依靠政治权力,调集了当年京剧、芭蕾舞等领域的顶尖人才,包括编剧、导演、演员、音乐唱腔、灯光舞美等,这是样板戏(主要指《红灯记》《智取威虎山》《红色娘子军》《白毛女》这几部)达到的那样水准的保证。现在文学界不是经常谈论汪曾祺在《沙家浜》编剧上的功绩吗?参与样

---

① 见1967年5月24日《人民日报》上发表的文章《纪念毛主席〈在延安文艺座谈会上的讲话〉二十五周年》。
② 参见郭沫若词《水调歌头·粉碎四人帮》,公刘诗《乾陵秋风歌》等。

板戏创作、演出的人员,可以开列长长的著名艺术家名单:汪曾祺之外,有编剧翁偶虹,导演阿甲,琴师李慕良,京剧演员杜近芳、李少春、袁世海、赵燕侠、周和桐、马长礼、刘长瑜、高玉倩、童祥苓、李鸣盛、李丽芳、谭元寿、钱浩梁、杨春霞、方荣翔、冯志孝,作曲家吴祖强、杜鸣心、于会泳,芭蕾舞演员白淑湘、薛菁华、刘庆棠,钢琴家殷承宗("文革"间改名殷诚忠)等。在拍摄样板戏电影时,又集中了一批著名导演、摄影师、美工师,如谢铁骊、成荫、李文化、钱江、石少华等。

但江青并不就是"不学无术"的"摘桃派"。作为"文艺新纪元"的标志,样板戏的"新纪元"的思想艺术特征的鲜明确立,可以说离不开江青。在她还是"文艺旗手"的年代,我们就从红卫兵、造反派组织印发的大量江青讲话中知道,从1964年起,她对早期八个样板戏的创作、排练、演出,都有过"政治律令"式的"指示",涉及剧的名称、人物安排、结构情节、音乐唱腔、台词、表演动作、舞蹈编排、道具、化妆、服装、舞台美术、灯光等等。1964年5月到7月,江青观看京剧《红灯记》5次彩排。1965年到1966年,她也多次观看《智取威虎山》的彩排和演出,对这些剧目,分别提出多达一百几十条的或大或小的修改意见。可以看到,她对于京剧、芭蕾舞、舞台设计布景、摄影等等,并非外行。在公开场合,她虽然对"资产阶级文艺"采取高调、决绝的批判姿态(甚至一度打算发动对无产阶级性不够彻底的高尔基的批判),心里却明白"真正的无产阶级文艺"的实现离不开"封建主义""资产阶级"已有的成果作为基础。所以她选择了"封建主义"的京剧,和十足"资产阶级"的芭蕾。她钟爱西洋乐器钢琴,别出心裁用钢琴来伴奏京剧。她秘密地让被"打倒在地"的天津京剧演员张世麟指导钱浩梁走碎步,以提升李玉和受刑后亮相的英雄姿态。她推荐样板戏艺术家观摩、学习电影《红菱艳》(1948,英/法)、《鸽子号》(1974,美国派拉蒙)、《网》(1953,墨西哥);这些电影都无法和"无产阶级"挂上钩。如果比较样板戏修改前后的总体面貌,不难发现某种"质"的突变,风格色彩境界的显著提升。这里说的"提升",主要不是指等级的高低,而是所显示的思想艺术目标。也就是说,江青"介入"之后,这些剧目才焕发出当代文艺激进派所期望的那种艺术面貌,不管这种面貌你是否喜欢。我们当然不能说江青的艺术修养有多么高深,她对玛格丽特·米契尔的小说《飘》的喜爱常被拿来作为她艺术品位不高的佐证。当代文学"前三十年"的问题,主要是制度、体制上的。文艺领导者的选择在艺术修养和影响力上,当时其实相当精英化,不是光靠"政治正确"这一个指标。

"样板"普及的难题

在文艺生产上,样板戏最主要的特征,是文艺生产与政治权力的关系。在20世纪30年代初的苏区,和40年代的延安,文艺就被作为政治权力机构实施社会变革、建立新的意义体系的重要手段,并有了相应的组织、制约文艺生产的体制。政治权力机构与文艺生产的这种关系,在"文革"时期表现得更为直接和严密。作家、艺术家那种个性化的意义生产者的角色认定被全面颠覆,文艺生产被完全纳入政治运作轨道之中。样板戏的意义结构和艺术形态,则表现为政治乌托邦想象与大众艺术形式的结合。前面说到,样板戏选取的,大都是有较高知名度、已在大众中流传的文本。在朝着"样板"方向的制作过程中,一方面,删削、改动那些有可能模糊政治伦理观念的"纯粹性"的部分,另一方面,极大地利用了传统文艺样式(主要是京剧、舞剧)的程式化特征(有的研究者将样板戏与好莱坞电影联系起来,也是着眼于这种程式化),在人物和人物关系的设计中,将观念符号化。不过,这一设计的实施,在不同剧目那里,存在许多差异。一些作品更典型地表现了对政治观念的图解(如京剧《海港》),另一些则由于文化构成的复杂性,作品的意义和艺术形态呈现出多层、含混的状况(如京剧《红灯记》《沙家浜》《智取威虎山》,舞剧《白毛女》《红色娘子军》),而这正是在政治意识形态已发生变化的时空下,这些剧目仍能继续保持某种审美魅力的原因。对这个问题,陈思和(《民间的沉浮:从抗战到"文革"文学史的一个解释》)、黄子平(《革命·历史·小说》)、孟悦(《〈白毛女〉演变的启示——兼论延安文艺的历史多质性》)等都有很好的论述。

前面说过,"样板"虽然带有某种确立经典的性质,但它不是精英化,而是"逆精英化"的过程,这是为建立作品与大众的广泛联系,起到教诲、宣传、动员作用所必需。这里面因此存在着裂痕和矛盾。有学者认为,样板戏的内在矛盾就体现在"革命样板戏"这个名称之中。这个说法很有道理。"革命"是质疑、颠覆、突破和变化,而"样板"在江青他们那里意味着封闭、固定的模式,带有标准化的含义。这种冲突在创作、接受过程中逐渐暴露。

1972年,江青宣布"十年磨一剑"的八个样板戏已经"定型",不容更易改动,但又要向广大民众普及、传播,这就带来了难题。开始的时候,各地的剧团,包括基层的文艺宣传队积极排演样板戏,但是各地的演出水平、剧场设备参差不齐,样板戏的"样板"事实上受到严重"损害",可能发生反方向的作用,败坏样板戏的声誉。于是,中央下令,规定地级以下的剧团都不许再排演样板戏,转而采取这样的措施:一是组织"样板团"离开北京、上海到全国各地去演出;二是在北京长年举行"样板戏学习班",各地派文艺骨干来学习,目的是使地方在移植样板戏的时候能够做到"照搬"而一招一式"不变样";三是大量出版与样板戏相关的书刊。据统计,仅中央层级的出版社(不包括地方的加印),在三四年间就出版了三千二百多万册。这些书刊分类细致,有文字文本,有详细的剧照,有唱腔和音乐的主旋律,主旋律曲谱还包括五线谱和简谱,另外还有表演动作的图样、道具(服饰、驳壳枪、红缨枪等武器、桌椅板凳……)、设计图、舞台布景平面图……这都是为了复制的时候"不走样"。不过,这些都无济于事。后来,借助于电影这个技术手段,让胶片来封闭、固定样板戏。就这样,"革命"逐渐在"样板"中消蚀,"样板"让"革命"进入它原先要破坏、变革的"殿堂"。

"文本"之内:意义结构

这个问题,我在《中国当代文学史》里面有一些归纳,可能过于简单。我说,革命样板戏表达的是一种激进的政治乌托邦的想象,它借助与大众文艺相结合的艺术形式。这些样板戏,涉及的题材基本上是两个方面,一部分是历史题材,包括抗日战争和40年代的国共内战,以及50年代初的朝鲜战争,这些在样板戏中占了大部分。另有少量的是现实题材,像《海港》《龙江颂》,后面一个讲的是抗旱救灾的故事。但不管是历史,还是现实题材,样板戏的总主题都是表现、宣扬阶级斗争和阶级对立。阶级斗争当然是当代文学的一个中心主题,但在样板戏里面得到绝对化的强调和更尖锐的展示。样板戏构造的是一个两极化的世界,一个两极对立、黑白分明的世界。从样板戏表现的生活内容和意识形态中我们可以看到,不存在"中间"的色彩或"灰色"的地带,不存在游离于两极之外的复杂性的东西,而京剧这种脸谱化、程式化的艺术特点,也正好成为表现两极化世界的合适的形式。

我们拿《红灯记》作为例子。这个戏经常被看作样板戏的"代表作"之一,对它的分析也已经很多。它是在讲"革命"的传承的问题。革命的传承,在60年代开始成为突出的、十分焦虑的问题。那个时候,许多作品,特别是戏剧,都表现这个主题,如话剧《千万不要忘记》(初期名为《祝你健康》,丛深)、《年青的一代》(陈耘)、《家庭问题》(胡万春),还有话剧和电影《霓虹灯下的哨兵》(沈西蒙、漠雁、吕兴臣)也是这个主题。上面这些剧目是从现实生活方面来表现,而《红灯记》则是从历史方面来表现。它最初是个电影,名字叫《自有后来人》(电影文学剧本名为《革命自有后来人》);名字本身就是主题的提示。《红灯记》里的红灯,也是一个关于传承的象征符号。这个剧讲的是人与人之间,特别是上下代之间的关系问题。这个关系,靠什么来联结,什么能成为牢固关系的纽带,这是很多文艺作品常涉及的主题。

80年代初,我读过张汉良先生的《比较文学理论与实践》,里面从比较文学的角度,对比元代李行道的《灰阑记》和布莱希特的《高加索灰阑记》。后来在分析《红灯记》的时候,我把他的论述引入,这写在根据上课录音整理的《问题与方法》这本书里。李行道的《灰阑记》大家都熟悉,全名是《包待制智赚灰阑记》(也作《包待制智勘灰栏记》),这个故事讲的是一个孩子的归属问题。包公所要解决的难题,是谁是孩子的亲生母亲。在这里,血缘关系是判断归属的唯一依据;在李行道和包待制看来,爱、顾惜主要是建立在血缘关系上。《高加索灰阑记》就不同。这个剧的主要部分(它有一个序幕,但现在演出时经常抽去)也是讲孩子的归属问题,故事发生在中世纪的格鲁吉亚。总督夫人在战乱逃亡时,孩子由女仆照顾抚养。这回,法官将孩子判给不是亲生母亲的女仆。布莱希特的理念是,人与人的关系里,血缘的维系不是唯一的,或者说并不是最重要的,在共同生活中建立的情感与责任才是最重要的。在戏剧上实践"间离效果"的布莱希特在剧本的末尾有这样一段议论:

> 观众们,你们已看完了《灰阑记》,请接受前人留下的教益:一切归善于对待的,故此
> 孩子归于慈母心,以便长大成器;
> 车辆归于好车夫,以便顺利行驶;
> 山谷归于灌溉者,使它果实累累。

也就是说,归属的判断,主要依据不是血缘,不是原来的占有者,而是后来的抚养者、管理者;正是这样的共同的生活经历,包括劳动,才能确立与对象之间的密切关系和爱心。《红灯记》在故事形态上和《灰阑记》不同,这里没有发生孩子的归属问题,但其实有相通的地方,它要解决的也是"孩子"(下一代)的身份、思想感情的归属问题。《红灯记》强调的是阶级性,现代的阶级观念、划分是归属的主要、甚至是唯一依据。虽然左派的布莱希特也重视阶级性的观念,但是不像

《红灯记》里那样绝对性的强调。"爹不是你的亲爹,奶奶也不是你的亲奶奶。咱们祖孙三代本不是一家人,你姓陈我姓李,你爹他姓张"——不是一家人而胜似一家人,原因在于其共同的阶级目标。《红灯记》宣扬的革命的、民族的理想的合法性,不是靠血缘关系来维系的,甚至也不像布莱希特那样强调共同生活经验;在《红灯记》里,并没有强调不同姓的三代人"共同生活"的必要性。

自然,样板戏在处理阶级对立、阶级斗争上,不同剧目遇到的问题并不一致。在历史题材的剧目中,对这个问题的处理似乎顺理成章;在六七十年代,人们对抗日战争、国共内战和朝鲜战争这些历史事件的理解,还没有出现后来发生的各种分裂。所以,《红灯记》《智取威虎山》等在表现阶级对立的主题时,结构安排看起来就很顺畅。但是在现实题材剧目中,就遇到很大麻烦。拿《海港》为例,这是写上海港码头装卸工的故事,一个年轻工人因为理想(当远洋轮海员周游世界)和现实(被分配当码头装卸工)的落差而不安心工作,导致搬运时将麦包摔破。样板戏制作者在如何将这个事件和阶级斗争联系起来,并发展到"暗藏阶级敌人"破坏中国的"国际形象"这一巨大阴谋上,可以说是殚精竭虑,煞费苦心;但最终也没能缝合意义结构上显而易见的裂痕和漏洞。这并非是由于编剧设计者的艺术功力不足,而是反映出在现实中怎样划分阶级、怎样构造敌我关系这个难题。

这样,从样板戏(也包括"文革"前夕反响热烈的话剧)中,可以提出两个问题来讨论,一个是在表现革命传统承接问题上,"下一代"的声音,另一个是对于仇恨的渲染。前一个问题,还需要回过头来说《灰阑记》。在说过元杂剧和布莱希特的作品之后,还要引入香港作家西西的《肥土镇灰阑记》,这不是戏剧,是短篇小说;黄子平在名为《革命·历史·小说》的书里曾出色地讨论到它。在诸如《红灯记》《年青的一代》《千万不要忘记》等在处理革命传统继承问题的时代性焦虑上,在涉及"下一代"("后来人""孩子")的身份、精神归属上,被"争夺"的"孩子"在戏剧结构中处于被动地位,或者说他们虽有名姓,有台词,但确实是"空位"。不是说他们没有声音,而是没有自己的声音,他们将被教诲为发出与教诲者完全相同的声音。《肥土镇灰阑记》有助于我们对这一点的了解。也是包公判案,那个孩子马寿郎也同样站在圆圈里等着争夺者来拉他,以决定他的归属。但这不是李行道、布莱希特的马寿郎,原先默默无言的他开口说话了:"案子已经断了很久了,还断不出什么头路来。为什么不来问问我呢?谁药杀了我父亲、谁是我的亲生母亲、二娘的衣服头面给了什么人,我都知道,我是一切事情的目击证人。只要问我,就什么都清楚了。可是没有人来问我。我站在这里,脚也站疼了,腿也站酸了。站在我旁边的人,一个个给叫了出去,好歹有一两句台词,只有我,一句对白也不分派,像布景板,光让人看。"

西西的观点是,对这个被争夺的孩子而言,"谁是我的亲生母亲"其实并不重要,重要的是"选择的权利"。在样板戏和那些戏剧中,处在继承者位置上的"后来者"往往不被赋予"选择的权利"。黄子平说,灰阑中被争夺的孩子开口说话意义重大,这是"对沉默的征服"和"对解释权的争夺",是对大人和权势所控制的世界"提出一个基本的质询"。这个质询,在样板戏中被抹去,它只是到了多多的《教诲——颓废的纪念》、北岛的《波动》那里,才开始出现。

接下来的另一个问题,是某种社会心理、情绪的渲染。样板戏宣扬了"革命豪情"和为某种理想而献身的精神,这种宣扬,是通过对阶级斗争和阶级仇恨的强调,把新/旧、善/恶、黑/白的对立绝对化来达到。"咬住仇,咬住恨,嚼碎仇恨强咽下,仇恨入心要发芽","字字血,声声泪,激起我仇恨满腔","要报仇,要伸冤,血债要用血来偿","多少仇来多少恨,桩桩件件记在心。满腔仇恨化烈火,来日奋力杀仇人","千年的仇要报,万年的冤要伸"……从某一具体剧目看,特别是在历史题材的剧目中,这种仇恨的渲染看起来也许合情合理,但如果将它们一起放置在大的时代背景上衡量,这种社会心理、情绪在这个时候的集中强调、激扬,却透露了值得思考的信息。也就是说,这种渲染、激扬的现实依据是什么？这让我想起赵园在《明清之际士大夫研究》(1999)中谈到的"戾气"。她认为，明代社会上残忍、苛刻、不宽容的"戾气"的形成，不仅和统治者有关，也缘于士人自身的表现。她引用王夫之的话："主上刻核而臣下苛察，浮躁激切，少雍容，少坦易，少宏远规模恢弘气度"，"君臣相激，士民相激，鼓励对抗，鼓励轻生"（"文革"期间在红卫兵中流传的林彪语录"完蛋就完蛋""老子今天就死在战场上"也是这样的"鼓励对抗，鼓励轻生"）。此外还"鼓励奇节"，"鼓励激烈之言伉直之论，轻视常度恒性"，以至"天地之和气销铄"。在语言上则风行"暴力"语言，"自虐和施虐"，就像钱谦益说的，"拈草树为刀兵（'文革'中流行的'拿起笔做刀枪'，原来出处是在这里），指骨肉为仇敌，虫以二口自啮，鸟以两首相残"，而且暴力的言和行成为仪式和狂欢。这种"戾气""暴虐"的心理情绪，似乎并未随着"文革"结束而消散。

文本之内：艺术形态

"三突出"是谈样板戏不能不涉及的话题。这最早是江青谈话的一部分内容，由于会泳整理归纳，又经过姚文元的修改。突出主要人物，突出英雄人物等等，本身难以确定对错、好坏。武侠小说、传统戏曲、好莱坞电影，许多都是这样的设计。在文艺创作中，特别是在戏剧创作中，大多有主角和配角，有主要人物和次要人物的分配；在不少其他作品中，主要人物、英雄人物也很高大。其实这是某种艺术门类的"成规"。样板戏"三突出"的问题，是在另外的两个方面。一个是把它作为所有文艺创作都必须遵守、不得违逆的律令，一种政治立法；也就是说，它不是某种艺术门类在创作、接受中形成的"契约"。另一是"三突出"不仅指作品内部的艺术结构，而且更关涉社会历史的方面。

我们知道，在电影《只有后来人》和沪剧《芦荡火种》中，李铁梅在剧中占有较大分量，阿庆嫂也是主要人物。在成为样板戏的过程中，铁梅的戏份减少了,以突出主要人物李玉和,而《沙家浜》的主要人物则变为并未有机融入戏剧结构中的新四军指导员郭建光。为什么铁梅和阿庆嫂们不能成为"主要英雄人物"？因为铁梅是"成长的英雄","成长"意味着没有成熟,还有弱点,仍处于被教诲的过程中,而"主要英雄人物"不能有弱点,应该是推动历史的主角。《沙家浜》改变主要人物的理由则是,中共领导下的革命不是靠地下工作、而是靠武装斗争取得胜利,"主要英雄人物"因此不能由地下工作者来承担。同样,《海港》中转变的工人韩小强没有资格成为中心人物,而必须是引导者方海珍才可以成为中心人物。芭蕾舞《红色娘子军》也加大了引导者洪常青的戏码,而压低了原本电影中的主要人物吴琼花的地位。

这里可以看出,样板戏的"三突出"不只是文艺作品的结构、功能问题,不只是简单的人物设计和分配问题。文本中对人物位置、分量和修辞强度的明确规定,其实折射了固定社会生活中的等级的意图。这与当时流行的阶级出身论(红五类、黑五类的划分)、驯服工具论、螺丝钉论等属于同一社会思潮,只不过"三突出"是以艺术方法的形态展示出来。确实,革命曾经打破原来的社会格局,创造了各阶层重新流动的局面,特别是增强了下层阶级流动的可能性。不过到60年代,似乎已经形成新的等级制度,在艺术作品中严格区分不容逾越的等级,正是现实中处于上层等级的权力者,企图固定这种等级制的"艺术的意识形态"。

样板戏表达对纯粹性的革命乌托邦理想的追求,所以,会删除有关日常生活的细节,以及关于爱情、性等的暗示。这一点,许多研究者都已经指出。一个重要的例子是,原先李玉和偷喝酒的情节,在样板戏中被转化为英雄气概的表现,而洪常青和吴琼花的双人舞则小心翼翼地避免让人发生情爱的联想;在传统芭蕾舞中,双人舞是表现爱情的重要手段。可是,如果样板戏要得到"大众"(无论"大众"在某一时期是多么"革命化")的欢迎,不可避免就存在纯洁的革命意识形态表达和大众文艺娱乐性之间的冲突。文艺的消遣性、娱乐性是文艺激进派激烈反对的,但是干枯的观念、情感表现则肯定会被"大众"拒绝。

况且,革命观念如果要用形象、场景来表现,就或多或少会有"不洁"的成分逸出,出现激进派们不愿意让"大众"知道、感受的事物、情感、欲望。我在《关于50—70年代的中国文学》里说,这种情况有点像中世纪的一个悖论,如果说宗教的、政治的教诲需要用形象和激情来烘托、表达的话,那么激情和形象本身就可能在无意间泄露某些原先试图掩盖、删除的东西,而且可能会转化为一种颠覆、破坏性的力量。

譬如《红色娘子军》里,党代表洪常青伪装成从南洋归来的华侨富商进入南霸天府宅,身着一袭洁白、得体的西装,领口打着黑色蝴蝶结,一双锃亮的皮鞋。英雄人物以英俊的富商面目出现,这就混淆了相互对立的两个范畴,让美化的"资本家"的穿着和气度合法化:这恐怕是革命的样板戏制作者不愿意看到的效果。又如,芭蕾是脚尖的艺术,腿、脚尖是芭蕾特殊的舞剧语言。因此,排练《红色娘子军》时,让人苦恼的问题是这些女战士们的服装。她们既不能穿着悬在腰部的短裙(《天鹅湖》),也不能使用半透明的、让腿部轮廓显现出来的纱质长裙(《吉赛尔》);但如果将腿部严密封闭,芭蕾的艺术观赏性又肯定受到严重损害。这个问题,对追求纯洁性,坚持"禁欲主义"理念的样板戏而言,肯定是严峻考验。解决这个难题的是"披荆斩棘人"江青,她让红军女战士们穿着短裤,打绑腿,把腿的修长呈现出来,而在短裤和绑带之间又露出部分大腿。江青的处理,禁锢了一部分,也解放了一部分。所以有的评论者(陈丹青)说这是奇妙的"革命"和"艺术"的结合。凤凰台"锵锵三人行"主持人窦文涛曾说,"文革"中他还是小孩的时候,最爱看的就是《红色娘子军》,每次都想去看这一截露出的大腿。这个半认真半调侃的话,透露了"禁忌"有可能以"革命"的名义泄漏出来这一现象。

其实,有些事情并不像我们想象的那么泾渭分明。样板戏原本就不是十分单一,而是有多层的成分,特别是那些现在仍有生命力的剧目。这些多层性,在不同的情境中会得到不同的展示。样板戏后来在接受上发生分化,重要原因当然是接受者所处时代不同,有不同的生活经历和艺术观,以及样板戏与当代历史、政治之间发生的紧密纠缠。但这种接受、评价上的分化,部分原因也在于样板戏自身的复杂构成。这是不同的反应寄生的空隙。也就是说,人们对样板戏的喜爱或厌恶,可能基于很不相同的理由。喜爱者的根据,也不完全都是被激发出"无产阶级的豪情"。因此,现在我们听到对样板戏的各种相距甚远、甚至对立冲突的评价的时候,相信不会有太大的惊讶。我们熟悉一些人所说的听到样板戏就"毛骨悚然"(巴金)、"用鞭子抽我"(邓友梅),样板戏"宣扬个人迷信的造神理论"(王元化),是"阴谋文艺",也理解有些人继续为其中的献身精神和革命豪情所激动:"鲁迅和毛泽东复兴中华的宏伟计划中,有关文化这部分的最初实践,已由样板戏的革命而完成。"(张广天)我们听到这样的奚落:"芭蕾舞都是非常优雅、浪漫的,忽然看见那群杀气腾腾的娘子军,扛着枪,绑着腿,横眉竖目的,一跳一跳,滑稽得不得了。"(白先勇)我们也不会惊讶有的人在吴琼花受刑后仇恨的眼神中看到"性感"。美术家刘大鸿认为,吴琼花被洪常青从狱中救出后,捧起红旗贴在脸上热泪盈眶所表现的痴情,不亚于罗丹著名的男女拥抱的雕塑;他在纽约看到《红色娘子军》的演出海报时,有这样的感叹:欧洲宫廷的芭蕾舞姿、苏维埃红军军装(《红色娘子军》里面的军装的确不是中国式的,这也是江青出的主意)、中国窈窕女子的腰身和大腿,这些元素组合在一起,"一枪在手,怒目圆睁,美、暴力、性感,在美国地面,'她'实在是前卫的"。这种拼贴性,来源于江青对古典芭蕾、西方电影,以及欧洲、美国的通俗音乐的了解,她把这些元素都移植到对革命的表达之中;因为这种拼贴性,有学者认为它是十足的"后现代"。我们也几乎能够赞同这样的感受:原来等待着看这些作品的笑柄,结果却为《智取威虎山》中"大交响乐队的伴奏,现代舞蹈形式,现代舞台美术"这样的"现代的文本"而感到震撼,导致脑子里80年代"文学向现代化进军"的叙事完全坍塌(戴锦华)。

原载《文艺争鸣》2015 年第 4 期

相关性问题:当代文学与俄苏文学①

一 影响和相关性

现在,我们经常会听到苏联文学、俄苏文学、苏俄文学、俄罗斯文学等多种说法,这些概念在使用的时候大家的理解不很相同。所以,在讲这个问题之前,需要把"俄苏文学"的范围做一点说明。我这里的"俄苏文学",包括19、20世纪的俄罗斯文学,和十月革命后至苏联解体前的苏联文学。1991年苏联解体后,原来的"加盟共和国"成为独立国家,他们中一些作家主要写于苏联时期的作品,也包括在我所说的"俄苏文学"的范围内。另外,也包括20世纪因各种原因流放、移居国外,但作品仍具有鲜明俄罗斯文化特征的作家,如普宁、茨维塔耶娃、索尔仁尼琴、布罗茨基等。

中国当代文学(尤其是前30年)与俄苏文学,关系十分密切,这种情况在文学史上很罕见,这和一个时期世界政治的特殊情势有关。50年代我读高中和大学时,就读过许多俄国、苏联的杰出、不怎么杰出和现在看来完全不入流的作品;这是当年文学青年的普遍阅读倾向。王蒙《组织部新来的青年人》里有一个细节,被敏锐的荷兰人佛克马捕捉到:都热爱俄国文化的林震和赵慧文,夜晚温馨地从收音机里听俄国音乐,柴可夫斯基的《意大利随想曲》之后电台转到戏曲节目,林震

---

① 根据2013年2—6月在台湾交通大学社会与文化研究所讲课的录音整理、修改、添加注释,感谢整理录音的新竹"清华大学"黄淑芬博士。

就把收音机关掉。① 这个细节颇具"症候性"。

俄苏文学和当代文学的紧密关系表现在各个方面,如作家往来、观念传播、创作、批评的翻译等。在苏联诞生的社会主义现实主义,50年代初被规定为中国文学的"最高准则";收集1934年苏联作家会议章程、日丹诺夫和马林科夫文艺问题讲话、40年代联共(布)中央关于文艺问题决议的《苏联文学艺术问题》②一书,被列为中国文艺界学习社会主义现实主义,进行文艺整风的必读文献;仿照苏联作家协会的名称和组织形式,中国文学工作者协会1953年改名为中国作家协会;50年代初打算取消全国文联,周扬给出的理由是苏联没有这样的组织(因毛泽东大怒而没有实现);丁玲主持的文学讲习所仿照的是高尔基文学院;俄苏文学优劣互见的创作、理论在50年代的中国被铺天盖地地翻译出版③;当代中国文学的许多批评理论概念——经济基础和上层建筑、人民性、党性、典型、倾向性、真实性、写真实、写本质、粉饰生活、干预生活、无冲突论、世界观和创作方法、正面人物和反面人物、人类灵魂工程师等,均是从苏联输入;季摩菲耶夫的《文学原理》④和毕达可夫的《文艺学引论》,一度成为中国高校文艺学经典教科书;1957年《文艺报》改版,参照的是苏联《文学报》的模式;不论是质疑

---

① 佛克马:《中国文学与苏联影响(1956—1960)》,季进、聂友军译,第96页,北京大学出版社,2011年。

② 《苏联文学艺术问题》,曹葆华等译,人民文学出版社,1953年。

③ 在《中国文学与苏联影响(1956—1960)》一书中,作者写到,根据《人民日报》的材料统计,50年代在中国,苏联跟俄国的中译出版物(不限于文学,也包括政治和一般知识性的读物),约有一万种,占全部翻译作品的83%。在50年代,普希金的诗集出版了28种,叙事诗《奥涅金》,就有吕荧、查良铮等翻译的不同版本。托尔斯泰的作品,在五六十年代翻译成中文在中国出版的有50种。50年代初,上海新文艺出版社出版的"文艺理论学习小译丛"5辑几十种,收入的均为苏联作家、理论家的著作。而据《文艺报》1957年第31期的统计,从1949—1956年,中国进口苏联俄文版图书(不包括苏联出版的中文图书)一千八百多万册,其中文艺书籍四百三十多万册,翻译为中文的苏联文艺著作两千七百多种,印刷发行六千九百多万册。

④ 《文学原理》共三部:文学概论、文学发展过程、怎样分析文学作品。查良铮译,平明出版社(上海),1953、1954年。

还是拥护社会主义现实主义的中国论者,都征引苏联政治家、作家的言论作为重要论据;1957年"百花时代"的文学变革部分地从苏联"解冻"文学获取动力;"大跃进"期间工厂史、公社史的写作,与高尔基对编写工厂史的提倡有关。创作方面的影响,虽然"落实"起来有些困难,但是闻捷的诗与伊萨科夫斯基①、郭小川、贺敬之的政治抒情诗与马雅可夫斯基,刘宾雁的特写与奥维奇金,王蒙的《组织部新来的青年人》与尼古拉耶娃……之间的关联大概不需详细论证。当代对苏联文学的追慕,在1957年达到高潮。那一年的10—11月,《文艺报》连续五期开设十月革命40周年纪念专刊,登载了大量中国作家和读者颂扬苏联文学的文章。② 50年代后期开始,中苏关系开始恶化,苏联文学在中国的位置、评价也相应发生变化;它们之间的联系呈现复杂的情况。在60年代对文学的"现代修正主义"的批判中,苏联的作家作品首当其冲。不过,那些被目为"异端"的作家、作品,在这个阶段中国所谓"地下文学"的兴起上起到推动作用,为它们提供了写作参照的文化资源。

最早对中国当代文学与苏联文学关系做系统研究的,是上面提到的佛克马,他1965年出版了名为《中国文学与苏联影响(1956—1960)》的著作。这部书评述的范围,时间划定在1956—1960年,对象主要着眼文学理论、政策层面。遗憾的是,它的中文译本迟至2011年才与读者见面,距英文版问世已四十多年。③ 不过,1978年中国社会科学院文学研究所主办的《文学研究动态》,就刊有尹慧珉女士的

---

① 何其芳的《诗歌欣赏》最初在刊物连载时,明确指出闻捷的《天上牧歌》受苏联伊萨科夫斯基的影响,1962年作家出版社出版单行本时,删去这样的话。可能与当时中苏关系开始恶化有关。

② 专刊刊载了郭沫若(答《文艺报》记者问,题目是《向苏联文艺看齐》)、茅盾、老舍、田间、许广平、乌兰汗、陈荒煤、刘白羽、欧阳予倩、臧克家、曹禺、赵沨、林淡秋、罗荪、杨朔、铁衣甫江·艾里耶夫、冯牧、巴人、以群、靳以、康濯、张光年、郑君里等的文章,并设"苏联文学对我的帮助"专栏,登载各行各业读者的读后感。

③ 佛克马(1931—),荷兰乌特勒支大学荣休教授,比较文学学者,主要著作有《20世纪文学理论》等。《中国文学与苏联影响(1956—1960)》一书的中文版,译者在查对、审核该书征引的中文材料上,付出艰辛劳动。但也许是出版技术环节的原因,存在一些错误,期望再版时修订。

文章,分五个题目介绍了该书的主要内容。① 当年佛克马处理的,是刚发生的现象,可以说是中国当代文学的现状研究。由于近三四十年来有关这一文学时期的材料得以更多披露,和相关研究取得的进展,发现这本书的某些不足不是难事,但它仍是资料丰富翔实、也较深入揭示当代文学与苏联文学复杂关系的、有独到见解的著作。正如作者在中文版序言(写于 2006 年)里说的,这本书的论述并未过时,"我坚持认为本书论述的许多理论问题与当下的文学依然相关",因为,"政治和文学创作的冲突是永恒的,尽管今天的冲突较之 50 年代、60 年代表现出更高的层次"。

佛克马的这本著作,研究方法是按照他界定的"影响"一词进行。1965 年他在这本书的"前言"中指出,中苏两国的"某些共性因素的作用决定了它们的相似性,两国在社会组织方面有相当多的共同之处,文学在很大程度上也是由共产主义意识形态掌控的。正因为这个原因,要清楚地确认苏联文学与文学批评在中国的影响,就必须梳理中国文献中明确提到的苏联文学作品和理论,找到苏联著作和文章的中文翻译,或者苏联作家与中国同行接触的迹象"②。他的研究,方法上严格依循这样的前提,也就是"只探讨那些有迹可循的来自苏联方面的文学影响,即仅涉及那些明显由苏联文学和文学理论派生出来或有文学渊源的文学现象"③。"有迹可循"是他分析、立论的基础。

不过,借助佛克马对"影响"与"相似"的区分,我们也可以尝试中苏文学比较研究的另一路径,即不强调实证性质的"有迹可循",而侧重从"相似"的层面来观察。这里,我提出"相关性"这样的概念;相较于较多蕴含平行比较的"相似","相关性"增加了某些直接关联的成

---

① 《一本西方研究我国文艺理论的书——〈中国文学学说和苏联影响 1956—1960〉》,刊于《文学研究动态》1978 年第 7 期(12 月 13 日出版)。《文学研究动态》由中国社会科学院文学研究所科研组编,标明"内部刊物,注意保存"。
② 佛克马:《中国文学与苏联影响(1956—1960)》"前言",《中国文学与苏联影响(1956—1960)》,季进、聂友军译,第 1、2 页。
③ 佛克马:《中国文学与苏联影响(1956—1960)》,季进、聂友军译,第 69 页。

分,但这种关联又不一定能落实到寻找"有迹可循"的依据。从"相关性"的角度出发,可以讨论的问题是意识形态、社会制度在某一时期"近似"的国家,在处理若干重要的文学问题上,有着怎样的相似或不尽相同的方式,有着怎样的思想情感逻辑。这是个很大也很复杂的问题。基于我自己知识和能力的限度,只是就几个问题做些线索的提示。这些问题是:一、走向世界文学;二、现实;三、纯洁性。

二 走向世界文学

"走向世界文学"①在80年代的中国,是个激动人心、让人浮想联翩的口号。其实,这种冲动贯穿中国现当代文学整个过程。这个短语,表示了"世界"格局中不同国别(民族)文学的不同位置:发展的不同阶段、等级,它们之间存在的"时间差";当然也表示一种复杂的心理诉求。

这个问题,其实也存在于俄苏文学中。也就是说,和中国现当代文学一样,俄苏文学也存在走向和成为"世界文学"的问题。不过,这个问题在俄国出现,要早将近一个世纪。几年前,张旭东②在一次会议发言中谈到,俄国文学③一直存在"如何在自己的文化中做世界的同时代人"的问题,说俄国文学"第一次"带来这个问题。"我们怎么样跟他们处在同样的世界历史的时间当中,思考同样的普遍性的问题",

---

① 这在80年代是文学界激动人心的口号,也是一本畅销的论文集的名字。《走向世界文学——中国现代作家与外国文学》,曾小逸编,湖南文艺出版社,1985年。封面标有"TO THE WORLD LITERATURE"的英文短语。书中收入三十几篇研究、评述中国现代著名作家与外国作家的关系的论文;讨论的是中国现代作家如何在"走向世界文学"时借助外国作家的文学经验。

② 张旭东(1965—),纽约大学东亚系教授。主要著作有《批评的踪迹:文化理论与文化批评》《全球化时代的文化认同:西方普遍主义话语的历史批判》;译有《发达资本主义时代的抒情诗人》《晚期资本主义的文化逻辑》。

③ 张旭东没有对他说的"俄国文学"含义做出说明,可能既指十八九世纪的俄国文学,也包括20世纪的苏联文学。

如何通过文学想象把这个"当代"的时空产生出来,这是有关"世界历史的时间差及其克服的问题"。① 他这里说的"他们",指的是西方。

对张旭东的说法,可以做这样的补充。第一,"第一次"指的应该是19世纪前期的俄国,特别是19世纪三四十年代,就是普希金、别林斯基活跃的那个年代。第二,说俄国文学的"世界"不是世界的任何地方,是指西欧;如果就当时的情况而言,更准确地说主要是法、德这些国家,一个时期尤其是德国;那时,黑格尔对俄国思想文化有很大的影响。第三,他认为俄国文学在这方面提供了经验,并对中国文学产生影响。对这个问题,他没有具体展开论述,需要进一步思考分析;除了解这两个国家在这个问题上的相似外,特别是要了解它们在处理这个问题上不同的地方。

描述19世纪克服世界历史时间差、渴望创造"当代"时空的俄国文化界的心理状况,有几部著作值得推荐。譬如别尔嘉耶夫②的自传,他的《俄罗斯思想》,还有以赛亚·伯林的《俄国思想家》和《现实感》等。《俄罗斯思想》里,记载流亡国外的赫尔岑(1812—1870),用调侃的口吻描述他年轻时候文化界的风气,说黑格尔哲学传入俄国时,围绕他的学说常发生"无比激烈心切的彻夜辩论",那时——

>……柏林及其他"德国"乡镇村子流传出来的德国哲学小册子,再无价值,只要里面提到黑格尔,就有人为文研讨,读个糜烂——翻得满纸黄渍,不数日而页页松散零落。

赫尔岑还说,法国、德国许多籍籍无名("身没而名忘")的科学家、作家,如果知道他们的著作、观点在莫斯科"引发多少决斗,多少争战,以及

---

① 《当代性 先锋性 世界性——关于当代文学六十年的对话》,《学术月刊》2009年第10期。

② 别尔嘉耶夫(1874—1948),俄国思想家。生于基辅,曾任莫斯科大学历史和哲学系的教授。1922年被驱逐出境后定居法国。其重要著作《自我认识——思想自传》《论人的奴役与自由》《自由的哲学》《历史的意义》《论人的使命》《俄罗斯思想》《俄罗斯思想的精神阐释》等均有中文译本。

俄国人如何捧读,如何抢购他们的著作",他们会"喜极而泣"——

> 某人从巴黎带回一本书,或者宣传小册子的合编(或者由大胆书商走私)。某人在柏林听过一位新黑格尔主义者的演说,或者与谢林结交,或者邂逅一位观念奇异的英国传教士。圣西门或傅立叶门徒发出的一个新"信息",法国最近的社会弥赛亚蒲鲁东、卡贝、雷路的一本书,据说出于大卫·施特劳斯(David Strauss)、费尔巴哈、拉蒙泰或其他某位被禁作家的观念,一到此间,就激起由衷的兴奋。这些观念,或零碎观念,在俄国至属稀有,因此,俄人奋臂而取,止渴唯恐不及。①

读到这些文字,相信我们会有会心的微笑,会想起一连串西方、俄国作家、学者的名字、著作、观点,怎样在中国文化界引起激动的情景。想起50年代初"文艺理论学习小译丛"②同样出版了多少籍籍无名的苏联作者的论著,而受到捧读;想起基辅大学文艺学副教授毕达可夫在北京大学,向教育部组织的各重要高校文艺学教师授课的类乎"布道"的情景;想起80年代初听闻"现代派""意识流""新方法"让许多人怦然心动,以至彻夜难眠;想起读了《现代小说技巧初探》(高行健,1981年)如"喝了一大杯味醇的通化葡萄酒",陶然而醉,而"急急渴渴"(冯骥才语)地要向他人推荐……

回顾当年的情景,当事人或后来者不禁有类乎赫尔岑那样调侃式的检讨,甚至给这种心态、情状加上幼稚、浮躁的评语,以为是当年无知导致的亢奋过度。但是,这样的评价(或自我评价)肯定有失公允。对于俄国和现代中国文学而言,如果要克服"时间差"以"思考同样的

---

① 以赛亚·伯林:《俄国思想家》,彭淮栋译,第162—163页,译林出版社,2001年。以赛亚·伯林(1909—1997),英国哲学家和政治思想史家。出生于当时属俄国的拉脱维亚的里加,1920年随父母定居英国,毕业于牛津大学。主要著作有《概念与范畴》(1958)、《自由四论》(1969)、《俄国思想家》(1978)、《反潮流》(1979)、《人性的扭曲》(1990)、《现实感》(1997)等。

② 由上海的新文艺出版社出版,1953—1964年共出版6辑。

普遍性问题",并在"世界历史时间"中寻找、确立自身主体性,这样的努力、过程难以避免,不必为"止渴唯恐不及"的追慕而羞愧。事情其实具有两面性,在这种冲动中,既包含自我否定,但也推动着自我意识的更新和建设。

在"走向世界文学"的问题上,俄苏文学和中国现当代文学确实有相似处境,它们都曾经处于"后发展"的历史阶段,都有一个时期的以西方为中心的世界想象。在这样的环境下,文化界在"世界"与民族本土的关系和道路选择上同样出现分裂。19世纪的俄国,既有屠格涅夫这样声称的"永远的西欧主义者",也有坚定的"斯拉夫主义者",不乏思想上热爱西方,情感上却比其他人都痛苦眷恋着俄罗斯的作家(如别林斯基),不乏生活在俄国时是"西方主义者",流亡国外转变为"斯拉夫主义者"(赫尔岑)。更多的情况是这种分裂,同时存在于同一个人身上,构成内在的矛盾。以各种心态呈现的这种焦虑和分裂,也同样发生在现代中国文学界。

但是如果仔细观察,它们之间也有不尽相同的地方。对"走向世界"的俄国文学来说,"世界"指的是西欧,中国的情况则远为复杂,且变化多端。五四时期和三四十年代,持不同政治、文学理念的作家的世界想象也许会有差异,但1949年之后的一段时间,便"一边倒"地将俄苏想象为唯一的"世界"。在国际两大阵营的冷战格局中,中国当代文学定义自身为"世界社会主义现实主义文学的组成部分"。那个阶段,"向先进的苏联文学学习,追踪在苏联文学之后"被规定为唯一的道路,在走向"世界文学"的过程中,苏联文学是"最好的范本","斯大林同志关于文艺的指示,联共中央关于文艺思想问题的历史性决议,日丹诺夫同志的关于文艺问题的决议……给予了我们以最正确的,最重要的指南"。①但是,"文革"期间,西方和俄苏的"世界中心"地位就被颠覆了,掌管

---

① 周扬:《社会主义现实主义——中国文学前进的道路》,《人民日报》1953年1月11日。

权力的文化激进派宣告,在世界范围内,"帝国主义、社会帝国主义①的文艺如同它们的社会制度和思想体系一样,已经日薄西山,气息奄奄,人命危浅,朝不虑夕",只有以京剧革命为标志的中国无产阶级文艺"风景这边独好"②。这样的"世界中心"的自我虚构,随着"文革"失败而破灭崩溃,当代文学期待进入、渴望成为它的"组成部分"的"世界文学",转移到"西方"。而一度积极追慕的俄苏文学,在很大程度上也被弃置在一旁。这样激烈的反复和断裂、转换的情况,是俄苏文学未曾经历过的。

另一个重要的不同是,对于"遗产"和自身文化传统的态度和政策。相较于西方对于中国在文化思想上的那种"外在性",俄国民族中的东/西方关系的性质要复杂得多。正如别尔嘉耶夫说的,"俄罗斯民族不是纯粹的欧洲民族,也不是纯粹的亚洲民族……在俄罗斯精神中,东方和西方两种因素永远在互相角力"③。这一定程度减弱了与西方关系上那种两极摇摆的幅度。况且,在19世纪后半期,俄国文学艺术取得的成就,已经让欧洲无法视而不见,像托尔斯泰、陀思妥耶夫斯基、屠格涅夫、契诃夫等的创作,甚至超越、影响同时代的西欧作家,也成为中国新文学的世界想象的重要组成部分。

中国自然有辉煌的古代文学,但是由于语言、观念的变革,在文学革命中"新""旧"文学被断然划分,古典文学许多时候不仅难以为新文学的合法性提供支持,而且经常成为本国和外国不满新文学者指责其"弊端"的论据。还有重要的一点是,即便在社会主义现实主义时期,基于"大俄罗斯主义"的思想体系和政治、文化实践,苏联对俄罗斯文化传统采取的也是积极维护的立场和政策。20年代苏联虽然有

---

① "社会帝国主义"是"文革"期间用语,专指苏联。
② 初澜:《京剧革命十年》,《红旗》1974年第7期。初澜是当年国家文化部写作组使用的笔名之一。
③ 别尔嘉耶夫:《俄罗斯思想——十九世纪末至二十世纪初俄罗斯思想的主要问题》,雷永生、邱守娟译,第2页,生活·读书·新知三联书店,1995年。

过激烈否定遗产的"无产阶级文化"派,但只是局部、短暂的组织和思潮,从未出现中国六七十年代那样全国范围的既反对外来文化也否定传统的激进政治文化实践。

这里,可以举个小例子说明这一点。"文革"开始的时候,曾经有过对苏联电影《列宁在十月》的批判。电影里有剧院演出芭蕾舞《天鹅湖》的场景,观众中有许多是参加十月革命的水兵;电影里,水兵队长走上舞台中断演出,引起一片嘘声,不过他在宣布工农苏维埃成立之后便对乐队指挥说:"请继续。"这个场景,这个"请继续"的宣告,显然具有"症候"意味,落实了中国文化激进派对苏联革命向封建、资产阶级遗产投降、妥协的指责。这正如在《林彪同志委托江青同志召开的部队文艺工作座谈会纪要》中说的:斯大林"对资产阶级的现代派文艺的批评是很尖锐的,但是,他对俄国和欧洲的所谓古典著作却无批判继承"①。"文革"中对西方和对苏联(修正主义)的双重批判,对本民族古典遗产和新文学、"十七年"文学的批判,就如佛克马说的,创造了一个"无经典"的时代。这是一种自我毁弃、自我削弱。这种"自我毁弃",在"文革"期间达到高潮,但在20世纪其他时候也在持续进行。它以各种各样的或能成立或难以成立,或明确或含糊其辞的理由实施:颓废,悲观主义,小资产阶级情调,宣扬资产阶级人性论,个人主义,歪曲历史,暴露黑暗,歌颂反动路线,违反六条标准,违背四项原则,丑化工农兵形象,晦涩难懂,低俗,脱离大众……

三 现实

"现实""生活""历史本质"这些词,在俄苏和中国现代文学中是核心概念,甚至可以说是"超级词汇"。在俄苏和中国当代的文学语汇中,"现实"有说不完的含义。它指作家面对的社会现实生活,指作品

---

① 《林彪同志委托江青同志召开的部队文艺工作座谈会纪要》,《人民日报》1967年5月29日。

写到的生活内容(题材),指文学的功能,也就是作家写作、从事文学活动的社会责任,同时也是理所当然的道德指标。别尔嘉耶夫曾说,俄国知识分子对"现实"的敏感和多情是"罕见的","西方人很少能够理解这一点"。现代中国的知识分子和作家恐怕也一样。他还说,"俄罗斯的主旋律……不是现代文化的创造,而是更好的生活的创造";"19世纪伟大的俄罗斯作家进行创作不是由于令人喜悦的创造力的过剩,而是由于渴望拯救人民、人类和全世界,由于对不公正与人的奴隶地位的忧伤与痛苦"。① 中国启蒙主义的新文学,左翼的革命文学,甚至一些重视文学自律的作家,50年代后的社会主义文学,也都程度不一地表现了这一倾向。这样的取向,根源于中国的社会现实和文化传统,但也与俄国19世纪思想文化的影响有关。

关于文学与现实的关系,牵涉的问题很多。这里想提出几点来讨论。一是作家的社会责任,另一是对"现实"的理解、现实与政治的关系,还有就是处理苦难的态度、方式。

普列汉诺夫写于1912年前后的《艺术与社会生活》在开篇提出,关于文学与现实的关系,有两种对立的观点,一种强调艺术家为社会而存在,艺术应该促成人的意识的发展、社会制度的改善;另一种认为艺术本身就是目的,把艺术看成手段是降低艺术的价值。在19世纪的俄国和20世纪中国,这都是美学的首要问题,是众多作家、理论家长期争辩的核心议题。从俄国方面说,1840年代的别林斯基,后来的车尔尼雪夫斯基、杜勃罗留波夫,20世纪初的普列汉诺夫,这些批评家的美学论述大多围绕这个主题展开。而且,在这两个国家,艺术家为社会而存在的主张,大部分时间在文学界都是主流观点,而艺术至上的观点则经常处在"不合法"的边缘角落,持这一主张者在压力下常有自惭形秽的表现。

对艺术的社会责任的强调,直接提出作家身份意识的问题。在这

---

① 别尔嘉耶夫:《俄罗斯思想——十九世纪末至二十世纪初俄罗斯思想的主要问题》,雷永生、邱守娟译,第24页。

个问题上,伯林有"俄国态度"和"法国态度"的区分。他说的"法国态度",指作家相信自己是一个"承办者",最重要的是为读者生产最好的、有艺术性的产品。这类乎手艺人的角色。而"俄国态度"则认为,社会道德问题是人生也是艺术的中心问题,重要的是"社会参与"的责任。① 伯林的这一区分,粗看起来不尽合理。譬如,巴金这样的坚定地将社会责任置于首位的作家,就不仅接受俄国文化的影响,而且更从卢梭、左拉、罗曼·罗兰等法国作家那里获取精神支持。不过,如果将这看成是比较的、总体倾向的划分,还是有它的道理。这种对比的强烈感受,相信与伯林,与别尔嘉耶夫这样出生于俄国,深谙俄国文化精髓,又长期居住在西方(法国和英国)的生活境遇有关。

没有疑问,艺术承担社会责任、发挥社会功能的观点,在西方和中国,都是古已有之,并非自19世纪俄国始。但是这种观念在19世纪的俄国得到改造,注入新的血液,并向世界其他地方辐射,产生如伯林所说的"反弹"的"回旋效应"。这种改造,注入的"新血液",是从原先"非宗教的,理论性的,抽象的学说",转化为"炽热的、偏执的、类似宗教的信念",并且从众多彼此独立,或不相容的观念中的一种脱颖而出,成为带有压迫、支配性的观念。观察现代中国有关文学与社会责任的主张,显然更具"俄国态度"的这种品格。当然,现代中国的作家是从自身的处境和文化传统去亲近这个俄国品格的,其中有特别能契合的成分,如中国的"文如其人"的观念,与"俄国态度"的人、文统一,人格完整的整体性观念。我们读瞿秋白的《多余的话》,读巴金的小说和他后期的《随想录》,看到丁玲晚年为证实自己的"忠诚"而活着,都多少能够发现这种"俄国态度"的痕迹。关于艺术责任的问题,在现代

---

① 以赛亚·伯林:《俄国思想家》,彭淮栋译,第157—159页。

中国深入人心①,被看作不需讨论的前提,知识界、作家,无论哪个派别好像都服膺这一原则。人与诗、人与文一致的整体性观念,也被看成理所当然。这种观念的绝对化和支配性产生的给艺术本质带来的损害,还没有得到认真讨论,特别是这方面的历史经验尚未得到很好清理。那种偏执型的"社会责任"的"俄国态度",并不一定在什么情境下都是福音。

第二点,对"现实"的理解,现实与政治的关系。现实本身其实并没有与生俱来的政治性,坚持社会责任和代言身份的作家,自然要从自己的理念出发来赋予现实以政治和意识形态含义。不过,在这样做的同时,也需要对这一代言身份有所警醒,与之保持相当的距离;这两者同样重要。要不,就难以避开,难以抵抗观念、政治教条、意识形态,以及从政治出发对现实的经验主义阐释的规范、要求。这种规范、要求,不仅来自政治权力的统驭控制,也来自普遍性的舆论气候。

吕正惠②在分析台湾乡土文学运动的时候,讨论了这个问题;他在高度评价70年代的乡土文学功绩的同时,也检讨了它所存在的缺陷。他指出,80年代台湾美丽岛事件之后,乡土文学阵营分裂,乡土文学逐渐没落,最重要原因是,"作家把他们的现实关怀逐渐转移到政治上去,因为政治是个更大的舞台";"当政治参与有了更大的空间的时候,跟政治有密切关系的现实主义就跟着萎缩"。他指出,七八十年代的"意识形态挂帅"的"社会小说""政治小说",其成就反而比不上60年代后半期黄春明、王祯和"以比较'无心'的态度所写的乡土小说"。这个分析很有道理。"比较无心的态度",就是避免过度以政治观念、

---

① 一种更大的估计是,俄国的这种关于艺术责任的观点引发的情感,"今天在亚洲或非洲完全可以被理解,在那里它更加如鱼得水,也是世界各地的知识分子……始终关心的一个问题,无论是自由派、改革派、激进派,还是革命派"。以赛亚·伯林:《艺术的责任:一份俄国遗产》,《现实感:观念及其历史研究》,潘荣荣等译,第267页,译林出版社,2004年。

② 吕正惠(1948—),台湾嘉义人,新竹"清华大学"、淡江大学中文系教授,著有《杜甫与六朝诗人》《抒情传统与政治现实》《战后台湾文学经验》等。

意识形态对"现实"进行肢解、简化。这种萎缩（或减缩）、简化、肢解的后果，在社会主义现实主义时代的苏联，在中国当代文学中，已经有充分的表现；大量作品虽然热闹一时，但其实是过眼云烟，转眼间再也无人记起。肖洛霍夫从《静静的顿河》到《被开垦的处女地》，法捷耶夫从《毁灭》到《青年近卫军》，这种衰退不只是艺术才能上的；柳青《创业史》的优点和重要缺陷，也可以从这方面获得解释。

在19世纪俄国和现代中国，那些杰出的作家，正是在政治环境激化，文艺与政治过分接近甚至难分彼此的情况下，仍能与政治保持一定距离，无论怎样强调作家的社会责任，也能维护艺术自觉和艺术家"本分"的作家。在19世纪俄国，那就是屠格涅夫、托尔斯泰、陀思妥耶夫斯基、契诃夫等。吕正惠说，台湾的现实主义作家犯了一个非常明显的错误，"以为一个在政治上'正确'，或合乎大多数人民意志的意识形态，'基本上'可以保证作品在某种程度上的成功"；"这种过度地强调意识形态正确性，过度地以意识形态内容去判断艺术作品的好坏……实在是人的完整感性的扭曲"。① 这个"错误"不只属于台湾现实主义作家；在时间上他们不过是步大陆现当代一些作家的后尘。如果寻根溯源，这些也可以看作偏执化的"俄国态度"的辐射。

第三点，处理苦难的态度和方法。19世纪、20世纪的俄国和中国，由于农奴制、战争、革命、激烈的社会变迁等原因，苦难是现实的基本内容之一。因此，对俄苏文学、中国现当代文学来说，如何对待、处理苦难，是文学与现实关系的基本问题之一。这个方面，需要对具体作家、文本作细致的比较分析，而且作家之间也有很大不同。这里只是粗略提示一种整体倾向。从阅读感受说，俄苏文学这方面的处理，比较不那么感伤，或者说回避、警惕着感伤，而中国现代文学，特别是当代则有更浓重的感伤倾向，比如80年代的伤痕、反思文学。譬如阿赫玛托娃40年代写的《安魂曲》，处理的是遭受不公正对待、受到残酷

---

① 吕正惠：《七八十年代台湾现实主义文学的道路》，《战后台湾文学经验》，第88—90页，生活·读书·新知三联书店，2010年。

迫害的、死亡的题材,文中有对痛苦、恐惧的精细描写:"我知道一张张脸怎样憔悴,/眼睑下怎样流露惊恐的神色,/痛苦如同远古的楔形文字,/在脸颊上烙刻粗粝的内容,/一绺绺卷发怎样从灰黑/骤然间变成一片银白,/微笑怎样在谦逊的唇间凋落,/惊恐怎样在干笑中颤栗。"但这样的叙述,恰是在与感伤有了距离之后才能获得。更重要的是那种生命的坚韧,和苦难中不接收怜悯的尊严。第10章"钉上十字架"最后一节是:

> 玛格达琳娜颤栗着悲恸不已,
> 亲爱的信徒如同一具化石,
> 母亲默默地站立的地方,
> 谁也不敢向那里看上一眼。①

这是19世纪俄国文学发展出来的"精神崇拜性"的取向,和即使是那些无神论的俄苏文学家也具有的宗教精神内质。俄国革命者,和具有高度社会责任感的作家,大概有这样的心理学上的认知:我为自由而斗争,但是我不希望只有自己自由。他们大多"赞同尘世生活应以迫害、贫困、监狱、流放、苦役、死刑为基础,不能期待另外的彼岸生活"。正如车尔尼雪夫斯基那样,他被判处19年的苦役,"当宪兵押送他去西伯利亚服苦役时,宪兵说,押送犯人对我们来说是很坏的事,但是我们押送的是圣徒"②。我们阅读20世纪像阿赫玛托娃、帕斯捷尔纳克、肖洛霍夫、布罗茨基等处理苦难的"题材"时,也能发现这种延续。这和中国作家更偏向于世俗化的处理方式,形成对比性的差异。当八九十年代中国当代一些作家试图将这些带有宗教性的精神因素带入自己创作的时候,他们发现遇到很大的困难:在很大程度上成为与现实生活脱节的、带有姿态性的象征物。

---

① 这里引用的阿赫玛托娃《安魂曲》,是汪剑钊的译文。
② 别尔嘉耶夫:《俄罗斯思想——十九世纪末至二十世纪初俄罗斯思想的主要问题》,雷永生、邱守娟译,第106—107页。

四　纯洁性

《林彪同志委托江青同志召开的部队文艺工作座谈会纪要》在批判周扬的"文艺黑线"的时候说,30年代左翼文艺思想是别林斯基、车尔尼雪夫斯基、杜勃罗留波夫的思想,"不是马克思主义",是"资产阶级思想"。这个判断,留下了需要进一步讨论的问题。

80年代,夏中义在他的一篇文章中谈到中国对别、车、杜的接受问题时,有很好的分析①。他指出,将19世纪俄国这三个文论家放在一起,简称"别车杜",并不是因为这是他们生前结盟的俄国现实主义"三家村",而是"由历史追认的思想派别"②。别林斯基和车尔尼雪夫斯基之间有很大不同:早期别林斯基的"现实",是黑格尔式的理念自由发展显现的一个环节,而车尔尼雪夫斯基的"现实",是费尔巴哈式的唯物史观的社会存在;别林斯基也没有那么强烈的政治倾向性。夏中义检讨以群60年代主编的《文学的基本原理》,认为这本教材否定别林斯基有关灵感、无意识、直觉和艺术天赋的论述,是当代中国对俄国文学在接受上存在的功利、实用主义。另外,也指出周扬他们在当代援引别、车、杜,是为着补救《讲话》以来文学的公式化、概念化弊病,而别林斯基他们当时面临的,却是高度艺术的"自然派"文学如何能敏锐感应现实和民族解放运动。这是接受上的一种"错位"。

沿着这个思路,还可以有这样的延伸。第一,别、车、杜"三家村"的历史追认,其发明权仍属俄国本土的批评家,读过毕达可夫的《文艺学引论》就可以知道当时苏联文艺学的这一线索。第二,回到江青等

---

① 夏中义,上海交通大学教授,主要著作有《新潮学案》(上海三联书店,1996年)、《九谒先哲书》(上海文化出版社,2000年)、《从王瑶到王元化》(广西师范大学出版社,2005年)等。《别、车、杜在当代中国的命运》,原载《上海文论》1988年第5期,收入王晓明主编《二十世纪中国文学史论》,东方出版中心,1998年初版,2003年2版。

② 这一"历史追认",源头还是别、车、杜的本土,当代中国批评界没有这一首创权。具体情况,可参见季摩菲耶夫的《文学原理》、毕达可夫的《文艺学引论》等。

的《纪要》。《纪要》说周扬他们继承的是"资产阶级"的别、车、杜,其实,当代江青等的"真正"无产阶级革命派,同样继承的是19世纪俄国的遗产,只不过比起周扬他们来,接受上更呈现褊狭、绝对;他们更迷信文学可以参与对社会制度的设计,和对人的精神的强制性规划。第三,俄国文论对中国文学产生深刻影响,是20年代革命文学和30年代左翼文学时期,而对别、车、杜价值的重视,则是在30年代末到40年代,特别是对车尔尼雪夫斯基。周扬的《艺术与人生——车尔尼雪夫斯基的〈艺术与现实之美学的关系〉》一文写于1937年,翻译《生活与艺术的审美关系》(当时周扬使用了《生活与美学》的书名)在40年代初。对他们的"发现",主要还是呼应30年代左翼文学和后来延安文学对文学政治、社会功能的强调,而不是50年代为着"拯救"公式化概念化的文学。

说起来,周扬在50年代末到60年代初,重视、经常提起的是普列汉诺夫,原因之一是他当年提倡"建立中国自己的马克思主义美学"①,而别、车、杜他们无法放置在"马克思主义"的脉络里。但更主要的原因还是周扬认为普列汉诺夫在处理文学与政治的关系上有更多的"辩证性",留有较大空间,不是那么绝对、简单。这个时期,周扬虽然没有明说,但多少有点离开他原来心仪的、自称是他的信徒的车尔尼雪夫斯基,离开那种简单化的唯物主义和意识形态的激进主义——车尔尼雪夫斯基和杜勃罗留波夫的思想是激进的19世纪60年代的产物。普列汉诺夫应该有许多不同,他的《艺术与社会生活》,在回答"两种完全相反的关于艺术的任务的看法"哪一种正确时,认为"这个问题的提法就不恰当",不应该从"应该怎样"的规定来提出问题,而应该着重从社会历史条件("过去怎样而现实又怎样")的角

---

① 周扬最早公开提出这一命题,是1958年7月31日至8月6日在中共河北省委宣传部召开的全省文艺理论工作会议上的报告,《河北日报》以《建立中国自己的马克思主义的文艺理论和批评》为题作了长篇报道,《文艺报》1958年第17期转载。

度来看待。① 从社会历史条件的角度,就是重视历史语境,重视不同性质的事物之间的关系。周扬这个时期对普列汉诺夫的重视,针对的是他忧虑的"反右派"之后文艺的简单、绝对化趋向,试图在社会主义文学的大前提下,来争取较大的缓冲地带。

不少研究者指出,别林斯基实际上是复杂的。他并不是一个极端、绝对、坚硬的文学社会责任的主张者,不是中国当代构造成的那个形象。伯林对他有这样的叙述:

> ……真实的情况是,借用屠格涅夫的说法,别林斯基是堂吉诃德,热情、坚定、随时准备为他的思想献身,但同时又是一个被无法解决的内心冲突折磨着的堂吉诃德。一方面,他痴爱文学,他对什么是文学什么不是文学具有一种非凡的本能的判断力,这已经经受了时间的考验,使他成为19世纪最具原创性,最具影响力和(尽管有几次在鉴赏力上大失水准)最公正,最有眼光的俄国批评家。……同时,他寻求一种包罗万象和具有不可动摇的正确性的意识形态;"渴求真理"(golod istiny)是他那个年代一种普遍现象;没有人比他更深刻地受到当时俄国生活中的不公、苦难和野蛮专制的痛苦折磨……由此,他着迷地去寻找答案……而且他希望和企盼人类的每一才能尤其是文学——他的生命——能够关切这些问题并帮助追寻这些真理的人们。②

这也就是说,"为艺术而艺术的主张与艺术为社会服务的主张之间的冲突,在别林斯基那里,并没有简单地以后者的胜利而告终";

---

① 普列汉诺夫:《没有地址的信 艺术与社会生活》,第199—200页,人民文学出版社,1962年。
② 以赛亚·伯林:《艺术的责任:一份俄国遗产》,《现实感:观念及其历史研究》,潘荣荣、林茂译,第246—247页,译林出版社,2011年。在这里,伯林对别林斯基的意义有这样的评述:"……他是所能发现的具有道德关怀的作家的最纯粹例子,他的影响力——通过吸引人也通过使人反感,在思想上也在行动上,在他的祖国然后也在世界的其他地方——在我看来还没有得到充分的评价。"

"这一冲突导致的两难,从别林斯基的时代开始一直困扰着俄国作家和艺术家,并从此深刻地影响了整个俄国思想、艺术以及实际上还有行为的运动,折磨了自由派、保守派、'进步派'以及那些谴责政治运动而到别处寻求救赎的人,比如托尔斯泰、民粹主义者,或者那些托尔斯泰所憎恶的和蔑视的世纪之交的'颓废主义者'"。① 也就是说,在19世纪的俄国文学界,这种不同、甚且对立冲突的立场、主张,不仅存在于不同的作家、艺术家之间,而且也存在于作家各自的"内部","折磨"他们,成为他们持续的心理矛盾。

1957年纪念十月革命40周年的《文艺报》专栏,刊发以群②的长篇文章《苏联文学为思想的纯洁性而斗争》,叙述了苏联文学40年如一日、"规模宏大,始终不懈"地进行斗争的情况:"反对一切唯美主义、形式主义的资产阶级文艺思想","反对西方资产阶级思想的侵蚀,反对一切资本主义意识的残余,坚持社会主义的文学道路,为文学的思想纯洁性而斗争",而让苏联文学的成就"达到了世界的最高峰,对全世界进步的人民产生了强大的教育力量"。③ 中国当代文学的情况也是这样,这种"规模宏大,始终不懈"的斗争也进行了三十多年,而且有过之而无不及(当时称为"文艺思想斗争",或"两条路线斗争")。通过严酷斗争所实现的"纯洁性",在"文革"时期达到俄苏文学也没有达到的高潮,而且也被认为达到了世界文学的前所未有的高峰。

"纯洁性"自然是令人向往的境界,值得我们的付出和争取。从根本上说,我们都不会喜欢一个混沌的、是非善恶好坏不清的世界。但就这篇文章谈到的思想、文艺议题,"纯洁性"又可能是为自身挖掘的

---

① 以赛亚·伯林:《艺术的责任:一份俄国遗产》,《现实感:观念及其历史研究》,第262页。
② 叶以群(1911—1966),原名叶元灿,笔名以群,安徽歙县人。文艺理论家。30年代参加中国左翼作家联盟,五六十年代担任过《上海文学》《收获》等杂志的主编、副主编。主编高校教材《文学的基本原理》;另出版有《在文艺思想战线上》《鲁迅的文艺思想》等论著十多种。
③ 以群:《苏联文学为思想的纯洁性而斗争》,《文艺报》1957年11月24日第33号。

"陷阱"。上面谈到的这些知识、观点、学说,都是特定历史情境下的不同感受、视角形成的;它们之间的对比、冲突(包括作家自身的内在冲突)并非坏事。结构内部存在不稳定的平衡,让边缘性的主张不被强大的统制性思想碾碎,是避免俄苏和当代文学曾经发生的"专制主义",而让文学探索葆有活力的保证。这应该是俄苏文学,也是中国当代文学提供的经验。

原载《中国现代文学研究丛刊》2016年第2期

"组织部"里的当代文学问题

题 解

这个当代短篇是中国当代文学界耳熟能详的作品,即《组织部新来的青年人》(下简称《组织部》),刊于1956年9月号《人民文学》(北京)。另有《组织部来了个年轻人》的篇名。前面的篇名为秦兆阳所改,后面则是作者王蒙原来用的名字,王蒙先生坚持用原名。不过也有许多人不听他的,所以有不少当代文学史还是不肯用"来了个年轻人"。

这里所说的对这个短篇的阅读,主要是当代一些批评家、研究者,也包括本文的作者。时间始于小说发表的当年,到20世纪末。这个短篇有大量的批评、解读材料,这里搜集的只是其中的多少能够显示"当代文学问题"的那些部分。

文学史位置

据说,一个作品在一个世代(三四十年)仍能被读者、批评家记住、谈论,说明已经"存活"下来。《组织部》没有遭遇当代众多作品迅速"夭折"的命运,而能"存活",既因其艺术水准在当年一般创作的水平线上,也缘于它联系着当代变化多端的文学潮流。它的价值,在几十年翻腾起伏的时势中变化多端。发表当时,既被誉为"写真实"(1957,刘绍棠、从维熙)、"凝视生活、探索生活、忠实地描写生活并且勇敢地干预生活"(1957,唐挚)的可喜之作,也被看作是"可喜""同时是有严重缺点的作品"(1957,李长之),"一篇充满矛盾的小说"(1957,康濯)。几个月后,在清理"修正主义文学逆流"时,又作为"毒草"而被举例(1957,李希凡、姚文元);后面这个判决,一直维持到1970年代末。"文革"后"拨乱反正","毒草"遂变成了"重放的鲜花"(1979,上海文艺出版社),成了体现"文学和作家的骄傲"(1997,谢冕)的标志,并被归入50年代的"青春写作"的叙事类型(2004,孟繁华,程光炜)。

90年代以来,多种当代文学史将之列入"非主流文学""异端文学"等名目系列,与当代"规范性文学"构成对比。位置的"分配"体现了价值的判定。进一步也从20世纪文学中寻找人物、主题、叙事类型的连贯、变异的线索。与"从阿Q到福贵"(默涵)、"从阿Q到梁生宝"(姚文元)相类,陆萍与林震,《组织部》与《在医院中》,也建立起了联结。联结的依据并不相同,其差异与批评家之间的不同理解,也与时代症候更易有关。80年代初"新启蒙"时期,《在医院中》被理解为在同"严重的小生产者思想习气作斗争"上是《组织部》的"先驱","陆萍,正是40年代医院里新来的青年人",陆萍与周围环境的矛盾,"乃是和高度的革命责任感相联系着的现代科学文化要求,与小生产者的蒙昧无知、褊狭保守、自私苟安等思想习气所形成的尖锐对立"(1980,严家炎)。在"启蒙"被反思、革命被"告别"的90年代,它们或者被定性为"成长小说":"一个自以为'健康'的人物,力图治疗'病态'的环境,却终于被环境所治愈的故事"(1997,黄子平),或者被定性为对革命的"外来者""疏离者"命运的叙述(1998,洪子诚)。近年还有学者将它与"新写实"的《单位》(刘震云)联系起来(2005,旷新年),或将它与《围墙》(陆文夫)、《单位》挂钩,对比两个"小林"(《组织部》里的林震、《单位》里的小林),或两个"小林"、一个小马(马而立)等年轻人在革命与"后革命"时代的不同的自我意识、身份认同和境况遭遇,来讨论中国社会"从'革命'到'后革命'的时代转型"中发生的"革命叙事转换、扬弃和消解的轨迹"(2008,郭冰茹),在对比中指出文学明显消解了"知识分子对于现实批判和怀疑的力量",缓解了"启蒙知识分子传统所形成的与现实之间的紧张关系"(旷新年)。

1990年代以来,一些敏锐的批评家注意到,《在医院中》连同《组织部》,显示了"五四"新文学到"当代文学",在叙事"编码"系统转变上的重要"症候"。进入延安所开启的"当代文学","'五四'所界定的文学的社会功能、文学家的社会角色、文学的写作方式等等,势必接受新的历史语境('现代版的农民革命战争')的重新编码。这一编码过程,改变了20世纪后半叶中国文学的写作方式和发展进程,也重塑了文学家、知识分子'人类灵魂工程师'们的灵魂"(1997,黄子平)。

"每一文学文本在某种程度上都负有其环境的重负,负有产生它的明显的经验现实"(爱德华·赛义德)。虽然关切时事是"当代文学"的重要特征,但当所写的时事不再为读者关切、理解,阅读趋向便转到脱落时事"重负",搁置已难明究竟的"反官僚主义"等论题的方向,寻找所谓"超越""经验现实"的,能维持作品"寿命"的"本质性"因素。《组织部》遂被抽象为"自我意识趋向与外部现实的冲突"的文本,是"某种人格类型与一种文化规则的冲突","一个年轻人的人生实现愿望,同以政治形式反映出来的传统文化成规(对个体人格的选择模式)的冲突和摩擦"的文本(1997,毕光明);是"关于一个年轻人如何迈向成熟(在文本中以'斗争'来隐喻)的挣扎的本文"(1997,朴贞姬)。

"风景"的禁忌

《在医院中》的作者也许没有想到,"白天的阳光,照射在那些冰冻了的牛马粪上,蒸发出一股难闻的气味,几个无力的苍蝇在那里打旋……"的风景描写,会被认为是对"革命圣地"的丑化、歪曲(1957,王燎荧),并引出愤怒的"亲历者"来为"真实"的延安提供反证"我……1939年春在延安医院",看到的是"雪白的、宽敞的窑洞,阳光从宽大的窗户透射过来。舒适的病床和洁净的被单",护士们"都有一颗明朗的、朴实的心"(1958,张光年)。

在"当代文学"中,风景和故事发生的地点不再无关紧要。《组织部》的地点,在当年成为重要问题。"也许这种官僚主义满天飞的,干部的衰退现象到处都是的党的区委会,在离开中央较远的地区,或是离开其直接上级机关较远的地区,还有若干可能性,但在中共中央所在地……是难以理解的"(1957,马寒冰);因此,批评者推论,这篇小说在表明这样的结论:"在党中央所在地,党的生命核心的北京,党的工作各个环节上的所有领导干部,都是大大小小的官僚主义者……"(1957,李希凡)。不过毛泽东好像并不认可这一论断,称这是"不能说服人的":"中央里面就出了坏人,像张国焘、李立三、王明"(1957年2月16日在中南海颐年堂与文艺界领导人的谈话);在毛泽东看来,"一分为二"的两条路线斗争的开展,并不以"地方"和"中央"为界。问题据说可以通过更换"体裁"来解决:"如果……真有这样的区委会,写篇新闻报道,具体地加以揭露和批评,也是可以的,但是作为小说来说,则是另一个问题"(马寒冰)。但"纪实"的新闻报道、特写,却不仅仍受"典型性"的检验,而且面临"具体"部门有关"真实""歪曲"的复杂"官司";"特写"作家刘宾雁的遭遇可以证明。

1960年代的陈翔鹤大概不大了解当代在"风景"上的禁忌,他写陶渊明在某年的8月上庐山见慧远法师,慧远态度十分傲慢(1961,《陶渊明写"挽歌"》)。"文革"期间就有人认定是影射、攻击1962年8月的庐山会议。1990年代大量"反腐""官场"小说,均虚构地名,山川景物街道均含糊其词,以避免引发对某省、某市、某部门的联想,和某省、某市、某部门的"对号入座"。《风雅颂》(2008,阎连科)虽虚构"燕清大学"的校名,仍让热爱北京某大学的批评家既伤心,也愤怒(2008,邵燕君)。但这回批评家无权无势,所以不要紧。

"当代文学"的"风景"禁忌,为复杂、难以讲清究竟的现实主义"典型环境"论述所支援。这涉及在表现"新生活"时,光明与黑暗、先进与落后在文本中的位置,和有关局部与整体的比例分配。《组织部》将"生活中的个别现象""夸大地织成了黑暗的幔帐"(李希凡),是因为"注意工人魏鹤鸣何其少"(李长之),"正面力量"与"落后事物"在作品中比例"力量悬殊","感受不到新事物必定要战胜旧事物的那种气氛"(1957,杜黎均)。"典型环境",或环境的"真实"问题,在"当代文学"成规中,是一堵重要的"防火墙",以隔离、阻挡导致质疑社会整体制度合法的可能性。

角色的转移

文学史家认为,陆萍、林震在现代文学史上是"屈指可数的"代表"现代科学技术"同"小生产习惯势力"斗争的人物形象;读这篇小说"不禁会联想起鲁迅小说中的那些冷漠、愚昧、保守、自私的精神状态的群众"(严家炎)。另一有差异的看法是,极愿意承担"思想—文化"上医疗工作者"启蒙"角色的陆萍,"极具讽刺意味"的被迫走了"弃文从医"的道路,这个"叛逆的绝叫者"被置于"需要接受治疗"的位置(黄子平)。斗争的"启蒙者"与需要"接受治疗者"这互有冲突的角色内涵,其实同存在于陆萍、林震身上,但又可以说是表现了从"启蒙者"到"接受治疗者"的角色转移。启蒙知识者在"当代文学"叙事中身份、角色的"下降"(既指在文本结构中的位置,也指人物价值等级),重要原因是他们面对的对象,不再是幻灯片事件中的"看客"或"铁屋子"中的庸众,而是一种制度化存在。如果说环境是"病态"的话,那是用"'现代方式'组织起来的'病态'"(黄子平)。实际上,在革命的"现代方式"的"组织"下,五四的"现代性方案"中需要启蒙的"庸众""看客",在革命的另一种"现代性方案"中,不再是具有"精神奴役创伤""被封建意识束缚"的群众,而是革命中的领导阶级,和最广大最坚决的同盟军的"人民大众"——在"新文学"叙事里需要启蒙的"小生产者",在"当代文学"中已经转化为新的国家主体的"工农大众"(2006,贺桂梅)。陆萍、林震们如果要参与这一"革命现代性方案",就"先有一个学习工农兵的任务",需要克服、改造他们"脱离实际和他们的不健康的,虚无的甚至掺杂了疯狂和颓废的"情感,而后充当以"现代方式"组织的政、党对"人民大众"的动员、组织的"中介"作用(贺桂梅)。

"启蒙者"转化为"被治疗者",而后成为人民大众动员、组织的"中介","当代文学"便合乎逻辑地出现对"被治疗者"加以"引导"的重要角色。他(她)让"被治疗者"认识到身上的疾患,并对他(她)施加"治疗"。这一角色最好是叙事结构意义上的"中心人物",如果不是,也必须在政治、道德的层面处于最高等级。《在医院中》"引导者"是"鼓励着""耐心教育着"陆萍的伤残的老革命,《组织部》里却是面目模糊不清的区委书记。在当代叙事中,"引导者"即使只是抽象符号,也不能缺席,或有政治、道德上的瑕疵。《组织部》修改者(秦兆阳)删去原稿有关"引导者"的一些文字(区委书记曾找过林震三次;赵慧文说区委书记是"可尊敬的同志"……),便因削弱、模糊"引导者"的形象而被指责。

但"叛逆绝叫"与"接受治疗"(包括"自我治疗")两者通常难以协调:角色转移不怎么顺利,转移之路也就不那么平滑。冲突、裂痕在很大程度上根源于"叙事者"(在《组织部》和《在医院中》,一定程度上也可以看作是作者)和人物本身的不情愿,他们不愿失去这一精英的、执行批判功能的位置。陆萍、林震不大明白要进入革命的"现代"机构,就需要放弃原来自我认定的"角色";他们的固执便导致无法解脱的烦恼、苦闷:"……她该同谁斗争呢?同所有的人吗?要是她不同他们斗争,便应该让开……那么,她该到什么地方去?"不仅陆萍、林震在人物价值等级上的中心位置已在失去,而且"当代文学"叙事编码还要求结构意义上的中心人物与社会内容上的中心人物的一致。但《组织部》还是不大愿意这样做。尽管作者王蒙坚持使用原篇名,通过一个表明一个事实的陈述句——"组织部来了个年轻人"——来削弱、降低林震在文本结构上的地位,拒绝秦兆阳对这一结构地位的加强的修改("组织部新来的青年人"),也不能改变文本以林震为中心的事实。

裂痕还出现在叙事者的视点上。"当代文学"的叙事,要求作家应从创造新生活的先进劳动者"内部"这一视点来观察生活,这是赵树理获得高度评价的理由之一(1946,周扬)。"批判现实主义和社会主义现实主义的第一个分歧因素",是后者能"从内部去塑造那些正在建设未来且其心理和道德代表了未来的人们的那种动力"(卢卡契)。是否能从处于推动社会发展、代表"未来"的阶级、群体的"内部"来观察、描述生活现象,是判断作品思想意义和世界观高度的重要标尺。"过多"(或"主要")从陆萍、林震等非"代表未来"的阶级、群体的眼光来看事物,没有有力地"揭发他们的脱离实际和他们不健康的,虚无的甚至掺杂了疯狂和颓废的感情"(1957,康濯),就是重要缺陷。陆萍、林震在政治、道德标准上已是"可疑人物",已经不能充当"当代文学"合格的"内部"观察者。自然,《组织部》的作者也努力试图从取得距离的"外部"(也就是先进劳动者的"内部")来审察人物,揭发其弱点,但其实,作者更乐意于"深入到林男赵女的内心"(康濯),对他们有更多的理解、体贴。这样,《在医院中》和《组织部》,确实程度不同地显示了"两种编码之间的手术刀口弥合得并不完美"(黄子平)的状况。

不过,在50—70年代,至今有意味的文本,大多是那些同时存在不同的、互为冲突的"编码系统","手术刀口弥合得并不完美"的文本(《组织部》《红豆》《茶馆》《百合花》等)。这种"不完美",是"当代"文本的某些特质,也因寄存着文化转换留下的裂隙而在后来持续受到关注。

结　构

卢卡契有所谓"开放性结构"的说法,指的是叙事作品写到的问题、矛盾,在故事中并没有获得解决,也没有暗示解决的可能和提出解决的方案。这种处理在"当代文学"中不被认可,因为在先进阶级那里,"客观世界"完全可被把握,矛盾也一定能够解决;先进一定战胜落后,光明必定取代黑暗。《在医院中》和《组织部》难以符合这一规定,一方面是斗争着的人物无法确定其成果,另一方面则在于"治愈"的暧昧。"狂人"(鲁迅《狂人日记》)在他的逻辑里不可能就范,只有改变为另一逻辑("非狂人"),"治愈"才能实现:"狂人"的困境在叙事的层面被"转换",这一转换包含了某种怀疑,甚至"绝望"的意识。《组织部》和《在医院中》则使用表层化解的方法,来暂时搁置"启蒙者"对病态环境的"治愈",和"启蒙者"被"治愈"所陷入的双重困境。人物因此经受了挫折,"启蒙"理想的可能和有效也成为疑问。因而,《组织部》和《在医院中》矛盾得以解决,这种"封闭式结构"只是表面上的,"治愈"只是一种想象。

在这方面,1956年刊物编者(秦兆阳)对《组织部》的修改,是一个有意味的事件(1957,《人民日报》)。王蒙肯定修改后的发表稿"更精炼、完整",但也指出让"不健康情绪更加明确"(1957,王蒙)。在受到批评之后,修改者检讨了他的不当:原稿结尾林震多少有些觉悟的文字被删去;对区委书记描述的修改,有可能给人官僚主义的印象;明确了林与赵的"不健康"关系。但换一个角度,修改所放大、加强的,其实是作品已存在,却想涂抹、掩盖的裂隙。"悲剧"是原有的,并非修改强加。只不过作为延安"老革命"的秦兆阳,可能觉得"新来的"王蒙有些稚嫩、胆怯,事情没有"看透",便将原来隐约感觉的东西明朗化。意识到作品展现的矛盾的难解(甚或无解),修改便让叙述者采取较低的干预姿态,流露了更多的惶惑,也就是加强了这样的推断:对于《组织部》的人物来说,"要么他屈从于他所进入的世界,要么作为一个孤独而注定失败的斗士。本文没有给他第三条出路";"那失败变成勉强成功是作家的固执……现实与主人公的和解不是自然而成的,是作家强迫达到的。因此,主人公在宿命般的寻找中,他的冒险只不过一次次地成为寻找现实依靠力量的过程,从虚幻'镜像'娜斯嘉,到与他志趣相投的赵慧文,再到区委领导赵润祥,而主人公灵魂的冒险,体现他内心精神历程提升与开阔的可能性被堵塞了"(朴贞姬)。从知识者与他所要投身的事业的关系上看,则是"坚持'个人主义'价值决断的个体,他们对创建理想世界的革命越是热情、忠诚,对现状的观察越是具有某种洞察力,就越是走向他们命运的悲剧,走向被他们所忠诚的力量所抛弃的结局,并转而对自身价值和意义产生无法确定的困惑"(1997,洪子诚)。

在"当代文学"的美学规划中,叙事构思、写作是"回溯性"的。"生活道路的错综复杂只有在结局中才能弄清楚。只有人的实践才能指明,哪些特征是重要的、起决定作用的";什么样的事物、安排等等从根本上影响他们的命运,"只有从结局中才看得出来";"叙事诗人从结局开始,倒叙一个人的命运或者各种人的命运的纠葛,使读者一清二楚地认识到生活本身所完成的对本质事物的选择"(1936,卢卡契)。在这样的理解中,写作者对"结局"的"惶惑",便产生对生活"整体性"表现的损害。"作者的全知使得读者安心,使他熟悉这个虚构的世界。即使他事先并不知道小说中的事件,但他还是相当确切地感觉到,那些事件由于其内在逻辑、由于人物的内在必然性所不得不采取的趋向。"(卢卡契)"当代"的写作,是提供答案、出路,消除读者不安的写作,是拒绝"开放性结构"、拒绝忧郁、惶惑等"颓废"风格的写作。《组织部》想做,但没有做到这一点,或者说做得还不太和谐、完美。这是两种编码的"手术刀口"还没有弥合的另一表现。因此,《组织部》在受到批评后,作者便合乎"情理"地有了这样的检讨:"作者过分地相信自己的艺术感觉","以为有了现实的艺术感觉就可以代替无产阶级立场、观点、方法……离开了马克思主义的自觉,解除了思想武装,能够'没有拘束'地再现出生活的真实么?不,痛切的教训给了我一百个不!"(1957,王蒙)

白天/夜晚

《组织部》由两个部分（场景）构成："严肃而紧张"的工作、斗争的"白天"，和"私生活"的"夜晚"："其展开的特征是借助白天/黑夜这一二项对立关系的场景分布"（1997，周亚琴）。在"白天"部分，有工作的争论、困惑，紧张的情感思绪，而在"夜晚"的场景中，笔调放松下来，人物（和叙事者）的感觉敏锐、细致、温情。在"夜晚"，布置着斗争的孤独者与他的知音之间暧昧、隐晦的情感交流，和温暖的"精神支援"；这里有隐秘的泪迹，春夜的清香之气，有"说不出来的难过和温暖的感觉"，有"使人激动也使人困扰的""情绪的波流"，有《意大利随想曲》的"梦幻的优美的旋律"，有似乎无法割舍，但又不能不割舍的伤感，有关于"并肩战斗"的相约，以及在"白天"很少出现的，由主人公的"观看"所发现的女性的"身体语言"："柔软的手"，"抓住一个枕头，放在腿上"，"一个一个地捏着自己那白白的好看的手指"，"用手指弹着自己的腿，好像在弹一架钢琴"，"露出湿润的牙齿"，"暗红色的旗袍"，"被红衣裳映红了的美丽的脸儿"……

在"当代"的"生活伦理"和"叙事伦理"中，"白天"（工作、斗争）和"夜晚"（私人日常生活）越来越被处理为具有对立的含义。因此，也越来越存在着将"私领域"组织进"公领域"空间的强大规范要求。《组织部》其实并不想将"夜晚"与"白天"分置两途，完全割裂，多少表现了将"夜晚"作为工作、斗争的"白天"的延伸的取向。不过，这种能够"寄存"个体隐秘情感、想象的"边缘性处所"，总是为"没有改造好"的作家和他们笔下"没有改造好"的人物所钟爱，成为孤独无援时刻得以支撑的感情寄托。由此不时在有关"夜晚"的叙述中，有意无意地泄漏了这种孤独、忧郁、怅惘。在对《组织部》的批评里，显示了要求将"私领域"，将个人"日常生活"全部组织进"白天"的斗争之中的"当代文学"规范；"夜晚"成为需要时刻保持警惕，并不断加以清除的赘瘤。

文学组织与组织文学

　　组织部在"当代"中国的国家现代化体制中,是一个重要部门。从"借喻"的角度看,对政治、经济、文化、意识形态以及文学的高度组织化,是当代中国的重要目标。按照政治任务与社会需求来"组织"文学生产,建立"文学工厂",满足"社会订货"需求,在1920年代由苏联的"无产阶级文化派"提出。中国"当代文学"并没有采用这样僵硬、绝对化的策略,但也有着明确的"组织文学生产""社会订货"的诉求。无论是目标,还是结果,"制度化"都是"当代文学"的重要征象。"制度化"既表现为严密的外部制度(文学组织,作家身份,出版、传播机制,文学评定制度)的确立,也表现为内部制度(这是外部制度所要落实的目标),即建立整体性的文学写作成规和各文类的写作成规。从叙事文体方面,题材性质和等级,人物类型、等级和配置,叙事的视角,语言的使用等等,都属规范之列。《组织部》的写作、修改,和五六十年代对它的"阅读",以这一个案呈现了这一"内部制度"在争辩、冲突中不断完善、严密化的过程,而八九十年代对它的"重读",对它的文学史位置的"重置",则显示了一种反思。

原文收于王德威、许子东、陈思和主编
《一九四九以后》,上海文艺出版社,2011年

引用文献:
　　毕光明:《回到作品:对小说文本的返观》,《海南师范学院学报》1997年第3期。
　　《重放的鲜花》(作品选),上海文艺出版社,1979年。
　　杜黎均:《作品中的真实问题》,《文艺学习》1957年第2期。
　　《关于〈组织部〉修改的问题》,1957年5月8、9、10日《人民日报》。
　　郭冰茹:《"革命叙事"的转换、扬弃与消解》,《当代作家评论》2008年第

6期。

贺桂梅:《"当代文学"的构造及其合法性依据》,《海南师范学院学报》2006年第4期。

洪子诚:《关于50—70年代的中国文学》,《文学评论》1996年第2期。

洪子诚:《1956:百花时代》,山东教育出版社,1998年。

黄子平:《革命·历史·小说》,香港:牛津大学出版社,1997年。

旷新年:《写在当代文学边上》,上海教育出版社,2005年。

康濯:《一篇充满矛盾的小说》,《文艺学习》1957年第3期。

李长之:《可喜的作品,同时是有严重缺点的作品》,《文艺学习》1957年第1期。

李希凡:《评〈组织部新来的青年人〉》,《文汇报》1957年2月9日。

李希凡:《所谓"干预生活""写真实"的实质是什么?》,《人民文学》1957年第11期。

刘绍棠、从维熙:《写真实——社会主义现实主义的生命核心》,《文艺学习》1957年第1期。

马寒冰:《准确地去表现我们时代的人物》,《文艺学习》1957年第2期。

卢卡契:《社会主义社会中的批判现实主义》(1958),《卢卡契文学论文集》第2卷,中国社会科学出版社,1981年。

卢卡契:《叙述与描写——为讨论自然主义与形式主义而作》(1936),《卢卡契文学论文集》第1卷,中国社会科学出版社,1980年。

孟繁华、程光炜:《中国当代文学发展史》,人民文学出版社,2004年。

朴贞姬:《命运与形式》,《海南师范学院学报》1997年第3期。

邵燕君:《荒诞还是荒唐,渎圣还是亵渎?——由阎连科的〈风雅颂〉批评某种不良的创作倾向》,《文艺争鸣》2008年第10期。

王燎荧:《丁玲的小说〈在医院中时〉的反动性质》,《文艺报》1957年9月29日第25号。

王蒙:《关于〈组织部新来的青年人〉》,《人民日报》1957年5月8日。

谢冕:《青春的激情:文学和作家的骄傲》,《海南师范学院学报》1997年第3期。

姚文元:《文学上的修正主义思潮和创作倾向》,《人民文学》1957年第

11期。

严家炎:《现代文学史的一桩旧案——重评丁玲小说〈在医院中〉》,写于1980年,见《求实集》,北京大学出版社,1983年。

张光年:《莎菲女士在延安——谈丁玲的小说〈在医院中〉》,《文艺报》1958年第2期。

周扬:《论赵树理的创作》,《周扬文集》第1卷,人民文学出版社,1984年。

周亚琴(周瓒):《穿过文本的内在裂缝》,《海南师范学院学报》1997年第3期。

文学史中的柳青和赵树理
（1949—1970）

一、两个"作家群"

当代文学研究中,赵树理和柳青常被放在一起谈论。这是有道理的。他们是"十七年"写农村生活有成就的作家,他们的创作和文学道路,今天仍引发不限于文学问题的阐释和争论,这是"十七年"文学中并不多见的现象。另外,这两位作家不仅作为个体存在,还各自联结着不同的"作家群",形成了有影响力的理念和文学实践方式。"十七年"农村生活小说主要成果是在北方,包括作家所属地域和作品的取材。这里说的北方,指的是西北和华北的晋陕冀豫。重要原因是,当代的农村题材写作,延续的不是现代的"乡土文学"(王鲁彦、蹇先艾、彭家煌、沈从文等)的艺术经验,而是40年代根据地、解放区形成的从阶级斗争和政治运动视角处理农村生活的传统。因此,像沙汀、刘澍德、陈残云(身处北方的骆宾基,其实他50年代的《山区收购站》等很有特色)等,虽说他们都有相当的艺术才能和生活积累,短时间内却无法与这种经验建立无间隔的流畅联系。50年代后身处湖南的周立波也许是个例外,一个可以考虑的理由是,他以自己的艺术才能,转化了他40年代后期在东北解放区获得的,以阶级斗争视野处理农村生活的积累。从这个总体状况来看,50年代产生的有别于"乡土文学"的"农村题材小说"概念,和这种小说主要由"北方作家"承担,是合乎情理的。

"十七年"中赵树理和柳青周围,各自聚集了若干思想艺术追求相近的作家。山西的作家,在研究上早就有"山药蛋派""火花派"的说法。1962年中国作家协会召开农村题材短篇小说创作会议(下面简称"大连会议"),组织者侯金镜有"山西作家"的说法。他倒不是有意将之作为流派概念使用,但也透露出这个作家群具有的流派性质。山西作家除赵树理外,还有马烽、西戎、束为、孙谦、胡正——都写小说,并主要是短篇。陕西的情况较为复杂,虽然在理念和方法上有共同点,但将他们当作流派看待的情况尚不确定;曾经有过"渭河派"的提法,但没有流行,没有获得更多响应,原因可能是题材、样式的分散。杜鹏程开始以长篇小说《保卫延安》知名,50年代中期之后,转到写工业建设题材的作品;王汶石写农村,是短篇小说作家(长篇小说《黑凤》并不成功);李若冰、魏钢焰以写关于工业建设的散文、报告文学为人所知。陕西还有自己的批评家胡采。

这两个与解放区文学有直接渊源关系的作家群,他们在文学—政治上的观念基本上是相同的,但是也有差异。这种差异属于人民文艺内部。从"外部"看,大概无关紧要,可是放在当代"一体化"的文学实践过程中观察,也曾经产生过重要的意义。这里说的"重要",既指性质,也指曾经发生的历史效果。粗略地说,他们的创作倾向,一是更重视生活的"本来样态",在艺术方法上也更多接受"本土"资源;另一则是强调理想、浪漫精神、英雄主义,有概括时代精神、历史本质的抱负。对比地观察他们之间的异同,有助于深入了解在"人民文艺"框架内的多种选择,或者说作为结构的"人民文艺"的多层性的状况。

二、文学史位置的错动

40年代后期,赵树理声名鹊起,获得很高评价;柳青虽然出版了长篇小说《种谷记》和《铜墙铁壁》,文学史地位却不能和赵树理相比。赵树理引起注意的标志点,是周扬1946年的《论赵树理的创作》发表,和随后陈荒煤的"赵树理方向"的提出。而郭沫若、茅盾、邵荃麟、林默涵等的热烈赞誉,让这一高度评价获得了新文学史层面的认定①。1949 年 7 月成立的中华全国文学工作者协会(中国作协前身),在全国委员会委员(大概相当于后来的"理事")中,赵树理列第 5 位(该排名不是按姓氏笔画排列)。50 年代初出版的"中国人民文艺丛书"②和"新文学选集"③都有赵树理作品或专集。前者收入《李有才板话》《李家庄的变迁》,后者是包括《小二黑结婚》等在内的《赵树理选集》。茅盾主编的"新文学选集""编辑凡例"说,"选辑的对象主要是在 1942 年以前就已有重要作品出世的作家们……在这一点上,和'人民文艺丛书'作了分工"。④ 按照这个体例,丁玲、艾青作品选入"人民文艺丛书",也在"新文学选集"中有专集顺理成章,赵树理不然,他的"重要作品"都出世于 1942 年之后。编者应该意识到这个违例,便事先在"凡例"中为赵树理的入选埋下伏笔,说 1942 年以前就已有重要作品出世的"这一个范围","当然不是绝对的"。编者当初商议的详情不得而知,猜测是仅凭"中国人民文艺丛书",不足以让赵树理在"新文学史"上获得较为牢固的经典性地位。

50 年代,周扬和中国作协继续关注赵树理的创作和作为"流派"的山西作家的发展。1956 年 2 月中国作协召开第二次理事会议(扩大),周扬的报告,将赵树理和郭沫若、茅盾、巴金、老舍、曹禺并称为

---

① 自 1947 年到 1950 年,收入周扬、郭沫若、茅盾、力群、荒煤、李大章、冯牧、塞风等的文章的《论赵树理的创作》,有冀鲁豫书店 1947 年 7 月版,华北新华书店 1947 年 9 月版,华中新华书店 1948 年版,东北新华书店 1949 年 5 月版,苏南新华书店 1949 年 6 月版,中南新华书店 1950 年 4 月版等各种版本。各版篇目有所调整。

② 中国人民文艺丛书编委会编辑,于 1949 年 5 月起陆续出版,周扬主持,参加编辑有柯仲平、陈涌、康濯、赵树理等。收入 1942 年延安文艺座谈会后根据地和解放区的优秀文艺作品。

③ 茅盾主编,叶圣陶、丁玲、杨晦等为编委。开明书店 1951 年出版,第一辑为"已故作家",计有鲁迅、瞿秋白、郁达夫、闻一多、朱自清、许地山、蒋光慈、王鲁彦、柔石、胡也频、洪灵菲、殷夫。第二辑健在作家有郭沫若、茅盾、叶圣陶、丁玲、田汉、巴金、老舍、洪深、艾青、张天翼、曹禺、赵树理。

④ 见开明书店 1951 年"新文学选集"各卷的"编辑凡例"。

"语言艺术大师"。7月,周扬到了山西,明确提出有意识的创作流派的问题。10月,山西的文学刊物《火花》创刊①,提出总结和发展以赵树理为首的山西作家文学经验。1958年6月,《火花》和《文艺报》编辑部在太原联合召开座谈会讨论山西文学创作特点,随后《文艺报》刊出"山西文艺特辑"专栏。

不过,实际情况和预想并不切合,赵树理在当代的地位呈现下降的趋势。《邪不压正》在1948年10月发表后,年底和第二年年初,《人民日报》就刊发了表达不同评价的争论②。1950年,竹可羽发表文章指出了《邪不压正》存在的缺点③。1950年担任《说说唱唱》主编期间,赵树理因为刊登小说《金锁》(淑池)而受到批评,他有点不情愿地在《文艺报》做过两次检讨④。长篇《三里湾》出版后,虽然有不少推介和评论,也作为1949年后的优秀作品在总结性报告中被提及,但总体反应并不热烈⑤。周扬在一次报告中,在肯定它是一部反映社会主义变革的"优秀成果"的同时,也指出它在表现农民走社会主义道路的巨大力量上还没有达到"充分真实",对先进人物的描写没有表现出"实在的力量"⑥。1959年《文艺报》刊登《一篇歪曲现实的小说——

---

① 《山西文学》1950年5月创刊,中间一度停刊,1956年10月与《太原画报》合并,改名《火花》至1966年6月停刊。

② 1948年12月21日《人民日报》发表了《〈邪不压正〉读后感》(党自强)、《读〈邪不压正〉后的感想与建议》(韩北生)等观点相左的文章。1949年1月16日《人民日报》用了一个版的篇幅刊登耿西、而东、乔雨舟、王青对《邪不压正》的讨论。

③ 竹可羽《评〈邪不压正〉和〈传家宝〉》,《人民日报》1950年1月15日;《再谈谈"关于〈邪不压正〉"》,《人民日报》1950年2月25日。

④ 赵树理:《〈金锁〉发表前后》,《文艺报》1950年第2卷第2期;《对〈金锁〉问题的再检讨》,《文艺报》1950年第2卷第8期。这两篇检讨文章也同时刊于《说说唱唱》。

⑤ 许多评论文章属于介绍性质,另外,由于《三里湾》很快被评剧、豫剧、湖南花鼓戏等多种剧种改编,不少评论文章是讨论戏剧《三里湾》的成败得失。比较重要的关于小说《三里湾》的评论文章,是俞林《〈三里湾〉读后》(《人民文学》1955年7月)、王愚《谈〈三里湾〉中的人物描写》(《文艺月报》1955年9月)、康濯《读赵树理的〈三里湾〉》(《文艺报》1955年第20期)、傅雷《评〈三里湾〉》(《文艺月报》1956年7月)、巴人《〈三里湾〉读后感——为〈中苏友好报〉而作》(《遵命集》,北京出版社1957年版)等。

⑥ 周扬1962年2月在中国作协第二次理事会会议上的报告。

"锻炼锻炼"读后》(武养),引发了对这篇小说的争论①。《文艺报》组织这次讨论,是想借此探讨当年有关创作如何表现"人民内部矛盾"的难题;讨论的引导方式,和以细言(王西彦)的《〈"锻炼锻炼"〉和反映人民内部矛盾》②作为总结性文章,表明《文艺报》持的是保护、支持赵树理的态度。不过,《"锻炼锻炼"》在读者印象中也因此成为一篇有"问题"的小说。③ 接着,由于 1958 年到 1959 年,赵树理写信写文章,对人民公社运动,对农村所有制和具体政策提出批评和建议,"反右倾"运动中,他在中国作协内部受到批判。直至 60 年代初政治、经济和文化领域实行退却性"调整",赵树理的地位才得到短暂回升。1962 年 8 月的"大连会议"上,他被誉为写农村生活的"圣手"。参加这次会议的康濯在随后发表的文章中说,"赵树理的魅力,至少在我接触到的农村题材作品里面,实在是首屈一指,当代作家都难以匹敌"④。但好景不长,紧接着发生了作为"文革"前奏之一的对"中间人物论"的批判,他与邵荃麟、山西作家西戎等,开始遭遇厄运。

前面说的柳青、王汶石等陕西作家,在 50 年代初的文学史地位不如赵树理。柳青在《种谷记》和《铜墙铁壁》之后,潜心于生活积累和《创业史》的构思,期间只出版了散文特写集《皇甫村三年》和中篇《狠

---

① 刊于《文艺报》1959 年第 7 期。

② 《文艺报》1959 年第 10 期。细言(王西彦)在文章末尾说,针对那时批评界出现的轻率粗暴的风气,对《青春之歌》的讨论是一场《青春之歌》的"保卫战",在关于赵树理小说的这次讨论中,"我愿意""充当一名保卫'锻炼锻炼'的战士"。

③ 在 1958 年到 1959 年的批判巴金、郑振铎等的运动中,周扬和中国作协的高层虽然没有正式表态,事实上并不赞同。据严家炎回忆,1958 年邵荃麟等来北大组织编写文艺两条道路斗争资料的时候,曾发脾气地说:"姚文元怎么就那么大胆妄为啊,竟然批起巴金来!"还说:"巴金现在正在国外,开亚非作家会议,做团结亚非作家的工作,国内却批判起他来了,这叫什么话!"邵荃麟又气愤地说:"太不应该了,事先也不请示,根本不向作家协会报告,自己就在外面发这种批判文章。"见贺桂梅:《从"春华"到"秋实"——严家炎教授访谈录》,《文艺研究》2009 年第 6 期。我和同学组成的小组,曾在 1958 年因为巴金作品讨论而去中宣部访问过文艺处处长林默涵,他转达了周扬对国内批判郑振铎的忧虑和不满。当时郑振铎率团出国访问因飞机失事罹难。

④ 康濯:《试论近年间的短篇小说》,《文学评论》1962 年第 5 期。

透铁:1957年记事》①。但在50年代中后期,杜鹏程、王汶石等的写作,凭借高扬的英雄主义风格而崛起,以大开大阖的气势、结构,着力塑造社会主义新人的作品,如《在和平的日子里》《延安人》(杜鹏程)、《风雪之夜》《新结识的伙伴》《严重的时刻》(王汶石)、《船夫曲》(魏钢焰)等,在夸张的浪漫主义时代享有极高的声誉,被作为实践"革命现实主义和革命浪漫主主相结合"创作原则的成功范例。至于《创业史》(第一部)产生的热烈反应,更是"十七年"小说所罕见。出版后的一年中,报刊发表的推介文章有五十余篇②。许多著名批评家,如冯牧、李希凡、姚文元、朱寨、阎纲等都纷纷撰文。这个盛况,是"十七年"其他的作品难以企及的。

不过,60年代初对杜鹏程、王汶石评价的热度明显下降,这从"大连会议"的发言中可以体味到③。对《创业史》的高度评价虽然没有改变,但在邵荃麟、严家炎那里,对它的思想艺术成就的指认,发生了从先进人物(梁生宝)向时代变革中背负思想精神负担的人物(梁三老汉)转移的情况。由此引发的争论,由于脱离了学术讨论正常轨道,邵、严的观点在提倡"中间人物论"的名目下受到压制。邵荃麟成了"替罪羊",所谓的"中间人物"问题,被上升到"不是一般的文艺理论上的争论,是社会主义与反社会主义的文艺路线之争",邵荃麟因此成了"反社会主义社会力量的代言人"④。

---

① 刊于《延河》1958年第4期,名为《咬透铁锹》,1959年11月陕西东风文艺出版社出版单行本,名为《狠透铁:1957年记事》。

② 据《陕西日报》1978年1月31日《"创业史"第一部评论综述》。我在《当代中国文学的艺术问题》中转引了这个材料,见《当代中国文学的艺术问题》第23页,北京大学出版社,1986年。

③ 1959年由于庐山会议上彭德怀被定为"右倾机会主义分子"而受到批判、排斥,牵连了杜鹏程的《保卫延安》,因此被作为禁书销毁,这是另一回事。

④ 《文艺报》编辑部:《"写中间人物"是资产阶级的文学主张》,《文艺报》1964年第8、9期合刊。

三、"文革"中的遭遇

"文革"发生后,绝大多数知名作家都受到程度不同的冲击、批判,柳青和赵树理也不例外。柳青在陕西作协系统和长安县受到批斗,游街、抄家、关进"牛棚",被迫做检查,身心受到严重伤害,妻子马葳不甘受辱而自杀。

赵树理更为悲惨。1966年5月"文革"开始,首先是山西省晋东南地区和县的党政机关发动了对他的批判。8月,山西省委宣传部、晋东南地委相继召开批判赵树理座谈会,把他定性为"周扬黑帮树立的'标兵'"。《山西日报》在两三年间,连篇累牍刊发批判文章。1967年初,批判扩展到全国范围。1967年1月8日,当时相当"风光"、曾一度与《解放军报》一起成为"文化革命"喉舌的《光明日报》①,刊发了文章《赵树理是反革命修正主义文艺路线的"标兵"》。1月9日,《解放军报》以整版篇幅批判赵树理。此后,许多省的报纸都相继刊发批判文章。曾获"人民作家"②称号的赵树理,遭受长时间非人的折磨,1970年9月23日被迫害致死。

可以看到,"文革"期间对柳青的批判,基本上是在他生活、工作的省和地区,他获得"解脱"的时间相对也较早。赵树理死的时候,则仍身负恶名和罪人身份。对赵树理的批判也不限于他生活的省区,他在全国范围内被作为"文艺黑线"的代表人物对待。翻阅1967—1968年"造反派"组织编印的批判文艺界"黑线人物"书刊,也能发现这一点。如下面的几种当年流传颇广的出版物:

《送瘟神——全国111个文艺黑线人物示众》,中国文联批黑线小

---

① 由于一段时间内《人民日报》的暧昧态度,《光明日报》在"文革"初期扮演了重要的角色。

② "人民作家"是40年代后期开始对赵树理的称号。见塞风《人民作家赵树理》(1948年9月,《生活杂志》第1卷第2期)。该文收入郭沫若等著《论赵树理创作》(苏南新华书店1948年9月版)。这一称号,后来多次出现在论赵树理创作的文章中。

组编写组编写,北京师范学院《文艺革命》编辑部 1968 年 9 月印。文艺界"黑线人物"111 人分为三类。第一类"文艺黑线头目"10 人:周扬、林默涵、齐燕铭、邵荃麟、刘白羽、夏衍、田汉、肖望东、阳翰笙、刘芝明。第二类(文学类)依次为巴金、老舍、赵树理等 43 人,赵树理列第三名。第三类为美术、电影、音乐等艺术类。所列"黑线人物"中无柳青。

《文艺黑线人物示众》,武汉大学中文系鲁迅兵团《无产者》编,1968 年 5 月印。第一类也是"文艺黑线头目",除没有刘芝明外,其他与《送瘟神》一书同。第二类文学界共 54 人,头名是巴金,第二名赵树理。无柳青。

《六十部小说毒在哪里?》,人民文学出版社《文艺战鼓》编辑部、红代会人大三红文学兵团编,1967 年 10 月印。所列小说不少曾被江青点名批判过。长篇为主,也有若干短篇集。当代知名小说几乎囊括其中,如《太阳照在桑干河上》《暴风骤雨》《保卫延安》《青春之歌》《小城春秋》《红旗谱》《播火记》《在和平的日子里》《乘风破浪》《红日》《李双双小传》《山乡巨变》《刘志丹》《六十年的变迁》《三家巷》《苦斗》《大波》《苦菜花》《在茫茫的草原上》《上海的早晨》等。赵树理有《三里湾》《下乡集》《灵泉洞》三部列入。未见柳青《创业史》等作品。

《黑文艺家罪恶史》,广州红代会华师红旗《鲁迅公社》等编,1968 年 5 月印。上下两册共列"黑文艺家"95 人,无柳青。

另外,北京大学文化革命委员会《文化批判》①1968 第 6、7 期合刊为"打倒反动作家赵树理"专辑,共发表 13 篇文章,并附有年表性质的"赵树理罪恶史"。该刊到 1968 年 10 月共出版 19 期,提及的批判对象未发现柳青的名字和作品。

当年"造反派"的出版物和批判文章,其材料真实性历来被广泛质

---

① 1967 年以新北大公社文艺批判战斗团《文艺批判》刊名出版,1968 年 3 月改刊《文化批判》。1968 年 10 月军工宣队进驻北大后停刊。

疑,研究者一般不会将它们作为可靠的资料征引。不过,在政治高度敏感的时期,这些出版物其实也遵循着权力设定的界限、规则。"文革"中对赵树理这样的怨毒嫉恨,可以考虑的原因,一是他的成名与周扬有关("树立的黑标兵"),另一是他 1958—1962 年并不呼应政治风潮的创作,和对人民公社、大跃进的批评性言论。他在山西受到的长期折磨,则可能与他的生活理念和个性相关。有研究者认为,"说理"是他的小说叙事的支撑点和推动力,也是他关于乡村社会良性运行提取的经验①。但在政治风暴中,在面对强大批判势力时,想以此作为辨真伪、明事理的原则和行事风格,显然铸成大错。他后来对此有了彻悟:我是农民里的圣人,知识分子里的傻瓜。②

柳青不同,他虽然对农业合作化的进程,对人民公社运动也有看法,有批评,但他或基于生活、艺术目标,或因性格而能隐忍,将痛苦埋在心里,这从他女儿刘可风《柳青传》的记述中可以得知。在他的作品和公开言论中,批判者难以找到"反社会主义""反对三面红旗"的痕迹。况且,"文革"期间当权者的态度,在当时也是左右作家命运另一更重要的因素。③

---

① 这里借用了李国华《农民说理的世界——赵树理小说的形式与政治》的一些观点,上海书店出版社,2016 年。
② 关于赵树理在文章中被批判和他试图"说理"、摆事实辩论,和被迫检查的情况,在苟有富《赵树理在文革中》一文中有详细叙述,该文刊于《长治学院学报》2006 年第 23 卷第 6 期。
③ 《创业史》刚出版,姚文元就写了文章《中国农村的社会主义革命史——读〈创业史〉》(《文艺报》1960 年第 17、18 期),接着姚又发表了《从阿 Q 到梁生宝——从文学作品中的人物看中国农民的历史道路》(《上海文学》1961 年第 1 期)。批判"写'中间人物'论"时,姚相继发表《使社会主义蜕化变质的理论——提倡写"中间人物"的反动实质》(《解放日报》1964 年 12 月 14 日)、《驳"写普通人"——对于一种"写中间人物"论点的批判》(《萌芽》1964 年第 4 期)。据《柳青传》(刘可风)中的讲述,"文革"开始后,陕西作协针对柳青的大字报不多,随后他也成了黑作家、走资派,被强制劳动,挨打、抄家、游街。后来经"造反派"调查,结论是柳青在长安县 14 年"整体是比较好的",能深入农村,与贫下中农相结合,沿着毛主席的"文艺为工农兵服务"的方向做(转下页)

四、"新颖的"文学:赵树理,还是柳青?

50年代对赵树理评价的下降,看起来似不合"情",却于"理"有据。这一点,竹可羽①在50年代初对柳青、赵树理的评论,为我们提供了观察这个现象的角度。当时,这位名不见经传的年轻批评家,对社会主义现实主义精义的把握,似乎比一些大牌批评家来得熟练②。1950年前后,他在《文汇报》《人民日报》等报刊,发表多篇文章评论解放区作家的作品,这些作品有《高干大》《种谷记》《传家宝》《新儿女英雄传》《太阳照在桑干河上》等。他的主要看法是,它们虽然值得肯定,但还没有达到社会主义现实主义的要求。对于柳青的《种谷记》,说它"整个描写上没有达到理想的高度,使人感到只是'平面的加工'而不是'立体的加工'";并提出他的假想:"如果能够不局限于他周围的生活,能够站得更高,把整个边区在党的领导下组织变工队的运动中所发生的普遍意义的思想问题更高地概括起来,或者说,如

(接上页)了不少探索。1967年9月30日宣告"解放"。"文革"初期曾是北京地质学院造反派"东方红"成员的柳青的儿子刘长风,曾见过江青女儿李讷。李讷问他对父亲的看法,刘长风说:"《创业史》不是毒草,我父亲是按照毛主席在延安文艺座谈会上讲话的精神,认真走着和工农兵相结合的道路。""那人点点头:'你应该有这样的认识。'"《柳青传》还说,"大约1967年年中,有人给了柳青一张小报,上面登了江青的一个讲话,提到柳青说她曾经让柳青参加小说《铜墙铁壁》改编电影的工作,柳青不同意。江青发表讲话很频繁,大部分是说某某人怎么不好,如何罪大恶极,多少人因为她的讲话下了'地狱'。但这个讲话,对柳青充满善意"。《柳青传》说,柳青对此很警惕,认为"这是在给我招呼,让我上她的船"。参见《柳青传》,第267、283—285页,人民文学出版社,2016年。

① 竹可羽(1919—1990),浙江嵊县人。1938年参加革命,三四十年代在桂林、重庆等地从事文化教育工作。1949年后先后任职于中共中央华北局宣传部出版科、《新观察》《文艺报》编辑部等单位。50年代前期在《文汇报》《人民日报》《人民文学》等报刊发表多篇评论文章。出版有《论文学与现实的关系》(作家出版社,1957年)。反右运动后期受到批判,下放河北怀安乡。后主要在当地从事围棋推广工作。

② 虽说这一理论(或创作原则)在30年代就已经引进,但50年代初对许多作家和批评家来说,仍是陌生的理论。鉴于这个情况,中华全国文学工作者协会(中国作协前身)在1953年4月,组织在京作家、批评家四十多人学习社会主义现实主义。

果作者当时已经能够自觉地掌握了革命浪漫主义的话,那时一定不会满足于现在这样子的写法的。"与对柳青作品的评论相似,他对赵树理的《传家宝》,特别是《邪不压正》,在指出具体得失之后,也同样上升到普遍性问题的层面。他说,社会主义现实主义中心原则,是创造英雄人物的英雄形象,但"这在当前中国文艺界,似乎还没有被普遍重视起来",赵树理在这个问题上更是处于"自在状态"。接着,他对当时"学习赵树理"的倡导做了这样的分析:

> 我们说"学习赵树理",这是对的,赵树理把完全中国式的丰富的特别是积极的农民形象和农民语言带进了文艺创作,作者的生活实践和创作实践的一致的重要原则,给了创作界以很好的启发,作者的对于文艺服务于人民的坚信和夺取封建文化阵地的艰苦工作,给了我们以很大的鼓舞。所有这些,都是文艺界应该虚心地和真诚地加紧学习起来的。但是,要使这种学习,环绕着创作,更具体更有效起来,就必需有一种工作同时进行,这就是全面地把赵树理的创作提高到理论上来,根据社会主义现实主义的原则来进行分析说明,确定赵树理创作各种特色的应有的意义和前进的道路。否则笼统地说"学习赵树理"固然不很好,仅仅条目式地列出赵树理的创作特色,也不见得会有很大效果。①

这不仅是个人的见解,也是文艺界高层的看法。因而,赵树理在1951年调到中宣部任文艺干事,实际上是让他集中精力读书提高。"胡乔木同志批评我写的东西不大(没有接触重大题材),不深,写不出振奋人心的作品来,要我多读一些借鉴性作品,并亲自为我选定了苏联及其他国家的作品五六本,要我解除一切工作尽心来读。"②不知道让赵树理读的是什么作品,据说有契诃夫、屠格涅夫等人的小说,也

---

① 《再谈谈〈关于《邪不压正》〉》,《人民日报》1950年2月25日。
② 赵树理:《回忆历史,认识自己》,见《赵树理文集》第4卷,第1830页,工人出版社,1980年。

可能有社会主义现实主义的代表作,如农村题材的《静静的顿河》《被开垦的处女地》等。

面对社会主义现实主义这一被设定为"中国文学发展道路"的"原则"①,赵树理和柳青的反应显然不同。柳青凭借他更多来自19世纪西欧、俄国,以及中国新文学的素养,由衷地意识到和这一"原则"存在的差距。他诚恳检讨自己"太醉心于早已过时的旧现实主义的人物刻画和场面描写,反而使作品没有获得足够的力量"②。他下定决心,如肖洛霍夫20世纪20年代离开莫斯科定居顿河乡村那样,在陕西长安县长期安家,开始了他创作四卷本(《静静的顿河》也是四卷本)《创业史》的道路。经过将近十年的栉风沐雨、砥砺前行,1960年第一卷面世后好评如潮:"深刻而完整地反映了我国广大农民的历史命运和生活道路","真实地记录了我国广大农村在土地改革和消灭封建所有制之后的一场无比深刻、无比尖锐的社会主义革命运动"(冯牧)③;"对于生活的反映,有其独到的深度"(李希凡)④;《创业史》四卷全部出版后,"能成为中国农村伟大的社会主义革命史的一块艺术丰碑,使这一代和后代的人民知道我们这个伟大的时代彻底消灭几千年遗留下来的私有制所经历的艰巨的历史过程,看到英雄的劳动人民在党的领导下如何艰巨地创造社会主义、共产主义的大业的历史道路"(姚文元)⑤……历史概括、史诗性、远景、英雄典型创造——使用的是标准的衡鉴社会主义现实主义文学的标尺。

赵树理也反省自己"过分强调了针对一时一地的问题,忽略了塑

---

① 周扬:《社会主义现实主义——中国文学前进的道路》,苏联《旗帜》1952年12月号,《人民日报》1953年1月11日转载。
② 柳青:《毛泽东思想教导我》,《人民日报》1951年8月10日。
③ 冯牧:《初读"创业史"》,《文艺报》1960年第1期。
④ 李希凡:《漫谈"创业史"的思想和艺术》,《文艺报》1960年第17、18期。
⑤ 这一高度评价,延伸到"文革"结束后一段时间:"它反映农村生活的广阔程度,简直是无与伦比的"(阎纲《"创业史"艺术谈——在"对立"中刻划人物》,《上海文学》1978年第7期),"它的成就远远超过其他同类题材的作品"(《中国当代文学史初稿》,教育部委托编写,北京师范大学中文系等十几所院校参与,人民文学出版社,1981年。)

造正面人物"①,不过在他后来的作品,如《三里湾》以至 60 年代的那些短篇中,这个问题并未得到真正改变。他后来的多篇创作谈②,仍一再申明他的写作动机、展开方式和试图达到的效应,都基于他"一时一地"生活、工作需要解决的具体问题,立足于他的亲身体验。他和柳青在这方面的不同,1962 年"大连会议"上胡采做过分析。会上,当大多数人(邵荃麟、茅盾、侯金镜、李准、康濯、陈笑雨、西戎、束为、方冰……)都在热烈赞扬赵树理的生活态度和创作的时候,孤立无援的胡采坚持批评赵树理:

> 问题是要对这复杂的生活,做出正确的评价……(有的作家)脑子里太多的是生活里原来的东西,消极的东西,而没有跳出来。一定要跳出来,改造,选择。因此我觉得(有的作品)把生活看得太实了,浪漫主义少了些。《实干家潘永福》是很朴素的,但老赵我还是觉得太实了些,甚至《套不住的手》,五百年前农民也是如此。今天的劳动人民有什么新的精神面貌,揭示得不够。……看问题,也不应是从自己亲身感受的角度看,应看到宽广些,这些,对生活的评价就全面些。③

不能说胡采是在代表陕西作家发言,不过,他的看法确实体现了柳青、杜鹏程、王汶石的文学观。这次座谈会上发生的争论,可以看作是当代"人民文艺"内部不同取向之间的冲突。④ 胡采的归纳大致没

---

① 赵树理:《回忆历史,认识自己》,见《赵树理文集》第 4 卷,第 1830 页,工人出版社,1980 年。
② 如《"三里湾"写作前后》《我在创作中的一点体会》《与读者谈"三里湾"》等。
③ 胡采和下面引述的赵树理发言,参见洪子诚《材料与注释》(北京大学出版社,2016 年)中有关"大连会议"的部分。
④ 在会议上,胡采的观点显得孤立,并和其他作家发生争论。座谈会组织者侯金镜(《文艺报》副主编)在"文革"期间写的"交代材料"中有这样的说明:"胡采在会上对赵树理的作品提出批评,说他的作品'太实'(没有理想),又批评了《套不住的手》没有社会主义气息。赵树理听了大不高兴。接着有好几个发言驳了胡采,我也为赵辩护;针对胡采,说赵树理的作品'思想性强','战斗性鲜明'。胡采在会上赞扬了孙峻青的作品,引起方冰的发言,说英雄人物写得'好像吹猪似的,刮毛,把缺点都刮掉,(转下页)

错。依照社会主义现实主义典型化的原则,赵树理确实站得不够高,看得不够广,缺少"浪漫主义",在具有宏大视野的人眼里是过于执着于生活中的"细枝末节"。傅雷曾好意地说《三里湾》"大大小小、琐琐碎碎的情节,既不显得有心为题材做说明,也不以卖弄技巧为能事"①;张颐武说《张来兴》《互作鉴定》对劳动神圣的赞美,并非诗化、浪漫化,"而是反复书写其平淡无奇甚至单调的特征"②。赵树理在"大连会议"上的发言,也多是谈论60年代初困难时期乡村的日常生活,农民的心绪,他们的柴米油盐:

> 日子愈过愈困难。过年,洋火买不上。一个县城,十味药,十有八成买不到,当归也买不到。
>
> (年底)分了钱,只能买包花椒面,人把日子过成这样,就没有情绪生产。
>
> 60年过年,是二两红糖,四两海带,几个门窗分几张纸,一户半斤煤油,两包洋火,有的农民因为半斤煤油闹分家。农民是觉得所有生产资料入了社,没钱就向社里要。说你账上没钱了,他不管。过去中农户有时能省也省一点,现在不了,也不省,说用就用,没有就借,就成超支户,几年也还不清。劳力少的,本来要省点,现在他就不了。别人买什么,他也买什么。
>
> 过去农民打算十年,一辈子总有个打算,现在不知道打算。只能原则上说,也不解决问题。

未能做到更亲近社会主义现实主义,对赵树理来说,或许是不能

(接上页)洗得很漂亮,但不是活猪'等等。我说,有些作品描写新事物,但是'没有生命力',因为没有更深刻反映矛盾。这也是针对胡采的。胡采反映'大跃进'初期有些作品有缺点原因是'客观主义','自然主义'。我就说这是'现实主义'不够,在作品中'塞进作者的主观的东西'。"参见洪子诚《材料与注释》。方冰所嘲讽的峻青的作品,指他的《山鹰》等短篇小说。

① 傅雷:《评〈三里湾〉》,《文艺月报》1956年第7期。
② 张颐武:《从现代性到后现代性》,第207—209页,广西教育出版社,1997年。

(能力所限)。让素养、爱好、文学社会责任的理解上更接近民间戏曲、说书,不那么醉心于"主题提炼"①、升华的朴素的赵树理,归并入西欧、俄国现实主义文学(社会主义现实主义是它的延伸)轨道,那是强人所难。但或许是不愿:他并不觉得自己的道路就是"落后"的,而且在"亲身感受"的农民"琐琐碎碎"的切身问题面前,无法做到视而不见,身轻如燕地"跳出来"。

1951 年,孙楷第写有《中国短篇白话小说的发展与艺术上的特点》一文②,概述中国白话短篇小说自唐至明演变的三个阶段,即"转变"(唐朝最盛)、"说话"(宋朝最盛)和"短篇小说"(明末最盛)。认为中国"短篇小说"出于"说话","说话"又出于"转变"。然后他说:

> 明朝人用说白念诵形式用宣讲口气作的短篇小说,在五四新文学运动时代,已经被人摒弃,以为这种小说不足道,要向西洋人学习。现在的文艺理论,是尊重民族形式,是批判地接受文学遗产。因而对明末短篇小说的看法,也和五四时代不同,认为这也是民族形式,这也是可批判接受的遗产之一。这种看法是进步的。我想,作短篇小说,用明朝的形式也好,用明朝的形式加以变通也好,可以不必过拘。而明朝人作短篇小说的艺术精神,却值得我们注意。因为,他们作短篇小说,的确是将自己化身为艺人,面向大众说话,而不是坐在屋里自己说自己话。所以,我觉得这一点,也可以供热心作短篇小说的同志们参考。

孙楷第的观点,能让人想起竹内好的《新颖的赵树理文学》。竹内好说,赵树理"有意识地试图从现代文学中超脱出来。这种方法就是

---

① 王汶石在 1961 年《漫谈构思》(《延河》1961 年第 1 期,《人民日报》随后转载)一文中说,写作和艺术构思中,"主题提炼"是"中心环节,中枢神经",有了明确的主题就有了心脏,有了主题思想照耀,所有生活现象,一切细节,都向着主题的观点靠拢。

② 刊于《文艺报》第 4 卷第 3 期,1951 年 5 月出版。孙楷第(1898—1986)字子书,中国古典小说、戏曲文学研究家、敦煌学家、目录学家。著有《元曲家考略》《也是国古今杂剧考》《傀儡戏考原》《中国通俗小说书目》《日本东京所见小说书目》《沧州集》等。

以回到中世纪文学作为媒介。就作者与读者的关系而言,中世纪文学是处于未分化的状态。由于这种未分化的状态是有意识地造成的,所以,他就能以此为媒介,成功地超越了现代文学"。孙楷第的意思与此自然不尽相同,但是,在将"中世纪文学作为媒介"这一点上,想法也有相似的地方。《新颖的赵树理文学》写于1953年,翻译到中国并被大量征引,却是80年代特别是90年代之后的事情①。即使竹内好的论述在50年代就得到译介,即使那时就有"反现代的现代性"的说法,就有人敢于挑战"典型环境的典型人物"的经典论述,宣称"不要特殊环境特殊人物;不要材料太多;不要语言的风格化;不要独特性"②,那也无济于事。诚如贺桂梅所言,在50年代日本学者关于赵树理小说的争论中,洲之内彻认为以心理主义、人物分析为基本创作方法的"西化",是文学现代化的"宿命",而竹内好关注的是现代化内部的不同层次,它们的差异,即认为赵树理那样的以"中世纪文学"为"媒介",有可能超越这个"宿命"而产生"非西方"的东西。③ 就20世纪五六十年代中国文坛状况而言,不要说竹内好这一超越"现代文学"的设想,就是孙楷第的可以作为注意的一个方面的提议,在"尊重民族形式"的50年代也难以被认真看待、讨论。

解放区文艺家离开乡村进城之后,普遍的趋向是告别"游击作风",以苏联作为榜样朝向正规化、精英化,是总体趋势。五四以来急迫走向的"世界文学",在当代,指的就是19世纪现实主义和它的延伸线上"更高级别"的社会主义现实主义。20世纪五六十年代,以至"文革"期间,处于权威地位的文学家、文化人——周扬、丁玲、冯雪峰、胡

---

① 原载日本《文学》第21卷第9期,岩波书店,1953年。迟至80年代初才有中译(晓浩译,严绍璗校定),译文收入黄修己编《赵树理研究资料》,北岳文艺出版社,1985年。

② 王安忆在90年代后期关于小说写作的一个说法。她自然不是要制定新的"定律",大体上是在说明自己的小说观。

③ 参见贺桂梅:《赵树理文学的现代性问题》,见唐小兵编:《再解读——大众文艺与意识形态》,北京大学出版社,2007年。

乔木、夏衍、邵荃麟,以至"文革"间掌权的江青,无一不是为19世纪西欧、俄国现实主义文学所惠泽、浸染。当年冯雪峰说,五四以来新文学"在许多方面,它确实是'外国化'了;但实质上,这正是中国文学在中国革命的要求与推动以及世界进步文学的影响之下的现代化"①——这是当年文学界普遍的看法。在这样的情境下,所谓东、西总布胡同之争②,以"中世纪文学"为"媒介"的赵树理等"土包子"们,显然处于下风,属于文艺界的"弱势群体"。也就是说,不是赵树理,倒是明显"外国化"的柳青等的创作才会被看作是"新颖"的文学。今天,洲之内彻的"宿命"论可能大家不怎么喜欢,但却说出了内在的,在当年难以找到出路的矛盾:超越个人心理主义的"新文学"的"概念之所以暧昧",其原因就在于"一方面想从封建制度下追求人的解放,同时另一方面又企图否定个人主义"。

五、邵荃麟"邂逅"赵树理

由于"大跃进"遭遇挫折,60年代初政治、经济和文化的浪漫主义一度退潮。这个时期文学界开始强调"现实主义深化"。这是针对社会主义现实主义的教条化所做的反拨。从50年代开始,西方左翼文学界和社会主义国家内部,不断出现质疑、反拨的理论和写作实践。1962年9月,路易·阿拉贡在捷克查理大学接受荣誉博士学位的演讲中说,在20世纪,"现实主义是一只左右两舷都遭到斧劈的船";相比起右面的斧劈,他认为当前主要危险是"来自左面的海盗",即左翼文学界内部的教条化,它让社会主义现实主义"面临的最大的损害信誉危险","在于把谄媚当作现实,在于使文学具有煽惑性",让现实主义

---

① 冯雪峰:《中国文学中从古典现实主义到无产阶级现实主义的发展的一个轮廓》,《文艺报》1952年第14、15、17、19、20期连载。
② 参见邢小群:《丁玲与文学研究所的兴衰》,山东画报出版社,2003年。苏春生:《从通俗化研究会到大众文艺创作研究会——兼及东西总布胡同之争》,《中国现代文学研究丛刊》2003年第2期。

"像装饰教堂一样用窗花来装饰生活"①。为了抗拒这种教条化,在理论上西方左翼作家提出"无边"的现实主义(罗兰·加洛蒂),中国是提出现实主义"广阔道路"(秦兆阳),而在苏联是70年代的现实主义"开放体系"。加洛蒂的"无边"是向"现代主义"开放,与之对话,而胡风、秦兆阳们的"广阔道路"则是向19世纪的"回归"。邵荃麟60年代初提出的"现实主义深化",是这个"回归"理论的另一表达方式。这些论述,在50—70年代都因"修正"正统社会主义文学观而受到批判。

关于"现实主义深化"的论述,也被运用到对柳青和赵树理的阐释、评价上面。就《创业史》而言,针对批评界一致地高度赞扬新人梁生宝的形象,邵荃麟、严家炎认为《创业史》的主要成绩,并非表现在梁生宝,而是在梁三老汉的塑造上。1960年在《文艺报》的一次会议上,邵荃麟说,"《创业史》中梁三老汉比梁生宝写得好,概括了中国几千年来个体农民的精神负担";梁生宝不是最成功的,而梁三老汉是很典型的人物②。在此前后,严家炎在多篇文章中也发表了相似的观点③;说梁三老汉形象塑造最成功,而梁生宝虽说是"水平线以上",却存在"三多三不足"的缺陷。邵荃麟和严家炎讲这些话的时候,大概都没有想到,柳青为此会按捺不住地发火,撰文予以批驳。他在1963年

---

① 路易·阿拉贡:《布拉格演说》,原载《法兰西文学报》1962年9月20日,中译刊于《现代文艺理论译丛》1963年第1期。
② 见《关于"写中间人物"的材料》,《文艺报》1964年第8、9期合刊。
③ 在对于《创业史》的评价上,邵荃麟与严家炎在几乎同一时间发表相近的观点,若干措辞也类似。他们之间在这个问题上是否存在沟通或影响?对此严家炎说,他们之间没有就这个问题交流过。"我写那篇《谈〈创业史〉中梁三老汉的形象》,完全根据个人读作品得来的感受。我认为《创业史》这部作品水平相当高,而人物中写得最成功、最丰满的就是梁三老汉。这是自己读作品而且连续读了两遍,边读作品边做笔记,用第二遍来验证第一遍的印象是否正确,这样才形成的一些思想。荃麟读过我发表在《文学评论》上的这篇文章。据冯牧在1961年秋末《文艺报》评论员会后对颜默和我的谈话透露,作协党组书记邵荃麟,曾对这篇评论梁三老汉的文章相当欣赏,给予了较高的评价。"见贺桂梅《从"春华"到"秋实"——严家炎教授访谈录》,《文艺研究》2009年第6期。

的《提出几个问题来讨论》一文中说,《创业史》第一部出来后,报刊发表许多评论文章:

> 对于我所不同意的看法,我根本不打算说话。但《文学评论》杂志这回发表的这篇文章①,我却无论如何不能沉默。这不是因为文章主要是批评我,而是因为文章……提出了一些重大的原则问题。我如果对这些重大的问题也保持沉默,那就是对革命文学事业不严肃的表现。②

事后知道,柳青的难以容忍,一是怀疑严家炎背后有"大人物"指使撑腰(他提到林默涵)③,更重要的是他认为这是革命文学的大是大非问题。梁生宝的塑造,虽然只是作品的一个部分,却是《创业史》的核心,柳青心血倾注所在,也是区分"新""旧"现实主义的重要标志。历史本质、历史前景等等,主要是通过先进人物的塑造来体现。评论界当年的赞扬,也最集中在这个上面。因此,贬低这个成就,或将《创业史》的成就转移到梁三老汉等在"旧现实主义"作品中并不罕见的人物身上,无异于是整体性贬低《创业史》的思想艺术高度,也无异于模糊了社会主义现实主义原则的边界。

邵荃麟其实没有提出,也没有使用过"现实主义深化"这个概念,这是后来批判者的归纳。不过这个归纳和他的意思也大致不差④。而

---

① 指严家炎《关于梁生宝形象》,《文学评论》1963年第3期。据严家炎说,文章1961年就完成,但《文学评论》在是否发表上有犹豫,两年后才刊出。
② 柳青:《提出几个问题来讨论》,《延河》1963年第8期。
③ 据严家炎后来回忆说,"1967年在西安我跟柳青见过一次面。……柳青问我:'你当时为什么要写批评梁生宝的文章?是不是有大人物做你的后台啊,是不是林默涵让你写的啊?'我告诉他:'没有人指使我,是我自己想写的。可能语气上有点轻率,冒犯了。'他问我:'你写这文章时多大岁数?'我说'二十六七岁吧'。他就说:'我要知道你还是一个年轻人的话,我也不该写《延河》上那篇文章的。'"贺桂梅《从"春华"到"秋实"——严家炎教授访谈录》,《文艺研究》2009年第6期。刘可风《柳青传》的记载与此相似:严家炎来西安,见到柳青,柳青问是否有人指使,严说没有,就是他自己的想法。柳青说,"那我就没有必要写那篇文章"。
④ 这延续了邵荃麟40年代的主张,参见他的《向深处挖掘》《伸向黑土深处》等文,和他评论赵树理《李家庄的变迁》的文章。

且它不仅是他个人的观点,也是一种思潮。体现在对赵树理的评价上,则是以"真实性"来提升赵树理的文学地位。"大连会议"的主题,是质疑1958年后创作上的浮夸的浪漫主义,强调"现实性";对农村题材小说而言,提出要表现农村社会主义革命的艰苦性。邵荃麟说,"如何表现内部矛盾的复杂性,看出思想意识改造的长期性、艰苦性、复杂性,了解、分析、概括生活中的复杂的斗争",是我们作家的新的任务,并指出1958年后几年间的创作存在"革命性强,现实性不足"的问题。他在这样的背景上来阐述赵树理的价值:

> 在现实性方面,我们的有些作品也达到了相当的深度。有些作家对农村斗争的长期性、复杂性、艰苦性有深刻的认识。这次会上,对赵树理的创作一致赞扬,认为前几年对老赵的创作估计不足,这说明老赵对农村的问题认识是比较深刻的。①

"大连会议"之后康濯的文章,延续了这一思路,说赵树理作品的"思想和形象始终不移地来自当前的生活底层",他的"那种革命现实主义的深厚功夫和老实态度","是文学创作的灵魂所在":

> 赵树理在我们老一辈的作家群里,严格说是近20年来最杰出也最扎实的一位短篇大师。但批评界对他这几年的成就却使人感到有点评价不足似的……事实上他的作品在我们文学中应该说是现实主义最为牢固,深厚的生活基础真如铁打的一般。这几年来,不论是《老定额》,还是《套不住的手》,或是《实干家潘永福》以及其他各篇,思想和形象都始终确定不移地来自当前的生活底层,并极其真实地站在当前生活的前哨位置。②

不过,拿赵树理作为"现实主义深化"论的重要例证,看来有点勉强;无论是《"锻炼锻炼"》,还是《老定额》《套不住的手》《实干家潘永

---

① 《邵荃麟评论选集》上卷,第398页,人民文学出版社,1981年。
② 康濯:《试论近年间的短篇小说》,《文学评论》1962年第5期。

福》,都不足以有力地支撑这一论述。从赵树理方面说,他也无意表现农民思想意识改造和农村斗争的"长期性、复杂性、艰苦性"。40年代末,林默涵在评论中将鲁迅的阿Q和赵树理的福贵加以连接,说"把这两篇小说连起来读,恰好可以看到三十多年来中国农村的变化,和中国农民由蒙昧到觉悟的历程。"①——不知道赵树理是否认可这个说法。虽然可以将阿Q和福贵列入新文学中的同一人物"谱系",但阿Q和福贵的创造者的"农民观"却大不相同。

可以说,60年代邵荃麟与赵树理的相遇,带有偶然的性质。赵树理的创作既不能归纳为"新现实主义"原则,也难以放进"旧现实主义"的箩筐。这里既是艺术方法的问题,更是基于对中国农村发展道路的不同认识。

在中国农村现代变革问题上,邵荃麟等与柳青的理解其实更接近,而与赵树理的距离倒是较远。对于农民问题,邵荃麟和柳青基本是五四新文学的启蒙观,赵树理也受到这种观念的影响,但相对要弱许多,他持有的更多是"农民内部"的视角。段从学比较《三里湾》和《创业史》这两部长篇,讨论了它们体现的对农村社会变迁的不同理解。他认为,《创业史》强调合作化运动与传统乡村社会之间的断裂,认为"在私有制条件下,农民自己的创业史实际上乃是一部'劳苦史、饥饿史和耻辱史'""它将梁生宝的社会主义创业史与现代时间观联系在一起",表达了"在传统的乡土社会秩序死亡的地方,一种全新的、前所未有的历史开始了"的认识。《三里湾》则不同,它是"从乡土社会的生活秩序内部来理解和叙述农业合作化运动","在赵树理看来,投身农业合作化运动,告别私有制,走社会主义道路乃是从乡土社会内部生成的一种愿望,同时乡土社会自身也有能力来完成这一任务。"②

---

① 默涵:《从阿Q到福贵》,《小说》1948年第1卷第5期。
② 段从学:《"三里湾"与"创业史"之比较》,《晋东南师范专科学校学报》2001年第18卷第4期。

"乡土社会"内部自身能产生合作化、告别私有制的愿望和实现这一任务——如果说这是赵树理小说告诉我们的,肯定不是事实。相反,赵树理充分肯定、重视新的政权和政治力量在这方面起的重要甚至关键的作用。但是这个论述的启发意义在于,指出赵树理不认为农村的社会变迁应该与传统乡村社会断裂,不是全新的时间的开始。毫无疑问,旧的、落后的、违反人性的制度、观念、习俗需要改变,促使其消亡(正如他在《小二黑结婚》《李家庄的变迁》《传家宝》《登记》等作品中表现的),但乡土社会有生命力的制度、观念、习俗因素,可以也应该融入这一变革。可以这样说:赵树理表达的是,新的政权和政治力量领导、推动的变革,要建立在"传统乡村秩序"(包括制度、伦理人情、习俗)的合理的、值得延伸的那些部分的基础上。

因此,农村合作化道路的斗争,在赵树理的作品中就不会是"摆开阵势打起仗来"。针对他写的先进人物不够高大的批评——"对劳动中的精神面貌写得还不够""《套不住的手》,五百年前农民也是如此。今天的劳动人民有什么新的精神面貌,揭示得不够"——赵树理不以为然:"我对共产主义思想的写法有些想法。'小二黑'没有提到一个党员,苏联写作品总是外面来一个人,然后有共产主义思想,好像是外面灌的。我是不想套的。农村自己不产生共产主义思想,这是肯定的。写农村的人物如果落实点,给他加上共产主义思想,总觉得好像不合适。什么'光荣是党给我的'这种话我是不写的。这明明是假话,就冲淡了。"①在依据真人真事写成的《实干家潘永福》(可以将它看作是赵树理对生活、艺术的"宣言"②)中,赵树理着重写的是他的"实干"的精神和行事风格:在有关群众生产、生活问题上,"没有一个关

---

① 1962 年 8 月 8 日的"大连会议"上胡采对赵树理小说的批评,和赵树理的回应。参见洪子诚《材料与注释》,第 96 页。
② 《实干家潘永福》刊于《人民文学》1961 年第 4 期。侯金镜用"卞易"这个笔名在《文艺报》1961 年第 5 期刊文推荐,说不应单纯当成小说来读,称它"从密切地联系群众,求实精神,一切从调查研究出发的实事求是作风等方面来为潘永福立传";"用事实本身作证,越朴实,越真切,越能达到它的教育目的"(卞易《〈实干家潘永福〉》)。

节不是从'实'利出发的,而且凡与'实'利略有抵触,绝不会被他忽略过去",并特别交代这种思想品格的来源:

> 他是个贫农出身,年轻时候常打短工,体力过人,不避艰险,村里人遇上了别人拿不下来的活儿,往往离不了他。抗日战争开始以后,他参加了革命工作……从他1941年入党算起,算到现在已经是20年了。在这20年中,他的工作、生活风度,始终是在他打短工时代那实干的精神基础上发展着的。

相较起柳青来,这显然是不同的思路和关注点。柳青在批驳严家炎的文章里说的是:"'只要对农村情况稍有了解的人',或者只要对列宁和毛泽东同志关于农民问题的著作稍有了解的人,'都会知道'农村党员和积极分子的社会主义革命思想都是党教育的结果,而不是自发地由批评者所谓的'萌芽'生长起来的。"①

六、"文学家"与"乡村治理者"

竹可羽在《再谈谈"关于'邪不压正'"》中,说赵树理的"作者的生活实践和创作实践的一致的重要原则,给了创作界以很好的启发"。竹内好在《新颖的赵树理文学》里说"以回到中世纪文学作为媒介"来超越"现代文学",而"就作者与读者的关系而言,中世纪文学是处于未分化的状态",孙楷第说到明朝白话短篇小说的特点,是作者化身为艺人向大众讲述——他们都涉及了作家的身份,和这一身份与艺术方法的关系这个问题。

作家职业化是现代社会专业分工出现的现象。卢卡契在《叙述与描写》中区分了"危机中的资产阶级社会"的两类作家,说他们在生活实践和创作实践关系上呈现出不同处理方式。他说歌德、司汤达、托尔斯泰是"文艺复兴时期和启蒙时期的古老作家、艺术家和学者的后

---

① 柳青:《提出几个问题来讨论》,《延河》1963年第8期。

继者:那些古人都积极地、多方面地参与了当时伟大的社会斗争……他们还不是资本主义分工意义上的'专家'":巴尔扎克是"新生的法国资本主义的狂热投机事业的参加者和牺牲品","歌德和司汤达还参加过行政管理,托尔斯泰作为大地主,作为社会机关(户口调查局、赈灾委员会)的活跃分子,经历了最重要的历史事件"。而另一类作家,如福楼拜、左拉则不同。由于他们对当时的政治、社会制度的憎恨、厌恶和轻蔑,不愿成为辩护者而选择了孤立的道路,"他们变成了资本主义社会的批判的观察者","但是,他们同时也就成为职业作家、资本主义分工意义上的作家"①。卢卡契在评价上,显然向前一类作家倾斜。

20世纪,重视文学与社会实践关系的左翼文学家,在身份、存在方式上都不同程度地表现了对职业作家的超越。在40年代的根据地和解放区,文人、作家和实际的社会工作者之间的界限并不很清晰;强调的是"革命者"与"作家"身份的统一。在当代,这一观念虽说也得到延续,但事实上,现代分工意义上的职业作家的观念、制度占据主要地位。资格认定意义上的"专业作家"与"业余作家"概念的产生,"作家协会"的行会式机构的成立,作家的经济收入、生活来源等,既是职业性的表征,也是这一制度的保障。

在这样的背景下,柳青和赵树理的处理方式就显示了他们的独特性。一个被经常谈论的特点是,他们不是以"体验"的方式去接近所要表现的"生活",而是在事实上参与到农村的生产劳动、治理和经营等实际事务中去。他们都在地方的政府机构担任领导职务(虽说是属于没有主要权、责的"挂职"性质),柳青还在1953年举家落户皇甫村。他们自然仍是职业作家,但是也试图超越这一身份。

在当代,这样的身份也导致另外的问题产生:越是深入参与到社会实践中去,作家的感受、经验与写作之间的关系也就越发复杂。

---

① 卢卡契:《叙述与描写——为讨论自然主义和形式主义而作》,刘半九译,见《卢卡契文学论文集》(第1卷),第46—47页,中国社会科学出版社,1980年。

1957年,曹禺在一次访谈中提出了"生活的事实是怎样,作家的感觉是怎样,和应该是怎样"的关系①,周扬"大连会议"讲话也谈到作家所见、所感、所信和"党的观点"(曹禺说的"应该是怎样")的距离、矛盾如何处理。虽然所有的当代作家的航行都会遇到这个礁石,都会选择不同的处理方式,但是,深刻地嵌入社会生活的作家在这上面可能遇到更大的困惑和危机。

赵树理说,他50年代头几年在农村工作比较顺利,1957年,特别是公社化之后,就为农村某些政策对农业生产造成的破坏而忧虑。他感到"彻底无能为力","不但写不成小说,也找不到一点对国计民生有补的事情"。他明白不可能按照他的"所见、所感、所信"写作,但又无法"超越"这"所见、所感、所信",只得放弃文学写作,改为多次写信、写文章向高层领导反映农村存在的问题,如1956年给山西长治地委的信,1959年给邵荃麟的信,和给《红旗》杂志写的《公社应该如何领导农业生产之我见》文章。在信和文章中,他详细触及农村生产资料所有制,生产任务确定权,产品交换、分配方式,社员生活消费,农民思想状况等问题——这些都和"文学"无关。他这样做的后果,是在1959年"反右倾"运动中,在中国作协内部受到的批判②。

柳青1952年就在长安县挂职,参与当地农村发展规划、建立合作社的工作。1957年到日本访问时还带回稻种,甚至写过《耕畜饲养管理三字经》。在50—70年代,人们并不知道他当年对农业合作化运动有过不同的看法。80年代以后发表的材料(学术论文、回忆文章和传记③)才逐渐披露这方面的情况,得以了解他和赵树理一样,自1956年高级社开始,对农村政策、开展的运动就有怀疑、不满。他认为农村

---

① 张葆莘:《曹禺同志谈创作》,《文艺报》1957年第2期(4月21日出版)。
② 具体情况,见陈徒手《人有病,天知否——1949年后中国文坛纪实》(人民文学出版社,2000年)一书的相关章节。
③ 参见李士林《关于〈创业史〉和极左思潮》(《延河》1981年第3期)、蒙万夫《柳青传略》(陕西人民出版社,1988年)。下文柳青的观点主要见刘可风《柳青传》(人民文学出版社,2016年)第299、397、399、402页。

社会主义改造存在"冒进"的错误,说"高级社风一吹是经济走下坡路的起点",认为"高级社就不成熟,人民公社就是不应该。公社化后问题更多,导致三年经济困难,党内的不满情绪又引起'反右倾'"。还说,他的《狠透铁:1957年记事》"是对高级社一步登天的控诉"①,说"中国农村一贫如洗,地主、富农比例很小,尤其是富农",这和苏联的情况不同,"中国的富农就没有发展起来"。读着这些记叙,我们可能感到意外,觉得超出我们的想象。这和我们在20世纪五六十年代的"柳青印象"有很大的距离。不仅这些看法在当时从未公开发表过,就是从《狠透铁:1957年记事》、从《创业史》第一部,从《提出几个问题来讨论》中,也难以读出这样的柳青。

在面对所感、所信和"应该怎样"的冲突上,赵树理选择的是直接发表自己的意见,争取决策者重视、解决这些有关"国计民生"的问题。孙晓忠说,"赵树理是大众现实主义,而当国家要求史诗式的现实主义和社会主义远景的时候,要求从更大视野上来理解乡村问题,社会主义需要政策和策略的政治的时候,赵树理的治理者的位置和实践哲学,就体现了他和主流思想的冲突,暴露了危机",说他是"以一个乡村治理者的身份坚持写作并参与到实际斗争去的"。② 换一个角度,也可以说在面对这样的困境的时候,赵树理将"乡村治理者"的立场、责任置于首位;"文学"被放在一边;况且,在他的"文学观"中,写作本来就是服务于实际的生活和斗争的。

对于柳青来说,他秉持的是成为人民的"大作家"的意识,他的目标是积聚全部生命能量完成具有"史诗"高度和规模的杰作。为着这一崇高的目标,就要有所放弃,在难以协调的特定困境面前,知道需要隐忍。这就像他说的,他是挑鸡蛋担子上集市的,他不敢碰别人,只怕

---

① 这一点,不管是《狠透铁:1957年记事》发表的当年的反应,还是后来的评论,都未出现如作者这样解释的结论。
② 孙晓忠:《当代文学中的"二流子"现象》,《文学评论》2010第4期。

别人碰他①。而社会主义现实主义的典型化、写远景的浪漫主义方法,也有助于他超越具体的现实矛盾,就如胡采在"大连会议"上说的,对"生活里原来的东西,消极的东西""一定要跳出来,改造,选择"。这样的选择取舍,让柳青为当代文学贡献了《创业史》这样的作品,一部今天仍不断引发争论,也就是仍有生命力,而且让一些读者读过之后心潮澎湃的作品。

原载《文艺争鸣》2018年第1期

---

① 参见刘可风:《柳青传》。

第二辑

阅读与阅读史

"怀疑"的智慧和文体

——"我的阅读史"之契诃夫

重读将损失些什么

  60 年代初的几年里,我曾经沉迷于契诃夫的小说和剧本,那是大学毕业前夕和毕业后参加工作的那几年。那个时候,也可以说是两个"革命高潮"之间的"间歇期"。"大跃进"还是昨天的事情,但在心里仿佛已变得有些遥远;而另一次以"文化"命名的"革命",则还没有降临。

  在这个悄悄到来的时间夹缝中,即使你并未特别留意,"变化"也能够觉察。日子变得有些缓慢,心情也有些松弛。不再有无数的场合要你表明态度、立场。你为过去居然没有留意冬日夜晚湖面冰层坼裂的巨大声响而惊讶,你开始闻到北京七八月间槐花满树的浓郁香味。你有了"闲适"的心境倾听朋友爱情挫折的叙述,不过还没有准备好在这类事情上进行交流的语言。你经常有了突然出现的忧伤,心中也不时有了难明的空洞的感觉。

  在此之前的 1959 年冬到 1960 年春,你正读大四。年级四个班被派到京郊农村参加"整社"运动;这是 1958 年到 1959 年数不清次数的下乡的一次。你的班分散住在平谷县望马台、甘营两个村子里。为了反击"右倾机会主义",便在甘营的小学教室举办歌颂"三面红旗"(总路线、大跃进、人民公社)的图片展览,班里让你编写漫画、图表上的说明文字。从地里收工吃过晚饭之后,每天总要忙到午夜的一两点,如此十多天。深夜,你拿着手电筒和木棍(老乡说常有狼出没),独自回到相距四五里地的望马台住处。走过积雪有几寸深的空旷寂静的田野,你看到远处海子水库("市场经济"时代它的名字改为"金海湖")工地朦胧的灯光,表明"大跃进"的规划仍在进行。但你感受到村庄已被萧条、寒冷、饥饿的气氛笼罩。听着雪地里仿佛不属于你的吱吱的脚步声,你想起另一个班一个同学的自杀身亡:他经受不了"整社"运动的火力猛烈的批判。听到这个消息,正编写着那些解说词的你,瞬间隐隐有了一种负疚的感觉。虽然你很快将这种"错误的情绪"驱赶开,却已经意识到自己那可怜的智力,和同样可怜的感情"容器",已无法应对、处理这种种纷杂的现象和信息。

当时,同班的一位同学,正好有一套分册的契诃夫小说选集(上海平明、新文艺1950年代版)。它们陪伴我度过那些年许多的夜晚。这个期间,也陆续购买了此时人民文学出版社出版的《契诃夫戏剧集》(1960)、《契诃夫小说选》(上、下,1962)、《回忆契诃夫》(1962)。小说集是汝龙先生的译文,剧本译者则分别是丽尼、曹靖华、满涛先生。当时没有读到焦菊隐先生的译作。我的这几本书"文革"期间被同事借走并多次辗转易手,待到想收回时,小说选的第一册和《回忆契诃夫》已不见踪影;上面有我当年阅读的各种痕迹,这让我感到有点可惜。

因为和教学、研究没有直接关系,当时并没有认真想过喜爱这些作品的原因。记不清是从《醋栗集》还是《新娘集》开始的,那种平淡、优雅,却有韵味的语调吸引了我。自然,还有大家都说到的那种契诃夫式的忧郁和诗意。那种将冷静和内在的温情包容在一起的叙述,对我来说有难以分析的奇妙;就像80年代初第一次听到拉赫玛尼诺夫的音乐,惊讶于悲怆和辉煌能这样的交融在一起。60年代初我二十出头,自然又很容易和契诃夫作品中对生活目的、意义的苦苦思考,对一种有精神高度的生活的争取,以及爱情的期待、破灭等的讲述发生共鸣。回想起来,当时的喜欢,如果套用现在的话,那是在向我展现一种"新的感性",一种与我经常接触,也曾经喜欢的夸张、坚硬、含糊的文体相区别的文体,后者就像《第六病室》中说的,"总是涂上浓重的色彩,只用黑白两色,任何细致的色调都不用"。这种"新的感性"所教给我的,是我不大熟悉的那种对细节的关注,那种害怕夸张,拒绝说教,避免含混和矫揉造作,以真实、单纯、细致,但柔韧的描述来揭示生活、情感的复杂性的艺术。刚毕业的那几年,我给文科低年级学生上"写作课",便把我从契诃夫那里感受到并充分认同的这种"文体",有些绝对化地当成艺术准则传授给学生。我本来想选他的《在流放中》作为范文,但担心思想情调过于"低沉",便换为在"当代"得到认可的《万卡》。作为这种艺术理想的补充和延伸,在课堂上我讲孙犁的《山地回忆》《铁木前传》语言的简洁、精致,讲从朱德熙先生那里"贩"来的对赵树理、毛泽东在语言运用上精确、传神的分析。①

这种阅读继续到1964年。随后的批判运动和"文革"的发生,让我放下了契诃夫,和许多人一样,不同程度投身到这场"革命"中去。这种转变,在个人的生命中也可以说是一种"转折",其实也包含着自然的、顺理成章的因素。"文革"期间我没有再读过契诃夫的作品;但到了改革开放的八九十年代,同样也没有。除了新时期纷至沓来的各种书籍的吸引力之外,有时候也有一种担心。通常的理解,名著的重读将可能加深原有的感受、理解,但我更明白也很可能会损失一些东西。多次的经验告诉我,重读时既有可能因为有新的发现而欣喜,也会因为疑惑当年为什么会有那样的感动而惭愧。后面一种情况,不仅自己的趣味、感受力的信心受到打击,而且当初留存的情感记忆也被损毁。因而,便告诫自己,为着那些已经成为个人经验世界的一部分

---

① 我1961年毕业后,多次听过朱德熙先生的文章分析课,如赵树理的《传家宝》,朱自清的《欧游散记》,毛泽东的《丢掉幻想,准备斗争》,汪曾祺(朱德熙先生在西南联大的同学)的《羊舍一夕》等。他对赵树理语言运用的功力十分赞赏。

的印象得到保存,有时候抑制重读的诱惑是值得的。

比如说,你印象中的空气中树脂的气味,林中小路枞树积满的针叶,暮色中树木与树木之间隐藏的阴影,乡村教堂钟楼上夕阳中燃烧的十字架……就像《带阁楼的房子》的结尾所写的:"我已经渐渐忘掉了那所带阁楼的房子,只是间或在画画儿或者看书的时候,忽然无缘无故想起窗子里的绿光,想起我在那天夜晚满心的热爱,在寒冷里搓着手,穿过田野走回家去的时候我的脚步声。有时候(那种时候更少)孤独折磨着我,我心情忧郁,我就模模糊糊地想起往事;渐渐地,不知什么缘故,我开始觉得她也在想我,等我,我们早晚会见面似的……"是的,你也许难以明白,这种对曾经有过的温暖,曾经有过的灯光和满心热爱的无缘无故的回想,当然无足轻重,但对个人来说也许不是无关紧要。

但想法还是发生了改变。两年前,参加戴锦华先生指导的博士生孙柏论文的答辩,在《西方现代戏剧和社会空间》中,有一章专门讨论契诃夫戏剧的"知识分子的工作和生活"。熟悉契诃夫的读者都知道,他后期的戏剧(特别是《三姐妹》《樱桃园》)、小说中,"工作""劳动"是经常涉及的中心命题,这与知识分子摆脱闲散、无聊、庸俗、厌倦,与"新的生活"的创造等联系在一起。在历来的契诃夫评论中,《三姐妹》中衣丽娜的那段著名台词——"人应当劳动,应当流着汗工作,不论他是谁,人生的目的,他的幸福,他的欢乐,就在这儿"[①]——也总是被作为契诃夫思想的重要的积极因素得到肯定。对此,孙柏论文在引述江原由美子、约瑟夫·皮珀等社会学家、哲学家的论述后指出,这里表达的"劳动中心主义",是19—20世纪资本主义社会生产的组织原则的基础,是对"闲暇",对非职业性、非物质生产性、非实用性的活动、兴趣的歧视、压抑。论文指出,契诃夫显然受到这种"劳动中心主

[①] 据曹靖华译本。焦菊隐译本为——伊里娜:"所有的人,无论他是谁,都应当工作,都应当自己流汗去求生活——只有这样,他的生命,他的幸福,他的兴奋,才有意义和目的。"

义"的影响,不过也表现了对这种"工作至上"的疑虑,这种疑虑已包含了他对"工作至上""劳动中心主义"观念的批判,甚至否定。论文从戏剧内在的反讽基调,戏剧语言和戏剧动作的对比上的分析,来支持这一论点。他认为,"不仅因为在作为抽象人类活动的劳动与资本主义具体的社会分工之间存在着不能忽视的重大不同,知识阶层也可能会在工作的选择上发生质的分化,而且'工作至上'的观念或者劳动中心主义不可避免地要造成的剥削,已经为契诃夫所洞见"。

这是质疑苏联和当代中国(自然也包括我在内)的"契诃夫观"。对我来说,由于原先形成的看法已经难以改变,因此会"本能"地要抵制不同的论述。但我因为没有重读作品,在答辩会上只好委婉地表示我的怀疑。大概出于对年事已高的老师的尊重,答辩者既没有和我发生争论,也没有做进一步解释,只是说回去要更多读材料,深入思考这个问题。

被迫地改变(哪怕是部分)所喜欢的作家的印象,无论情感还是理智,都是不很容易的事情。为着寻找质疑论文的根据,终于还是再次拿起契诃夫的书,重读了主要的剧本和一些短篇。

"当代"的契诃夫图像

契诃夫在"当代"(指的是 50—70 年代)中国文学界的地位有些"微妙"。根据李今女士的研究,1907 年就有契诃夫小说的汉译(《黑衣修士》),1916 年中华书局出版他的第一本汉译小说集。但契诃夫在"五四"时期和 30 年代初并没有受到特别关注。30 年代末到 40 年代,对他的翻译、出版开始"系统化""规模化",并对当时的小说、戏剧创作产生重要影响。[①] 这种"集体性"影响的发生,与当时中国作家"沉潜"的心理意向,和

---

① 李今:《三四十年代苏俄汉译文学论》,第 323、328 页,人民文学出版社,2006 年。这个时期,开明书店出版《柴霍甫短篇杰作集》(1—8 卷,赵景深译),文化生活出版社编选了"契诃夫戏剧选集"6 种。有的作品且有多种译本。如《樱桃园》就有耿式之、俞荻、满涛、焦菊隐、芳信等的译本。

写作向着"日常生活"倾斜有关。我在上高中之前,从未读过他的作品,不知道柴霍甫就是契诃夫。记得第一次和他相遇,是在《文艺学习》上。1954年4月,由中国作协主办的这份文学杂志创刊时,封面印有鲁迅先生的头像,第二期便换成了高尔基。于是便猜测接着将会是谁。莎士比亚?巴尔扎克?从俄苏文学在当时的显赫地位看,似乎更有可能的是普希金、托尔斯泰,或者是50年代被众多中国诗人奉为榜样的马雅可夫斯基。这些猜测全都落空,面前竟是戴着夹鼻眼镜、蓄着山羊胡子的陌生老头(当时以为有六七十岁了,后来才知道他去世才44岁;这样的年龄,放在"新时期"还是"青年作家")。自然,之所以选择契诃夫,可能也跟他被"世界和平理事会"定为1954年的"世界文化名人"之一有关。这一期的《文艺学习》除了评介契诃夫的文章外,还附了他的小说《宝贝儿》。读过之后却没有觉得怎么好……

> 多年之后的60年代初,你读高尔基的回忆录①,里面写到托尔斯泰在读《宝贝儿》后,眼睛充满泪水地说,这"跟一位贞节的姑娘编织出来的花边一样",她们把"所有的幸福的梦想全织在花纹上面。……用花纹、图样来幻想她们所爱的一切;她们的全部纯洁而渺茫的爱情……"。虽然你抗拒地想,"伟大作家"的感受、判断也不见得处处正确,但还是为自己的"幼稚"而似乎脸上发红。可惊讶之处还有,你发现对同一作品的感受竟然会如此不同,当代批评家从《宝贝儿》中见到的,是对于一个缺乏主见、没有独立性的妇女的批评性刻画。也许"幸福的梦想"与批评性刻画都包容于其间,只是托尔斯泰有更大的温厚的胸怀,才能体察、同情普通人即使是卑微的梦想……

40年代的确是中国文学界"发现"契诃夫的年代,如同有的研究

---

① 高尔基:《安东·契诃夫》,《回忆录选》,巴金等译,第173页,人民文学出版社,1959年。

者所说,他对中国小说、戏剧的走向"成熟与深沉",起了"巨大的推动作用"。① 这个时期,是抗战初人们激动兴奋之后,消除某种幻想而趋向清醒的时期。作家们发现了契诃夫用来揭示悖谬思想、情境,表现偶然、"孤立"事件和遭遇,传达某种复杂思绪、情感的有效性。当然,对不同作家来说,存在不同的"影响";他们各自有自己的契诃夫。我们在巴金、师陀、张天翼、曹禺这个时期的创作(如《北京人》《第四病室》《寒夜》)中看到的契诃夫留下的"印迹",和在胡风那里看到的差异颇大。胡风1944年的题为《A.P.契诃夫断片》②的文章,既是他和他的朋友("左翼"的某一派别)对契诃夫的"当代阐释",也是阐释者的"自我阐释";既是契诃夫画像,也是胡风自画像(或者是"自我"的投影)。在主要由"驳论"构成的文字中,胡风一一批驳了中国"僵硬了的公式主义的批评家"(大概是"左翼"的另一派别)加给契诃夫的种种"恶谥"——"旁观的讽刺者""悲观主义者""怯懦者""没有内容没有思想""客观主义者"……之后,说持这种看法的人是"因为麻木了的心灵不能够在他底讽刺、他底笑里面感受到仁爱的胸怀"。在塑造他的契诃夫形象时,他使用了"诚实""仁爱的胸怀""含泪者至人底笑"等胡风式话语。他甚至借用鲁迅的话,(有些不着边际地)称他"在无物之阵中大踏步走……但他举起了投枪"。这样的"战士"的、新时代"预言家"相貌的契诃夫,有可能让这个时期的曹禺、巴金、师陀认他不出。不过,他们与胡风也应该有着共识,这就是,那些"平平常常的人生,不像故事的故事,不像斗争的斗争",也有着深切的人生真相;对那"逆流的日子"里的"日常生活"悲剧性的揭示,和与此相关的"简单的深刻"的文体,也有它们的不容轻慢的价值。

进入50年代,40年代发掘的这种思想、艺术经验变得可疑、不合时宜起来。乐观主义、明朗、激烈冲突和重大事件,是"当代美学"的

---

① 李今:《三四十年代苏俄汉译文学论》下卷第7节,人民文学出版社,2006年。
② 写于1944年8月大后方重庆,收入胡风《逆流的日子》,上海:希望社,1947年。

几个基本点。等待着契诃夫这样的作家的,如果不是被彻底"边缘化",被忘却,那就需要有新的阐释。如果我们还喜爱某个作家,需要他的"遗产"来为当代的文学建设助力,那么,就必须提出与这个时代的文学标准、时尚相切合,或能够相通的理由。五六十年代中国文学界的契诃夫评价,说起来像是在延续胡风的观点(在将有点抽象的人性内容替换为阶级含义之后),其实是基本仿照当时苏联主流批评家①的模式和尺度。一方面是强调他对"旧生活"的批判性,把他称为"伟大的批判现实主义作家",赞扬他对旧俄沙皇统治下的虚伪、黑暗生活作了深刻揭露、尖锐批判;另一方面,则指出由于未能形成"完整、正确的世界观",没有与工人阶级的革命运动结合,而具有阶级、时代局限(脱离政治的倾向,作品中"忧愁、悲哀的调子",就是这种局限的表现)。② 提到他的"强的一面"的同时,之所以不能忘记他"弱的一面",是为着不至于导致将"旧现实主义"与"新现实主义"混同,模糊先进的"无产阶级文学"与"资产阶级文学"根源于阶级、世界观的区别;如爱伦堡(在他的《司汤达的意义》中)、秦兆阳(在他的《现实主义——广阔的道路》中)在50年代所犯的"错误"那样。

  在这样的"规范性"评价之外,或之下,你也发现其实存在着不同程度逸出"轨道"的部分。这种觉察,让你困惑,有时也让你欣喜。不要说他的艺术在"当代"已经成为典范性质的遗产,成为老一辈作家(如茅盾等)引领文学学徒的范例,并在有关短篇小说特征、技巧的讨论中,成为某种"本源性"的事实(侯金镜先生还以他的作品为根据,提出以"性格横断面"和"生活横断面"来"定义"短篇的主张),更重要的是,那种"日常生活"的悲剧,那种"简

---

  ① 对当代中国的契诃夫阐释影响最大的是苏联的契诃夫研究专家叶尔米洛夫。1950年代,他的多种研究论著在中国翻译出版,如《契诃夫》《契诃夫传》《论契诃夫的戏剧创作》等。
  ② 参见杨周翰、吴达元、赵萝蕤主编《欧洲文学史》下册,陈毓罴《契诃夫小说选·前言》,王西彦《真实与真理》、陈瘦竹《契诃夫论》等论著。

单而深刻"的文体,对于"庸俗""麻木"的警惕,在50年代一些作品中若隐若现地得到继续。如果你举出《组织部新来的年青人》《改选》《茶馆》等作为例证,相信不会过于离谱。显然,他,连同他的"弱的一面",仍在赢得一些读者(观众)的心,引发他们的"共鸣和神往,微笑和浪花"(王蒙语)。这种不由规范评价所能完全包括的亲近,很大可能是"寄存"于个体的某些情感、想象的"边缘性处所",某些观念和情绪的顽固,但也脆弱易变的角落。于是,他有时就成为感情孤独无援时刻得以顽强支撑的精神来源(张洁《爱,是不能忘记的》),但对他的迷恋也可能让人"变得自恋和自闭"(王蒙的自传),而在环境的压力下被迫与他告别的时候,就有了并不夸张的痛切(流沙河《焚书》):"留你留不得,/藏你藏不住。/今宵送你进火炉,/永别了,/契诃夫!")……

孤独的"无思想者"

王蒙说:"俄罗斯的经历是太严酷了,它本来不可能容得下契诃夫。它可以产生果戈理,它可以产生陀思妥耶夫斯基,它可以产生屠格涅夫、普希金,强烈的与理想的浪漫的,却不是淡淡的契诃夫。所以契诃夫就更宝贵。樱桃园和三姐妹就更宝贵。"[①]"太严酷"的说法,和别尔嘉耶夫的"世界上最痛苦的历史之一"大概有相近的意思:"同鞑靼入侵和鞑靼压迫的斗争;国家权力的经常性膨胀;莫斯科王朝的极权主义制度;动乱时期的分裂;彼得改革的强制性;俄罗斯生活中最可怕的溃疡——农奴法;对知识界的迫害;十二月党人的死刑;尼古拉一世所奉行的可怕的普鲁士军国主义的士官生制度;由于恐惧而支持黑暗的无知的人民群众;为了解决冲突和矛盾,革命之不可避免;最后,

---

[①] 王蒙:《寻找女人与狗》,《上海文学》2007年第4期。

世界历史上最可怕的战争。……"①自然,可能还得加上精英知识分子与一般群众之间的分裂、脱节和存在的鸿沟:"受过教育者与'愚暗人民'(dark folk)间的巨大社会分裂","启蒙最大与最欠启蒙的人之间,没有一个逐渐扩大、识字、受教育的阶级借着一连串社会与思想步骤为之连接。文盲的农民与能读能写者之间的鸿沟,比其余欧洲国家扩大"。②

在这样的历史境遇中,作家、知识分子普遍迷恋观念、理想,拥有履行崇高社会责任的庄严的使命感,就是理所当然的事情。激进的、有正义感的知识分子,都会"准备为了自己的理想去坐牢、服役以至被处死"。别尔嘉耶夫说的大概有点道理:"俄罗斯人不是怀疑主义者,他们是教条主义者。在他们那里,一切都带有宗教性质,他们不大懂得相对的东西";"在俄罗斯,一切按照正统还是异端来进行评价"。③这就产生了将文学艺术看作讲述真理、解决社会问题的载体,而社会和道德问题是艺术的中心问题的强大意识。丹钦科说到,在19世纪80年代,俄国文学界发生的文学思想性方面的争论中,"纯粹艺术上的问题"是被瞧不起的;"人们并非开玩笑地说,要获得成就,必须经受苦难,甚至被流放几年","诗歌的形式被轻视。只剩下'传播理智、善良'或者是'无所畏惧、坚决前进'……普希金和莱蒙托夫被束之高阁"。④

处于这样性质的"主流文化"之中,温和的、有点软弱、敏锐纤细而又比较"懂得相对的东西",拒绝"党派性"立场的热衷,拒绝激昂的陈词滥调的"思想"迷恋的契诃夫,确实有些特别,也有些不合时宜。契

---

① 别尔嘉耶夫:《俄罗斯思想》,雷永生、邱守仁译,第5页,生活·读书·新知三联书店,1996年。
② 以赛亚·伯林:《辉煌的十年》,《俄国思想家》,彭淮栋译,第151页,译林出版社,2001年。
③ 别尔嘉耶夫:《俄罗斯思想》,雷永生、邱守仁译,第25—26页。
④ 人民文学出版社编:《回忆契诃夫》,第442页,人民文学出版社,1962年。书中收入契诃夫同时代人的22篇回忆文章。除契诃夫的亲属外,大多是与他有交往的作家、艺术家,如柯罗连科、列宾、斯坦尼斯拉夫斯基、聂米罗维奇-丹钦科、高尔基、布宁、库普林等。

诃夫生活的时代,是俄国激进社会民主革命高涨的时期。他的写作、思考,不可能自外于这一社会潮流。但他也并没有积极介入,做出直接的反应。他与"到民间去"的既强调土地、民间性,也重视知识分子启蒙重任的"民粹主义",保持着距离。因此,他活着的时候,就受到了"悲观主义者""无思想性""无病呻吟的人"、对社会问题和人民"漠不关心"的指责。在他身上,确实存在着伯林所说的,与"俄国态度"不大相同的另一种艺术态度。被有的作家称为"不讲说教的话"的"俄国最温和的诗人"契诃夫,不能够指望得到俄国批评界的了解和好感,"他们不是要求列维丹把牛、鹅或女人画进风景画去,使风景画'活'起来吗?……"①

其实,我们现在看来,契诃夫的作品并不缺乏"思想"探索,不缺乏对社会生活、时代问题的关切。但他坚持的是以个体艺术家(而不是"党派性立场")的独特感受为出发点。因此,他认为作家"应当写自己看见的,自己觉得的",他回避回答人们"在小说里要表达什么"的提问,也不想在自己的作品中布满种种"使得俄罗斯人的脑筋疲劳不堪的、恼人的思想"。不过,在强大的时代潮流之中,个体毕竟是脆弱的。孤独感的产生,说明了这一点。契诃夫大概也不能自外,虽然他并没有被击倒。

> 面对"悲观""无思想性"的指责,你注意到,不管是苏联,还是中国的那些热爱这位作家的批评家、读者,都会强调他后期对革命,对美好明天所做的"预言",来证实他是关切时代的乐观主义者。你在60年代也按照这样的逻辑,在心中默默为他做过同样的辩护。不过,你同时读到俄国作家布宁的一则记述,这种辩护的力量虽说没有完全破坏,但也因此受到一些削弱。
>
> 那是1900年(世纪转换的年头!)冬天一个温暖、寂静的夜

---

① 伊凡·布宁:《契诃夫》,收于《回忆契诃夫》,巴金、李曦等译,第520页,人民文学出版社,1962年。

里,布宁和契诃夫乘坐马车,穿过已有春天柔和气息的森林。契诃夫突然问,"您知道我的作品还会给人读几年吗?七年。"布宁辩驳说,"不……诗可以长期存在。诗的寿命越长就越有力量"。看起来契诃夫并不信服这些话,他用疲惫的眼光看着布宁说,"……只有用这种词句写作的人才能被人称为诗人。例如,'银白色的远方'啦,'谐音'啦,或者是'走向战斗,走向战斗,同黑暗搏斗!'……反正我的作品还只能给人读七年。而我的生命要比这更短,六年"。

布宁写道,"这一次他错了,他并没有活那么久"。他只有再活四年。布宁的这则记述写于 1904 年 9 月,那时契诃夫刚刚去世。

"怀疑"的智慧

我们生活的不少时间里,存在着一种界限清晰的观念方式,对把握"无限性"的坚信,执着争取道德制高点,并发布道德律令的热情。在这种情况下,精细、复杂、怀疑有时被看作一种病征,具有可疑的性质。契诃夫的独特,在于他坚持以艺术感性的复杂和"怀疑"的智慧,来在已深入人心的象征方式和思维逻辑中,争取一个"微弱"的空间。在他写作,也在我们阅读的时代,这样的艺术不可能成为"主流"。在呼唤"暴风雨快点到来"和"暴风雨"已经到来的岁月,人们不需要这样的艺术。

原因在于,在他的文字中缺乏决断。我们见到的更多是互相矛盾、牵制,甚至互为抵消的态度和情感。虽然神学的象征主义者将他与高尔基笔下的人物并列,同样归为"精神贫穷"的"心理上的"流浪汉①,高尔基对他也有出乎寻常的景仰,但他毕竟不是"无产阶级作

---

① 参见梅烈日柯夫斯基《先知》,赵桂莲译,东方出版社,2000 年。

家",具有高尔基在"当代"那样的崇高地位。他对于庸俗的揭发是尖锐的,但我们同时也看到揭发又是温和的。他严厉地嘲笑了庸俗和慵懒,但也似乎为这种严厉而有些难为情。他表达了对人的思想、精神生活高度的向往,但对这种向往本身也感到疑惑。他的故事发生的地点都在"外省",那些不满"外省"乡村停滞、沉闷生活的觉醒者都在向往着莫斯科和圣彼得堡,但他也揭示莫斯科出身的知识精英同样无所作为。他相信美好爱情、友谊的力量,却从未给看来顺理成章的情感幸福以完满结局。无疑他十分重视沟通、理解在人的生命中的重要性,但突破"隔膜"的障碍在他看来前景渺茫:那两篇在当代通常被当作揭露黑暗社会中劳动者痛苦生活的短篇(《万卡》和《苦恼》)中,孤独几乎成为人的命定的处境。他既通过人物之口表明知识分子需要以"工作"来拯救自己和改变社会现状,但也没有给予那些热情"工作"的人物以无保留的肯定。况且,他确实(如孙柏论文指出的)揭示了"工作"的各种不同性质,指出某些"工作"的"剥削"性质和对人的精神、创造力的压抑。在《我的一生》中,建筑师的儿子挑战上层社会成规,选择了"异数"之路,自愿成为体力劳动者,"生活在必须劳动,不得不劳动的人们中间"。但他因此真切看到,"他们像拉大车的马那样劳累,常常体会不到劳动的道德意义,有时候甚至在谈话中也不用'劳动'这两个字"——这从一方面,涉及这个庄严话题中残酷地包含的虚假意义的真相。

  这种内在于文本中的矛盾性,也表现在文体的层面。关于契诃夫一些作品(小说和戏剧)在"风格"上究竟属于"喜剧",还是属于"悲剧",因为难以区分,一直存在不同的理解和争论。例如,在中国当代舞台上被作为"正剧",或带着悲剧性风格处理的《海鸥》《樱桃园》,作家本人却坚持认为,并在剧本上标明它们为"喜剧"……

    这确实是一个有趣,且在很长时间里你感到费解的问题。李今女士的著作谈到,《樱桃园》的译者焦菊隐先生认为它是一出"社会象征剧",说契诃夫是一位"社会病原"的诊断的医生。可是在1940年代芳信所译的《樱桃园》里,附有日本学者米川正夫

《关于柴霍甫的戏剧》的文章,他强调的是契诃夫戏剧中的"笑的意义","实在比许多批评家所想的要重大得多,也许可以说是第一义的",并提醒人们注意契诃夫本人的观点,说《樱桃园》并不是表现悲惨不安的俄国现实的思想剧,而不过是以愉快的笑为目的的轻松喜剧;它"不是用笑来缓和泪,而是用泪来加深笑",因此芳信将它译成了一部"轻松的喜剧"。但你在60年代是绝对相信焦菊隐先生的看法,虽然那时你不是没有注意到《契诃夫戏剧集》(1960年版)附录的"题记"中,引述了作家本人的话,强调《樱桃园》"不是正剧,而是喜剧,有一些地方甚至还是闹剧"。你也知道,1904年1月《樱桃园》的演出,契诃夫对演出并不满意,包括导演对它的风格所做的总体解释。在给妻子克尼碧尔的信中他埋怨"为什么要在海报和报纸广告上那么固执地称我的剧本为正剧?"他认为导演丹钦科和斯坦尼斯拉夫斯基"从我的剧本中发现的绝不是我所写的东西"。但是在60年代的当时,你还是信任自己的感觉,和当代中国导演的处理,而不大理会作家自己怎么说,不能接受这样的表白。1960年下半年或者1961年初,你曾写过一篇千字文,名字似乎是《栽下一棵树苗》,登在《人民日报》的副刊。记得结尾就引《樱桃园》作为例子,将花园里传来的砍伐树木的声音,看作一个旧的制度、旧的时代灭亡的象征。在那个"喜剧""悲剧"都失去合法地位的"当代"(在50—60年代,曾有过关于"喜剧""悲剧"的当代意义的,最终却没有结果的讨论),你自然不会相信这样严肃、重大的主题,可以用"喜剧"(或"闹剧")的方式来处理。

事实上这里可能存在某些含混的成分,也就是说,事情的不同方面可能是互相渗透和交错的,因而具备了可以从多个侧面理解、阐发的可能性。但我想,合理的阐发也可能是一种综合的理解。我们不大可能以"反讽"的意味来理解《樱桃园》中的那些台词("我们将建立起一个新的花园,比现在这个还要丰美","在我们眼前将展开一个新奇美丽的世界"……),理解被经常引述的契诃夫的"再过三百年,生活将会变得多么美好啊"(这出自作家库普林的回忆)的话:在很长的阅读史中,它们被众多导演、演员、研究者"公认"为是作家对未来生活乐观的诗意告白。然而,说实在的,在我看来,像"三百年后"之类的这种夸张言语,出自"像害怕火一样害怕夸张"的契诃夫之口,委实有点难以想象。人们为了塑造一个符合时代集体心愿的契诃夫,会有意无意忽略了这些庄严、美好的思想告白之下存在的,虽不易觉察但真实的嘲讽,有时候甚且是"颠覆"的笑声。

在契诃夫留给我们的遗产中,值得关注的是一种适度的、温和的"怀疑的智慧":怀疑他打算首肯、打算揭露、批判的对象,但也从对象那里受到启示,而怀疑这种"怀疑"和"怀疑者"自身。这种"怀疑"并不是简单的对立、否定,因而不可能采取激烈的形态。它不是指向一种终结性的论述,给出明确答案,规定某种坚硬的情感、思维路线。他从不把问题引向一个确定的方向,他暴露事情的多面性,包括前景。也就是说,他的思想捕捉各种经验与对象,而未有意将它们融入或排斥于某种始终不变、无所不包的一元识见之中。他不是那种抽象观念、超验之物的耽爱者,他偏爱的,是具体的日常经验和可证之物。他为这个越来越被清晰化、日渐趋向简单的世界,开拓小块的"灰色地带",并把这一"灰色"确立为一种美感形式。这种思维方式和美感形态,其独特性和弱点、弊端,都同样显而易见。而且,说真的,这个具有"怀疑的智慧"的人,从根本上说也不是一个可以亲近的人。"亲近"在这里,不仅指日常生活人的交往(他的同时代人有不少相近的描述,比如,"在他脸上,最突出的是他眼睛里那种细致的、冷峻的纯俄罗斯式的分析神情",感到他"周身披着刚强的铠甲似的"。比如,"摆脱不开这样的印象,'他没有和我们在一起',他是观众,而不是剧中人"),还指读者与作家、文本所建立的那种关系:他让读者信任和投入,但也不同程度有意损害、破坏这种信任和投入。

这种状况的产生,归根结底来源于作家对自己,和自己的社会处境的认识。他可能是意识到"生活"本身,在他所批判的"制度"之外原本就包含着"琐碎、卑微方面的悲剧性",也可能明白相信自己同样没有办法处于"生活"的残酷逻辑之外……

不仅契诃夫认识到这一点,高尔基也同样意识到。高尔基说,"'庸俗'是他的仇敌……他嘲笑了它,他用了一管锋利而冷静的笔描写了它";"然而'庸俗'……也用一个恶作剧对他报了仇:就是把他的遗体——一个诗人的遗体——放在一辆装'牡蛎'的火车里面"。这指的是契诃夫去世后遗体运回莫斯科这件事。高尔基在这里发现了其中象征的意味。对于这一结果,当然不是契诃夫所能具体预见到的,但就整个的情势而言,你觉得肯定不会特别出乎他的意料。你在这次重读中,从不少作品里,看到对高尔基下面这些话的有力印证:"在他这种温和而悒郁的笑容里面,我们看出了一个知道语言的价值和梦想的价值的人的敏感的怀疑","在他对人的态度里面隐隐地含得有一种跟那冷静的绝望相近的沮丧"。这种"沮丧",也包括对自己未来的预想。在《主教》这个短篇中,你读到一种对于命运的,并不把自己摒除在外的描述。在它的结尾写到那个名叫彼得的主教死了,接着新的主教到任。这时谁也不再想到彼得,他完全给人忘记了。只有他的老母亲在牧场上遇到别的女人,谈起自己的儿子和孙子的时候,才会说到她有个儿子,做过主教。而且,她说这些话的时候总是胆怯,深怕别人不信;而"事实是,也有些人真的不信她的话"。

不奢望,也就不会有苛求

在《回忆契诃夫》中,谈及契诃夫的爱情和家庭生活的有两篇。一是女作家阿维洛娃的《在我生活里的安·巴·契诃夫》,另一出自契诃夫妻子克尼碧尔-契诃娃笔下。在60年代,前者吸引着我,让我激动,以至不觉得它有几十页的篇幅。它是阿维洛娃去世5年(1947)之后才公开发表的,里面记述了契诃夫与她的秘密的感情关系。写到有三个孩子的阿维洛娃,在1889年见到契诃夫时,怎样的感到一种"照亮我的灵魂的亲密",并"老是带着淡淡的、梦样的哀伤想起他"。这里有"刻骨铭心"的情感,让当事人甜蜜,但也经受折磨的思念。当然,还有许多有关爱情的"小伎俩""小诡计"穿插其间,增添了这种无望的情感经历的滋味。这看起来有点像契诃夫《关于爱情》这个故事的现实生活版本:被压抑的、温柔忧郁的爱有可能粗暴毁掉平稳的生活所产生的胆怯。

所幸的是,不论是《关于爱情》这个短篇,还是契诃夫自己,都没有落入这样的俗套。其实并不是有关勇气、胆量的问题。作家经常提出,也苦苦思索的问题是,情感、思想的那种没有间隙的交流是可能的吗?在契诃夫的札记中,他对此做了回答:"爱情,这或者是某种过去曾是伟大的东西的遗迹;或者是将来会变成伟大的东西的因素;而现在呢,它不能满足你的要求,它给你的比你所期待的要少得多。"正是在这个问题上,这样一句话讲得十分确切:"不爱是容易理解的,而爱却永远无法成为谈话的内容。"(引自孙柏论文)

但是在60年代,你不了解,也没有条件了解这一点。你处在一个幻想的,热衷于"浪漫"情调和"浪漫"表达的年龄。契诃夫对这种"浪漫主义式"的事物、情感总是持一种怀疑的态度。因此,你几乎没有注意到莫斯科艺术剧院的演员克尼碧尔-契诃娃(1870—1959)的那一篇《回忆契诃夫》。克尼碧尔所写到的深挚情感,完全不是阿维洛娃式的。里面没有什么"觉得我的心忽然跳了起来,好像什么东西打中了我的头似的"那种叙述。"我决定把我的生活与安东·巴甫洛维奇的生活结合起来,尽管他身体很弱,而我又是那样热爱舞台。我相信生活可能,而且应该是幸福的,事实也是如此,我们虽然常常因为分离而痛苦;但这些痛苦的离别之后总是愉快的会面。"——这样的平淡、理智,甚至谈不上亲密的文字,在你年青的时候,觉得有点诧异。而他们结婚的时候,契诃夫在给苏沃陵的信中的那些话——"请原谅,要是你愿意的话,我就结婚。不过我的条件是:一切应该照旧,那就是说,她应该住在莫斯科,我住在乡下(他当时住在梅里霍沃——引者),我会去看她的。那种从早到晚,整天厮守的幸福,我受不了。我可以当一个非常好的丈夫,只是要给我一个像月亮一般的妻子,它将不是每天都在我的天空出现"——更觉得不可思议。这封信克尼碧尔也读过,但是如克尼碧尔说的,他们从未谈过"生活不能彻底结合"的原因。

不过,在你年老时重读的时候,你离开了对阿维洛娃叙述的热爱,却从克尼碧尔那里得到真正的感动。契诃夫去世的情景,克尼碧尔有如下的记述:

> 医生走了,在这寂静、闷人的夜晚,那瓶没有喝完的香槟酒的瓶塞忽然跳起来,发出可怕的响声……天渐渐亮了,大自然醒来,我听到鸟儿温柔、美妙的歌声,它们像是在唱第一支挽歌,附近教堂送来一阵阵的琴声。没有人声,没有日常生活的纷扰,眼前只有死亡的美丽、静穆和庄严……
>
> 我直到听见醒来的生活的第一个响声,看见人们走进来,这才感到悲痛,感到自己失去安东·巴甫洛维奇这样一个人,但是……我当时究竟有什么感受,有什么体验,我要反复地说,这对我来说至今仍旧是一个不可捉摸的谜……那样的时刻,在我的生活里以前不曾有过,将来也不会再有了……①

也许倒是意识到存在某种障碍,意识到不可能"彻底结合"的克尼碧尔,对契诃夫有更真切的了解。她因此也尊重了这种了解。契诃夫也好,克尼碧尔也好,并没有对他人,或者对自己的情感、生活有所奢望,因而对此也就没有苛刻、过分的要求。

原载《上海文学》2008 年第 7 期

---

① 人民文学出版社编:《回忆契诃夫》,第 644 页。

2011年2月附记：在编辑《我的阅读史》的时候，偶然读到梁文道先生2010年10月24日22点26分在"凤凰网"博客上的一段文字，题目是《契诃夫在萨哈林岛》。这段令人感触至深的文字所触及的，是我们许多人曾遭遇，或仍在遭遇的问题。只是我们既缺乏契诃夫的"赎罪"的勇气，也没有他那"天纵的才情"！

那年夏天，是香港历史上最热的夏天。学校不再上课，或者说，每一节课都成了历史课，平素昏沉呆板的老师这时都成了大演说家，站在桌前慷慨激昂，目光含泪。写字楼不再上班，大家围在收音机旁，老板不只不指摘，还走出来下令："开大声点！"一室肃然，鸦雀无声，只听到纸页偶尔翻动。都已经到了这种时候，你却还在书房里沉吟一句诗的韵脚，琢磨最恰当的隐喻，好让这首诗里的每一个字都像镶在项链上的宝石那样，精密吻合，不可动摇半分。这，难道不野蛮？

那年夏天，我第一次遭遇艺术与革命之矛盾，创作自主与社会责任之优次的困境，很切身地遭遇。那年我十八岁，正要参与人生第一部剧场创作，正想把积压了十几年的青年郁闷和刚刚学到的青涩理论全都呕吐到黑色的台板上。但是所有那些比我年长也比我成熟的伙伴却在争论这台戏还该不该演。

"艺术的目的到底是什么？"他们问，"难道不就是为了回应时代，甚至呼唤那未来的世界吗？如今，世界就在这黑匣子外边，时代已然降临。我们竟然还要演戏？这岂不是太过自私！"也有人主张，如果政治是为了实现个人的自主，我们凭什么要在巨大的热潮前弯身让步？始终不懈地实践自己的艺术追求，恐怕才是体现自由的最佳选择。毕竟，在属于斯大林的夜晚，连唱一首情歌也是政治的。

就是这样，两帮人争论了几个日夜，到了演出的那天，有人留在剧场，有人上街寻找更大而且更真的舞台。

那年夏天，连剧场的常客也都不见了，他们一一隐身于街头的人海洪流。很多年后,我在已故台湾学者吴潜诚的书里读到爱尔兰大诗人希尼(Seamus Heaney)的《契诃夫在萨哈林岛》("Chekhov on Sakhalin"),乃能逐渐逼近这个问题的核心。契诃夫和鲁迅一样,是位医生作家。不同的是,这位短篇小说的王者不只以文字诊治俄罗斯,而且从未放弃过行医救人。饶是如此,他仍深深愧疚于自己的失责。世间苦难深重,他却放纵自己的艺术才华,这实在无异于一种轻佻的冒犯。于是他决定走一趟萨哈林岛(也就是今天的库页岛)。那是沙俄时期的监狱岛,囚禁的全是政治犯和暴乱分子。

契诃夫要为岛上的犯人写一本书,描述他们的故事,传达他们的声音。很明显,这是一趟赎罪之旅,而且是非常艰苦的旅程。因为从莫斯科到远东,中间是西伯利亚的苦寒荒凉,行程至少六个月。起行之前,朋友赠他一瓶顶级法国白兰地。他就把这瓶昂贵的琼浆放进行囊,一路摇摇晃晃,在登陆岛上的第一个晚上,他才终于打开了这瓶白兰地。

希尼如此形容那一刻:"作家正在享受琥珀色的白兰地。在周围弥漫着迫害气息和残酷音乐当中,他品尝着浓郁的醇酒和奢华放纵。"那瓶酒,不只是朋友的礼物,也是一位艺术家的天赋(gift)。契诃夫在脚镣撞击的声响中,尽情享受创作的快悦,释放自己天纵的才情。因为这一刻他心安理得,他的赎罪之旅已然结束(也同时开启)。在两座险峻的悬崖之间,他找到了最细微精巧的平衡。

"幸存者"的证言

——"我的阅读史"之《鼠疫》

《鼠疫》与"文革"叙述

记不清是1981年或1982年,我第一次读到加缪的《局外人》和《鼠疫》。比较起来,我对《鼠疫》印象更深刻。《鼠疫》的译者是顾方济、徐志仁先生,上海译文出版社1980年的单行本。因为有时还会想起它,在过了将近二十年之后,我曾写过一篇短文①,谨慎地谈到记忆中的当时的感动:"在那个天气阴晦的休息日,我为它流下了眼泪,并在十多年中,不止一次想到过它。"在这篇文章里我说到,读《鼠疫》这些作品的动机,最初主要是要了解在当时思想文化界热度很高的存在主义。那个时候,萨特是众多知识精英、知识青年的偶像;"存在先于本质""自由选择"等是时尚的短语。加缪的名气虽然没有他那么显赫,但也具有很高的知名度,且也被归入存在主义的代表性作家的行列。② 当时,我对存在主义所知不多(其实现在也还是这样)。1980年代是新知识、新学说、新方法纷至沓来,令人眼花缭乱的年代。从相当封闭的文化环境中走出来,求新慕奇相信是很多人都有的强烈意念。"文革"后我开始在大学里讲授"中国当代文学"的课程。那时的"当

---

① 《读〈鼠疫〉的记忆》,刊于1998年4月15日《中华读书报》。
② 加缪,尤其是他的《西绪福斯神话》,到1980年代末1990年代初才被广泛谈论。

代文学"地位颇高,负载着传递、表达思想、哲学、感性更新的"时代使命"。求知欲望与唯恐落伍的心理,长时间支配、折磨着我,迫使我不敢懈怠,特别是像我这样资质平庸的人。这种紧张感,直到退休之后,才有所松懈、减弱①,也多少放下了那种"创新"的面具意识。

存在主义和萨特的进入当代中国,自然并不始自新时期。"文革"前的五六十年代,萨特的一些作品,以及国外研究存在主义的一些著作,就有翻译、出版;但它们大多不是面向普通读者,主要是供研究、参考,或批判的资料的"内部"出版物。② 萨特和波伏瓦 1955 年还到过中国。他们的到访,在很大程度上是以亲近"社会主义阵营"的和平民主人士、进步作家的身份。1950 年代,中国当代文学界对法国作家马尔罗、阿拉贡、艾吕雅,对智利诗人聂鲁达的肯定性评价,大致也主要基于这一角度。1955 年我正读高中,萨特他们的作品几乎都没有读过,好像只在《人民文学》上读过艾吕雅一些诗的翻译,也读过袁水拍翻译的聂鲁达的诗;最著名的当然是《伐木者,醒来吧!》。萨特和存在主义虽然五六十年代已经进入中国,但当时的影响即使有的话,肯定也相当微弱;好像并不存在着相关思潮渗透、扩散的社会条件和文化氛围。萨特在中国成为偶像式人物,要到"文革"之后。一般的解释是,经过"文革",人们多少看到世界的"荒诞"的一面,但也竭力试图建立整体性的新秩序和思想逻辑;这样,萨特的存在主义凝聚了那些急迫要"走向未来"的人们的"问题意识",提供了他们张扬个体的主

---

① 《鼠疫》中的塔鲁在回答"您这是说真心话吗"的时候说:"到我这样年岁的人,说话总是真诚的。撒谎太累人了。"

② 20 世纪五六十年代出版的相关著述有:《丽瑟》(萨特,罗大冈译,《译文》1955 年第 11 期。这个剧本或译为《恭顺的妓女》《毕恭毕敬的妓女》)、《存在主义简史》(让华尔著,马清槐译)、《存在主义哲学》(现代外国资产阶级哲学资料选辑,中国科学院哲学研究所西方哲学史组编)、《辩证理性批判》(第 1 卷,萨特尔著,徐懋庸译)、《局外人》(加缪著,孟安译)、《厌恶及其他》(萨特著,郑永慧译)等书籍。另据柳鸣九先生所述,"文革"前中国还出版了萨特的《存在与虚无》(见柳鸣九、钱林森《萨特在中国的精神之旅——纪念萨特百周年诞辰》,《跨文化对话》第 18 辑,江苏人民出版社 2006 年),但没有进一步提供译者、出版社、出版年份的资料。

体精神的情感的、理论的想象空间。另一个并非不重要的原因是萨特在1980年的去世。受到关注的公众人物的去世,自然是一个社会性事件,正像加缪1960年因车祸去世在欧洲产生的反响那样,会更强烈地增加其关注度。中国一些感觉敏锐的外国文学研究者和翻译家,适时地对其著作、学说做了有成效的译介、推广工作①,萨特和存在主义热潮的发生便也顺理成章。

我虽然是抱着了解当时被"分配"到"现代派"里面的存在主义的初衷,而拿起《鼠疫》的,但作品本身很快吸引了我,在阅读过程中,也就逐渐忘记了什么"主义"。在那个时候,我对加缪的身世知道得很少。《鼠疫》故事发生的地点是阿尔及利亚北部海边城市奥兰,但当时没有系统读过加缪的传记(较完整的加缪传记的中译本当时还没有在大陆出版②),因此我不知道加缪就在那里出生,不知道他的童年在那里的贫民窟,在"阳光和贫穷"中度过。不知道二战法国被占领期间加缪参加抵抗运动的具体事迹。不知道他曾经否认自己属于"存在主义"。③ 不知道他和萨特之间的争论。不知道他接受了诺贝尔文学奖,而萨特却拒绝接受。甚至不知道他1960年1月3日死于车祸,年

---

① 当时发表了一批论文,如《现当代资产阶级文学评价的几个问题》(柳鸣九,《外国文学研究》1979年1期)、《萨特——进步人类的朋友》(张英伦,《人民日报》1980年5月5日)、《萨特和存在主义》(冯汉津,《当代外国文学》1980年第1期)、《萨特的存在主义释义》(施康强,《世界文学》1980年第4期)、《读萨特的〈厌恶〉一书》(杜小真,《北京大学学报》1980年第4期)、《给萨特以历史地位》(柳鸣九,《读书》1980年第7期)等。尤其是柳鸣九主编的《萨特研究》(中国社会科学出版社,1981年)发生较大的影响。该书收入萨特的部分作品的中译,编制了萨特生平、创作年表,收录了国外评论萨特以及波伏瓦、加缪的相关资料。

② 1990年代末,我才陆续读到《加缪传》([美]埃尔贝·R.洛特-加龙省曼著,肖云上、陈良明、钱培鑫等译,漓江出版社,1999年)和《阳光与阴影——阿尔贝·加缪传》([法]罗歇·格勒尼埃著,顾嘉琛译,北京大学出版社,1997年)等传记作品。

③ 加缪1945年11月15日接受《文学新闻报》采访时说:"不,我不是存在主义者……我和萨特看到我们俩的姓名并列在一起,总感到惊讶不已,我们甚至考虑哪天在报上刊登一则启事声明我们俩毫无共同之处,并且拒绝担保各自可能欠下的债务。"虽然加缪对这样的分类"既不希望,也不欣赏",但这种分类"却陪伴他终身"。洛特-加龙省曼:《加缪传》,肖云上、陈良明、钱培鑫等译,第414页。

仅47岁。不知道和他翻脸的萨特在他死的时候写了动人的悼念文章。加缪是属于这样一类作家:他的个人生活、行为和作品之间的关系密不可分,具有无法剥离的"互文性"。面对这样的作家,读者由于在种种背景资料上的无知,在作品感受、理解的"方向"和"深度"上,肯定会有不言而喻的损失。

但不管怎样说,阅读者的接受"屏幕"也不可能完全空白。相信当时的另一些读者也和我一样,会带着某些相同的东西(生活、文学的问题,情感、思想预期)进入他的作品。"自他去世以来",人们总以"各自的方式,针对当时所遇到的问题阅读过他的作品"。① 80年代我们的方式和问题,也就是当时社会生活和文学写作的主题,即如何看待当代历史和刚过去的"文革",以及如何设计、规划未来的生活。因而,《鼠疫》的阅读,在我这里,便自然而然地和当时涌现的大量"伤痕""反思"的作品构成对话的关系。这种关系是相互的,中国的"文革"记忆书写有助于发现《鼠疫》的特征;同时,《鼠疫》又影响了我对那些"文革"叙述的认识和评价。

加缪将英国18世纪作家笛福的话置于这部作品开首:"用另一种囚禁生活来描绘某一种囚禁生活,用虚构的故事来陈述真事,两者都可取。"《鼠疫》是写实方法的寓言故事,它"反映艰苦岁月,但又不直接隐喻战败、德国占领和残暴罪行"②。虽然故事具有某种超越性,但读者也知道,它首先是"隐喻"那场大战,特别是战争中的占领和流亡。但问题在于,"文革"与二战之间是否可以建立起一种模拟性的联系?这是个至今仍存在歧见的问题。暂时抛开在这个问题上的争论不说,有一点应该是真实的,即"文革"刚结束的时候,这种联系具有一定的普遍性。我记得很清楚,1978年12月,北岛、芒克他们的《今

---

① 罗歇·格勒尼埃:《阳光与阴影——阿尔贝·加缪传》作者序,顾嘉琛译。
② 埃尔贝·R.洛特-加龙省曼:《加缪传》,肖云上、陈良明、钱培金等译,第468页。

天》的创刊号上,就刊载有德国作家伯尔的文章《谈废墟文学》①;刊物编者显然是在暗示可以用描述二战之后的"废墟""废墟文学",来比拟"文革"的历史和对这段历史的叙述。在以历史"灾变"的重大事件作为表现对象上,在近距离回顾、反思历史上,在叙述者赋予自身的"代言"意识上,在同样持有强烈的道德责任和承担姿态上,都可以发现《鼠疫》和当时的"文革"叙述之间相近的特征。我这里说的"近距离",既是时间上的(《鼠疫》的写作开始于1942年,写成和发表于1947年,那时战争刚刚结束;读者看到的,是他们"刚刚度过的日日夜夜"),更重要的还是心理记忆上的。

历史创伤的"证言"

80年代的中国文学界,对萨特、加缪这样的作家无疑有一种亲近感,重要原因之一是他们的"介入文学"的主张和实践。"文革"后,主流文学界着力提倡、恢复的,是在"十七年"和"文革"中受到压抑的文学的启蒙、干预功能。那时,"纯文学""回到文学自身"的意识也已经在涌动②,但支配大多数作家的,还是那种社会承担的意识。在这一点

---

① 《今天》发表这篇文章时,作者署名为亨利希·标尔,程建立译。当然,正像崔卫平所说,伯尔在上世纪八九十年代中国文学界、读书界,并没有引起注意。他"实际上没有恰如其分地进入中国作家的视野。当他1972年获得诺贝尔文学奖时,中国仍然处于'文化大革命'的笼罩之下,关于这位作家的情况了解无多。而当70年代末期我们这个民族重新返回世界,人们重新大量阅读西方19世纪和20世纪的文学作品,甚至为了一本新出版的书奔走相告时,却没有将眼光更多地停留在这位战后重要的德国作家身上。尽管80年代初最新出版的那批书中,就有伯尔的好几本:《伯尔中短篇小说选》(潘子立等译,外国文学出版社,1980年)、《莱尼和他们》(杨寿国译,上海译文出版社,1981年)、《小丑之见》(1983),但是比如我周围的朋友中,不管是平时的言谈还是他们的写作中,很少有提及这位当代德国作家的,几乎没有哪一位中文作家表明他受过这位德国作家的影响"。崔卫平《我们在哪里错过了海因利希·伯尔?》(《同济大学学报》2006年第2期)。

② 不少研究者已经指出,即使当年的"纯文学"主张和实践,也具有明显的"介入""干预"的内涵,即企图剥离、反抗文学对当代政治的依附的状况。

上,加缪这样的作家更有可能受到倾慕。他是一位置身于社会斗争、人间疾苦的作家,他的写作与关系人类命运的事件不可分离。在悼念文章中,萨特正确地指出,"他怀着顽强、严格、纯洁、肃穆、热情的人道精神,向当今时代的种种粗俗丑陋发起胜负未卜的宣战"。

伯林曾在一篇文章中,谈到19世纪俄国、西欧作家对待文学、艺术的不同态度,他以简驭繁(因此也不免简单)地称之为"法国态度"和"俄国态度"。他说,法国作家是个"承办者",他的义务是写出他所能写出的最佳作品。这是他的自身义务,也是公众对他的预期。在这种情形下,作家的行为、私生活与他的作品无关,也不是公众的兴趣所在。而"俄国态度"则不然,他们信仰"整体人格",行为、言语、创作密不可分;他们的作品必须表现真理,"每一位俄国作家都由某种原因而意识到自己是站在公众舞台上发表证言"。伯林说,即使"唯美"的屠格涅夫也全心相信社会和道德问题乃人生和艺术的"中心要事"。[1] 加缪和萨特是法国作家,但他们好像并不属于这种"法国态度",甚至对法国文学传统的看法,与伯林也不甚相同。萨特在悼念加缪的文章中,认为法国文学中具有"最大特色"的是"警世文学"。这主要不是对现象的描述,而是一种评价;这基于他那种更靠近"俄国态度"的文学观念。不过,他说加缪"顶住历史潮流,独自继承着源远流长的警世文学",也可以见到这种文学态度在法国并非经常处在主流的位置。我对法国文学的了解肤浅,无法做出判断。但是,中国20世纪的新文学作家,在文学态度上与加缪,与19世纪俄国作家的相近和相通,应该是没有疑问的。那些没有充分展示其生活和创作的"警世"姿态的作家,在大部分时间里,其道德状况在公众心目中总是存在疑点,他们自身也常存有隐秘的自卑感;直到现在,情形大概也没有很大的改变。

在重大的、牵涉到许多人的历史事件之后,文学的承担精神和"介入"意识,首先表现为亲历者以各种文学手段,记录、传递那些发生的

---

[1] 以赛亚·伯林:《辉煌的十年》,《俄国思想家》,彭淮栋译,第157—159页。

事实，为历史提供"证言"。这被看成"历史"托付的庄严使命，在由一种文化传统所支配的想象中，他们的良知被唤起，受到召唤和嘱托。亲历者的讲述，他们对亲历的体验、记忆的提取，在历史叙述中肯定是十分重要的，这是呈现"历史面貌"的重要手段。加缪的《鼠疫》，不论是内在的逻辑，还是在叙述的形态上，都特别突出"见证"这一特征。加缪在《鼠疫》中，就多次交代这部中篇的类似新闻"报导"，和历史学家"见证"叙述的性质。虽然是虚构性的寓言故事，却采用"编年史"的、逐月逐日冷静记下"真人真事"的方式。"见证"所标识的历史的"真实性"，是叙述者的叙述目标。因而，当书中说"这件事发生了"的时候，叙述者期待的是"会有千千万万的见证人从内心深处证实他所说的话是真的"。我想，中国80年代那些"文革"的书写者，也会有相同的期待。因此，后来编写当代文学史，我便使用了"历史创伤的证言"这样的标题。① 这个标题试图说明这类写作的目的和性质，也提示写作者的身份特征和叙述姿态。

虽然有这些共同点，但我也发现它们之间的许多不同。最大的不同表现在作家（叙述者）的自我意识和叙述的关注点等方面。由于加缪认为世界是非理性的，也怀疑那种历史"客观规律"的存在，以及人对那些"规律"的掌握，所以，他的关注点是人的生活，特别是在遭到囚禁、隔离的状态下，流亡、分离的不幸和痛苦；他将人的幸福置于抽象观念、规律之前，而不是之后（虽然他也承认，当抽象观念涉及人的生死时，也必须认真对待）。也许那些艺术并不高明的，诸如《伤痕》那样的作品，也表现了将人的幸福置于抽象观念、教条之前的倾向，但是接踵而至的许多"反思"小说，就逐渐把关注点挪到对"规律"的抽取中，因而，事实上它们难以避免滑落进图解当代那些既定观念的陷

---

① 《中国当代文学概说》，香港：青文书屋，1997年；《当代文学概说》，广西教育出版社，2000年；《中国当代文学史》修订版，北京大学出版社，2007年。

阱。① 另外一个明显的不同,是《鼠疫》叙述者清醒的限度意识。虽然叙述者认为是在以众人的名义说话,但也不打算让这种"代表性"的能力、权威无限度膨胀。从《鼠疫》的叙述方式上也可以见出这一点。

由于那时对西方现代小说技巧所知不多,我最初读《鼠疫》时,对它的人称和叙述方式颇感新奇;大概不少人都和我一样,所以高行健的《现代小说技巧初探》这个小册子,才会在文学界引起那样的强烈反响。开始以为是一般的第三人称叙述,感觉有点像海明威的那种简约手法。待到小说就要结束,才知道叙述者就是作品的主要人物里厄医生("这篇叙事到此行将结束。现在正是里厄医生承认自己是这本书的作者的时候了……")。这个本来应该显露的叙述者,却一直隐没在叙述过程中;也许可以把它称为"第三人称化的第一人称"叙述。这种设计,相信不是出于一般技巧上的考虑,而有着某种"意识形态"含义。这种个人叙述的客观化,按照加缪传记作者的说法,是因为他认为"他本人的反应和痛苦同样是自己同胞的反应和痛苦","他感到他是以众人的名义在说话"。② 不过,从另一角度来看,这也是在为这种"以众人的名义"的意识做出限制,不让它膨胀成虚妄的夸张。其实,在作品中,对于这一"见证"叙述的限度,已一再做出说明。书中强调,叙述者"只是由于一种巧遇才使他有机会收集到一定数量的证词",因而叙述始终保持着"恰如其分的谨慎"。谨慎是指"避免叙述那些他自己没有看见"的事情,也指避免把一些无中生有的想法、推测强加给所叙述的物件。这是既以客观的姿态显示了他的"知道",同时也以对"无知"的警觉显示"我不知道"。我推测《鼠疫》的作者有可能是在抑制第一人称叙述在抒情,在揭示心理活动、推测事情因由的各种方便,但同时,似乎也在削弱第三人称叙述有可能开发的那种"全

---

① 描述抽象观念、教条对人的生活控制的"正当性"和人自愿服膺、信仰这些观念、教条,在一些"复出"作家的"反思"小说中有所表现,尤以从维熙1980年代初一系列作品最为典型。

② 罗歇·格勒尼埃:《阳光与阴影——阿尔贝·加缪传》,顾嘉琛译,第123页。

知"视角;后者在加缪看来,可能近乎虚妄。

萨特在评论《局外人》的艺术方法的时候,曾有"玻璃隔板"的说法。他说:"加缪的手法就在于此:在他所谈及的人物和读者之间,他插入一层玻璃隔板。有什么东西比玻璃隔板后面的人更荒诞呢?似乎,这层玻璃隔板任凭所有东西通过,它只挡住了一样东西——人的手势的意义。""玻璃隔板"其实不是萨特的发明,倒是来自加缪自身。在著名的《西绪福斯神话》和《记事》中,他就不止一次谈到过。当然,他是以此来说明人与世界之间的荒谬关系,并不专指艺术手法的问题。不过在加缪那里,所谓"手法"与"内容"难以分开。这种"玻璃隔板"的方法,套用在《鼠疫》中自然并不完全合适,但它还是得到一定程度的应用。加缪在为《鼠疫》写作所做的笔记中写道:"人并非无辜也并非无罪,如何从中摆脱出来?里厄(我)想说的,就是要治疗一切能够治疗的东西——同时等待着得知或是观察。这是一种等待的姿态,里厄说,'我不知道'。""我不知道"并等待着观察、得知,正是《鼠疫》在叙述者与人物,甚至叙述者与他的情感、心理活动之间插上的"玻璃隔板"。它降低着叙述者(一定程度也可以看作是作者)认知的和道德的高度;不过,这种降低,其实也不意味着思想上的和美学上的损失。

"幸存者"的身份意识

虽然《鼠疫》的写作具有明确的"见证"意识,但和 80 年代不少书写"文革"记忆的作品不同,它对那种"幸存者"的身份、姿态总是持警惕的立场。"新时期"的"文革"叙述中,"幸存者"这个概念并不是一个流行的概念,对它也没有强调的论述;只有先锋诗歌界在 80 年代后期提出过"幸存者"诗歌的概念。但是,这种身份意识存在于亲历者的"文革"叙述中。这种"存在"主要表现为两种情形,一是"文革"后主要以小说、回忆录方式呈现的"文革"叙述,另一种则是在对"文革"期间的"地下诗歌"的发掘和阐释之中。这两种情形都相当普遍。而且，同样普遍的是对这种意识少有警惕和反省。"幸存的意识是如此普遍，幸存的欲望是如此强烈，幸存的美学是如此体面"①——这个描述大概不是过于夸大其词。印象中，鲜明地质疑这种写作身份和美学观念的文章，似乎只有臧棣的那篇《霍拉旭的神话：幸存的诗歌》。虽然文章的论述主要是在当代诗歌美学的层面，不过，"他们对幸存者的形象并不感到难为情，甚至自诩被人称为幸存者"的说法，可能会让有些人有点感到不快，因而在先锋诗歌界内部曾引发反响微弱的争论。

全面地说，如果不应该完全否定"幸存者"身份意识在写作上的积极意义，那么，也不应该对它有可能产生的损害毫无警觉。这种意识、观念在写作上，既表现为"良知"所支持的提供"见证"的责任感，表现为对美学标准的历史维度的重视，也表现为收集并强化"不幸"的那种"自怜"与"自恋"，表现为将"苦难"予以英雄式的转化。同时，也表现为提升"幸存"经验表达的价值等级，认为在道义上和艺术上，都理所当然的具有优先性，以至认为"幸存"的感受就具有天然的审美性。

在《鼠疫》中，"幸存者"的那种"见证"意识当然也随处可以见到，不过，也可以见到时时的警醒和辩驳。这里，加缪需要同时思考、处理这样的相关问题。一个是如何看待现代悲剧事件、难以置信的特殊历史时间与"生活"之间的关系，在我们生活的年代，如何重新定义英雄和英雄行为。另一个问题，是艺术和道德的关系。80年代后期在"当代文学"课上，我说到一些"伤痕""反思"作品，里面有曲折人生，悲欢离合，有不幸和痛苦，但是，作品的核心却是"胜利"之后的终结和安定；这是为显示不安状况的句子后面所画上的句号。②《鼠疫》的看法和这些作品并不相同，它审慎地处理有关"胜利"的问题。在奥兰的瘟

---

① 臧棣：《霍拉旭的神话：幸存的诗歌》，载《今天》1991年10月出版的第3—4期合刊。

② 这些想法，后来写到《作家的姿态与自我意识》的第4章"超越渴望"中，陕西人民出版社，1991年。

疫结束,城门重新打开,离散、分隔的人们重又欢聚的"解放的夜晚",人们在礼花中庆祝胜利。但那个患哮喘病的老人说的是:"别人说:'这是鼠疫啊!我们是经历了鼠疫的人哪!'他们差点就会要求授予勋章了。可是鼠疫是怎么一回事呢?也不过就是生活罢了。"因此,作为叙述者的里厄医生明白他的这篇"纪实",写的"不可能是决定性的胜利";"威胁着欢乐的东西始终存在"。对于这样一个关注人的生存状况的作家来说,生活既然并未结束,那么,悲剧和荒谬也仍然伴随。也就是说,他的写作不是要加入胜利的欢呼声,而是让读者看到这样的话:"鼠疫杆菌永远不死不灭,他能沉睡在家具和衣服中历时几十年……耐心地潜伏守候……"因而,在这部小说中,"胜利"不是一个与"终结"有关的历史概念,"幸存者"也不会因为经历了苦难而被自动赋予英雄和权威的姿态,特别是这个英雄的"幸存者"为抽象观念和教条所缠身并赋予高度的时候。《鼠疫》中写到,假如一定要在这篇故事中树立一个英雄形象的话,他推荐的是那个有"一点好心"和"有点可笑的理想"的公务员格朗,这个义务参加防疫组织、一辈子真诚地为一篇浪漫故事的遣词造句呕心沥血,但写作始终处在开头位置的"无足轻重和甘居人后的人物"。这种推荐,"将使真理恢复其本来面目,使二加二等于四,把英雄主义置于追求幸福的高尚要求之后而绝不是之前的次要地位"。而且,如果谈到亲历事件的"幸存者"的历史角色,前面引述的加缪的话是,"人并非无辜也并非无罪,如何从中摆脱出来?里厄(我)想说的,就是要治疗一切能够治疗的东西——同时等待着得知或是观察。这是一种等待的姿态,里厄说,'我不知道'"。

　　至于道德与艺术的关系,这确实是个经常让人困惑的问题。《鼠疫》不是单纯的自娱与娱人的文字,里面贯穿的是为爱而反抗荒谬、非正义,寻找出路的激情和勇气。不过正如罗歇·格勒尼埃说的,不应该忘记加缪"首先想要成为一个艺术家"。他在写作上的不懈怠、精益求精,都表明是在想进入他所说的由纪德作为守门人的那座文学的"花园"。① 因此,苏珊·桑塔格认为,在表现"道德之美"上,20 世纪的其他作家也许更有立场,更有道德色彩,但他们没有能显示出比加缪更多的美和更多的说服力。即使如此,道德美和艺术美还是不能不加区分地混为一谈;因而,"幸存感"也确实不能简单、直接地转化为"审美感"。②

危险的"感激之情"

上面说到的苏珊·桑塔格的《加缪的〈日记〉》这篇文章写于 1963 年,距加缪因车祸逝世(1960)只有三年。在这篇文章里,桑塔格对加缪的思想艺术特征有发人深省的描述,也有一些质疑性的批评。但这是在"伟大的作家"的范畴内的指摘。她提出一个有趣的分类,说伟大的作家要么是丈夫,要么是情人;这两者在每个文学时代都不可或缺。"可靠、讲理、大方、正派"是丈夫的品格,而情人虽然"喜怒无常、自私、不可靠、残忍",却能"换取刺激以及强烈情感的充盈"。桑塔格有点抱怨"现代文学"的"小说的家庭里""充斥着发疯的情人、得意的强奸犯和被阉割的儿子——但罕有丈夫"。在作家与文学"传统"之间的关系上来看待这两类作家,那么,"情人"式的作家在题材、主题、风格、方法上,将会更执意地和他的前辈较劲,更"炫耀性格、顽念以及奇特之处",而"丈夫"式作家体现得较为"传统",循规蹈矩。那么,加缪属于哪一类型?桑塔格说他是一个"理想丈夫";但是作为一个当代人,"他不得不贩卖疯子们的主题:自杀、冷漠、罪咎、绝对的恐怖"。然后,桑塔格指出:

---

① 罗歇·格勒尼埃:《阳光与阴影——阿尔贝·加缪传》的作者序、引言,顾嘉琛译。
② 苏珊·桑塔格:《加缪的〈日记〉》,程巍译,《反对阐释》,上海译文出版社,2003 年。

……不过,他这样做时,却带着一种如此理智、适度、自如、和蔼而不失冷静的气质,以致使他与其他人迥然有别。他从流行的虚无主义的前提出发,然后——全靠了他镇静的声音和语词的力量——把他的读者带向那人文主义和人道主义的结论,而这些结论无论如何也不可能从其前提得出来。这种从虚无主义深渊向外的非逻辑的一跃,正是加缪的才华,读者为此对他感激不尽。这正是加缪何以唤起了读者一方的挚爱之情的原因。

读到这篇文章,距我初读《鼠疫》已过去了二十余年。它让我多少明白了我当年的激动和那种挚爱之情产生的部分原因。从个性的方面来说,一般地说,我较能接受的艺术形态,更接近那种"正派丈夫"的样式。但太过"正派""可靠",不越雷池的循规蹈矩,有时也会令人生厌。加缪这种有着"情人"外表的"正派丈夫"作家,大概比较合乎我的胃口。他积极面对时代的思想、诗学问题,但也不反应过度。无论是在主题、世界观上,还是在艺术方法上,"适度",对理解加缪的艺术来说,确实是一个"关键词"。但在1980年代,"适度"美感也可以说是一种普遍的美感趣味。开放、变革、创新、崛起、超越、反叛……当然是那个文学"新时期"的主要取向,墨守成规会为多数作家、读者所不屑。但是反过来,过于激烈的那种"情人式"的言行,也难以被许多人接受,即使是具有先锋特征的思想、艺术群落。"意识流"的叙述需要有理性内核的支撑。"现代派"总是不够"现代"而被戏称为"伪现代派"。暧昧不明的人物性格仍会恪守一定的道德界限。"肉"(欲望)的揭示不再不被允许,但迟早会纳入"灵"(政治、人生理念)的规范。悲观主义的"危险性"因为通过反抗而减弱,不致坠入"深渊"。"片面"需要有"深刻"作为其合理性的保证。有"无尽的动荡不安混沌不堪",但之后又会"挣扎出来"并"升华到一片明亮质朴的庄严"。一代人的疲惫、焦虑的面容,因受到召唤而激奋,而神采发亮。而在决绝、响亮的"我—不—相—信"之后,看到的是"新的转机和闪闪的星斗,正在缀满没有遮拦的天空"……这种保持"适度"的思想、精神依据,恰如桑塔格所指出的,是人文主义、人道主义的那种"意识形态火焰"。它既是批判的武器,也是建构人的"主体性"和新生活、新文学的内涵。它成为联结"除旧"与"布新"之间的桥梁;人们因它的激情的庄严,姿态的高贵而热爱它,暂时忘却这种联结的"非逻辑"。这种"适度"的美学,或美感形态,是在一个感受到荒诞、非理性的世界中,试图解决人如何保持尊严,如何克服他的幸福受到的威胁,和如何重新赋予"正派"的、古典的丈夫以"现代品格"的问题。

一个曾经从他那里受到强烈感动和教益的作家,多年之后对他的重读,最担心的事情是这种热爱是否还能保持。虽说不可能出现当初的那种状态,但也许会在另一向度得到发展。而对于加缪这样特征的作家来说,问题又具有他的特殊的地方。从加缪来说,我们面临的考验来自两个方面。一个是加缪这种如桑塔格所说的有更多的美、更多的说服力的"图解式的文学",这种"直接诉诸一代人对人们在某个既定历史处境里应体现出怎样的楷模之举的想象"的文学,是否仍能具有非同寻常的吸引力。另一个考验是,在多少削弱、剥离了作家的"传记因素",对作家行为的时代依据的真切体验有所减弱之后,文本自身是否仍具有同样的魅力。让-保罗·萨特说的"个人、行为、作品的令人钦佩的结合",常被引用来说明这位作家的魅力和特征。但是,一些研究者和传记作者的担心也是在这方面。

为了证明加缪作品的巨大分量,罗歇·格勒尼埃撰写的传记,就集中在对他每一部作品的分析,因为他相信"抛弃他那个家庭的和社会的'我'",能"让更深刻的'我'出来说话"。[①] 在加缪去世的时候,法国一位诗人写的悼念诗《在卢马林永生》中有这样的句子:"同我们所爱的人,我们中止了对话,但这并非沉默";"当意味深长的过去敞开为他让路之时……他就在那里正视我们":这是坚信加缪这个人和他的写作能穿越时空而永恒。桑塔格对此却有一些保留。显然,她对

---

① 罗歇·格勒尼埃:《阳光与阴影——阿尔贝·加缪传》,顾嘉琛译,第285页。

加缪的小说和剧本"常常服务于他在随笔中更完整地加以表述的某些理智观念"颇有微词,认为这些作品都有一种"单薄的,有点枯瘦的""图解性"的特征。桑塔格说,尽管卡夫卡的小说也极具图解性和象征性,"但同时也是想象力的自主行为"。我想,桑塔格的评述是有道理的。导致这类作品在阅读中发生减损的因素,正来源于本来积聚的特定语境因素的一定程度的消散,表达、图解(即使是很有艺术质量的)的理念与"既定历史处境"发生的脱节,以及在后来的阅读中,作家个人、行动与文本之间肯定会发生的程度不同的分离。因而,如果对一个作家及其作品的高度评价,过分依赖,或离不开道德和作家个人行为的鼎力相助,并将道德、个人行为和作品评价完全不加区分地混合在一起,那是存在一定危险的。桑塔格对此说道:"艺术中的道德美——如人的身体美——是极其容易消失的","道德美易于迅速衰败,转眼就化作了警句格言或不合时宜之物";这种衰败,有的在作家健在时就赶上了他①。"幸存者"的叙述,和对这些作品的阐释有时看起来可能很有力量,然而,最终只有作品留存下来,其他的东西,"都不可能由对作品的体验完整的复原出来"。

这些话,虽说有点"残酷",但事实就是如此。

原载《南方文坛》2008 年第 4 期

---

① "还在加缪的有生之年,这种衰败就赶上了他",见苏珊·桑塔格《加缪的〈日记〉》,《反对阐释》,程巍译。

一部小说的延伸阅读

——"我的阅读史"之《日瓦戈医生》

1958年,知道日瓦戈这个名字

1958年,诺贝尔文学奖颁给这部小说的作者,在苏联和西方引起轩然大波。年底,当时属于"社会主义阵营"的中国,首先在权威的《文艺报》上对这一事件表态,刊登了两篇文章。① 一篇题为《杜勒斯看中了〈日瓦戈医生〉》,作者署名"本报评论员华夫"。具体执笔者不明,猜测可能是当时《文艺报》主编张光年先生。另一篇是《诺贝尔奖金是怎样授予帕斯捷尔纳克的?》,属于资料辑编性质。同时,《人民日报》刊登了苏联作家西蒙诺夫批判文章的译文,但是我没有读过。第二年年初,《世界文学》②发表了臧克家的《痈疽·宝贝——诺贝尔文学奖为什么要送给帕斯捷尔纳克?》和刘宁的《市侩、叛徒日瓦戈医生和他的创造者帕斯捷尔纳克》两篇文章。

华夫文章开头对"亲爱的读者"有这样的提问:"你们知道有个叫做帕斯捷尔纳克的苏联作家吗?尽管你们读过不少苏联作家的作品,你们对帕斯捷尔纳克这个名字大概还是生疏的。"——情况确如他所说。在五六十年代,我知道不少苏联作家的名字,也读过不少他们的

---

① 《文艺报》1958年第21期。
② 《世界文学》1959年第1期。

作品,高尔基、马雅可夫斯基、法捷耶夫、绥拉菲莫维支、西蒙诺夫、萧洛霍夫、苏尔科夫、伊萨科夫斯基、特瓦尔多夫斯基、富尔曼诺夫、费定、卡达耶夫、盖达尔、爱伦堡、安东诺夫、波列沃依……却真的从未听说过帕斯捷尔纳克。阿赫玛托娃的名字倒是知道的,那是因为日丹诺夫1946年的报告提到她,说她是"无思想的反动的文学泥坑的代表","她的诗歌是奔跑在闺房和礼拜堂之间的发狂的贵妇人的诗歌"。这个报告,中译文本收在1953年出版的《苏联文学艺术问题》一书之中,这本书是当时中国作家整风、学习"社会主义现实主义"的必读文件。① 对它是"反苏、反社会主义的小说",是对苏联革命、苏联人民的诬蔑和诽谤;帕斯捷尔纳克则是一个"旧俄遗留下来的有着花岗岩脑袋的""苏维埃社会的渣滓",他"现在受到全体苏联作家和苏联公众的一致的唾弃"。

　　当年我尽管没有(也不可能)读到这部小说,却不妨碍接受这样的论断;正像没有读过阿赫玛托娃的诗,也不假思索地认可日丹诺夫的裁决一样。现在看来,不仅是我,写批判文章的华夫、臧克家,以及当时所有的中国作家、读者,都没有读过这部小说。② 甚至掌握着帕斯捷尔纳克命运的苏共中央领导人赫鲁晓夫,当时也没有读过③。华夫批判文章中对这部小说内容的空洞、含糊的描述("小说中的主角日瓦戈医生是一个旧俄资产阶级知识分子,他仇视革命,仇视新制度。作者通过这一人物恶意地描绘了一幅俄国知识分子在新社会'毁灭'的图景,对苏联红军和苏联的新生活进行了各种诬蔑"),很有可能是来

---

①　日丹诺夫1946年在苏共党员积极分子会议和作家会议上的《关于〈星〉与〈列宁格勒〉两杂志的报告》,《苏联文学艺术问题》,曹葆华等译,人民文学出版社,1953年。

②　给日瓦戈加上"市侩""叛徒"的字眼,显然也是当时没有读到小说的缘故。大约是到了1960年代,"内部出版"的《外国文学参考资料》,才编载有这部小说的梗概和国外的一些评论文章。

③　据赫鲁晓夫女婿阿朱别依的回忆,赫鲁晓夫在处理《日瓦戈医生》事件的时候,也没有读过。他读这部小说,是在他失去权力退休之后。参看《人与事》,乌兰汗、桴鸣译,第343页,生活·读书·新知三联书店,1991年。

自苏联《真理报》1956年10月26日的批判文章。

在50年代,《日瓦戈医生》成为世界冷战角力的一个事件。西方"帝国主义阵营"看到"社会主义阵营"内部出现质疑十月革命和苏维埃制度的声音,当然如获至宝,开动各种宣传机器"大声喝彩"。而"社会主义阵营"这边,则只要杜勒斯(持坚定反共立场的美国国务卿)、《纽约时报》《时代》周刊、美国之音等赞赏这部小说,它的"反动""诽谤新制度""仇视革命"的性质便昭然若揭。华夫说的"杜勒斯看中的东西,还会是什么好东西吗?"——就是支撑一个时代的政治、哲学逻辑。在这样的情境下,读还是没有读倒是次要的事情了:重要的不是事实怎样,不是做出判断之前的"观看",而是立场和维护立场的勇气。因而,当年另外的众多评论,比如作家亚马多、莫里亚克、加缪、格林、毛姆、赫胥黎等人的,或者被强制归入这一两极化论述之中("和杜勒斯一个鼻孔出气""重复着杜勒斯的反苏滥调"),或者因难以为两极化论述所完全包容而被忽略、遗漏。

1986年,看了改编的电影

在我这里再次提起《日瓦戈医生》,是在"新时期"的80年代;也不是读到小说,而是看了改编的电影。[①] 1986年8月,我参加《诗刊》社在兰州举行的"全国新诗理论讨论会"。那个年代,组织观看个人难以看到的西方和港台地区的电影录像,是会议主办者经常安排的、受到欢迎的节目。一个晚上,我们被带到兰州一所大学的一间教室里,看的就是《日瓦戈医生》。虽然有很高的期待,结果却颇为失望。部分原因是观看条件的限制:不大的电视屏幕;三四十人挤在一起;结结巴巴的同声翻译。当时留下的是一些破碎的印象,比如,1905年阴暗街道上骑兵对游行队伍的镇压;瓦雷金诺雪地上那有点像玩具的房子;

---

① 美国米高梅公司1965年出品,导演大卫·里恩。

战地包扎所里美丽、端庄的拉拉;日瓦戈莫斯科街头的猝死……

对电影总体的不佳印象,在读了小说之后得到加强,虽然知道它得到奥斯卡的多个奖项。不喜欢将它向浪漫的爱情剧偏移。不喜欢那种美国式的俄罗斯想象;他们不懂得"无与伦比、声名显赫的俄罗斯母亲"的"历尽苦难,坚忍不拔,乖戾任性,喜怒无常","既受着人民爱戴,但又经受着无法预见没完没了的深重灾难"。① 不喜欢日瓦戈的造型——他让我想起"文革"后播放的电视剧(《安娜·卡列尼娜》,BBC 制作)中那有着小胡子的渥伦斯基。不喜欢被一些轻音乐乐队②经常演奏的有些甜腻的主题曲(据说叫作"拉拉之歌")。80 年代,我曾一度对刚听到的拉赫马尼诺夫的音乐(第二交响曲,第二、第三钢琴协奏曲,以及《钟》等)入迷,虽然他和柴可夫斯基过于靠近,但觉得那才能与《日瓦戈医生》取得关联。也许电影语言无法复现小说的那种情境,那种深广的心理内容,但是,小说对俄罗斯土地、对大自然的那种热切爱恋,电影的手段并非就无能为力。况且,一些人物、一些事件,也由于某些僵硬的意识形态理解而被简单化了……

1987 年,读到了小说

这一年终于读到这部小说。1986 年年底到 1987 年,《日瓦戈医生》在中国相继有三种中译本问世:一是漓江出版社(广西桂林)的"获诺贝尔文学奖作家丛书"版(1986),译者力冈、冀刚。接着是湖南人民出版社的顾亚铃、白春仁译本(1987)和外国文学出版社的蓝英

---

① 帕斯捷尔纳克:《日瓦戈医生》,力冈、冀刚译,第 471 页,漓江出版社,1986 年。
② 詹姆斯·拉斯特、莫里亚、曼托瓦尼等乐队。

年、张秉衡译本(1987)①。另外,中文译本还有台北远景版②。我最初读的是漓江的本子,从北大中文系资料室借阅的。这次为了写这篇文章,请学生到图书馆借这个版本,竟然就是我二十多年前读过的同一本书!拿起这本书,有说不清的感慨:不知有多少双手翻检过它,装订线已经损坏,书裂成两半,绿色封面已磨损褪色,"医生"两字已无法辨认……

初读的时候,也觉得不是我心目中的《日瓦戈医生》。譬如,叙述好像不是很清晰,结构也有些随意,以至为了弄清楚人物和他们的关系,就费了不少气力;以前读托尔斯泰、屠格涅夫他们的长篇,好像不是这样的。另外,发现它不是索尔仁尼琴《癌病房》《古拉格群岛》那类作品,没有特别强调苦难、政治迫害和抗议。那些年,索尔仁尼琴式的故事,好像更能满足我们对于"政治意识形态勇气"的渴望,《日瓦戈医生》的视角和着眼点有很大不同。还有一点是,艺术、技巧上的"传统"和"守旧",看不到什么"先锋"色彩。80年代,中国文学界的创新热潮风起云涌,以现代主义为核心的"先锋"探索几乎成为艺术等级的标尺。但我在这本小说里面,没有见到什么新颖的方法;没有超越性的象征、寓

---

① 蓝英年、张秉衡的译本,1997年又被编入"获诺贝尔文学奖丛书",由漓江出版社重版。2006年,列入"名著名译插图本"丛书,由人民文学出版社出版。在当前的评论中,似乎蓝英年、张秉衡译本更具权威性。不过,由于先入为主的"偏见",我印象较深的是1986年的漓江版;我这篇文章引文均出自这个版本。但人物名字则采用更通用的译名。当然,我相信译文会有高低之别;这种高低可能是局部的,也可能是整体的;我无法做出判断。这里举日瓦戈的诗的一个片断作比较:
湖南人民版:
岁月会流逝,你要结婚,/将忘却种种不平。/成妇人身——是番壮举,/摄他人魂——该算英雄。
漓江版:
过几年,等你嫁了人,/会忘记这些杂七杂八的东西。/做女人是很伟大的事,/使男人发疯是了不起的业绩。
外国文学版:
岁月流逝,你要嫁人/你得把这些混乱不堪的日子抛在脑后/做女人是件伟大的冒险事业/把男人弄得神魂颠倒是种英勇行为。
② 作者名字和书名译为巴斯特纳克《齐瓦哥医生》,黄燕德译。我没有读过这个版本,据说是根据英文版的节译。

言结构,没有时空的倒错,没有意识流,没有"过去现在时"……

不过,最初产生的这种与预想的距离,在阅读过程中,有一些却转化为我喜爱的东西。就艺术而言,我逐渐理解对于作家所要讲述的事情,这种"朴实"的方法也许最为合适;甚至那种整体结构不太严谨的随意性,也变得情有可原起来。其实,帕斯捷尔纳克也不是不能"先锋",在20世纪的头20年,也曾热衷新的语言、形式。但在写作《日瓦戈医生》的时候,他反省了1940年以前自己的文风,抑制、放弃了那种华丽、才情外显、炫耀想象力的风格;比较他不同时期的回忆录(《安全保护证》和《人与事》),可以看到这个变化的轨迹。小说写到日瓦戈的诗歌艺术追求,这也可以看作就是作家的"夫子自道":"要求自己的诗明白、淡雅,仍用那些人人熟悉的形式作外壳……希望自己能创造出一种严谨、朴实的笔法,使读者或听者在不知不觉中掌握诗的内容;他一生孜孜以求的是一种不尚浮华、平易近人的风格。"自然,小说的这种回忆、沉思的温和语调,也要求读者持相应的阅读心情。由此我逐渐认识到,"先锋"固然可以开创、引领艺术潮流,但某些具有重要意义的作品,倒是常表现了向"传统""后倾"的选择。

针对过去对这部小说的批判,中译本出版后的一段时间,评论①常常强调它并非"政治小说"。如果从小说"类型"看,这个说法能够成立。与那种典型的"政治小说"的文体的区别,主要表现为处理"个人时间"和"历史事件时间"的关系的不同。虽然《日瓦戈医生》写了个人命运为"历史"所制约、限定,却没有让个人生活经验,让丰富的生存之谜,隐没、消失在"政治的确定性"之后。不过,这也不是说它的内涵不具有强烈的"政治性"。试图为那段至今争议不断的历史作证,参与对20世纪初俄国革命的合法性及后果的思考,就是一种"政治行为",尽管是以个人经验为基点和限度。

---

① 最初中国的评论,常以译本的前言或后记的方式出现。如漓江版的前言《反思历史,呼唤人性》(薛君智),湖南人民版的前言《作家与作品》(晓歌),外国文学、人民文学版蓝英年写的后记、前言等。

80年代我读这部小说,并没有一种比较"温和"的心态,而是明显的"问题"阅读。我与作品取得关联的主要"问题"有两个,一是关于文学的"独立传统",另一是关于当代革命(特别是"文革")造成的精神后果。那个时候,"当代文学"的缺陷、问题正被反思,引入的参照之一是20世纪俄苏文学。俄国20世纪初的象征派、形式主义文论,以及别雷、古米廖夫、曼德尔施塔姆、茨维塔耶娃、布尔加科夫、扎米亚京等作家的情况、文本,开始打破封锁,陆续有了译介。这一参照提出的问题是,在相近的社会制度,在思想、文学都受到严格控制的情况下,为什么当代中国不可能出现如《日瓦戈医生》那样的作品?答案是我们这里尚没有形成一个与政治分裂的独立的文学传统。在1988年的当代文学课上,我用了很多时间,讨论"文学结构"与"政治实践"的复杂关系。我说,我理解的文学"独立传统""文学回到自身",并不是指文学与政治脱离干系,文学只应关心形式、技巧,不是说创作要回避政治性题材,作家应该不食人间烟火,不关心现实的政治、经济问题。这既不合理,也不可能。有学者说,"没有一个社会对作家的要求比俄国更多"——这话挪到现代中国也一样,甚至更为合适:作家必须提供社会真相,进行道德裁决,指示前景出路——我们这里不是滋生"纯文学"的土壤。"独立传统"是指作家、文学要有自己独立的识见,摆脱对政治权力、政治体制、政治家的谄媚和依附,建立独特的观察社会、探索心灵的视角。做到这一点,关键是作家如何取得独立的精神地位的问题。我当时认为,这是《日瓦戈医生》所提供的宝贵的经验。现在看来,那时我在文学、政治等问题的理解上有些绝对,也有些简单化;对19世纪以来俄国文学与政治分裂、对立的传统的解释也存在偏向。

但是我相信,这个问题在今日的中国仍是一个现实的尖锐问题。《日瓦戈医生》阅读的另一关联,是关于"革命"造成的精神后果。80年代,我在"文革"期间的体验尚未淡忘,虚假、空洞言论,不断讲违心话等造成的心灵刺痛,还没有像现在这样钝化。因而,便自然地与书中的这些揭发产生强烈共鸣:

是什么妨碍我工作、行医和写作？我想，不是贫困和漂泊不定的生活，而是现今盛行的空洞夸张的词句，什么即将到来的黎明啦，建成新世界啦，人类的明灯啦，当你最初提到这些词句时，你会觉得这思想何等开阔，想象何等丰富！可实际上恰恰是，因才华不足才去追求这些华丽的辞藻。

在这些鼓动革命的人看来，动乱和变化是他们唯一感到亲切的事情，他们宁可不吃饭，只要给他们世界规模的东西就行……人生下来是要生活的，不是为准备生活而生。生活本身，生活的好坏，生活的本领，才是要紧不过的事！

一个崇高完美的理想会变得愈来愈粗俗，愈来愈物化。这种事在历史上是屡见不鲜的。希腊就这样变成了罗马，俄国的启蒙运动也就这样变成了俄国革命。

现在，心脏微细出血的情况很常见……这是一种现代病，它的病因据我看是属于精神方面的。我们中的大多数人被迫经常说违心的话、做违心的事，言不由衷，赞美自己厌恶的东西，称颂带来不幸的东西，日复一日……

孩子们真诚，没有虚假，不怕说真话，但我们怕人家说我们落后，便准备出卖我们最珍贵的东西，称赞我们厌恶的东西，附和我们不理解的东西。

期待腐败的社会出现"质变"的知识分子，却"沉重的"地看到变革催生了怪异的新面孔、新形象。这种精神变异，一定程度体现在斯特列尔尼科夫（拉拉的丈夫安季波夫）的身上。[①] 他确有对革命的热忱，他追求品德的纯洁，充溢着来自内心的、并非做作的正义感。然

---

① 当时读着《日瓦戈医生》，想起"文革"初读造反派组织编印的《周扬在文化艺术方面的反革命修正主义言论汇编》的批判材料。周扬1961年6月23日在"全国故事片创作会议"上讲话，忧虑于当代将青年培养为"头脑简单、感情简单、趣味简单"的现象。他的举例是北京某大学一个出身革命干部家庭的女生，"一切都讲原则，按原则办事。她除了《红旗》《人民日报》《毛选》，其他的书都不看。……同学对她有一个评语：这个人很好，可惜不像是生活在人类社会里的人"。

而，后来却发生了如他妻子所说的这种变化，"一张活泼的脸变成了某种思想的化身、原则、模型。……这是他所献身的力量所造成的。这力量虽然崇高，但却毫无生气且残酷无情"。他因此形成"只有原则性，而缺乏心灵的无原则性"①（"心灵是不管一般情况，只看个别情况的，心灵之所以伟大，就因为做小事情"）的性格。90 年代末我读别尔嘉耶夫的书，看到对这种情形有相似的描述，说这是"新的人类学类型"："被剃得光滑的、规整的、进攻的和积极的性格。"②他们为着某种光辉、抽象的"原则"而生活，而决定言语、分配爱憎，并竭力使用（语言、肉体）暴力方式，对他人施加规范和控制。我之所以对这样的新面孔印象深刻，是因为在"文革"时期，见识了社会情势如何怂恿、推动这种人物、性格的滋生，见识了光辉的谎言如何成为精神瘟疫蔓延，见识了"缺乏心灵的无原则性"的"原则性"个人，怎样不由自主地或者转化为伪善，或者在人格分裂中表现了精神的惊恐和变态。

80 年代是激情的，理想主义的，因此曾满怀信心期待这种精神病态得到控制、疗治。现在知道错了。相比起来，像斯特列尔尼科夫这样的追求品德纯洁，为着"原则"生活的人现在其实已经不多；普遍性的"说违心的话、做违心的事，言不由衷"已经表现得"自然"得体，内心也不再有惊恐和不安。人们又一次经验了因"期待"而陷入的尴尬和苦涩。因而，也认识到当时我将这种"时代病"，将这种原则、理想的"物化"全部归结为"革命"的遗产，显然有些不大恰当。

1994 年，"生活"的概念

90 年代初我有两年不在国内，1993 年底回到北京，读到诗人王家新以帕斯捷尔纳克为题的两首诗（《瓦雷金诺叙事曲》和《帕斯捷尔纳

---

① 在蓝英年、张秉衡的译本中，这句话译为"他的原则性还缺乏内在的非原则性"。
② 别尔嘉耶夫：《自我认识——思想自传》，雷永生译，第 223 页，上海三联书店，1997 年。

克》)。其中,"终于能按照自己的内心写作了/却不能按照一个人的内心生活/这是我们共同的悲剧"的句子,常被征引。这些沉痛的诗句的含义和产生的时代背景,我是明白的,也产生共鸣。随后,一个偶然的机会读《人与事》①这本小册子。王家新的诗,《人与事》中的回忆和信件,以及重读《日瓦戈医生》,引起我对"生活"这个词的注意。我的阅读开始离开了原先那种简单的"摘句"方式。帕斯捷尔纳克在给友人的信里说,在这部小说里他要"勾画出俄罗斯近四十五年的历史面貌",表现"通过沉痛的、忧伤的和经过细致分析过的主题的各个方面"。又说,"我已经老了,说不定我哪一天就会死掉,所以我不能把自己要自由表达真实思想的事搁置到无限期去"。他把这个写作当成对"非常爱我的人"写的"一封很长的信"。

这是不陌生的偿还"债务"的紧迫心情。瞿秋白写作《多余的话》,巴金写作《随想录》,都由这样的心情驱使。《日瓦戈医生》的"债务"意识,从"重要"的方面说,大概就是我们常说的那种历史承担;从"小"的方面,则是对于包括"爱我的人"在内的"生活"的感恩。对"生活"的感恩这一点,是我80年代完全忽略的。在与苦苦追寻"政治正确性"的心情稍有距离之后,我才发现、理解了这一点,并意识到它的重要。由此我认识到,对苦难、不幸的倾诉,"政治抗议"等等,自然十分重要,但不是生活的全部,也不是《日瓦戈医生》的全部内容。我才懂得感谢在描述艰难时世时采用的非感伤、非怨恨的叙述语调。80年代觉得小说在处理重要情节时,笔调过于平淡;现在也才懂得感谢这种"平淡",觉得"平淡"有的时候正好是举重若轻的大师手笔。在这次阅读中,心灵也才有空间来容纳关于人的情感、心里细微活动的描写,对大自然的感受,以及对艺术、精神问题的讨论。

这与作者对"生活"概念的理解有关:"历史"虽然拥有巨大的"吞

---

① 《人与事》,乌兰汗、桴鸣译,收《安全保护证(纪念莱纳·马里亚·里尔克)》和《人与事(自传体随笔)》这两篇自传性作品,以及一些书信和对帕斯捷尔纳克的评论、访谈。

没"力量,但个体生命"节律"的隐秘并没有被取代。作家的关注点不只在揭示、抱怨历史对"生活"的摧毁,不只是讲述生活的"不能"的"悲剧",而且也讲述"可能",探索那种有意义的生活在特定情境下如何得以延续。帕斯捷尔纳克1940年写给阿赫玛托娃的信说,"生活和渴望生活(不是按别人的意愿,而只是按自己的意愿)是您对生者应尽的责任,因为对生活的概念易于摧毁,却很少有人扶持它,而您正是这种概念的主要创造者"①——这也正是他写作《日瓦戈医生》的动机和所要达到的目标。

电影(1965年里恩版)与小说对斯特列尔尼科夫这一人物的处理,是一个能说明不同的"生活"概念的例子。电影在讲述这个人物时,重视的是"政治确定性"理念,因此赋予这个人物自以为是、僵硬、残忍的面孔,来表现革命造成的人性"异化"。小说作者自然有他的意识形态立场,但他揭示了这种人物在生活中形成的性格、精神的复杂性:既表现那种"原则性、刚正"、革命狂热的光辉,也揭示隐藏甚深的怯懦,不敢面对自己良心的恐惧。对于"人性"弱点的深刻了解,也让作家的笔墨留有分寸,且将悲悯给予了这个并不认同的对象。由于这样的理解,90年代初再次翻阅这部小说时,原先忽略的一些部分,一些细节,在阅读中改变了面貌,引起情感的波动。譬如迷恋自己的"原则性",迷恋自己才华的斯特列尔尼科夫最后自杀的场景:

> 日瓦戈升起灶火,拿起水桶到井边打水。一出门,他看到斯特列尔尼科夫横卧在小路上,离台阶只有几步光景,头扎在雪堆里。他是自杀的。血从左太阳穴流出,把下面的雪染成了红色。血滴沾上雪花,成了一颗颗小血珠,就像上了冻的山梨果。

红色的山梨果的意象在书中出现多次,有一章就题名"山梨树"。美丽,却如小血珠的殷红山梨果,能引发我们探测叙事人不愿、也难以明言的复杂思绪。

---

① 《人与事》,乌兰汗、桴鸣译,第276页。

应该在这样的背景下来理解日瓦戈的那段话:"在俄罗斯的作品中,我现在最喜爱的便是普希金和契诃夫的天真,他们不侈谈人类的最终目标和他们自身的解放。对这个问题他们不是不懂,但他们很有自知之明,他们不空谈而且也毋需他们去谈!果戈理、托尔斯泰、陀思妥耶夫斯基为死亡做了准备,他们很不放心,一直探寻人生的意义,不断进行总结,而普希金和契诃夫潜心于具体的艺术活动,在活动中默默地度过自己的一生,与别人毫不相干……"这是一种世界观、艺术观,也是对俄罗斯文学脉络的描述。帕斯捷尔纳克自然倾向后者,但也并没有想将日瓦戈的这个想法推论为普遍性的"法则"。甚至他也不是借人物之口来排列文学史的等级。我们只要在《人与事》中,就可以看到他对托尔斯泰的那种敬仰之情。① 而且,《日瓦戈医生》也并非将探索"人类的最终目标和他们自身的解放""探寻人生的意义"排除在外,相反倒是可以见到托尔斯泰小说的那种主题格局。日瓦戈(或许也就是帕斯捷尔纳克)这个表述的意义,他对"非政治化"写作的肯定,产生于一个空谈最终目标,人的精神、艺术活动被"政治"主宰的时代。为此,他提供了一种"抗毒(解毒)剂",削弱人们对那种思潮的追捧而已。正是在这样的意义上,帕斯捷尔纳克让他的人物赞同普希金这样的话:"我现在的理想是有位女主人,/我的愿望是安静,/再加一锅菜汤,锅大就行。"这让我想起瞿秋白《多余的话》的结尾:"……中国的豆腐也是很好吃的东西,世界第一。"如果说它们都包含某种"反讽"的话,那么区别在于:后者是苦涩无奈的,是内在于话语之中的,而前者的"反讽"则不存在于文本自身,需要放到时代格局的大语境上才能辨析。

2009 年 6 月的一天,我在台湾大学马路对过的书店(台大诚品)

---

① 有关俄国文学与政治激进思想、政治行为形成分裂、对立传统,是一个普遍性的观点。不过,以赛亚·伯林的关于托尔斯泰、屠格涅夫的论述,说明这种分裂是被夸大了。伯林指出,即使持艺术的纯粹与独立本质信仰的"唯美"的屠格涅夫,也全心相信,社会与道德问题是人生与艺术之中的紧要问题。参见伯林《托尔斯泰与启蒙》《父与子》等文,《俄国思想家》,彭淮栋译,译林出版社,2001 年。

里,看到刚出版的米兰·昆德拉的集子中的一本《相遇》①。翻读到《遗忘荀白克》②这篇短文,我一时愣住了。昆德拉遇到一对大他五岁的犹太夫妇;他们青少年时代在德国纳粹集中营度过。由于他们这样的经历,昆德拉在他们面前惶惶不安;这种不安惹恼了他们。昆德拉说:"他们让我明白了一件事,那里的生活什么面向都有,那里有泪水也有玩笑,有恐怖也有温柔。为了对自己生命的爱,他们抵抗着,不愿被变成传奇,变成不幸的雕像,变成黑色纳粹之书的档案。"他们在凶险、艰辛的环境下从事的艺术活动,"是将感觉与思想的每一面向完全展开的方法,好让生命不致缩减为恐惧的单一维度"。文章接着写道:

> 我想到上个世纪的最后几年,记忆、记忆的责任、记忆的工作,是这段时间的旗帜性字眼。人们认为追剿过去的政治罪行是一种光荣的行为,要一直追到阴影里,追到最后的污点里。然而,这种极其特别的、具有控诉性及目的性、急于处罚人的记忆,和特雷辛的犹太人如此热情怀抱的记忆毫无共通之处,他们才不在乎对他们施刑的人是否不朽,他们所做的一切只是为了将马勒和荀白克留在记忆里。③

昆德拉当然不会认为历史不应清算,不会认为艺术不应表现历史重大主题;他自己的作品说明了这一点。他对勋伯格(荀白克)的清唱剧《一个华沙来的幸存者》就给予极高评价,称它"是以音乐题献给犹太大屠杀最伟大的纪念碑",说"20世纪犹太人悲剧的一切存在本质都活生生地保存在这个作品里,在它可怕的庄严之中,在它可怕的美丽之中"。问题只是出现了这样的偏向:"人们争吵着,不让大家忘记

---

① 《米兰·昆德拉全集》第15册,尉迟秀译,台北皇冠文化出版公司,2009年。其中,《相遇》是一本文艺批评集。作者在首页的题词是:"……和我的思考以及回忆相遇;和我的旧主题(存在的与美学的)还有我的旧爱(拉伯雷、杨纳切克、费里尼、富恩特斯……)相遇。"
② "荀白克"是中国台湾的译法,中国大陆通译为勋伯格。
③ 米兰·昆德拉:《相遇》,尉迟秀译,第188—189页。

杀人者,而荀白克,大家都忘了他。"——这里的分歧,是"认为政治斗争高于具体生命、艺术、思想的人和认为政治的意义在于为具体生命、艺术、思想服务的人"的分歧。

1998年,海燕与"蓬间雀"

接着便说到1998年。这一年我参加了"90年代文学书系"①的编选工作,并具体负责"学者散文卷"。有朋友向我推荐陆建德先生的学术散文。果然写得精彩。学识渊博不说,思想、文笔也犀利、智慧、漂亮,便选了他的五篇文章;谈《日瓦戈医生》的《麻雀啁啾》是其中之一。

也许是不少评论将日瓦戈讲得很完美,《麻雀啁啾》开头一句便是"日瓦戈医生不是一个精神完美的形象"。这应该是没有什么疑问的;"完美"、光滑本来就是这部小说所要质疑的事情之一。《麻雀啁啾》指出,日瓦戈对"落难"时救助他,并为他含辛茹苦七年的玛林娜"毫无思念之情",而作品的"叙事人"(也可以简单化地看作帕斯捷尔纳克)也站在日瓦戈一边,不给她同情和尊严。这可能是事实,说"可能"是我觉得文章说的有些夸张;不论是日瓦戈,还是作者,都还不是那么无情尖刻。陆建德阐述了立场、情感上的偏向,如何影响了作家的艺术想象力。小说写到日瓦戈、拉拉、东尼亚等的时候,笔端充满温情,对他们情感的刻画发挥了"十分酣畅淋漓的大师手笔",而写到玛林娜和她父亲,写到革命游击队员,则僵硬、"生气不足";原因就在于玛林娜等出身于"贫寒的家庭"。陆建德敏锐地在这个不少地方持单一叙事视角的文本的光滑表面下,发现裂隙,发现其中的(人物和叙事

---

① 这套选本虽然标明由洪子诚、李庆西主编,其实,立意、具体组织和出版等工作,均由策划者贺照田、博凡承担。共6卷:主流小说卷《融入野地》(蔡翔主编)、先锋小说卷《夜晚的语言》(南帆主编)、女性小说卷《世纪之门》(戴锦华主编)、作家散文卷《新时代的忍耐》(耿占春主编)、学者散文卷《冷漠的证词》(洪子诚主编)、诗歌卷《岁月的遗照》(程光炜主编)。

人)的"阶级意识"和阶级偏见,指出这种意识、偏见"有时会变为创造性想象和同情的严重障碍",影响到对"重大社会问题的处理"。①

这个问题的提出,在《日瓦戈医生》的中国评价史上既是新的,也是旧的。说是"旧的",是因为对这部小说最大的争议,就建立在不同阶级、政治立场基点上的评价。说是"新的",则是因为自80年代以来,阶级观念在中国文学批评中逐渐退出视野,准确说是已经边缘化。因此,《麻雀啁啾》重提这一问题,至少在我这里,当时就有了"新鲜感"。这应该也是90年代后期反思"告别革命",重新评价革命"遗产"这个思潮的折射。但《麻雀啁啾》没有采取那种翻转的方式和逻辑,没有重新强调阶级是唯一正确的视点。它是在对《日瓦戈医生》理解的基础上的有限度的质疑和修正,表现了历史阐释的复杂态度,耐心了解问题中重叠的各个层面,不简单将它们处理为对立的关系。

陆建德的文章,运用了我们熟悉的对比性形象:海燕与麻雀。他将日瓦戈与斯特列尔尼科夫放在一起比较,说后者在激变时代果敢决断,不惧炮火,"把暴风雨当成千年盛世的前奏……像海燕一样在风暴雷电中飞翔,毫无惧色",而日瓦戈则是"没有志向的燕雀",后来更"避世且以庸居自乐"。虽然褒贬明显,但毕竟"时代不同了",文章并不打算再正反黑白分明,所以接着也限制这个褒贬,乐意将温情甚至称赞给予燕雀,说它也自有其"独特的执着";虽"是平凡乃至平庸的,但它也有使人肃然起敬的时刻","是依人而居的生灵,它的啁啾与海燕好斗的高歌相比自有其温和的魅力"。"有使人肃然起敬的时刻",那是因为生活经验告诉我们,做这样的麻雀也非易事。日瓦戈和他的作者在那样的乱局中,不愿趋炎(潮流),也拒绝附势(权力),坚持自己确立的"志向",这哪里是"庸乐自居"的"避世"者可以做到的?没

---

① 陆建德正确地指出:"……小说(尤其是后半部)缺乏叙事方式的复杂性。在应该有多声部、多视角的地方读者往往只能听到一个声音,被局限于一个视角。"见陆建德:《麻雀啁啾》,收入洪子诚主编《冷漠的证词》,第276—283页,社会科学文献出版社,2000年。

有很大的勇气,怎么能够抵挡得住各种极端力量的吸引和打击?正是有了这样的勇气,才能看到事情的许多方面,察觉到一个以无情的手段来推进人性理想的设计有变成其反面的危险。

《日瓦戈医生》并不回避在对待革命和暴力问题上,因阶级出身、生活遭际等的不同而观点对立;日瓦戈与斯特列尔尼科夫的争论,日瓦戈与拉拉的谈话都正面写到这一点。① 但它的倾向是明确的,它的主人公从赞同革命,到因为暴力和精神后果问题而质疑、反对革命的转变,就是对这一历史问题的回答。因此,《日瓦戈医生》不是《母亲》(高尔基),不是《铁流》(绥拉菲莫维支),不是《毁灭》(法捷耶夫),也不是《静静的顿河》(萧洛霍夫)。它曾经得到的赞扬、受到的抨击的依据,很大部分建立在与《母亲》《铁流》《毁灭》等的对比之上。

小说中表达的这一思想、精神脉络,是俄国19世纪赫尔岑、屠格涅夫、契诃夫等的延续。《日瓦戈医生》的这一思想、精神态度,在20世纪初俄国艺术家、知识分子那里具有普遍性。目睹俄国社会的腐败,制度的黑暗,他们期望并参与"把多少年发臭的烂疮切除"的手术。革命被许多诗人、知识分子(勃洛克、斯克里亚宾、别雷、别尔嘉耶夫……)看作腐败社会的"净化器"。但是,革命的实行,带来的制度变革和对文化、对人的精神产生的影响,却出乎他们的意料。对他们最为震动的是两个方面:一是人道主义理念在流血、暴力等极端手段面前的错愕,另一则是面对普遍性精神变异的忧虑。自由主义知识分子这种更多基于伦理、美学角度的"精神性"观察,使他们为所信仰的精神自由、个人独立原则受到的威胁、损毁而惊恐。俄国革命后流亡

---

① 斯特列尔尼科夫对日瓦戈说,革命"这一切不是为您安排的,您也无法了解。您是在另一种环境下成长的。市郊的铁路沿线、工棚,曾经是另一番天地。这里肮脏、拥挤、贫困;劳动者、妇女的人格受到侮辱",而那些寄生虫却荒淫无耻,道貌岸然,逍遥法外。"我们把生活看成行军,为我们所爱的人铺路架桥,尽管我们带给他们的只有痛苦……",《日瓦戈医生》,力冈、冀刚译,第549—550页。拉拉也对日瓦戈说:"我在童年时期就熟知贫穷和劳动的滋味,因此我对革命的态度和您不同。我对它感到亲切。我感到革命有许多亲切的东西……"

国外的尼·别尔嘉耶夫,在他的《自我认识——思想自传》中表达了这样的矛盾。他指出,对革命的发生最要负责任的是"旧制度的反动力量","俄国革命是正义的和不可避免的"。但也说明了他对革命失望,以至与之对立的缘由:"首先是精神自由的原则,对我来说,这一原则是原初的,绝对的,用世界上任何财富都不能出售的";"另一原则作为最高价值的个性原则,它不依赖于社会和国家,不依赖于外在环境,这意味着,我保卫的是精神和精神的价值"。① 以赛亚·伯林也刻画了知识分子这样的矛盾:"他们希望摧灭他们觉得完全邪恶的当道体制。他们相信理性、世俗主义、个人权利、言论与结社及意见的自由,各集团与种族及国家的自由,更大的社会与经济平等……但他们又害怕,恐怖主义或雅各宾手法引生的损失可能无法弥补,而且大于任何可能的益处。他们畏惧极左派的狂热与野蛮,害怕它们对他们所知的唯一文化的蔑视,以及它对乌托邦妄念的盲目信仰……"②

这就是日瓦戈,也是帕斯捷尔纳克的原则和他们的内心矛盾。

《日瓦戈医生》没有给它的主人公以心爱、美丽的结局。它不讳言拯救"历史中的个人"这种行为的悲剧性质——这是契诃夫众多小说、剧本已经呈现过的。《日瓦戈医生》证实着契诃夫对20世纪自由知识分子悲剧命运的预言。日瓦戈的经历,他最后的"蓬头垢面,心力交瘁",他的猝死街头,都可以看作是作家不大情愿,却没有办法拒绝做出的隐喻。帕斯捷尔纳克1948年11月3日给弗雷登别格的信中有这样的话:

> ……这并非害怕死亡,而是意识到最好的愿望和成就、最好的保证都不会有结果,因此就想竭力回避幼稚气,并走正路。其目的在于:
>
> 倘若需要什么东西淘汰,那么就让无错的东西灭亡,让它不

---

① 参看别尔嘉耶夫《自我认识——思想自传》的第9章"俄国革命和共产主义世界"。
② 以赛亚·伯林:《俄国思想家》,彭淮栋译,第355页。

因你的过失而灭亡。

他接着说,"你不必对这段话苦思冥想。倘若这段话写得让人看不懂,那只有好处。"①——在这段"让人看不懂"的话里,也许能够体会他所面对的是无从解决的困局和面对这个困局的绝望。

日瓦戈不是一个榜样,不是英雄传奇中的那种完美化身。他就是那样的一个被历史当成人质,但又不屈不挠试图挣脱、超越的普通人,一个有很高文化修养,心性敏锐细腻,对生活充满爱心的普通人。他的心声、情感,值得倾听和感受,他的许多言行值得尊敬。他的忧虑可能就是我们的忧虑。他的进退失据的两难处境,也没有成为过去:"这类不愿意打破自己原则、不愿意背弃自己信仰的理想目标的温和人士,其对双方爱憎交加的困境,成为第二次世界大战以来政治生活的一个常见特征。"②

当然,尊敬、倾听,甚至认同,也并不就意味着我们原先对莱奋生(《毁灭》)、对保尔·柯察金(《钢铁是怎样炼成的》)的敬意必须全部丢弃;他们之间在心灵深处有某种共同之处。

2002年,秋天的别列捷尔金诺

1956年我中学毕业,第一次离开南方的县城来到北方。人情世故的差异需要慢慢体会,而大自然的鲜明对比则能够容易见到:望不到尽头的大平原;高大挺直,叶片在微风中会亲切交谈的杨树;冬日傍晚,落尽叶子的树木枝桠在天幕留下的清晰线条……但我不知道如何描述这些情景。因此,便对在《日瓦戈医生》中读到的段落而倍感亲切:

冬日的傍晚是那样静谧,泛着浅灰和深玫瑰色。夕阳下的白

---

① 《人与事》,第292—293页。
② 以赛亚·伯林:《俄国思想家》,彭淮栋译,第354页。

桦树那黑黑的树枝显得异常清晰,异常精致,就像雕刻的文字。暗黑的小溪上结着一层烟色的薄冰,水在冰层下流过……就是这样一个灰晶色的柔软如绒的寒冷黄昏,过一两个钟头就要降临在尤梁津的带雕像的房子对面了。

2002年9月,有过一次盼望已久,却时间短暂的俄罗斯旅行。①一天上午,我们来到莫斯科郊外的别列捷尔金诺;这是莫斯科著名的作家村。走进帕斯捷尔纳克故居的栅栏,通向房子的甬道有高大的树木,叶子已经厚厚落满一地,金黄的,盖满所有的泥土,还没有被反复踩踏。庭院的深处则是密密的暗绿的云杉。这些阔叶树我不大知道它们的名字,桦树是知道的,可能还有槭树和橡树?这个景象,好像也写在他的小说中:"秋天早已在针叶林和阔叶林之间划出了一条鲜明的界限。针叶林像一道晦暗得发黑的墙竖在树林深处,而阔叶林却像火红的葡萄酒似的在树林中央闪烁着点点红光……"

同行的一位朋友感慨道:也只有这样的环境,才可能有这样的作家!对这个感慨我在心里加以延伸——也才可能有这样的诗句:

我们要消融在九月的秋声里!
要在秋天的飒飒声里沉醉!
或者沉默不语,或者如呆如痴

故居二层有着一排敞亮窗户的书房兼客厅的墙上,挂着1958年获得诺贝尔文学奖时,几个朋友在这个客厅里举杯庆贺的大幅照片;这应该是他刚接到获奖消息,而苏联当局还没有做出严厉反应的那个间隙。隔壁房间有一架显得老旧的钢琴,说是钢琴家里赫特常在这里弹奏。导游(毕业于莫斯科大学,当时是莫斯科法律大学在读博士的年轻女性)带我们到不远处的墓园,寻找帕斯捷尔纳克安眠之地,却怎么也没有找到。

---

① 同行者都是从事中国现当代文学的教师、学者,有赵园、孙玉石夫妇、吴福辉夫妇、吴晓东夫妇、刘勇、栾梅健等。

过去,我读一些俄国作家的作品,常感觉他们对大自然有一种我不熟悉的态度;这种态度在中国现代作家的书里,较难见到。《日瓦戈医生》写到日瓦戈去世,写到拉拉对他的哀悼,那个情景开始我也不大能了解。她在心里说,她和日瓦戈的相爱,"是因为周围的一切,那脚下的大地、头上的青天、天空的白云和地下的树木,都希望他们相爱;他们周围的一切,不论是陌生的路人,还是漫步时展现在眼前的远方田野以及他们居住和会面的房间,都为他们相爱而欣喜,甚至还超过他们自己。"

60年代,读屠格涅夫的《猎人笔记》①,读其中的《叶尔莫莱和磨坊主妇》《白净草原》《孤狼》《死》《树林和草原》……也常试图了解其中写到的人与自然的那种关系。印象很深的是《死》这一篇。作者讲述他在俄国乡村见到的几次死亡,不断重复着"俄罗斯人死得真奇怪"的感叹。面临死亡,这些和俄罗斯大地不再能够分割的劳动者的表现,既不能说是漠然,也不能说是迟钝。他们不叹息,也不悲恸,有条不紊,"冷静而简单"。托尔斯泰在《三死》中,写到三种"生物"的死亡。② 相比起贵妇人可怜可厌的死,农人就平静安详,而最美丽、诚实的,是那棵树的死。托尔斯泰也许透露了某种潜在的恐惧,但他和屠格涅夫的描述、理解是相近的:美丽的死是不撒谎,不做作,也不惧怕。

俄罗斯的平原、高山、森林、河流广袤而且神秘。让我很感遗憾的是,我只在文学作品、图画、电影里见过伏尔加河、高加索、乌拉尔山

---

① 丰子恺1950年代的译文,人民文学出版社,1955年。
② 《三死》写于1858—1859年。托尔斯泰在一封信中这样说:"我的计划是写贵妇、农民、树木这三个生物的死亡。那个贵妇是可怜和可厌的,因为她说了一辈子的谎,面对着死神的时候还在说谎。正如她所知道的,基督教替她解决不了生和死的问题……那个农民死得非常安详,正因为他不是基督教徒。他的宗教是另外一种宗教,虽然由于习惯的关系,他也奉行基督教的仪式;他的宗教,是他和它共同生活在一起的大自然。他自己砍伐过树木,播种过裸麦,他宰杀了山羊,他家里又生下了山羊,他家里有小孩子们诞生,也有老人们死亡,他非常明白这一种法则,他也像那位贵妇一样永远离不开这法则,于是他坦率地、随便地泰然面对着它……那一棵树木却死得安详,神圣而美丽。它美丽的原因,是因为它不说谎,不矫饰,没有恐惧,也没有怜悯。"

脉、西伯利亚森林、贝加尔湖……俄罗斯作家和他们创造的人物的生活和性格,与大自然一样也有许多神秘的东西。这种神秘,是大自然赋予的。大自然对他们来说,不是外在的被征服、待欣赏的对象,他们就"属于这个美景",是其中的一个部分。他们的生命融合在里面,由此形成有关生活、爱情、死亡、苦难、幸福的观念。日瓦戈去世的时候,没有什么仪式,身旁只有鲜花代为祭奠。

  植物王国很容易被看作是死亡王国的近邻。在大地上的绿色植物中,在坟地上的树木间,在一排排花苗中就隐藏着生命转化的奥秘。这正是我们一直要解开的谜。玛利亚一开始没有认出从棺材中走出的耶稣,把他当作了园丁(她以为他是园丁……)。

对他们来说,生活不应全部由"变成政治的一些虚假的社会生活原则"来解释,生活有很多的面向,有许多我们所不了解的谜。

原载《上海文学》2010 年第 6 期

批评的尊严

——"我的阅读史"之丸山昇[①]

一

丸山昇先生是日本著名的中国现代文学学者。二十多年来,虽然有不少向他请教的机会,但事实上见面只有两次,每次的时间都很短暂。1991年10月我到东京大学教养学部当教师,学部在目黑区驹场。大概是年底,东大在学校的山上会馆,举行外国人教师的招待宴会。教养学部村田教授陪我乘车来到本乡的东大,并介绍我与当时任中国语言文学科主任的丸山昇教授见面。知道我的专业是"当代文学",寒暄之后他问我,洪先生喜欢当代的哪些作家。虽然我以"当代文学"作为职业已经十余年,却从未想过这个问题,一时愣住了。一连串的"当代作家"的名字,便走马灯般地在脑子里打转,最终还是拿不定主意该"喜欢"谁,只好嗫嚅地说,"没有最喜欢的"。在当时,即便是"新时期文学"也有点让我失望,加上对自己的判断力缺乏信心,所以,下意识地将丸山先生的"喜欢",偷换成"最喜欢",当作这个推诿

[①] 丸山昇,1931年生于东京,毕业于东京大学。自1965年开始,在国学院大学、和光大学、东大学、樱美林大学从事中国现代文学研究和教学,东京大学名誉教授。著有《鲁迅》(1965)、《鲁迅与文学革命》(1972)、《"文革"的轨迹与中国研究》《验证中国社会主义》《鲁迅·文学·革命》等著作。2006年11月26日病逝。这篇文章在《鲁迅研究月刊》和《文艺争鸣》刊发时,有"作为方法的丸山昇"的副标题。

的回答的理由。但是谈话似乎就很难继续下去，离招待会开始又还有一段时间，村田教授便说，我带你去看看资料室的藏书吧，我便松了一口气地逃离现场。第二年，按照规定，丸山先生年满六十从东大退休，到了私立的樱美林大学任职，不过还是在东京。而我在1993年秋天离开日本之前，却没有再去拜访他。待到又一次见面，已经是十多年之后了。2005年初的冬日，我和谢冕、孙玉石、臧棣、姜涛他们到日本旅行，从大雪后初晴的箱根、伊豆到了东京。那一天去了浅草寺，乘船游了隅田川，回到新宿的王子饭店，已经晚上八九点。丸山先生和夫人从傍晚就一直在饭店等我们回来。握着他的手，见到温和、真诚的眼光笑容依旧，但比起十多年前来，毕竟是苍老，且消瘦了，心中有说不出的滋味。

就在这一年秋天，北大的20世纪中国文化研究中心举办"左翼文学世界"研讨会。丸山昇、尾崎文昭等多位日本学者都来出席。会议主题是检讨"中国1930年代文学"，探索左翼文学遗产的现实意义，也庆祝丸山先生论著中文译本（《鲁迅·革命·历史》，北京大学出版社）的出版。我也是这个文化研究中心名义上的成员，研讨会主持者便要我去参加。因为那一段身体不大好，也因为丸山先生的书刚拿到手，还来不及读，便没有去。后来听说不少发言和论文质量很高，特别是丸山先生论著座谈会，气氛的热烈为近年学术会议所难见，便不免有些后悔。可以安慰自己的是，这让我能够静下心来，阅读他的这本著作，从中收获没能当面从他那里得到的教益，特别是有关文学批评、研究的精神态度、视点、方法的方面。

二

丸山昇的学术风格，应该说具有日本学术的那种重视材料梳理、论述细密的特征。不过，我与这本书的译者一样，能够真切感到"那似乎琐细的材料考证背后的热诚"（《鲁迅·革命·历史》译后记）。我的最深刻的印象是,他的学术不是那种"职业性""生命萎缩"的,在严谨论证中可以把捉到动人的生命热度。这样说,不仅仅是指文字之中透露的执着、诚恳,更是表现在研究方法、视角的选取和运用上。

丸山在书的"后记"里写到这样的一个细节。1956年他患上急性肾炎,未能治愈;到了1976年,医生宣告进入肾功能不全阶段,需要人工透析。在当时的医学条件下,普遍认为即使透析,也只能维持四五年的生命。得知这一情况,他写道,"我最先想到的是,我怎么能就这样连一趟中国都没有去过就死呢。其次想到的是,在中国承认'文革'是一场错误那一天之前无论如何我也不能死"。这些话让我震动,以至一时没能继续读下去。我想,即使是像我这样的经历"文革"的中国"当事人",似乎也从未产生过这样的想法和情感吧。他和他的"学术"与异国的历史,与隔海发生的事变之间,究竟是如何建立起这种关联的?这是我常想的问题。

当然,就一般的情形说,这种联系能够得到理解。90年代初我在日本的时候,东京大学专治现代汉语的传田章教授跟我说过,近半个世纪中,日本学者走上中国问题研究道路比较集中的时间,一个是战后到新中国成立,一个是"文革"初年。丸山昇1950年代初对中国现代文学感兴趣,并最终选择它为自己的专业,是基于当时"现实中中国革命的进展"。就像他在《作为问题的1930年代》中说的,回顾日本近代史的过程,将它同中国的现代史进行对比,从中寻求日本批判的立足点,"可以说这既鲜明地体现了战后一段时期的思想、精神特色,也代表了战后日本中国研究的一个'初衷'"。丸山在学生时代,参加过日本的左翼民主运动。1951年和1952年,因为示威、发表演讲,反对美国对日本的占领,两次入狱。借鉴中国革命的经验,来反思日本在近代的失败,寻找未来的道路,是他从事中国文学研究的主要动力,也构成他的源自深切现实关怀的问题意识。置身于"将中国作为尊敬与憧憬对象的无数人中之一",由此产生了对"五四运动""文学革命"等历史问题的"深切同感"。中国研究所形成的"中国像",与日本现状的抗争,在他的学术中构成"共振"的关系。

这虽然在一代学者那里带有某种普遍性,但是我相信丸山有他自身的缘由,只是没有更多的材料能够支持进一步的分析。但是,从视角和方法上也能够看到这种独特的方面。他在分析竹内好将中国作为有意识的"方法"所选取的视角时,说竹内"与其说是通过和中国的对比来构筑日本批判的立足点,不如说是先存在强烈的日本批判,然后将中国设定为对立的一极"。丸山的视角与竹内显然有所不同。丸山的倾向,显然更重视他所描述的状况与中国现实的切合程度,中国文学的"历史真相",以及它的现实展开的复杂性,始终是他考察、追踪的目标,并转化为几乎是"自身"的问题。从 50 年代中期中国发生"反右"运动开始,丸山看到现实的情况已经"大幅度"地超出当初中国研究的"初衷"。他的独特之处在于,一方面,他没有放弃这种"初衷"仍具有的某种合理性,即便在发生了"文革"的激烈事变之后,也没有打算做断裂性的"转向"。另一方面,又以严肃的、追索事实的态度面对超出预想的复杂性,不回避给原先的"尊敬与憧憬"蒙上阴影,甚至产生震撼性打击的事实。相对于一些历史"终结论"的学者(他们已经把研究转向某些过去忽略的"细部")的认识,丸山认为我们对中国现代历史、文学的"复杂性和深刻性问题"的了解、把握仍有待继续。他说:"在迄今为止形成的中国文学研究的框架中,而且还是远远贫瘠、窄小的框架中,仅仅去挖掘以前未被讨论的问题,这不是太寂淡冷清了吗?"他的这个评述,可能得不到许多人的赞同,他自己也说"也许还是精神遗老的一种杞忧",但是却值得认真思考。意识到他那一代人试图解决但并未解决的基本"问题"有可能被丢弃,他殷切地表达了这样的期待:"希望大家替我们将以我这一辈人的感觉无法感知的问题一个个弄清楚。"(《战后五十年》)

90 年代后期,丸山自觉体力、精神逐渐衰弱,为没有更多力气跟踪、把握中国文学现状而感到"没有多大长进"的沮丧,也为重读自己过去的文章发现没有新的话可谈而"真的十分厌烦"。从这里能够看到那些"问题"在心中的纠结程度,看到那种逼迫的力量是怎样的难以解脱。不过,这种沮丧,这种自我的"厌烦",不也体现了对学术有所"承担"的学者尊严的人格吗?

三

在丸山对中国30年代文学的研究中,鲁迅占有中心的位置。"中心"不只是从花费精力与所占篇幅,而且是从研究的"本源性"意义(研究论题的生发和历史评价标准的确立)的角度上说的。谈到历史研究的时候,丸山说,"很多情况下,身处历史漩涡中的人并不自觉的行为中往往蕴含着重要的意义","研究的意义之一就在于挖掘出那些未被意识到的意义并让它作用于今天"。接下去他又说,"只是,不能忘记,这有时候最终只不过成为自己的影子在研究对象上的投影"(《"革命文学论战"中的鲁迅》)。这些话,一方面是在说明历史研究的出发点和现实价值,另一方面也提示了研究者与对象之间可能的关系。我想,说丸山所描画的"鲁迅像"上面有着他的投影,恐怕不是一种妄测。换一个说法,丸山对鲁迅的"形塑",包含有他对一个可以作为榜样的人物的期望,寄托着他有关知识者精神处境、精神道路的想象。从这个意义上说,鲁迅在他的研究中,也是"作为方法"存在的。

在丸山对鲁迅在"革命文学论战"和"左联"时期的"思维构造"的讨论中,鲁迅那种通过"抵抗",通过转化引起他共鸣的思想资源,以建构个体与时代"洪流"的"最具主体性的结合的方式"(《鲁迅和〈宣言一篇〉》)这一点,有深入阐释与强调。文学与现实的关联,个人对体现"历史必然性"的"洪流"的投入,是作为马克思主义者的丸山的研究视角。在这一前提之下,他对个体的自主性给予高度重视;这让丸山具有"个体的马克思主义者"的意味。能够获得他所称的"最具主体性"的方式,就不是将自己无保留地交付某种方向、立场、阵线,"不是瞄准新的可能性一口气飞跃","而是确认自己当前的所在的地点和自己的力量,然后一丝不苟地干该干的事,从中寻求前进的保证"(《鲁迅和〈宣言一篇〉》)。这种"最具主体性方式"的建立看来不是轻而易举的事情,需要通过"抵抗"(或竹内好所说的"格斗")来产生独特的"思维构造"和行为方式。丸山使用"抵抗"这个富于紧张感的词,但对它所包含的具体情状,却并没有特别予以解释。但是,从他对鲁迅的论述中,也间接从我们的现实经验中,"抵抗"所面对的,大概可以归纳、想象为这样的一些内容:僵硬的思想框架,强大潮流的裹挟威力,正义感宣泄的自我满足,与潮流保持距离的孤立恐惧,对自身位置、能力的虚妄判断,等等。这个理解如果不是那么离谱的话,那么,使用"抵抗"这个词也不是浪漫的夸饰,从心理的层面说更是如此。

这方面涉及"思维构造"的"能源"这一重要问题。丸山指出,鲁迅与日本的马克思主义文学论,以及中国20年代的革命文学论的重要区别,表现在后两者均以"观念性""阶级性"设限,将非革命、非无产阶级的文学家及其思想成果"全部排除后再出发"(这也是中国当代政治和文学激进派别的纲领)。鲁迅却不是这样;他忠实于引起个人共鸣的思想,从里面吸取到能够转化为自己思想能源的东西。这在鲁迅和日本文学家厨川白村、武者小路、有岛武郎的关系上,可以看到这一点。武者小路等文学家自然不属于"第四阶级",有的且是左翼文学家所反对的自然主义、"纯文学"的提倡者、守护者。但是,鲁迅却在有关文学要发自"本心",要有作家人格的充实,要有内在生命等方面与他们产生共鸣,形成"决定文学作为文学是否有意义的只能是作家主体的存在状态,决不放过将文学的存在根据委托给'政治'的""不负责任的态度"。这些文学家在鲁迅对马克思主义的接受上,在把握世界、把握文学的方式的形成上所起的作用,丸山认为远超出我们今天的预料。他认为,鲁迅对他所反感的文学是革命的武器的理论的"抵抗",一方面是以自己的力量,一方面是通过更新武者小路强调作家"忠实于自己"的"自己"这一词语的内涵来实现(《鲁迅和〈宣言一篇〉》)。鲁迅不是那种将要"超越"的对象当做毫无用处的旧时代"遗留物"抛弃,不管三七二十一急驰入麾下,投入大潮的文学家。

投身于具有正当性的思想、文学潮流之中,但坚持自身的独立性,拥有处理、解释问题的独特的思想框架和方法,这是丸山对鲁迅的"发现"。这种对鲁迅的阐释,其实也是丸山性格的一个投影。丸山经历了"尊敬与憧憬"的对象被蒙上阴影,被"大幅度"改写的情形,对历史进程的思考,和个人性格上的特点,使他逐渐确立了一种以执着探求"事实真相"为目标,在"潮流"中充当质询、纠正的力量的思维结构。丸山在鲁迅那里,印象最为深刻的可能也是这一点吧。我想,在他看来,阐释思潮的性质,推动思潮的发展的思想方式固然重要,但是,质询、纠正的思想方式也不能或缺,有的时候甚且更值得重视。当随声附和之声在空中到处飞舞,模糊并掩盖存在的裂缝、偏差、扭曲的时候,揭发偏差、扭曲,就是坚持独立立场的清醒者所应承担的工作。丸山的研究,正是体现了这一特点。只要仔细阅读他在"文革"初期写作的系列文章,对中国官方进行的对鲁迅,对周扬,对30年代文学等的阐释的质疑、拒绝,就能清楚看到这一点。举一个让我印象深刻的例子是,在当时展开的对周扬等的"右倾投降主义"的批判中,鲁迅被构造为"正确路线"代表,而周扬、李初梨、成仿吾、钱杏邨等被作为对立面受到无情打击。这个时候,丸山倒是表现了对李初梨等当年处境的谅解和同情。他说,"如同一开始碰到怎样的大课题时闪溅的火花:马克思主义如何接受鲁迅,或者马克思主义是否具有足够的框架和宏大来容纳鲁迅这样的思想家、文学家提出的问题?不论是成仿吾、李初梨,还是钱杏邨,今天想起来,他们都碰到这个棘手的难题,所以我现在不如说对他们感到一种亲切和同情"(《"革命文学论战"中的鲁迅》)。这种不抛弃"时间"维度的,设身处地的中肯、平实之论,和厌弃、激烈的流行论调形成对照。支持这个论述的还有这样的一段话:"如果今天重新将1930年代作为问题还有意义的话,那么尽管它有那么多弱点和缺陷,当时中国最优秀的青年中至少相当一部分(关于这一点我的认识到现在依然不变)还是被这场运动所吸引,他们真的甘愿为此不惜自己的生命,这是为什么?是什么从内心驱动他们?果真不过是幻想吗?如果说是幻想,那不是幻想的又能是什么?"(《鲁迅的"第三种人"观》)

"文革"结束之后,中国现代文学研究出现了活跃的局面,这种活跃建立在反省过去的历史叙述的基础上。丸山看到这个活跃展开的趋向是,从过去过分倾向于以左翼文学为中心,忽视左翼文学以外的作家,转移到对各种"流派"的研究和对"主流"以外的"边缘"的研究的兴起;过去在当代中国被轻视的作家,如徐志摩、戴望舒、郁达夫、沈从文、钱锺书、萧乾等成为研究者的兴趣集中之处。对于这个转移,他表示了赞同的态度,说现代文学的众多侧面被阐明,内部所包含的丰富的发展可能性被揭示。但是他对这种趋势也有所警觉。他认为,人们对过去被忽略的事物表现兴趣,"恐怕根源于人类自然的本性","但最终又往往仅是将历史颠倒过来,未改变其本质,这种例子我们早已屡见不鲜"(《关于中国现代文学研究的一己之见》)。这个后来被中国的现代文学研究者意识到的问题,丸山提早就向我们指出了。80年代,在一种"回归文学自身"的潮流下,对现代文学中强烈现实性做出过多否定的思潮,他也表示了异议。他引述日本三位作家在二三十年代对中国现代文学的感受之后写道:

> 谷崎润一郎、金子光晴、宫本百合子这三位思想与文学大相径庭,但各自却都具有超人的知性的文学者,虽然表述的方式各不相同,但却把与包括文学家在内的中国人民、中华民族所处的现实"苦斗",作为中国现代文学的最大特色来认识,并且与之发生共鸣。而且金子光晴还认为在中国现代文学这一特色中蕴含着纠正日本文学弱点的力量。关于这些,我很想让中国的同行们知道。
>
> ——《关于中国现代文学研究的一己之见》

在讨论萧乾的文章(《从萧乾看中国知识分子的选择》《建国前夕文化界的一个断面——〈从萧乾看中国知识分子的选择〉补遗》)中,他通过个案,深入阐明他在有关"主流""支流"问题上的看法。他说,如果抱有成见,将萧乾的作品看成"非左翼"或"反左翼"的,忽略从本质上来追寻他精神轨迹,那么,"最终只能把他作为右派予以否定这一过去中国的看法颠倒"。对于"新时期"文学"走向世界文学",和在中国文学中寻找与外国文学的流派相当的部分(如"现代派"等)的热衷,丸山当时也表示了疑惑,说这种研究只不过是与外国之说相契合,"去套用实际上并非各国通用的架空的'世界文学规律'","这样观察中国文学实在是一种皮相的做法"。上面的这些或温和、或尖锐的意见讲在1988年,自此以后,研究状况当然有很大改变,但是他提出的这些问题,特别是其中隐含的视角、方法,也并非已经失效。

四

在历史研究上,丸山认为具有"敏锐的时间感"是研究者需要具备的重要条件。这也是他自己一贯秉持,并且保持警醒态度的原则。"时间感",既指研究者对自己所处的位置的认识,问题提出的时间意识,也指研究对象的具体情境,以及两种不同"时间"所构成的关系。对"时间感"的强调,是强调一种回到事实,将问题放回"历史"去考察的态度,是重视问题、概念、思想发生和变迁的条件的态度。如果扩大地理解这个问题,则还包含着对"历史"的某种同情、尊重,和重视研究者、研究对象个体的各自不同的感受性等等。思想、观念总是由各自不同的条件所支撑的。离开了这些,也就失去了说明问题、处理问题的能力。在当代批评界广泛流行的种种概念、命题(现实关怀、宏大叙事、日常生活、纯文学……)也无不如此。"某一命题所具有的历史社会意义,甚至于构成这一命题的各个单词,都由于命题所处的历史社会状况不同而相异，不同的个体对命题的态度也应该随之相异。因而，这一命题的反命题，以及从这一矛盾中产生出来的新命题的意思也自然各不相同。"（《"革命文学论战"中的鲁迅》）

在批评、研究中，概念、范畴的"固化"，和它们的作用被无限放大，是相当普遍的现象。这种情况，丸山称为"理论的自我运动"，即"当一个命题被定为权威，其运用范围便会超过其当初确定时的范围、条件，有不断扩大的倾向"。于是，概念、被"固化"的思想，便脱离具体语境加以繁衍，成为抽象操持的对象。这种情况的普遍发生，可能源自两个方面。一个是我们的"社会传统"。长期存在的社会生活的"政治化"与"党派性"特征，将立场、阵线、意识形态派别的区分置于首要地位。在这样的情境中，上述的观念、知识的运作方式的流行，是不言而喻的事情。不过，丸山还指出了另一种情况。他在叙述鲁迅革命文学论争时期所"留给我们的遗产"之后说，"真正要把这个遗产变成自己的东西的难处在于，当我们用这样的话语来叙述它的瞬间，它就固化了"（《"革命文学论战"中的鲁迅》）。我们在叙述"历史"的这个"瞬间"，由于叙述作为一种话语活动的性质，由于已逝情境无法复现，也由于个体感受的不同，环绕、融解在思想、概念中的诸多要素、条件也会减损，漏出，扭曲。因此，"抵抗"这种"固化"，便是一件困难的事情。丸山显然意识到这一点，为此，他提出了"中间项"的概念。"中间项"在他那里是讨论思想与现实关系的命题：思想为了推动现实，转化为现实，不仅需要终极目标，而且应当具备联结终极目标与现实间的无数中间项。思想、观念如果不是"固化"的，抽象的，意识形态化的，那么，它的具体形态，围绕它产生的特定条件，它与现实的关系，它在不同个体那里的有差异的表现方式等等，就不能轻忽和剥离。

但事实恰如丸山所说，"不论在中国还是日本，比起将思想当成包含从其终极目标到其与现实的接点的多重中间项的整体，人们只重视终极目标的层次"。这就是在他的研究中，为什么要花费大量篇幅来讨论"方法"问题的原因。在有的时候,丸山对某些作家、文学问题的研究,主要不是指向作家、问题本身,而是指向方法论的层面;《作为问题的1930年代——从"左联"研究、鲁迅研究的角度谈起》便是讨论研究方法的重要一篇。在中国和日本,有关30年代文学的研究、论争,一直被有关政治"路线"的议题所笼罩。丸山当然也不轻视"路线"的意义;作为体系确立的"路线",也的确给予个人强烈影响。但是,他指出,即使承认"路线"的存在,它也只能由活生生的人来承担,而存在于现实中的人的无数实践,则"无法全部还原为路线"。也就是说,在进入历史的时候,不是性急地确定什么是"正统",然后展开对"异端"的批判,也不是相反进行"异端"的再评价,将它翻转过来,而是"再次调查、重新构成当时的问题状况本身",着重探明在当时状况下,文学家以什么为目标,如何行动,各种各样的思想、理论在个人身上的具体表现,在激烈变动的场域中处于何种位置。他的这些话,实在是切中肯綮之论。丸山说,轻易地依赖宏观的"历史本质论",与面对现象的复杂呈现而感到无法分辨的困惑,这两种表现其实是同一事物的两个方面。不过,以我的理解,如果要在这两者间进行挑选的话,与其挥舞大而无当的"历史本质论",不如在复杂事物面前保持手足无措的虔敬态度。

　　由于丸山在方法论上的这种自觉,他的研究一般说来不会先设定某种思想、原则作为坐标,先设定理论的"正统性",然后把讨论对象加以比照,而是将某种见解,与见解所处状况、条件的关系纳入思考。这样的结果,倒是有可能将对事情"真相"的揭发、讨论,引向深处。举例来说,"文革"期间对何其芳、周扬等作为反动的"黑线"人物展开严厉批判,日本学者也辩论他们的"路线"归属,是否真的反对毛泽东等等。丸山写于1972年的文章(《中国的文学评论和文艺政策》)抛开这些"前提",不以张贴道德标签,指认路线归属作为目的。在对他们的言论、言论表达方式,以及与言论相关的条件的耐心分析中,提出了中国文化的双重性、不均等性的问题。丸山指出,中国传统文化的巨大、厚重,知识分子的特殊社会地位,和大量存在的文盲,进行义务教育任务的艰巨这样的反差,构成了在其他国家少有的文化的双重性、不均等性。所谓普及与提高、知识分子与大众的关系等命题,正根源于此。"文革"中批判何其芳、周扬等在60年代初的见解是"两面派"现象,说他们在调整时期复活"资本主义逆流",在丸山看来这是"过于远离了他们所担负的艰巨课题"。其实这是由于他们面对这种"不均等性",在道路选择、摸索时,在与这种"不均等性"恶战苦斗时出现的"步履蹒跚"。这个分析即使需要再加以思考,但直到今天也仍然是值得我们重视的见解。

丸山的这些论述,表现了他的视野,同时也体现了他对于历史对象,对前人的那种同情和尊重。同情也好,尊重也好,主要不是一种表面上的避免轻慢的态度,而是对他们的探索,提出的理论,是否有诚意去辨别其中的缺陷和可以发展的可能性的问题。所以,丸山这样说:

> 所谓超越过去的时代,一方面是指达到该时代所达到的最先进的部分,而同时,也要致力于批判时代所造成的局限。仅仅嘲笑和嫌恶过去时代所造成的可笑而使人羞愧的错误,并不能超越那个时代。如同翻一座山一样,只能越过最低的地方,而不能够攀上高峰。
>
> ——《关于中国现代文学研究的一己之见》

五

在这篇读后感性质的文章的标题里,我用了"尊严"这个词,来概括读丸山昇先生著作之后的感受。这确有一些踌躇。在我们生活的许多崇高词语贬值或变质的时代,这个词可能过于重大,但也可能过于媚俗。不过,如果从坚持某种目标和信念,通过"抵抗"形成某种属于自己的独立方式，不断寻求对于"事实"的接近这一点，使用这个词应该是恰切的吧。

原载《文艺争鸣》2007 年第 2 期，
发表时题为《批评的尊严——作为方法的丸山昇》

附记：

在这篇文章交《鲁迅研究月刊》发排之后，接东京大学尾崎文昭教授信，告知丸山先生近日逝世。心中黯然。我对他的敬意竟未能当面表达，只好以此文作为纪念。

《爸爸爸》:丙崽生长记

《爸爸爸》,中篇小说,韩少功著,初刊于《人民文学》1985 年第 6 期。2006 年,经作者大幅度修改,编入"中国当代作家·韩少功系列"中的《归去来》卷,人民文学出版社 2008 年版。

一 丙崽的"生长"

这篇文章的念头,来自今年读到的日本学者加藤三由纪题为《〈爸爸爸〉——赠送给外界的礼物:"爸爸"》的文章①。当时给我的触动是两点。一个是《爸爸爸》的修改。文章指出,1985 年《人民文学》第 6 期的版本,在收入小说集《诱惑》(湖南文艺出版社,1986 年)的时候,作者"稍微有些修订",但差别不大,大的修订是 2006 年②;修改本收入"中国当代作家·韩少功系列"的《归去来》卷。鉴于修改幅度很

---

① 这是作者为中国人民大学文艺思潮研究所和哈佛大学东亚系联合召开的"小说的读法"国际学术研讨会(2012 年 7 月)提交的论文。加藤三由纪任职于日本和光大学,她也是《爸爸爸》日文译者。我的这篇文章也受到北京大学中国当代文学研究生季亚娅未正式发表的学位论文(《"心身之学":韩少功和他的九十年代(1988—2002)》)的启发。文章的写作,在资料搜集和引述上,得益于吴义勤主编的《韩少功研究资料》(山东文艺出版社,2006 年)、廖述务编的《韩少功研究资料》(天津人民出版社,2008 年)。这里,谨向加藤三由纪、季亚娅、吴义勤、廖述务等先生衷心致谢。

② 由我主编的《中国当代文学史作品选》(北京大学出版社)选入《爸爸爸》时,第一版第一次印刷(2008 年 11 月)采用 1985 年《人民文学》版本。随后,作者提出应该采用他 2006 年修订的,编入人民文学出版社"中国作家系列"的版本。"作品选"从第二次印刷开始改用修改本。

大,加藤三由纪有这样的判断:"新版本与其说是旧版本的修订,还不如说是重新创作","新版本《爸爸爸》包含着21世纪的眼光"。在此之前,我虽然也知道《爸爸爸》有过修订,却没有想到有这样的改动。而国内的批评家、研究者这些年在谈论这篇小说的时候,也大多没有注意到版本的这一情况,不说明他们征引的是哪一个版本。加藤教授告诉我,日本的盐旗伸一郎早就对《爸爸爸》的修改写过文章,文章中译也已在中国发表。① 很惭愧,我却不知道。触动我的另一点,是"赠送给外界的礼物"这样的说法。"作为一个读者我对鸡头寨山民的'想象力'(一般叫做'迷信')感到惊讶,对丙崽也感到钦佩。"亲切、钦佩这些词,用到丙崽身上,我还是第一次碰到,自然感到突然和诧异,这跟我读过的不少评论文章的观点,与我以前阅读的印象,构成很大的反差。

  由这两个方面,我想到"生长"这个词。文学作品,包括里面的人物,它们的诞生,不是就固化、稳定下来了;如果还有生命力,还继续被阅读、阐释,那就是在"活着",意味着在生长。或许是增添了皱纹,或许是返老还童;或许不再那么可爱,但也许变得让人亲近、让人怜惜也说不定。"生长"由两种因素促成。文本内部进行着的,是作家(或他人)对作品的修订、改写(改编)。文本外的因素,则是变化着的情景所导致的解读、阐释重点的偏移和变异。后面这个方面,对韩少功来说也许有特殊意义。正如有的批评家所言,他的小说世界里,留有读者的活动、参与的空间,读者是里面的具有"实质性的要素","读者似乎被邀请去作一种心智旅行……或者被邀请去搜集和破译出遍布在小说中的线索、密码"。②

---

  ① 盐旗伸一郎:《寻不完的根》,张志忠主编:《在曲折中开拓广阔的道路》,武汉出版社,2010年。
  ② 安妮·克琳:《诘问和想象在韩少功小说中》,肖晓宇译,《上海文学》1991年第4期。

二　80年代的解读倾向

《爸爸爸》发表后的二十多年里,各个时期、不同批评家有许多相近或相反的解读。如果按照阐释倾向发生重要变化的情况划分,在时间上可以分为两个阶段。一个是作品发表到80年代末,另一是90年代后期到本世纪初的这些年。

在80年代,对《爸爸爸》,对丙崽,最主要,并得到普遍认可的观点,是在现代性的启蒙语境中,将它概括为对"国民劣根性",对民族文化弊端的揭发、批判。这样的理解典型地体现在严文井、刘再复两位先生的文章中[①],他们的论述也长时间作为"定论""共识"被广泛征引。他们指出,鸡头寨是个保守、停滞社会的象征;村民是自我封闭的,"文明圈"外的"化外之民"。对丙崽这个人物的概括,则使用了"毒不死的废物""畸形儿""蒙昧原始"和具有"极其简单,极其粗鄙,极其丑陋的"畸形、病态的思维方式的"白痴"等说法。严文井、刘再复的解读在"文明与愚昧冲突"的新启蒙框架下进行,这是80年代知识界的普遍性视野。在这样的眼光下,所有的人物及其活动,都在对立性质的两极中加以区分。因此,刘再复认为,鸡头寨的村民都具有"用无知去杀掉有知,用野蛮去杀掉文明"的共同心态。而"父亲德龙"和丙崽娘也被判为分属对"苟活"的山寨传统有所怀疑的有知者和"鸡头寨文化顽固的维护者"的对立阵线的两边。这一解读方式的共通点是:强烈的"文革"批判的指向性;在文学史"血缘"关系上把丙崽和阿Q连接;与当年诚实、怀抱理想的作家、知识人那样,把批判引向自我的反思[②]。

---

① 严文井:《我是不是个上了年纪的丙崽?——致韩少功》,《文艺报》1985年8月24日。刘再复:《论丙崽》,《光明日报》1988年11月4日。
② 严文井说:"我是不是个上了年纪的丙崽?"刘再复说:"读了《爸爸爸》,老是要想到自己……我发觉自己曾经是丙崽。"

80年代对《爸爸爸》其实也存在另外的论述。它们或与上述主流观点相左,或是关注的方面不全相同。但这些不同的零碎论述,因为难以为思想、审美主潮容纳,而被忽略,被遗漏。比如,一般对"猥琐和畸形"的丙崽和丙崽娘感到嫌恶,而曾镇南倒是对他们有同情和理解。他说,要说阿Q的话,那也不是丙崽,而是仁宝;丙崽娘和仲裁缝"他们的内里,却是人性的善和勇"。[1]

在80年代的评论中,李庆西的一些意见,当时没有得到注意,也是因为他有着某些逸出"共识"的发现。他指出,作品在美感风格上并不单一,它集合着调侃、嘲讽与悲壮、凝重的诸种因素,它们构成一种复杂的关系。他并不否定这个故事有着"文明与愚昧冲突"的含义,"诚然是一些愚昧的山民,做出一些悖谬的事情",但"其中精神的东西"却并不能在愚昧的层面上做轻易的否定。他说,在祭神、打冤、殉古等场面中,也能看到"充满义无反顾的好汉气概"。谈到小说最后的鸡头寨迁徙,说那并不是意味着失败,这是"寻找新的世界"的"何等庄严的时刻"[2]。李庆西发现这是一个"开放性"文本,在主旨、情感、态度上存在多种互相矛盾的因素。

另外的偏离80年代主流倾向的解读,则表现在一些外国批评家的评论中。前述法国的安妮·克琳用"诘问"来指认韩少功《爸爸爸》的美学品格:"他想证实除已被描述过的或被发觉过的可能性外还存在着其他的可能性,以及对一些定论仍然可以提出疑问",他的表达方式"与封闭性无缘"。这和李庆西的说法有相通之处。与此相关的论述,也表现在《韩少功小说选集》英译者玛莎·琼的论述中。她说这是"一个对中国的命运提出严肃警告的寓言":"山村及其芸芸众生可被看作象征性地代表了这个国家及其人民:他们的眼光是向后或向内的,被传统和过去文明的荣耀拖住了脚步",不过,作品写的又不仅是失败,写的也是胜利,"人类灵魂的胜利";"人们的确失败了,但他们

---

[1] 曾镇南:《韩少功论》,《芙蓉》1986年第5期。
[2] 李庆西:《说〈爸爸爸〉》,《读书》1986年第3期。

却以尊严和坚毅接受它。如果失败中没有恢弘,那么也就没有令人痛惜的悲哀……"①

三 忽略部分的彰显

到了90年代末和本世纪初,对《爸爸爸》和丙崽的评述,虽然大多仍沿袭着80年代那种批判"国民性"的认识,但在一些重读的论著里,也发生了重要的变化。这种变化,是为80年代已经露出端倪却未被注意的观点的延伸,特别是对文本的开放性、复杂性的重视与强调。这种变化虽然有解读者各不相同的原因(人生体验、"知识配置"、审美取向),但可以看出他们也共享着90年代后反思西方中心的现代化话语的时代思潮。其核心点是,从不同角度质疑将《爸爸爸》看成单一的"国民性"批判叙事,而在文本内部多元性的基础上,挖掘其中隐含的某些"反向"的因素。

下面是三个例子。例一是贺桂梅在《"新启蒙"知识档案——80年代中国文化研究》中讨论"寻根"的部分。② 她认为,像《小鲍庄》《爸爸爸》等,尽管可以当成批判"国民性"或中国文化"封闭性"的文学叙事,"但文本本身的话语构成的复杂性在不断地游离或质询这种化约性的指认";"在一个看似统一的故事的叙述过程中涌动着两种

---

① 玛莎·琼:《论韩少功的探索型小说》,田中阳译,《当代作家评论》1993年第5期。在张佩瑶的《从自言自语到众声沸腾——韩少功小说中的文化反思精神的呈现》(《当代作家评论》1994年第6期)中,也有与玛莎·琼相近的观点;或者就是对玛莎·琼观点的借鉴:《爸爸爸》"是一则发人深省的寓言,对中国这国家的前途,发出严厉的警告","鸡头寨和鸡头寨的村民就是中国这国家和她的人民的缩影";"不过,由于在小说中屡次出现的图腾——凤凰——突出了民族性里面那种久经忧患而精神不屈的特征,而叙述者又多次引用开天辟地的上古神话传说,以及有关民族迁徙、孕育繁衍的民间故事和古歌,所以这就把愚昧、失败和挫折置于时间的长河和历史巨轮的轮转这个广阔的视野范畴。……使小说洋溢着一股生生不息的民族文化精神,使人感到民族本身那种坚韧的生命力和面对困境时那种不屈的斗志。"

② 贺桂梅:《"新启蒙"知识档案——80年代中国文化研究》,第205—211页,北京大学出版社,2010年。

以上的话语",它们构成"彼此冲突或自我消解的喧哗之声"。她指出,《爸爸爸》文本的复杂性,或多种话语构成的冲突、消解关系,体现在两个方面。一是人物与空间"同时具有神话和反讽两种关系"。以庄重、特殊笔调来写丙崽的出生的这种"神话"性质叙事,却没有让丙崽成为具有救赎众生的英雄人物,相反,始终是只会说两句话且形象丑陋的傻子;但这个"白痴"又是唯一能"看见"鸡头寨"鸟"的图腾的人,从而他被赋予某种"神启"的色彩。这种含混性还体现在空间意涵上面:鸡头寨是具有空间封闭性,却并不表现为与世隔绝,而表现为"内部"与"外部"界限的存在。这让这部作品"既不是一个'文明与愚昧的冲突'的故事,也不是一个找到了'植根于民族传统文化的土壤'中的'根'的故事"。这一解读虽然延续80年代李庆西的思路,却不是简单的重复和扩充。论述的重要进展在两个方面:次要方面是感受性的印象,由叙事学等的理论分析加以落实;主要方面则是将这一分析纳入时代人文思潮观察的视野。她要说明的是,尽管西方中心的现代化意识形态支配了80年代中国知识界的历史想象和文化实践,但那个时候,也存在质询、反抗此种意识形态和历史想象的力量。韩少功的创作的意义就体现在这里。

例二是刘岩的《华夏边缘叙述与新时期文化》①。他也在改变着80年代对《爸爸爸》的单一化理解。他认为,作品的含混与反讽,体现了当年"寻根"者遭遇的文化困境。丙崽自幼将表示象征秩序的词汇挂在嘴边,却始终没有获得指物表意的正常语言能力;不断重复"父亲"之名,却生而无父。②他整日喊着的"爸爸"一词,是人们从外面的千家坪带进山里来的。他对丙崽形象的分析,不是把他看作"封闭和蒙昧所孕育"的畸形儿,而是认为他的形态行为体现着"不同的文化

---

① 刘岩:《华夏边缘叙述与新时期文化》,知识产权出版社,第42—52页,2011年。
② 关于那个离家远走杳无音信的丙崽"父亲",《爸爸爸》1985年版说"这当然与他没太大关系"。2008年版在这之后增写一段:"叫爹爹也好,叫叔叔也罢,丙崽反正从未见过那人。就像山寨里有些孩子一样,丙崽无须认识父亲,甚至不必从父姓。"看来,在鸡头寨的逻辑中,"生而无父"并不一定像刘岩所分析的是个严重问题。

即权力/话语相碰撞"的文化症候：丙崽的浑浑噩噩是困境的显现，但也是抗拒性书写的投射。作家承认旧的再现系统已经失效，却拒绝沉湎、膜拜新的现代化的乌托邦话语。刘岩认为，这一以丙崽形象所作的"抗拒"是双重的，即从"边缘"同时指向西方中心主义和中国民族主义。这个分析，呼应了韩少功一次谈话中的这一观点："《爸爸爸》的着眼点是社会历史，是透视巫楚文化背景下一个种族的衰落，理性和非理性都成了荒诞，新党和旧党都无力救世……但这些主题不是一些定论，是一些因是因非的悖论，因此不仅是读者，我自己也觉得难以把握。"这些话讲在1987年，在当时也没有得到注意。它被刘岩等研究者重新发现和重视，也只有等到90年代末以后这个时机。在这样的时刻，才能认识到"悖论是逻辑和知识的终结，却是精神和直觉的解放"①。

在解析《爸爸爸》的复杂、多元性中，程光炜则将它与中国现代小说传统链接。② 他指出，这个文本存在两个冲突着的叙述框架，一个是鲁迅式的"现代""入世"的"对传统文化批判和否定"的框架，另一是沈从文式的"寻根""避世"的"对传统文化欣赏和认同"的框架。作品矛盾性由是表现为：究竟是要"找回'改造国民性'的主题，还是那个原始性的'湘西世界'"？而丙崽这个人物，也承载了事实上他无法承载的"两种不同的"、冲突着的文化传统。由于作品为鲁迅精神世界深处的焦虑所控制，它未能抵达沈从文小说那种和谐、宁静、完美的艺术境界；导致在两个文学创作和精神向度上的预定目标方面都不到位，"顾此失彼"。

不管是否明确，上面这些透视《爸爸爸》文本复杂性的思路，基本上是在中国现代小说两个"传统"（两种叙事模式）的框架内进行。1986年，黄子平等三人在文章《论"二十世纪中国文学"》中，将中国

---

① 韩少功：《答美洲〈华侨日报〉记者问（代创作谈）》，《钟山》1987年第5期。
② 参见程光炜：《文学讲稿："八十年代"作为方法》，第345—370页，北京大学出版社，2009年。

现代文学的美感特征概括为"悲凉"。那时李庆西说,"他们写那篇文章时未必读过《爸爸爸》"。他暗示着像《爸爸爸》这样的作品(或者还有其他作家的作品),已经显现出超越这一"传统"的可能性,已经在开创新的美感形态。当时以及后来一些作家的探索,是否突破了现代叙事"传统"的这些模式,或者说,用这样的"叙事模式"是否能有效解读这些作品,这是当时留下的,现在也尚未得到更好讨论的问题。

四 修订本的趋向

2004年,在说到文学作品"诗意"的时候,韩少功质疑那种将《爸爸爸》解释为"揭露性漫画"的说法,质疑将作品主旨完全归结为揭露"民族文化弊端"。他说,里面有"对山民顽强生存力的同情和赞美","最后写到老人们的自杀,写到白茫茫的云海中山民们唱着歌谣的迁徙,其实有一种高音美声颂歌的劲头";它"也许是一种有些哀伤的颂歌"。他为法国批评家从《爸爸爸》中读到"温暖"感到欣慰。① 这些感受,在两年后他对《爸爸爸》所作的修订中显然得到了加强。

说到丙崽的"生长"史,2006年对作品的修订,是个重要举动。作者加进了某些新的东西:也不是全新的,是对某些已存在的因素的增减;但这些增减和某些语词的更动,可能会导致实质性的效果。对作品的修订,韩少功说有三个方面。一是"恢复性"的,即恢复因当年出版审查制度而删改的"原貌";二是"解释性"的,针对特定时期产生、现在理解存在障碍的俗称、政治用语;三是修补性的,"针对某些刺眼的缺失做一些适当的修补";"有时写得顺手,写得兴起,使个别旧作出现局部的较大变化"。② 所谓"刺眼的缺失",有对词语细微含义色彩的把握,有对叙述语调节奏的考虑,而"写得兴起"增加的部分,许

---

① 韩少功、张均:《用语言挑战语言——韩少功访谈录》,《小说评论》2004年第6期。
② 韩少功:《中国当代作家·韩少功系列·自序》,"中国当代作家·韩少功系列",人民文学出版社,2008年。

多是与鸡头寨的风俗有关。

拿《爸爸爸》新旧版本比较,感觉是原来某些抽象、生硬的词语被替换,语调更顺畅。段落划分也有值得称道的改变。这在我看来是在趋向"完善"。不过加藤三由纪不这么认为。她说,"生硬的文字,刺眼的缺失也是构成《爸爸爸》文本的重要因素,因为《爸爸爸》是要打破规范式书写"。据加藤三由纪论文提供的材料,日本学者盐旗伸一郎曾对《爸爸爸》新旧版本做了细致考校,称《人民文学》本是22708字,修改本是28798字,也就是增加了六千多字;如果以新旧版本不同的字数计,则有10725字之多。我比较了两个本子,发现修改本增加的部分,一是有关丙崽、丙崽娘的描述,一是加重仁宝和仲裁缝的分量,还有就是打冤前吃肉仪式和交手杀戮的具体情景。对于后者,加藤三由纪颇有微词,说这些活生生的描述"是不是恢复原貌的地方,无法确定",但"让人毛骨悚然"。我也有这样的感觉。但我又想,这种感觉的产生,也许是我们还未能"从鸡头寨人看"的结果。

因为修订范围很大,全面、细致比对两者异同,颇不容易。这里,仅以有关丙崽和丙崽娘的几处,和最后迁徙的部分为例,来讨论这里提出的丙崽"生长"的问题。

例一:仁宝欺负丙崽,逼着给自己磕头。

1985年版:他哭起来,哭没有用。等那婆娘来了,他半个哑巴,说不清是谁打的。仁宝就这样报复了一次又一次,婆娘欠下的债让小崽又一笔笔领回去,从无其他后果。

丙崽娘从果园子里回来,见丙崽哭,以为他被什么咬伤或刺伤了,没发现什么伤痕,便咬牙切齿:"哭,哭死!走不稳,要出来野,摔痛了,怪哪个?"

碰到这种情况,丙崽会特别恼怒,眼睛翻成全白,额上青筋一根根暴,咬自己的手,揪自己的头发,疯了一样。旁人都说:"唉,真是死了好。"

2008年版:他哇哇哭起来。但哭没有用,等那婆娘来了,他一张嘴巴说不清谁是凶手,只能眼睛翻成全白,额上青筋一根根暴出来,愤怒地揪自己的头发,咬自己的手指朝着天大喊大叫,疯了一样。丙崽娘在他身上找了找,没发现什么伤痕,"哭,哭死啊?走不稳,要出来野,摔痛了,怪哪个?"

丙崽气绝,把自己的指头咬出血来。

就这样,仁宝报复了一次又一次,婆娘欠下的债,让小崽子加倍偿还,他自己躲在远处暗笑。不过,丙崽后来也多了心眼。有一次再次惨遭欺凌,待母亲赶过来,他居然止住哭泣,手指地上的一个脚印:"×吗吗"。那是一个皮鞋底印迹,让丙崽娘一看就真相大白。"好你个仁宝臭肠子哎,你鼻子里长蛆,你耳朵里流脓,你眼睛里生霉长毛啊?你欺侮我不成,就来欺侮一个蠢崽,你枯窗心毒窗心不得好死呀——"她一把鼻涕一把泪,拉着丙崽去找凶手,"贼娘养的你出来,你出来!老娘今天把丙崽带来了,你不拿刀子杀了他,老娘就同你没完!你不拿锤子锤瘪他,老娘就一头撞死在你面前……"

这一夜,据说仁宝吓得没敢回家。

例二:摇签确定丙崽祭谷神。

1985 年版:本来要拿丙崽的头祭谷神,杀个没有用的废物,也算成全了他。活着挨耳光,而且省得折磨他那位娘。不料正要动刀,天上响了一声雷,大家又犹豫起来,莫非神圣对这个瘦瘪瘪的祭品还不满意?

天意难测,于是备了一桌肉饭,请来一位巫师……

2008 年版:有些寨子祭谷神,喜欢杀其他寨子的人,或者去路上劫杀过往的陌生商客,但鸡头寨似乎民风朴实,从不对神明弄虚作假,要杀就杀本寨人。抽签是确定对象的公道办法,从此以后每年对死者亲属补三担公田稻谷,算是补偿和抚恤。这一次,一签摇出来,摇到了丙崽的名下,让很多男人松了口气,一致认为丙崽真是幸运:这就对了,一个活活受罪的废物,天天受嘲笑和挨耳光,死了不就是脱离苦海?今后不再折磨他娘,还能每年给他娘赚回几担口粮,岂不是无本万利的好事?

听到消息,丙崽娘两眼翻白,当场晕了过去。几个汉子不由分说,照例放一挂鞭炮以示祝贺,把昏昏入睡的丙崽塞入一只麻袋,抬着往祠堂而去。不料走到半道,天上劈下一个炸雷,打得几个汉子脚底发麻,晕头转向,齐刷刷倒在泥水里。他们好半天才醒过来,吓得赶快对天叩拜,及时反省自己的罪过:莫非谷神大仙嫌丙崽肉少,对这个祭品很不满意,怒冲冲给出一个警告?

这样,丙崽娘哭着闹着赶上来,把麻袋打开,把咕咕噜噜的丙崽抱回家去,汉子们也就没怎么阻拦。

例三:写帖子告官。

1985 年版:接下来,又发生一些问题。老班子要用文言写,他(指仁宝)主张要用白话;老班子主张用农历,他主张用什么公历……

"仁麻拐,你耳朵里好多毛!"竹意家的大寨突然冒出一句。

仁宝自我解嘲地摆摆头,嘿嘿一笑,眼睛更眯了。他意会到不能太脱离群众,便把几皮黄烟叶掏出来,一皮皮分送给男人们,自己一点末屑也没剩。加上这点慷慨,今天的表现就十分完满了。

他摩拳擦掌,去给父亲寻草药。没留神,差点被坐在地上的丙崽绊倒。

丙崽是来看热闹的,没意思,就玩鸡粪,不时搔一搔头上的一个脓疮。整整半天,他很不高兴,没有喊一声"爸爸"。

2008 年版:接下来又发生一些问题。老班子要用文言写,他主张用什么白话;老班子主张用农历,他主张用什么公历……

"仁麻拐,你耳朵里好多毛!"丙崽娘忍无可忍,突然大喊了一声,"你哪来这么多弯弯肠子?四处打锣,到处都有你,都有你这一坨狗屎!"

"婶娘……"仁宝嘿嘿一笑。

"哪个是你婶娘,呸呸呸……"丙崽娘抽了自己嘴巴一掌,眼眶一红,眼泪就流出来,"你晓得的,老娘的剪刀等着你!"

说完拉着丙崽就走。

人们不知道丙崽娘为何这样悲愤,不免悄声议论起来。仁宝急了,说她是个神经病,从来就不说人话。然后忙掏出几皮烟叶,一皮皮分送给男人们,自己一点也不剩。加上一个劲的讨好,他鸡啄米似的点头哈腰,到处拍肩膀送笑脸,慷慨英雄之态荡然无存……

例四:迁徙时唱"简"。

1985 年版: 作为仪式,他们在一座座新坟前磕了头,抓起一把土包入衣襟,接着齐声"嘿哟喂"——开始唱"简"。

…………

男女们都认真地唱,或者说是卖力地喊。声音不太整齐,很干,很直,很尖厉,没有颤音,一直喊得引颈塌腰,气绝了才留下一个向下的小小滑音,落下音来,再接下一句。这种歌能使你联想到山中险壁林间大竹还有毫无必要那样粗重的门槛。这种水土才会渗出这种声音。

还加花,还加"嘿哟嘿"。当然是一首明亮灿烂的歌,像他们的眼睛,像女人的耳环和赤脚,像赤脚边笑眯眯的小花。毫无对战争和灾害的记叙,一丝血腥气也没有。

2008 年版: 作为临别仪式,他们在后山脚下的一排排新坟前磕头三拜,各自抓一把故土,用一块布包土,揣入自己的襟怀。

在泪水一涌而出之际,他们齐声大喊"嘿哟喂"——开始唱"简":

…………

男女都认真地唱着,或者说是卖力地喊着。尤其是外嫁归来的女人们,更是喊得泪流满面。声音不太整齐,很干,很直,很尖利,没有颤音和滑音,一句句粗重无比,喊得歌唱者们闭上眼,引颈塌腰,气绝了才留一个向下的小小转音,落下尾声,再连接下一句。他们喊出了满山回音,喊得巨石绝壁和茂密竹木都发出嗡嗡嗡声响,连鸡尾寨的人也在声浪中不无惊愕,只能一动不动。

一行白鹭被这种呐喊惊吓,飞出了树林,朝天边掠去。

抬头望西方兮万重山,

越走路越远兮哪是头?

还加花音,还加"嘿哟嘿"。仍然是一首描写金水河、银水河以及稻米江的歌,毫无对战争和灾害的记叙,一丝血腥气也没有。

上面举的是有比较大改动的部分。其实,个别语词的替换修改,或许更能体现作家细微的情感意向和分量。从上面的引例,也许能做出这样的判断:在庄重与调侃、悲壮与嘲讽的错杂之间,可以看到向着前者的明显倾斜,加重了温暖的色调,批判更多让位于敬重。最重要的是,写到的人物,丙崽也好,丙崽娘也好,仁宝也好,仲裁缝也好,这些怪异、卑微、固执,甚至冥顽、畸形的人物,他们有了更多"自主性",作家给予他们更多的发言机会。即使不能发声(如丙崽),也有了更多的表达愤怒、委屈、亲情①的空间。叙述者在降低着自己观察的和道德的高度,限制着干预的权力。我们因此感受着更多的温情和谦卑。

五 脱去象征之衣的可能

80 年代,吴亮曾经写过两篇文章,分析韩少功 1985 年前后的创作。② 对《爸爸爸》,他说"对这一虚构村落和氏族"作家表现了明确的

---

① "亲情"一词来自作家本人。《爸爸爸》第一章末尾,1985 版:"丙崽娘笑了,眼小脖子粗。对于她来说,这种关起门来的模仿,是一种谁也无权夺去的享受。"2008 版:"丙崽娘笑了,笑得眼小脖子粗。对于她来说,这种关起门来的对话,是一种谁也无权夺去的亲情享受。"

② 分别是《韩少功的感性视域》和《韩少功的理性范畴》,见廖述务编《韩少功研究资料》,天津人民出版社,2008 年。

理性批判立场;这一批判,是"经过一系列似乎是荒诞不经的描述","经过一番粗鄙民俗和陋习的伪装隐匿起来的"。他认为,那里面的民间故事、寓言、族谱、传说等等,是在构成一种修辞性的间距;丙崽是个"无所不包的傀儡形象",是"符号化的面具化人物",鸡头寨也只是一个"布景",本身并没有自足的独立存在的价值。①

这个看法,相信并非吴亮一人所有。② 在80年代,《爸爸爸》确实被普遍看成一个寓言故事,里面的人物、具体情境,被当作布景、符号看待,从"文类"的角度说,也是合乎情理的。不过,90年代后期以来,一些解读朝着"去寓言化"的方向偏移。韩少功的修订就表现了这种趋向。程光炜在他的阅读中,也把丙崽受到仁宝和寨里孩子欺负凌辱的场面,直接与他"文革"时期在湖北新县农村插队的生活经验相联系,说"凡是有过同样'阅历'的读者,读到这一'细节',他们心灵深处的震撼,和持久难平的精神痛感,恐怕要远远大于伤痕文学所提供的东西"③。

但问题是,在"去象征化"阅读中,《爸爸爸》是否仍具有艺术魅力和思想深度?季亚娅在一篇文章里涉及这个问题。④ 她认为《爸爸爸》是个象征文本,甚至在沈从文那里,"乡土"也是作为"中国形象的隐喻存在"。而到了《马桥词典》,"乡村'马桥'第一次不再必然是'中国'的象征。它是特殊,是个别,是全球资本权力和国家权力之外的一块'飞地'"。结论是,《马桥》的叙述呈现了与《爸爸爸》叙事逻辑相反的逃逸过程:从"隐喻"中逃逸。

自从杰姆逊关于第三世界国家文本的"民族寓言"性质的著名论

---

① 《韩少功的理性范畴》。另外,寓言分析,也是刘再复(《论丙崽》)、李振声(《韩少功笔下的"非常人"》,《文艺研究》1989年第1期)的基本分析方式。
② 例外的是李庆西。参见《他在寻找什么?——关于韩少功的论文提纲》,《小说评论》1987年第1期。
③ 程光炜:《文学讲稿:"八十年代"作为方法》,第354页。
④ 季亚娅:《"心身之学":韩少功和他的九十年代(1988—2002)》,2014年北京大学中国语言文学系中国现当代文学硕士学位论文。

断传入中国之后,它既打开了人们眼界,成为批评的"福音",也转化为禁锢,成为难以驱除的"梦魇"。他所说的"寓言",有时候仅被从"文类"意义上理解,而最让人郁闷的是,中国现代众多叙事文本,便在若干"寓言""隐喻"模式下站队;20世纪中国有关"乡土"的书写,不是属于"国民性批判"系列,就是属于"文化守成主义"模式。季亚娅认为,"马桥"的意义,就是"它是'特殊',是'个别'";它因此构成对《爸爸爸》的反向逃逸。其实,"逃逸"与否不仅由文本自身决定,也受到阅读状况的制约。因此,"逃逸"并不一定就成功。那种竭力删除事物具体性、丰富性的"寓言"阅读方式,如果还是作为"定律"控制着我们,那么,"马桥"很快就会成为"国民性批判""文化守成主义"之外的,名为"个别""特殊"的"第三种隐喻";人们对其价值高度肯定的"方言",很快就会成为全球化的"普通话"。

回过头来,我们看加藤三由纪的解读。在谈她的感受之前,加藤介绍了一些日本批评家对《爸爸爸》的看法。近藤直子认为:"人类是组织群体而生存,这种生存方式里潜藏着残酷性,为了超越这一人类宿命,人类苦苦挣扎努力奋斗,反而却加深黑暗。如此痛苦的记忆,不只是中国的而是我们共同的。"[①]这当是"努力理解社会文化语境的差异",又超越差异以"共享普遍意义的人类经验"的阅读方式。加藤也把丙崽等同于阿Q,但她这种连接出人意表。她说,他们都是"集体"中的异类,当"一个集体面临危机就把异类奉献给外面世界或排除到集体之外"。对于这些因面临危机所"造出"并加以"歧视"的"异类",加藤却给予同情,对他们怀有好感。在细致列举了丙崽在什么样的情境下叫"爸爸"的九个细节之后(她采用的是1985年版),她写道:

丙崽活得非常艰苦,走路调头都很费力。但他喜欢到门外跟陌

[①] 近藤直子:《韩少功的中篇小说〈爸爸爸〉》,日本《中国语》1986年5月。转引自加藤三由纪论文。

生人打招呼,向外界表示友好和亲切,他这个角色使我感到钦佩。①

这让我想到韩少功在 2004 年的一次访谈中说到丙崽"原型"的那段话:"我在乡下时,有一个邻居的孩子就叫丙崽,我只是把他的形象搬到虚构的背景,但他的一些细节和行为逻辑又来自写实。我对他有一种复杂的态度,觉得可叹又可怜。他在村子里是一个永远受人欺辱受人蔑视的孩子,使我一想起就感到同情和绝望。我没有让他去死,可能是出于我的同情,也可能是出于我的绝望。我不知道类似的人类悲剧会不会有结束的一天,不知道丙崽是不是我们永远要背负的一个劫数。"又说,他的不死是很自然的,"他是我们需要时时面对的东西"。

我想,这就是加藤说的新版本里的"21 世纪的眼光"。

这里,加藤三由纪有和韩少功感受相通的地方。当然,也不是说这就是对《爸爸爸》的唯一或全部的解释。不过,这种感受,比起从里面发掘"民族""国民性""现代/传统"等隐喻、象征来,也不见得一定就浅薄,就缺乏"深度"和价值,就缺乏撼人心魂的力量。对这个侧面的强调,理由在于,他们都明白人离不开政治、经济,但也不愿意人成为政治、经济的符号,消失在这些符号的后面,"被'历史'视而不见"。②

---

① 加藤三由纪在来信中,进一步说明她这样的感受的由来,我把信的摘录附在这篇文章的后面。另外,她说,日本研究中国当代文学的学者有这样感受的,并不只是她一个。田井みす《韩少功〈爸爸爸〉》(《日本中国当代文学研究会会报》2009 年第 23 号),也表达了这样的意思。
② 韩少功:《熟悉的陌生人》,《阅读的年轮——〈米兰·昆德拉之轻〉及其他》,九州出版社,2004 年。

附一：加藤三由纪来信（摘录）

……1998年我翻译过《爸爸爸》。从校对版本开始，一句一句地翻译，有什么不懂的地方就向韩少功先生请教，当时还没有电子邮件，连发传真也不那么方便，我给他写信，他马上就给我回信，来往几次。

翻译就是细读的过程，也是转换语境的过程。丙崽的"爸爸"和"妈妈"并不是阴阳两卦，鸡头寨的山民才是把这两句解释为阴阳两卦的，而且解释权是鸡头寨的有"话分"的人在握。叙述人讲得很清楚。小说开头就说，丙崽"摇摇晃晃地四处访问，见人不分男女老幼，亲切地喊一声'爸爸'"，他也喜欢到外面走走，他这位异形者显然对外界很友好的，我也就对他感到亲切。因为这篇小说世界很抽象（神话式），所以读起来比较容易离开"中国的特定的地点和时间"（这种感受本身可能有问题的吧？），可以把小说世界拉近自己的语境来感受。再加上，翻译过程中小说世界好像获得更高层次的普遍性似的，容易引起我个人的种种记忆。

我小时候邻居有个小女孩，她四肢瘫痪，不能说话，也不能站起来，到外面去总得要坐轮椅，当时我对她很刻薄，几乎不理她，她却每次见到我就很友好地挥挥手。她幸而有机会受教育，用各种方法和各种机器（工具？）表现自己，喜欢作诗。

1987年或1988年我第一次看《爸爸爸》的时候，没有想起她，但对丙崽和丙崽妈妈很同情，同时，对于他们的生命力很受感动。1998年翻译时忽然想起她，很怀念，也很惭愧我对她的刻薄。

今年，我带有一个男生。因病视力弱、视角狭窄，他只有15分钟的短期记忆。他怎么能上大学呢，因为他母亲全心全意支援他，每天回家帮他复习功课，他长期记忆力很好，把短期记忆换成长期记忆，可以作复杂的思考。他现在很喜欢学习汉语，上学期得了一百分。准备发言稿（指加藤为研讨会准备的论文）时，我很可能把这位很了不起的同学投射在丙崽身上……

再说，我作为一个外国人，不能拿《爸爸爸》解释为中国传统的劣根，如果这么解释，我读这篇小说有什么意义？一个外国人批评中国"劣根"有什么意义？

原载《中国现代文学研究丛刊》2012年第12期，
发表时题为《丙崽生长记：韩少功〈爸爸爸〉的阅读和修改》

附二：

这篇文章发表后，《韩少功研究资料》编者廖述务教授来信，告知我文章中谈到的玛莎·琼与张佩瑶是同一人。

《绿化树》:前辈,强悍然而孱弱

《绿化树》,中篇小说,张贤亮著,初刊于《十月》1984年第2期。

文学史上的"坏小子"?

2014年9月27日张贤亮去世之后的第三天,批评家杨早在微信公众号上发表了题为《张贤亮:文学史上的坏小子》的文章,讲了他对这位在80年代曾多次引发文坛轰动的作家的"心情有些复杂"的反应。① 文章写得漂亮,简洁而又有深度。不过,称他为"坏小子",并和郁达夫、王朔置于同一谱系,总觉得不是很妥帖,有说不明白的别扭感觉。

当代文学史一般的描述是,张贤亮1957年因为发表诗作《大风歌》成为"右派"。这首有一百一十多行的诗,登载于《延河》(西安)1957年第7期②。9月1日,《人民日报》刊登了《斥〈大风歌〉》的批判

---

① 杨早(1973—),生于四川富顺,毕业于北京大学,文学博士,现任职于中国社会科学院文学所。著有《野史记(新史记系列)》《民国了》《清末民初北京舆论环境与新文化的登场》《野史记:传说中的近代中国》《纸墨勾当》等,与萨支山编有《话题》年度系列。

② 虽然"反右派运动"1957年6月已经开展,但由于刊物发稿、印制的周期,以及当年突发的转折需要调整时间,不少7月号的文学刊物,仍延续了"鸣放"时期的风貌。最典型的是7月号《人民文学》刊登的《美丽》(丰村)、《改选》(李国文)、《红豆》(宗璞)、《诗七首》(穆旦)、《"蝉噪居"漫笔》(回春,即徐懋庸)、《写给诗人们底公开信》(李白凤)等,在"反右"期间都受到批判。

文章,指它是"怀疑和诅咒社会主义社会,充满了敌意的作品",跟着,西北地区的报刊也展开批判。作为"充满了敌意"的证据摘引的是下面这些句子:

> 我把贫穷象老树似的拔起
> 我把阴暗象流云似的吹飞
> 我正以我所带的沙石黄土
> 把一切腐朽的东西埋进坟墓
> 我把昏睡的动物吹醒
> 我把呆滞的东西吹动
> 啊!这衰老的大地本是一片枯黄
> 却被我吹的到处碧绿、生气洋洋
> ……
> 我向一切呼唤、我向神明挑战
> 我永无止境、我永不消停
> 我是无敌的、我是所向披靡的、我是一切!

这是郭沫若早期自由体(《天狗》之类)的不高明的模仿。但在一个"自我"不再可以膨胀的时间,再说什么"所向披靡""我是一切",显然是犯了时代错误。不过,凭这些句子就说作者是"怀疑和诅咒社会主义社会",即使在当年也需要相当的想象力,何况这首诗还有"献给在创造物质和文化的人"的副标题。我们难以清楚张贤亮遭难的准确原因。也许得罪了某个领导?或者所在的单位需要一个"右派"?将这些文字和他的出身、家庭问题挂钩也许有更大的可能——这犹如指流沙河写《草木篇》是为报"杀父之仇"。《大风歌》事件可以引出一些问题来讨论。一个是当代文学的"影射"问题。比附、影射在中国大概有悠久传统,这既是隐晦的表达方式,也是深挖微言大义的阐释方法。在当代,一个时期被批判为影射的作品,大多以自然景物或历史人物、事件为题材。较著名的有前面提到的《草木篇》(流沙河),还有《景山古槐》(公刘)、《陶渊明写"挽歌"》(陈翔鹤)、《杜子美还乡》(黄秋耘)、《海瑞罢官》(吴晗)等,但后来又都认为影射的指控没有根据,属于捕风捉影。当代使用影射、比附的并不限于"文人",政客们出于我们不明究底的原因也会使用,如"文革"后期的"评法批儒",孔丘、少正卯、吕后、武则天等,都成为当代政治人物的代号。

可以讨论的另一问题是,敌我、被批判者和批判者之间的界限并不稳固,变换转化的情形经常发生。革命需要制造它的对象,什么人成为对象有的时候纯属偶然。前边提到的批判《大风歌》的文章,出自诗人公刘(1927—2003)之手,公刘当年供职于解放军总政文化部的文学美术创作室①,但他不久也成了"右派":批判者与被批判者顷刻间就转换身份。

公刘是当代优秀的、受到广泛敬重的诗人。在50年代众多青年诗人中,他脱颖而出,《佧佤山组诗》《西双版纳组诗》《西盟的早晨》,民间长诗《阿诗玛》的整理(与黄铁、杨智勇、刘绮合作),诗集《在北方》,给平庸的诗坛带来清新之风;眼界甚高的艾青1956年在《文艺报》撰文《公刘的诗》给予褒奖。80年代,公刘那些深切忧愤的历史反思的政治诗,也获得很高评价。50年代那样的政治氛围,公刘批判《大风歌》真的是以为它充满敌意,还是被授意、指派无奈而为,抑或意识到处境岌岌可危出于自保……这是无法辨明的心理轨迹。公刘"右派"罹难后的22年,经历的也是"被驱赶于流沙之中,生命为大饥渴所折磨"的惨苦②。但公刘和张贤亮不同,"复出"后除少量文字,并未对遭受的苦难喋喋不休,也不将这些作为写作题材不断咀嚼;相近

---

① 据创作室成员黎白《回顾总政创作室反右派运动》(《炎黄春秋》1998年第5期),创作室成立于1956年,文学组主任是虞棘,副主任魏巍,创作员有蔺柳杞、丁毅、胡可、杜烽、徐光耀、西虹、周洁夫、史超、寒风、郭光、韩希梁、张佳、沈默君、黄宗江、陆柱国、白桦、公刘、黎白,均是"十七年"中军队中作家、诗人、戏剧家的佼佼者。

② 公刘:《离离原上草·自序》,人民文学出版社,1980年。在《自序》中公刘说,成为"右派"之后,妻子离他而去,留下不满一岁的女儿,又被遣送到山西等地"劳动改造",只好将女儿托付老母抚养,"文革"中再次受到批斗折磨。

经历的作家对这样的遭际其实有很不同的理解和处理方式。

现实主义？还要细节的真实

《绿化树》这个中篇，初刊于《十月》1984年第2期，标明是"唯物论者启示录"的系列中篇之一。后续被标志为"启示录"系列的，还有《男人的一半是女人》等。张贤亮的小说也有写到六七十年代的农村（《河的子孙》），改革开放时期的经济活动（《龙种》《男人的风格》），但大多数作品，都以自身的经历为素材，这一直延续到《习惯死亡》《我的菩提树》。这种不倦的"自恋式"写作，在文学"感伤"的名声不再那么美好的20世纪，确实不再多见。张贤亮也是个现实介入很深的作家[①]，作品自然要触及当代敏感的政治问题。他自己说因为读过《资本论》，很有经营的眼光（他生命的后期，商人、董事长、镇北堡影城堡主等身份其实已盖过了他的小说家的声誉），政治上则自称是"务实派"——在复杂环境下，知道怎样去"讨好"，也知道如何以有限的方式去"抗议"。在一篇创作谈中，他说到"文革"中一个农村干部，学着当代电影中日本兵口吻说："我们中国农民啦，都'大大的狡猾狡猾的！'""狡猾"（换一个说法就是机智），是张贤亮人生、创作不断演绎的主题，一种有关生存并获得成功的智慧和行为哲学。

《绿化树》发表后，好评如潮，但也存在很大争议。邵燕祥说，"很惭愧"他印象最深的是对饥饿的描写；这是他和很多人的体验，却在强调反映现实的当代小说中没有留下什么痕迹。哲学家李泽厚的评价，则重视它呈现了某种"思想史的真实"[②]。这里的意思大概是，从对章

---

① 张贤亮在《当代中国作家首先应该是社会主义改革者》中说："对你（指李国文——引者注）我这样经历坎坷、命运多舛的人来说，即使你在贵州的'群专队'里，我在宁夏的劳改农场里，也都在思考着国家的命运……就是看到两条狗打架，我们也会联想到社会问题上去。"（《百花洲》1984年第2期）这种品格和感受思维趋势，既是当代作家的骄傲，也是他们的悲哀。

② 李泽厚：《两点祝愿》，《文艺报》1985年7月27日。

永璘生活和心理的描写中,可以了解阿·托尔斯泰写在《苦难的历程》(也被张贤亮写在《绿化树》)上的题记的具体含义,见识知识分子"在清水里泡三次,在血水里浴三次,在碱水里煮三次"在中国当代是怎样的情景。

从文学史的角度,邵燕祥和李泽厚说的是当代小说"真实细节"的问题;这应该是《绿化树》的最大贡献。"现实主义的意思是,除细节的真实外,还要真实地再现典型环境中的典型人物"——恩格斯1888年《致冯·哈克奈斯》信中的这段话,在中国当代被看作"现实主义"的经典定义。"当代"主流文学理念是,对典型、观念、主题构思的极度强调,认为"提炼主题"是写作的"中心环节,中心神经";有了这个中心,所有生活现象、一切细节,便经改造、向中心聚拢而重新编排。① 这种认识的极端化,便是"细节"为"主题"而设计,细节的"清洁化",一切差异性的,无法明确定义的便被忽视,遭到摒弃。我们当代人确实无法了解哈姆莱特对他的朋友霍拉旭说的"天地之间有许多事情,是你们的哲学里所没有梦想的呢"②的意义。《绿化树》等在当年的"革命性"意义是,在中国当代的某个时候,提醒恩格斯的"定义"需要改写,才能挽救教条、概念化的文学;也就是需要将"除细节的真实外,还要真实地再现典型环境中的典型人物",倒置为"除真实地再现典型环境中的典型人物外,还要细节的真实"!

《绿化树》引发的争议,则集中在对知识分子思想改造的描写上。当代施行的知识分子改造理论和政策,在"文革"结束后反思的80年代,普遍认为需要检讨以至否定。伤痕、反思作品也纷纷为受难的知识者辩诬平反,塑造想让人尊敬,也让人哀怜的正面形象。可是,《绿化树》没有着力表现思想改造的那种强制、暴力压迫性质,精神自主剥夺的虚妄也未得到有力揭示,相反,倒是试图证明当代知识分子改造

---

① 王汶石:《漫谈构思》,原载《延河》1961年第1期,后由《人民日报》转载。
② 《哈姆莱特》第一幕,见《莎士比亚全集》第9卷,朱生豪译,第33页,人民文学出版社,1978年。

的文化逻辑的合理:"章永璘等并不是历史的牺牲品和被动的受害者,而是主动经受苦难并在磨难中最终成长为成熟的'唯物主义战士'的炼狱者。可怕的历史梦魇,在这些小说中,闪耀着神圣的、近乎崇高的受难色彩",张贤亮"以一个挺身接受考验的成长者、受难者形象",说明"尽管历史曾经带给知识分子灾难,但一切并不那么可怕,因为这仅仅是一个过程,一个更为成功的社会自我,将在灾难的尽头等待,并将给予受难者丰厚的报酬"。①

不过还是要感谢张贤亮,在"新时期"文学众多苦难英雄的知识者形象中,他补充了这样的自得,然而矫情、猥琐的图像,这使历史不那么条理化,或许能让文学叙述与"历史真实"之间不致离得太远。

"叔叔":强悍然而孱弱

《绿化树》中有这样著名的情景:饥饿的年代,章永璘接过马缨花"宝贵的馍馍",心中便升起威尔第《安魂曲》的宏大规律,尤其是《拯救我吧》那部分更是回旋不已;而当章永璘情欲蠢动时,马缨花的劝阻是:"……干这个伤身子骨,你还是好好地念你的书吧!"接着便有下面的细节:

> 我每晚吃完伙房打来的饭,就夹着《资本论》到她那里去读……我偶尔侧过头去,她会抬起美丽的眼睛给我一个会意的、娇媚的微笑。那容光焕发的脸,表明了她在这种气氛里得到了一种精神上的享受;她享受着一个女人的权利。后来,我才渐渐感觉到,她把有一个男人在她旁边正正经经地念书,当作由童年时的印象形成的一个憧憬,一个美丽的梦,也是中国妇女的一个古老的传统的幻想。

这确是"古老传统"。批评家在小说发表后不久就指出,中国传统

---

① 贺桂梅:《人文学的想象力》,第219—220页,河南大学出版社,2005年。

文人习惯于在"落难"时,将自己的命运与女性类比,塑造一个"拯救者"形象,通过美丽、温柔、妩媚的女性来肯定自身的价值;在这一文学"母题"链条上,古代有杂剧《青衫泪》,现代有《春风沉醉的晚上》①。马缨花说的那些话,和烟厂女工陈二妹说的源于同一个模子:"你若能好好地用功,岂不是很好么?"……受了批评家论述的启发,我在文学史上写下这样的文字:"不论是启蒙思潮的对于'原始性'的崇拜,还是阅读《资本论》以洗清西方'人道主义'的影响,都不能改变男性'读书人'叙事中以贬抑方式呈现的优越感,那种凭借知识以求闻达的根深蒂固的欲望。"②

这个"古老"的图景,几年后也出现在王安忆的《叔叔的故事》③中:

> 读书的时候,叔叔的心境是平静和愉快的。当他在灯下静静读书的时候,他妻子的心境也是平静和愉快的,一针针唑唑啦啦地纳着鞋底,看着他魁伟的背影猫似的伏在桌上,感到彻心的安慰。她想她降住了一条龙,喜气洋洋的。她温柔地想:我要待你好,我要一辈子,一辈子,一辈子地待你好!这样的夜晚总是很缠绵,直到东方欲晓。

不同的是,王安忆接着就拆解了这个温馨、缠绵的古老"谎言",不让前辈的"叔叔"继续编织梦境:

> ……会有那么一天,当叔叔的妻子对他说:看书吧!叔叔突然地勃然大怒。他抬起胳膊将桌子上的书扫到地上,又一脚将桌前的椅子踢翻,咬牙切齿道:看书,看书,看你妈的书!……开始,叔叔的妻子惊呆了,吓坏了,因为她没有想到叔叔还会有这么大的火气……可是她仅仅只怔了一会儿工夫,就镇定下来。她不由

---

① 黄子平:《同是天涯沦落人——一个"叙事模式"的抽样分析》,《沉思的老树的精灵》,浙江文艺出版社,1986年。
② 洪子诚:《中国当代文学史》(修订版),第266页,北京大学出版社,2007年。
③ 王安忆:《叔叔的故事》,《收获》1990年第6期。

得怒从中来,她将大宝朝床上一推,站到叔叔跟前,说:"你有什么话尽管直接说,用不着这样指着桑树骂槐树;这个家有什么亏待你的地方,你如不满意尽可以走;烧给你吃,做给你穿,我兄弟借书给你看,我妈这么大岁数给你带孩子,你有什么不满意的?你摆什么款儿?你拿上你的东西走好了,现在就!"

强悍的"叔叔"这就暴露了性格上孱弱的底子:

> 叔叔没有说话,像一头累苦了的牛似的呼哧呼哧喘着,两只手捏成了拳,关节捏得发白。叔叔是个敏感的人,他从这话里一定听出了两重意思:一重是他是这个家庭的受惠者,这个家庭收容了他;二是如他要离开这个家,他所能带走的仅是他自己的东西,也就是说,这个家里没有一点属他所有的东西。这一刻里,叔叔所受的震动是极大的……

其实,章永璘(也就是"叔叔")不是不知道,将马缨花想象成塔吉雅娜(《欧根·奥涅金》中的女性)是自我欺骗,结局终究不会完满,他的"孱弱"更表现在为自己脱尽一切干系,把类乎"始乱终弃"的包袱抛给女性"拯救者",让她主动背上:"我不能让你跟别人家男人一样'老婆孩子热炕头',那最是个没起色的货!你是念书人,就得念书。只要你念书,哪怕我苦得头上长草也心甘情愿……"

杨早的文章说,王安忆《叔叔的故事》的主人公是以张贤亮为"蓝本";张贤亮也曾为此事诘问过王安忆。[①] 确实,小说写到的事件和许多细节,都不免让读者联想起张贤亮的人与文。但如果将"叔叔"看作

---

① 王安忆在《自强悍的前辈而下》中写道,在一次文学评奖活动上,张贤亮"走到我们这堆人里,对我说:据说你的《叔叔的故事》里的'叔叔'是我,那么我就告诉你,我可不像'叔叔'那么软弱,你还不知道我的厉害!他的话里携带了一股子威吓的狠劲,令人骇怕和生气,可如今想起来,那景象确实有一种象征,象征什么?前辈!前辈就是叫你们骇怕和生气,然后企图反抗,这反抗挺艰巨,难有胜算,不定能打个平手。有强悍的前辈是我们的好运气!"《文汇报》2014 年 12 月 29 日。这是王安忆为《〈收获〉经典作品精编(1957—2013)》所写的序言,可惜的是这本书后来没有出版。

"单数",看作在写张三李四,发掘"隐私",并作索隐性的阅读,王安忆肯定不乐意,也不符作品的实际。毕竟如王安忆说的,这是她本人"对一个时代的总结和检讨",包含了"最饱满的情感与思想"。虽然王安忆常常对写作的"历史"概括、承担表示怀疑,她的小说观的第一条是"不要特殊环境特殊人物",但也从不把对话语、文本的"拆解"当作解脱焦虑的快乐"游戏";因此,小说的叙述者说,讲完叔叔的故事之后,他也不可能再讲快乐的故事,叔叔不是幸运者,而叙述者的他,"其实也不是"快乐的孩子。

不过,要是将"叔叔"从单数转化为复数,"它不只是有关张三的故事,更是关于'父兄'辈作家,也即'叔叔'一代人的故事"①;"尽管小说中一切都要指涉叔叔(一个类似精神领袖的著名作家)这个人物,但其实他也正是时代人格化的形式,叔叔的悲剧及其精神丑陋与虚妄即是时代的可悲之处"②——那又会怎样?在"对一个时代的总结和检讨"的前提下,是否会在"对知识分子关于'反右运动'和'文革'时期公共性的苦难叙事的解构"之后,"造成了新的遮蔽,造成了一种强迫性的历史遗忘"?会不会将"'反右'和'文革'时期'叔叔的故事'……简化为风流韵事,知识分子广遭迫害的历史,也被简单地、本质化地置换为'个人品性'遭受羞辱的历史"?③ 如何在"叔叔"对自己故事的改写,和"孩子"对"叔叔"讲述的故事的改写之间,寻找到修正、平衡的联结点,这是小说读后留下的思想的和心理上的纠结。

苦难的补偿和救赎

80年代文学中,苦难是一个普遍性的主题,特别表现在描写干部

---

① 王纪人:《读王安忆〈叔叔的故事〉》,收于王纪人《文学:理论与阐释》,第41页,上海三联书店,2006年。
② 宋明炜:《〈叔叔的故事〉与小说艺术》,《文艺争鸣》1999年第5期。
③ 何言宏:《王安忆的精神局限》,《钟山》2007年第5期。

和知识分子的作品中,伤痕、反思文学换一个说法,也可以说就是苦难叙述的文学,这包括物质的、肉体的、精神的。如果否认这种叙述的合理和必要,某些布满阴霾的年代就会变成"阳光灿烂的日子"。况且,"诉苦是受害人的正当权利,每一个生命都弥足珍贵"①。

但是80年代文学的苦难叙述情形并不一律,表现为不同的形态。有些作家会努力呈现苦难的程度,以博得同情和哀怜。有的作家会认为,"人并非无辜也并非无罪","如何从中摆脱出来？……就是要治疗一切能够治疗的东西——同时等待着得知或是观察"②。另一些作家并不想挖掘社会病症的根源,关心的是苦难中个体的存在方式,生命尊严的维护是否可能。张贤亮写作的着力点则是另外一种,他关心的是苦难经历者事后如何获得最大限度的补偿。

在《绿化树》中,这一点在艺术层面上表现为两点。一是叙事姿态和基调。张贤亮有相当的艺术才能,特别是处理细节的能力。虽然是一样的收集不幸,但有时间距离的"自反式"调侃、嘲讽语调,既削弱了自怜可能引起的阅读反感,也有助于提升叙事者"苦难"遭遇、经验的价值。另一点则表现在叙事结构上。心理上的平衡和满足感的"封闭式结构"(借用卢卡契的概念)虽然是众多"复出作家"这个时期作品的共同点,但《绿化树》有它的特别之处,这就是当年引发争议的结尾。小说最后章永璘苦尽甘来地叙述道:

> 1983年6月,我出席在首都北京召开的一次共和国重要会议。军乐队奏起庄严的国歌,我同国家和党的领导人,同来自全国各地各界有影响的人士一齐肃然起立,这时,我脑海里蓦然掠过了一个个我熟悉的形象。我想,这庄严的国歌不只是为近百年来为民族生存、国家兴盛而奋斗的仁人志士演奏的,不只是为缔造共和国而奋斗的革命先辈演奏的,不只是为保卫国家领土和尊

---

① 韩少功:《革命后记》,第27页,香港:牛津大学出版社,2012年。
② 阿尔贝·加缪《鼠疫》中里厄医生的话。着重点为原文所有。参见加缪《局外人·鼠疫》,郭宏安、顾方济、徐志仁译,漓江出版社,1990年。

严而牺牲的烈士演奏的……这庄严的乐曲,还为了在共和国成立以后,始终自觉和不自觉地紧紧地和我们共和国、我们党在一起,用自己的耐力和刻苦精神支持我们党,终于探索到这样一条正确道路的普通劳动者而演奏的吧!他们,正是在祖国遍地生长着的"绿化树"呀!那树皮虽然粗糙、枝叶却郁郁葱葱的"绿化树",才把祖国点缀得更加美丽!啊,我的遍布于大江南北的、美丽而圣洁的"绿化树"啊!

也就在章永璘在北京和国家领导人一起出席重要会议的1983年,张贤亮被委任为全国政协委员;章永璘和他的创造者同时踏上红地毯。

《绿化树》80年代被翻译为外文时,译者(如英文译者杨宪益先生)建议删去这个结尾,这为张贤亮所拒绝[①]。为什么必须有这个结尾,在距小说发表二十年后张贤亮做了解释。他的理由是,从50年代开始,中国就编织一套"身份识别系统"和"身份识别制度",人被分成三六九等,他作为一个"不可接触的贱民"在这样的制度中生活了二十多年。而"文革"后,为"右派"、为冤假错案平反,是"身份识别系统"和"身份识别制度"取消、终结的标志,这些举措"超过人类历史上任何一次奴隶解放"。他说,我们这些人"从各自的灰头土脸的世俗生活中走出来,第一次步入壮丽的人民大会堂'参政议政',怎能不感慨万千?"[②]

说80年代以后"身份识别系统"和"身份识别制度"已经终结,这个幻觉让人讶异,尤其是发生在熟读《资本论》(第一卷)的"唯物主义者"身上,更是难以理解。但是,张贤亮坚持保留这个结尾却值得称道,否则,主动接受苦难,通过炼狱以求闻达的读书人的心理轨迹不会表现得这样清晰,李泽厚说的小说的"思想史意义"将受到很大削弱。

贺桂梅认为,在80年代,"实际上,没有任何一个受益者敢于明确

[①] 台湾新地出版社1987年出版的《绿化树》中,这个结尾被删去。是否为作者本人授权不得而知。
[②] 张贤亮:《一个启蒙小说家的八十年代》,马国川编:《我与八十年代》,第99—101页,生活·读书·新知三联书店,2011年。

承认,他们所获得的一切只是体制的一种威慑性的补偿";这种补偿,"在社会体制中甚至超出50年代的地位和声誉"。① 但张贤亮可能是个例外,他在《绿化树》中明确地承认体制给予补偿的荣耀,但看不到,或有意掩盖了补偿同时也就是"威慑"的事实。基督教神学的阐释学家特雷西在谈论"恩典"的问题时说,"我们只有面对上帝的恩典的力量,才能明白罪是什么。恩典既是赐予或馈赠(gift),又是威胁"②——把这个宗教表达,借用来理解"世俗生活"的实际,大概也是合适的,虽然在"恩典"与"威胁"问题上,特雷西和我这里说的并不是同一个意思。

出生于保加利亚的法国批评家兹维坦·托多罗夫(1939—2017)在北京的一次演讲中,谈到个人/民族的记忆、历史回顾与身份认同的关系。他指出,失去记忆,也就迷失身份(张贤亮也通过章永璘之口说了同样的话:"人不应该失去记忆,失去了记忆也就失去了自己");对"过去"的讲述,是以叙事的方式来确认身份的手段。托多罗夫从叙事学的角度分析指出,"历史建构"有两大类型——"歌颂我方胜利的英雄叙事和报告他们受难的遇难叙事"——而"任何与价值相关的历史叙事中",可以区分四种主要角色:乐善好施者和受益者,作恶者和受害者。他说,表面看来,只有行善者和作恶者具有明显的道德标记,但是,处于道德中性状态的受益者和受害者,因为与前两者的关系而注入了道德价值。受害者没有任何惬意之处,这毋庸置疑;然而,"如果说没有任何人愿意成为受害者,反之,却有许多人希望以前曾是、以后不再是受害者:他们渴望受害者的地位。"不再是受害者,但"渴望受害者的地位":不论是个人,还是群体(党派、阶层、族群……)都是这样:

> 曾经是受害者赋予你申诉、抗争和索求的权利;除非与您断绝一切关系,其他人不得不回应您的要求。保留受害者角色比接受对

---

① 贺桂梅:《人文学的想象力》,第218—219页。
② 特雷西:《诠释学、宗教、希望——多元性与含混性》,冯川译,第129页,香港:汉语基督教文化研究所,1995年。

受害者(假设伤害是真实的)的修好更有利,与短暂的满足不同,您保留着长期的优势,其他人对您的关注和承认得到保证。……过去的伤害愈大,现在的权利愈大。①

长期保留,并不断提醒他人自己的受害者身份,也就是试图长期保留"申诉、抗争和索求的权利",获取更大补偿的权利。我想,这也许就是张贤亮写作的主要驱动力和心理机制。

原载于《文艺争鸣》2016 年第 7 期

---

① 托多罗夫 2007 年 10 月 24 日在北京大学世界文学研究所的题为"恶的记忆,善的向往"的演讲,记录稿刊于《跨文化对话》第 23 辑,引文见第 167 页,江苏人民出版社,2008 年。

《见证》:真伪之间和之外

《见证:季米特里·肖斯塔科维奇回忆录》,肖斯塔科维奇口述,伏尔科夫记录并整理。中译版:北京,外文出版局1981年版;广州,花城出版社1998年版;北京,作家出版社2015年版。这三种版本中译者均为叶琼芳。

一点说明:本文曾以《真伪之间与之外:读〈见证〉随感》的题目,刊发于2014年7月2日《中华读书报》。因为报纸版面限制,文字压缩、删节几近一半。2015年,作家出版社又出版了《见证》新的版本,高峰枫先生发表了他整理的《见证》争议史的文章。现在将旧文做较大修改、补充后发表。

《见证》的中译版本

我在《问题与方法》这本书里,谈到有的文学作品的阐释、评价,与特定的社会政治环境有关系的时候,曾以苏联作曲家肖斯塔科维奇(1905—1975)的音乐为例子,并摘引了欧阳江河名为《肖斯塔科维奇:等待枪杀》的诗①。这首诗收在欧阳江河诗集《谁去谁留》②里,摘引的几行是:

---

① 洪子诚:《问题与方法》增订版,第82页,生活·读书·新知三联书店,2015年。
② 欧阳江河:《谁去谁留》,第10页,湖南文艺出版社,1997年。

> 他的全部音乐都是一次自悼
> 数十万亡魂的悲泣响彻其间
> 一些人头落下来,像无望的果实
> 里面滚动着半个世纪的空虚和血
> 因此这些音乐听起来才那样遥远
> 那样低沉,像头上没有天空
> 那样紧张不安,像头骨在身上跳舞

欧阳江河写这首诗的时候,不知道是否读过所罗门·伏尔科夫(1944—)的《见证》,不清楚他对肖斯塔科维奇音乐的理解,是否受到这本标明为"口述回忆录"的书的影响。不过,《见证》中的"我的交响乐多数是墓碑。我国人民死在和葬在不知何处(即使是他们的亲属也不知道)的人太多了";"我愿意为每一个受害者写一首乐曲,但是不可能的,因此我把我的音乐都献给他们全体";"等待处决是一个折磨了我一辈子的主题,我的音乐有许多是描述它的"……这些话,和欧阳江河诗题的"等待枪决",以及诗中"全部音乐""数十万亡魂"等语词之间,应该有着关联;这个推论相信不是妄测。

引录欧阳江河这首诗的当时,我是认可他的理解、感受的。我对肖斯塔科维奇的音乐其实了解不多。不错,50年代上学期间就知道他的名字;读中学时我曾是狂热的苏联电影迷,在南方一个小城,看过他30年代中期到50年代配乐的许多电影。① 但是他大量的交响曲、室内乐等,即使到90年代也只听过有限的几部。另外,写《问题与方法》的时候,也不知道有《见证》这本书,不知道围绕这本书的真伪存在争议;虽然这在音乐史界,在音乐爱好者中,早已不是新鲜的话题。对于因无知导致的评述上的偏颇,《问题与方法》2015年出版增订版,我在这一页加上旁批做了修正的说明。

---

① 这些影片有《卓娅》《马克西姆三部曲》(《马克西姆的青年时代》《马克西姆的归来》《革命摇篮维堡区》)、《带枪的人》《伟大的公民》《难忘的1919年》《青年近卫军》《易北河会师》《攻克柏林》《米丘林》《牛虻》等。

《见证》的英文版 1979 年由纽约哈珀与罗出版社(HARPER & ROW)出版,书名为《见证:季米特里·肖斯塔科维奇回忆录》,署肖斯塔科维奇口述,伏尔科夫记录并整理。中文版很快在两年后的 1981 年,由北京的外文出版局作为内部刊物《编译参考》①的增刊"内部发行"出版,书名是《季米特里·肖斯塔科维奇回忆录》(叶琼芳译,卢珮文校)。90 年代之后,这个译本又在另外的出版社出版新版本:1998 年花城出版社的"流亡者译丛"(林贤治主编)版,和 2015 年作家出版社版。这两个本子,均依循外文出版局的编排方式,没有调整更动,也都将英文版的"原版本封面介绍"置于书的最前端。封面介绍称:

> 《见证》的成书和问世过程极富戏剧性。俄国人把音乐巨人季米特里·肖斯塔科维奇作为他们文艺理想的化身介绍给世界,他在这些回忆录中揭示出他是一个深受苦难的人——对他自己和他所扮演的角色充满了深刻的矛盾心情。
>
> 在肖斯塔科维奇逝世前四年左右,先是在列宁格勒,后来在莫斯科,苏联富有才华的年轻的音乐学家所罗门·伏尔科夫,勾起了肖斯塔科维奇对往事的回忆,作曲家终于把发表这些回忆录视成自己的义务。他对伏尔科夫说,"我必须这样做,必须。"伏尔科夫记下了这些往事,然后加以整理、编辑,始终保留肖斯塔科维奇回忆时所特有的风格以及他跳跃式的语气。在伏尔科夫完成写作工作后,肖斯塔科维奇通读了全书,表示同意,并且逐章签了字,他同意将稿送到西方出版,唯一的条件是,到他逝世后才能公之于世。

---

① 《编译参考》是当年外文出版局出版的介绍、翻译西方政治、文化和对中国事务评论的期刊,属内部发行性质。该刊物还以"国外作品选译""国外思潮""增刊"等名义,在 1978—1981 年间,陆续出版了赖·肖尔《日本人》,流亡国外的斯大林女儿阿利卢耶娃《仅仅一年》,哈莱《根:一个美国家族的历史》,阿瑟·黑利《最后诊断》,赫胥黎《奇妙新世界》,奥威尔《1984 年》,麦德维杰夫、萨哈罗夫、索尔仁尼琴等《苏联持不同政见者论文选译》,贝特兰、伯顿《毛泽东逝世后的中国》,雷蒙·阿隆《为颓废的欧洲辩护》等。

肖斯塔科维奇把这些回忆录称为"一个目击者的见证",把目击者的自觉贯穿于这一系列互相联系的回忆,其范围包括他整个一生,从革命前一直到赫鲁晓夫谴责斯大林以后的不幸的解冻时期。一幕幕情景跃然纸上,使读者有身临其境之感:与斯大林的令人吃惊的勇气的谈话;喧嚣一时的创作新国歌的竞争(在其中肖斯塔科维奇与哈恰图良是合作者);假天才的伪造;剽窃行为的普遍存在。他回想了他所认识的音乐家、艺术家和作家:普罗科菲耶夫、斯特拉文斯基、格拉祖诺夫、梅耶霍尔德、阿赫玛托娃和其他许多俄罗斯文化的中心人物。他愤懑地谈到在社会各阶层蔓延的反犹太主义。他辛辣地描写了随着掌权者的调子跳舞的人们,其中有达官贵人,也有无名之辈。

过去,这一切他从未向人公开过,如今,本书所揭示的一位富有创造力的艺术家在苏联如何度过一生的情景是动人的,而且往往令人黯然神伤。

在感情上,这是陀思妥耶夫斯基式的生活和艺术。这些回忆的语言朴素、坦率、辛辣、有力——介绍了一个世人从来没有看到过的肖斯塔科维奇和一个人的功成名就而又可悲可叹的一生。

虽然三个中文版本都重视这个"封面介绍",但各版本的内容提要却有所不同。1981年外文出版局版的"内容提要",有一个偏于"中性"的说明:

> 肖氏是享有世界声誉的作曲家。他在本书中回顾了自己一生的坎坷经历,对其音乐作品的创作背景做了深刻的说明,涉及苏联文艺界的若干内情,并生动地叙述了文坛乃至政界的许多名人轶事。本书可以作为了解苏联现代史尤其文艺界情况的参考读物。

这里没有如50年代处理《日瓦戈医生》事件那样,跟随苏联做出激烈反应。这既基于《编译参考》的提供国外资讯的性质,也基于"文革"后中国和美、苏之间的关系,和50年代相比,已经发生很大变化。

"流亡者译丛"版(1998年)的内容简介,则直接摘录《见证》书中的一些段落,来表明编辑、出版人的观点:

> 这不是关于我自己的回忆录。这是关于他人的回忆录。别人会写到我们,而且自然会撒谎——但那是他们的事。关于往事,必须说真话,否则就什么也别说。追忆往事十分困难,只有说真话才值得追忆。
>
> 回头看,除了一片废墟,我什么也看不到;只有尸骨成山。我不想在这些废墟上建造新的波将金村。
>
> 我们要努力只讲真话。这是困难的。我是许多事件的目击者,而这些都是重要的事件。

2015年的作家版,是为了纪念肖斯塔科维奇逝世40周年,内容提要是:

> 《见证:肖斯塔科维奇回忆录》是肖斯塔科维奇口述,由伏尔科夫记录并整理。
>
> 肖斯塔科维奇是世界范围内知名的音乐家,他的"肖五""肖七"等名作早已享誉全球,他本人也成为符号化的传奇。但是,其个人经历却并不为世人所熟知。在肖氏晚年,他将自己一生的经历做了细致的梳理与回忆。而这本书的出版,改变了无数的指挥家与乐团对其作品演奏的方式。
>
> 在书中,他的回忆以灰色调为主:权力的阴影下造成的不可逆转的人格扭曲、面对人性的抉择时失去的珍贵友谊、忠于人格却最终被迫害的悲惨人祸——这些沉重的往事几乎占据了回忆录的大部分篇幅。书中也写到了人性的良善……书中还涉及不少前苏联重要人物:政治、音乐、文学等方面的大人物一一登场亮相。本书文风节制、准确、细致、平和。以一种娓娓道来的方式,带领读者回到那个特殊的年代去再次认识这位知名音乐家——在特殊年代里,为了像人一样活着,他付出的努力与饱受的煎熬。

这三个版本在处理上的共同点是，均认可"原版本封面介绍"对《见证》的内容描述和评价；强调它的"目击者"回忆的真实性和"口述回忆录"的文体性质，认为是一部"讲真话"的书，重要性来自对被掩盖的真相，对集权国家中人的两面性和不幸处境的揭示；也均未正面涉及有关《见证》的真实性已存在多年的争议，对这一争议，可能不知情，或者认为不重要而无视？

另外，作家出版社版说《见证》的文风是"娓娓道来""细致、平和"，这不大合乎事实；在这一点上，英文版封面介绍的"辛辣、有力"的评价似乎更为准确。

《见证》的真伪之争

伏尔科夫（1944—　）是苏联音乐学者、评论家。据伏尔科夫说，结识肖氏之后，他一再建议肖斯塔科维奇写回忆录；肖氏后来同意这一建议，从1971年开始接受访谈。1975年肖斯塔科维奇逝世后，这些记录以秘密方式运到美国，经随后（1976）移居美国的伏尔科夫编辑整理，由他人翻成英文后出版。这本标为"口述回忆录"的书一问世，就引发有关其真伪的争议。中文学界关于争议情况的资料整理性质的文章，我读到的有：台湾音乐人徐昭宇的《假作真时真亦假——〈证言〉争议史》（2005）①，和北大英语系高峰枫的《肖斯塔科维奇的"见证"》②，也还有其他零星材料。高峰枫的文章，综合"几种英文资料集"，对事情的来龙去脉有翔实清晰的综述，不少分析也中肯、发人深省。

争议的大致情况是，肯定的一方认为，通过《见证》的"自述"，让我们看到一个"真实的"肖斯塔科维奇，而质疑一方则直指它是一部"伪书"。当时的西方文化界大多宁可信其有，乐见肖斯塔科维奇原来

---

① 徐昭宇：《假作真时真亦假——〈证言〉争议史》，《发现·肖斯塔科维奇》，中正文化中心（台北），2005年。《见证》书名台湾翻译为《证言》。
② 高峰枫：《肖斯塔科维奇的"见证"》，《东方早报·上海书评》2015年11月8日。

的形象被颠覆、替换。出版之后,西方不少重要媒体大幅报道这本书,《泰晤士报》把它列为该出版年度的"年度之书"。美国著名音乐评论家哈洛尔德·勋伯格在《纽约时报书评》上有这样的评语:"控诉俄罗斯的现在和过去,和一个显然生活在恐惧和绝望中的生命的回忆。"勋伯格著有《伟大作曲家的生活》(1970年初版)一书,我读到的修订第三版的中译本,在论及肖氏的部分,发现他就借助许多《见证》的材料,并直接摘引里面的多段文字,包括前面提到的"大部分的交响曲是为遭受迫害的亡魂所立的墓碑"等说法。勋伯格对肖斯塔科维奇做出这样的论述:他"是一个失去了自己的幻想的人,一个濒临崩溃和绝望的人……在悲惨的日子里过了一天又一天。他所能做的,就只能是在他的音乐中表达他的情感"。尽管勋伯格也有些微的疑惑(他在括号里补充了这样一句:"如果他的回忆录是真实的"),但基本上是将《见证》作为信而可征的资料来对待。①

不过,质疑《见证》真实性的声音也不断出现。在当年美苏冷战格局中,苏联迅速做出反制。英文版出版两周之后,苏联《真理报》就刊发社论予以驳斥,也发表了肖氏的六位朋友、学生署名的声明,指出这是"不足取的伪作",并于1981年出版《肖斯塔科维奇——谈他自己和他的时代》一书,搜录肖氏的手稿、文章,显现了与《见证》塑造的完全不同的肖氏形象。西方也有不少质疑的意见发表,根据主要有这样几个方面。一是文体上的,认为《见证》文字和对整个过程的叙述,感觉不大像口述的实录,而是有条理的编撰。另一是,既没有口述者的授权书,也没有任何录音、手稿之类的原始材料(据伏尔科夫说,原始的速记草稿,藏在俄国的一个秘密地方暂时不能公开);再有是,选择在肖斯塔科维奇逝世后发表,也有让事情"死无对证"的嫌疑。而据美国

---

① 哈洛尔德·勋伯格:《伟大作曲家的生活》(第3版),冷杉、侯坤、王迪等译,第575页,生活·读书·新知三联书店,2007年。哈洛尔德·勋伯格在音乐评论上反对"文本中心"的观点,坚持认为:"音乐作品能够通过对作曲家的描述、剖析而得到解释;事实上,也必须通过对作曲家个人的挖掘而使其作品得到阐释。"

康奈尔大学音乐博士、苏俄音乐和肖氏研究专家劳芮·费伊(Laurel Fay,据徐昭宇,高峰枫译为劳莱尔·菲)的考证,《见证》中有些段落,与肖氏发表在杂志上的文章,不但一字不漏,连分段、引言、破折号和引号也完全一样,而伏尔科夫坚称他从未读过这些资料。2002 年,肖氏的第三任妻子伊丽娜也以公开信的方式,列举《见证》许多悖离事实之处。当然,伏尔科夫对诸多质疑、指斥也有回应,并在 2004 年出版了名为《肖斯塔科维奇与斯大林》的著作,坚持《见证》作为"口述实录"的真实性;批评界也有为他辩护、对这部著作持坚定支持态度的人在。

在直到肖斯塔科维奇 1975 年在莫斯科逝世之前,在西方,他都被看作苏联音乐的杰出代表,是社会主义艺术创造力的标志。但《见证》颠覆了这个看法,它塑造了另一个肖斯塔科维奇的形象。在这本书里,肖氏对斯大林,对苏联专制体制,以及对包括普罗科菲耶夫等的同行,有严厉、轻蔑的抨击;对自己许多重要作品(如第五、第七、第十等交响曲)的创作动机和内涵,做出与过去一般理解截然不同的陈述。

对于《见证》的真伪,和对于不同的两个肖斯塔科维奇的选择,除了正反对立的态度之外,也有不愿做出绝然决断者。第三版《牛津简明音乐词典》(英文版,1985 年)的肖氏词条就体现了这样的谨慎:"肖斯塔科维奇后来是否对苏联社会制度感到失望,而他作品中表现强烈的阴暗与苦涩是否反映出一种与外部事件有关的精神痛苦,这一点谁也不知道(1979 年在西方发表据说是他本人所写的回忆录,其中表明他原是如此,而情况也确实如此)。可以肯定的是,他内心的种种压力,不论是什么原因造成的,却使他创作出一系列杰作。"①

高峰枫在他的文章里,引了《见证》中几段读来让人惊心动魄的话:

> 一个人死了,别人就把他端上饭桌喂子孙后代。打个比方就

---

① 迈克尔·肯尼迪主编:《牛津简明音乐词典》(第 3 版),王丁力等译,人民音乐出版社,第 896 页,1991 年。

是将他收拾整齐送上亲爱的后代的饭桌,让他们胸前系着餐巾,手上拿着刀、叉割死者的肉吃。

你知道,死人有个毛病,就是凉得太慢,他们太烫,所以给他们浇上纪念的汤汁——最好的胶质,把他们变成肉冻。

在回忆我所认识的人的时候,我要努力回忆没有裹上胶质的他们,我不想往他们身上浇肉冻,不想把他们变成美味的菜肴。①

高峰枫对此写道:劳芮·费伊等音乐家都在问:"伏尔科夫给肖斯塔科维奇的回忆浇上肉冻了吗?浇了多少?但可悲的是,即使这段非常毒舌的话,谁又能保证一定就是肖斯塔科维奇的原话呢?"高峰枫说得好:"辩伪、考证,这些听上去无比繁琐枯燥的学术工作,其实离我们并不遥远,有时会直接颠覆曾经塑成我们世界观的书籍。……历史学家陈垣在论考寻史源时,引用过两句《诗经》:'莫(无)信人之言,人实诳汝。'这实在是两句金言。"②

"伏尔科夫的书"

作为"口述实录"的《见证》疑点多多,当然它也不是一部平庸的书,没有任何价值,如果作为一种论述和解释的话。在这个问题上,肖斯塔科维奇儿子马克西姆的观点值得参考。1981 年移居西方之后他多次被媒体问及对《见证》的态度。他虽然称赞了这本书,说它"扭转"了他父亲的形象,但从来不说这是他父亲的回忆录,而称它为"伏尔科夫的书",是有关他父亲的书;说里面有太多传言,而"就像所有的传言,有的是真的,有的是假的"③。这也是移居美国的苏联音乐学

---

① 肖斯塔科维奇:《肖斯塔科维奇回忆录》,叶琼芳译,第 74—75 页,外文出版局,1981 年。高峰枫引用时,根据英文版对译文做了改动,这里依据叶琼芳的译文。
② 高峰枫:《肖斯塔科维奇的"见证"》,《东方早报·上海书评》2015 年 11 月 8 日。
③ 1991 年接受英国《留声机》杂志的采访,1998 年接受《洛杉矶时报》的采访。《发现·肖斯塔科维奇》,第 57 页。

家奥洛夫的观点:这是一部"基于肖斯塔科维奇的陈述和谈话、由伏尔科夫先生自己独创的文学作品"①。

如果将它看作"伏尔科夫的书"(或伏尔科夫"独创的文学作品")的话,那么,它对认识肖斯塔科维奇及其音乐,了解特定时期苏联的政治文化制度和知识分子精神气候("扭曲的人性"),相信能提供参考的价值。即使是其中以肖氏口吻来推翻对他的音乐的社会评价的说辞,所倾泻的情感,也是在呈现特定社会情境下的心理轨迹。例如,前面引述的那些有关"浇上肉汁"的话,如果有足够心理承受力,也可以从这"毒舌"的话中体味我们所故意无视的真相,推动我们思考如何定义"真相",是否什么时候都需要"真相"这类问题。书中谈到战争"成了大家共同的悲哀,我们可以诉说悲哀了,可以当着人哭泣了","能够悲伤也是一种权利"——相信也会引发我们对特定年代、处境之中隐秘情感"寄存"和表达方式的共鸣。

作为"伏尔科夫的书",在我看来还有另一层的价值。比起另外的著作,它更能呈现在以政治意识形态作为看待世界基本方法的时代,人怎样通过重构记忆来确立自身历史位置,和个人与"历史"紧张博弈中的焦虑感。这种历史位置确立的紧张、焦虑,在这本书中,与其说是关于肖斯塔科维奇的,不如说是有关伏尔科夫的。另外,《见证》也让我们见识一种单向的,以意识形态立场为起点和终点的思维逻辑和叙述方法,见识这种方法的典型形态是如何构造有效地深入历史复杂性的屏障的。《见证》显性的叙述动力,源自推翻肖氏的身份"共产主义和苏维埃政权的坚定信徒"(伦敦《泰晤士报》评语),而深层的动机,则在于塑造伏尔科夫自身由秘密到公开的"坚定的异见分子"的形象。

《见证》的阐释路径,以及在它影响下的肖氏研究,在分析过程中,表现出有意遗漏、遮蔽那些可能动摇目标的做法,对难以无视的部分,则依据目标做出臆想式的推断。例如,对于肖斯塔科维奇大量的电影

---

① 高峰枫:《肖斯塔科维奇的"见证"》,《东方早报·上海书评》2015年11月8日。

配乐,《见证》以肖氏口吻表示对这种艺术形式的轻蔑,暗示从事电影配乐是不得已的行为。有研究者也接着说,这些电影配乐,是肖斯塔科维奇在巨大政治压力下用它们"来向当局进行赎罪悔过",以"适时地抱紧这根不让他在政治洪流中淹没的浮木";它们成为他"政治异议的避风港"①。这一分析不能说没有一点道理。桑塔格在谈论卢卡契的时候说,卢卡契"有一种能使自己在个人和政治两方面幸存下去的巨大才能","他在一个不能容忍知识分子处在边缘位置的社会里,完成一项难度颇大的业绩,即同时置身于边缘和中心。然而,要做到这一点,他不得不在这种或那种形式的放逐中消耗大量的生命"。桑塔格说,有"外部的放逐",也有"内部的放逐";后者是指他对"所要撰述的主题的选择"②。按照这样的理解,也可以说在一定时期,肖斯塔科维奇从饱受争议的交响乐等"移民"出去,选择电影配乐以便保护自己。不过,在指出这一点之后也不要忘记,他对包括爵士乐、舞台音乐和电影音乐的热衷始于20年代,并非总是基于权宜之计,更不是他受到批判后把电影配乐作为避风港。为那些歌颂革命、歌颂英雄主义和爱国精神的电影所谱写的音乐,其间显现的热情(艺术上的评价暂且不论),恐怕也不都能以抱紧救命浮木的心态所能解释。

"伏尔科夫的书"中的肖斯塔科维奇,是一个积极迎合当权者,骨子里却在进行反抗的,将"反叛包裹在顺从之中"的政治对抗者形象。这样的思路在小说家也是音乐行家余华那里得到呼应。1936年因歌剧《姆岑斯克县的麦克白夫人》受到批判之后:

> 肖斯塔科维奇立刻成熟了。他的命运像盾牌一样,似乎专门

---

① 赖伟峰:《生命底蕴的安全索,隐晦不障的旋律线——肖斯塔科维奇的电影音乐》,《发现·肖斯塔科维奇》,第62页。这个理解,部分也来自《见证》:在回答西方提问者的"怎么会参与像《攻克柏林》和《难忘的1919》之类的电影?甚至还为这些不像样的东西接受奖赏?"时,肖斯塔科维奇的回答是:电影不是艺术,是一种行业,"正是我参加了这个国家重要行业的工作,才救了我,不止一次两次救了我"。《肖斯塔科维奇回忆录》,叶琼芳译,第214页。

② 苏珊·桑塔格:《乔治·卢卡契的文学批评》,《反对阐释》,程巍译,第98页。

是为了对付打击而来。……在此后四十五年的岁月里,肖斯塔科维奇老谋深算,面对一次一次汹涌而来的批判,他都能够身心投入地加入到对自己的批判中去,他在批判自己的时候毫不留情如同火上加油,他似乎比别人更乐意置自己于死地,令那些批判者无话可说,只能给他一条悔过自新的生路。然而在心里,肖斯塔科维奇从来就没有悔过自新的时刻,一旦化险为夷他就重蹈覆辙,似乎是好了伤疤就忘了疼痛,其实他根本就没有伤疤,他只是将颜料涂在自己身上,让虚构的伤痕惟妙惟肖……从而使他躲过一次又一次劫难,完成了命运赋予他的 147 首音乐作品。①

这个描述,呼应了在集权体制下人的双重生存状况,和"两面人"的人性特征的论述。双重生活状况和两面人的人性特征,其实是普遍存在的现象,但集权体制是它最容易滋生的土壤。肖斯塔科维奇的谨慎自保行为不难理解,但是,在他那里,"公开"的生活和"私密"的生活总构成对立的状况?"公开"的生活是否都是掩盖真实面目的表演?而"私密"生活和内心状况是否都与体制构成对抗关系?说到他的音乐作品,那也相当复杂。正如有的批评家指出的,我们既能听到宏大的英雄颂歌,也能感受到尖刻讥讽和痛苦阴郁。

是的,肖斯塔科维奇所处的是无法预判、掌握自己命运的生活环境。他经受了当局发动的多次严厉批判:30 年代前卫实验歌剧《姆岑斯克县的麦克白夫人》,因斯大林的憎恶,导致《真理报》刊发专论和署名文章指斥它是借用爵士乐的"歇斯底里的,痉挛的,癫痫的音乐",从头到尾充满令人窒息的噪音;40 年代末将他和普罗科菲耶夫、哈恰图良等捆绑一起施予"反人民的形式主义"的挞伐②,因此失去音

---

① 余华:《高潮——肖斯塔科维奇和霍桑》,《灵魂饭》,台北:远流出版社,2002 年。
② 在 1948 年日丹诺夫对歌剧《伟大的友谊》的批判中,肖斯塔科维奇 30 年代的《姆岑斯克县的麦克白夫人》的错误又被重新提出。参见《苏联文学艺术问题》,曹葆华等译,第 100—102 页。

乐家协会职务和音乐学院教职。加上人所周知的苏联曾发生的对许多文艺家的迫害,让他恐惧疑虑,不得不处心积虑保护自己。这都是事实。但另一方面,他既曾被这个体制抛弃,也是这个体制的重要组成部分和"获利者",并非总是被放逐(或自我放逐)。他获得的荣誉、风光,在30年代之后的苏联,恐怕很少有谁能和他相比。40—70年代,他获得"社会主义劳动英雄"称号(1966),多次获得斯大林奖金(1941,1942,1946,1949,1952),多次得到国家最高奖的列宁勋章(1946,1956,1966),还有俄罗斯苏维埃联邦共和国国家奖,人民艺术家称号(1942,1948,1954,1962,1973,1974),以及红旗劳动勋章、十月革命勋章等等。这些荣耀,对一个外在行为和内心世界严重分裂者来说,纵然"老谋深算",靠"高超技巧"地弥补裂痕,"惟妙惟肖"的面具式表演能够实现吗?他的一些作品,如某些交响乐、电影音乐,清唱剧中表现的对共产主义的热情,也很难全部用作假得到解释。说肖斯塔科维奇的内心没有伤疤,他的命运是专门承受打击的坚硬的盾牌,这自然是一种描述——这种平面的理解,其实是极大降低了肖斯塔科维奇的人格和他的音乐的成就——只是对他的某个侧面的描述。因此,另外的解释也值得我们重视,比如齐泽克这样说:

> ……在伏尔科夫那有争议的肖斯塔科维奇回忆录出版之后,出现了一种时尚,即把肖斯塔科维奇称赞为最终的、勇敢的、秘密的持不同政见者,称赞他是活证人,能够证明,即使在斯大林主义巅峰时期最恐怖的条件下,激进的批评信息是怎样得以传递出去的。

齐泽克认为,这里"假定了一个不可能存在的歧义";被看作对苏联政权和斯大林抨击、讥讽的音乐,当年的苏联掌权者、那些文化政治干部却完全看不出来,这些对于"平民百姓"来说的"透明的信息",在他们那里却是"**绝对不透明的**"。而且,"秘密的持不同政见者"的释义是一种"矛盾修辞法":"持不同政见者的实质是,它是公开的,就像安徒生童话《皇帝的新装》中众所周知的小孩子,他对大他者公开说出了其他人只能悄悄耳语的话。"

此外,将肖斯塔科维奇颂扬为一个勇敢的、秘密的持不同政见者不仅是虚假的事实,而且甚至囚锢了他后期音乐的真实的伟大性。甚至连最不敏感的听众都明白,肖斯塔科维奇(理应著名的)弦乐四重奏并非藐视集权主义政权的英雄般的宣言,而是对他本人的懦弱和机会主义的绝望评论;肖斯塔科维奇的艺术人格在于,他在自己的音乐作品中完完全全地清晰地表达了他内心的躁动、混杂的绝望、忧郁无生气、徒劳的愤怒的爆发,甚至自我仇恨,而不是把自己表现为一个地下英雄。……这是一个精神崩溃的人创作的音乐,如果曾有这么一个人的话。①

退后一步,姑且承认《见证》就是肖斯塔科维奇的口述,承认这就是他对自己时代、生活环境的认识,对自己生活遭际、写作动机和过程,以及作品主题、艺术方法的讲述,那又该如何对待?按照勋伯格的观点,那么,作曲家出面来讲述自己的生活实情,对其作品做出解释,那肯定是重要、甚至权威的依据了。但就如对待任何作家、艺术家的自述一样,在重视的同时,我们也不必事事当真,将他的看法都当成定论。

艺术作品的阐释与影响

十几年前,台北的交响乐团在继"发现贝多芬""发现马勒"的系列音乐会之后,举办了共十场以肖斯塔科维奇的交响乐和室内乐为主体的"发现肖斯塔科维奇"演出季。这自然就要面对如何理解肖斯塔科维奇其人、其作品的无法回避的问题。台湾艺术家杨忠衡说,有史而来,可能没有音乐家像肖斯塔科维奇那样,"身后留下那么多难解的谜团,以致作品出现两种截然不同的极端诠释。他到底是黑暗帝国帮凶,还是忍辱负重的'卧底'自由斗士……就像《无间道》等惊悚悬疑

---

① 齐泽克:《有人说过集权主义吗?》,宋文伟、侯萍译,第94—95页,江苏人民出版社,2005年。

的香港警匪电影一样,永远让世人反复推敲"。之所以会出现这样两极对立的阐释趋向,与肖斯塔科维奇所处时代的全球政治,和与此衍生的意识形态格局密切相关。杨忠衡说,1975年肖斯塔科维奇逝世,当时西方对他的评价以伦敦的《泰晤士报》的说法为典型:"苏联音乐二十年来最伟大的音乐家,以苏联公民与作曲家自居。"流露对肖斯塔科维奇又爱又恨的矛盾情结,如同米格机和AK-47步枪的发明者一样,被视为"可敬的敌人"……当西方音乐界面临繁华落尽的窘迫时,肖斯塔科维奇却坚定地推出一部部作品,质量均佳,创作路线完全独立于西方现代音乐潮流。他像中流砥柱一样,捍卫了苏联阵营的民族自信心。他所发挥的对阵定力,不逊于万颗核子弹头。①

面对这一争议,台北的乐团倾向取较谨慎态度,他们更倾向让听众关注音乐本身,而不是一开始便将注意力放置在这个"高度政治化"的选择中。就如同《见证》中的一句话:"从长远说,关于音乐的任何语言都不如音乐本身重要。""任何语言",也包括作曲家自己的语言在内。不过,由于肖斯塔科维奇的音乐与这个时代、这个时代的政治紧密相关,有的甚至就是直接面对重要的历史政治事件,因此,要剥离这种选择,确实不是容易办到的事。

哈洛尔德·勋伯格在《伟大作曲家的生活》的第三版前言中说,许多音乐学者都认为,作品——而不是作曲家才是要紧的,"正确有效的'解释',就是通过对曲式与和声的分析,除此以外的一切不过是些多愁善感的标题注脚,对音乐本身没有意义"。勋伯格反对这种"文本中心主义","坚决认为""音乐作品能够通过对作曲家的描述、剖析而得到解ះ;事实上也必须通过对作曲家个人的挖掘而使其作品得到解释"②;这也是他撰写《伟大作曲家的生活》这部鸿篇巨制的动机。

如果退后一步,姑且承认《见证》就是肖斯塔科维奇的口述,承认这就是他对自己时代、生活环境的认识,对自己生活遭际、写作动机和

---

① 杨忠衡:《研究我的音乐,就能了解真正的我》,《发现·肖斯塔科维奇》,第13页。
② 哈洛尔德·勋伯格:《伟大作曲家的生活》(第3版)前言。

过程,以及作品主题、艺术方法的讲述,那又该如何对待？按照勋伯格的观点,那么,作曲家出面来讲述自己的生活实情,对其作品做出解释,那肯定是重要甚至权威的依据了。但就如对待任何作家、艺术家的自述一样,在重视的同时,我们也不必事事当真,将他的看法都当成定论。因此,当读到《见证》里面的肖斯塔科维奇说《第十交响曲》是描绘斯大林,第二乐章谐谑曲是斯大林音乐肖像的时候,不必就一定要以这个说法作为结论。其实,"将肖斯塔科维奇颂扬为一个勇敢的、秘密的持不同政见者不仅是虚假的事实,而且甚至囚锢了他后期音乐的真实的伟大性"。① 齐泽克这里说的"后期音乐",当指从《第十交响曲》之后的几部交响曲和多部弦乐四重奏。

  肖斯塔科维奇影响最大的作品莫过于《第七交响曲》。第二次世界大战列宁格勒被围城期间,肖斯塔科维奇自愿从军,因体弱被编入消防队,用一个月时间创作了这部交响曲,于1942年3月在后方古比雪夫首演,随后在莫斯科、列宁格勒演出,有关它的排练、演出过程,有着许多曾激动人心的故事,《见证》中伏尔科夫的"引言"也讲述了这部交响曲当时在西方引起的轰动。在莫斯科演出时,通过无线电波向全世界广播,西方许多国家听众从收音机中,感受到苏联人民的那种顽强、坚毅的抵抗的心声。它的总谱还拍成缩微胶卷,用军舰偷运出来,送到美国,同年七月由著名指挥家托斯卡尼尼指挥演出,在这个演出季,就演奏了62场；肖斯塔科维奇战时从军穿着消防队员服装的照片,刊登在《时代》杂志的封面,他成为苏联英雄的象征。……但是,《证言》中的肖斯塔科维奇不喜欢他的这个象征,他要另一种象征。他说,这部乐曲"是战前设计的,所以,完全不能视为在希特勒进攻下有感而发。'侵略的主题'②与希特勒的进攻无关。我在创作这个主题

---

① 齐泽克：《有人说过集权主义吗?》,宋文伟、侯萍译,第94—95页。
② 指第一乐章中那个著名的不断反复、变奏的进行曲主题,长达十多分钟。这个主题,在解读中有众多解析。从音乐角度的评价也是好坏参半。据说,巴尔托克对此十分反感,在他的《管弦乐协奏曲》中加以嘲讽。

时想到的是人类的另一些敌人"。又说,"它描写的不是被围困的列宁格勒,而是描写被斯大林所破坏、希特勒只是把它最后毁掉的列宁格勒"。①

伏尔科夫应该没能体会,或有意扭曲了不少苏联艺术家(包括现在通常被称为"异端"的帕斯捷尔纳克、阿赫玛托娃、茨维塔耶娃,也包括肖斯塔科维奇在内)的那种"爱国者"的深刻精神素质(这自然有别于官方认定的"爱国"概念)。以赛亚·伯林对此有值得重视的分析。他在谈到帕斯捷尔纳克的时候说,他是"一位热爱俄罗斯的爱国者——他对自己与他的祖国之间的历史渊源的关系感受非常深。……真正的传统之链从'萨德阔传奇'②开始,传给斯特罗加诺夫家族和柯楚别依家族,接下来又传给杰尔查文、茹科夫斯基、邱特切夫、普希金、巴拉丁斯基、莱蒙托夫、费特和安年斯基,最后传到了阿克萨科夫家族、托尔斯泰和蒲宁那里——是斯拉夫传统,而不是自由知识分子传统,正如托尔斯泰所强调的,后者根本不知道人的生存依靠的是什么……"③

而且,发生在 1942 年的《第七交响曲》的演出——这一在音乐史甚至人类精神史上也不多见的崇高而激动人心的一页,已经成为历史的一部分,它产生的影响,在许多人心中留下的刻痕,不仅是属于肖斯塔科维奇自己,已经属于许多人。在这里,经过阅读、聆听、观看而传播的艺术作品,有它的不依存作者而独立存在的权利。

原载《文艺争鸣》2016 年第 4 期

---

① 肖斯塔科维奇:《肖斯塔科维奇回忆录》,叶琼芳译,第 221 页。
② 引者注:指流传下来的中世纪俄罗斯游吟诗人萨德阔讲述的传奇故事。作曲家里姆斯基-科萨科夫创作有大型歌剧《萨德阔》。
③ 以赛亚·伯林:《苏联的心灵》,潘永强、刘北成译,第 60 页,译林出版社,2010 年。

《〈玛琳娜·茨维塔耶娃诗集〉序》：当代诗中的茨维塔耶娃及其他

《〈玛琳娜·茨维塔耶娃诗集〉序》，文学论文，［苏］爱伦堡写于1956年，中译收入"世界文学参考资料"之一的《爱伦堡论文集》，张孟恢译，世界文学编辑部1962年编辑出版，内部发行。

阿赫玛托娃在50年代的中国

现在被高度评价的俄国20世纪初的一些作家、诗人，在中国当代的五六十年代却很受冷落，他们的作品没有得到介绍，大多数人连他们的名字也没有听说过。不过，阿赫玛托娃可能是个例外。原因是1946年，苏联作协机关刊物《星》和《列宁格勒》，刊登了左琴科的小说和阿赫玛托娃的诗①，它们被认为是"无思想性"和"思想有害"的作品。这引起苏共中央的愤怒，联共(布)中央于1946年8月14日发布《关于〈星〉和〈列宁格勒〉两杂志》的决议，苏联作家协会主席团紧接着检查自己的错误，开除左琴科和阿赫玛托娃出作家协会，解除吉洪诺夫的作协主席职务，并改组苏联作协。随后，苏共掌管意识形态的书记日丹诺夫，9月在列宁格勒"党积极分子会议和作家会议"上作了

---

① 除《星》和《列宁格勒》刊登阿赫玛托娃的诗作外，苏联《文学报》1945年11月还刊登阿赫玛托娃的访问记和照片，苏联作家协会当时还批准阿赫玛托娃在莫斯科的演说。

长篇的批判报告①。这些报告和文件的中译,连同30年代的苏联作家会议章程,以及日丹诺夫在第一次苏联作家代表大会上的讲话等,收入《苏联文学艺术问题》一书;在50年代初学习社会主义现实主义时,这本书被中国作协列为重要参考文件,所以文学界许多人知道阿赫玛托娃的名字。

联共(布)中央的决议中,对阿赫玛托娃的创作定下的基调是:

> ……她的文学的和社会政治的面貌是早为苏联公众所知道的。阿赫玛托娃是与我国人民背道而驰的空洞的无思想的诗歌的典型代表。她的诗歌渗透着悲观和失望的情绪,表现着那停滞在资产阶级贵族的唯美主义和颓废主义……

日丹诺夫的报告对这一思想艺术倾向有具体的描述。与现在中国(俄国那边大概也是这样)对"白银时代"文学的主流看法相反,日丹诺夫的评价是:

> 高尔基在当年曾经说过,1907到1917这十年,够得上称为俄国知识界历史上最可耻和最无才能的十年,从1905年革命之后,知识界大部分都背叛了革命,滚到了反动的神秘主义和淫秽的泥坑里,把无思想作为自己的旗帜高举起来,用下列"美丽的"词句掩盖自己的叛变:"我焚毁了自己所崇拜的一切,我崇拜过我所焚毁了的一切。"……社会上出现了象征派、意象派、各种各样的颓废派,他们离弃了人民,宣布"为艺术而艺术"的提纲,宣传文学的无思想性,以追求没有内容的美丽形式来掩盖自己思想和道德的腐朽。

对这个描述,经历那个年代的人相信并不陌生;而阿赫玛托娃,日丹诺夫说,她是"这种无思想的反动的文学泥坑的代表之一":

---

① 上述报告、决议的中文译者为曹葆华。曹葆华(1906—1978),四川乐山人。1935年毕业于清华大学研究院,诗人、翻译家,译有梵乐希(瓦雷里)、瑞恰慈的诗论。1939年去延安,在鲁艺和中共中央宣传部翻译处工作,50年代后主要从事苏联政治、文学论著,以及斯大林、普列汉诺夫等的著作的翻译工作。

（她的诗的）题材是彻头彻尾个人主义的。她的诗歌是奔跑在闺房和礼拜堂之间的贵妇人的诗歌，它的范围是狭小得可怜的。她的基本情调是恋爱和色情，并且同悲哀、忧郁、死亡、神秘和宿命的情调交织着。宿命的情感，——在垂死集团的社会意识中，这种情感是可以理解的，——死前绝望的悲惨调子，一半色情的神秘体验——这就是阿赫玛托娃的精神世界，她是一去不复返的"美好的旧喀萨琳时代"①古老贵族文化世界的残渣之一。并不完全是尼姑，并不完全是荡妇，说得确切些，而是混合着淫秽和祷告的荡妇和尼姑。

因为涉及20世纪初俄国思想界和诗歌界的状况，日丹诺夫报告中也提到曼德尔施塔姆。他的名字当年译为"欧西普·曼杰里希唐"。译者曹葆华所加的注释是："俄国阿克梅派的代表诗人，其作品十分晦涩难懂。"日丹诺夫说，阿克梅派的社会政治和文学理想，在这个集团"著名代表之一——欧西普·曼杰里希唐在革命前不久"的言论中得到体现，这就是对中世纪的迷恋，"回到中世纪"："……中世纪对于我们之所以可贵，是因为它具有着高度的界限之感。""……理性与神秘性的高贵混合，世界之被当作活的平衡来感受，使我们和这个时代发生血统关系，而且鼓舞我们从大约1200年前在罗马文化的基础上产生的作品中吸取力量。"日丹诺夫认为，阿赫玛托娃和西普·曼杰里希唐的诗，是迷恋旧时代的俄国几万古老贵族、上层人物的诗：

这些人是注定要灭亡的，他们除了怀念"美好的旧时代"，就什么也没有了。喀萨琳时代的大地主庄园，以及几百年的菩提树林荫路、喷水池、雕像、石拱门、温室、供人畅叙幽情的花亭、大门上的古纹章。贵族的彼得堡、沙皇村、巴甫洛夫斯克车站与其他

---

① 指叶卡捷琳娜二世（1729—1796）时代，她1762—1796年在位，是俄国唯一的女沙皇。50年代曹葆华依德语的英语转写，翻译为喀萨琳。现在在中国台湾、中国香港仍译为凯瑟琳二世或凯瑟琳大帝。

贵族文化遗迹。这一切都沉入永不复返的过去了！这种离弃和背叛人民的文化渣滓，当作某种奇迹保存到了我们的时代，除了闭门深居和生活在空想中之外，已没有什么事情可做了。"一切都被夺去了，被背叛了，被出卖了"……

日丹诺夫对阿赫玛托娃和 20 世纪初俄国文学的描述，也就是中国当代"前三十年"对这段历史的基本看法。不过，从 80 年代开始到现在，中国学界和诗歌界占主流位置的评价出现翻转，基本上被另一种观点取代。这种观点，回顾历史，或许可以追溯到时代亲历者别尔嘉耶夫的描述。按照法国作家路易·阿拉贡的说法，俄国思想家别尔嘉耶夫颇为复杂：在 20 世纪初，他"既承认革命行动是合理的，但在意识形态上，又主张神秘主义，而反对革命行动。他和马克思主义的奠基者走了相反的道路，开头信的是他们，后来却回到费尔巴哈的立场上"①。这位矛盾的神秘主义者的描述，显然与日丹诺夫大相径庭，包括所谓唯美主义、颓废主义等等：

> 20 世纪初俄罗斯文学没有创作与 19 世纪长篇小说类似的大部头长篇小说，但是却创作了非常出色的诗歌。这些诗歌对于俄罗斯意识，对于俄罗斯思潮史都有非常重要的意义。那是个象征主义的时代……（象征主义作家）他们意识到自己是新的潮流并且处在与旧文学的代表的冲突之中。索洛维约夫的影响对于象征主义的作家起了主要作用。他在自己的一首诗中这样表达象征主义的实质：
>
> 我们所看到的一切，
> 只是反光，只是阴影，
> 来自肉眼看不见的东西。
>
> 象征主义在所看到的这种现实的背后看到了精神的现实。……

---

① 路易·阿拉贡：《在有梦的地方做梦，或敌人……》，译文刊于《现代文艺理论译丛》1963 年第 1 期。中国科学院文学研究所主编，人民文学出版社 1963 年，内部发行。

象征主义者的诗歌超出了艺术的范围之外,这也是纯粹的俄罗斯特征。在我们这里,所谓"颓废派"和唯美主义时期很快就结束了,转变为那种以为着对精神方面寻求的修正象征主义,转变为神秘主义。……世纪初的俄罗斯文学和诗歌具有精神崇拜性。诗人—象征主义作家以他们特有的敏感感觉到,俄罗斯正在跌向深渊,古老的俄罗斯终结了,应该出现一个没有过的新的俄罗斯。①

20世纪的历史最不缺乏的是裂痕,是断层的沟壑,情感、观念的急剧翻覆是家常便饭。不能预见今后是否还会出现如此泾渭分明的阐释转换。值得庆幸的是,阐释所需要的材料、资讯将会较容易获取,不像中国当代"前三十年"那样,在日丹诺夫指引下曾"恶毒地"想象阿赫玛托娃,而她的诗我们读到的,只有日丹诺夫报告中所引的那三行:

可是我对着天使的乐园向你起誓
对着神奇的神像和我们的
热情的夜的陶醉向你起誓……
(阿赫玛托娃:《Anno Domini》)

爱伦堡带来的茨维塔耶娃

到了60年代,中国少数读者知道了茨维塔耶娃,以及曼德尔斯塔姆的名字,并非翻译、出版了他们的作品,他们是爱伦堡给带来的。1962年,《世界文学》编辑部编选了作为"世界文学参考资料"的《爱伦堡论文集》。集中收入爱伦堡写于1956年的《〈玛琳娜·茨维塔耶娃诗集〉序》。1963年,作家出版社出版了爱伦堡回忆录《人、岁月、生活》②,其中谈到茨维塔耶娃等人的生活和创作。这两种书,都属于当

---

① 别尔嘉耶夫:《俄罗斯思想》,雷永生、丘守娟译,第223—225页。
② 爱伦堡:《人、岁月、生活》,冯南江、秦顺新翻译。1979年之后不同出版社出版的这部回忆录,翻译也均署他们的名字。

年内部发行的"内部读物",也就是政治和艺术"不正确",供参考、批判的资料性读物。

爱伦堡 1967 年去世,晚年主要精力是撰写他的回忆录。《人·岁月·生活》1960 年开始在苏联的《新世界》杂志连载,很快在苏联和其他国家引起强烈反响和争论。据中译者说:"当时的中宣部领导十分关注这一情况,要求人民文学出版社尽快将这部世人瞩目的作品译出,以内部发行的方式出版。"这就是 1963 年的"黄皮书"版。因为当时爱伦堡回忆录写作尚在进行(1964 年《新世界》才全部刊登完毕),所以这个版本只是它的前四部,待到 1999 年中译本全六部才补齐,并根据苏联的《爱伦堡文集》重新修订。① 爱伦堡是个"奇人",与 20 世纪的许多苏联政治、文化界的重要人物,以及西方著名左翼作家、艺术家多有交往。对于中国当代文化界来说,这部回忆录的重要价值,正如蓝英年先生说的,把不熟悉和从未听说的名字介绍给读者(曼德尔斯塔姆、古米廖夫、阿赫玛托娃、别雷、巴别尔⋯⋯),对听说过或熟知的人物则提供他们的另一面相(列宁、托洛茨基、布哈林、毕加索、斯大林、马雅可夫斯基、梅耶荷德、叶赛宁、帕斯捷尔纳克、纪德、聂鲁达、法捷耶夫⋯⋯)。②

讲到玛琳娜·茨维塔耶娃的部分(《人·岁月·生活》译为马琳娜·茨韦塔耶娃)在回忆录的第二部;这一部写到的作家、诗人还有勃留索夫、勃洛克、马雅可夫斯基、帕斯捷尔纳克、曼德尔施塔姆、梅耶荷德、叶赛宁。爱伦堡不仅提供了他们的许多生活细节,更可贵的是引用了他们的诗行:在那个匮乏的年代,即便是一鳞片爪也弥足珍贵。

从中外文化交流史角度来考察爱伦堡回忆录在中国当代文化(特别是诗歌)变革上发生的影响,80 年代以来已经有不少论著涉及。就

---

① 冯南江、秦顺新当年在人民文学出版社外国文学编辑室工作。在五六十年代,人民文学出版社和作家出版社虽是两个牌子,实际上是同一机构。参见 1999 年海南出版社版的《译后记》。

② 蓝英年:《人·岁月·生活》序,《人·岁月·生活》,冯江南、秦顺新译,海南出版社,1999 年。

对茨维塔耶娃的介绍而言,除回忆录之外,他的《〈玛琳娜·茨维塔耶娃诗集〉序》①也发生一定影响。它的基本观点与回忆录是一致的,有的文字且有重叠,但更充分地讲了茨维塔耶娃的性格、诗歌的情况。现在翻成中文的外国作家有关茨维塔耶娃的评论,我读到的几篇中,爱伦堡的序言是出色者之一——另外的是约瑟夫·布罗茨基的《一首诗的脚注》(黄灿然译),伊利亚·卡明斯基为他和吉恩·瓦伦汀合作翻译的《黑暗的接骨木树枝:茨维塔耶娃的诗》所写的后记(王家新译)。这三篇文章的作者都是,或曾是俄国(苏联)人:爱伦堡、卡明斯基出生于乌克兰,茨维塔耶娃和布罗茨基出生于圣彼得堡(列宁格勒),而爱伦堡和茨维塔耶娃是同时代人,也见过面。

在 50 年代的苏联,如爱伦堡说的,知道茨维塔耶娃的也不多。"她死于 1941 年,只有少数热爱诗歌的人,才知道她的名字。"斯大林去世后文学界"解冻",1956 年她的诗集才得以出版。爱伦堡的序言,精彩之处是对茨维塔耶娃思想情感、诗艺的矛盾性,和对她的"极端的孤独"性格的论述。爱伦堡写道:

> ……茨维塔耶娃没有向光荣表示向往,她写道:"俄罗斯人认为向往生前的光荣是可鄙或可笑的"。……孤独,说得更准确一些,剥夺,好像诅咒似的,在她的头上悬了一生,但她不仅努力把这诅咒交还给别人,而且自己还把它当作最高的幸福。她在任何环境都觉得自己是亡命者,是失去往日荣华的人。她回想着种族主义的傲慢时写道:"以前和现在的诗人中哪一位不是黑人?"②

爱伦堡接着这样写:

---

① 张孟恢译,收入 1962 年的《爱伦堡论文集》,也收入北京大学俄语系编译的爱伦堡论文集《必要的解释》,北京大学出版社,1982 年。张孟恢(1922—1998),四川成都人。40 年代任重庆《国民公报》编辑,重庆《商务日报》记者,上海时代出版社编译,50 年代在中国作家协会主办的《译文》(后改名《世界文学》)编辑部任编辑、苏联文学组组长。

② 爱伦堡:《必要的解释》,张孟恢译,第 74 页。

茨维塔耶娃在一首诗里提到自己的两个女人,一个是淳朴的俄罗斯妇女,乡间牧师之妻,另一个是傲慢的波兰地主太太,旧式的礼貌与叛逆性格,对和谐的谦敬与对精神混乱的爱,极度的傲慢与极度的朴实,玛琳娜·茨维塔耶娃都兼而有之。她的一生是彻悟与错误所打成的团结。她写道:"我爱自己生活中的一切事物,但是以永别,不是以相会,是以决裂,不是以结合而爱的。"这不是纲领,不是厌世哲学,不过是自白。①

……

接着是读过后让我难忘的这几句:

她爱得多,正是因为她"不能"。她不在有她邻人的地方鼓掌,她独自看着放下的帷幕,在戏正演着的时候从大厅里走出去,在空寞无人的走廊里哭泣。

她的整个爱好与迷恋的历史,就是一张长长的决裂的清单……②

对茨维塔耶娃的这种性格,《人·岁月·生活》中也有继续的描述:仪态高傲,桀骜不驯,但眼神迷惘;狂妄自大又羞涩腼腆。③ 她送给爱伦堡诗集的题词是:"您的友谊对于我比任何仇恨更珍贵,您的仇恨对于我比任何友谊更珍贵。"爱伦堡说:"她从少年时代直到去世始终是孤独的,她的这种被人遗弃同她经常脱离周围的事物有关。"这种孤独,自然与她的生活处境,与革命和政治相关,但爱伦堡指出,深层之处来自于俄国文化传统,以及个人的心理、性格。

在序言和回忆录里,爱伦堡还触及生活和艺术的关系——这一在19—20世纪的俄国,和20世纪中国纠缠众多诗人、作家的"毒蛇怨鬼"的"永恒主题"。"当我说俄国和艺术的题材在玛琳娜·茨维塔耶

---

① 爱伦堡:《必要的解释》,张孟恢译,第75页。
② 同上书,第76页。
③ 由于手头没有1963年作家出版社版的《人、岁月、生活》,下面引文均据1999年海南出版社版《人·岁月·生活》。

娃的创作中密切交织的时候,我首先想到的是一个最为复杂的、差不多从普希金和果戈理直到今天的一切俄国作家曾经苦心钻研的问题——关于职责与灵感之间、生活与创作之间、艺术家的思想与他的良心之间的相互关系问题。"爱伦堡认为,"极端孤独"的茨维塔耶娃并非遁入"象牙之塔"。这种关系在她那里,不是表现为寻找终极性的答案,而是呈现为对矛盾的处理过程:

> ……有时候为了辩过时代她就把自己诗歌之屋的门窗关闭起来。但是,把这看作唯美主义,蔑视生活,那也不对。1939年法西斯分子焚烧西班牙,入侵捷克斯洛伐克的时候,茨维塔耶娃第一次抛弃了生存的快乐:
> 我拒绝在别德拉姆①
> 作非人的蠢物
> 我拒绝生存。
> 我拒绝同广场上的狼
> 一同嚎叫。
> 孤岛没有了,茨维塔耶娃的生活突然悲惨地停止了。

茨维塔耶娃曾这样说到马雅可夫斯基,"作为一个人而活,作为一个诗人而死"。爱伦堡说,对茨维塔耶娃可以换一个说法:"作为一个诗人而活,作为一个人而死。"事实上,生活和诗在她那里的位置始终挣扎较量,她以自身的方式处理这个难题;对这一难题的处理所呈现的"张力",其实是茨维塔耶娃诗歌动人的一个方面。爱伦堡说,"一个艺术家要为自己对艺术的酷爱付出多大的代价;但是在我的记忆中似乎还没有一个比玛琳娜更为悲惨的形象"。对于她来说,生活悲惨地毁掉了:

> 她生平的一切,政治思想,批评意见,个人的悲剧——除了诗

---

① 序言译者原注:别德拉姆是伦敦一所疯人院的名字。此处指疯人的国家。

歌以外，一切都是模糊的、虚妄的。认识茨维塔耶娃的人已所存无几，但是她的诗作现在才刚刚开始为许多人所知晓。

不过，她信奉的不是我们通常理解的那种"唯美主义"。她离不开艺术，为此付出巨大代价；只是，她同时"对艺术的权力始终保持怀疑"：

> 当她还使得诗和时代的暴风雨对立的那些年代，她违背自己而赞赏马雅可夫斯基。她曾经自问，诗和现实生活中的创造，哪一样重要，并回答说："除去形形式式的寄生虫以外，一切都比我们（诗人——引者①）重要。"

今天我们读爱伦堡写于 20 世纪五六十年代的序言和回忆录的时候，会遗憾没有讲到茨维塔耶娃更具体的生活情景，她的死亡。爱伦堡的解释是，"现在讲她那艰难的生活还不是时候，因为这生活对我们太近了。"是的，即使已经"解冻"的 50 年代苏联，也还不是可以无禁忌讲述这些的年代：

> 但是我想说，茨维塔耶娃是富有良心的人，她生活得纯洁而高尚，由于鄙视生存的表面幸福，差不多经常处于穷困，她在日常生活中很有灵感，她在眷恋和不爱上很有激情，她非常敏感。我们能责备她这种敏锐异常的感觉吗？心的甲胄对于一个作家，正如目盲对于画家或者耳聋对于作曲家一样。也许，许许多多的作家的悲惨命运，正在于这种心的袒露，这种弱点……

《我的诗……》和多多的《手艺》

爱伦堡的这篇序言的开头，引了茨维塔耶娃 1913 年 20 岁时写的《我的诗……》（题目据谷羽译本）：

> 我写青春和死亡的诗，

---

① 序言译文原注，"引者"指爱伦堡。

——没有人读的诗!——
散乱在商店尘埃中的诗
(谁也不来拿走它们),
我那像贵重的酒一样的诗,
它的时候已经到临。

爱伦堡只是摘引诗的后面部分。这首诗现在多种中文译本都会收入,译文自然也会不同。如:汪剑钊(也只摘引后面部分):

我那青春与死亡的诗歌,
"不曾有人读过的诗行!"
被废弃在书店里,覆满尘埃,
不论过去和现在,都无人问津,
我的诗行啊,是珍贵的美酒,
自有鸿运高照的时辰。

苏杭:

我那抒写青春和死亡的诗,——
那诗啊一直不曾有人歌吟!
我的诗覆满灰尘摆在书肆里,
从前和现在都不曾有人问津!
我那像琼浆玉液醉人的诗啊——
总有一天会交上好运。

谷羽:

我的诗赞美青春与死亡——
无人问津,无人吟唱;
散落在各家书店积满灰尘,
过去和现在都无人购买,
我的诗像珍贵的陈年佳酿,

总有一天会受人青睐。

与后来诸多译本最大的不同是,爱伦堡序言是"我写……诗"(张孟恢翻译),而其他的译文则为"我的……诗"。前者是一个动作,另外的是静态的陈述。之所以说到这些,不是要比较译文之间的高低或哪种更忠实于原文,而是提示中国当代诗人与爱伦堡带来的茨维塔耶娃曾有的联系。

距茨维塔耶娃写这首诗60年后,多多写了《手艺——和玛琳娜·茨维塔耶娃》:

> 我写青春沦落的诗
> 　(写不贞的诗)
> 写在窄长的房间中
> 被诗人奸污
> 被咖啡馆辞退街头的诗
> 我那冷漠的
> 再无怨恨的诗
> 　(本身就是一个故事)
> 我那没有人读的诗
> 正如一个故事的历史
> 我那失去骄傲
> 失去爱情的
> 　(我那贵族的诗)
> 她,终会被农民娶走
> 她,就是我荒废的时日……

显然,多多对话的不是谷羽、汪剑钊、苏杭的,而是爱伦堡/张孟恢的茨维塔耶娃。可以推测他70年代不仅读过"黄皮书"的《人,岁月,生活》,也读过"内部读物"《爱伦堡论文集》。假设当年多多读到的不是这篇序言,而是另一种译法,《手艺》可能会是不同的样子。这里也说明这样的事实：茨维塔耶娃影响了多多，但多多同样影响读者对茨维塔耶娃的阅读，以至我偏爱张孟恢翻译的这个片段。

多多早期诗的意象，抒情方式，可能更多来自他那个时间的阅读，而非他的"生活"；这在"白洋淀诗群"诗人中有普遍性。多多、芒克等的早期作品带有某种"异国情调"，也就是"中国诗"里的"异国性"现象，柯雷（荷兰）和李宪瑜在 90 年代的研究中已经提出。① "异国"在他们那里其实主要是俄国。多多诗里的一些细节，显然从阅读中得到：白桦林，干酪，咖啡馆，开采硫黄的流放地，亚麻色的农妇②，无声行进的雪橇，白房子上的孤烟……更不要说作品中的那种忧郁和孤独感。都说多多是当代诗人中写"北方"的优秀者之一；但这个"北方"，可能是北纬 50 度以上的。"生活"是创作的源泉，没错，但书籍（广义上的，还有音乐、绘画……）也是。这有点像孤独的大岛寺信辅的"从书到现实"："他在果地耶③、巴尔扎克及托尔斯泰书中学到了映透阳光的耳朵及落于脸颊的睫毛影子。"④

在当代那个精神产品匮乏的年代，可能即使不是完整的诗集，只是散落在著作文章里的片断诗行，也能起到如化学反应的触媒作用。张孟恢在爱伦堡的这篇文章中，就投下了释放诗人创造能量的催化剂。除这个例子之外，还可以举 1957 年刊于《译文》上的路易·阿拉贡论波特莱尔的文章。沈宝基翻译，题为《比冰和铁更刺人心肠的快

---

① 参见李宪瑜：《中国新诗发展的一个重要环节——"白洋淀诗群"研究》，《北京大学学报》1999 年第 2 期。其中有"异国情调"一节。
② 亚麻色是当今少女头发流行色，在多多写作的当时并没有许多人知道。推测多多的"亚麻色"，可能来自德彪西钢琴曲、雷诺阿油画《亚麻色头发的少女》，但也许是来自苏联小说对人物头发肤色的描写。
③ 通译为戈蒂耶，法国 19 世纪诗人、小说家。
④ 芥川龙之介：《大岛寺信辅的半生——一幅精神的风景画》，《河童·某阿呆的一生》，许朝栋译，第 13 页，台北：星光出版社，1986 年。

乐——〈恶之花〉百年纪念》①,也出现若干波特莱尔诗的片断。如:

> 我们在路上偷来暗藏的快乐,
> 把它用力压挤得像只干了的橙子……

如:

> 太阳把蜡烛的火燃照黑了……

如:

> 啊,危险的女人,看,诱惑人的气候!
> 我是不是也爱你们的霜雪和浓雾?
> 我能不能从严寒的冬季里,
> 取得一些比冰和铁更刺人的快乐?

以及:

> 我独自一人锻炼奇异的剑术,
> 在各个角落里寻找偶然的韵脚,

陈敬容译的九首波特莱尔和阿拉贡论文中沈宝基翻译的《恶之花》的零星诗行,根据相关的回忆文字,70年代在北岛、柏桦、多多、陈建华等青年诗人那里都曾引起惊喜,产生震动。在各种各样资讯泛滥的当今,这种震动变得稀罕;我们在蜂群的包围、刺蛰下,感官已经趋于麻木。

诗选如何塑造诗人形象

茨维塔耶娃诗的中译者很多,单独、而非合集的诗选也已经出版

---

① 刊于《译文》1957年第7期,同期还刊登陈敬容选译的《恶之花》9首。文章副题的"百年"误为"百周"。沈宝基(1908—2002),浙江平湖人,曾用名金锋,笔名沈琪,翻译家、法国文学研究专家、诗人。毕业于中法大学服尔德学院,1934年获法国里昂大学文学博士学位。曾任中法大学、北平艺术专科学校教授。1951年后,历任解放军总参谋部干部学校、北京大学、长沙铁道学院教授,译有《贝朗瑞歌曲选》《巴黎公社诗选》《罗丹艺术论》《雨果诗选》等。

多部,如汪剑钊的《茨维塔耶娃文集·诗歌》(东方出版社,2003 年; 2011 年版改名《茨维塔耶娃诗集》)、苏杭的《致一百年以后的你——茨维塔耶娃诗选》(广西师范大学出版社,2012 年)、谷羽的《我是凤凰,只在烈火中歌唱——茨维塔耶娃诗选》(上海译文出版社,2014 年)等。

谷羽[①]译本在大陆出版之前的 2013 年,有台湾的繁体字版,书名是《接骨木与花楸树——茨维塔耶娃诗选》(台北,人间出版社)。虽然台版在前,但估计并不是编了台湾版,才编大陆版。这两个本子出自同一译者之手,收入的诗数量大体相同,都是 180 余首(大陆版略多几首),不过编排方式却有很大差异。

大陆版是以写作时间先后来处理诗作,划分为"早期创作(1909—1915)""动荡岁月(1916—1918)""超越苦难(1919—1922.5)""捷克乡间(1922.5—1925.11)""巴黎郊外(1926—1939.6)""重陷绝境(1939.6—1941.8)"。这个分类法虽然不很"科学",也是勉为其难吧。书后有《茨维塔耶娃生平与创作年表》的附录,以及译者的《艰难跋涉,苦中有乐》的"代后记"和江弱水的《那接骨木,那花楸树》的"代跋"。

台湾的人间版则是另一种编法;推测主要不是谷羽先生的创意。它打乱写作时间,分别以"爱情篇""恋情篇""亲情篇""友情篇""乡亲篇""诗情篇""悲情篇""愁情篇""风情篇"来分配。在每一部分之前有导读。借助这一编排,诗选显示茨维塔耶娃生活、性格、诗歌的几个重要方面,引领着读者对诗人的把握的方向。"恋情篇:我是大海瞬息万变的浪花"的导读是:

> 有人说,茨维塔耶娃"丈夫只有一个,情人遍地开花",诗人并不忌讳这一点,她承认:自己"是大海瞬息万变的浪花!"她说道:"我能够同时跟十个人保持关系(良好的'关系'!),发自内心地对每个人说,他是我唯一钟爱的人。"她有同性恋女友,爱老年人,

---

① 谷羽,1940 年生,河北宁晋人。南开大学外国语学院教授,俄罗斯文学翻译家。翻译有普希金、莱蒙托夫、克雷洛夫、契诃夫等俄国诗人、小说家的作品,主持编写《俄罗斯白银时代文学史》。

爱同龄人,更喜欢爱比她年轻的人。情人当中有演员、画家、编辑、大学生、评论家、作家,但是更多的是诗人,其中最著名的是帕斯捷尔纳克和里尔克,三个诗人之间的通信成了诗坛佳话。她跟罗泽维奇的恋爱痴迷而疯狂。值得指出的是,很多时候她跟心目中的恋人并未见面,只是情书来往,可谓纸上风流。恋爱经历都成了她创作诗歌的素材。欧洲很多大诗人,情感丰富,极其浪漫,歌德、普希金都有许多情人,他们的浪漫史为后世读者津津乐道。因此,茨维塔耶娃的情诗也会拥有自己的读者。这里选译了她50首恋情诗供读者欣赏。

这里提及的"本事"大概都是真的。不过,将茨维塔耶娃塑造为风情万种的浪漫诗人,不能让人信服。即使是"爱",那也如茨维塔耶娃的自白,"贯穿着爱,因爱而受惩罚"。还是爱伦堡的评论比较靠谱:

> 有一些诗人,受到不是作为一种文学派别,而是作为一种思潮的19世纪前半叶的浪漫主义的引诱,他们模仿查尔德·哈罗尔德甚于模仿拜伦,模仿毕乔林甚于模仿莱蒙托夫。玛琳娜·茨维塔耶娃从来没有把自己打扮成浪漫主义时代的英雄,由于自己的孤独,自己的矛盾,自己的迷茫,她成了他们的亲戚。……茨维塔耶娃不是生于1792年,像雪莱那样,而是整整一百年以后……

茨维塔耶娃与多多、张枣

说到"亲戚",多多、张枣和茨维塔耶娃也许可以说是"远亲";尽管他们之间的不同比相似要多得多。

多多、张枣都写过关于这位俄国诗人的诗。张枣这样单向的、情深意切的"对话",这样"无论隔着多远"的寻求情感、精神上的联系,读罢让人感慨:

> 东方既白,经典的一幕正收场:

> 俩知音正一左一右,亦人亦鬼,
> 谈心的橘子荡漾着言说的芬芳,
> 深处是爱,恬静和肉体的玫瑰。
> 手艺是触摸,无论你隔着多远;
> 你的住址名叫不可能的可能——
> 你轻轻说着这些,当我祈愿
> 在晨风中送你到你焚烧的家门;
> ……①

他们年纪轻轻,就爱谈论死亡。② 都高傲,也都有不同性质、程度的怯懦。③ 诗艺桀骜不驯,一意孤行,将相异甚至对立的经验在语言"暴力"的方式中链接,但有坚实的内在温情平衡、支撑。诗中有心灵,也有肉体的"情色"意象。都否认词语能代替思想,韵律能取代感情,却看重"手艺"的地位。如爱伦堡所说,茨维塔耶娃"鄙视写诗匠,但她深知没有技巧就没有灵感",把手艺看得很高,"以苛求的艺术家的不信任来检验灵感"。他们相信诗、语言的力量,也清醒于它的限度(多多:"语言开始/而生命离去")④。茨维塔耶娃写道:

> 为自己找寻轻信的,
> 不能改正数字奇迹的侣伴。
> 我知道维纳斯是手的作品,

---

① 张枣:《跟茨维塔耶娃的对话》(十四行组诗),写于1994年。
② 茨维塔耶娃说:"我爱十字架、丝绸、盔形帽,/我的心倍加珍惜瞬间的遗迹……/你赐给我童年,美好的童话/就让我死去吧,死在十七!"(谷羽译《祈祷》。张枣说,"死亡猜你的年纪/认为你这时还年轻"(《死亡的比喻》)。
③ 茨维塔耶娃:"高傲与怯懦——是对亲姐妹,她们在摇篮边友好地相会。"
④ 这个问题,相信是许多杰出的诗人都感受到的。布罗茨基在谈到阿赫玛托娃的时候说:"面对她的被囚禁的儿子,她的痛苦是真诚的。而在写作时,她却感到虚假,就因为她不得不将她的感情塑造成型。形式利用情感的状态达到它自己的目的,并使情感寄生于它,就像是它的一部分。"见切斯拉夫·米沃什:《关于布罗茨基的笔记》,程一身译,《上海文化》2011年第5期。

一个匠人,我知道手艺。①

多多和张枣也接续了这一"话题"。

> 要是语言的制作来自厨房,
> 内心就是卧室,
> 要是内心是卧室,
> 妄想,就是卧室的主人
> 　(多多:《语言的制作来自厨房》)

> 诗,干着活儿,如手艺,其结果
> 是一件件静物,对称于人之境
> 或许可用?但其分寸不会超过
> 两端影子恋爱的括弧……
> 　(张枣:《与茨维塔耶娃的对话》)

他们都一定程度"游离"于社会/诗歌界的派别、潮流之外。虽说对多多、张枣有"朦胧诗派""四川五君子""新生代"等分类,那也只是批评家和诗歌史写作者(我也算一个)因为智慧有限,也为了省力而制造的名目。他们基于性格,或许是基于某种诗歌目标,都习惯或费力地拒绝"纳入公转",而保持"强烈的自转"(多多)的孤独状态;"不群居,不侣行,清风飘远"(张枣)。因各自不同的原因,一度或长期移居国外(或侨居,如果用"流亡"这个词,就需要多费口舌来解释)时,写了他们动人的怀恋"故土"的诗章,诗里便布满记忆中的物件和情调:卡鲁加的白桦树,接骨木树林中凄凉的灯火、教堂的钟声、巨大眼睛的马、笑歪了脸的梨子、丝绸锦缎,绣花荷包、"桐影多姿,青凤啄食吐香的珠粒"……但也因此遭遇到那难以摆脱的困境:

> 我们的睫毛,为何在异乡跳跃?
> 慌惑,溃散,难以投入形象。

---

① 根据张孟恢译的爱伦堡序言的译文。

> 母语之舟撇弃在汪洋的边界，
> 登岸，我徒步在我之外，信箱
> 打开如特洛伊木马，空白之词
> 蜂拥，给清晨蒙上萧杀的寒霜；
> ……
>
> （张枣：《跟茨维塔耶娃的对话》）

多多更为愤激、悲哀：

> 是我的翅膀使我出名，是英格兰
> 使我到达我被失去的地点
> 记忆，但不再留下犁沟
> 耻辱，那是我的地址
> 整个英格兰，没有一个女人不会亲嘴
> 整个英格兰，容不下我的骄傲
>
> （多多：《在英格兰》）

茨维塔耶娃虽然能用德语和法文写作，但在异邦，同样会遇到这样的困境：

> 远方像与生俱来的疼痛，
> ……
> 难怪会梦见蓝色的河
> 我让远方紧贴着前额
> 你，砍掉这只手甚至双臂，
> 砍不掉我与故土的联系。
>
> （茨维塔耶娃：《祖国》，谷羽译）

而且，他们的写作理想——如果用中国传统诗学的概念，是近似于那种寻找少数人的"知音诗学"。写"没有人读的"，但陈年佳酿的贵重的诗——这是茨维塔耶娃的自白。张枣的自述则是："我将被几个佼佼者阅读。"多多也是相似的意向。佼佼者的知音能否在当世出现？他们对此犹豫狐疑。茨维塔耶娃这才写了《寄一百年后的你》：

> 今晚，
> 尾随西沉的太阳，长途跋涉，
> 就为了终于能够跟你相见——
> 我穿越了整整一百年。
>
> （谷羽译）

而张枣却将时间推至一千年后，甚至更长：

> 一百年后我又等待一千年；几千年
> 过去了，海面仍漂泛我无力的诺言。
>
> （张枣：《海底被囚的魔王》）

但是，这样的估计显然过于悲观。正如爱伦堡在《〈玛琳娜·茨维塔耶娃诗集〉序》的最后，引了茨维塔耶娃喜欢的俄国诗人诺肯其·安宁斯基的诗说的：

> 琴弓理解一切，他已静息，
> 而这一切还留在提琴上……
> 对于他是苦难，对人们却成了音乐。

自然，倾心于他们的读者不会很多，但他们原本也无意做一个"大众诗人"。

原载《文艺争鸣》2017 年第 10 期

《司汤达的教训》：在 19 世纪"做一个被 1935 年的人阅读的作家"

爱伦堡与当代文学

《司汤达的教训》，爱伦堡 1957 年写的论文，中译刊登于《世界文学》（北京）1959 年第 5 期①。1962 年 2 月，《世界文学》编辑部编印的"内部读物"《爱伦堡论文集》，收入这篇文章。1980—1981 年，北京大学俄语系俄罗斯苏联文学研究室编辑"俄罗斯苏联文学研究资料丛书"，《爱伦堡论文集》一书在篇目做少量调整之后，改书名为《必要的解释（1948—1959 年文艺论文选）》（〔苏〕爱伦堡著）出版，《司汤达的教训》这篇文章仍被收录。②

北大俄语系的这套丛书，原来有颇大规模的设想，后来只出版了《现阶段的苏联文学》（〔苏〕诺维科夫）、《50—60 年代的苏联文学》（〔苏〕维霍采夫）、《关于〈解冻〉及其思潮》《西方论苏联当代文学》《叶赛宁评价及诗选》和《必要的解释（1948—1959 年文艺论文选）》几种，后续就没有了下文。预告的《对车尔尼雪夫斯基评价的前前后后》《西蒙诺夫等苏联当代作家谈自己的创作思想》等也未见踪影。

---

① 译者衷维昭。原文刊登在苏联《外国文学》杂志 1957 年 7 月号。
② 丛书由北京大学出版社出版，李明滨、李毓榛、杜奉真主编。"出版说明"称，丛书选题包括俄苏文学史专著、教科书，俄苏重要作家研究资料，苏联当代有影响作家研究资料，重要文艺思潮和论争资料，重要作家代表作以及西方研究俄苏文学资料等。

已出版的部分,总的影响好像不大。究其原因,是当年中国文学思潮的走向,文学界对外国文学的关注点,已经转移到西方现代文学,尤其是现代派方面;而对俄苏20世纪"异端"作家(阿赫玛托娃、茨维塔耶娃、曼德尔施塔姆、别雷、布尔加科夫……)的关注热潮尚未开启。丛书计划中断和影响不符预期,也是时势使然。

丛书编辑者的动机,其实和当年中国文学正在发生的变革有关。从出版的几种看,聚焦的是50年代中期以后苏联文学的"解冻"现象;编辑者可能认为,"新时期"文学继续的,正是这一发生于苏联,也曾在50年代的中国一度发生的"解冻"潮流。中国当年的"百花时代"短暂,很快夭折,苏联则在此后的二三十年间,仍在曲折、充满争议中行进。基于这样的理解,苏联这些"正反面资料",包括像爱伦堡这样的"内部"质疑者,有可能成为"新时期"中国文学历史反思和未来设计的切近参照。

有点可惜的是,相对于从"外部"来质疑当代文学,当时从"内部"所作的反思被忽略。这里说的内部、外部,不是严谨的区分,区别只在是否承认当代社会主义文学观念和实践的某种有限合理性;从文学史上看,也就是"十七年"文学经验、问题和内部争辩,是否仍可成为反思的基础的一部分。这种忽略,导致近年文学界有人在试图发掘社会主义文学遗产的时候,很大程度离开了它的语境,离开了对当年已经存在的争论、冲突的认真总结这一前提。

说爱伦堡是"内部"质疑者,是因为从二战到60年代他去世,他都是社会主义文化的捍卫者。冷战时期,他与西方左翼知识分子一起,参与反对帝国主义政治和资产阶级文化的运动。但他自40年代末开始,对苏联实施的文化政策和社会主义现实主义教条,也持续发出质疑、修正的声音,在苏联五六十年代思想、文学"解冻"潮流中,扮演了重要角色。正如陈冰夷[①]在《必要的解释》"编者的话"中说的,如果要

[①] 陈冰夷(1916—2008),上海嘉定人,俄苏文学翻译家。20世纪40年代在上海时代出版社担任《时代》《苏联文艺》等刊物和图书的编译出版工作,60年代任中国科学院外国文学研究所副所长、《译文》副主编和《世界文学》主编。

全面了解和研究1953—1964年间苏联文学的错综复杂现象,爱伦堡这个时期的著作、活动"是不可忽视的"。他的《谈作家的工作》这篇对中国当代文学有直接影响的长文,写于1948年,但在1953年3月斯大林去世后才刊发于苏联《旗》杂志(1953年10月号),是较早批评苏联正统文艺观点、政策的文章。此后,他的小说、诗、论文、回忆录源源不断,在苏联内部不断引发争论。著名的中篇《解冻》(第一部)发表于1954年5月(第二部出版于苏共二十大召开的1956年)。《解冻》并未直接写当年苏联重要政治事件,但其中表达的情绪、观念,明白宣告一个"新的时代"的到来,"解冻"也成为苏联这一时期思想、文化的隐喻意象①。1957—1958年间,他发表十几篇文学论文,如《必要的解释》《重读契诃夫》《司汤达的教训》,以及为茨维塔耶娃、巴别尔、莫拉维亚、艾吕雅的小说集、诗集撰写的序言。其中,《必要的解释》和《司汤达的教训》在苏联文学界有更大反响,招致许多批评,但爱伦堡没有理睬。1960—1965年间,他持续写作了名为《人·岁月·生活》的六卷回忆录。

爱伦堡和我国当代文学的关系,主要是在"十七年",但也延伸到"文革"和"新时期"。50年代初,对中国作家和文学爱好者来说,爱伦堡不是陌生的名字。从40年代后期开始,他的著作就有多种中译本。当年翻译最多的,一是他的政论性著作,书名均与当年国际政治相关,如《保卫和平》《保卫文化》《人民的呼声》《人民的意志》等。另一是他的三部长篇:《巴黎的陷落》《暴风雨》《第九个浪头》,每种均有多种中译②。1954年《解冻》发表,虽然《文艺报》综述苏联文艺动态

---

① "解冻"作为一种政治符号,在其后的文艺作品中反复出现,如丘赫莱依电影《晴朗的天空》中斯大林死去后出现的江河解冻的场景,叶夫图申科长诗《娘子谷》中的句子:"有什么动静?/别害怕——这是春天/自己的喧响——/她向我们走来。/……房门被损毁?/不,这是融化的流冰……"(汪剑钊译)

② 《巴黎的陷落》有1945年独立出版社的刘宗怡译本,1947年云海出版社的徐迟、袁水拍译本。《暴风雨》50年代初分别有罗稷南、王佐良译本,《第九个浪头》50年代初有施蛰存、王仲年合译本,和侍珩译本(书名为《巨浪》)。

的文章提到它（篇名译为《融雪天》），但中译本面世要迟至1963年（作家出版社的"内部发行"版）。同年，他的回忆录《人、岁月、生活》也作为"内部书"由作家出版社出版。①

爱伦堡对于中国当代文学，开始是作为反法西斯战争、保卫世界和平和捍卫社会主义文化的斗士而产生影响力。随后，是以19世纪传统和"世界文学"的视野，从"内部"对苏联主流文艺观念和政策质疑、批评，而受到50年代中期中国文学革新者的关注。《人·岁月·生活》这部回忆录，则在70年代以后中国青年作家，特别是青年诗人的心智、情感活动的启发上，留下有迹可寻的痕迹。这些是探讨中国当代文学文化资源时需要顾及的一个方面。

不同的司汤达图像

爱伦堡发表《司汤达的教训》是1957年，这期间，中国的文学界对这位19世纪作家也感兴趣，在1959年到1960年开展了对《红与黑》的讨论②。"反右"之后，50年代后期到60年代初，有两部西方小说在中国文学界引发热烈讨论，一是《约翰·克利斯朵夫》，另一就是《红与黑》，这是"反右派运动"思想批判的继续。爱伦堡和中国的批判者都认为像司汤达这样的古典作家在当代有很大影响力，但他们对影响力性质的理解，以及所描画出的司汤达图像，却大相径庭。

在总结反右派运动的时候，邵荃麟、冯至、周扬等人的多篇文章认为，一些青年知识分子"堕落"为"右派"，原因之一就是受西方资产阶

---

① 1963年的这个版本并非全书，当时爱伦堡回忆录的写作还没有结束。关于这部回忆录中文译本的情况，参见冯南江、秦顺新：《人·岁月·生活》"译后记"，海南出版社，1999年。

② 这一讨论，主要在《文学知识》《文学评论》等刊物进行，从1959年年初开始，持续到1960年夏天，共发表了二十多篇文章。

级作品宣扬的人道主义、个人主义影响①,因此,他们便有意识地开展对这两部西方作品的讨论。《红与黑》在 50 年代,中译只有赵瑞蕻的节译本和罗玉君的全译本。当年的《红与黑》热,也是因法、意 1954 年合拍的电影的推动,影片中于连的扮演者是风靡中国的法国英俊小生杰拉·菲利普。② 讨论《红与黑》的时候,也有刊物刊登肯定小说积极意义的文章,但那是为了提供反驳对象,讨论是按照事先设定的方向推进的。最后的"结论"是,《红与黑》等 19 世纪作品,在它产生的时代有社会批判意义,当前也有一定的认识作用,但在社会主义时代,更会产生破坏性的消极效果;作品中这些个人主义"英雄","他们或者像《红与黑》中的于连,由于个人的野心得不到发展而对社会进行报复性的绝望反抗;或者像约翰·克利斯朵夫,信仰个人的人格力量,以自己的孤独为最大的骄傲",在今天"不但不可能培养新的集体主义的个性,相反地,只会破坏这种个性"③;"就像宋朝理学家'坐在禅床上骂禅'一样,司汤达是站在资产阶级上反对资产阶级,因而他不得不终于又肯定他曾经否定了的东西,使于连的实际上是非常丑恶的性格涂上了一层反抗、勇敢、进步的保护色,输送给青年"④。讨论中,高尔基关于"批判现实主义"文学的论述,被众多文章征引:"他们都是自己阶级的叛逆者,自己阶级的'浪子',被资产阶级毁灭了的贵族,或

---

① 参见冯至《略论欧洲资产阶级文学里的人道主义和个人主义》(《北京大学学报》1958 年第 1 期),邵荃麟《修正主义文艺思想一例——论〈苔花集〉及其作者的思想》(《文艺报》1958 年第 1 期),周扬《文艺思想战线上的一场大辩论》(《文艺报》1958 年第 4 期)。

② 《红与黑》即使在上世纪八九十年代以来的中国,也拥有众多读者,译本更多至十几二十种之多。这一方面表现了翻译界的"乱象",另一方面也说明这部小说的热度未减。

③ 周扬 1960 年在全国第三次文代会上的报告《我国社会主义文学的道路》。

④ 唐弢:《司汤达和他的于连——读小说〈红与黑〉的讨论有感》,《文学知识》(北京)1960 年第 7 期。

者是从自己阶级窒人的氛围里突破出来的小资产阶级子弟"①;巴尔扎克代表前者,司汤达则代表后者。

同属社会主义阵营,爱伦堡的司汤达,和中国批评家的司汤达显然不同。爱伦堡既没有谈及《红与黑》的历史、阶级局限,大概也没有对于连·索黑尔破坏当代青年集体主义个性的焦虑;相反,他说"我们谈到它时,要比谈我们同代人的作品觉得更有信心";"《红与黑》是一篇关于我们今天的故事,司汤达是古典作家,也是我们的同时代人",他还说:

> 如果说莎士比亚的悲剧还能够使共青团员们深深感动,那么,今天没有极端保皇分子的密谋不轨,没有耶稣会神学校,没有驿车,于连·索黑尔的内心感受在1957年的人们看来仍然很好理解……

爱伦堡对《红与黑》"长久不朽"生命力的信心,来自两个方面。一个方面是,虽然《红与黑》是"法国1830年记事",却表现了超越特定时代的"基本主题":憎恶资产阶级专制,轻视阿谀奉承,憎恶"用强力、伪善、小恩小惠和威胁来扭曲人的心灵";不仅揭示假面具本身,而且揭穿了对伪善的癖好。这一主题并未因时间流逝而减少光彩,《红与黑》告诉我们,虚伪、伪善在生活、在艺术上,都是"不可想象",也难以容忍的。《红与黑》持久生命力的另一方面,爱伦堡认为是对今天(他指的是当时的苏联)文学提供的经验,这个经验,或"教训","在我看来,首先就在于他那格外的真实性"。

"真实性"是在当代不断引起争议,却也似乎无法弄明白的问题。它之所以50年代以后在苏联和中国成为"超级"文学问题,应该和社会主义现实主义的理论和实践暴露出的失误有关。爱伦堡当然是社

---

① 如李健吾《〈红与黑〉里的于连及其他》(《文学知识》1959年4月号)、唐弢《司汤达和他的于连——读小说〈红与黑〉的讨论有感》、柳鸣九《正确评价欧洲19世纪资产阶级文学中的个人反抗形象》(《文学评论》1965年第6期)等文章。

会主义作家,他重视的是"介入"的、"不从旁边去看生活"的"倾向性"文学,因此对司汤达"不希望对人类的喜剧作壁上观,他自己就演出了这种喜剧"的写作姿态赞赏有加,而对福楼拜的那种"工匠"的写作方式("把一页稿子翻来覆去写上百十来次,好像一个珠宝商或微生物学家")颇有微词。虽然在文学态度、写作方式上他试图将司汤达与20世纪左翼作家"同构",却也借助司汤达表达对"从革命发展"看待、描写生活,强调表现理想化"远景"的要求——这是社会主义现实主义的核心——的质疑。爱伦堡说,当年对司汤达有"歪曲了现实"的指责,说他的作品"诬蔑了法国社会";"行为端庄的外省妇女不会像瑞那夫人那样,贝尚松神学校是一幅拙劣的讽刺画,德·拉·木尔侯爵和维丽叶拉夫人是寻求廉价效果的作者的幻想"。爱伦堡征引了《红与黑》中的一段话为这位19世纪作家,同时也为20世纪某些提倡"写真实"的作家辩护:

> 小说是路上的一面镜子,这里面时而反映出蔚蓝的天空,时而反映出泥泞、水洼和沟辙。一个人有一面镜子,你们就责备他离经叛道的镜子反映了泥泞,你们就连镜子也骂在一起,最好还是去责备那满是沟壑的路,或是路上的检查哨吧。

这些话,连同它的语气我们都并不陌生。在50年代中国为"干预生活"、80年代为"伤痕文学"辩护的批评家那里都听到过。爱伦堡对此的补充是,司汤达的"镜子"不是磨得光光的那种,而是一面观察,一面想象和改造,"司汤达所创造的那个世界,因为是现实的,所以无论如何不是1830年或1840年的世界的复本"。他从司汤达那里引出的"教训"是:"艺术上具有倾向性……决不是说要任意地改换比例";"作家改换比例、变动远景的时候,要服从艺术真实的严格法则"。在这个问题上,五六十年代的文学理论提出的"真实性"的现实指向,在阿拉贡的一篇文章中有更清晰的表达:"在探索现实遭到重重阻碍的地方是不可能认识、理解和善于道出真理的。而在艺术上,公式、教条、埃皮纳泥人以及在某种形式下对现实认识的抽象性是与现实主义最为格格不入的……"①

左右两舷都遭到斧劈的船

在20世纪,现实主义在具有左翼倾向的作家那里,不只是文学创作方法,而且也是"政治"问题,是与革命、战争、社会主义实践联结在一起的"文学方式"。这犹如路易·阿拉贡在60年代对法国现代文学的描述:"在我国,在阿尔及利亚战争的影响下,现实主义的魅力吸引了大部分青年作家。这是以不同的方式重复了在德国占领下的抵抗运动文学,那时的文学,即使在从超现实主义海盗船上逃出来的艾吕雅、戴斯诺和敝人的笔下也只能是现实主义的文学。"②

但是,现实主义在20世纪遭遇"危机"。危机来自两个不同方面。阿拉贡在1962年9月接受捷克查理大学授予荣誉博士学位的演说中这样说:

> 现实主义是一只左右两舷都遭到斧劈的船。右面的海盗喊叫:消灭现实主义!左面的海盗喊叫:现实主义,就是我!

"右面"的斧劈,阿拉贡说有两种情形。一种是"政治性"的,他们着眼、抗拒的,"与其说是现实主义,不如说是一种社会制度";另一种是"打着反现实主义的旗号,时而热心于某种操练",当年的法国"新

---

① 路易·阿拉贡:《在有梦的地方做梦,或敌人……》,原载《法兰西文学报》1962年12月14日,中译刊于《现代文艺理论译丛》1963年第1期。埃皮纳,法国地名,以产泥人著称。路易·阿拉贡(1897—1982),法国诗人、小说家、政治活动家。毕业于巴黎大学,20年代和布勒东、戴斯诺等参加超现实主义文学运动。30年代从苏联归来后政治倾向"左转",参加共产党,转向社会主义现实主义;是法国共产党主办的《法兰西文艺报》的主编。二战期间参与地下抵抗活动。50年代是法国共产党中央委员。主要作品有诗集《断肠集》《法兰西的晓角》,长篇小说《现实世界》《共产党人》《受难周》等。

② 路易·阿拉贡:《布拉格演说》,原载《法兰西文学报》1962年9月20日,中译刊于《现代文艺理论译丛》1963年第1期。

小说"被阿拉贡列入这一种：他们以"为描写而描写，实际上就是自然主义的现代形式"，来抗拒、诅咒现实主义。相比起"右面"的斧劈，阿拉贡认为，当前的主要危险，是"来自左面的海盗"。这指的 30 年代在苏联诞生，并扩大到社会主义阵营和西方左翼文学界的教条化的社会主义现实主义——它已演化为僵硬的绝对性戒律。阿拉贡说，"现实主义所面临的最大的损害信誉危险，在于把谄媚当作现实，在于使文学具有煽惑性"，让现实主义"像装饰教堂一样用窗花来装饰生活"；而他的现实主义，是"开明的"，是不花许多时间进行去皮、磨光、消化等程序的现实主义，这种现实主义的存在，不是为了使事件回复到既定的秩序，而是善于引导事物的发展，它是"一种不求使我们安心，但求使我们清醒的现实主义"。①

爱伦堡借助司汤达引出的"教训"指出，他对"真实性"的强调，针对的就是阿拉贡所说的"左面的海盗"。1953 年斯大林的去世，和 1956 年苏共二十大的召开，在社会主义阵营和西方左翼思想/文化界引起巨大震荡，文艺上，对社会主义现实主义的质疑、批评，在左翼内部发展为世界性思潮。② 他们认为，在现实主义前面加上"社会主义"这样的社会制度、政治思想定语，完全是没有必要的。爱伦堡在遭遇阿拉贡他们之前，就挑战关于批判现实主义（旧现实主义）与社会主义现实主义方法的分类，讥讽地说，即使他"终生绞尽脑汁"，也难以弄明白司汤达的方法，与当今进步作家的艺术方法有什么区别。在当时的中国，胡风、冯雪峰、秦兆阳等人说的也是同样的话：在现实主义

---

① 路易·阿拉贡：《布拉格演说》，《现代文艺理论译丛》1963 年第 1 期。
② 对这种"震动"的性质，罗杰·加洛蒂在 60 年代这样描述："我们曾自豪地把自己关闭在里面的水晶球被砸碎了。神奇的戒指断裂了。……我们知道从今以后，马克思主义的优越性不能再靠宣布，而是要在每日的斗争中、在和其他人……的接触中去赢得了。""我们不再相信一切占有绝对真理的人，我们对其他人不能再抱着一种教育的态度。应该进行对话。逐渐重新发现马克思……"《论无边的现实主义》，吴岳添译，第 277 页，百花文艺出版社，1998 年。法国左翼作家加洛蒂这本著作出版于 1963 年，收入评论毕加索、圣琼·佩斯和卡夫卡三篇文章和代后记，以及阿拉贡写的序言。中译本初版于 1986 年，吴岳添译，上海文艺出版社出版。后来有百花文艺出版社 1998 年版。

的创作方法之上,不需外加另外的要求、限制:"在科学的意义上说,犹如没有'无论怎样的'或'各种不同的'反映论一样,不能有'无论怎样的'或'各种不同的'现实主义","想从现实主义文学的内容特点上将新旧两个时代的文学划分出一条绝对的不同的界线来,是有困难的"①。在这些抵抗"左面"斧劈的作家看来,现实主义的规律是一贯的,恒定的;以真实反映生活为根本性特征的现实主义,"经过长期的文学上的连续的、相互的影响和经验的积累","已经成为美学上的具有客观规律性的一种传统"②。这一传统是开放的。这种开放性,在西方左翼作家那里称为"无边"的现实主义(罗兰·加洛蒂),在中国这边是"广阔道路"的现实主义(秦兆阳);加洛蒂的"无边"是向"现代主义"开放、对话,而胡风、秦兆阳们的"广阔道路"则是向 19 世纪"回归";爱伦堡在《司汤达的教训》中的倾向,也属于后者。③

时间与永恒

《世界文学》刊载《司汤达的教训》中译的同时,也刊登苏联批评家对爱伦堡的批评文章④。文章认为:"反动派在思想战线上向文学这个阵地展开攻势,过去和现在都不是所有的时候从正面攻击开始,而往往是从攻击当代的这一或那一作家开始的。外国反动派还有另一种惯用的手法,用比喻来说,就是往后方的井里下毒药。""往后方的井里下毒药",指的是借讨论某一古典作家(如雨果、左拉)来对社

---

① 当年被苏联和中国批判为修正主义的维德马尔(南斯拉夫作家协会主席),在 1958 年南斯拉夫作家代表大会上说过类似的话:如果服务于某种利益就有不同的现实主义,那么,岂不是就有"天主教的现实主义,正教、回教的现实主义,然后又是各种国家、民族的现实主义"?

② 参见冯雪峰《题外的话》《中国文学从古典现实主义到无产阶级现实主义发展的一个轮廓》、胡风《意见书》、何直(秦兆阳)《现实主义——广阔的道路》等。

③ 参见秦兆阳《现实主义——广阔的道路》(《人民文学》1956 年第 9 期)、罗杰·加洛蒂《论无边的现实主义》。

④ E.克尼波维奇:《也谈司汤达的教训》,原刊苏联《旗》1957 年第 10 期。

会主义文学进行攻击。这位批判者并没有将爱伦堡明确归并入下毒药的"反动派"行列,但也暗示他对司汤达的谈论具有相似的性质。然后,批判文章指出,爱伦堡文章中引述于连被判处死刑后在牢狱中的那段独白时,一次次提到蜉蝣的形象,是扭曲了小说的真实意图。于连的这段独白是:

> 一个猎人在树林里开了一枪,猎物腾空而坠,他急忙跑过去捡,不意鞋碰到一个高可两尺的蚁窠,窠毁,蚂蚁和蚂蚁蛋被踢出老远。蚂蚁中连最有学问的那几只也不明白这黑糊糊的庞然大物是什么东西。猎人的靴子以难以置信的速度突然冲进它们的住所,先是听见一声巨响,接着又喷出红色的火花……
>
> ……
>
> 在长长的夏日中,一只早上九点出生的蜉蝣到傍晚五点就死去了,它又怎能理解黑夜是怎么回事呢?①

批判者认为,爱伦堡自己,而且也让读者以为于连和司汤达是"宇宙悲观主义"的拥护者,这割断了司汤达作品中的"政治"和"历史","贬低'时间'在'永恒'面前的意义"。

这是冤枉了爱伦堡。从爱伦堡那里,难以发现丝毫的"悲观主义"世界观、历史观。他既不曾从于连和司汤达那里看到"宇宙悲观主义",自己更不是这种主义的信奉者。批判者引用布莱克的"永恒爱上时间现象"②的诗句,指出对"历史""未来""不朽",只能通过体现它们的时间来了解。但爱伦堡在《司汤达的教训》中也引用同一诗句(只是没有点出布莱克的名字),说司汤达:"描写热情、野心和犯罪的时候,从来不曾忘掉过政治。他善于眺望的是,他竭力要理解夜对于

---

① 据张冠尧《红与黑》译本,人民文学出版社,1999年。
② 这里布莱克的诗句,据 E.克尼波维奇《也谈司汤达的教训》一文的中译。布莱克《天真的预言》有多达十几种中译,这一句的译文有:"一时间里便是永远"(周作人),"刹那含永劫"(李叔同),"刹那成永恒"(徐志摩),"永恒在刹那里收藏"(梁宗岱),"将永恒纳进一个时辰"(王佐良)等。

蜉蝣来说是怎么回事,但是,他同时也……从经常中去发现迫切问题,从瞬息中去发现恒久事物,或者像诗人所说的那样,去发现永恒。"

《司汤达的教训》的作者并非不重视"瞬息""时间",忽视现实的紧迫问题。分歧在于,爱伦堡认为,瞬间、现实并不天然就具有"永恒"的价值,瞬间的"永恒性"要由历史赋予,要放到历史的整体中衡量才能做出判断。也就是说,需要知道"黑夜",才能理解所经历的"白天";而只生活在白天的蜉蝣无法了解这一点。爱伦堡强调这一点,从文学方面说,是对文学史的等级秩序的怀疑,也就是对将社会主义现实主义(他使用"革命现实主义"的说法)置于文学史最高级别的那种"进化"的"目的论"的挑战。他的潜台词是,古今各个时期的优秀作品具有思想艺术的连续性,其"本质"并不因时间、流派的分野而不同。不管是19世纪的现实主义,还是当代的社会主义文学,它们都处于同一平面,"时间"并不能区分出等级。这种"古典主义"文学观,类乎艾略特在《传统与个人才能》中说的:"假如我们研究一个诗人,撇开他的偏见,我们却常常会看出,他的作品,不仅最好的部分,就是最个人的部分也是他前辈诗人最有力地表明他们不朽的地方。"

这样,我们就能了解,爱伦堡为什么在多篇文章中反复讨论作家、作品生命力问题。显然,他看到苏联当代文学在热闹喧嚣表面下不真实的脆弱,看到风光一时的作品寿命可能转瞬即逝。对于作家的"生命",他区分几种不同情况:有的作家被同时代人喜爱,也经受时间考验;有的"符合同时代人暂时的趣味情绪",后来却被忘却,只有文学史家才对他们有兴趣;有的是生前不被重视,或默默无闻,死后才得到承认。他把司汤达归入后者(在给茨维塔耶娃诗集写的序中,他也讨论了这位诗人生前不被承认的问题)。他说,当时只有极少数作家、批评家(歌德和巴尔扎克)承认司汤达的价值,死的时候只有三个朋友给他送葬,其中有梅里美。司汤达的33部作品,生前只出版了14部,即使出版,也大多躺在书店的书架上,出版商很勉强才同意把《红与黑》印行750册。俄国批评家别林斯基关注法国文学,他的文章提到乔治·桑29次，大仲马18次，"可是不曾有一次提到司汤达"。爱伦堡转引了司汤达给巴尔扎克信的这些话："死亡会让我们和他们调换角色，在生前，他们可以对我们为所欲为，但只要一死，他们就将永远被人忘记……"自信的司汤达想的是另一场赌注：在19世纪"做一个被1935年的人阅读的作家"。

这自然不是文学社会学的一般描述，爱伦堡不厌其烦地讨论这些议论的"当代性"，在下面这段话中可见端倪：

> 司汤达在专心于政治斗争的人们身上表现了人的特征，从而挽救了他们免于迅速消亡，这就是小说不同于报纸的地方，就是司汤达不同于过去和现在许多写政治小说（这种小说还等不及排字工人将滔滔雄辩排好版，往往就成为明日黄花了）的作者的地方，也就是艺术家不同于蜉蝣的地方。司汤达给我们指出了，只要作者善于以艺术所固有的深度来体会、观察和思维，就无论政治性或倾向都不能贬低小说的价值。

原载《文艺争鸣》2016年第6期，
发表时题为〈司汤达的教训〉："19世纪的幽灵"》

与音乐相遇

一些乐曲在心中留下记忆,有时候是不期而遇的结果;而且,它常常和音乐之外的事情联系在一起。

拉赫玛尼诺夫《c 小调第二钢琴协奏曲》

1977 年或 1978 年,那时"文革"刚结束。知道北大经济系陆卓明教授(他的父亲是陆志韦,曾是燕京大学校长)有很多原版的古典音乐磁带,便拿着一些空白带,到他在北大中关园的寓所请他转录。他问我有什么要求,我说由您来决定吧。几天之后,拿到手里的除了肖邦的钢琴曲外,是拉赫玛尼诺夫的第二交响曲和 C 小调第二钢琴协奏曲。这是我第一次听到这位作曲家的名字。陆先生说,他十月革命后离开苏联,长期生活在美国。我当时想,那就是"流亡者"了,怪不得在"冷战"时期的五六十年代,我不知道。不过这是想当然,后来才知道,60 年代才华横溢的上海女钢琴家顾圣婴,就曾排练、演奏过这部协奏曲。顾圣婴在那个时代,才情不在刘诗昆、殷承宗之下。她在"文革"中受到迫害、批斗,1967 年 2 月 1 日凌晨,和她妈妈、弟弟一起自杀身亡,年仅 30 岁;她死时,因为潘汉年案蒙冤的父亲还在狱中。

交给我的第二交响曲,是美国圣路易斯交响乐团的,指挥却没有记住。第二钢琴协奏曲是什么版本一点没有印象。听说那时在中国大陆乐迷中流行的是里赫特的演奏。陆卓明先生对这两部乐曲没有说什么,只说他听协奏曲的时候,禁不住流下眼泪(后来,我知道不止他一人是这样的表现)。那时候我还住在北大未名湖北岸的健斋,只有一架便携式的录放音机,音效什么的谈不上。但是,第一乐章开端钢琴的低沉和弦,和在它导引下弦乐演奏的歌唱性的、迷人的旋律,立刻抓住了我。它对我来说不是绝对陌生的,因为多次听过柴可夫斯基的第五、第六交响曲;它们之间似乎有着某种内在的关联。但是,相对于柴可夫斯基的哀戚,甚至近乎绝望、破碎来,它的忧郁、悲苦中有着更多的甜蜜、温暖以至辉煌。我当时就想,复杂情感的互渗与交融,语言大概无法和音乐相比。当然,后来多次重听(大多数是阿什肯纳吉60年代的录音),会认同有的乐评家的看法,"结尾处的处理不该那么辉煌,那么煽情",会更着迷于第二乐章柔版那如雨滴或如流水的钢琴弹奏。

这个协奏曲写于1901年。同时代画家列宾谈及拉赫玛尼诺夫的音乐,说旋律酷似俄罗斯春汛不断泛出地面的湖水。不约而同,六七十年后中国的乐评家也有相近的描述:"想象一下冰河的解冻,一点点的融化和侵蚀,慢慢涌动的暗流……冰河的大面积坍塌。"①这种相近的思绪、感受的传递、延伸,是很奇妙的事情。它类乎爱伦堡1953年写作小说《解冻》时浮现的心境:在俄罗斯的四月,"有的地方还可以看到灰色的雪堆,但是……一株株的草儿、未来的蒲公英的娇嫩的星形芽儿正在穿透地面"(《人·岁月·生活》)。说里赫特60年代弹奏的第二钢琴协奏曲,给整个80年代初的中国知识分子以思想启蒙,那显然过于夸张,不过,这种思绪、情感经验,却真实地存在于那个转折年代许多人的心中;这是一种不限于单个人的"精神气候"。这是"一种情绪,一种由微小的触动所引起的无止境的崩溃……仿佛一座大山由于地下河的流动而慢慢地陷落……"(北岛《波动》);这是"我还不知道有这样的忧伤,/当我们在春夜里靠着舷窗"(舒婷《春夜》)的个体的苏醒;这是"绿了,绿了,柳枝在颤抖,/是早春透明的薄翅,掠过

---

① 曹利群:《拉赫玛尼诺夫:没有门牌的地址》,《爱乐》2011年第7期。

枝头"（郑敏《由你在我身边》）的欣喜；这是在走出长长的走廊之后的，"啊，阳光原来是这样强烈，／暖得人凝住了脚步，／亮得人憋住了呼吸"（王小妮《我感到了阳光》）的惊觉……这就是李泽厚对这个时期的"思想情感方式"所做的概括：感性血肉的个体的解放，呈现了"回到五四期的感伤、憧憬、迷茫、叹惜和欢乐"（《二十世纪中国文艺一瞥》）。也正因为这样，拍摄于1981年的电影《苏醒》（滕文骥导演，王酩音乐，西安电影制片厂）的部分配乐，就选用了拉氏的这部协奏曲。

一个时代的印记，似乎更多保留在观念、口号之中，而感性的体验、情绪无法收拢而随风飘散。这是我们的历史遗产，最需要留存却又最难留存的部分。这便成为回顾过去时的感伤。是的，那个年头的迷茫、忧伤但满怀着美丽憧憬的"创世纪"心情，这样的集体性的"精神气候"，如今已经不能复现；包围我们的更多是一种末世式的颓废。

布里顿《安魂交响曲》

这是千真万确的邂逅。具体情形，我在"90年代文学书系"（社会科学文献出版社，1998年）的"总序"中，有这样的记述：

> 1990年年初的春节前后，我正写那本名为《作家的姿态与自我意识》的谈"新时期文学"的小书。在我的印象里，那年春节有些冷寂。大年三十晚上，我照例摊开稿子，重抄改得紊乱的部分，并翻开《朱自清文集》，校正引述的资料。大约在九点半钟的光景，一直打开着的收音机里，预告将要播放一支交响曲，说是有关战争的，由布里顿写于40年代初。对布里顿，我当时没有多少了解，只知道他是英国现代作曲家，在此之前，只听过他的《青少年管弦乐队指南》。我纳闷的是，为什么在这样的时刻播放这样的曲子。但是，当乐声响起之后，我不得不放下笔，觉得被充满在这狭窄空间的声响所包围，所压迫。……

1990年初的农历大年三十,是1月26日。那个时候我住在北大西门对面的蔚秀园。也住在蔚秀园的一位同事春节举家回南方省亲,我主动提出为他看家。因为羡慕他有一套很不错的音响组合;那样的音响当时还比较少见。那年,北京还没有禁放鞭炮,却好像没有多少鞭炮声,暖气也烧得不大好,那个住宅小区确实"冷寂"。不是太清楚当时收听的是哪个广播电台,较有可能的是北京台的立体声音乐频道。一开始就是沉重的定音鼓的敲击,这种敲击持续不断。同样持续不断的是或低沉、或锐利的哀吟和叹息。这样造成的压抑感,和这个传统团聚的节日需要的温暖、欢乐构成的对比,在当时给我诡异的冲击。将这首追悼亡灵的乐曲安置在除夕夜,产生这样念头的人,是个什么样的人?……我发现自己已经离开乐曲本身,转而和那个不知名姓的节目制作人对话。

　　生活里这样的零碎细节当然不会得到记载,也很快就会销声匿迹,连同当时的情绪。这是需要细心保护的,因为在人的意识中,它们属于"最微妙和最不明确"的部分,而且往往寄存于心中的,自己有时也容易忽略的角落。当时听的时候,并没有准确记住乐曲的名字,以为就是《战争安魂曲》。过了一些时间,就买了Decca的二碟装的CD,有着著名的没有任何图案装饰的纯黑封面。到这个时候,才明白我是真正的乐盲。这部由布里顿自己指挥的大型乐曲,并不是除夕夜我听到的。它作于60年代初,是管弦乐与人声(独唱、合唱、童声合唱)的大型作品,为毁于二战战火而重建的考文垂大教堂而作。除夕夜的那首名为《安魂交响曲》,作于、首演于二战进行中的40年代初。它的名气、成就当然远不如前者,好像现在也不是交响乐团常备曲目。但因为这些和音乐本身没有直接关联的因素,却留给我更深的印象。

　　后来有朋友告诉我,90年代初的那些年,北京乐迷中流行的另一首曲子,是肖斯塔科维奇的《第十一交响曲》,内容与1905年彼得堡工人示威游行、受到镇压的事件有关。因为作品的戏剧性情节,第二乐章冬宫广场上号声和军鼓交织的音响,使这部作品为乐迷所追捧。据说最有名的是贝尔格伦德指挥伯恩茅斯乐团的录音。但我没有听过,也没有想过一定要去寻找它,我有的只是海汀克指挥的那款,音响的确让人震撼。

马勒《大地之歌》

准确地说,我并不是第一次听《大地之歌》就受感动的。80 年代后期,北京广播电台的音乐频道就系统介绍过马勒的音乐,并播放过这个曲子。当时没有留下什么印象。80 年代后期中国音乐界开始关注马勒,应该是接续西方已持续一段时间的马勒热。《大地之歌》在当时不限受音乐界的关注,这有另外的原因。中国文学界 80 年代有着西方现代派热,普遍认为西方文学是中国当代文学拯救之道。作为重塑自信心的反拨,在关于中国文化影响西方的谈论中,美国诗人庞德从中国古诗中得到启示,和马勒《大地之歌》对唐诗的借重,就成为经常被引述的史实。汉斯·贝特格的《中国之笛》收入的中国古代诗的德译,为马勒提供了表达他有关自然、生命和痛苦的体验的依凭。

但当时听《大地之歌》,确实没有留下什么印象,感觉和中国古诗也没有多少关联。能够出神地听这个曲子,是 1992 年冬天在东京大学工作的时候。我在一篇短文里写到这个情景:当校园里高大银杏树的金黄叶片飘落的时候,我在那里已经快一年半了。新年前的最后一堂课上,读日本文学专业、也来听我讲中国当代文学的学生根岸交给我他转录的《大地之歌》的磁带,是送我的新年礼物。里面附的信有一段是:"这录音是西洋音乐,可是也许能向您提供理解现在日本文化的参考。Mahler 是我最喜欢的作曲家。他的音乐,是从 19 世纪后期浪漫派到 20 世纪现代音乐的过渡。他活着的时候,没有得到很高的评价。60 年代以后,欧美和日本对他的评价非常高。"对于《大地之歌》,他的感受是:"……借古代中国诗歌所描写的风景世界,来表现他的悲哀。这里有无法用语言表达的美,美丽的风景,在大自然中的悲哀的人的风景。第六乐章,最长的乐章,特别悲哀,寂寞,美丽。人生如梦,而自然永远不变。"

他的这个录音,是费舍尔·狄斯考的演唱(伯恩斯坦指挥维也纳爱乐乐团)。后来,又听了瓦尔特与女中音费丽亚尔的1952年的录音。狄斯考是男中音,以演唱艺术歌曲著名。舒伯特的《冬之旅》好像是他的"名片"。针对一般认为《冬之旅》是他的"代表作",他的回应是:"我不希望用《冬之旅》来代表我自己。我是一个音乐家,唱歌是为了表现一部作品。我没有必要在生活中成为忍受着冬日寒冷的主人公。"这个回答,提示我们了解他在《大地之歌》中的表现。他的歌唱舒放、深厚而高贵,与费丽亚尔相比,那种艺术上的细致雕琢更为鲜明。从费丽亚尔那里,在第六乐章"告别"中,我们可能更多体验到那来自生命深处的悲哀和超越悲哀的清澈。相信这样的判断,不是因为我们在倾听之前就知道这样的事实:她在录制这个唱片的时候,已经明白自己身患绝症。除了她的歌声之外,乐队的许多段落也打动我,比如第六乐章开头在锣和低音提琴之后双簧管的"叠句"。

马勒的作品常常具有个人性的传记色彩。但是,也不必苦苦追索《大地之歌》与爱女夭折、他一生与死亡之间的纠缠,以及和妻子阿尔玛的关系。它毫无疑问地会伸展到其他人的生命体验之中,并获得呼应。日本学生根岸用悲哀、美丽、风景这几个朴素的词,来讲他的感受,虽然简单,但我当时也想不出有其他的合适词语。这几个词不是分别单独存在的。也就是说,不单是悲哀,而且美丽;而且,这种悲哀和美丽,被具有强大想象力和艺术构型力量的作者和演唱(演奏)者,塑造为美学意义上的"风景"。我要补充一点的是,《大地之歌》的抒情、悲哀,不是那种浪漫主义式、自我表现的感伤,也不是末世式的悲剧。有作家说过,"悲哀才是一种美妙的快感,因为悲哀的纤维,是特别的精细,它无论是触于怎样温柔的玫瑰花上,也能明切的感觉到"(庐隐《寄燕北故人》)。但在马勒这里,不是那种自怜和自恋,不是感伤式的自我玩味。尽管我不可能说清楚,但总觉得里面蕴含有对感伤

的挣脱和对自我的反观。当然,他也不让悲哀没有节制,用"美丽"平衡了悲切的成分。一本马勒的传记引了马勒这样的诗行:

> 我在梦中见到自己可怜的、沉默的一生
> ——一个大胆地从熔炉中逃脱的火星,
> 它必将(我看到)在宇宙中漂浮,直至消亡
> (彼得·富兰克林《马勒传》)

"逃脱的火星"这个意象奇妙而恰当;正是在这样的意义上,我们说他连接了"20世纪现代音乐"。

对于以前与《大地之歌》的隔膜,我在1992年有了这样的反省。一个是80年代那个时候全静不下心来倾听,心中有众多嘈杂的欲望,嘈杂的声音。更重要的原因是,我在"当代"的生活,基本上是一个生命"缩减"的过程。体验、情感、感受力,不断缩减为某种观念、教条:这让我难以接纳超乎这些僵化的观念和教条之外的事物。在这个时候,我也才能理解台湾诗人林亨泰这样的诗句:"不必是一个特别理由来生活/活下去本来就是不用借口。"(《生活》)

《霍洛维茨在莫斯科》

2009年上半年,我在台湾的一所大学上课。在这之前结识淡江大学教授吕正惠,知道他有丰富的西方古典音乐唱片收藏,就总想去他家看看。7月的一天,他的学生开车驶过曲里拐弯的街道之后,带我来到一条小巷。进门后,看到的是堆满书籍的所谓客厅:可以落脚的地方不多,最大的空间就是既是茶几也是饭桌的那个位置。晚饭过后,便下到地下室。几十平米的地下室四周沿墙壁的书架上,从天花板到底层,都是前后两层摆放的CD。关于他购买、搜集唱片的情况,他在《CD流浪记》(中国台湾九歌版,中国大陆文化艺术出版社版)一书中有详细讲述。在匆匆看过他的收藏之后,他问:"我们听点什么

呢?"三万多片 CD,且百分之九十九我都没有听过的情形下,你还有选择的可能吗？看我为难,他便从堆放在茶几上的唱片中拿出一张。那是 80 年代出版的影像光盘:《霍洛维茨在莫斯科》。吕正惠说,他原来不大喜欢霍洛维茨(为什么不喜欢他没有说,好像是说他有点冷),看过这个纪录片,改变了对他的印象。

这是记录霍洛维茨 1986 年在莫斯科的情况,出版于 1986 年。除了这个纪录片之外,DG 还出版了唱片,也是同样的题名。很惭愧,这些我以前都没有看(听)过。这个纪录片除了音乐会现场外,还有霍洛维茨在莫斯科活动的一些细节:搬运为音乐会准备的施坦威钢琴;与侄女以及斯克里亚宾的女儿会面;张贴在莫斯科音乐学院礼堂门外的小小海报;观众排队购票和入场……那也是春天的 4 月,莫斯科街头还能见到残存的积雪。在这个纪录片里,我看到礼堂座无虚席,后面还挤满了站立的听众。看到朴素的、没有任何装饰的舞台。看到步履有些蹒跚的老头(那年他 82 岁),没有任何报幕人,他独自走向钢琴。看到他那双典型老年人的,但仍充满灵气的手。看到面对热情的听众,他微笑,又耸耸肩、摆摆手,然后就坐了下来开始弹奏……这些细节让我感到特别亲切,突然发觉已经好久好久没有见到这样自然、简单的神情和"仪式"了。他弹奏的曲目广泛,有斯卡拉蒂、莫扎特、舒伯特、李斯特、肖邦、舒曼、莫什科夫斯基的曲子;当然还有拉赫玛尼诺夫、斯克里亚宾。他弹琴的姿态也很特别,既没有现在常见的那种或沉迷、或痛苦的咬牙切齿的表情,身体、手势也没有俯仰起伏的夸张摇晃(也许这些神态姿势,对另外的艺术家来说是必要的)。他平静,就是微低着头和眼睑,身躯一动不动。他的手掌始终平放在琴键上面,似乎不是在"弹",而是在抚摸……像是水鸟掠过平静的湖面引起的涟漪,那样的自然温情。我不知道他年轻的时候是不是也这样弹奏？但现在他似乎是在说,我的理解、体验,我的激情,全部在我的指尖之中。

这个纪录片最触动我的,其实是钢琴家与他的听众之间的关系。

镜头几次显现了霍洛维茨眼角的泪花,也多次给了一位女性含泪的微笑。我也看过一些影音资料,偶尔也到过音乐会现场,但这样的情景却很少见到。我们熟悉那种大音量的持续很长时间的叫好声,也熟悉有礼貌的鼓掌——礼貌地等待谢幕结束好退场。莫斯科的这场音乐会,倾听者全然不需要在他人面前装模作样。他们对霍洛维茨的爱、尊敬,对他的演奏的领悟,来自心灵深处,没有勉强的成分。我因此知道,钢琴家和他的听众之间的交流,也可以不需要高声喊叫,不需要拼命拍掌。霍洛维茨和他们之间会心的微笑和泪花,就是很好的说明。

自然,这种情形出现的原因,又不仅仅是音乐本身的。这里积压着长达60年的历史感受和等待。这位出生于基辅的钢琴家,1925年离开祖国流亡在外,和拉赫玛尼诺夫一样,后来定居美国,并加入美国国籍。他在莫斯科演出的海报就标明为"美国钢琴家"。而80年代中期他这次莫斯科之行的策划、安排过程,也在在留着冷战角力的痕迹。在20世纪,因为战争,因为各种性质的革命,"流亡"成为突出事件,给这个世纪的思想文化、文学艺术带来深刻影响。苏联十月革命之后几十年间,仅从音乐家而言,先后自动或被迫离开的,除霍洛维茨之外,还有拉赫玛尼诺夫、普罗科菲耶夫、斯特拉文斯基、夏里亚宾、格拉祖诺夫、米尔斯坦、罗斯特罗波维奇、阿什肯纳吉、麦斯基等。虽然霍洛维茨多次说过他不再回到俄国,但在晚年他还是"回来"了。而拉赫玛尼诺夫却没有再踏上他出生的国土,他的墓就在纽约郊外。流亡、漂泊、乡愁,文化、语言上的矛盾,这些在他们生命中曾有的困扰、挣扎、抵抗,究竟给他们分别留下什么样的印痕呢?在20世纪,"流亡""流亡者"有时候可能被认为是政治、道德污点而受到谴责、鄙视,在另一时空中,它又可能成为荣耀桂冠,虽然布满荆棘。但霍洛维茨在莫斯科的神情给我的感受是,他有某种不愿被归类的,试图追求生命独立性的尊严。他随意而高傲,这是一种"抵抗"。他也许知道,我们的活动和创造无法摆脱时势和现实政治,但反过来,艺术的创造也可能具有超越这一切的潜能。

  莫斯科之行的三年后,也就是 1989 年,霍洛维茨离开了这个世界。他死的时候,柏林墙好像还没有倒塌,而苏联好像也还没有解体。

原载《诗江南》2014 年第 3 期

亲近音乐的方式:《CD流浪记》

吕正惠先生的《CD流浪记》已经有四个版本。最早是1999年的中国台湾九歌版,随后的三个都是大陆简体字版:文化艺术出版社2001年版、广西师范大学出版社2010年版和北京大学出版社2018年版。这几个版本我都有。九歌版是2013年我在新竹交通大学上课的时候,他送我的。已经绝版,他手头好像只有两三本,所以送的时候他面露难色,有些踌躇。这几个版本虽然沿用同一书名,但每一版都会增添新作,编排体例也有一些小的调整。初版除《代序》外,分"CD流浪记""CD心情"两个专辑,收文33篇。文化艺术版改为"CD文章""音乐家素描""CD心情"三个专辑,收文46篇。广西师大版的文章增加到55篇。现在的北大版就到了63篇了(新版收入的谈俄国流亡作曲家、演奏家晚年的故国之思,特别是有关舒伯特和里赫特的几篇,都是值得一读的佳作)。新版书名的副标题,也从前三种正襟危坐的"欣赏古典拥抱浪漫",改为自我调侃意味的"从大酒徒到老顽童"。相对于初版本,北大版其实可以说是新书。不过当初的这个书名起得确实不错,已有一定知名度,所以作者没有打算另换一个名字。

《CD流浪记》是谈古典音乐的书,里面讲了不少音乐家的知识、掌故,但它不是音乐知识读物;对演奏家和各种版本的CD有精彩的品评,但也不是市面常见的CD圣经、CD购买指南。九歌版封底的推介语对它的内容是这样概括的:"蒐集古典音乐CD是一种乐趣,寻找CD是一种甘苦夹杂的过程,聆听CD又是一种孤独中的自我安慰。听完CD后,对音乐家与演奏家肆意雌黄,也是一种无上的感受。"这段话解释了《CD流浪记》"流浪"的两层意思。一是为着CD而"流浪",另一是在CD中"流浪"。关于蒐集、收藏CD的辛苦、快乐,为此节衣缩食,梦寐以求一旦获取的欣喜……在这本书里有不少描述。读了他如何寻找富特文格勒,如何"穷追"里赫特的那些文字,没有这样经验的我不禁感叹唏嘘。虽说我偶尔也为获得喜爱的CD而飘飘然,但与他的那种气魄、那种痴迷相比,实在难以相提并论。我想这方面的表现,也就是人们常说的"活出精彩"了。吕正惠说,"事实上买CD的'乐趣'并不在'听',而是在'找'与'买',也就是大家常说的'购物狂'和'搜集癖'"。他在台北长泰街的家,几十平米的地下室是他CD收藏、视听的处所。我曾经参观过,在那里一起看(听)80年代出版的《霍洛维茨在莫斯科》。当时,突然产生这样的印象:这是吕正惠的另一世界;这个世界是"地下"的,是属于"夜晚"的(他听乐时间大多是晚上)。这个世界和他的"白天""地上"的世界自然不能绝对切割,但也构成对比。这本书里有一幅图片,他坐在排列整齐、光彩熠熠的CD架前,文字说明是:"像个二手CD店老板。"可以看到,这个"老板"在他的"财富"面前是怎样的"得意洋洋"(他自己的话)。三万多片的CD,自然不是基于升值带来利润的期待。这让我想起本雅明的图书收藏。正如一位批评家的分析:本雅明将它们收集起来,置于他的关怀之下,并在这个由自己布置、留下手的印记、充满特殊气息的空间里获得了精神的安宁。

  知道吕正惠先生的名字是90年代,十多年前才见面、认识,但我们算是"老"朋友了。我和他的学生的关系也很好,他们许多都研究现当代文学。吕正惠先后担任新竹清华大学、淡江大学教授,是汉魏六朝诗、唐诗和中国现当代文学知名研究专家,《抒情传统和政治现实》《战后台湾文学经验》和《诗圣杜甫》都在中国大陆出了简体字版。音乐当然只是他的业余爱好。据我所知,许多人文学者同时也是西方古典乐迷;由于不是"科班"出身,他们亲近音乐、与音乐结缘的动机、方式也各种各样。记得第一次和吕正惠在万圣书园咖啡厅见面,对我为60年代台湾现代主义辩护,他流露出颇不以为然的神情。但碍于初次见面,也不好说什么。在一段时间里,我觉得他的文学视野和评鉴标准有太强的社会性和政治性。那天从他的那个"地下"和"夜晚"的空间走出来后,我纠正了自己认识的偏差。正如他的一个学生说的:"吕先生的现代文学批评,在评论对象上,我认为仍是有典律(canon,大陆多译为'正典')意识的,虽然他甚有'齐物'的修养,对本土平民文学也极能将心比心,但更多的时候,他仍兼融了锐利的审美品位和社会感。"①

出于了解人如何拥有"不同世界"的好奇心,读《CD流浪记》我便比较注意他亲近音乐的方式。书里有一篇谈贝多芬后期钢琴奏鸣曲,对于第31号(作品110)第三乐章,吕正惠在反复聆听(可能是波利尼的演奏,当页就配有波利尼CD封套的图片)之后写下这样的文字:乐曲一开始茫无头绪,这边一个音、那边一个音无目的地敲着,逐渐就形成了一个极度哀伤的旋律:

……说真的,我仿佛听见你在哭。但是,你又忍住了,转成了一个庄严的赋格,仿佛告诉我们说,像我这样历经艰苦与孤独的老人怎么可以哭。然而,哀伤的旋律又出现了,而且转成悲痛,这次是"长歌当泣"。但是,那个"泣"的旋律竟然逐渐又化成赋格,并且转回原来赋格的旋律。而且声音一直往上扬。最后的那个乐段我实在不知怎么形容,我只能说那是"见"到上帝时的至福。从痛苦、绝望而到达至福……(《贝多芬,你在想什么?》)

吕正惠说这是用了"无法想象的形式"来克服、超越痛苦。可以引述另一位作家的分析来做比较。对"无法想象的形式",这位作家具体指明为"赋格"和"奏鸣曲"的关系。他说:"在十分钟的狭小空间里,

---

① 黄文倩:《吕正惠的现代文学批评:一种历史的见证》,《中国作家网》2014年4月18日,http://www.chinawriter.com.cn。

这个第三乐章(包括它短短的序曲)以情感及形式上奇特的混杂而独创一格";"贝多芬将赋格(复调音乐的典范形式)引入奏鸣曲(古典主义音乐的典范形式)的时候,仿佛把手放在两个伟大时代因过渡而生的伤痕上……前一个时代始于12世纪的第一个复调音乐,直到巴哈,后一个时代的基础则是我们习称的主调音乐"。贝多芬这个奏鸣曲,连同作品106号,都是试图让"两种互相对立的音乐概念"——表达安宁精神的复调音乐和主调音乐的主观性——共存,抚平它们之间的伤痕。这是贝多芬"梦想成为自始至今所有欧洲音乐的传承者"的抱负,他怀抱的是以"伟大的综合手法"来"综合两个明显无从和解的时代"——这个"梦",要到荀白克(勋伯格)和斯特拉文斯基才真正实现。①

这是从音乐史、音乐形式变迁角度生发的感受和解读。吕正惠不同,他也谈技巧、形式——事实上,他对舒伯特作品,特别是钢琴奏鸣曲的版本的复杂情况,对不同演奏家处理舒伯特的不同方式,以及舒伯特在钢琴奏鸣曲体式上的创造,都有深入精湛的讨论——但他侧重的是乐曲呈现的精神、呈现的作曲家的生命史。也就是乐曲(通过演奏家)所传递的人的心灵痕迹、生命状态和它们的表达方式。用黄文倩的说法就是关注"精神性出口"。因此,在他的聆听、解读中,时势、作曲家、演奏家传记等外缘知识的参与就显得特别重要(传记等因素在音乐欣赏、解读中的必要性历来存在争议)。

"精神性出口"的追踪辨析在《CD流浪记》中是双重的:既是作曲家、演奏家的表达,也是CD聆听者借助乐曲的自我释放。比起吕正惠对作曲家、演奏家的品评来,有时候我可能更想了解这个聆听者找到怎样的精神出路。譬如他说,每个人都有自己的"渴慕",而舒曼《交响变奏曲》经里赫特的一再变奏,终于证明这种"渴慕"或许只是废墟般的"绝望"——那个暗中的聆听者并不存在。他又说,肖邦《E大调

---

① 米兰·昆德拉:《贝多芬的完全传承之梦》,收入《相遇》,第86—87页,台北:皇冠文化出版社,2007年。

练习曲》的"缠绵悱恻",在波利尼手下变成晶莹、冰冷的音符,而让聆听者产生人世间的猜忌与怨恨、痴情与痛苦都如辛稼轩说的"回首叫,云飞风起",随着凌厉的琴音而化为乌有。他有些伤感地描述舒伯特那些钢琴奏鸣曲的"未完成","这就好比世界抛弃了舒伯特,舒伯特孤独地一个人走着走着,然后就不见了"。他推崇威尔第的咏叹调所表达的"燃烧而尽"的"激情之火",还说"卡门不应该'看上'荷西这种男人,他不会善罢甘休;荷西不应该受卡门诱惑,他没有力量承担失去卡门的痛苦":这大概也是他带着苦涩意味的体验。他认为莫扎特歌剧表现的"水性杨花"与威尔第的"为情不惜一死"是人类感情的两个方面——但"与其用文明来把自己装扮成精致的禽兽,倒不如试着去扩展那一点'几希'之处:激情之后的安然而死"……

这种关注方式的形成,既有社会时代的因素,也有个人生命经验的原因。吕正惠多处写到他是为着克服心灵的苦闷,安顿孤独、痛苦、愤懑的自身而听CD的;这在他90年代初的那段"精神危机"时间更为突出。在最初的版本中,他为我们勾勒了一个类乎"波西米亚人"的形象,自我默认为一种现代社会的流浪、边缘人的角色:与主流观念和体制(包括学术体制)的某种格格不入的疏离。因此,我们很能理解这个自我意识中的"边缘人"为什么对浪漫主义时期的音乐有浓厚兴趣,包括舒曼,特别是舒伯特。在全部文章中,舒伯特和里赫特都各占六篇。不错,吕正惠也谈贝多芬、柴可夫斯基、肖邦、勃拉姆斯、马勒、肖斯塔科维奇、普罗科夫耶夫、巴托克……言语和情感的热度都难以和谈舒伯特等相比。有批评家认为,贝多芬之后的伟大音乐家当属勃拉姆斯,吕正惠对他却似乎是因礼貌而勉强成文,用了"北德佬勃拉姆斯"这样的题目,说他的笨重质朴中也会有深情、"幽怨"的表达。肖邦虽说也很"浪漫主义",但吕正惠对他显然没有充足的好感,说他的倾诉类乎"表演",有点"腻"(肖邦迷其实大可不必在意)。对舒伯特可不是这样。他是在"寂寞难诉,痛苦无依的时候找上舒伯特"的;"在孤独和极端哀伤的时候,舒伯特无疑……更适合'长相左右'"。

他盛赞这位只活了 31 年的作曲家在《冬之旅》和钢琴奏鸣曲中的哀伤、孤独,以至愁肠百结令人心碎的绝望的表达,同时也指出他在表现"流浪""漂泊感"的哲学化深度而远离肤浅伤感。肯普夫录制了《舒伯特钢琴奏鸣曲全集》后曾写下一段评论,吕正惠将它翻译摘录在这本书里。相信其中许多话,也是他打算说出来的:

> 他大部分的奏鸣曲不适合在灯火辉煌的大音乐厅演奏。这是极端脆弱的心灵自白,更准确地说,是独白。……不,他不需要外露的炫技,我们的工作就是陪伴着舒伯特这个永远的流浪者行走于各地,怀着不断追求的渴慕。……当舒伯特奏响他的魔琴,我们难道没有感觉到我们正漂流在他的声音之海,从一切物质世界中获得了自由?舒伯特是大自然的精灵,漫游于太空,既不严峻,也没有棱角。他只是流动着……这是他生命的本质。

稍感意外的是,在面对"你最喜欢的作曲家"这个问题的时候,吕正惠说,假如不把这个问题看得太严肃,那么"我的回答是:我喜欢海顿"(《我喜欢海顿》)。我的疑惑是,为什么沉湎于浪漫主义的聆听者会"最喜欢"在 19 世纪浪漫主义时期"失去光彩"的海顿(他的光彩要到一次大战,特别是二战之后才得以复兴)?何况吕正惠相当留意音乐家、演奏家的相貌、气质,而海顿并没有吸引人的外表:身材矮小,肤色暗淡,脸上满是出天花之后的瘢痕,两条腿也显得过短。为了消除我这样的人的疑惑,吕正惠强调:"我可不是开玩笑,有事实为证。"接着就列举他购置海顿交响曲全集、匈牙利版的弦乐四重奏全集、俄国版钢琴奏鸣曲全集……花费的不菲资金。

后来,我相信了他的解释。海顿一生,"也许没有什么所谓奋斗的概念,也没有竞争、嫉妒、排挤、陷害,只是默默地、不断地工作"。他和巴赫一样,生活、经历没有任何奇特浪漫之处,就是兢兢业业过日子,忠于技艺,孜孜不倦;巴赫"一生的大事,除了换工作,丧妻再娶,就再没有什么好说了"。他们是"正常男人",不是"浪漫自我"。吕正惠说:

> 当我听海顿时,海顿什么道理也没讲,我所感受到的只是绵绵细细、深深不已的生机,永远鲜活,清新,自然,而又变动不居。

海顿的时代生活有条不紊,作曲家和知识分子似乎也并没有赋予自己思考的责任,"未自诩天降大任"。海顿据说也从不与人为敌,亲切和蔼,为人和音乐都没有后来的那种神经质。这与"现代人",与"现代艺术"形成对照。吕正惠说,现代艺术家"都是'有问题的个人',每个人都在焦灼地寻找'意义',每个人都力求'不要发疯',或者'努力发疯'",而巴赫和海顿"可以让我们焦躁的心暂时恢复平静"。是的,巴赫、海顿都属于以赛亚·伯林意义上的"素朴"的艺术家。他们"不存在超越、达到无限且无法企及的天国并在其中进入无我境界的努力,不存在外在的目的,不存在把对立的世界——音乐和文学、个人和公众、具体的现实和超验的神话——融为一体的徒劳努力"。对这样的境界的向往,对"安宁"和整体性的追求的愿望,正是我们这些神经质的人不时需要的"难以治愈的怀旧病":这种"回归"与海顿本身毫不相干。所以,吕正惠在海顿让我们"恢复平静"上,精到地使用了"暂时"这个状语。

至于书的副标题"从大酒徒到老顽童",这个说法是对,也不很准确。确实,吕正惠爱喝酒,但也就是酒兴高,酒量则难以恭维。"老顽童"?有那么一点吧,其实远未达到。那是要身、心都卸下很多很多东西才能实现的。吕正惠未能,其实也大可不必去实现。在本性上,他接近于被他称为"以艺术代替革命"的波利尼:对从事的事情、认定的信念,"一丝不苟——极认真、极认真,认真到令你感到'冷肃'"。

原载《中华读书报》2018年9月12日

与《臭虫》有关

——马雅可夫斯基,以及田汉、孟京辉

一、与《臭虫》有关

2000年,孟京辉导演了戏剧《臭虫》①,到2017年,多次在北京、上海、深圳等地的剧场演出。这是马雅可夫斯基的戏剧第一次出现在中国舞台上。孟京辉的《臭虫》实行的是类乎爱森斯坦所说的那种"即兴"创作,提倡演出中演员即兴表演和观众的参与,因此无法确定传统戏剧的"底本"或"定本"。不过据评论家所作的介绍,大致有2000年、2013年和2017年的三个版本。对孟京辉的《臭虫》,评价上有许多争议。不过,从文学、戏剧史的角度,至少是让中国一些读者(观众)认识了马雅可夫斯基作为戏剧家的另一面。

马雅可夫斯基作为诗人,在中国的文学读者(特别是上了年纪的)那里几乎无人不晓,但他的戏剧在当代中国留下的"影响"痕迹却罕见。现在能找到的"实证"材料大概是:第一,1958年人文版的五卷本《马雅可夫斯基选集》,第四卷是剧本卷,收入他的几部代表作:《符拉季米尔·马雅可夫斯基》(1913)、《宗教滑稽剧》(1918年第一稿本,1920第二稿本)、《臭虫》(1928)、《澡堂》(1929—1930)和电影剧本

---

① 参加演出的演员有倪大红、李乃文、杨婷、寇智国、毛雪雯、任悦、朱金樑等。青铜器乐队参与演出。

《您好?》(1926)。第二,据翻译家高莽①回忆,老舍50年代在莫斯科看过《澡堂》的演出,回国后根据高莽的中译将《澡堂》改编成"中国版"(剧中人物都改为中国式名字),中央实验话剧院也已开始排演,但"文艺界的负责人周扬看过剧本后,认为这个戏是讽刺官僚主义的,不宜公开上演"而夭折;剧的排演本,包括手稿,至今下落不明,无法得知它的具体面目。② 第三,应中国青年艺术剧院的吴雪和金山之邀,田汉1958年创作了表现"大跃进"的话剧《十三陵水库畅想曲》(以下简称《水库》)③。它的构思以及若干细节,可以看到对马雅可夫斯基《臭虫》的借鉴。《臭虫》展现了苏联十个五年计划④之后的情景,《水库》则"畅想"二十年后共产主义实现的中国。《水库》第13场,生活在1978年的剧中人有这样的对话:

> 黄仲云(生物学教授):这些日子,我指导学生研究麻雀这类的稀有动物,外边的事我就少管了。
>
> 陈培元(作家):哈哈,马雅可夫斯基的剧本《臭虫》说臭虫到50年后成为稀有动物,如今在中国,臭虫之外,麻雀、耗子、苍蝇也成为稀有动物了。⑤
>
> 黄仲云:说起来,我得感谢这些稀有动物。年轻的教授们尽管理论比我强,可他们没有见过麻雀、耗子、臭虫、蚊子,没有吃过

---

① 高莽(1926—2017),笔名乌兰汗,生于哈尔滨。翻译家、对外文化交流活动家、俄苏文学研究者、画家、诗人。译有马雅可夫斯基《臭虫》《澡堂》,以及普希金、莱蒙托夫、舍甫琴柯、布宁、叶赛宁、阿赫马托娃、马雅可夫斯基、帕斯捷尔纳克、曼德尔施坦姆、特瓦尔多夫斯基、沃兹涅先斯基、叶夫图申科、罗日杰斯特文斯基等俄苏诗人的诗作。

② 王凯:《老舍的两部遗失之作:〈澡堂〉不知所终》,《人民政协报》2011年12月8日。另一部遗失的剧作是《大明湖》。

③ 刊于《剧本》1958年第8期。该剧当年就被改编为电影,北京电影制片厂和中国青年艺术剧院联合摄制,以37天的"大跃进"速度拍摄完成。话剧和电影均由金山执导。

④ 苏联自1928年开始实施第一个五年计划,这是人类历史上第一次出现的国家按照事先编制的详细规划来开展大规模经济、文化建设。

⑤ 1958年2月12日,中共中央、国务院发出《关于除四害讲卫生的指示》,在全国范围开展"剿灭"麻雀、老鼠、苍蝇、蚊子的"除四害"全民运动。

它们的苦头,而我辈倒是躬逢过四害全盛的时代,吃过它们的苦头的,学生就欢迎我这一门课。都说我讲得生动深刻,亲切有味。①

也是据高莽回忆,他1957年陪同田汉、阳翰笙参加苏联戏剧节,12月2日在莫斯科讽刺剧院观看《臭虫》:"看到舞台和观众席混为一体,演员台上台下地跑,还在观众席里搭了一个高梯子,满处找臭虫,那时从没看过这样的话剧,觉得很陌生。"②1958年夏天,中青艺在北京西苑的中直机关露天剧场演出《水库》,也出现打破舞台"第四堵墙",演员(印象里是报捷的队伍)从观众席上下舞台的情况,推测是田汉在莫斯科观看《臭虫》得到的启发。

尽管有这些"痕迹",但当代中国读者大多只知道诗人,而不大知道作为戏剧家的马雅可夫斯基。20世纪五六十年代,舞台上演的俄苏戏剧,虽然有诸如《柳鲍芙·雅洛娃娅》《小市民》《底层》等,但19世纪古典作品居多,如《钦差大臣》(果戈理)、《大雷雨》(A. H. 奥斯特洛夫斯基),特别是契诃夫的《海鸥》《樱桃园》《万尼亚舅舅》,是京沪两地剧院的保留剧目。

作为剧作家的马雅可夫斯基被忽略,究其原因,当然是他的主要成就在诗歌方面,但也可能与他的戏剧的性质有关系。

二、形式主义批判:一个历史背景的考察

按照马雅可夫斯基的讲述,《臭虫》是这样一个故事:工人、共产党员普利绥坡金背叛自己的阶级(剧中的人物清扫员称他"丢盔卸甲地逃离了阶级"),抛弃同是工人的女友,娶了理发店老板的女儿。婚礼现场发生火灾,参加者均葬身火海。50年后,"后代人发现了普利绥

---

① 上述的对话,以及有关马雅可夫斯基的细节,在电影版《水库》中没有出现。
② 《俄苏文学翻译家高莽先生回忆〈臭虫〉》,《北京青年报》2000年11月28日。

坡金冻结的尸体,他们决定让他复活……小市民气味十足的典型人物便出现在新的世界上了。使他变成未来人的一切努力都成了泡影,经过一系列的事变以后,它终于落在动物园的笼子里,作为唯一无二的'庸俗的市侩'陈列出来"①。

  孟京辉的《臭虫》沿用了这个基本情节,许多台词都是原作当中的,但也作了改动。在戏剧观念和形式上,他的改编和演出,应该依循马雅可夫斯基的路线。孟京辉说过,马雅可夫斯基和梅耶荷德是他的崇拜对象,他的戏剧灵感,有的确实来自他们那里,而《臭虫》甚至可以看作是向马雅可夫斯基"致敬"的作品。由斯坦尼斯拉夫斯基主持的莫斯科艺术剧院成立于 1898 年,在演出契诃夫的戏剧中建立的现实主义的、体验性的演出风格,确立起权威地位。但是,正如戏剧史家指出的那样,在 20 世纪初,"俄国导演已经对迥异于在 1898 年采用的方法的各种技巧进行了广泛的实验"②。十月革命胜利后,激进艺术实验(不限于戏剧)仍在继续。不少先锋艺术家也是革命热忱的拥护者;在他们那里,政治革命和艺术革命是"同构"的;革命创造了艺术形式创新的时机。在这一戏剧先锋运动中,梅耶荷德③在理论和实践上占有重要的位置。他提倡表演的"生物力学"和"构成主义":"企图强调身体和情感的反射作用,以此取代斯坦尼斯拉夫斯基对内心动机的重视,并经常采用非表现性的平台、斜坡、转轮、吊架及其他物件来创造一种比一般装饰更加实用的'表演机器'。"④

---

  ① 马雅可夫斯基:《关于〈臭虫〉》,《马雅可夫斯基选集》第 4 卷,第 471—472 页,人民文学出版社,1958 年。
  ② 奥斯卡·G. 布罗凯特、弗兰克林·J. 希尔蒂:《世界戏剧史》下册,周靖波译,第 535—536 页,上海三联书店,2015 年。当时从事戏剧先锋实验的,除梅耶荷德,还有泰洛夫、叶甫根尼·瓦赫坦戈夫。
  ③ 弗谢沃罗德·梅耶荷德(1874—1940),苏联导演。最初参与莫斯科艺术剧院的组建,因导演理念不同而与斯坦尼斯拉夫斯基分手,1910 年开始成立自己的戏剧工作室,1922 年建立了梅耶荷德剧院。1940 年在"大清洗"中被枪决。
  ④ 奥斯卡·G. 布罗凯特、弗兰克林·J. 希尔蒂:《世界戏剧史》下册,周靖波译,第 540 页。

马雅可夫斯基和梅耶荷德是亲密朋友,他的剧作或者由梅耶荷德导演,或者在梅耶荷德剧院首演。① 他的戏剧将未来主义、革命功利主义与梅耶荷德的演剧理念糅合在一起,强调戏剧的新闻因素。在谈到《臭虫》时,他说,"我的喜剧是评论性的,提出问题的,有倾向的",这和那些"反映现象"的作品不同;"让戏剧富有表演性,让舞台变为论坛","争取戏剧鼓动、争取戏剧宣传、争取看戏的群众——反对室内艺术,反对心理的胡猜"②。在《澡堂》第二稿本的序幕里,马雅可夫斯基说,过去的舞台只是个"钥匙孔",让你端坐在剧场看别人生活的一角,看"玛娘姨妈们,伊万舅舅们倦卧在沙发上"。

> 而舅舅和姨妈
> 不使我们感兴趣,
> 舅舅和姨妈在家里也看得见。③

这显然是在直接嘲讽经常上演契诃夫作品(《樱桃园》《万尼亚舅舅》等)的、由斯坦尼斯拉夫斯基领导的莫斯科艺术剧院。梅耶荷德和马雅可夫斯基都在探索作为表现媒介的戏剧艺术的多种可能性,打破舞台与观众席的界限,提倡观众参与、介入,借助现代技术手段,如灯光音响等,人物、角色大多具有符号的非现实主义的程式化的特征,并将杂耍、烟火等带进剧场。《宗教滑稽剧》1918年首演时,"梅耶荷德拆掉了剧院拱顶,建造了一个延伸到观众席的巨大平台代替舞台。在这部壮观作品的高潮,他让观众来到舞台,加入身着戏装的演员、小丑和杂技演员的行列,就好像在城市里的广场上一样……"④《澡堂》第

---

① 《宗教滑稽剧》是为纪念十月革命一周年而写,1918年11月7日首演的导演是梅耶荷德和马雅可夫斯基。《臭虫》《澡堂》均于1928、1930年在梅耶荷德剧院首演。肖斯塔科维奇为《臭虫》写了配乐。
② 参见马雅可夫斯基《臭虫》《关于〈臭虫〉》《为〈澡堂〉的演出而写》等文,《马雅可夫斯基选集》第5卷,第467、470、483页,人民文学出版社,1958年。
③ 《马雅可夫斯基选集》第4卷,第136—137、132页。
④ 奥兰多·费吉斯:《娜塔莎之舞:俄罗斯文化史》,郭丹杰、曾小楚译,第532页,四川人民出版社,2018年。

三幕更是让导演与观众针对剧情直接对话,让观众与导演、演员建立互动关系。这种艺术革新的另一点是戏剧表演的"即兴性":这是对读者、演员、观众的"授权",正如马雅可夫斯基在《宗教滑稽剧》第二稿本的说明里说的:"一切将来参加演出、阅读、印制《宗教滑稽剧》的人们,请你们改变内容,——使其内容更合乎时代的,当时的,眼前的。"①而孟京辉显然响应了他的号召,在将近一个世纪后"续写"他的《臭虫》,并延续、发挥他开始的那种实验:激情,荒诞的讽刺和评论性,观众的参与,舞台强烈的假定性,重金属摇滚乐队的加入对表演性的增强……

  马雅可夫斯基戏剧实验的理念,就是本雅明1934年《作为生产者的作家》②的演说里,引述谢尔盖·特列季雅科夫③的论述所概括的,"作为生产者的""行动的"作家,他的"使命不是去报道,而是去斗争。不是扮演观众的角色而是积极投身进去。他通过对自己的活动所作的陈述来决定自己的使命";而且,艺术家要如工人那样,去探索在现代社会里出现的艺术生产的种种手段,改变传统媒介的"技术"和"装备"。

  俄国20世纪初涉及文学、电影、摄影、绘画、建筑、服装和日用品设计等广泛领域的先锋实验的空间,20年代后期逐渐压缩。先锋实验的团体和个人的处境转趋恶劣。斯大林1928年开始的五年计划(《臭虫》对未来的想象就是以"五年计划"作为时间单位),既是苏联的工业化革命,也是思想文化革命,国家开始将文艺整合到一种目标和风格之中。在确立社会主义现实主义创作原则的整合运动中,许多

---

① 《马雅可夫斯基选集》第4卷,第136—137、132页。
② 本雅明:《作为生产者的作家》,何珊译,张玉书校,《新美术》2013年第10期。
③ 谢尔盖·特列季雅科夫(1892—1939),另译为铁捷克,俄国未来主义诗人,理论家、剧作家。左翼文艺阵线成员,梅耶荷德的合作者。20世纪20年代曾在北京大学任教。最早将布莱希特的作品翻译为俄文。提出"行动的作家"的概念。1937年9月30日,无证据地被怀疑为日本间谍而遭到枪决。参见陈世雄:《梅兰芳1935年访苏档案考》,《戏剧艺术》(上海戏剧学院学报)2015年第2期;张历君:《历史的十字路口:梅兰芳、特列季亚科夫与爱森斯坦》,《字花》(香港)2018年7—8月第74期。

先锋艺术派别和艺术家都在"形式主义"的名目下受到围剿、批判,遭遇厄运。在30年代受批判的,有爱森斯坦的电影,肖斯塔科维奇的歌剧《姆钦斯克县的马克白夫人》,梅耶荷德的戏剧,布尔加耶夫、左琴科的小说等。梅耶荷德剧院1938年被下令关闭,他本人和他的好友特列季雅科夫,在1940年和1937年遭到枪决。与全面针对先锋实验和现代派艺术的批判相随的,是大力推动俄国19世纪传统的回归;将这一传统作为"前史",以确立社会主义现实主义的合法性。这个"回归",以1937年普希金逝世一百周年的大规模纪念活动为顶点。①

三、朱光潜的"演员的矛盾"和黄佐临的"戏剧观"

对"形式主义"的惊恐和批判,从艺术观念来说,是在阻挡形式对内容、观念的削弱,也要考虑到先锋形式可能具有颠覆的效果。苏联那些左翼的先锋艺术家,大多是特立独行的"个人主义者";他们的艺术探索有可能破坏20世纪20年代后期斯大林开始的思想艺术整合目标。虽然文艺先锋派在初期与革命联姻,但随后出现的冲突越发尖锐。先锋派的那种我行我素的自主的行为风格,与国家越来越强调的所有艺术形式与革命保持一致之间必然发生根本性矛盾。

中国在五六十年代,也将形式主义作为警戒、批判的对象:这是基于所贯彻的文艺路线,但也和苏联的影响有关:延续的是苏联三四十年代批判形式主义的文化政策。茅盾在《夜读偶记》②中就指出,"现

---

① "在1937年,普希金逝世一百周年是苏联当年的一件大事。全国四处举行节庆活动:地方小剧院上演他的戏剧,学校组织特别庆祝活动,共青团员去诗人生平行迹所至之处朝圣,工厂组织起学习小组和'普希金'俱乐部,集体农庄也在举行嘉年华活动……当时拍摄了几十部关于普希金生平的电影,建造了多所以他命名的图书馆和剧院……在这场狂欢之中他的作品卖出了1900万册",奥兰多·费吉斯:《娜塔莎之舞:俄罗斯文化史》,第562页。

② 《夜读偶记——关于社会主义现实主义及其他》,《文艺报》1958年第1、2、8、10期。

代派"的思想基础是"非理性",艺术形式是"抽象的形式主义"。之所以没有发生苏联那样的批判运动,是因为在外部的和自我警戒的压力下,"非现实主义"的先锋探索在当代相当罕见。① 中国左翼电影、话剧界,斯坦尼斯拉夫斯基(1863—1938)的影响从 30 年代就开始了。他的《演员的自我修养》第一部,40 年代有郑君里、章泯根据英文版的译本;50 年代郑雪来译出第二部,连同林陵等新译的第一部在 1956 年全部出齐。在 50 年代,这一"体系"在中国被公认为是戏剧贯彻社会主义现实主义的"正确道路"②,是"反对形式主义的有力武器"。③ 这一时期,苏联专家应邀到中央戏剧学院、上海戏剧学院等艺术院校讲授斯氏体系,《电影艺术译丛》也开辟了专栏"学习斯坦尼斯拉夫斯基体系"长达数年。特别是 1956 年,库里涅夫(高尔基剧院戏剧学校校长)到中央戏剧学院和北京人艺教学,他的卓有成效的工作,产生极大影响,为新中国培养了一批戏剧和电影表演、导演艺术骨干,也强化了斯坦尼体系的绝对性地位。④

当然,不是没有任何不同的声音,也有过一些试图拓展戏剧形式探索的努力。1962 年年初,美学家朱光潜借阐释 18 世纪狄德罗《谈

---

① 1958 年诗人徐迟说:"最近我写的诗中,有这么两句:'蓝天里大雁飞回来,落下几个蓝色的音符。'自己检查出来了,赶紧划掉,那两句就是现代派表现方法的残留痕迹。"《南水泉诗会发言》,《蜜蜂》1958 年第 7 期,另见《新诗歌的发展问题》第 1 集,第 66 页,作家出版社,1958 年。

② 1956 年 3 月到 4 月,文化部举办全国第一届话剧观摩演出大会,田汉在为这一活动撰写的文章《话剧艺术健康发展万岁!——迎接第一届全国话剧观摩演出》中表达了这一观点:"苏联专家严厉地批判了我们表演艺术上的公式主义、形式主义,指出了我们表演情绪、表演形象的严重缺点,把我们引向以社会主义现实主义为内容的斯坦尼斯拉夫斯基体系的正确道路。"见《田汉全集》第 16 卷,第 16 页,花山文艺出版社,2000 年。

③ 焦菊隐在 1953 年说:"斯坦尼斯拉夫斯基的演剧体系,是反对形式主义的有力武器。"参见陈世雄《"反形式主义斗争"背景下的戏剧革新——焦菊隐、梅耶荷德及其他》,《戏剧艺术》2017 年第 3 期。

④ 据北京人艺演员郑榕口述,库里涅夫在北京人艺教学和指导排演工作有三四年。在排演高尔基的《耶戈尔·布里乔夫和其他的人们》时,北京人艺的导演、演员、艺术干部,包括曹禺、焦菊隐、梅阡等一百多人,坐在台下边看排演边学习。《莫斯科艺术剧院:他们带来斯坦尼体系的灵魂》,《南方都市报》2011 年 8 月 18 日。

演员的矛盾》①一文,提出在戏剧表演上,如何处理演员与角色、体验与表现、情感与理智关系的问题——这些问题,正是斯坦尼与梅耶荷德、布莱希特,以及与中国传统戏曲在演剧观念上差异的重要方面。朱光潜文章的重点是质疑表演上过分强调体验和感情投入的当代演剧理念,认同狄德罗的演员"要十分冷静,保持清醒的理智,控制自己的表演",和每种情感都有它的"外表标志"的主张。他认为,感情的表现要有一定的"程式",这就需要学习和训练。朱光潜说,"中国传统戏剧演员正是狄德罗的理想演员"。强调"间隔和姿态"、重视"外表标志",正是1935年梅兰芳访问苏联的时候,特列季雅科夫、爱森斯坦、梅耶荷德以及布莱希特对梅兰芳表演艺术推崇备至的要点。② 针对朱光潜的文章,《人民日报》和《戏剧报》组织了讨论,刊发的文章中,大多对朱光潜的观点持批评、反对的态度③;且呈现了这样的一边倒的趋向,即尽可能将中国传统戏曲表演艺术特征的独特性,纳入斯坦尼的"体验派"的框架之中,而拒绝承认存在着不同的演剧理论和演剧体系。

也是在同一年的3月2日至26日,文化部和中国戏剧家协会在广州召开全国话剧、儿童剧创作座谈会,时任上海人民艺术剧院院长的黄佐临④在座谈会上作了谈"戏剧观"的讲话;随后将讲话主要内容以

---

① 朱光潜:《狄德罗的〈谈演员的矛盾〉》,《人民日报》1962年2月2日。
② 参见陈世雄《梅兰芳1935年访苏档案考》,《戏剧艺术》(上海戏剧学院学报)2015年第2期;张历君《历史的十字路口:梅兰芳、特列季亚科夫与爱森斯坦》,(香港)《字花》第74期,2018年7—8月。
③ 部分文章收入《戏剧报》编辑部编的《"演员的矛盾"讨论集》,上海文艺出版社,1963年。除朱光潜文章外,收录司徒冰、丁里、袁玉琨、李少春、李桦、王朝闻、孙斌、盖叫天等的讨论文章16篇。
④ 黄佐临(1906—1994),生于天津,毕业于英国伯明翰大学、伦敦戏剧学院,戏剧导演,师从英国戏剧家萧伯纳。五六十年代任上海人民艺术剧院院长。

《漫谈"戏剧观"》为题发表于《人民日报》①。他虽然将斯坦尼、梅兰芳和布莱希特都称为"现实主义大师",但认为他们的戏剧观"绝然不同"。他说,中国话剧是在易卜生、萧伯纳、霍普曼、奥斯特洛夫斯基、契诃夫等19世纪的这个传统上发展起来的,这个传统特别强大,成为主流;他提出存在多个戏剧观的问题,就是要打开"只认定一种戏剧观的狭隘局面"。由于当时中国戏剧界和观众对布莱希特比较陌生,文章着重介绍布莱希特的观点:演员与角色、观众与演员、观众与角色之间保持一定距离,防止将舞台神秘化,防止"用倾盆大雨的感情来刺激观众",让舞台变成"催眠作用的活动阵地"②。在此基础上,他提出"新写意戏剧"的设想,这个设想,也融合了中国传统戏曲的构成因素,并在他随后导演的话剧《激流勇进》③中实践。《激流勇进》据胡万春的小说改编。演出中,黄佐临在舞台上设置多个表演区,通过灯光等打破舞台的时空,并采用由幻灯制作的动态水墨布景——一艘小船在狂风巨浪中前行——来具象地表现人物的心理活动,虽说这种方式现在看来显得粗糙简单。

无论是朱光潜引发的讨论,还是黄佐临多种戏剧观的提出和实践,当时都没有能发生较大的效应。这是因为,"社会主义戏剧"需要建立一套规整统一的模式,并向处于被动位置的观众提供确定的结论。形式开放和让观众(读者)积极参与进开放思考的空间,显然具有某种不确定的危险性。这也许就是技术、形式潜在的"政治意味"。

---

① 佐临:《漫谈"戏剧观"》,《人民日报》1962年4月25日,收入黄佐临《我与写意戏剧观》一书,中国戏剧出版社,1990年。在这篇文章中,黄佐临将这种不同说成是"戏剧手段"。20年后他对这些看法又做了进一步发挥,见《梅兰芳、斯坦尼、布莱希特戏剧观比较》,《人民日报》1981年8月12日。

② 黄佐临1959年在上海人民艺术剧院导演布莱希特的《胆大妈妈和她的儿女们》,这应该是中国当代前30年中唯一的布莱希特戏剧的演出。1978年,中国青年艺术剧院演出了他的《伽利略传》,在当时产生很大影响。

③ 话剧《激流勇进》根据胡万春的小说《内部问题》改编,1963年由上海人民艺术剧院首演。

四、《臭虫》和《水库》的未来想象

未来想象是马雅可夫斯基的《臭虫》(也包括他的《宗教滑稽剧》《澡堂》)、田汉的《水库》的重要内容。这些文学的"乌托邦"想象,都发生在各自国度的革命胜利后不久,发生在由国家主导的社会动员("五年计划""大跃进运动")来规划未来社会的开端时刻。[①] 区别在于,《臭虫》侧重的还是对现实问题的批判:超越现世的庸常(小市民习气和享乐思想)是通往未来理想世界的必由之路。《水库》则更主要拿现实为未来做铺垫,直接对美丽前景做出确定的允诺。另外重要的差异是它们之间在想象力、艺术水准高低方面。

马雅可夫斯基的几部剧作,都存在一个现实与未来的关系结构。《宗教滑稽剧》借"旧约"中的方舟故事隐喻革命,劳动者("肮脏的人")历经地狱、天国最终寻找到乐园。《澡堂》则写经过与官僚主义斗争发明了将人送到未来的"时间机车";后者的灵感可能来自被看作科幻小说之父的英国作家赫伯特·乔治·威尔斯的《时间机器》[②]。

在《宗教滑稽剧》《臭虫》和田汉的《水库》中,对未来社会的构想,核心点是两个,一个是未来是物质丰腴富足的、机器化的时代,另一个是一体化的社会组织和人的精神清洁。这些作品都认为,这样的未来社会可以通过设计有计划地实现:宣示了一种规划社会也规划人的"灵魂工程师"的理念。正如《宗教滑稽剧》最后一幕中的合唱宣称的:"我们"是"大地的建筑师""行星舞台布景师":

> 我们要将光线像扫帚一样捆成束,

[①] 另一个例子是,田间在 1959 年将他 40 年代叙事诗《赶车传》改写扩展为两部,最后一章为"乐园"。

[②] 赫伯特·乔治·威尔斯(1866—1946),英国小说家、科幻作家、历史学家、社会学家。中篇小说《时间机器》出版于 1895 年,描写时间旅行者乘坐时间机器去往 80 万年之后的世界的故事。

用电气把天空的乌云扫除,
我们要让河流流满蜜酒,
我们要让星星铺满道路。

在这些信心饱满的浪漫想象中,对机械、科技的奇怪崇拜是让人印象深刻的一点。《宗教滑稽剧》第六幕,令寻找到"乐园"的人们惊讶而目瞪口呆的情景是:"摩天大厦盖满大地,大楼下满是食品,东西堆积如山";几百匹马力的发动机"灌注光辉";到处都是电气化,"插销都插在插座上",电器拖拉机,电器播种机、脱粒机,"透明的工厂和住宅……耸向天空"。《臭虫》中,已经成立"世界联邦"的50年后(1978),机器代替了人的操作,解冻、复活普利绥坡金的理由是看到他手掌有茧子而判断他是50年前的劳动者,可以从他那里研究半个世纪前的劳动状况。这个剧的第二稿本出现一个与阶级、民族、种族无关的"未来的人"(《澡堂》中也出现了同样性质的"磷光女神"),他向劳动者许诺的"地上的天国"是:"厅堂里陈满家具,电器设备齐全……在那里工作轻快,手不起茧,劳动像玫瑰在掌上开花",那里的茴香根上,一年之中要结出六次波罗蜜。在这一理想世界中,"人造树"生长着散发清香的橘子、苹果和松果。田汉《水库》(话剧和据话剧改编的同名影片)①中的"十三陵共产主义公社"里,"星际火箭"腾空而上,湖上疾走着"原子艇","和尚""道士""窝窝头"已经从字典里消失。因为利用太阳能的新栽培法,同一株树上四季结满香蕉、苹果、葡萄、柚子、石榴、西瓜。这是个"一切都是机器"的"原子时代":气象控制台调节着气候,控制阳光、雨量的分配;人们拿着可视通讯器和有声传真书籍;开往火星的星际旅行的航班按时升空……这些刻画,可以看作是一曲宏大的"机器弥赛亚"颂歌。这种机器、自动化的赞美诗,在中国50年代"大跃进"时期的"民歌"和田间改写的长诗

---

① 《水库》由田汉、金山改编为电影,它们最大的不同是对20年后的描写,由话剧的最后一场(第13场)极大扩展,成为作品的主要部分。

《赶车传》中也一度唱响。①

与此相关的是一个精神清洁的社会构想。《水库》的剧中人说"个人主义"已经像臭虫、耗子、麻雀等一样绝迹,成为"稀有动物"。"洁净"是理解马雅可夫斯基理想社会和人格的关键词。忆及马雅可夫斯基的同时代人和研究者指出,他有"严重的洁癖"②。这种基于生理、心理的习惯,是否延伸到对思想、社会政治层面的理解姑且不论,马雅可夫斯基几部剧作构建的戏剧冲突,与其说是阶级的,毋宁说是有关纯洁性的,包括情感、趣味、日常行为的:"无产阶级"的马雅可夫斯基其实并非严格意义的阶级论者。他用"干净的人"和"肮脏的人"反义地来指称富人、剥削者和劳动者(《宗教滑稽剧》);在《澡堂》一剧中,澡堂并非实指,而是隐喻"革命"这个"神圣的女神","用肥皂洗去地球脸上的一切污垢";而那只臭虫(普利绥坡金),在 50 年后被解冻,却完全无法适应洁净的住所和洁净的被子,只有在潮湿污秽之中才能获得安宁。其实这也是俄国、中国现代革命者的普遍想象:革命将"荡涤一切污泥浊水",让旧的生活方式、情感加速摧毁。英国学者奥兰多·费吉斯指出,马雅可夫斯基"渴望一扫'小资产阶级'家庭的'旧生活方式',而以更崇高、更追求精神的存在(原文如此——引者注)",他"痛恨旧生活方式。他痛恨一切陈规。他痛恨一切'舒适家庭'中的鄙俗物件:茶炊、家养橡胶树、小镜子框中的马克思肖像,趴在

---

① 在 1958 年 7 月 25 日,上海市市长陈丕显在一次座谈会上谈及上海未来的规划时提到,那时一切都自动化,工厂解散,有"万能机器"自动制造各种物品,火车自动无人化,小吃店、食品店消失,食物会自动由机器做好供需要的人享用,日用品可以到万能机器那里领取……参见《大跃进时代领导们设想的 2000 年的上海》(《学习博览》2011 年第 5 期),转引自李静《改革中国的"赛先生"——1970—1980 年代之交中国文学文化中的"科学"》,第 238—239 页,北京大学图书馆学位论文文库。

② 马雅可夫斯基的洁癖,参见爱伦堡的回忆录:"他的神经过敏到了病态的程度:口袋里总装着肥皂盒,如果他迫不得已跟一个不知何故使他生理上感到厌恶的人握了手,他就立刻走开,仔细地把手洗净。在巴黎的咖啡馆里,他用喝冷饮的麦管喝热咖啡,以免嘴唇碰着玻璃杯。"《人·岁月·生活》上卷,冯南江、秦顺新译,第 257 页,海南出版社,1999 年。另参见李婷文《"净化"、"虚无"与未来主义——解读马雅可夫斯基的讽刺戏剧》,《俄罗斯文艺》2013 年第 3 期。

《消息报》上的猫,壁炉上装饰的瓷器,还有歌唱的金丝雀"。① 这些描述,根据之一是马雅可夫斯基的诗《败类》:"马克思从墙上看着,看着……/突然/张开嘴,/大声喝道:

> 庸俗生活的乱丝
> 纠缠着革命
> 庸俗生活比弗兰格尔还可怕,
> 赶快
> 扭断金丝雀的头——
> 为了共产主义
> 不要被金丝雀战胜!②

在《臭虫》中,50年后的共产主义生活图景是——"溜须拍马"和"骄傲自大"的"细菌"已经消灭。人们不知道吸烟、喝酒。"自杀"这个词已经消失,新人类难以理解人为何会为爱情自杀。没有人知道吉他这种乐器。不知道什么是"浪漫曲"。"恋爱"成为一种"古老的病名",偶尔有少女患上需要赶紧入院治疗。交谊舞的动作失传,只有在收藏的巴黎旧照片里能看到;举行的是有一万名男女工人表演田间工作方法的跳舞大会。普利绥坡金想读有爱情、玫瑰花的浪漫的书,但在新时代,玫瑰花、幻想只在园艺和医学的书里提到;他们给他找到的"有趣味"的读物,一是胡佛的《我怎样当总统》,另一是墨索里尼的《流放日记》③……

这些也同样是马雅可夫斯基同时代人阿列克谢·加斯杰夫(诗

---

① 奥兰多·费吉斯:《娜塔莎之舞:俄罗斯文化史》,郭丹杰、曾小楚译,第545、542页。
② 《娜塔莎之舞:俄罗斯文化史》中的这首诗,依据飞白的译文(上海译文出版社1982年版《马雅可夫斯基诗选》上卷)。这里的诗的中译者是余振,见《马雅可夫斯基选集》第1卷,人民文学出版社,1957年。彼得·尼古拉耶维奇·弗兰格尔(1878—1928),苏俄内战时期白卫军首领。
③ 胡佛任总统和墨索里尼开始独裁专制政权,都发生在《臭虫》写作的1928年到1929年。文中提到的这两本书都是马雅可夫斯基讽刺性的杜撰。

人,俄国中央劳工研究院院长)的乌托邦构想。加斯杰夫认为,工人转化为"人体机器人"是人类发展规律的新阶段,"那里'人'将被'无产阶级单位'所取代",每个单位都用数字或符号命名;这些"自动人","没有个人思想","在无产阶级心理学中,'机械化的集体主义'将取代独立人格";"情绪不再有必要,人们的心理状态也不会再用'叫喊或微笑'来揣度,而是凭借'压力计或速度计'来测度"。①

五、两个《臭虫》的对话:孟京辉的回应

这样的理想世界,也是1921年扎米亚京的长篇《我们》②所描写的。《我们》中出现的"一体号",是用玻璃质料制作的"喷火式电动飞船",这和《澡堂》中的"时光飞船"相对应。而"玻璃"这一象征透明、纯洁的意象,都在扎米亚京和马雅可夫斯基作品中成为"主导性"意象;但它们分别是做了反方向价值的运用。在构想一种没有个性和个人情感的"类机器人"的新人类上,加斯杰夫赋予正面、积极的意义,扎米亚京却是将之放置在批判性讽刺的审判台上。相信马雅可夫斯基当年没有读到扎米亚京这部小说,虽然它写于1921年,但当时在俄国没能获得出版。对于马雅可夫斯基的这种理想社会构想,现在的读者(观众)可能产生的困惑是,像他这样骄傲(关于他自杀原因的一种解释是"骄傲摧毁了他")、这样为爱情寻死觅活(他自杀原因的另一解释是与莉莉·布里克,以及和波隆斯卡雅的爱情)、这样以自杀的方式结束生命(确实是自杀,于1930年4月14日)的、渴望标新立异的个人主义艺术家,怎么会向往一个没有骄傲,没有爱情,也不知道什么是自杀的乏味世界。

---

① 奥兰多·费吉斯:《娜塔莎之舞:俄罗斯文化史》,郭丹杰、曾小楚译,第545、542页。
② 尤金·扎米亚京(1884—1937),长篇小说《我们》写于1921年,文稿在当时的俄国不能出版,被秘密带到纽约译成英文出版于1924年。俄文版迟至1988年才在苏联出版。扎米亚京也是赫伯特·乔治·威尔斯作品的俄文译者。

事实上，不论是《臭虫》，还是《水库》，对未来社会的想象在当时就受到了批评。① 这里的问题是，缺乏历史的支撑，对未来的想象肯定苍白。有学者指出，"'主义'是整体性的计划，是目的性，而不是过程性的，所以很难幻想出具体的过程"②——"整体性计划"难以令人信服地回应普利绥坡金的自我辩护："我过去的斗争是为了美好的生活，现在我伸手就可以得到这种生活，老婆、孩子和真正的享受。在必要的时候，我永远能尽到自己的天职。打过仗的人有权利在小河边上休息一番，享受一下安宁的生活。"被马雅可夫斯基创造出来的普利绥坡金，假如他读过《宗教滑稽剧》，他可能会质问他的创造者，您在1918年那样动人地歌唱了穷困荒漠中劳动者到达"流着奶和蜜"的"应许之地"的欣喜（《宗教滑稽剧》），为什么到了1928年却表现逃离物质世界和革命可能被享乐思想摧毁的恐慌？这种马雅可夫斯基式的恐慌、焦虑，也集中地出现在中国60年代的戏剧和电影作品中，它们是《千万不要忘记》《家庭问题》《霓虹灯下的哨兵》《年青的一代》……③

《臭虫》内在矛盾的产生也可以从艺术方面做出解释。这个剧被作者定义为"神奇的喜剧"。自始至终，都可以看到作者神采飞扬；当他洋洋自得地沉湎于恣肆狂放的想象中的时候，是否也会"无意"中将嘲讽对象扩大至原先他所要歌唱的理想世界？当读者（观众）读（听）到新社会为普利绥坡金推荐的是胡佛和墨索里尼的书，以及"恋爱"是一种病症，因为"按道理，一个人的性欲精力，本来应该合理地

---

① 《臭虫》演出的当时，就有评论抱怨剧中对苏联未来的描写，说"我们就此剧得到的结论是，1979年社会主义下的生活将是非常沉闷"。参见奥兰多·费吉斯《娜塔莎之舞：俄罗斯文化史》，第550页。

② 李静：《改革中国的"赛先生"——1970—1980年代之交中国文学文化中的"科学"》，第241页。这篇博士研究生学位论文谈到田汉的话剧《十三陵水库畅想曲》和改编的电影所引起的讨论和批评意见，第247—248页。

③ 《千万不要忘记》（又名《祝您健康》），从深编剧，1963年由哈尔滨话剧院演出。1964年北京电影制片厂改编为电影，谢铁骊导演。《家庭问题》，胡万春小说，1964年由上海电影制片厂改编为电影。1963年话剧《霓虹灯下的哨兵》，沈西蒙、漠雁、吕兴臣集体创作，沈西蒙执笔，1964年由上海天马电影制片厂改编为电影。1963年陈耘、徐景贤编剧《年青的一代》，1964年由上海电影制片厂改编为电影。

使用一生,但它忽然迅速地凝结在一周……就令人干出一些狂妄和意识不到的行动"——很难相信这是对所向往的世界的赞美词。这里的裂痕,也许可以模仿恩格斯的说法:这是艺术、想象力对于观念和政治命题的"伟大的胜利"①。

2010 年孟京辉的《臭虫》,放大并清晰化了这个裂痕。将这两个《臭虫》放在一起比较,能很有意味地发现时代变迁在思想艺术上烙下的印痕。孟京辉说,他对原作的改动其实不很大,许多滑稽、幽默、夸张的台词都是原作里有的。不过这"不很大"的改动却具有根本性质。他们面对的是不同的社会状况。也就是说,第一次被解冻、复活的臭虫面对的是一个干净的新社会,而被孟京辉第二次复活的臭虫,看到的则完全不是清洁、整齐划一、集体主义的世界。相反,这个世界真是物欲横流,普利绥坡金原先那些被批判的欲望,在这里根本不算什么,他反而显得过于"落后"了。

可以这样说:它们的根本性不同,是视点、观察角度的重要转换。在马雅可夫斯基那里,整体社会是他的观看角度,是落脚点,个体的欲望追求、情感只能在与社会集体的关系中来确定其地位。在孟京辉这里,个体生活、情感的价值地位上升,人的生活欲望、追求的合理性得到确认。这正如剧中《臭虫小调》唱出的:

> 吃胡萝卜治疗眼睛,
> 找女人能解闷消愁,
> 穿皮大衣保证温暖,
> 弹吉它逍遥自在。
> 无论是今年还是明年,
> 啤酒和青鱼都不能断。

---

① 恩格斯 1888 年致玛·哈克奈斯的信中说:"巴尔扎克就不得不违反自己的阶级同情和政治偏见而行动;他看到了他心爱的贵族们灭亡的必然性,从而把他们描写成不配有更好命运的人……这一切我认为是现实主义的最伟大胜利之一。"《马克思恩格斯选集》第 4 卷,第 684 页,人民出版社,1995 年。

> 无论是革命还是建设,
> 人人都伸着手要幸福。
> 无论是晴天还是雨天,
> 孩子们总得起床上学。……
>
> 我要的并不比你多,
> 我只是像你一样更关心生活,
> 我要的并不比你多,
> 我只是像你一样更关心生活。
> 事情就是如此简单,
> 这是臭虫的道理。

"臭虫"在1928年是没有它的"道理"的,或它的"道理"是不被承认的。到2010年它有了自己的"道理",而且表现得理直气壮。因此,1928年的"臭虫"被社会当作怪物,不被容纳,被整体社会所抛弃,作为已逝的世界的残留物陈列;而2010年的它反而成为主动的观察者,难以理解地成为"怪物"的社会,成为它审视的对象。它无法也不愿融入而选择自我隔离。当然,被关进动物园的归宿却是与1928年一样。

孟京辉在剧中有他的发言,有他的尖锐的评论。但他没有将问题推向极端,而是努力呈现问题的复杂性。他避免,也无意在不同视点和价值观上选边。他的改编的主要动机和激情,是以眼花缭乱的舞台艺术创新来提出时代性的问题:如何面对我们所身处的复杂现实,如何确立自身的生活基点,以及乌托邦未来想象的资源是否已经耗尽,"现实主义"是否只是我们唯一的选择。

原载《中国现代文学研究丛刊》2019年第8期

可爱的燕子,或蝙蝠

——50年前西方左翼关于现实主义边界的争论[①]

几个标志性事件

1963年前后,欧洲左翼文学界和苏联,曾发生关于现实主义边界的争论,它由几个标志性事件组成。这些事件的主题是:是否应该开放现实主义的"边界",确立现实主义的"新尺度",让现实主义与非现实主义文艺对话。

事件一:《论无边的现实主义》的出版。著者为法国文艺理论家罗杰·加罗蒂,[②]《论无边的现实主义》法文版出版于1963年。[③] 这本被作者自称为"小册子"的书,收入谈毕加索、圣琼·佩斯和卡夫卡的三篇论文,提出现实主义应该扩大自身的边界,特别是与被称为"颓废派"的先锋文学对话,向它们开放。路易·阿拉贡为这本书写了序言,称"我把这本书看成一件大事"。这个评价,是将它置于国际马克思主

[①] 本文的写作,得到中国社会科学院文学研究所周瓒、上海大学中文系周展安在资料上的帮助、支持,特此致谢!

[②] 罗杰·加罗蒂(1913—1972,又译罗歇·加洛迪,在60年代被译为加罗第),法国文艺理论家、批评家,曾任法共中央政治局委员。

[③] 60年代,加罗蒂这本书的中译名开始为《论无边的现实主义》,后改为《无边的现实主义》。1986年出版中译本时又改为《论无边的现实主义》,吴岳添译,上海文艺出版社;1998年百花文艺出版社再版时沿用这一书名。

义阵营反对教条主义斗争的背景上做出的判断,认为它"并不涉及对马克思主义进行一种修正,而是相反地恢复它。要结束在历史、科学和文学批评方面的教条主义实践、专横的论据和那些封人嘴巴和使讨论成为不可能的种种圣书的引证"。①

　　书很快被翻译成 14 种语言,并引发激烈争议。② 对它的批评,很大部分来自苏联。据相关资料,1964 年苏联的高尔基文学研究所召开会议批评性地讨论这部著作,苏联的《文学问题》《外国文学》等杂志也刊发长篇批评文章。1965 年 1 月 9 日苏共中央机关报《真理报》社论明确表示,"苏联舆论反对修正社会主义现实主义原则和以各种颓废派理论来代替它的企图。力求以'现代主义'来'丰富'现实主义艺术的意图,只能说是对于现实主义艺术的伟大生命力的无知"③。1965 年第 1 期苏联《外国文学》发表苏契科夫的《关于现实主义的争论》,④重申《真理报》的观点:"颓废派的'成就'不可能'丰富'现实主义,也不可能把现实主义的边界扩大到可以囊括颓废派艺术的领域",说加罗蒂试图对美学理论中的教条主义施以毁灭性打击,为现实主义打开门户,但门户不应开在这个方向。这个看法,也是苏联《文学问题》杂志 1963 年发表的编辑部文章《走向思想斗争的前沿》的判断:"我国理论家和批评家的任务是:揭露颓废派和形式主义者冒充革新的毫无根据的妄想。"⑤对于这一批评,《外国文学》发表了加罗蒂反驳的回应,⑥但刊物同时也以长达四千字的《编辑部的话》,对这个回应

---

　　① 加罗蒂:《论无边的现实主义》,吴岳添译,第 4 页。
　　② 阿拉贡 1965 年 1 月在莫斯科大学接受荣誉博士学位的演说中说到,"在法国和其他许多国家里,人们都在大谈特谈这本书。译文不断增加……而且,甚至在人们认为这部作品没有广大读者的地方,'博士们'也到处对它进行争论"。
　　③ 社论被苏联《文学报》转载,中译刊于《现代文艺理论译丛》1965 年第 2 期。
　　④ 苏契科夫文章中译刊于《现代文艺理论译丛》1965 年第 5 期,也收入 1986 年上海文艺出版社版、1998 年百花文艺出版社版《论无边的现实主义》中译本。
　　⑤ 苏联《文学问题》1963 年第 3 期,中译刊于《现代文艺理论译丛》1963 年第 5 期。
　　⑥ 加罗蒂:《论现实主义及其边界》,苏联《外国文学》1965 年第 4 期,中译刊于《现代文艺理论译丛》1965 年第 5 期。

面对争议和苏联文学界对加罗蒂的批评,路易·阿拉贡伸出援手。1964年12月,他和妻子艾尔莎·特里奥莱访问苏联,第二年的1月7日,莫斯科大学授予他语言文学荣誉博士学位。阿拉贡在致答词中,不给主人留情面地用很大篇幅来支持"最杰出的马克思主义者之一"的加罗蒂·阿拉贡。他说,根据已经陈旧的经验对这本书中的大胆的论文进行谴责的评论家们,可能出于对我的爱护,竭力使我放弃为《论无边的现实主义》写的序文;他们在"震响着批评的雷声"中试图在我的头上"撑开一把善意的伞","想让我摆脱这件事,并想证明加罗第(当年中译为加罗第——引者)说的是一回事,而我想的又是另一回事"。阿拉贡直截了当回答:"我从来不喜欢雨伞","我一点也不怕打雷",声称他不接受这种"慈悲"。①

《论无边的现实主义》60年代在中国没有译本,对它持严厉批评的苏联也没有俄文译本。② 当年的中文学界对加罗蒂其实相当关注,1963—1965年间,以"内部发行"的方式出版了他的《马克思主义的人道主义》《共产党人哲学家的任务和对斯大林的哲学错误的批判》《人的远景——存在主义,天主教思想,马克思主义》等论著。③ 但是关于《论无边的现实主义》,只是在《现代文艺理论译丛》④这个刊物译载了

---

① 阿拉贡答词以《莫斯科演说》为题,刊于他主编的1965年1月14—22日《法兰西文学报》。由于反驳苏联文学界对加罗蒂的批评,苏联报刊没有公开发表这一演说。中译刊于《现代文艺理论译丛》1965年第4期。

② 加罗蒂在答辩文章《论现实主义及其边界》中抱怨说:"苏联读者手中没有可以说明自身的文本——无论是我的书或是我的文章都没有翻译过去。"《现代文艺理论译丛》1965年第5期。

③ 分别由生活·读书·新知三联书店出版于1963年5月、1963年3月和1965年8月。《共产党人哲学家的任务和对斯大林的哲学错误的批判》还收入当年法共副总书记罗歇和总书记多列士的论文和报告。这些书均标明"内部发行",封面为浅黄色,被称为"黄皮书"。

④ 《现代文艺理论译丛》由中国科学院外国文学研究所主办,人民文学出版社出版,内部发行。1962为不定期刊物,出版4期,1963年到1965年改为双月刊。主要译介苏联、东欧和个别其他国家的文学理论、批评文章和文艺界动态。

相关的文章,有阿拉贡的《序言》,加罗蒂的《代后记》,批评加罗蒂的文章和他的答辩。中译本迟至 1986 年才面世,有点时过境迁,在当代中国文学界的冲击力已大为减弱。①

事件二:"颓废"概念讨论。讨论由捷克主要文学刊物《火焰》于 1963 年在布拉格举行。② 参加者有法国作家让-保罗·萨特,捷克作家、理论家 E. 戈尔特施图克、A. 霍夫梅斯特、P. 普依曼、J. 哈耶克、M. 昆德拉,以及奥地利马克思主义文艺理论家 E. 费歇尔。讨论涉及是否存在颓废文学,是否使用颓废概念,以及对颓废、颓废文学的理解、评价。发言者的看法并不尽相同,而他们的共识是,对以前被认为颓废的作家及其作品,如贝克特、卡夫卡、乔哀斯(乔伊斯)、弗洛伊德等要做具体分析,不能将其笼统归入颓废作家、颓废文学而简单抛弃;认为他们对"颓废"社会的彻底否定蕴含着力量。萨特说,"只能从辩证的观点来认识颓废,这就是说,如果我们曾把波特莱尔看成颓废派,应该承认他同时也是一个未来的高潮的序曲,因为后来的一切诗歌都从他的作品中获得某种东西。"费歇尔说,像贝克特这样的作家,他的"绝对否定是富于爆炸性的,充满了令人不安的焦虑,他可以转变为有意的反感和行动"。法共《新评论》副主编吉赛尔布莱希特没有参加这次会议,他在另外的地方表达了相似的意见:"对工人运动说来,问题在于如何从统治阶级手中把那些属于'没落'的伟大作家争取过来——'没落'是一个意识形态的现象,却不是一个美学上的鉴定标准。我们不会只接受托马斯·曼或马丁·杜·加尔而抛弃乔哀斯、莫拉维亚或福克纳,我们不会把这份礼物送给资产阶级"。③ 米兰·昆

---

① 中译本除了《译者前言》外,由译者增加了两个附录,一是加罗蒂自传性质的文章《时代的见证》,另一是苏联苏契科夫的批评文章《关于现实主义的争论》;因而它已经不是加罗蒂此书的原版本面貌。

② 会议发言记录刊于法共理论刊物《新评论》1964 年第 6、7 月号,中译刊于《现代文艺理论译丛》1965 年第 4 期。

③ 吉赛尔布莱希特:《为马克思主义的批评而提的几点建议》,原载法共《新评论》1964 年 2、3 期,中译刊于《现代文艺理论译丛》1965 年第 2 期。

德拉在讨论中没有直接谈到颓废问题,他清算的是教条主义的思想方法:"在我们这里,人们经常使用这样一些概念,例如:颓废派、现代主义、形式主义,等等,以致使它们变成空洞无物的概念——既可意味一切,又毫无意义,可以无限地伸缩。由于教条主义时期不存在真正的思想演进,所以思想往往可笑地被形形色色毫无意义的辞藻所代替。"当然,他们的这些言论随后也遭遇抵抗的回响:"社会主义文化不需要汇合那些贵族的、有时是好斗的、无人性的颓废派的美学珍品,这种美学珍品将同资产阶级社会一起死亡,其情形有如亚历山大帝国晚期艺术那样,它的微弱的、垂死的回光照耀着古代世界的弥留状态。"[1]

事件三:卡夫卡讨论会。1963 年 5 月 27、28 日,在距离布拉格 50 公里的里勃利斯宫举行。参加者是东欧社会主义国家的作家和卡夫卡研究者近百人,法国的加罗蒂和奥地利费歇尔[2]是仅有的西方国家共产党人代表。苏联没有派出正式代表团,只有"观察员"列席。会后出版发言集《从 1963 年的布拉格角度看弗兰茨·卡夫卡》,由捷克斯洛伐克科学出版社于 1965 年出版。加罗蒂对这次讨论会的评述是,它"标志着在反对斯大林的哲学公式化所引起的基础和上层建筑关系的机械论观点的斗争中一个重要的阶段……里勃利斯讨论会以及布拉格对卡夫卡所表示的敬意,在我们看来,犹如预示着又一个春天来临的第一批燕子。"[3]费歇尔也认为,这次会议"是一个重大事件,其影响远远超出了捷克斯洛伐克的国界"。[4] 会议中也出现争论。东德代

---

[1] 苏契科夫:《关于现实主义的争论》,《现代文艺理论译丛》1965 年第 5 期。
[2] 恩斯特·费歇尔(1899—1972),出生于捷克波希米亚地区,在奥地利学习哲学并参加革命,曾担任奥共中央委员、政治局委员,文艺理论家、文学批评家。1969 年因不能与党中央保持一致而被开除党籍。著有《论艺术的必然性》等。
[3] 加罗蒂:《卡夫卡与布拉格的春天》,原载《法兰西文学报》1963 年第 981 期,中译刊于《现代文艺理论译丛》1963 年第 3 期。
[4] 《卡夫卡讨论会》,中译见叶廷芳编《论卡夫卡》,第 504 页,中国社会科学出版社,1988 年。

表,也是民主德国文艺政策发言人的库莱拉①会后撰写的文章在评价上与加罗蒂相反,说参加会议的民主德国的三位年轻学者在讨论中,"坚定地反对那些同马克思主义精神格格不入的哲学性质的倾向",他们因此"成了攻击的目标"。库莱拉说,"不要把蝙蝠与可爱的燕子混淆起来:蝙蝠白天在旧宫殿和法院阴暗的走廊中和顶楼上低垂着头,只有在天色朦胧时才飞出去;而燕子,尽人皆知,则预告夏天的来临。"②对这次会议,中国当时只是在一份内部刊物的角落里有这样的评论:"近年来随着修正主义思潮的泛滥,在某些社会主义国家里,卡夫卡作品逐渐受到欢迎,至1963年5月为纪念卡夫卡诞生80周年而在布拉格举行的学术会议,更掀起了卡夫卡狂热的高潮。与欧美资产阶级文艺界一起,许多修正主义'文艺理论家'对卡夫卡大肆吹捧,从此以后,卡夫卡便成了他们津津乐道的对象。"③

地理空间和政治文化身份

争论的当事双方虽然有时措辞激烈,但都认为是属于马克思主义内部的争论。发表批评加罗蒂文章的苏联刊物《外国文学》的"编辑部的话"说,"马克思主义者的同志式的自由讨论""在苏联和外国的马克思主义者就现代艺术的迫切问题的研究中,这种讨论将会得到继续和深入"。④ 在性质认定上,当时正热烈开展国际和国内"防修反修"斗争的中国看法有所不同,认为这是一次修正主义,与"更露骨"

---

① 参阅叶廷芳编:"前言",《论卡夫卡》,第11页。库莱拉(1895—1975),作家、翻译家,当时德国统一社会党中央政治局文化委员会主席。
② 阿·库莱拉:《春天、燕子与卡夫卡——评一次文学学术讨论会》,刊于民主德国《星期日周报》1963年第31期,中译见叶廷芳编《论卡夫卡》,第363—374页。
③ 苏契科夫:《卡夫卡真貌》"译者按",《现代文艺理论译丛》1965年第5期。
④ 苏联《外国文学》1965年第4期,中译刊于《现代文艺理论译丛》1965年第5期。

"走得更远"的修正主义之间的冲突。①

发起开放现实主义边界讨论的"积极分子",主要是法国、奥地利和捷克共产党的一些作家、理论家——法共的加罗蒂、阿拉贡、吉赛尔·布莱希特,捷克的雷曼、哈耶克、昆德拉,奥共的费歇尔等。可以看到这些人物在地理空间和文化身份上的特征。与法国、捷克、奥地利共产党人批评家态度不同,苏联和东德主流文学界采取抵制的姿态。《论无边的现实主义》出版和布拉格卡夫卡讨论会之后,东德统一社会党第一书记瓦尔特·乌布利希以党和国家领导人身份做出回应。他在 1964 年的一次演讲中说:"我们有些作家和艺术家认为,社会主义现实主义的稳固地位可以允许打开它与现代主义之间的边界……这些艺术家陷于一种错误的想法之中。新的东西从来不能这样来获得:放弃已经夺得的地位,或者要社会主义现实主义同现代主义和解。"东德统一社会党中央委员、文艺批评家 A.库莱拉呼应说,被一些人看作"现代小说鼻祖"的乔伊斯、普鲁斯特、卡夫卡笔下的人物,是一些"无血无肉的模糊不清的阴影,漫无边际的胡思乱想的体现者,消极的肉体感觉的说明";我们的文学没有继承这些衣钵,"完全可以心安理得地当作一种荣耀来接受"。②

马克思主义内部在文化问题上的分化,与各自的政治情势、不同文化背景相关,也为不同地理空间的文化构成(如 20 世纪先锋艺术的不同发展状况)所制约。出生于 1905 年的萨特说,"我在象征主义文学和'为艺术而艺术'的思潮统治的世界生活过,后来,在自我的发展过程中,又吸收了西方哲学";我"慢慢接受了马克思主义,而同时又保有以前获得的一切";"除了其他事物以外,是由于阅读弗洛伊德、

---

① 苏契科夫:《关于现实主义的争论》"译者按",《现代文艺理论译丛》1965 年第 5 期。文中说:法共中央政治局委员加罗蒂《无边的现实主义》出版后,"在苏联和东欧各国都引起了反应。加洛第(加罗蒂)的修正主义观点表现得是那么露骨,他在这条路上是走得那么远,以致某些修正主义者也觉得对此不能不持保留态度。"

② A.库莱拉:《英雄的民主化》,原刊于东德《星期日》周报 1965 年第 2 期,中译刊于《现代文艺理论译丛》1965 年第 4 期。

卡夫卡和乔哀斯……我才被引向马克思主义的。"① 加罗蒂更明确谈到他的共产党人信念与文化传统之间的关系，这种关联让他无法忍受将20世纪先锋艺术在"颓废"的恶名下被打入冷宫：

> 对于法国人来说，重要的是首先衡量一下这样一种立场的后果，即彻底抛弃法国绘画的整整一个世纪，而这个世纪正是"巴黎画派"的探索与发现获得全世界的公认并且对艺术起了深刻影响的时期，因为这个画派的最伟大的大师——从马奈到雷诺阿，从高更到凡·高，从塞尚到毕加索、布拉克、列瑞和马蒂斯，如果也算上最近的几代，还有尼科拉·德·斯塔尔、拉毕卡、巴赞、马涅西耶、尼皮翁以及其他数十位有才华的人——能够创造出符合现代的感情结构和开辟未来探索的新途径的作品。……认为必须继承和发扬法兰西文化所创造的一切健康的和伟大的东西的法国共产党人，从来也不允许侮辱伟大的民族传统，其中包括塞尚以来的法国绘画上的发现。②

对于苏联和另外的东欧社会主义国家的作家和批评家来说，他们大多难以有这样的与先锋主义肉身相关的体验和记忆。不错，19世纪末到20世纪初，俄国曾有一个热闹的先锋探索时期，但它们的位置难以和法国状况相比拟，更何况在30年代对"形式主义"的整肃中，先锋探索大多被判非法且被抹去痕迹。萨特在"颓废"概念的讨论会上，使用了"东方左派"和"西方左派"的概念，讲到他们之间在文化传统上的差异："我们，西方左派人士，只能接受教养过我们的几个基本作家，例如普鲁斯特、卡夫卡和乔哀斯，我们不会抛弃他们，即使他们被认为是颓废派；因为指责他们是颓废派，就意味着指责我们的过

---

① 参见萨特在《关于"颓废"概念的讨论》中的发言，《现代文艺理论译丛》1965年第4期。不过，加罗蒂可能不认为萨特属于马克思主义阵营，他在《论无边的现实主义》中，将萨特的存在主义作为对话的对象。

② 加罗蒂：《论现实主义及其边界》，《现代文艺理论译丛》1965年第5期。

去……"他说,"而苏联作家具备的是完全不同的文化传统"。1963年8月在列宁格勒举行欧洲作家联盟关于小说问题的讨论会的时候,有关现代先锋艺术和颓废的话题就被提出和引起争论。萨特嘲讽地说,"某些东方知识分子"仅仅因为弗洛伊德、卡夫卡和乔伊斯生活在颓废的社会里便不加区别地指责他们是"颓废派","我不得不向苏联的朋友们请罪,因为我读过这三位作家的作品,并且熟悉和热爱他们"。[1]

从地理空间的角度观察,布拉格、捷克在东、西方文化关系上,处于一个特殊的位置。米兰·昆德拉说,"捷克对先锋派的研究有着见证人的重要作用。一方面,因为先锋派——不管它标榜超现实主义、象征主义还是不让人给它贴标签——是与共产党密切联系在一起的。另一方面,因为捷克先锋派的最伟大人物证明,把先锋派当作现实主义的绝对对立物是荒唐的。"出版的情况也证实这个论述。与苏联和东欧其他社会主义国家不同,捷克的共产主义出版社在二战前就出版了,后来又出版了《乔伊斯全集》;捷克作家霍夫梅斯特在"颓废"概念讨论会上说,"在我们这里,谈论卡夫卡并非自今日始……很早以前,在20年代,S.K.纽曼首先在一家捷克共产党人的杂志上发表了卡夫卡的中篇小说《司机》";"我在1934年以捷克作家代表的身份在莫斯科出席第一次苏联作家代表大会的时候,卡列尔·拉杰克已经恶狠狠地攻击乔哀斯了。如果同我们儿比较的话,苏联'反乔哀斯'的传统是很久了"。

捷克1918年才建国,此前这个地区属于奥匈帝国。在社会制度上,奥匈帝国既保存数百年中世纪的,同时又添上资本主义晚期的特征。苏联的扎东斯基这样描述卡夫卡的生存境况:虽然一生大部分时间生活在布拉格,但在这个城市卡夫卡是"无家可归"的"陌生人"。他引用了西德的龚·安德斯的评论:

---

[1] 《关于"颓废"概念的讨论》中萨特的发言,《现代文艺理论译丛》1965年第4期。

作为犹太人,他在基督教徒当中不是自己人。作为不结帮的犹太人(卡夫卡最初的确是这样),他在犹太人当中也不是自己人。作为说德语的人,他在捷克人当中不是自己人。作为说德语的犹太人,他在德国人当中也不是自己人。作为波希米亚人,他不完全是奥地利人。作为替工人保险的雇员,他不完全是资产阶级。作为中产阶级的儿子,他又不完全是工人。但是在职务上他也不是全心全意的,因为他觉得自己是作家。但是就作家来说,他也不是,因为他全部精力都是用在家庭方面。而"在自己的家庭里,我比最陌生的人还要陌生"。①

这个有关卡夫卡身份、处境的描述,也可以转移来观察捷克、布拉格的多种文化构成的历史状况;这里是德语文化、犹太文化和本土文化(包括波希米亚文化)的汇合——混杂、冲突和交汇。二战后的社会主义制度又让它进入"东欧"的行列。布拉格被"选择"作为这种倡导文化开放的地点,并非偶然。加罗蒂在一篇文章的开头,引用法国诗人阿波利奈尔1902年逗留布拉格时写的诗,隐约透露了这种文化交汇、混杂的信息:

栖身在布拉格近郊一家客寓的花园,
傍晚时,登上赫拉德钦这块高地,
倾听酒馆里传来的捷克歌曲,
你便这样在生活中缓缓地后退,
像那犹太区钟楼上的指针向后回转。②

---

① 扎东斯基:《卡夫卡真貌》,原刊于苏联《文学问题》1964年第5期,中译刊于《现代文艺理论译丛》1965年第5期。
② 加罗蒂:《卡夫卡与布拉格的春天》,《现代文艺理论译丛》1963年第3期。"犹太区钟楼上的指针向后回转",指布拉格犹太区约瑟夫城如同约瑟夫城市政厅的时钟,位置高的采用罗马数字,而位置低的是希伯来数字,指针按逆时针方向转动。

因此，捷克作家克里玛①说，"布拉格是一个神秘的、令人兴奋的城市，有着数十年甚至几个世纪生活在一起的三种文化优异的和富有刺激性的混合，从而创造了一种激发人们创造的空气"。萨特在"颓废"讨论会上也说，"捷克斯洛伐克是各种优秀文化传统与马克思主义的交会点"。这样的文化特征，或许能较易挣脱教条的束缚和禁锢，迷人的"不纯"、混杂，打破关于"纯粹"不尽追求的幻梦，也孕育、催生了偏离"正统"的创造活力。

开向不同方向的窗户

现实主义边界问题的提出，在社会主义文化系统中并非始自60年代的加罗蒂；在苏联和中国至少50年代初就已经出现。胡风1954年在《意见书》(《关于解放以来的文艺实践情况的报告》)中，针对"社会主义现实主义"这一创作方法，就认为不应在"现实主义"之外再另加要求和限制："在科学的意义上说，犹如没有'无论怎样的'或'各种不同的'反映论一样，不能有'无论怎样的'或'各种不同的'现实主义。"1954年12月，西蒙诺夫在第二次苏联作家代表大会的补充报告中，主张删去社会主义现实主义"定义"中的这段话："同时，艺术描写的真实性和历史具体性必须与用社会主义精神从思想上改造和教育劳动人民的任务结合起来。"在1956年的"百花时代"，秦兆阳(《现实主义——广阔的道路》)、周勃(《现实主义在社会主义时代的发展》)等也发表了与胡风、西蒙诺夫类似的意见。周勃认为，"想从现实主义文学的内容特点上将新旧两个时代的文学划分出一条绝对的不同的界线来，是有困难的"。在他们心目中，现实主义有了"追求生活的真实和艺术的真实"这一"根本性质的前提"就已足够，无须再

---

① 伊凡·克里玛，1931年出生于布拉格一个犹太人家庭。童年随父母被关进纳粹集中营。1960年开始发表作品。主要作品有《布拉格精神》《一日情人》《没有圣人，没有天使》等，曾获捷克共和国杰出贡献奖章与"卡夫卡文学奖"。

画蛇添足。

　　胡风说,"作为一个范畴,现实主义就是文艺上的唯物主义认识论(方法论)","真实性"的要求也就是文学的"客观规律"的要求。加罗蒂也说,在马克思主义者看来,"艺术中的现实主义,就是把辩证唯物主义的根本原理移置到美学领域中来"。① 不过,胡风、西蒙诺夫和加罗蒂在边界向何处开放上,区别也十分明显。与"现代派"势不两立的胡风要开放的对象,主要指向"旧"的、"批判"的现实主义,也就是"前社会主义时代的现实主义与社会主义时代的现实主义在创作方法上,是没有、也不可能有什么区别的"(周勃)。加罗蒂、费歇尔他们要与之对话、试图接纳的主要不是"旧"现实主义,而是传统马克思主义美学拒斥(可以上溯至普列汉诺夫)的现代主义、"颓废派"。这种主张的一个说法是,"在卢卡契叫做'先锋派'的这种没落倾向和另一种先锋派——社会主义现实主义——之间,与其说是势不两立的,不如说存在着种种辩证关系。"他们用来支持这一论述的"文学史事实"是:"那些立即热情地欢迎社会主义革命的作家和艺术家……差不多总是一些'先锋派'的代表:在德国是表现主义者,在俄国是未来主义者,在法国是(某些)超现实主义者。而且这些流派的某些艺术家的转变过程并不只是剥掉一层旧皮而已,这种转变给他们带来了某种超越的而不是否定的丰富内容。"②

　　加罗蒂等要做到这一点,就需要重新解释"现实",重新解释文学与现实的关系。他提出了他的关于现实主义的三个基本前提:世界在我之前和之后的客观存在;世界和我的关系处于经常变化之中;我们对这一变革负有责任。③ 这个解释,是为内心观念、心理现实的"现实性"争取空间,而且也为艺术不仅反映现实,也"创造"现实、创造人及

---

① 加罗蒂:《论现实主义及其边界》,《现代文艺理论译丛》1965年第5期。
② 吉赛尔布莱希特:《为马克思主义的批评而提的几点建议》,《现代文艺理论译丛》1965年第2期。
③ 加罗蒂:《论现实主义及其边界》,《现代文艺理论译丛》1965年第5期。

其生活提出依据。因此,加罗蒂将毕加索称为"在绘画方面创造第八天的人":用六天时间创造了天地万物的上帝心满意足宣布歇息,而毕加索"向众神过早满足的创造提出了起诉":这也是加罗蒂等对传统现实主义的"过早满足"的起诉。

批评家往往会提出某一、某类作家"有什么用"的问题,来检验某些"遗产"的当代性。1957年,苏联的爱伦堡提问的对象是19世纪的司汤达和他的《红与黑》;1963年,加罗蒂以及法国共产党刊物《新评论》副主编安德烈·吉赛尔布莱希特提问"有什么用"的作家是卡夫卡。① 爱伦堡说,我们今天谈到《红与黑》,"要比谈我们同代人的作品觉得更有信心";它"是一篇关于我们今天的故事,司汤达是古典作家,也是我们的同时代人"。吉赛尔布莱希特说,为什么要说卡夫卡是一个没落世界的最后呼声,而"不可以更恰当地说,他是道道地地属于普遍性的文学呢"。事实上,在斯大林去世和苏共二十大之后,苏联文学界的社会主义现实主义向"旧"现实主义开放的努力,到60年代已经取得明白无误的进展,这可以从苏契科夫反驳加罗蒂的文章中得到证实:"把社会主义现实主义和批判现实主义结合在一起,以高尔基、肖洛霍夫、罗曼·罗兰、萧伯纳、高尔斯华绥、托马斯·曼、罗歇、马丁·杜·加尔、海明威、马丁·安德逊·尼克索等人的名字为标志的伟大的现实主义传统在今天还在发展……现实主义艺术家的探索和成就有效地对抗着现代艺术中无数先锋派……"②

但加罗蒂他们的问题是另一方面。对"卡夫卡作什么用",吉赛尔布莱希特做了这样的回答:

> 如果靠卡夫卡的作品培养起来的年轻人在大街上跟工人一起对秘密军组织进行斗争的话,他们当时脑子里想的肯定不是卡

---

① 吉赛尔布莱希特:《卡夫卡作什么用》,法共《新评论》1963年143期,中译刊于《现代文艺理论译丛》1963年第3期。
② 苏契科夫:《关于现实主义的争论》,《论无边的现实主义》,吴岳添译,第261—262页。

夫卡。但是,我们同样可以公正地跟他们一起这样说,当卡夫卡主义的根源消灭的时候,卡夫卡主义本身就会消灭,但卡夫卡将永存。他是一个震荡人心的、并且在美学上极其杰出的见证者,他的痛苦和他的才能迫使人们倾听他,尊重他。①

制约现实主义打开哪扇窗户的因素有多个方面。前面说到的文化传统是其中重要一项,另外也与马克思主义作家面对的不同紧迫问题紧密相关。长期流亡、旅居巴黎,因而获得"法国视野"参照的俄国思想家别尔嘉耶夫说,俄国知识分子对"现实"的敏感和多情是"罕见的","西方人很少能够理解这一点";"俄罗斯的主旋律……不是现代文化的创造,而是更好的生活的创造";"19世纪伟大的俄罗斯作家进行创作不是由于令人喜悦的创造力的过剩,而是由于渴望拯救人民、人类和全世界,由于对不公正与人的奴隶地位的忧伤与痛苦"。② 事实上,中国现代作家对"现实"也同样"敏感而多情"。可是,在苏联和当代中国,"社会主义现实主义"成为律令之后,对现实的探索遭到重重阻碍,"无冲突论"等迫使作家在现实真相前面止步,为此"忧伤而痛苦"的作家就盼望着"旧"现实主义的回归。这也就是韩国批评家白乐晴指出的,在韩国,托尔斯泰《复活》这样的揭露土地、司法、监狱、贵族、农民等现实问题的小说,"比卡夫卡、乔伊斯、普鲁斯特,还有福楼拜或左拉的任何小说都能给现今的韩国多数读者提供更加饱满和新鲜的食粮";这就是他说的阅读、评鉴上的"主体的姿态"。③

尽管在窗户开向何方上有这样的差别,但他们面对的问题相近,也可以说有着相同的指向。因此,加罗蒂在强调接纳"颓废"的现代派的同时,也强调"社会主义现实主义不能不同时又是批判现实主义":

---

① 吉赛尔布莱希特:《卡夫卡作什么用》,《现代文艺理论译丛》1963年第3期。
② 别尔嘉耶夫:《俄罗斯思想:19世纪末至20世纪初俄罗斯思想的主要问题》,第24页,雷永生、邱守娟译,生活·读书·新知三联书店,1995年。
③ 白乐晴:《以主体姿态理解西方经典小说》,《全球化时代的文学与人:分裂体制下韩国的视角》,第441页,金正浩、郑仁甲译,中国文学出版社,1998年。

"由于根本拥护社会主义世界观并参加走向社会主义的历史运动,社会主义现实主义不能回避艺术的基本职能:即不是安慰人,而是引起人的不安;不是试图为我们描绘既定的、不依靠我们而运动的现实的影像,而是提醒我们……我们每个人都应对现实的缺陷,总而言之,艺术唤起人们的责任感。布莱希特写道:'如果向今天的人类描绘今天的世界,这世界在人们看来应该是可以改造的。'"①

由于争论的重心是关于"颓废"和现代派的评价,不可避免地,在对待表现主义问题上持对立态度的卢卡契和布莱希特,也被争论者牵扯进来。现实主义边界开放的主要论者,都一再援引布莱希特来阐述自己的观点,而把卢卡契作为马克思主义美学中的机械决定论的教条主义代表,甚至不恰当地将他与日丹诺夫相提并论。说卢卡契的美学是一种演绎的美学,说他将19世纪德国古典主义、法国和俄国现实主义简单化后,演绎为一套形式上的,先验的现实主义标准——这在某个方面可能有道理,但对卢卡契的美学做这样的全局性概括,显然也是一种简单化后的演绎。

异化,卡夫卡的"超越性"

在这场扩大现实主义边界的争论中,经常提到的"颓废派"先锋作家、艺术家,有乔伊斯、普鲁斯特、弗洛伊德、贝克特等多位,而讲的最多、被作为论述中心的作家则是卡夫卡。卡夫卡这次被马克思主义批评家重点关注可能有这样几个原因:一个是在一段时间里,马克思主义者普遍对卡夫卡持否定、无视的态度;到60年代开始觉察到这个处理方式的不当:"我们马克思主义者将这位作家交给资产阶级世界的时间太长久了,我们一定要将耽误了的事情弥补过来",要向社会主义世界呼吁,"将卡夫卡的作品从非自愿的流亡中接回来,发给他一张永

---

① 加罗蒂:《费歇尔和关于马克思主义美学的辩论》,《法兰西文学报》1964年7月23—29日,中译刊于《现代文艺理论译丛》1965年第3期。

久的签证"。① 另一原因是认为卡夫卡创作的"颓废"、变形的艺术特征蕴含着强烈的社会批判性,应该是倡导扩大现实主义边界至先锋文学的最佳个案。就如费歇尔说的,他并不只属于过去,而是有"最大现实性"的作家;至于他是否属于"现实主义",这并不重要:"我不赞成把一些伟大的作家归入于某一类别。我要用唯名论的术语说:上帝造物,魔鬼创造类别,分类只适用于平庸的人,出类拔萃的人则要冲破它。"②

更为具体充分的理由则是卡夫卡作品揭示的"异化"现象,这成为马克思主义批评家回应现实社会政治和文学问题的核心。到了60年代,苏联和东欧社会主义国家文学界关切的问题发生转移,无视、轻忽卡夫卡的情况已经不占主流地位。对现代主义一直坚持否定态度的卢卡契,在1958年的著作《批判现实主义的当前意义》中立场也出现明显松动。虽然他指出卡夫卡"对帝国主义时代资本主义的赤裸裸的恐惧、惊慌(对它的各种法西斯变种怀有预感)从主观幻想突然变成了实体",因而"世界的真正统一性破碎了",但也认为,"叔本华当年俏皮地说,'一个真正一贯的唯我论者只有在疯人院里才能找到。'这也适用于关于'一贯反现实主义'的说法","卡夫卡的作品整体上突变为佯谬和荒诞是以细节描写的现实主义基础为前提的,这绝不是一种反现实主义的直线型的自我贯彻,而是——字面上的——细节上的现实主义变为对这个世界现实的一种否定。"③

在马克思主义阵营那里,重视卡夫卡价值并做出认真研究的,是50年代捷克的理论家保罗·雷曼,而奥地利的费歇尔这个时间给予卡夫卡最高的评价。不过,在重视他作为一个杰出作家的价值的同时,马克思主义批评家内部仍存在重要的分歧。争论主要在两个方

---

① 费歇尔在卡夫卡讨论会上的发言《卡夫卡学术讨论会》,叶廷芳编:《论卡夫卡》,第505—516页。
② 同上书,第505页。
③ 同上书,第336—338页。

面,一个是卢卡契提出的"整体性"问题,另一就是卡夫卡揭示的"异化"现象的现实指向。一种意见认为,虽然卡夫卡意识到并揭示了生活的荒谬,但对未来却绝望、毫无信心;这是19世纪末20世纪初奥地利局势产生的"阴暗的、病态的、神秘主义的文学",他是"奥地利的不幸的子嗣,他既是他的亲子,也是他的继子"。另一种看法则是,"卡夫卡不是一个绝望者,是一个见证者";虽然他"不是一个革命者",但他"是一个启发者";"他暗示世界的缺陷并呼吁超越这个世界"。

马克思主义批评家一个普遍性的观点是,卡夫卡的作品的中心主题是对"异化"的揭示和反对,他没有能预示摆脱"异化"的出路。但对这种揭示是否具有对所描述的特定世界的"超越性",却存在尖锐的对立。在加罗蒂等看来,卡夫卡的描述远远超越具体的历史处境,而直指某种普遍性境遇,"人到处沉没在这个不人道的世界里,在一个一切都合理化和可计算的体系的齿轮机构里受着物化"①;说他"今天还在对我们发言,就是认识到,反对异化的斗争,并不随着政权的夺取而终结,但由此出发,它具有一种新形式,并获得一种真正的功效。"②而东德的库莱拉、苏联的扎东斯基等都坚决反对这一观点,指出"异化"是"一个历史的具体概念,不但这样,它还是一个政治的阶级的概念,它是跟特定的生产方式,及资本主义生产方式联系着的",而"社会主义(哪怕单就经济而言!)是跟资本主义完全对立的",因而"异化""同社会主义社会没有、也不可能有任何关系。在建设社会主义的过程中,会产生(或者可能产生)一些困难,一些错误,一些破坏,但是把这些现象称为'异化'是毫无根据的。"而且,卡夫卡也并没有将"异化"的本质指出来:与布莱希特相比,布莱希特指出这个"异化"世界是不公正的不合理的,它的历史命运是注定的,而卡夫卡却认为"异化"的世界不受人控制,"合乎规律";因而,卡夫卡是"异化"世界的牺

---

① 加罗蒂:《论无边的现实主义》,吴岳添译,第108页。
② 加罗蒂:《卡夫卡与布拉格的春天》,《现代文艺理论译丛》1963年第3期。

牲品，而不是善于剖析这一现象的艺术家。①

这些争议，在80年代前期中国的人性、人道主义和"异化"问题争论中，在周扬与胡乔木发生的激烈冲突中再次重演，而且这一争论也同样的不知所终。与苏联和西方面临苏共二十大之后社会主义问题的背景相似，中国也面临走出"文革"后进行的"反思"。因此，争论不仅涉及理论，涉及如何看待早期马克思的"异化"论，更主要由现实的迫切处境及情势激发和推动，也就是一些研究者指出的，"异化"问题在这些不同背景下的争论，与其说是理论阐释、表述上的争议，不如说主要是一种紧迫的通过这一范畴展开的"批判性的历史宣判"。②"异化"问题的提出者可能有某种无法为历史证实的玄想和脱离历史分析的激情，但无法面对伤痕累累的创伤和社会情绪的严密理论和历史分析，也可能暴露了它的孱弱和苍白的一面。

原载《现代中文学刊》2019年第5期

---

① 扎东斯基：《卡夫卡真貌》，《现代文艺理论译丛》1965年第5期。
② 贺桂梅：《"新启蒙"知识档案：80年代中国文化研究》第1章，北京大学出版社，2010年。

纪念他们的步履

——致敬北京大学中文系五位先生

冯至《十四行集》第17首写到，原野里有充满生命的小路，这是多少无名行人的步履踏出来的；"在我们心灵的原野里/也有几条宛转的小路，/但曾经在路上走过的/行人多半已不知去处"，他们中有"寂寞的儿童、白发的夫妇，/还有些年纪青青的男女，/还有死去的朋友……"冯至先生说："我们纪念着他们的步履 / 不要荒芜了这几条小路。"

我的"心灵原野"也有众多行人步履留下的小路：经典作家、长辈、同辈和学生……可以列出长长的清单。这里设计几个条件来将范围缩小。之一是他们和我同属一个世代，也就是出生在30年代。二是都从事20世纪中国文学/文化研究，研究对象跟他们的生活处于重叠状态。三是我不仅在书籍、论著上和他们见面，而且有程度不同的交往。不是要全面评价他们的成就和人生——这既不可能也没有这个能力，只是讲我从他们那里学到些什么，得到怎么样的启示。这些零碎的感受，当然难以呈现他们富足、多彩的人生。

在这样的限定之后，要感谢的先生便是下面几位——乐黛云（1931）、谢冕（1932）、严家炎（1933）、孙玉石（1935）、钱理群（1939）。五位先生虽然经历、性格各异，但也有共通之处。他们的生命，基本上镶嵌在1949年之后的共和国历史之中，都曾有青少年时期热切追求革命，向往"新世界"的理想主义生命底色，也遭遇理想挫折和寻找生命更生的过程。他们在各自的领域(比较文学、中国现当代文学和中国新诗研究)都是具有奠基性或开拓性贡献的学者。另外，学术与人生在他们那里难以分离，就如严家炎说的，"不但学问的终极目标应该为了人生——有益于人生，而且治学态度也是人生态度的一种表现"。也就是说，他们的学术研究，不仅基于知识性、职业性的兴趣，更是来自对历史和自身的问题的关切。因此，我曾经在写乐黛云的一篇文章里，用了"有生命热度的学术"①这样的题目。

乐黛云：受限人生和开放心灵

五位先生中最年长的是乐黛云，她出生于偏远的省份。1948年17岁时，从贵阳到重庆参加大学入学考试，同时被中央大学(1949年8月改名南京大学)、北京师范大学和北京大学(以下简称北大)录取。她选择了北大。当时北平还没有解放，入学时先到武汉，由北大派到武汉接收南方各省二十几名新生的教师带领，乘江轮到上海，再改海轮到塘沽。当时北大在城里的沙滩，乐黛云积极投入中共领导的学生运动，秘密印制、分发革命宣传品，到沈从文先生家劝说他留在即将解放的北平。50年代初，曾代表北京市学生参加社会主义阵营在布拉格召开的第二届世界学生代表大会。1952年毕业后留校任教。在她面前展开的是彩色的生活前景。

我知道乐黛云的名字是上高中的时候，在《文艺报》《文艺学习》上读到她的文章，特别是连载的《现代中国小说发展的一个轮廓》。由于政治、学术上的出色表现，显然她得到了"宠爱"，对她有过"黛子"的昵称——这是我入学不久在中文系教师工会办的墙报上看到的。不过，我在北大读书的五年中，没有见过她的面，也没有听过她的课。原因是反右运动中她成为右派，主要依据是带头筹办同人刊物《当代

---

① 洪子诚：《我的阅读史》，北京大学出版社，2017年。

英雄》。至今不清楚为什么使用这个刊名,虽说莱蒙托夫以此为名的小说当年颇为流行。刊物其实并未出版,我看过贴在中文系所在地走廊里的创刊号目录,记得有小说、有论文,其中醒目的是与毛泽东《在延安文艺座谈会上的讲话》商榷的文章。因为办刊这件事成为右派的有九人之多,大多是当时文学史教研室的青年教师,其中有后来成为著名学者的金开诚、裴家麟、沈玉成、褚斌杰、傅璇琮。

乐黛云随后被开除公职,每月16元生活费,遣送到位于京西门头沟斋堂的农村监督劳动。她自己说,因为总不"认罪",右派"帽子"迟迟不能摘掉。1962年才回到中文系资料室当资料员。后来允许她上课,她和我同在现代汉语教研室的写作课教学小组。但和她来往不多。对她更多的了解,要到"文革"期间江西鲤鱼洲"五七"干校的时候。

乐黛云的学术贡献,是比较文学和中外文化交流方面。正如戴锦华说的:她在当代中国参与创建的比较文学领域,"启动了80年代最重要的学术思想基地,带来了完全不同的视野、方法,孕育着参与、介入、变革中国与世界的力量"。

从我个人得到的帮助和启示方面,70年代末和80年代有几件事深留在记忆中。大概是1978年,中文系里举办许多讲座,我讲的题目是批判"主题先行"的创作观念。大概是说这一观念的提倡、推行,是服务于"四人帮"的政治,也违背了艺术的规律,只能导致公式化概念化的后果。讲座结束,正当我沉湎于自己的激情和学生的掌声中的时候,乐黛云走过讲台留给我的是一句冷静的话:"这个问题不能说得这么简单。"另一件事是关于"伪现代派"的争论。80年代文艺界的"现代派热",引发小说、诗歌、绘画、电影领域的先锋性探索。随后就有关于真、假现代派的争论。一种意见是,相较于西方现代派作家作品,中国这个时期的"现代派"都不是"真正"的现代派,因而出现了"伪现代派"的概念。乐黛云在系里碰到我,问我怎么看。我肯定了一些批评文章对这些探索性作品的性质、价值的辨识。她显然不赞同我的意见,但也只是说:"现在谈规范太早了。"再有就是1988年夏天北戴河文学夏令营她的演讲,在启蒙的80年代对无限主体信仰的批判性分析引发了我的思考。

  这些看似零碎的事情,其实提示了在那个思想、学术重建与革新的年代,乐黛云在思想文化问题上思考的基点。一个是受限个体在历史上的可能性,另一个是中外文化关系上的视野和心态。后来我读了她论现代文学、文化的文章和她的自传,加深了对这些问题的认识。在80年代,她能很早就与那种"无限个体"的幻觉保持距离,应该跟她的遭遇密切相关:1980年她在《新文学论丛》上发表的论《伤逝》的文章(其实写于1963年,投稿《人民日报》未被接纳)说明了这一点。在自传《我就是我:这历史属于我自己》[①]中,回顾来路,她有这样的感慨:"我的生活充满了跌宕起伏,无论好事坏事全都来得出人意料,完全无法控制;大事如此,小事亦然。"所以她说:"……米歇尔·傅科曾经断言:个人总是被偶然的罗网困陷而别无逃路,没有任何'存在'可以置身于这个罗网之外。"跌宕起伏、罗网困陷的经历和体验,让她在"时运好转"时不曾狂傲膨胀;而明白了这一点,也让她在跌落低谷时从不自暴自弃。她知道存在"荒谬",却不靠近虚无。可贵的是她从不夸张、放大个人的苦难处境,在这一点上她的境界无疑高于当年大部分"伤痕文学"。正如一位学者的评议:"在她看来,错误并不都在一面,而是由于许多个人无能为力的、错综复杂的历史机缘所造成。"从"本质"上说,她是对未来有坚定期待的理想主义者,她赠送我的自传上的题词是:"让我们一起回忆过去,展望未来!"她坚信,受限处境中的个人行为轨迹,虽是生命中偶然的点和线,但将各种"偶然"连成一气,也有可能展现那"似有似无"的"必然"。这就是"别无逃路"的个人的勇气和积极承担的根据。

  在思想文化问题和中西文化关系上,她依循的是鲁迅的"外之既

[①] 乐黛云:《我就是我:这历史属于我自己》,台北正中书局,1995年。

不后于世界之思潮,内之仍弗失固有之血脉,取今复古,别立新宗"的理想,她说,鲁迅不满足于现实层面而超越于现世的终极精神追求,可以说都是她后来学术生涯的起点。她把20世纪初中国出现的保守主义、自由主义、激进主义等,看作共同"存在于一个框架"的思想流派,认为它们之间的"张力和搏击正是推动历史前进的契机"。在她那里,"走向世界""勇于吸收",是一个坚定的、重要的命题。她推举闻一多40年代在《文学的历史动向》中的观点:一种文化的"本土形式",在经历花开极盛到衰谢的必然过程中,需要"新的种子从外面来到,给你一个再生的机会"。因此,她不轻视、鄙薄"伪现代派",认为活跃的探索呈现的"无序"状态并不都具负面意义;在文化交汇中,"误读"是必然的,误读"是促进双方文化发展的契机。恒守同一的解释,其结果必然是僵化和封闭"。我感觉她的内心深处,存有挣扎着反抗社会运作统一化的"反熵"(这个概念在80年代文化热中曾流行一时)的责任承担;这一责任所面对的,不仅有突破隔离封闭的体系,将文学,进而将人的生命引向开放、动态、发展状态的急迫,也有在"全球化"中抵抗另一种性质的统一、复制、同质化的危险的警惕。但她最警惕的是那种文化、思想上的狭隘民族主义。她深知如果没有一个更高的、超越性的文化理念和价值观,那只能走向衰蔽。

其实,乐黛云先生最让我感动的一点是她的真实。拿我自己说,表与里、言与行总存在脱节,存在不一致,甚至互逆的情况;她却是我认识的人中,较少"面具意识"的先生。听她说话,听她讲课,读她的书和文章,给人的突出印象是她的一致,她的自然和自信。自然,就是不做作,就是率直坦诚,就是不左右摇摆,不见风转舵;就是在风云变幻、眼花缭乱的时势中,努力坚持自己独立的判断,不苟且,不阿世媚俗。就是保有开放、批评,但也包容、非排他性的心态。从80年代以来,我多次见识她面对重要事变时的表现,在共同经历的许多事件中,我们的表现真的远不如她的沉着、勇敢(基于某种原因,这里例子从略)。

严家炎:"求实"的当代意义

尽管谢冕比严家炎先生大一岁,但先讲严家炎是有理由的:谢冕读大三的时候,严家炎已经是老师。他1933年生于上海宝山县,1950年高中毕业时,不愿遵从母亲要他报考"正规大学"的意愿,报名进入华东人民革命大学。他也是个怀抱革命理想的热血青年。这所培养革命干部的大学学制半年,学习社会发展史、中共党史、土改法等。1956年北大招收文艺学副博士研究生(当年学习苏联学位制度,设博士和副博士,副博士学制四年),已在厂矿宣传部门任职的严家炎,以同等学历报考被录取,师从杨晦、钱学熙教授。前面说过,因为反右,北大中文系文学史教研室许多青年教师成了右派,开不出课来,1958年便让严家炎肄业转为教师,虽说他并不情愿。

将近20年前,我曾写过短文《"严"上还要加"严"》[①],谈到严先生他的学术和为人的品格。在我的书和文章中,这篇短文的读者可能是最多的,证据是2010年初中国人民大学国际汉学研讨会最后一天的"圆桌会议"上,我坐在瑞士汉学家冯铁旁边,他说因为读了《"严"上还要加"严"》而知道我的名字,而且我的文章里这是他唯一读过的一篇。听了他的话,当时便后悔为什么花费那么多精力写论文和书,而没有多写这类文字。

在那篇文章里,我讲到"五七"干校期间我们搬用昆剧《十五贯》中的人物名字,给他取了"过于执"(简称"老过")的绰号;讲到修排灌渠他当质量检查员,如何用三角量尺精细测量我们挖的水渠的坡度不合规格,要我们返工——因为当时正是中午收工时间,饥肠辘辘不让走,我们怨而不敢怒,所以这件事印象深刻。这些都是在说明他认真、严谨、求实,但也固执、迂、认死理的性格。"老过"这个绰号自然是赞

---

① 见《两忆集》(北京大学出版社,2009年)和《我的阅读史》(北京大学出版社,2017年)。

赏，但也表现了我们遭遇他固执时的无奈和崩溃。对他的认真严谨的"威慑力"我还有另外的体验。1958年我大二，参加集体科研，编写现代文学史，分给我的是叶圣陶、郁达夫两个小节。系里派他来指导。他把我叫到资料室，完全不顾当年路线至上、年轻人挑战"权威"的天然合理性的时代氛围，批评我材料没读多少就敢下判断。我虽然没有吭声，但对他的强调材料很不以为然。再就是1988年在北戴河，我说郭沫若的《李白与杜甫》迎合毛泽东的尊李抑杜。他立刻板起脸来，"你有什么材料，有根据吗？"我确实没有材料，顿时语塞，又有诗人任洪渊在一边，搁不住面子便和他吵起来，从海边回到住处，互不理睬一路无言，一时忘了他是我的老师。

80年代初严家炎出版了两本重要的论文集，头一本是《知春集》，第二本是《求实集》①。"求实"既可以看作他的"宣言"，是他的学术、人生目标，也是他对事物评价的标准。唐弢先生在《求实集·序》中说："他正直，有点固执，肯承担责任；对于工作，即使不能说是忘我，也很少有为个人利益着想或者打算的时候"。说他的"求实"有时候近乎"迂"，这里有一个例子。"文革"刚开始的时候，系里教师曾有针对他的批判会。当有人指责他"追随邵荃麟贩卖中间人物论"的时候，他的回答是，我没有"追随"他，我关于《创业史》的观点在1960年下半年就已经形成，第一篇文章发表在1961年6月②，写这些文章的时候我不知道邵荃麟的看法，没有受过他的影响。这个与邵荃麟争夺"错误""罪过"发明权的回答，让批判者一时无语。1963年6月他的《关于梁生宝形象》一文在《文学评论》刊出后，柳青怒气冲冲地撰文反驳，因此严家炎在1964年至1965年批判邵荃麟期间，也被归入写"中间人物"支持者而受到波及。但是"文革"初严家炎到西安，看到柳青受冲击，就主动去见陕西作协的造反派，认为柳青这样有成就的革命作家不应该受到这样的对待。后来柳青到北京治病，他也到医院

---

① 《知春集》，人民文学出版社，1980年；《求实集》，北京大学出版社，1983年。
② 指刊于《北京大学学报》1961年第3期的《〈创业史〉第一部的突出成就》。

看望,并为自己年轻"失言"致歉。在这里,"求实"体现了执着于事理而不计较个人得失恩怨的伦理原则。

不过据我所知,严家炎60年代关于《创业史》的看法后来并未改变,他只是说那时候年轻说话不知分寸——指的是他对梁生宝形象塑造存在"三多三不足"(写理念活动多,性格刻画不足;外围烘托多,放在冲突中表现不足;抒情议论多,客观描绘不足)的概括。在《"严"上还要加"严"》一文中,我检讨"文革"初曾起草有二十几位青年教师签名的大字报批判他。经过了"文革",我却偏于认可他的主张。我想,在思想艺术上,我们都是被19世纪"现实主义"喂养的,长期累积的有关典型性、深度、艺术形象的丰满和逻辑依据等"经验"渗入骨髓。这是否阻塞了我们理解、亲近变革(不管是"现代派",还是"社会主义现实主义")的通道?这是留给我们的问题。

说到"求实",容易和保守、墨守成规联系起来;对严先生而言,这是想当然的肤浅之见。表面看来,他确实很少把理论的标新立异和建构研究"新体系"作为学术目标。他没有设计理论框架的体系性宏大论著。是他不能吗?我倾向于是他不愿。正如解志熙说的,他关注的是学科研究中"长期积累的、有待解决的一个个问题","所以他的论文大多针对具体问题而发,并力求具体问题具体分析,使问题得到切实的解决",在一点一滴的学术积累中切实推进这些领域的研究,这就是"求实戒虚"的学术态度和学术选择①。严先生的这种不怎么"典型"和"显眼"的态度和选择,在当今喧嚣浮躁风气弥漫,热衷建构缺乏问题意识的研究体系的学术界,越来越显现它的意义。

其实,"老过"在严肃、平和、中正的外显性格中,隐蔽着浪漫、也许还有那么一点狂放的一面,只是这一面还未被更多人认识(或看穿)。这表现在他参与学科的奠基和研究拓展上做出的贡献——提出以"文学现代化"来理解20世纪现代文学的性质;最早提出将通俗小说、20

---

① 解志熙:《严谨的开拓者及其固执——〈论鲁迅的复调小说〉读后感言兼及对"五四"的反思》,《现代中国》第5辑(2004年12月)。

世纪古体诗词写作,以及因政治、意识形态原因被排除的作家、文学现象纳入现代文学研究范围;最早开设现代小说流派研究课程和出版相关论著,改变被线性时间视角宰制的历史叙述局面;最先(现在仍存在争议)在大学讲授金庸小说,在20世纪文学史上给予金庸极高评价……

90年代曾经有《北大当代学者墨迹选》①一书问世,严家炎题写的是李白的"狂风吹我心,西挂咸阳树"(《金乡送韦八之西京》)。我不大明白他借此"寄怀"的具体对象,但觉得一个感受到心被"狂风"所吹的人,肯定不会是心如古井。如果一定说人生有一个,或某几个转折点的话,那么,他1991年的美国斯坦福大学客座研究员之行,是可以考虑的时间——这一点,来源于谢冕先生的分析和提示。其实我也有可靠的根据。他要好的朋友曾跟我说过,他说那时他终于体会到什么是"幸福"。我很好奇,严先生那样严谨、严肃的人,怎么会喜欢金庸?他也会做飞檐走壁的梦吗?也动过上山修行的念头吗?读到郭襄告别杨过和小龙女的时候,也会一夜无眠吗?记得和贺桂梅采访他的时候,我还专门问了这个问题:"你是出于研究上的动机,还是真喜欢金庸?"他斩钉截铁地回答,是真喜欢。

你可能还不大相信,那我要告诉你,严先生读中学时,就写过一两万字、没有发表的武侠小说。

谢冕:敏锐和勇气

谢冕和孙玉石先生大学比我高一年级,他们是1955级,我1956级。我们都住在32斋(北大学生宿舍原称"斋",可能认为这称呼蕴含"旧时代"气息,1958年改称"楼")。谢冕虽然只比我高一年级,却大我七岁,比他同年级的孙玉石、孙绍振也大三四岁。同届学生整体

---

① 《北京大学当代学者墨迹选》,北京大学出版社,1993年。

年龄的较大差别,在当代出现过两次,一次是50年代,另一次是"文革"后的1977、1978级。50年代因为需要大量经济建设人才,一批文化水平较低的干部经过"工农速成中学"后进入大学,也有不少参加工作三年以上的考进大学提高,他们被称为"调干生"。他们有自己的食堂,有区别于应届生的"调干助学金"或带着原来的薪金,普遍担任各个级别的学生干部:学生中出现的这一"阶层"划分,是这个时期大学校园里的特殊"风景"。

谢冕就是"调干生"。他是福州人。福建在当代才子才女辈出,尤其是文学批评领域。他热爱文学,热爱新诗,1948年在福州三一中学读初三时,便在《中央日报》(福州)发表散文《公园之秋》。新中国成立前夕,出于对正义、自由、光明的追求报名参军,在军队担任文化教员——我们有时候调侃他是没摸过枪的军人。1955年他从军队复员,报考北大中文系,以实现文学的理想。大学几年里,谢冕连同福建同乡的张炯,以及没有被划为右派之前的林昭、张元勋、沈泽宜、江枫,在我眼里是北大"文艺界"的知名人士。

我认识谢冕和孙玉石是1959年年初。《诗刊》主编臧克家、徐迟觉得已有三十多年历史的新诗应该有一本"观点正确"的新诗史,他们认为靠老专家来写不行了(那时正刮着批判"资产阶级学术权威"的狂风),徐迟先生便到北大找到已崭露头角的还是学生的谢冕,让他组织几个人来承担这一任务。谢冕招募了同年级的孙绍振、孙玉石、殷晋培和1956级的刘登翰,因为刘登翰和我要好,我便阴差阳错跻身其中。六个人住进北京城东北角的和平里中国作协宿舍,在一个两居室的单元里度过寒假半个多月的时间,读书、争吵、写作。谢冕是当然的领袖。我虽说喜欢诗,但对新诗史知道不多,学术研究更是懵懂无知。从他们特别是谢冕那里学到很多:生活经验、历史知识和艺术感觉。最突出的是他的生活热情,审美感悟的直接、敏锐。那种富有历史感的宏观视野,和在细节把握基础上充溢诗意的概括力。

谢冕热情,喜结交朋友,对人友善。他崇敬、追慕"至美",美文、美食、美景、美女、人道的社会、富道德感的完整的人……他赋予这些事物以浪漫诗意。在这方面,他与同为福建老乡的浪漫诗人蔡其矫同气相求;自然在表达这种追慕上,他不如蔡先生勇敢。"文学是一种信仰"是他常说的话——在"信仰"已罕见(遑论"文学")的时代,这个表白让他在我们眼里是不老的"老文青"。1967年,北大未名湖边一株美丽的榆树被无端砍伐,他很长时间绕道而行,不愿经过那个现场。后来我在牛汉先生的书中看到了相似的强烈反应①:在咸宁"五七"干校,一棵枫树被砍倒,他蹲在树坑前失声痛哭,并为此写了《悼念一棵枫树》:"叶片上还挂着明亮的露水/仿佛亿万只含泪的眼睛。"但在当代,不如意事多多,人有时又显得无能为力,谢冕许多时候并不快乐。北大1969年"清理阶级队伍",他和严家炎等几人无端被定为"反动小集团"受到批判。"五七"干校期间,又因有检举信说他参加"五一六反革命集团"而受到审查。后来他带领1972、1974级工农兵学员,不避辛劳到西双版纳和北京郊区农村生活劳动,指导他们写作,因讲课、批改作业时的思想审美倾向不符激进潮流,在"反右倾回潮"运动中又再次受到批判。遭遇了的这些打击,他的痛苦和心理负担,事后却从不向他人倾诉,也未见在文章中讲述;他选择的是沉默。我在他的眼神和面容上读出:"我看得很明白,但我不说。"

大家都知道谢冕在当代文学学科建设上的贡献。他和张钟在北大中文系筹建第一个当代文学教研室,招收第一届当代文学博士研究生。他指导的学生许多人成为著名学者和批评家。他新诗的研究成果丰硕。更值得提起的是他这三四十年先后主持的多个大型研究项目:"20世纪中国文学丛书""百年中国文学总系""中国新诗总系""中国新诗总论"……

我在北大上过十来次当代文学基础课,90年代之后,常有学生对谢冕《在新的崛起面前》(以及《失去平静之后》②)在当年引发的轰

---

① 牛汉:《生命的档案》,武汉出版社,2000年。
② 《诗刊》1980年第12期。

动、争议不解。他们从里面没有寻找到想象中的激昂慷慨、振聋发聩的言辞。确实,后来者不太能理解在那个环境中这些表述意味着什么,也难以真确感知他为此经受的压力。他的这些文章刊出后,不少名望极高的诗人对他非常不满,我也亲眼看过臧克家给他的严厉批评、劝告他"回头是岸"的来信①。后来在"清除精神污染"运动中,他更受到了不间断的批判、围攻;他的"崛起论"一度被指责为"系统地背离社会主义文艺方向和道路"的"放肆"的理论,是"对马克思主义、毛泽东思想的严重挑战"。

但诗歌界许多人对他的功绩感念不忘。十多年前,诗歌"江湖"曾流传《中国当代诗坛108英雄座次排行榜》(作者署名百晓生),虽说是游戏之作,许多评议却并非没有根据。在这份榜单中谢冕被列入"世外高人榜副版",理由是"中国诗坛能有今日,一要感谢党,二要感谢谢教授。当年他在诗歌评论界竖起'朦胧派'这杆大旗,居功甚伟"。对于这个问题,90年代的一篇文章有颇透彻的分析。文章认为,他为一个思潮性的现象作了后来广泛流传的"新的崛起"的命名。"这一概括、发现和命名,体现了两种弥足珍贵的品质:敏锐和勇敢。""在对文化人长时间的、覆盖性的压迫与伤害之后,谢冕竟还会这样卓然不群地立举新说,使我们隐约地感到了中国文化生生不息的内在力量,更使我们在选择自己入世为文的姿态时有了一个直接的榜样。"文章还说,"我不怀疑当时中国有比谢冕知识准备更充足的学者,但毕竟是谢冕举起了旗帜。所以我们才强调勇敢对于一个学者的重要性;在关键时刻只有勇敢才能把知识转化为创造。从思想与文化影响的角

---

① 这封信已不存,也不见收入《臧克家全集》。直到80年代末,"朦胧诗"的地位已得到普遍承认时,臧克家先生对谢冕的"愤怒"仍不减。针对古远清在《中国当代诗论五十家》一书中谈到谢冕的部分,他1987年3月31日给古远清的信中说,你"夸他的才华、文采等方面较多,对他的出尔反尔,随风转向以及他对青年指'路'的文章所引起的不良影响,批评得较少(一般青年学写诗的,千奇百怪,把诗坛弄得乌烟瘴气,受到广大读者的批评,这多少与谢冕的引导有关)"。见《谢冕评说三十年》,第176页,海天出版社,2014年。

度看,谢冕的概括与命名使原本处于朦胧状态的朦胧诗派开始自我发现,他唤醒了那些诗作者们作为一个诗人与作为一个流派的自觉并因此使他们渐成气候;同时他的命名与指认也使社会看到了朦胧诗派的存在从而使这种存在牢固起来"①。这里讲到了知识准备的问题。确实,并非知识越多就越聪明,"博学之士"就能成为一个时期或某种潮流的核心人物。屠格涅夫曾谈到俄国19世纪40年代文学、思想界情况,他说,"在当时的情况下,这个知识不够的现象正是一种有特征意义的标志,差不多是一种必要";因为,"博学"在需求和爱好上,可能与社会大众的期望脱节,对他们的优点也包括缺陷的不能充分理解。能够成为时代潮流中的"核心人物",在社会批评和美学批评上,在批判性的自我认识上做同时代人的领袖,关键在于他是否能贴近、了解社会民众的迫切需求。这个分析,也为80年代中国文学、思想界的情况所证实。从这一角度看,不因"博学"而导致平庸的敏锐是非常重要的,它是勇气的根基。

90年代之后,谢冕与先锋探索诗歌的关系发生一些变化,他持续表示对90年代之后诗歌的失望。许多人认同他的指责,也有许多人失望于他的失望。他批评诗歌写作整体存在回避现实,走向"私人化"的趋向,失去新诗开创以来的"忧患意识"的传统。他在2019年出版的《中国新诗史略》②中又再次尖锐指出,"……此刻我们的事实是,所有的诗人都在写着自以为是的诗,而所有的读者也都在自以为是地摇头。所谓诗人的自以为是,是说诗人并不知道自己该写什么,怎么写,诗人在挖空心思写那些'深刻'的诗……平庸、琐碎和无意义就是他们的追求。那些所谓的纯诗所体现的哲理,其实就是千篇一律的浅薄"。又说,"人们对诗歌的不满由来已久,而诗歌业界中人却从来不予理会。……诗歌可以而且应当按照诗人的意愿为所欲为,但诗人同

---

① 李书磊:《谢冕与朦胧诗案》,《文艺争鸣》1996年第4期。
② 谢冕:《中国新诗史略》,第432—434页,北京大学出版社,2019年。

样没有理由对社会重大问题无所用心"。①

对于90年代以来诗歌的描述、评价,我不全赞同他的看法;这个分歧,在1997年福建武夷山现代汉诗讨论会上已经出现。他指出的许多消极现象并非不存在,但也不是诗界的全部。仍有不少优秀诗人在做着以有个性的方式去回应历史、时代问题的探索。90年代以来,我确实也读过不少优秀的作品:它们让我感动,深感在某些困难时刻,正是他们对时代和人的精神问题做出了值得重视的反应。退一步说,即使是某些看似与历史重大问题无关的诗,也要区分不同情况。有的日常生活书写,也可能体现着维护个体心性独立,保护人的精神丰富性,抵抗政治教条的侵入和肢解的寄托。历史经验告诉我们,有的时候,离开政治、离开"重大问题"也是一种"政治",也可能足够"重大"。犹如谢冕近二十年来写的随笔,那里有咖啡和茶,有扬州的包子和北方的馅饼,有闽都岁时的风俗,有温州的月光……这是慰藉我们的"人间的春花秋月",是来自"心中的花朝月夕"(引自谢冕文章题目)。

90年代末,以赛亚·伯林写于1953年的《狐狸与刺猬》一文在学界颇为流行②。伯林引申希腊诗人阿奇洛克思残篇中的"狐狸多知,而刺猬有一大知"的话,来为作家、学者及普通人思维上的差异分类。狐狸追逐多个目标,其思维是零散、离心式的;而刺猬目标单一、固执,坚守一个单向、普遍的原则,以此规范一切言行。伯林认为,柏拉图、但丁、尼采、黑格尔属于刺猬类型,而亚里士多德、莎士比亚、歌德则像狐狸。或许,更大的可能是,人的性格、思维方式大多并存这两种成分,只是它们的占量、结构和分配方式不同。伯林在文章中用很大篇幅分析托尔斯泰的矛盾,说"托尔斯泰天性是狐狸,却自信是刺猬;他的天赋与成就是一回事,他的信念、连带他对自身的成就的诠释,又是

---

① 谢冕:《中国新诗史略》,第432—434页,北京大学出版社,2019年。
② 见贺照田主编的《学术思想评论》第4辑,辽宁大学出版社,1998年。收入这篇文章的伯林《俄国思想家》(彭淮栋译)由译林出版社2001年出版。

一回事"①。我读谢冕的书、文章,和他交往,深感到他对细节、经验、可证之物的热爱和敏感,对具体事物特别的韵味、色彩、脉搏律动的精细把握,他的充满生命活力的灵活性,他的"有趣",和将"有趣"传染给周围的人的魅力。在这个时候,他相信只有具体的才是真实的……但有时他严肃起来,试图把握某个宏观的问题,庄严地表达某种信念,如试图为中国百年新诗的价值和未来做出单一判断和规划的时候,就仿佛成了刺猬,成了专执一念的,"一元化普遍信息"的信仰者。

其实,我们倒是一直记着他曾经发出的对"文学的绿色革命"的呼唤,对"线性发展的终结"和"统一的太阳已经破碎"的精彩宣告②——这些理念,这种企盼,正是他勇敢地鼎力支持"朦胧诗"的出发点。

不过话说回来,对于近些年来洋洋自得、欠缺必要自省的一些诗歌写作者,也确实需要放缓步履,降低浮躁,静下心来认真听听谢先生的这些"盛世危言"。

孙玉石:未竟的新诗史

与谢冕的激情洋溢不同,孙玉石先生内秀,温润(玉石!)。他为他的散文随笔集取了这样一些名字:《渴望一片永远的绿色》《一身都是月》《露珠与野草》《寻觅美的小路》《带向绿色世界的歌》……1957年他读大二时发表在《红楼》上的组诗名字是《露珠集》,而《中国初期象征派诗歌研究》的初版封面,绿色背景上是一小片绿叶。绿色、露珠、月色、小路……是提示他美感取向的关键词。

孙玉石1960年毕业后师从王瑶先生读研究生。"文革"期间在北大校报工作,没有去"五七"干校,后来又是不同教研室,我和他来往并不多。不过退休之后,见面反倒频繁起来,这缘于有企业家资助,中

---

① 以赛亚·伯林:《俄国思想家》,彭淮栋译,第29页。
② 谢冕:《文学的绿色革命》,贵州人民出版社,1988年。

文系成立了一个"空壳"（专业名词是"虚体"，指没有人员和经费编制，没有办公地点）的中国新诗研究所：由谢冕领头，几个退休老头，加上风华正茂的吴晓东、姜涛、臧棣等，在一起做了不少事情。

1959 年学生时期参加写作《新诗发展概况》的几个人，后来的生活、研究都程度不同地与新诗批评、研究脱不开干系，但比较起来，只有谢冕和孙玉石矢志忠诚，不三心二意、见异思迁。对 50 年代参与的试图取代"资产阶级权威"的批判和集体科研事件，在后来的反思中，孙玉石的自责最为严苛。他也明白当年发生的一切与时代氛围有关，但坚持不将做出错谬判断的责任推给时代："我们曾经很深地伤害过包括林庚先生在内的自己的一些老师们，今天我们是有愧于林庚先生的。我觉得我们不应当在历史过失面前集体无记忆，集体失语。"而他也将"新时期"以后自己对《野草》，对过去被压抑、扭曲和遗忘的象征派、现代派诗歌的研究，看作是"借着走近历史对自己曾经的错误的一种忏悔和救赎"①。

孙玉石新诗史研究上的重要贡献在两个方面，一是对 20 世纪具有"现代主义"倾向的诗歌流脉的研究，从鲁迅的《野草》，到李金发、戴望舒、卞之琳，到 40 年代的穆旦、郑敏等人。这项工作他持续了二三十年，包括资料的发掘、整理，诗人的思想艺术特征的揭示，这一诗歌流脉演化变革轨迹，对具体文本的很大覆盖面的解读。另一方面是诗歌阅读作为问题的提出。关于诗歌阅读、"解诗学"的问题，虽说三四十年代卞之琳、李健吾、朱自清等已提出，也有初步的发挥，但将它置于"批评学"和"阐释学"的位置上进行系统性的探索（当然，这一探索存在争议），应该说始于孙玉石。从 1978 年起，他就在北大开设有关鲁迅《野草》、初期象征派诗歌研究的课程。由于具有填补空白、打破禁区的开拓性意义，并且暗含对当时以"朦胧诗"为主体的诗歌革新的支援，受到学生热烈欢迎，在学界也有很大影响。讲课内容很快

---

① 谢冕等：《回顾一次写作：〈新诗发展概况〉的前前后后》，第 39—40 页，北京大学出版社，2007 年。

整理成《〈野草〉研究》(1982)、《中国初期象征派诗歌研究》出版。自此之后的二三十年,孙玉石的工作在这两个基点上展开:不断挖掘、开拓,并朝着体系化的目标推进。其成果结集为《中国现代诗歌艺术》《中国现代主义诗潮史论》《现实的和哲学的——鲁迅〈野草〉重释》《中国现代解诗学的理论与实践》等论著。

诗歌阅读上的导读、解读这些概念的出现,一定程度上和现代主义诗歌产生的"难懂""晦涩"等阅读问题相联系。孙玉石的关于"现代解诗学"的主张,既包含解读的理论设计,也有相当范围的实践示范。从80年代开始的二十多年里,他持续开设新诗导读课程,和学生一起讨论的作品涵盖新诗史三四十位诗人的几百首诗。在解读的过程中提出的问题,如审美与感悟、智性的关系,义本的制约框架和读者想象力的发挥,诗的意象、比喻、语词的"内部"分析与"外部"的时代社会、诗人传记的关系,诗的多义和歧义,等等,也都在他的论著中得到讨论。他的诗歌解读、分析是富于生命感和细致入微的,一方面是重视诗里面表达的生命感受,另一方面是阅读者在解读时的生命感受的投入。这和那些偏于技术、知识性的解读不大一样,而形成了独特的风格。当然,解读的理论和实践也留给我们需要继续思考、探索的问题。其中之一是,像我们这一代的新诗研究者在文化视野、知识、方法上的准备不足,我们的主要由浪漫派诗歌培植的艺术感受力,在面对更多样的诗歌文本时的困窘——这种困窘、无力感,可能意识到,但也可能就没有清醒的自觉。

孙玉石新诗史"重写"的工作,记取了50年代的教训,在调整观念、理论的同时,警惕着重蹈以先行理论肢解、铺排现象的失误。他坚持尽可能靠近、进入"历史现场",期望重现事情发生的细节、氛围、情境。这种严谨的、重视史料的工作作风和学术态度,和严家炎先生是相通的。举一例来说,十年前,北大新诗研究所编辑出版了共十卷的

《中国新诗总系》①,也就是百年的大型新诗选集。各位先生各编选一卷,孙玉石承担的是1927—1937的第二卷。他的《编后记》记叙了选集编选的经过。为了纠正一些新诗选本以至学术研究存在的粗疏的积习和流弊,他为自己设定的工作目标是:以诗集初版本、文艺杂志和报纸副刊原刊本为依据,将"原始文本"与后来进入选集、文集发生的变化,和作者的修改(有的修改不止一次)比勘校对,来确定选入的文本。他重视未被注意的作者或佳作的发现。为了这个选本,他用了一年多的时间:翻阅了这个时期出版和后来出版的涉及这个时期作品的诗集四百三十余部,文学杂志和报纸副刊二百余种。

读着这些文字,真的很感动也感慨。我也参与这个"大系"的编选,承担的是60年代卷,认真的程度,花的力气、时间完全无法和孙先生相比。正如他自己说的,这项工作(推广来说也指他其他的学术工作)"耗费"了他的"无数生命精力"②。

但孙玉石有更大的抱负。他多次私下讲到最大的愿望是独自编写一部新诗史,说他以往做的许多事,包括为新诗的"现代主义"建立谱系,都是为这部诗史做准备。我们也一直期待着他实现这个目标——但它也确实还没有出现。所以,有时候我会有很矛盾的想法,他在资料整理、文本解读、选集编选上表现出来的臻于至善、"竭泽而渔"的态度,是否全都必要?是否都值得倾注全部的精力和生命?

钱理群:热情与怀疑

虽然和乐黛云、谢冕等老师都是20世纪30年代生人,但钱理群比他们小七八岁,这个差别不是无关紧要。记得六七十年代会填无数的履历表,都有"何时参加革命工作"一项。对于钱理群和我来说,

---

① 总主编谢冕,各分卷主编是姜涛、孙玉石、吴晓东、谢冕、洪子诚、程光炜、王光明、张桃洲、吴思敬和刘福春,人民文学出版社,2009年。
② 孙玉石:《中国新诗总系》第2卷"编后记",人民文学出版社,2010年。

"革命"这个词主要是"想象"的性质。的确,青少年时期向往新世界的热情并非虚构,但"革命"总归欠缺某种"实体性"的内涵。因而,不大可能如乐、谢先生那样说出诸如参加革命"青春无悔"的肺腑之言。或者说,钱理群的"无悔"的青春,可能存在于另外的时间,譬如存在于 70 年代在贵州安顺的那些岁月;"无悔"的是遭遇精神危机时求索的悲苦和热情。这里透露了各自和革命、和当代史的某些有差别的关系方式。

大家都拿"著作等身"来讲一个人的著述之丰,对钱理群来说这倒不是比喻。自他和朋友合著《中国现代文学三十年》(1987)和独著《心灵的探寻》(1988)开始,至 2020 年 1 月 20 日,他出版的著作达 90 部,编纂 65 种;这还不算有的论著修订后的多次再版①。之所以标出准确的截止日期,是因为时间对他来说很重要②,况且他还有多个写作计划(多部的三部曲)在进行中,说不定哪一天又有新作问世。面对如此旺盛的创造力,朋友闲谈时一方面感叹他那硕大的脑袋里究竟贮存了多少东西,另一方面也在对比中惭愧于我们的太不努力。

钱理群最初是现代文学研究者——其实他在北京大学和中国人民大学就读的是新闻专业——却超越了"文学"的范围。他不想刻意划出艺术与生活、文学批评与社会批评的界线。文学批评、文学史于他自然十分重要,但他也介入其他领域,从事社会批评,还重视写作之外的社会活动。他不是书斋里的学者,面向公众的演讲,课堂教学,接待朋友、学生,和年轻人交谈……对他来说不是可有可无的,而是生命的不可或缺的部分。在听讲者面前,他目光闪亮,神采飞扬,完全不能想象已是耄耋之人。在他和他人的文章中,常见到他与别人长时间谈话、讨论问题的记载。这样的情景,我们借助文学阅读有可能复现,如

---

① 如《心灵的探寻》就有上海文艺出版社 1988 年版,北京大学出版社 1999 年版和生活·读书·新知三联书店 2014 年版等多种版本。

② 他的《丰富的痛苦——"堂吉诃德"与"哈姆雷特"的东移》的《后记》,注明是 1992 年 7 月 29 日下午 5 时 15 分"写毕"。时间于他有一种紧迫性。

《罗亭》《贵族之家》《日瓦戈医生》中从傍晚到凌晨,或激烈或温情的辩论和对话,如 19 世纪 40 年代的别林斯基,争辩中"意气风发,目光精闪,瞳孔放大,绕室剧谈,声高语疾而意切"……这是一种发端于 19 世纪俄国而延伸至今的"生活方式"。当然,钱先生不是瘦骨嶙峋、脸色苍白、羞涩局促的别林斯基,他健壮、憨厚。面对可鄙可憎之物,面对丑恶,正义感让他也会如"扑向他的牺牲品,将他片片撕碎,使他狼狈可笑"的豹子(赫尔岑形容别林斯基)——在这个时候,他表现了在原则上不容折扣的正义凛然。其他大多数时间他善良、和蔼可亲。他的学问、表达的思想可能复杂深刻,而作为一个人则没有多少心机,有时甚至天真如孩童般。他的全部生活,由思考、写作、精神性对话构成,几乎没有什么其他爱好,生活自理能力也不大及格。我有时跟他开玩笑,说我会做饭、购物、听音乐、在电视上看足球篮球,食欲好的时候也喜欢美食。可是这些都不在他的爱好范围。一起吃饭,问他今天饭菜味道怎样,他会一脸茫然,"我们吃了什么啊?"所以,他的妻子崔可欣说他整天云里雾里。最近他出版了摄影集,书名是《钱理群的另一面》①,似乎是为了改变他这样的形象。不过,"另一面"仍是"这一面"的延伸;我们无法产生另外的想象。

　　钱理群著述涉及的领域有多个方面。现代文学研究无疑是主要的。80 年代他牵头撰写的《中国现代文学三十年》,至今仍有难以取代的生命力。沿着这个线索,在新世纪之后他的关注点延伸到"当代",并从文学史扩展到当代史,特别是当代知识分子精神史的探索——这里有他作为亲历者的"拒绝遗忘"的责任担当。另一是对中小学语文教育的讨论。这十几二十年来,地方文化史也进入他的视野,成为研究的重要部分。这些领域表面看来有些凌乱,实际上是基于启蒙责任的,有内在关联的整体设计。钱理群说他是"左翼鲁迅",我更愿意把他称作"坚守的启蒙者",尽管现在"左翼"比"启蒙"名声

---

① 钱理群:《钱理群的另一面》,作家出版社,2019 年。

要响亮。在他的生活中,存在某些"原点"性质的因素,这让他在时局、风云莫测变幻中虽有困惑、调整,但分寸步履不乱。这些"原点"是:一个人(鲁迅)、一座城(贵州安顺)、一个不断出发和返回的"自我"。之所以把"自我"放在"原点"的位置上,是因为在他看来,无论何种观念、目标,都不能游离于个人的情感、生命的体认。这也就是鲁迅的那种将问题聚焦于作者主体性进行思考的方法。一切不经由主体的情感心性的观念和命题,无论多么崇高、漂亮,都有虚飘不实的成分。有了这样的根基,也就可能拥有沟通观念和实践、历史和现实的条件。自然,说到对当代史的反思,正如赵园先生说的,我们都面临一个是否有反思的能力和如何为反思寻找资源的问题①。钱理群这些年的工作,都是在回应这样的挑战。

鲁迅无疑是钱理群最重要的研究对象,也是文学、社会批评的最重要的思想资源。他以鲁迅为对象的论著有18部,编纂鲁迅文选15部,对鲁迅的著述编纂贯穿80年代以来的各个时期。他做的不仅是专业性研究,还不遗余力做着普及的工作,向一般读者,特别是向青少年。他借着不间断的阐释,让鲁迅成为民族的精神财富,争取不同年龄、阶层的人"与鲁迅相遇"(他的一本书的名字)。他理解的鲁迅是博大的,是可以不断提取各种宝贵资源的矿藏,不过我觉得,他可能更亲近那个"掊物质而张灵明"的鲁迅。在思维和写作方法上,钱理群偏于"扩散型":某一论题依据情势变化和思考深入不断延展和重叙。在研究上,新世纪以来,为了处理更宏大的社会思想问题,文学的方法和历史的方法在他那里交错:重视文学现象的"现场返回",对当代史的观察又不回避情感与个人经验的加入。因此,他将他的《毛泽东时代和后毛泽东时代(1949—2009)》称为"另一种历史书写"。他的方法,可能让历史学者觉得不够"历史",而让文学研究者觉得偏离"文学"。但这是他为自己寻找的叙述方式。

---

① 赵园:《读〈回顾一次写作〉》,《文艺争鸣》2008年第2期。

前些年,因为钱理群和我的小书同在一家出版社出版,出版社便策划我们做了一次对话①。主持人高远东教授说我们一个是"积极浪漫主义",一个是"消极浪漫主义"。将浪漫主义区分为积极和消极,应该是高尔基的首创。高远东在这里当然是借用,但他说的没错。"文革"期间,钱理群在贵州安顺和他的朋友、学生读书讨论,寻求自身和民族的出路;我在那个时候也读书,主要却是为了对政治、运动的逃避。在研究领域和生活态度上,钱理群勇于开拓,迈向那未明之境,我却是收缩的,固守在自认为能比较稳当把握的范围,以求得身心上的舒适、安全。

90年代初,钱先生写了一本谈堂吉诃德和哈姆雷特形象东移的书②。这不是他最成熟的书,却很重要。他对诞生于17世纪西方的文学典型的接受传播史的兴趣,相信不是纯学术的,是与八九十年代中国特殊的历史脉络和精神背景有关;在那个时候,知识分子的精神困境问题再次突显。这本书的贡献是,在顽强地维护理想的前提下引入必需的怀疑精神。在这本书的第七章,他着重讨论屠格涅夫1860年题为《哈姆雷特与堂吉诃德》③的著名演讲。屠格涅夫盛赞堂吉诃德的伟大勇敢的品格,而对"利己主义""怀疑主义"的哈姆雷特有严格的批评性分析。但他也指出这两种"对立天性"其实不可或缺:"堂吉诃德们在寻找,哈姆雷特们在探讨",并深刻指出哈姆雷特怀疑主义价值的真谛:"既不相信真理在目前可以实现,所以毫不调和地与虚伪为敌,因而就成为那个他所不能完全相信的真理的一个主要捍卫者。"④

也许是在承接屠格涅夫的这一论述,中国台湾的钱永祥先生在他的一本书里有这样的话:在现代社会,"人的尊严,正是靠热情与怀疑

---

① 指钱理群的《鲁迅作品细读》和洪子诚的《文学的阅读》,北京出版社,2017年。
② 《丰富的痛苦——"堂吉诃德"与"哈姆雷特"的东移》,时代文艺出版社,1993年。
③ 屠格涅夫在"贫苦文学家学者救济协会"上的公开演说。沈成康译,刊于《文艺理论译丛》1958年第3期。
④ 屠格涅夫:《哈姆雷特与堂吉诃德——1860年1月为贫苦文学家学者救济协会而作的感慨演讲》,沈成康译,《文艺理论译丛》1958年第3期。

的适当配合而支撑起来的","在这个脉络里,庸俗无聊的心态特别需要提防。庸俗者没有怀疑,所以无所担当;无聊者缺乏热情,所以不求担当。庸俗者以为意义与价值的问题业已解决,生命不过是随着主流逐波弄潮;无聊者则根本不识意义与价值的追求包含着徒劳的悲剧成分,以为生命本身原是轻松幸福的尽兴一场"。①

钱理群与屠格涅夫可能有某些相似的地方。他也会从"一个比较遥远的视点"来"观看生命的悲剧";会"在各据点之间游动,在社会与个人要求之间、爱情与日常生活要求之间、英雄的美德与现实主义的怀疑精神之间、哈姆雷特的道德与堂吉诃德先生的道德之间……摆动",但他不会持一种"中间立场",不会"悬在一种适性随和而不作决断"的状态里②。他认识到,犹如屠格涅夫所说的,在那些负有创造性事业的人们的行为中,在他们的性格中必然掺合着某些可笑的成分,但"无论如何,没有这些可笑的怪物兼发明家,人类就不会有进步——而哈姆雷特们也就没有什么可以思索的"③。理想、热情,无论什么时候都应在这"两极天性"中占据主导的位置,而怀疑和否定,正是为了捍卫他也许并不完全相信的真理——这就是"积极浪漫主义"。

原载《南方文坛》2020 年第 4 期

---

① 钱永祥:《在纵欲与虚无之上:现代情境里的政治伦理》,第 3 页,生活·读书·新知三联书店,2002 年。
② 以赛亚·伯林:《俄国思想家》,彭淮栋译,第 243 页。
③ 屠格涅夫:《哈姆雷特与堂吉诃德——1860 年 1 月为贫苦文学家学者救济协会而作的感慨演讲》,沈成康译,《文艺理论译丛》1958 年第 3 期。

第三辑　材料与注释

注：此辑原收入三篇文章，分别是《1962年大连会议》《1957年中国作协党组扩大会议》《张光年谈周扬》，现因篇幅问题，仅作存目，三篇原文皆见于洪子诚《材料与注释》，北京大学出版社，2016年。